# 당신의 여자가 되고 싶어요

:

당신의 여자가 되고 싶어요 1

초판 1쇄 찍은 날 | 2017년 01월 19일
초판 1쇄 펴낸 날 | 2017년 02월 03일

지은이 | 별규
펴낸이 | 서경석

편 집 책 임 | 조윤희
편      집 | 이은주
              최고은

펴 낸 곳 | 도서출판 청어람
등록번호 | 제387-1999-000006호
등록일자 | 1999. 5. 31
어람번호 | 제11-0048호

주소 | 경기도 부천시 부일로 483번길 40 서경B/D 3F (우) 14640
전화 | 032-656-4452 팩스 | 032-656-4453
http://www.chungeoram.com
E-mail | chungeorambook@daum.net

ⓒ 별규, 2017

ISBN 979-11-04-91099-9   04810
ISBN 979-11-04-91098-2   (SET)

vol. 1

I want to be your girl

당신의 여자가
되고 싶어요

별규 장편소설 ○ ○ ○

도서출판 청람

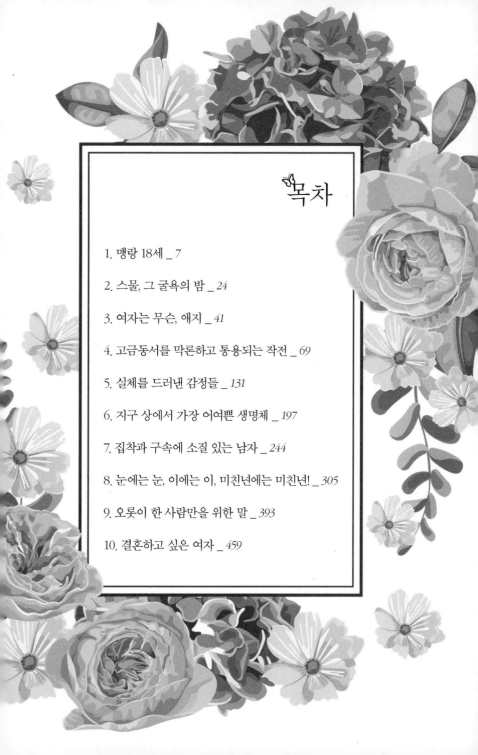

# 목차

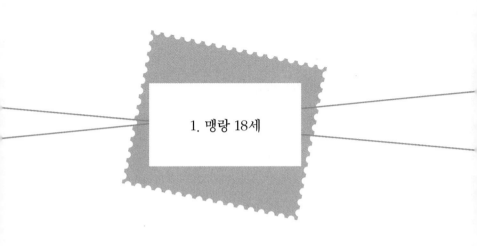

## 1. 맹랑 18세

"오빠. 우리 사귀자."

밑도 끝도 없는 하윤의 말에 젓가락을 들고 있던 신휘의 손이 허공에서 멈췄다. 지금 두 사람은 식사 중이었다. 계란말이를 집어 들며 할 말도, 고등어 살을 바르며 들을 말도 아니었다.

"뭘 하자고?"

신휘가 천천히 시선을 들어 올리며 조심스럽게 물었다.

"사귀자고."

신휘의 생각을 눈치챈 하윤이 정확하고 다부진 어조로 다시 한 번 확인시켜 주었다. 잘못 들었을지도 모른다는 허황된 기대를 가지고 있다면 얼른 포기하라는 진지한 표정도 잊지 않았다.

"못 알아들었어? 다시 말해줘?"

신휘의 시선이 하윤의 얼굴을 지나 아래로 향했다. 단정하게 여며져 있는 하얗고 빳빳한 목깃과 자주색 넥타이 그리고 밤색 재킷……. 그랬다. 하윤은 지금 교복 차림이었다. 학교에서 돌아오자마자 아사 직전이라면서 교복도 안 갈아입고 밥을 차리더니, 밥을 먹다 말고 갑자기 가당찮은 말을 늘어놓고 있는 것이었다. 열여덟 살밖에 안 된 주제에 여섯 살이나 많은 자신을 농락하는 건가 싶기도 했다.

신휘에게 고등학생은 여자도 뭣도 아닌 그냥 아이일 뿐이었다. 더군다나 하윤은 태어나면서부터 보아온 사이가 아니던가. 십팔 년 전 하윤이 태어났던 산부인과 앞에서 기념으로 찍은 사진도 앨범 어딘가에 꽂혀 있을 터, 그 불타는 고구마 같던 신생아가 지금 터무니없는 말을 지껄여 대고 있었다.

"좋다는 뜻이야?"

누가 봐도 그는 어이없어 하고 있었지만, 하윤의 해석은 남달랐다.

말을 섞으면 왠지 말려들 것만 같은 불길한 예감에 사로잡힌 신휘는 입을 꾹 다문 채 하윤을 응시했다. 갈색의 긴 생머리, 동그랗고 선한 눈, 부드럽게 떨어지는 콧날, 복숭앗빛 입술까지, 하윤은 사랑스러움을 온몸으로 발산하고 있었다. 하지만 실상은 폭탄 제조가 특기요, 폭탄 투척이 취미인 녀석이라는 것을 그는 잘 알고 있었다. 오늘은 생각지도 못한 슈퍼 헤비급이었다.

"사람이 제안을 했으면 답을 해야지."

하윤이 대답을 재촉했다.

"하……."

신휘의 입에서 대답 대신 짙은 한숨이 흘러나왔다. 하윤은 수줍어하는 기색이라고는 눈 씻고 찾아보아도 찾을 수 없을 만큼 태연자약한 모습이었다. 고백을 했으면 어떤 대답이 나올지 초조해할 법도 하건만, 일말의 긴장감도 느껴지지 않는 평온한 얼굴을 하고 있었다.

'저 녀석 꿍꿍이가 뭐지……?'

오히려 고백을 받은 신휘가 하윤의 심리 상태를 파악하기 위해 애쓰고 있었다. 원래부터 엉뚱하고 어디로 튈지 모르는 천둥벌거숭이 기질이 다분하다는 건 잘 알고 있었지만, 난데없이 사귀자고 하는 속내가 뭔지 알 수가 없었다. 무슨 생각을 하는 건지 전혀 읽을 수 없을 뿐만 아니라, 진심인지 농담인지조차도 파악되지 않았다. 하윤은 포커페이스의 정석을 보여주고 있었다.

'저 맹랑한 머리통 속에는 뭐가 들어 있을까?'

결국, 신휘가 내린 결론은 이것뿐이었다. 그의 침묵이 길어지자 하윤이 다시 입을 열었다.

"싫어? 싫음 말고."

이건 또 뭐지? 사귀자는 말만큼이나 당혹스러웠다.

"오빠가 싫다면 나 좋다는 정우 오빠랑 사귀지, 뭐."

"손정우?"

신휘의 눈동자에 불꽃이 일렁였다. 미간이 좁아졌고 콧등에 주름이 생겨났다. '정우 오빠랑 사귀지, 뭐.' 그 짧은 문장 안에 언짢은 단어가 세 개나 들어가 있었다. '정우'라는 이름과 '오빠'라는 호칭의 조합도 거슬리는 마당에, '사귄다'라는 단어가 추가되니 완벽한 분노 삼합이 완성되었다. 하지만 하윤은 그의 반응에도 아랑곳하지 않고 친절하게 확인 사살까지 해주었다.

"정우 오빠가 사귀재. 오빠한테 까이면 정우 오빠나 만나보려고."

"그동안 손정우랑 연락하고 지냈어?"

"응."

하윤이 당연한 걸 왜 물어보냐는 듯 눈을 동그랗게 떴다. 신휘는 식탁 위에 양팔을 올리고 관자놀이를 천천히 문질렀다. 목소리는 잔뜩 가라앉아 있었다.

"오빠 화낸다? 말 같지도 않은 소리 하지 말고."

'으흐흐! 고지가 코앞이야!'

하윤은 신휘 자신도 모르는 그의 습관을 잘 알고 있었다. 신휘는 심기가 불편할 때 관자놀이를 문지르곤 했다. 하물며 양쪽을 다 문지르고 있다는 건 심기가 극도로 불편하다는 의미였다. 다른 남자와 사귀겠다는 말이 저 정도로 거슬린다는 것은 자신이 원하는 대답을 들을 수 있다는, 아주 긍정적인 신호임이 분명했다.

"왜 이게 말 같지도 않은 소린데? 정우 오빠 정도면 나한테 과분하지."

자, 이제 내가 원하는 대답을 내놔! 승기를 잡았다는 생각에 하윤의 광대가 미세하게 씰룩거렸다.

"너한테 과분한 건 맞는데, 아무튼 안 돼."

신휘는 재고의 가치도 없다는 듯 단호한 어조로 잘라 말했다. '아무튼'이라는 단어가 얼마나 비논리적이고, 막무가내인지 알면서도 다른 적당한 이유를 찾을 수가 없었다. 한동네에서, 그것도 바로 옆집에서 수년을 보아온 결과 손정우 정도면 남자로서 꽤 쓸 만한 놈이었다. 외모, 공부, 성격까지 어디 한 구석 나무랄 데 없는 엄친아의 표본이었다. 나무랄 데가 있다면 감히 하윤에게 수작을 건다는 것 정도가 다였다.

'어디 열여덟 살밖에 안 먹은 고등학생한테 찝쩍거려, 찝쩍거리길!'

신휘는 그 열여덟 살밖에 안 먹은 고등학생이 지금 자신에게 사귀자며 들이대고 있다는 생각은 저 멀리 제쳐 두고 속으로 정우에게 욕을 퍼붓고 있었다.

과분하다는 말은 겸손 코스프레일 뿐이었건만, 하윤은 바로 수긍하는 신휘를 보며 욱하고 올라오는 분노를 다스리기 위해 숨을 골라야만 했다.

"정우 오빠만 아니면 돼? 그럼 며칠 전에 고백해 온 우리 학교 선배나 만나볼……."

"안 돼."

신휘가 더 들을 필요도 없다는 듯 말을 잘랐다.

당신의 여자가 되고 싶어요

"왜 안 되는데?"

"어디서 콩알만 한 게 남자를 사귀겠대?"

"요샌 초딩들도 남친이 있다는데 이 미모에, 이 몸매에, 이 성격……."

양심적으로 성격은 빼기로 했다.

"아무튼…… 이 미모에, 이 몸매를 가진 내가 지금까지 남자 한 번 안 사귀어본 게 이상하다는 생각 안 들어?"

"나도 여자 안 사귀어봤어. 됐지?"

신휘가 하윤의 말을 단호하게 받아쳤다.

"되긴 뭐가 돼? 나는 이상한 거고, 오빠는 진짜, 정말, 완전 이상한 거야."

누가 들으면 거짓말하지 말라고 화를 낼 만한 일이었다. 천하의 문신휘가 모태솔로라니. 어떻게 이토록 완벽한 남자가 여자를 사귀어본 적이 없을 수가 있는지, 그야말로 불가사의라고밖에 설명할 방법이 없었다.

'그래서 더 갖고 싶다, 문신휘! 하다 하다 여자 문제까지 완벽하다니! 문신휘의 여자, 내가 되어주겠어!'

하윤은 속으로 결의를 다지면서도 겉으로는 다시 포커페이스를 장착했다.

"그럼 오빠랑 사귀는 걸로 알아들으면 되나?"

신휘는 하윤의 초롱초롱한 눈망울을 한참 동안 바라보다가, 깊은 한숨을 내쉬며 입을 열었다.

"성하윤. 너 아직 미성년자야."

"그 말은 미성년자만 아니면 된다는 뜻이야?"

하윤은 한마디도 지지 않았다. 망설임도 없었다. 그리고 결정적으로, 꽤나 논리적이었다. 신휘가 한 마디를 하면 하윤은 두 마디를 했고, 하윤이 한 마디를 하면 신휘는 입을 다물어야만 했다. 그에게는 말발로 그녀를 당해낼 재간이 없었다.

신휘는 머리가 어질어질했다. 분명 선택지는 두 개를 받았는데 둘 다 난감 그 자체였다. 자신과 하윤이 사귄다는 건 생각해 본 적도 없는 일이었고, 하윤이 정우와 사귄다는 건 생각해 볼 가치조차 없는 일이었다. 그가 혼란에 빠진 사이, 하윤의 다음 공격이 이어졌다.

"오케이. 그럼 이 년만 기다려. 그때 사귀자."

하윤은 흡사 은혜를 베풀어준다는 듯 도도하게 미소를 지었다. 어떤 상황에서도 당당함과 자신감을 잃지 말라고 주입시킨 신휘의 첫째 형, 창휘의 교육이 찬란하게 빛을 발하는 순간이었다. 하지만 그녀는 당당함을 넘어선, 뻔뻔함으로 중무장된 멘탈의 소유자였다.

"대신."

신휘는 하윤의 입에서 또 무슨 말이 나올지 몰라 숨 쉬는 것도 잊고 다음 말을 기다렸다. 그런데 이어진 그녀의 말은 그에게 당황을 넘어 경악과 충격을 불러일으켰다.

"정조를 지켜줬으면 좋겠어."

초점 없는 눈으로 멍하게 앉아 있다가 간신히 정신을 차린 신휘는 하윤의 말을 되뇌었다.

"……정 ……조?"

지금 이 상황에서 조선 시대 왕의 이름을 거론하진 않았을 테니, 잘못 들은 게 아니라면 자신이 생각하고 있는 그 의미가 분명했다. 아무리 다른 의미로 끼워 맞춰보려 해도 하윤이 말한 의미는 명확했다.

"아! 물론 정조를 지키라는 의미에는 다른 여자랑 사귀면 안 된다는 것까지 포함이야. 오빠가 나 스무 살 될 때까지 이 여자, 저 여자 만나고 다니면 어떡해? 나도 약속은 받아놔야지."

신휘는 수많은 여자로부터 사귀자, 좋아한다, 사랑한다 등등의 모든 고백을 다 받아보았다고 자부했다. 하지만 정조를 지키라는 말은 난생

처음이었다.

"나 결벽증 있는 거 알지? 여기저기 몸 함부로 굴리고 다니면 가만 안 둬. 지금까지 지켰던 것처럼 내가 성인이 될 때까지 얌전하게 지키고 있어."

네가 대체 언제부터 결벽증이 있었냐……. 하윤의 어처구니없는 발언에 제정신이 돌아온 신휘가 반격을 시도했다.

"야, 인마. 지금 네가 나한테 사귀자고 하는 거야. 내가 매달리고 있는 상황이 아니라고. 그리고 내가 정…… 그거 지금까지 지켰는지 안 지켰는지 네가 어떻게 아는데?"

신휘는 차마 입에 올리기도 민망하다는 듯 직접적인 표현을 피하며 돌려 말했다.

"은휘 오빠가 그러던데? 오빠 숫총각이라고. 아, 아닌가? 동정남이라고 했던가?"

하윤은 군이 중요하지도 않은 단어에 집착하며 고개를 갸웃거렸다. 정신이 아득해진 신휘가 둘째 형의 이름을 중얼거렸다.

"으, 은휘 형……."

취한 은휘를 살살 꼬드겨 확인받은 건 맞지만, 하윤도 확신하는 바였다. 신휘는 초·중·고등학교 내내 연예인 못지않은 인기를 몰고 다녔을 뿐만 아니라, 배우라는 직업을 갖게 되면서 더 많은 인기를 누리게되었다. 하지만 그는 그 누구와도 사귀지 않았고, 사귀지도 않으면서 육체적 관계를 가질 만큼 가벼운 남자도 아니었다.

"그래서 내 제안을 받아들이겠다는 거야, 말겠다는 거야?"

하윤의 재촉에 정신을 차린 신휘는 그녀의 말간 얼굴을 똑바로 응시했다. 그의 짙은 갈색 눈동자는 부드러우면서도 강하게 하윤의 시선을 옭아매었다. 뻔뻔스러우리만치 당당하던 하윤이 그의 깊고 강렬한 눈빛에 얼굴을 붉히며 시선을 내리까는 순간, 굳게 닫혀 있던 신휘의 입이 열렸다.

"좋아. 받아들인다."

하윤이 열여덟 살이던 해, 어느 날의 일이었다.

❦

살랑살랑 불어오는 미풍이 코끝을 간질이고, 눈부신 햇살이 한가득 쏟아져 내리는 오후. 하윤은 점심을 먹자마자 태훈과 지혜를 끌고 운동장으로 나와 스탠드에 자리를 잡고 앉았다.

"너희들이 깜짝 놀랄 만한 얘기를 해주마."

오수를 즐기다 말고 하윤의 손에 끌려 나온 지혜는 내내 뚱한 얼굴을 하고 있다가 그제야 회심의 미소를 지었다.

"깜짝 놀랄 만한 얘기가 아니면 깜짝 놀랄 만큼 욕해도 되지?"

"난 그냥 지금 욕하면 안 되냐?"

축구를 하려던 계획이 물거품이 되어버려 성이 난 태훈이 깐족거리며 말을 받았다.

세 사람은 중학교 때부터 단짝이었다. 우연인지 인연인지 중학교 1학년 때부터 삼 년 내내 같은 반이었고, 같은 고등학교까지 오게 되었다. 중학교 삼 년 동안 우연인지 인연인지 모를 그것의 기운을 탈탈 털어 사용해 버린 탓인지, 고등학교에 와서는 한 번도 같은 반이 된 적이 없지만, 여전히 등하교 시간과 점심시간 등을 이용해 어울려 다니곤 했다.

"둘 다 좀 닥쳐 줬으면 한다만?"

하윤은 위협적으로 눈을 부라린 다음, 두 입이 모두 닫힌 것을 확인한 후 본론으로 들어갔다. 하윤이 어제 일을 영웅담처럼 이야기하는 동안, 태훈과 지혜는 눈을 부릅뜨고 입을 떡 벌린 채로 멍하게 앉아 있었다. 먼저 정신을 차린 건 지혜였다.

"그래서 사귀기로 했다고?"

"여태 뭐 들었냐? 정확히 말하면 이 년 후부터라고. 근데 뭐, 가계약은 해놓은 거나 다름없으니까 사귄다고 해도 무방하지."

하윤의 입꼬리가 슬금슬금 하늘로 향했다. 광대는 이미 발사 직전까지 치솟아 오른 상태였다.

"가계약? 너 어디 땅 사냐? 집 사?"

"문신휘 사려고."

하윤이 태연하게 대답했다.

"신휘 형이 네가 사귀자니까 순순히 그러재?"

"별말 없이 덥석 오케이를 한 거야?"

태훈과 지혜 앞서거니 뒤서거니 질문을 던졌다.

"훗! 나 성하윤이야!"

하윤의 얼굴에 도도한 미소가 피어올랐다. 신휘가 예전부터 꽤나 신경 썼던 정우를 팔아 원하는 대답을 얻어냈다는 건 굳이 언급하지 않기로 했다. 정우와는 일 년에 한두 번 안부 연락이 오면 형식적으로 답을 해주는 정도일 뿐, 특별히 연락하고 지낸다고 말하기도 민망한 사이였다. 당연히 사귀자는 말을 들은 적도 없었다. 하윤은 손정우 카드를 꺼내들 생각을 한 제 순발력에 감탄하고 있을 뿐이었다.

"네가 성하윤인 건 우리도 잘 아는 사실이고. 그래서 뭐?"

이 쓸데없이 깐깐한 년 좀 보게? 하윤은 입 밖으로 터져 나오려는 쌍욕을 잘 밀어 넣고 여유로운 척 싱긋 웃었다.

"당연히 한 방에 콜이지. 오빠가 날 거부할 이유가 없잖아?"

어깨를 어찌나 과하게 으쓱거렸는지 어깨가 귀에 가서 붙기 일보 직전이었다.

"신휘 오빠가 널 거부할 이유, 내가 이 자리에서 거뜬하게 백 개쯤은 읊을 수 있을 것 같은데?"

지혜는 한마디도 그냥 넘어가 주는 법이 없었다. 아담한 체구에 동글 동글 귀여운 외모였지만, 실상은 전혀 귀엽지 않은 독설가였다.

'망할 허지혜야. 열 개쯤은 나도 읊을 수 있다만 백 개는 너무하는 거 아니니?'

하윤의 그렁그렁한 눈에 마음이 약해진 지혜가 화제를 돌려주었다.

"그나저나 왜 이렇게 뜬금포를 날렸냐? 원래 계획은 졸업식 날이었잖아. 너 고백할 말도 준비해 뒀던 걸로 기억하는데, 뭐였더라……? 오빠, 난 이제 더 이상 학생이 아니야…… 였나?"

해서는 안 될 말을 입에 올렸다는 듯, 지혜의 표정은 잔뜩 구겨져 있었다.

"닥쳐. 그 말 유치해서 버린 지 오래됐어. 참신한 걸로 준비해 둔 게 있지."

"뭘로?"

"궁금해?"

"어디 씨불여 보든가."

하윤은 떨떠름한 얼굴을 하고 있는 지혜를 힘껏 째려봐 주고서 목소리를 가다듬었다.

"흠흠…… 큼!"

열과 성을 다해 목소리를 가다듬다가 급기야 코를 먹은 하윤은 머쓱한 표정으로 얼른 눈을 감았다. 그리고 몽롱한 표정으로 두 손을 맞잡으며 읊조렸다.

"오빠, 나를 가져……."

"우웩, 토 나와! 나를 가지래. 소름!"

지혜가 양팔을 미친 듯이 쓰다듬으며 꽥 소리를 질렀다. 태훈은 그대로 굳어버렸다. 두 사람의 반응을 이해할 수 없다는 듯, 하윤이 인형처럼 길고 짙은 속눈썹을 깜빡이며 물었다.

"후져?"

"후진 정도가 아니라 네 주둥이를 꿰매 버리고 싶은 심정이다."

지혜의 독설에 고개를 갸웃거리던 하윤은 혹시나 편을 들어줄까 싶어 태훈에게 시선을 돌렸다.

"네 생각은 어때? 남자가 들으면 막 가지고 싶고, 막 가져야 할 것 같고…… 그렇지 않아?"

태훈이 평소와 사뭇 다른 그윽한 어조로 하윤을 불렀다.

"하윤아……."

"응."

태훈은 기대에 찬 눈빛으로 대답을 기다리는 하윤을 향해 담담하게 말했다.

"막 때리고 싶고, 막 때려야 할 것 같고…… 내 느낌은 그렇다."

"큰일 날 뻔했군."

하윤이 발끈하기는커녕 심각한 표정으로 고개를 끄덕이자, 태훈이 고개를 갸웃거렸다.

"뭐냐? 그 신속한 수긍은?"

"사실 어제 그 멘트, 써먹어볼까 하다가 너무 일방적으로 들이대는 것 같아서 참았거든. 너희들 반응이 일치하는 걸 보니 안 써먹길 잘했다 싶구나."

지혜가 어이없다는 표정으로 받아쳤다.

"더 이상 일방적일 수 없을 정도로 들이대 놓고 뭔 소리냐."

"내, 내가 뭘……."

하윤의 말간 눈동자가 미친년을 보는 듯한 지혜와 태훈의 시선을 피해 이리저리 바쁘게 움직였다. 결국, 그녀는 끈질기게 따라붙는 둘의 시선을 떼어내지 못하고 백기를 들었다.

"오케이. 인정."

능청스럽게 씩 웃는 하윤을 한심하다는 듯 바라보며 태훈이 입을 열었다.

"왜 갑자기 고백한 거냐는 게 질문 아니었냐? 우리 또 딴 데로 샜다."

워낙 자주 있는 일이라 새삼스러울 것도 없었던 세 사람은 다시 원래 주제로 방향을 틀었다.

"같이 밥을 먹다가 고개를 딱 들었는데…… 이건 뭐, 사람이 아니라 조각이 앉아 있는 거야. 눈이 부셔서 쳐다볼 수가 있어야지."

"얘 지금 뭐라는 거냐?"

"저 슈퍼 울트라 콩깍지는 언제쯤 벗겨지려나. 저 정도면 병 아니냐, 병?"

지혜와 태훈이 뭐라고 하든 말든, 하윤은 꿈꾸는 듯 몽롱한 눈으로 입을 놀리는 데 여념이 없었다.

"그 순간 불쑥 이런 생각이 드는 거야. 졸업하려면 이 년이나 남았는데 그동안 오빠가 딴 여자 만나면 난 뭐가 되는 거지?"

"새 되는 거지."

이럴 때만 마음이 잘 맞는 지혜가 말을 받았다.

"그거지! 지금까지 안 만났다고 앞으로도 안 만난다는 법은 없다는데 생각이 미친 거지!"

하윤이 유레카를 외칠 기세로 목소리를 높였다.

"그래서 내가 오빠를 남자로서 좋아한다, 오빠 생각은 어떠냐. 이렇게 말을 해야지 했는데 막상 내 입에서는 우리 사귀자가 튀어 나가고 있더라고."

지혜가 배시시 웃는 하윤을 보며 혀를 찼다.

"생각이란 걸 하면 뭐하나? 주둥이가 먼저 움직이는 걸."

"뭐면 어때. 사귀기로 했으면 된 거지."

"그래서 앞으로의 계획은 뭔데? 미성년자 딱지 떼면 오빠랑 사귀는

당신의 여자가 되고 싶어요

거? 근데 고백하고 이 년 후부터 사귀는 것도 웃기는 거 아니냐?"

"오빠의 도덕관념으로 미루어볼 때 미성년자랑 사귈 리가 없단 말이야."

하윤이 시무룩하게 어깨를 늘어뜨렸다.

"신휘 오빠 은근히 보수적이더라? 생긴 거랑 다르게 생각은 아주 영감이셔."

"사실 예상 못 했던 것도 아니야. 고집이 있어서 한 번 아니라고 하면 절대 마음 안 바꿔. 우선 약속은 받아놨으니까 스무 살 될 때까지 조신하게 기다리다가 성인 되자마자 바로 자빠뜨리겠어."

하윤의 얼굴에는 비장함마저 감돌고 있었다.

"근데 네가 자빠뜨리면 형이 자빠지긴 하냐? 형이 널 여자로 봐야 말이지. 이 년 후라고 별다를 게 있겠나 싶다, 나는."

허를 찌르는 공격에 움찔한 하윤은 늘 어리바리하다가 한 번씩 냉철한 평가를 내리는 태훈을 못마땅하게 째려보았다. 하지만 이내 가식적인 미소를 매달고 허세를 떨었다.

"다시 말해줘? 나 성하윤이야! 내가 마음만 먹으면 여자로 보게 만드는 건 일도 아니지."

"아, 그럼 지금까지는 마음을 안 먹었었구나."

태훈이 놀라운 사실을 알게 됐다는 듯 고개를 끄덕이자, 지혜가 빈정거리며 끼어들었다.

"마음 좀 빨리 먹지 그랬냐. 네가 들이대지 않고 오빠 입에서 먼저 사귀자는 말이 나왔으면 깔끔했을걸. 가계약 따위 필요도 없고."

"그래서 이제 먹을 거라고……."

"근데 신휘 형을 어떻게 믿어?"

찬물을 끼얹는 태훈의 질문에 순간적으로 하윤의 미간이 좁아졌다. 이어서 지혜가 합세했다.

"변태 말에 동의."

지혜는 태훈이라는 이름을 두고 변태훈에서 굳이 앞 두 글자만 따서 변태라고 불렀다. 물론 그건 하윤도 마찬가지였다.

"네가 하도 사람을 달달 볶으니까 그러겠다고 해놓고 뒤로 딴 여자 만날 수도 있잖아. 아니면 이 말 같지도 않은 약속 때려치우자고 하든 가."

'말 같지도 않은'이라는 대목에서 하윤은 욱하고 분노가 용솟음쳤다. 하지만 지혜는 멈추지 않았다.

"오빠가 여태까지 여자친구가 없었던 건 말하는 나도 믿어지지가 않 지만, 너처럼 들이대는 여자는 예전이나 지금이나 넘쳐 나지 않냐?"

'너처럼 들이대는'이라는 대목에서는 하마터면 지혜를 한 대 칠 뻔했 다.

"여자 연예인들만 해도 신휘 오빠 이상형으로 엄청 꼽던데? 그중에 오빠 이상형 하나 없겠어? 지금까지는 다행히 없었다고 해도 관심 가는 여자 생기면 너랑 한 약속 지키자고 설마 안 만나겠냐?"

하윤은 폭발 직전이었던 사람이 맞나 싶게 태연한 얼굴로 코웃음을 쳤다.

"내가 그딴 믿음도 없이 저질렀겠냐? 오빠가 헛소리는 가끔 해도 거 짓말은 안 해."


"오빠, 나 살 좀 찐 것 같지?"
"좀이 아니라 많이 쪘는데?"


"나 머리 잘랐는데 어때?"
"사내놈 같다."

"내가 만든 건데 먹어봐."

"이건 혹시…… 개밥이냐?"

굳이 정직하지 않아도 되는 상황에서조차 칼같이 정직한 반응을 보이며 뒷목 잡게 만든 게 한두 번이 아니었다. 당시의 기억을 떠올린 하윤은 뻣뻣해진 목덜미를 주무르며 말을 이었다.

"오빠는 자기 입으로 한 약속은 지켜. 안 지킬 생각이거나, 못 지킬 것 같았으면 목에 칼이 들어왔어도 절대 대답 안 했을 거야."

하윤과 오 년째 삼총사로 지내온 두 사람도 신휘를 잘 알고 있었기에 더 이상 부인할 수 없었다.

"우리 문씨 삼 형제 DNA가 어디 가겠냐?"

문씨 삼 형제라 함은 하윤과 함께 살고 있는 창휘, 은휘, 신휘를 가리키는 말이었다. 세 사람을 떠올린 하윤의 얼굴에는 흐뭇한 미소가 감돌고 있었다.

그날 밤, 하윤은 중요한 이야기가 있다면서 세 사람을 거실로 불러 모아놓고 그 앞에 마주 보고 앉았다.

"학교에서 무슨 일 있었어?"

하윤의 입이 열릴 때까지 기다리지 못하고 신휘가 걱정스러운 표정으로 물었다. 학교에서 벌어질 수 있을 만한 사건 사고들이 그의 머릿속을 가득 채우고 있었다.

'왕따?'

남녀를 불문하고 인기가 많은 하윤이 왕따일 가능성은 희박해 보였다.

'그렇다면 학교 폭력?'

하윤은 때리면 때렸지 어디 가서 맞고 다닐 만큼 연약하지 않았다.

'그럼 성적 비관?'

비관할 성적도 아니었지만, 꼴등을 한들 비관할 성격도 아니었다.

신휘가 감을 잡지 못하고 헤매고 있을 때 하윤이 입을 열었다.

"우리 사귀기로 한 거 공식화하려고."

신휘가 뜨악한 표정으로 하윤을 바라보았다. 딴소리하지 못하게 안전 장치까지 마련해 놓으려는 하윤의 철두철미함에 그는 혀를 내둘렀다.

"우리 사귀기로 한 거? 우리?"

창휘가 '우리'라는 단어에 힘을 주어 물었다.

"응, 신휘 오빠랑 나랑 사귀기로 했어."

하윤의 재기 발랄한 대답에 창휘의 얼굴이 딱딱하게 굳었다.

"문. 신. 휘."

신휘는 창휘의 살기 어린 목소리에 움찔 어깨를 떨었다. 신휘도 꽤나 보수적인 편이었지만, 창휘에게는 댈 게 아니었다. 미성년자인 것도 모자라 딸처럼 생각하는 하윤과 사귀기로 했다는 사실을 알게 된 형이 자신을 살려둘 것 같지 않았다.

"아, 형…… 그게……."

뭐라고 해야 할지 몰라 머뭇거리고 있는 신휘 대신 하윤이 끼어들었다.

"지금 말고 이 년 후에 사귀기로 했으니까 신휘 오빠한테 뭐라고 하지 말아줬으면 좋겠어."

그녀는 병 주고 약 주고, 뺨 때리고 어르고, 혼자 다 하는 멀티 플레이어였다. 눈빛만으로도 사람을 주눅 들게 하는 창휘 앞에서도 하윤은 거침이 없었다.

"이 년 후?"

"나 성인 되면."

그제야 창휘의 표정이 조금 누그러졌다. 그 순간, 한마디도 하지 않고

당신의 여자가 되고 싶어요

세 사람의 모습을 관망하듯 지켜보고 있던 은휘가 끼어들었다.

"근데 사귀기로 한 건 맞는 거지?"

"응? 그게 무슨 소리야?"

"신휘 표정은 너랑 사뭇 다른데? 뭔가 강요와 강압에 의한……."

하윤이 은휘의 말을 끊고 끼어들었다.

"아니야. 신휘 오빠가 표현이 서툴러서 그래."

그녀는 미친 연기력으로 인정받고 있는 신휘를 욕보이고 있었다.

'그래. 난 이미 만신창이야. 네 맘대로 해……'

신휘는 모든 걸 내려놓은 상태였다.

"누가 먼저 사귀자고 한 건데?"

은휘의 질문이 이어졌다.

"……나."

하윤이 소심하게 대답하자, 은휘는 무슨 상황인지 알겠다는 표정으로 씩 웃었다. 그의 얼굴은 이렇게 말하고 있었다.

'강요와 강압에 의한 게 맞군.'

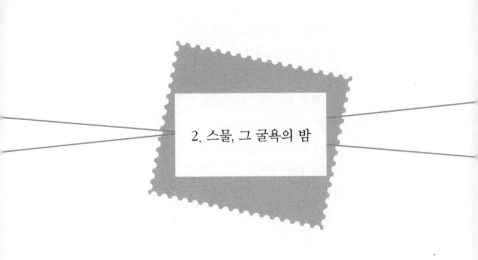

## 2. 스물, 그 굴욕의 밤

"언니!"

하윤은 구세주를 만난 사람처럼, 현관을 들어서는 도경의 팔에 덥석 매달렸다.

도경은 문씨 삼 형제 중 둘째인 은휘의 초등학교 동창이자, 그의 가장 친한 여자사람친구였다. 자연스럽게 하윤에게도 친언니 같은 존재나 다름없었다.

"사 왔어? 응? 응?"

기대감으로 초롱초롱 빛나는 하윤의 눈을 바라보며 도경이 떨떠름하게 말문을 열었다.

"사 오긴 했다만, 지금 내가 뭐하는 짓인지 모르겠다. 이제 스무 살 된 애기 첫날밤이나 도와주고 있고……."

오늘은 하윤의 스무 번째 생일이었다. 다시 말해서 오늘 자정만 지나면 성인이 된다는 의미였으며, 드디어 신휘와 정식으로 사귀게 되는 날인 셈이었다. 하윤은 성인이 되자마자 신휘를 자빠뜨리겠다는 계획을 오늘 실행에 옮길 참이었고, 도경은 그 발칙한 작전에 도우미로 낙점되었다.

"뭐하는 짓이긴, 고마운 짓이지."

하윤은 찜찜한 표정이 역력한 도경의 팔을 끌어다가 거실 소파에 앉히고 옆에 냉큼 따라 앉았다. 그리고 도경의 손에 들린 쇼핑백을 뚫어지게 바라보았다.

"그렇게 해서 보이겠니?"

도경이 피식 웃으며 쇼핑백 안에서 상자 두 개를 꺼내 들었다. 그중 먼저 열린 상자에서 찰랑찰랑한 실크 슬립이 고혹적인 자태를 드러냈다.

"어때?"

도경은 섹시한 블랙 슬립을 손가락에 걸어 치켜들고서 하윤의 눈앞에서 흔들어 보였다. 잠자리 날개보다 얇아 보이는 슬립 뒤로 도경이 입은 티셔츠의 패턴이 적나라하게 비칠 정도였다. 입을 헤벌리고 있다가 가까스로 정신을 차린 하윤이 양손 엄지를 번쩍 치켜들었다.

"그래! 이거야! 모든 게 완벽하지만 딱 하나, 아주 살짝 부족한 그것을 채워줄 비장의 무기!"

"모든 게 완벽하다고 누가 그러든?"

하윤이 도경의 어이없어 하는 말과 시선을 못 들은 척, 못 본 척 딴청을 피우고 있던 그때, 은휘의 낮게 깔린 목소리가 정적을 갈랐다.

"차도경."

동시에 고개를 돌린 하윤과 도경의 눈에 반쯤 뜬 눈으로 방에서 걸어 나오는 은휘가 보였다.

"네가 웬일이냐? 연락도 없이."

"너 보러 온 거 아니야, 꿈 깨."

도경은 은휘의 질문을 무심하게 일축하며 고개를 돌렸다.

"그딴 꿈, 꾼 적도 없고 꾸고 싶지도 않으니 헛소리는 사절한다."

은휘가 심드렁한 얼굴로 받아치며 소파로 비척비척 다가왔다.

"두 사람은 대체 언제쯤 친해질 거야?"

늘 얼굴만 마주치면, 아니 어떤 날은 얼굴을 제대로 보지도 않고 으르렁거리느라 바빴으니 하윤이 빈정거리는 것도 무리는 아니었다. 티격태격하면서도 이십 년 넘게 친구로 지내고 있다는 사실이 신기할 따름이었다.

"그럼 왜 온 건데?"

은휘는 하윤의 머리를 쥐어박는 시늉을 하면서 도경에게 물었다.

"하윤이 생일 축하해 주러 왔다. 역사적인 스무 살 생일이잖아."

"역사적일 것도 많네. 가만히 숨만 쉬고 있어도 돌아오는 스무 살 생일이 뭔 대수라고."

은휘의 코웃음에 도경이 눈을 부라렸다.

"모르면 닥치고 계시지?"

"내가 뭘 모르는데?"

"그런 게 있단다……."

은휘는 묘한 미소를 흘리는 도경을 의아하게 바라보다가 그녀의 손에 들린 슬립으로 시선을 옮겼다.

"근데 방금 펄럭거리던 건 뭐냐?"

도경과 하윤이 동시에 그를 노려보았다. 두 여자의 위협적인 눈초리에 움찔한 은휘가 저도 모르게 주춤 뒤로 물러섰다.

"태극기냐? 펄럭거리긴 뭘 펄럭거려. 하윤이 생일 선물이거든?"

"그게 생일 선물이라고?"

은휘의 눈매가 가늘어졌다. 스무 살 생일 선물이라고 하기엔 뭔가 꺼림칙한 느낌을 지울 수 없었다.

"너도 한번 볼래?"

당신의 여자가 되고 싶어요

도경은 인심 쓴다는 듯 은휘를 향해 슬립을 살랑살랑 흔들어 보였다.

"네가 보기엔 어떠냐? 섹시하지?"

"섹시는 하다만……."

은휘가 미심쩍은 얼굴로 말끝을 늘이자, 도경은 더 들을 것도 없다는 듯 말을 잘랐다.

"그럼 됐어."

"쟤 생일 선물이 왜 섹시해야 하는지부터 날 이해시켜 주면 좋겠는데?"

"네가 이해할 필요 없어."

도경의 눈과 입이 예쁘게 호선을 그리자, 은휘는 왠지 모르게 등줄기가 오싹해졌다.

"뭔가 싸한데……?"

도경은 은휘의 말을 가볍게 씹고, 아직 개봉하지 않은 박스 안에서 슬립과 같은 블랙 색상의 팬티와 브래지어를 꺼냈다.

"이것까지 입어야 완성."

하윤의 입이 다시 무방비 상태로 벌어지려는 찰나, 도경이 물었다.

"75B 맞지?"

"어, 맞아."

대답은 하윤 대신 은휘의 입에서 나왔다.

"왜 그 대답을 오빠가 하는데?"

"아는 사람이 대답 좀 하면 어떻다고."

딱히 틀린 말도 아니었기에 하윤은 얌전히 입을 다물었다.

"요새 애들은 발육이 좋은가, 다른 데는 다 말랐는데 왜 가슴은 B컵이야?"

하윤을 관찰하듯 강렬한 눈빛으로 꼼꼼히 훑어본 도경이 이내 씩 웃으며 고개를 끄덕였다.

"나쁘지 않다."

은휘는 뭐가 나쁘지 않다는 건지, 도경의 야릇한 미소가 무엇을 뜻하는 건지 알지 못했다. 그런 그가 언제 터질지 모르는 시한폭탄 성하윤이 무슨 일을 벌이려는 건지 알아차릴 방도는 더더욱 없었다.


은휘와 도경이 나가는 길에 따라나선 하윤은 목욕탕에 가서 껍질을 벗겨 버릴 기세로 때를 밀었다. 신성한 의식을 준비하듯 목욕재계를 마치고서, 물먹은 솜처럼 피곤에 절어 집에 돌아와 보니 창휘가 기다리고 있었다.

"어디 갔다 와?"

예상치도 못한 복병의 등장에 하윤은 당혹감을 감출 수가 없었다.

"어? 어, 목욕탕……."

이런 젠장, 쥐도 새도 모르게 해치워야 하는데. 물론 쥐와 새는 창휘와 은휘였다.

"그저께 통화하면서 목욕탕 가는 길이라고 하지 않았어?"

하윤은 별걸 다 기억한다고 속으로 투덜대면서 은근슬쩍 말을 돌렸다.

"오늘은 어떻게 일찍 왔네? 요새 계속 야근하길래 오늘도 못 들어오나 했더니……."

그녀는 왜 들어왔어! 라는 뒷말이 터져 나오려는 걸 필사적으로 삼켜야만 했다.

"오늘 재판 끝났어."

왜 하필 오늘이냐고! 하지만 하윤의 원망은 이어진 창휘의 말에 흔적도 없이 사라져 버렸다.

"오빠 잔다. 지금 사흘째 한숨도 못 잤어."

"그래, 얼른 자."

푹 자. 오래 자. 하윤이 반색하며 격렬히 고개를 끄덕였다.

창휘가 방에 들어가고 나서도 만전을 기하기 위해 한참 동안 몸을 사리고 있던 하윤은 그가 잠들었다는 것을 확인하고 나서야 작전을 개시했다. 도경의 선물을 모두 챙겨 입고 신휘의 방에 침투한 그녀의 얼굴에 만족스러운 미소가 걸렸다.

"모든 준비는 끝났어."

그렇게 일사천리로 진행되나 싶었다. 그런데 계획을 완성해 주어야 할 당사자가 밤 12시가 넘도록 들어올 생각도 하지 않고 있었다. 신휘의 방문에 등을 기대고 앉아 귀를 쫑긋 세우고 있던 하윤은 점점 지루해졌다.

"들어와라, 문신휘⋯⋯."

자세를 바꿔보고 딴생각도 해봤지만, 무거워진 눈꺼풀을 막을 도리는 없었다. 결국, 그녀는 쏟아지는 잠을 이기지 못하고 꾸벅꾸벅 졸기 시작했다. 그런데 갑자기 하윤의 눈이 번쩍 뜨였다. 현관문이 열리는 소리가 들렸던 것이다.

'왔다!'

자리에서 튕기듯 일어난 하윤은 창문 앞으로 쪼르르 달려가 준비해 둔 요염한 포즈를 취했다. 턱을 들고, 가슴은 내밀고, 한쪽 손은 골반 위에, 한쪽 발꿈치는 살짝 들고⋯⋯. 머릿속으로 섹시 화보에서 본 모델의 포즈를 되새기며 자세를 잡았다. 그러나 본인은 요염하다기보다는 뭔가 요상하다는 것을 미처 모르고 있었다.

신휘가 소속사 식구들과 술자리를 마치고 집에 들어온 건 새벽 2시를 조금 넘긴 시간이었다. 그가 서 있는 현관의 센서등에만 불이 들어와 있을 뿐 집 안은 어두컴컴하고 조용했다. 발소리를 죽이고 제 방으로 걸어간 신휘는 문 앞에서 걸음을 멈췄다. 잠시 뭔가를 고민하는가 싶던 그가 뒤로 돌아 맞은편 방의 문 앞에 섰다. 하윤의 방이었다.

'자고 있겠지……?'

하윤의 생일이라는 걸 잊은 건 아니었다. 12시 전에는 들어오고 싶었지만, 자신을 위해 모인 자리라 빠져나올 수가 없었을 뿐이었다. 외투 주머니에 손을 넣어 작은 상자를 만지작거리던 신휘는 제 방을 향해 몸을 틀었다. 그리고 손잡이를 돌려 문을 열었다.

"크흡……!"

신휘는 헛바람을 들이켜며 주춤 뒷걸음질 쳤다. 순간적으로 술김에 헛것이 보이는 건가 생각했지만, 창문으로 쏟아져 들어오는 달빛 아래에서 속옷이 훤히 비치는 슬립만 입고 서 있는 건 분명 하윤이었다. 이내 정신을 차린 그의 시선이 하윤의 머리부터 발끝까지 쓸고 지나갔다. 아무 말 없이 무언가 곰곰이 생각하며 서 있던 신휘가 드디어 말문을 열었다.

"가지가지 한다."

하윤의 이마에 분포하고 있던 혈관들이 일제히 용솟음쳤다.

'가지가지 한다니!'

일단 첫 반응은 개망, 똥망, 폭망이었다. 모든 망할 망 자를 다 갖다 붙여도 시원치 않을 반응이었다. 온종일 바쁘게 움직이며 준비한 계획에 개똥을 투척한 것이나 다름없었다.

'오빠 내게 똥을 줬어!'

하지만 여기서 발끈하면 간신히 잡은 분위기에 찬물을 한 바가지 뿌리는 것임을 잘 알고 있었던 하윤은 입술을 깨물며 극한의 인내심을 발휘해 꾹 참았다.

'젠장, 젠장…….'

이러다 산 사람 몸에서 사리가 나오는 기적을 경험할 수도 있지 않을까 싶었다.

'이제 어떻게 해야 하지? 확 달려가서 끌어안아? 아니면 이, 입은 것도 아니고 안 입은 것도 아닌 슬립이라도 마저 벗어버려?'

하윤의 생각이 몹쓸 방향으로 흐르고 있을 무렵, 차라리 그냥 다물고 있어줬으면 싶은 신휘의 입이 또다시 열렸다.

"술은 내가 마시고 들어왔는데 취하긴 네가 취했냐? 대체 그 복장은 뭔데?"

'이 복장으로 말씀드릴 것 같으면 섹시미와 관능미 따위 눈 씻고 찾아봐도 찾을 수 없는 성하윤이 팜므파탈로 거듭나기 위한 노력의 일환입니다만?'

하윤은 차마 입 밖으로 꺼내놓을 수 없는 진심을 마음속으로나마 털어놓았다. 신휘가 지금 무슨 생각을 하고 있는지 짐작이 갔다. 저걸 어떻게 해야 사람을 만드나 생각하고 있겠지. 김이 팍 샜지만 이대로 물러설 수는 없었다. 하윤은 마음속으로 다시 한 번 결의를 다지고서 자신이 생각하기에 가장 고혹적일 법한 미소를 지으며 나른한 목소리로 대답했다.

"우리 오늘부터 사귀는 거잖아. 오빠와의 첫날밤을 위한 나의 센스 넘치는 준비랄까?"

신휘는 방문 앞에, 하윤은 창문 앞에 서 있었다. 은은한 달빛으로만 채워진 방 안은 어두웠지만, 하윤은 신휘의 얼굴에 순식간에 들어찬 어이없는 표정을 똑똑히 볼 수 있었다. 표정을 보지 못했다고 해도, 이어진 신휘의 목소리는 그의 심경을 고스란히 드러내 주고 있었다.

"내가 너랑 사귀겠다고 했지, 다른 거 하겠다고 말한 기억은 없는데?"

섹시 콘셉트를 표방하며 게슴츠레 뜨고 있던 하윤의 눈이 튀어나올 듯 커졌다.

"말은 안 했지만 사귄다는 합의에 내포된……."

"내포 같은 소리 하고 있네."

신휘는 하윤의 궤변을 매정하게 잘라 버렸다.

"후……."

목덜미가 뻣뻣해지고 두 주먹이 불끈 쥐어졌지만, 하윤은 심호흡으로 정신을 가다듬었다. 그리고 나긋나긋한 목소리로 설득에 나섰다.

"지금까지와는 다른 관계 설정이 필요한 시점이라고 생각하지 않아, 오빠?"

"어떤 관계?"

"음, 뭐랄까…… 일종의 딥한 관계라고나 할까?"

하윤이 수줍다는 듯 시선을 내리깔았다.

"딥 좋아하시네. 그럼 지금까지는 우리가 어떤 관계였는데?"

신휘의 무정한 대답에 하윤이 입을 삐죽거리며 구시렁거렸다.

"우린 해도, 해도 너무 퓨어했지. 베리 베리 퓨어. 유 노?"

"딥의 반의어가 퓨어는 아닐 텐데?"

"알아들었으면 넘어가. 지금 그런 이성적이고 학구적인 논의를 할 시간이 어딨어? 우리에게 지금 필요한 건 감성적이고 낭만적이면서 감각적인, 뭐 그런 거야."

"하아……."

그녀의 뻔뻔함에 두 손 두 발 다 든 신휘가 짙은 한숨을 토해내며 하윤에게 다가갔다.

"네 뇌에는 부끄러움이라는 감정 자체가 탑재되지 않은 거지?"

"부끄러워. 부끄러우니까 빨리 시작하자."

하윤은 막무가내로 눈을 감고서 지척까지 다가온 신휘를 향해 입술을 쭉 내밀었다.

"우!"

"시작은 누구 맘대로 시작이야. 한 대 맞고 넣을래? 그냥 얌전히 넣을래?"

신휘의 경고에 움찔한 하윤이 슬그머니 실눈을 떴다. 다른 선택지는 없는 거냐고 물어보고 싶었지만, 정말 한 대 맞을 것 같아 질문과 입술을 동시에 밀어 넣었다.

"너 지금 뭘 어떻게 하는지는 알면서 하자는 거야?"

그의 목소리는 사뭇 진지했다.

"내가 세 살 먹은 어린애야? 내 친구 중에 경험 있는 애들도 있다고!"

최대한 이성적으로 상대하려고 애썼지만, 신휘는 결국 냉정함을 잃고 말았다.

"스무 살이 어른이냐? 애지! 이것들이 어디 발랑 까져 가지고! 방금 말한 애들 누구야? 이름 대! 앞으로 걔들하고 놀지 마!"

"오빠 눈에나 애지, 나 다 컸거든? 이론으로만 치면 나도 어디 가서 꿀리지 않는다 이거야!"

하윤의 자랑 아닌 자랑에 신휘는 할 말을 잃었다.

"오빠가 이런 식으로 나오면 나 삐뚤어지는 수가 있다?"

"뭘 어떻게 삐뚤어질 건데?"

하윤이 의미심장한 눈초리로 신휘를 바라보았다.

"오빠가 싫다면 나 좋다는……."

"죽을래?"

"악!"

이 년 전 원하는 대답을 얻어냈던 방법을 다시 한 번 써먹어보려던 그녀의 얄팍한 시도는 꿀밤으로 저지당했다. 하윤은 눈물을 글썽이며 원망스러운 눈으로 신휘를 흘겨보았다.

힘 조절을 못 하고 아프게 때린 것 같아 미안해진 신휘가 빨개진 그녀의 이마를 살살 문질러 주며 침대 위에 앉혔다.

"알았어, 알았어. 오빠랑 자자."

"진짜?"

아픈 것도 잊고 하윤의 눈이 반짝거렸다.

"코 자자."

'아놔……'

하윤은 아랫입술을 쭉 내밀고 신휘를 올려다보다가, 이불을 들치고 그 안으로 쏙 들어가 누웠다. 겨울이 다 지났다고는 해도 보온성이라고는 쥐뿔 없는, 얇디얇은 슬립 하나만 입고 있었더니 온몸에 닭살이 오슬오슬 돋아 있었다. 어차피 야심 차게 준비한 계획도 물 건너갔으니 아쉬운 대로 그의 옆에서 자는 것으로 만족하고 후일을 기약하기로 한 것이었다. 신휘가 입고 있던 외투만 벗고 침대 위로 올라와 옆에 눕자, 하윤은 그의 품에 폭 안겼다.

"아, 따뜻하다."

신휘가 어린아이 달래듯 그녀의 등을 토닥였다.

"오빠, 우리 이렇게 자는 거 되게 오랜만이다. 그치?"

"그러네."

"예전에는 나 잠 안 오면 오빠가 이렇게 재워줬었는데."

"그랬지."

하윤은 어렸을 때부터 유난히 신휘의 품을 좋아했다. 그래서 잠이 안 올 때면 베개를 들고 신휘의 방으로 쳐들어와 재워달라고 떼를 쓰곤 했다. 눈에 잠이 가득하면서 잠이 안 온다고 할 때마다 어처구니가 없었지만, 그는 항상 모른 척 넘어가 주었다. 옛날 일을 떠올리던 신휘가 피식 웃음을 터뜨리자, 하윤이 슬그머니 그의 품에서 고개를 들며 물었다.

"오빠, 우리 오늘부터 사귀는 거 맞지?"

"……그, 그렇지."

사귄다는 말이 어색하긴 했지만, 약속은 약속이니 다른 말을 할 수는 없었다.

"그러면 우리…… 진도는 언제쯤 나가?"

꼬물거리며 올라오는 하윤의 머리를 내리누르며 신휘가 대답했다.

"나 혼전순결주의자야."

그의 돌발 발언에 하윤은 잠시 생각에 잠겼다. 혼전순결주의자라……
결혼 전에 순결을 지키는……. 해석을 마친 하윤이 고개를 발딱 쳐들며
외쳤다.

"뭐? 혼전순결주의자? 언제부터?"

"언제부터가 뭐가 중요해."

오늘부터. 신휘의 얼굴에 보일 듯 말 듯 한 미소가 걸렸다. 얼떨결에
튀어나온 말이긴 했지만 말해놓고 보니 이 당돌한 시한폭탄을 상대로는
적격이라는 판단이 들었던 그는 이 설정을 밀어붙이기로 마음먹었다.

"누구 맘대로 그딴 거 하래! 나랑 합의도 없이!"

아예 몸을 일으켜 앉은 하윤이 신휘를 내려다보며 목소리를 높였다.

"너랑 합의를 왜 해야 하는데?"

"이제 오빠 몸은 내 몸이고, 내 몸은 오빠 몸이고…… 뭐 그런 거 아
니겠어……?"

"네가 지키라며."

신휘는 몸을 배배 꼬면서 배시시 웃는 하윤에게 무심하게 대꾸했다.

"나한테 말고! 나랑 사귀기 전까지 다른 여자들로부터 지키라는 거였
지!"

수줍어할 때는 언제고, 하윤은 흡사 피를 토할 기세였다.

"난 네가 지키라고 해서 지키는 것뿐이야."

망할……. 오늘 계획은 처음부터 끝까지 망할 망 자였다. 입술을 잘
근잘근 깨물며 고민해 보았지만 별다른 방도가 없었던 하윤은 침대에서
내려와 조용히 그의 방을 나섰다.

"잘 자."

신휘의 얄밉도록 달콤한 목소리를 뒤로하고 문을 닫은 그녀는 망연자실한 표정으로 터벅터벅 걸어 제 방으로 돌아왔다. 그리고 침대에 풀썩 엎어져, 비명인지 신음인지 모를 말을 내뱉으며 팔다리를 파닥거렸다.

"이힉!"

그렇게 오빠는 약속대로 정조를 지켰다. 심지어 나에게조차…… 갓뎀!

"성하윤. 일어나."

"으음……."

시끄럽다. 나는 졸리다. 깨우지 마라. 하윤은 복합적인 감정을 가득 담아 이불을 머리끝까지 휙 덮어썼다. 하지만 은휘는 그녀의 감정 따위 아랑곳하지 않고 이불을 매정하게 끌어 내렸다.

"일어나라고."

"오빠, 나 우울해……. 좀만 더 잘래."

의기소침한 연기를 하고 있는 하윤에게 은휘가 한마디 덧붙였다.

"신휘 갔다."

신휘의 이름이 나오자, 하윤의 눈이 반사적으로 떠졌다.

"……촬영 갔어?"

잠이 덜 깬 상태에서 무의식적으로 질문을 던진 하윤이 이내 배시시 웃었다.

"아, 맞다. 영화 크랭크업했지……. 당분간은 쉬는 거 아니야? 어디 갔어?"

하윤은 은휘에게 빼앗겼던 이불을 주섬주섬 목까지 끌어 올려 덮으며 건성으로 물었다. 뭐 어디든 갔겠지. 원체 바쁜 사람이라 사실 집에 있는 게 더 이상한 일이었다.

"어쩜 이렇게 소처럼 일을 시키냐. 좀 쉽게 해주지. 남수 오빠 너무하네, 정말."

조남수, 창휘의 학교 선배이자 신휘의 소속사 대표였다.

얼굴 보기도 힘들 만큼 스케줄을 잡는 남수에게 갑자기 화가 난 하윤이 '타도 조남수'를 외치려는 찰나 은휘가 끼어들었다.

"스케줄 간 거 아니야."

"그럼?"

"군대 갔다."

"그래? 하아암……."

입이 찢어지게 하품을 하던 하윤이 갑자기 얼음땡에서 얼음이 된 것처럼 얼어붙었다. 방 안 가득, 공기의 흐름마저 멈춘 듯한 정적이 흘렀다.

'지금 분명 군대라고 들었는데?'

귀로는 들었는데 머리에는 입력이 되지 않았다.

'내가 알고 있는 군대라는 단어에 다른 뜻이 있었나……?'

있을 리가 없다는 결론을 내림과 동시에 벌떡 일어나 앉은 그녀가 눈을 치뜨며 외쳤다.

"뭐라고? 군대?"

"그래. 군대 갔다고."

"에이. 오빠, 그게 무슨 소리야. 장난치지 말고."

하윤이 어색하게 웃으며 손사래를 쳤다. 이 무슨 개뿔, 웃기지도 않은 농담이란 말인가!

"마지막으로 한 번만 더 말해준다. 잘 들어. 문신휘가 오늘 논산 육군 훈련소에 입소했다."

은휘의 농담과 진담을 구별하지 못할 하윤이 아니었다. 은휘가 지금 하고 있는 모든 말들은 믿고 싶지 않을 뿐, 믿어야만 하는 말이었다.

"지, 진, 진짜……?"

은휘는 충격으로 반쯤 혼이 나간 듯한 하윤의 얼굴을 물끄러미 바라보며 고개를 끄덕였다.

"어떻게 나한테 한마디 말도 없이 군대에 가? 어디 며칠 여행을 가는 것도 아니고……."

하윤은 어디를 보는 건지 알 수 없는, 초점 없는 눈으로 혼잣말처럼 중얼거렸다. 조만간 군대에 갈 거라는 건 각오하고 있었지만, 이렇게 아무런 마음의 준비도 없이 닥칠 거라고는 생각지 못했다.

걱정스러운 얼굴을 하고 있던 은휘가 침대 가장자리에 걸터앉으며 말했다.

"신휘가 말하지 말자고 했어. 형이랑 나도 그게 좋겠다고 동의했고. 미리 아나, 오늘 아나 너 속상해할 거 뻔한데 미리부터 진 뺄 필요 없으니까. 그래서 입대하는 것도 극비로 하고, 보도 자료도 오늘 아침에 돌렸어. 이제 기사 좀 떴겠다."

그 말에 일리는 있었다. 신체 건강한 대한민국 남자로 태어나 군대에 이미 다녀온 창휘와 은휘의 사례를 되짚어볼 때, 신휘의 선택은 탁월했다. 세 남자 중 첫 번째로 군대에 다녀온 창휘의 경우, 하윤과 열한 살 차이가 났기 때문에 그가 입대할 때 하윤은 초등학생이었다. 그녀는 창휘가 입대 날짜를 받은 날부터 조와 울을 반복하며 시도 때도 없이 울어댔다. 은휘는 하윤이 중학생 때 입대했다. 한 번 경험해 보았다고 창휘 때보다 덜하긴 했지만, 하윤은 입대 일주일 전부터 은휘 뒤만 졸졸 쫓아다니며 눈물 바람을 해댔었다. 창휘와 은휘 때 그 정도였으니 신휘는 더 말할 것도 없었다. 죽고 못 사는 신휘의 경우에는 아예 부대 앞에서 살겠다고 하면 어쩌나, 모두가 걱정할 정도였다.

뒤통수를 얻어맞은 사람처럼 멍하게 앉아 있던 하윤은 조금씩 정신이 돌아오기 시작했다.

'세 남자를 군대에 보내야 하는 이 기구한 운명이여…….'

큰 눈에는 눈물이 그렁그렁 차올랐고, 곧 폭발할 듯 입술을 삐죽거리기 시작했다.

"아이고, 오랜만에 우리 울보 우는 거 보겠네."

은휘가 금방이라도 뚝 하고 떨어져 내릴 듯한 눈물방울을 매달고 있는 하윤의 머리를 부드럽게 쓰다듬으며 웃었다.

"……누구랑 갔어? 남수 오빠가 따라갔나?"

"남수 형이랑 회사 사람들 몇 명 간 것 같고, 창휘 형도 따라갔어. 요새 미친 듯이 일만 한다 했더니 오늘 훈련소 따라가려고 무리했나 보더라고. 친위대처럼 줄줄이 달고 극진한 대접 받으면서 갔으니까 걱정할 거 없어."

"오빠는 왜 안 가고?"

"신휘가 너 울다가 까무러치면 어떡하냐고, 옆에 있어주래서."

하윤은 눈물이 핑 돌고 코끝이 시큰해졌다.

"신휘가 전해달라는 말 있어. 전화 안 하고 바로 들어갈 거라고, 대신 말해달래."

은휘는 말을 끊고서, 간절한 눈빛을 보내고 있는 하윤을 지그시 바라보다가 다시 입을 열었다.

"삐뚤어지지 말라더라."

어제 맞은 이마가 갑자기 욱신거리는 듯한 느낌이 든 그녀는 저도 모르게 미간을 찌푸렸다.

"근데 이게 뜬금없이 무슨 말인데? 너 신휘한테 삐뚤어지겠다고 협박했냐?"

정곡을 찔린 하윤이 슬그머니 시선을 피하자, 고개를 갸웃거리던 은휘가 다시 말을 이었다.

"하루 늦었지만 스무 번째 생일 축하한다고 전해달래. 편지 자주 쓰고, 면회 가끔 오고, 학교 잘 다니고 있으란다."

사귀기로 한 첫날, 애인을 군대에 보내는 나란 년의 박복한 팔자.

"으허허엉⋯⋯."

신휘가 곁에 없다는 상실감과 설움에, 드디어 하윤의 눈물샘이 터져 버리고 말았다. 올 게 왔다는 표정으로 은휘가 하윤의 어깨를 두드려 주었다. 그리고 하등 위로가 되지 않는 위로의 말도 꺼내놓았다.

"안에 들어가 있는 놈들한테나 긴 시간이지, 밖에 있으면 금방이다."

하윤은 삼 일 밤낮으로 식음을 전폐하고 통곡했다. 역시 경험은 사람을 성장시키기 마련이었다. 창휘와 은휘는 이미 한 번씩 경험해 본 일이었기에 크게 당황하지 않았다. 교대로 하윤을 들여다보면서 응급 상황이 생기지 않는지 조심스럽게 동태만 살폈다. 어차피 울 만큼 울고 슬퍼할 만큼 슬퍼해야 진정된다는 것을 알고 있기 때문이었다.

두 사람의 예상대로 하윤은 더 쏟아낼 눈물이 없을 때가 되어서야 현실을 받아들이기 시작했고, 비로소 책상 위에 있던 물건 중 하나가 사라지고 하나가 새로 생겼다는 것을 알게 되었다. 사라진 건 액자 안에 들어 있던 자신의 사진 한 장, 새로 생긴 건 예쁜 상자에 담겨 있는 목걸이였다.

"그래, 까짓것 이 년을 못 기다리겠어? 내가 고무신의 정석을 보여준다!"

하윤은 신휘의 말이 법이라도 되는 듯 하루도 빼놓지 않고 편지를 쓰고, 한 달에 한 번씩 꼬박꼬박 면회를 가고, 학교도 잘 다니며 이 년여의 시간을 바쁘게 보냈다.

하윤은 그렇게 스물두 살이 되었다.

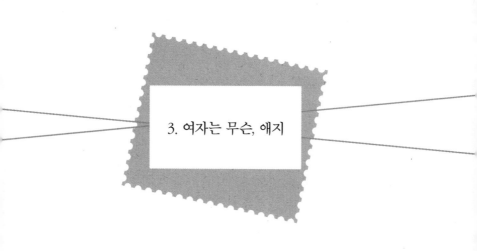

## 3. 여자는 무슨, 애지

드르륵…… 드르르륵…….

손톱으로 칠판을 긁는 것만큼이나 거슬리는 소음이 규칙적으로 들려
올 때마다 하윤이 몸을 움찔거렸다. 침대 옆 탁자로 손을 뻗어 허우적
거려 보았지만, 손에는 잡히는 건 아무것도 없었다.

"아……."

하윤의 입에서 안타까움과 짜증이 뒤섞인 신음이 새어 나왔다. 알람
이 울리면 끄고 도로 잘까 봐 휴대폰을 책상 위에 올려두었던 것이 떠
올랐던 것이다. 침대에서 몸을 일으킨 하윤은 좀비처럼 비척비척 책상
앞으로 다가가 휴대폰을 집어 들었다. 오전 6시 50분. 제시간에 울리는
게 당연한 알람을 기특한 얼굴로 바라본 그녀는 반쯤 감긴 눈으로 방문
을 열었다. 그 순간, 검은 물체가 눈앞을 휙 하고 지나갔다.

"으헉!"

하윤을 주춤 뒤로 물러서게 한 이의 정체는 문씨 삼 형제 중 첫째인
창휘였다. 블랙 더블 슈트에 머리카락을 빳빳하게 올려 세운 그는 온몸

으로 범접하기 힘든 카리스마를 발산하고 있었다. 은테 안경 너머로 보이는 날카로운 눈매와 굳게 다문 입매에서 냉철함과 지성미가 느껴졌다.

"일어났어?"

"아직 7시도 안 됐는데 벌써 나가는 거야?"

졸린 눈을 비비며 현관으로 따라 나간 하윤이 구두를 신는 창휘에게 물었다.

"오늘 재판 있는 날이라 바빠."

우리나라 3대 로펌 중 한 곳의 변호사인 창휘는 서른세 살이라는 나이에도 불구하고 로펌 내에서 톱클래스로 손꼽히는 인재였다.

"꼭 이기고 와. 파이팅!"

하윤의 말이 끝나기 무섭게, 비밀번호를 누르는 소리와 도어록 열림음 소리가 차례로 들리더니 현관문이 벌컥 열렸다. 그리고 투블럭 포마드 헤어스타일에 마른 듯하면서도 탄탄한 체형의 남자가 집 안으로 들어섰다. 180㎝인 창휘보다 키가 더 컸고, 레드 브라운 색상의 머리가 묘하게 섹시한 분위기를 자아내고 있었다. 거칠고 반항적인 듯 보이면서도 우수에 찬 눈빛이 눈길을 잡아끄는 그는 문씨 삼 형제 중 둘째인 은휘였다.

"형, 지금 나가?"

와인바를 운영하는 그에게는 남들이 출근하는 시간이 퇴근 시간이었다.

"가게 술은 네가 다 처마시냐?"

은휘에게 나는 술 냄새에 창휘의 미간이 좁아졌다. 아차 싶었던 은휘는 얼른 현관 벽에 등을 밀착하며 창휘와의 간격을 최대한 벌렸다. 그러고는 입술만 달싹이며 대답했다.

"진짜 딱 한 잔 마셨어."

창휘가 들고 있던 구둣주걱을 들어 올리며 매섭게 노려보자, 은휘는 잽싸게 하윤을 향해 손을 뻗었다.

"꺅!"

무방비 상태로 있다가 갑자기 팔을 잡힌 하윤이 외마디 비명을 질렀다. 순식간에 현관 아래로 끌려간 그녀는 은휘에게 어깨를 잡힌 채 그 앞에서 방패막이가 되어야만 했다.

"컥!"

단말마의 비명이 허공을 갈랐다. 하윤의 어깨를 잡고 있던 은휘의 두 손은 어느새 자리를 옮겨 제 머리를 감싸 쥐고 있었다. 몸은 숨길 수 있을지언정, 하윤보다 훌쩍 더 큰 은휘의 머리는 무방비 상태로 노출될 수밖에 없었던 것이다.

"네가 하윤이 뒤에 숨는다고 숨어지냐? 멍청한 놈."

은휘의 머리에 구둣주걱을 내려친 창휘는 혀를 차며 집을 나섰다.

"아오, 술이 확 깨네."

맞은 곳을 문지르면서 복도를 지나 거실로 들어선 은휘는 소파 위에 벌렁 드러누우며 하윤을 불렀다.

"성하윤."

하윤이 뭉그적거리며 다가가 다짜고짜 두 글자를 내뱉었다.

"없어."

"뭐가? 내가 무슨 말 할 줄 알고 무조건 없대?"

"오빠가 무슨 말을 할지 모르는 게 더 이상한 거 아니야? 우리 알고 지낸 지 이십이 년에 자그마치 십이 년을 같이 살았거든? 북엇국 끓일 북어도 없고, 콩나물국 끓일 콩나물도 없어."

"그렇게 잘 아는 놈이, 내가 찾을 줄 뻔히 알면서 너무한 거 아니냐?"

은휘가 툴툴거리거나 말거나 하윤은 단호했다.

"창휘 오빠가 해장거리 사지 말래서 못 샀어. 간이 너덜너덜해져 봐야 정신 차린다고, 속 풀어줄 어떤 것도 해주지 말래."

더 이상 할 말이 없다는 듯 하윤이 쿨하게 뒤돌아서려 하자, 은휘가 다급하게 외쳤다.

"하윤아!"

시답잖은 말을 할 게 분명하다는 것을 알면서도 마음이 약해진 하윤의 시선이 은휘에게 향했다.

"왜?"

"그럼 꿀물이라도……."

하윤은 자신을 애절하게 올려다보는 은휘를 한심하게 쳐다보며 말했다.

"이 사기꾼."

은휘는 제 귀를 의심했다. 꿀물 하나 원했다고 사기꾼이라는 말까지 들어야 하는 이 현실이 믿을 수가 없었다.

"오빠 밖에 나가면 완전 카리스마 작렬에 미친 존재감, 뭐 이런 이미지더라? 이 정도면 사기 아니야?"

하윤이 걸음을 옮기며 덧붙였다.

"꿀도 없어. 물에 설탕이나 한 숟갈 타서 마시든가."

불쌍한 얼굴로 자신을 바라보고 있는 그를 모른 척하며 곧장 부엌으로 향한 하윤은 컵과 숟가락을 찾아 손에 들었다. 그러고는 은휘가 따라오지 않는지를 확인하고서 싱크대 앞에 쪼그려 앉아 수납공간 안으로 손을 뻗어 뭔가를 꺼내 들었다. 토종꿀이라는 글자가 큼직하게 박힌 유리병이었다.

"이히히……."

하윤은 쪼그려 앉은 자세 그대로 유리병 뚜껑을 열고 꿀을 두 숟가락 듬뿍 떠서 컵으로 옮겨 담았다. 조심스럽고도 은밀한 작업을 마친 그녀는 원래 자리에 유리병을 도로 넣어두고 끙, 하며 몸을 일으켰다. 그 순간이었다.

"크홉!"

하윤이 알아들을 수 없는 신음을 흘리며 몸을 움찔 떨었다. 눈앞에 이글이글 타오르는 눈빛으로 서 있는 은휘를 발견했기 때문이었다.

"은밀한 행동으로 보아하니 그건 내 것이 아니렷다?"

"빙고!"

은휘는 집게손가락 하나를 치켜들고 낭랑하게 대답하는 하윤을 바라보며 볼멘소리를 중얼거렸다.

"네가 이렇게 나를 배신하는 날이 오다니……."

"나는 창휘 오빠가 시키는 대로 하는 것뿐이야. 그러게 술 좀 작작 마시지, 어떻게 꽐라가 되는 족족 창휘 오빠한테 딱 걸리냐? 그것도 재주다, 재주. 창휘 오빠 화 풀릴 때까지 나도 어쩔 수 없으니까 그런 줄 알아."

무정한 하윤의 말에 은휘가 상처받은 얼굴로 중얼거렸다.

"내가 너를 어떻게 키웠는데…… 업어가며……."

"그건 창휘 오빠고."

"그럼 먹여가며……."

"그건 신휘 오빠."

하윤은 무선 주전자에 물을 끓이며, 그의 말에서 틀린 부분을 쏙쏙 골라내어 지적해 주었다.

"난 대체 너한테 뭘 한 거냐."

자괴감에 휩싸인 은휘가 머리를 쥐어뜯었다.

"오빠가 나한테 가르쳐 준 게 얼마나 많은데."

하윤의 말에 그제야 은휘의 얼굴이 밝아졌다.

"그치?"

그런데 곰곰이 생각해 보아도 하윤에게 뭘 가르쳤는지 도통 떠오르는 게 없었다.

"내가 뭘 가르쳤지?"

"세 가지가 있어."

하윤이 손가락 세 개를 쫙 펴고서 앙증맞은 입술을 열었다.

"세 가지씩이나?"

은휘의 눈이 커졌다.

"첫 번째는, 술."

은휘는 잠시 고민하다가 고개를 끄덕였다. 하윤은 웬만한 남자보다 술을 더 잘 마셨다. 술은 어느 정도 마실 줄 알아야 한다는 생각이 확고한 그는 하윤의 주량이 내심 뿌듯했지만, 창휘와 신휘는 결코 동의하지 않았다. 은휘는 순진한 아이를 꼬드겨 타락으로 이끈 취급을 받는 처지였다.

하윤의 입술이 다시 달싹이자, 은휘는 부푼 기대를 안고 귀를 기울였다.

"두 번째는, 맞짱 뜰 때 밀리지 않는 기술."

은휘는 첫 번째보다 조금 더 오랜 시간 고민해야만 했다. 제 눈에는 야리야리해 보이기만 한 하윤이 혹시나 어디 가서 맞고 다니지는 않을까 걱정스러운 마음에 온갖 급소와 호신술을 가르친 것까지는 아주 바람직하다고 생각했다. 그런데 누구에게 써먹느냐가 문제였다. 그 필살기를 태훈에게 써먹고 돌아왔던 날을 떠올린 은휘는 쉽게 고개를 끄덕일 수가 없었다.

어느새 꿀물을 완성한 하윤이 마지막 가르침을 공개했다.

"그리고 마지막, 성에 대한 전반적인 지식."

은휘는 그대로 굳어버렸다. 성에 관해 부끄러워하고 숨기는 게 결코 좋은 게 아니라는 TV에 나온 전문가의 말을 듣고서 하윤이 뭔가를 물어볼 때마다 솔직하게 알려주었다. 그 결과 이론만 빠삭한 음란마귀가 탄생할 줄은, 그때는 미처 알지 못했다.

"오빠의 가르침에 보답하는 차원에서 해주는 말인데, 꿀 건드리면 창휘 오빠한테 이를 거다?"

우두커니 서 있는 은휘를 스쳐 지나가며 혀를 쏙 내민 하윤은 부엌을 나가 신휘의 방을 향해 사뿐사뿐 걸음을 옮겼다. 이 년여간 비어 있던 방에 주인이 돌아와 있다는 사실이 아직도 잘 실감 나지 않았다.

"후우······."

가슴이 벅차오른 하윤은 크게 심호흡을 하고 조심스럽게 손잡이를 돌렸다.

달칵.

열린 문 사이로 술 냄새가 파도처럼 밀려들자, 하윤의 콧잔등에 굵직한 주름이 잡혔다. 감동으로 가득했던 표정은 흔적도 없이 사라지고 없었다. 하윤은 성큼성큼 창문으로 다가가 암막 커튼을 거침없이 열어젖혔다. 눈부신 아침 햇살이 창문을 통해 쏟아져 들어왔다.

"으으······."

창문 쪽으로 고개를 돌린 채 엎드려 자고 있던 신휘가 움찔하며 베개를 들어 얼굴을 가렸다. 하윤은 가차 없이 베개를 빼앗았다.

"일어나. 7시에 깨워달라며?"

신휘의 인간 알람. 오후 수업밖에 없는 그녀가 6시 50분에 알람을 맞추고 안 떠지는 눈을 비비며 억지로 일어난 이유였다.

"나 어제 1시 넘어서 잠들었는데, 대체 몇 시에 들어온 거야? 술 진탕 마시고 들어올 줄 알았다. 7시에 깨워달라는 문자만 하나 띡 보내놓고 자면 땡이야? 얼마나 마신 거야? 꿀물 타 왔어. 일어나, 얼른."

옆에서 하윤이 쉴 새 없이 종알거리는데도 신휘는 미동도 하지 않았다. 7시에 깨워달라는 걸 보면 촬영이든 인터뷰든 미팅이든, 뭐가 됐든

간에 스케줄이 있는 게 분명했다. 따라서 하윤에게는 그를 꼭 깨워야만 하는 막중한 책임이 있었다. 신휘가 꼼짝도 하지 않자, 하윤은 덮고 있던 이불을 확 끌어 내렸다.

"일어······."

미처 다 하지 못한 말들은 그대로 입속을 맴돌다 사라졌다. 지금은 입이 움직일 때가 아니라, 눈이 움직일 때라는 걸 본능이 먼저 인지했기 때문이었다. 하윤의 눈은 아무것도 걸치지 않은 신휘의 탄탄한 상체에 고정되었다. 과하지 않은, 그렇지만 옹골찬 근육과 넓디넓은 등판에 툭 튀어나와 있는 섹시한 어깨뼈가 시선을 사로잡았다.

"오······."

하윤의 입술 사이로 나직한 감탄사가 흘러나왔다. 상의 정도는 아무렇지 않게 훌렁훌렁 벗고 돌아다니는 세 남자 사이에서 살아온 그녀는 다른 남자의 벗은 몸 따위에 눈도 깜박하지 않았다. 관상용으로 최고의 비주얼을 자랑하는 삼 형제였으니, 눈만 돌려도 화보 그 자체였던 것이다. 그런데 오랜만에 본 그의 몸은 브라보를 외치고 싶을 만큼 감탄스럽기 그지없었다.

'캬! 나이스 보디!'

조금 더 보고 싶은 본능과 쿨하게 나가라는 이성 사이에서 갈등하던 하윤은 지성인답게 이성에 따르기로 했다. 그러나 마지막 순간까지 눈에 새길 듯한 기세로 훑어보는 것을 잊지 않았다.

"여기 두고 나간다. 난 분명 깨웠다? 나중에 딴말하기 없기?"

하윤은 은휘에게 배신자로 낙인찍히면서까지 공수해 온 귀하디귀한 꿀물을 탁자 위에 올려놓고서 몸을 돌렸다. 그 순간, 신휘가 손을 불쑥 뻗어 방심하고 있던 그녀의 팔을 낚아챘다.

"엄마야!"

하윤을 끌어당겨 제 옆에 눕힌 신휘는 버둥거리는 그녀를 팔과 다리로 꽉 끌어안았다.

"아, 술 냄새!"

"다음엔 엄마야 하지 말고 오빠야 해봐. 신휘 오빠야 해주면 더 좋고."

"으이구. 말이 되는 소리를 해라, 쫌."

간신히 그의 품에서 빠져나와 몸을 일으켜 앉은 하윤은 구시렁거리며 산발이 된 머리를 대충 손으로 빗어 내렸다.

"누구는 산발이 돼도 화보지만, 나는 산발이 되면 화상이거든?"

구시렁거리다가 고개를 슬쩍 돌린 하윤은 눈꼬리가 휘게 웃고 있는 신휘와 눈이 마주쳤다.

'오! 지저스!'

죽은 심장도 뛰게 할 만큼 아찔한 눈웃음이었다. 머리를 조아리고 싶도록 은혜로웠다. 브라운관이나 스크린에서 보아도 가슴이 설레어 잠못 들게 하는 남자가 오직 자신만을 위해 웃어주고 있으니, 하윤은 세상을 다 가진 기분이었다.

"우힛!"

하윤의 입에서 웃음이 터져 나왔다.

"맥락 없는 그 웃음의 의미는 뭐지?"

"오빠 보니까 좋아서."

"이리 와."

하윤은 헤벌쭉 웃으며 신휘 옆에 냉큼 누웠다. 진동하는 술 냄새 따위, 지금 그녀에게는 아무런 문제도 되지 않았다.

"머리."

하윤이 머리를 들어 올리자, 신휘는 하윤의 머리에 베개를 끼워 넣어주었다. 그리고 한 팔로 자신의 머리를 받치며 모로 누웠다.

"잘 있었어?"

신휘가 자유로운 한 손으로 하윤의 얼굴을 장난스럽게 건드리며 물었다.

제대하자마자 바로 촬영에 들어가게 된 영화가 해외 올 로케이션이었던지라, 독일과 체코에서 약 삼 개월간 체류하고 한국으로 돌아온 지이제 삼 일째 되는 날이었다. 제대한 바로 다음 날 독일로 출국했고 지난 삼 일 동안은 계속 활동 시간대가 달랐기 때문에, 두 사람이 제대후 정식으로 얼굴을 본 건 오늘이 거의 처음이라고도 할 수 있었다.

"아니, 오빠 기다리다가 망부석 될 뻔했어."

하윤이 눈꼬리를 축 늘어뜨리며 웅얼거렸다.

"이게 어디서 거짓말만 늘어가지고. 아주 신나게, 잘만 놀러 다녔던데."

어디까지 알고 있는 거지? 하윤은 순간적으로 움찔했지만 처음 듣는말이라는 듯 눈을 크게 뜨며 발뺌했다.

"누가? 내가?"

"네, 네가요."

신휘가 어처구니없다는 표정으로 받아쳤다.

"아닌데? 난 그런 적 없는데?"

현장에서 들킨 것도 아닌데 끝까지 우겨보기로 했다.

"지난주만 해도 지혜랑 경주 갔다 왔다며? 여자애들 둘이서 겁도 없이."

어떻게 알았지? 지혜와 함께 TV를 보다가 경주 안압지 야경에 꽂혀바로 출발한 즉흥 여행이었다.

"그, 그건 진짜 오랜만에……."

"오랜만 같은 소리 한다. 지지난 주에는 과 동기들이랑 가평 놀러 갔다 온 걸로 알고 있는데?"

이건 또 어떻게 알았지? 눈망울을 요리조리 굴리던 하윤이 멋쩍은 웃음을 흘리며 물었다.

"누구한테 들었어?"

"누구한테 들었으면 뭐?"

"누가 아군이고 누가 적군인지는 알고 있어야지."

스파이를 색출해 내고야 말겠다는 각오로 하윤이 눈에 힘을 주며 입을 앙다물었다.

"너 놀러 다닌 거 나한테 말하면 적군이고, 말 안 하면 아군이야?"

"물론."

하윤이 비장하게 고개를 끄덕였다.

"경주는 창휘 형, 가평은 은휘 형."

"젠장…… 이건 뭐, 사방이 적이군."

혼잣말을 중얼거리던 하윤의 귀로 신휘의 코웃음과 빈정거림 콤보가 날아들었다.

"주말마다 바쁘셨다면서요?"

예, 예. 제가 공사가 다망하여…….

"몸만 바빴지 마음은 텅 빈 것 같았어……."

하윤은 속마음과 달리 처연한 표정을 지으며 눈을 내리깔았다.

'이제 내 마음을 채워줘, 오빠의 사랑으로. 우리의 로맨스는 지금부터 야.'

김칫국을 한 사발 들이켜고 팔푼이처럼 혼자 키득거리는 하윤을 신휘가 떨떠름하게 바라보고 있었다.

❦

알람 없이도 저절로 눈이 떠진 하윤이 창밖으로 시선을 돌렸다. 그녀의 기억은 무언가에 이끌리듯 십이 년을 거슬러 올라가, 따뜻하고 청명한 어느 봄날에서 멈췄다.

창휘, 은휘, 신휘의 아버지인 명호와 하윤의 아버지인 진석은 친형제만큼이나 각별한 친구 사이였다. 두 사람의 꿈은 옆집에 나란히 살면서 가족처럼 지내는 것이었고, 하윤이 태어나기 직전 그 꿈을 실행에 옮겼다. 그래서 그녀는 태어난 순간부터 자연스럽게 삼 형제를 둔 집안의 막내딸처럼 자랐다.

"애가 애를 키우네."

부모님을 비롯한 주변 사람들이 모두 신기해할 정도로 삼 형제는 하윤을 애지중지 보살폈다. 엄마, 아빠보다 오빠라는 말을 먼저 했다는 우스갯소리를 할 만큼 삼 형제는 하윤에게, 하윤은 삼 형제에게 특별한 존재였다. 그렇게 그들은 평화롭고 행복한 시절을 보냈다. 십이 년 전, 그 사고가 있기 전까지.

그날은 눈부시게 빛나는 봄날이었다. 하윤은 학교에서 돌아오는 길에 검은색 정장을 입고 다급한 걸음으로 집을 나서는 부모님과 마주쳤다.

"어디 가?"

"승구 아저씨네 아버지가 사고로 돌아가셨대. 거기 가는 길이야."

"나도 따라갈래."

"집에 있어. 네가 거기 가서 뭐하게."

"혼자 있기 싫단 말이야. 오빠들 학교에서 오려면 아직 멀었고."

결국, 삼 형제의 부모님까지 다섯 명은 구미로 출발했다. 하윤은 무슨 목적으로 어디에 가는지 별 관심이 없었다. 누군가의 죽음에 비통함을 느낄 만큼 세상사를 아는 나이도 아니었고, 알았다고 해도 아빠 친구의 아버지가 돌아가셨다는데 크게 슬프지도 않았을 것이었다. 숙연한 분위기 가운데 그녀 혼자만 놀러 가듯 들떠 있었다. 뒷자리에 앉아 노래도 흥얼거리고, 간간이 엉덩이를 들썩여 가며 인기 가수들의 안무를

당신의 여자가 되고 싶어요

따라 하기도 했다.

"정신 사나워, 가만히 좀 있어."

엄마가 여러 번 나무랐지만, 하윤은 별로 개의치 않았다.

"얘가 오늘따라 왜 이렇게 말을 안 듣는지 모르겠네."

그녀가 들은 엄마의 마지막 목소리였다. 하윤은 곧이어 귀가 찢어질 듯한 굉음과 몸속의 장기가 밖으로 튀어나올 만큼의 충격을 끝으로 정신을 잃었다.

그리고 눈을 떴을 때는 병원이었다. 신휘가 곁에 있었다.

"오······ 빠······."

하윤은 신휘를 통해 충격적인 소식을 듣게 되었다.

"앞서가던 적재 불량 화물차에서 떨어진 자재 때문에 사중 추돌 사고가 났대. 차에 타고 있던 다섯 명 중에서 살아남은 건 너밖에······."

하윤은 그제야 엄마와 아빠가 가운데 자리에 앉아 있던 자신을 동시에 감싸 안았던 순간이 떠올랐다. 가벼운 타박상만 입은 채로, 그녀 혼자만 살아남은 것이었다.

창휘는 법대 2학년, 은휘는 고등학교 2학년, 신휘는 중학교 3학년 그리고 하윤은 초등학교 3학년이던 해 어느 날, 네 사람은 한날한시에 엄마, 아빠를 모두 잃었다.

"괜찮아, 다 괜찮아······."

삼 형제가 그녀에게 가장 많이 해준 말이었다.

그들은 딱 첫날만 울었다. 삼 형제는 의연하게 장례 절차를 진행했고, 하윤은 울 기운이 남아 있지 않아 그냥 멍하게 있었다. 친가 쪽, 외가 쪽 할머니 할아버지 모두 돌아가신 줄로만 알고 있었던 그녀는 장례 식장에서 외할아버지의 존재를 처음 알게 되었다. 연락할 친인척이 없어 난감하던 차에 창휘가 하윤 어머니의 휴대폰에서 '아빠'라는 번호를 발견하고 연락을 해보았다고 했다.

"외할아버지십니다."

비서로 추정되는 남자의 사무적이고 딱딱한 말투에 겁을 먹은 하윤은 이어지는 할아버지의 말에 그대로 얼어붙었다.

"제 애비를 쏙 뺐네."

할아버지는 무미건조하고 냉기가 뚝뚝 떨어지는 목소리도 모자라, 온기라고는 찾아볼 수 없을 만큼 싸늘한 눈빛으로 그녀를 내려다보고 있었다. 그리고 하윤은 그와 아주 닮은 사람이 또 한 명 있다는 것을 알게 되었다.

"네가 하윤이니?"

엄마의 오빠, 그녀에게는 외삼촌이었다. 두 사람이 하윤에게 건넨 말은 그게 다였다.

어떻게 지나갔는지 모르게 장례식이 끝나고, 그녀는 외할아버지의 집으로 가게 되었다.

"앞으로 네가 살 집이다."

어마어마한 크기의 저택과 눈이 황홀할 정도의 공주풍 방, 생전 처음본 음식들……. 하윤은 다른 세계에 와 있는 것만 같았다. 그런데 하나도 좋지 않았다. 전혀 행복하지 않았다. 엄마, 아빠와 살던 집은 작았지만 따뜻했고, 낡았지만 정겨웠다. 그렇지만 할아버지의 집은 차갑고 딱딱했다. 할아버지와 처음 눈이 마주쳤을 때의 오싹함이 집에서까지 느껴졌다.

그녀에게 유일하게 말을 걸어준 사람은 외숙모였다. 하윤은 그녀를 통해 많은 이야기를 들을 수 있었다.

"아가씨가 미대에 갓 입학한 스무 살에 공방 직원인 너희 아빠를 만났어. 열다섯 살이나 많고, 고아에, 가난한 남자……. 아버님은 물론이고 우리 애들 아빠까지 결사반대한 건 당연한 일이었지. 근데 아가씨가 너를 가진 거야. 그 사실을 알게 된 날 이후로 아버님은 아가씨를 보지 않으셨어.”

부모님을 다시는 볼 수 없다는 사실을 완벽히 받아들이지도 못한 하윤에게 뒤바뀐 환경과 낯선 사람들, 그리고 오빠들과의 이별은 외딴섬에 혼자 남겨진 듯한 상실감을 가져왔다. 그러나 하윤은 울지 않았다. 먹지도 않았다. 아무것도 하지 않았다. 잠을 자거나, 잠이 오지 않으면 그저 침대에 누워 멍하니 천장만 바라보고 있었다. 이틀이 지나자, 손등에 바늘이 꽂혔다. 그리고 얼마간의 시간이 더 흘렀다. 몇 시간이 지난 건지, 며칠이 지난 건지조차 가늠되지 않았다. 까무룩 정신을 놓았다가 눈을 떴을 때, 눈앞에 신휘가 있었다. 그는 늘 하윤이 가장 힘들 때 눈을 뜨면 눈앞에 있어주는 사람이었다.

‘오…… 빠…….’

소리 내어 부르고 싶었지만, 입술만 간신히 달싹거릴 수 있을 뿐 목소리가 나오지 않았다. 신휘는 하윤이 깨어난 걸 모르고 있었다.

“하윤이 데려가겠습니다.”

하윤은 그 말을 들으며 잠시 정신을 잃었다. 그녀를 다시 깨운 건 창휘의 목소리였다. 하지만 이번엔 눈꺼풀을 들어 올릴 기운도 없어 가만히 듣고 있을 수밖에 없었다.

“저희가 잘 돌보겠습니다.”

“저 아이가 내 집에서 나간다면 난 아무것도 지원해 줄 생각이 없다.”

할아버지의 목소리는 여전히 오싹할 만큼 냉랭했다.

“아무 지원도 필요 없습니다. 저희 부모님 사망…… 보험금에 이것저것 정리하면 하윤이 뒷바라지해 줄 정도의 여유는 있습니다. 저나 동생들이 돈벌이할 날도 머지않았고요.”

늘 냉철하던 창휘가 사망 보험금이라는 말을 꺼내면서 머뭇거리자, 하윤은 가슴 한쪽이 시큰거렸다.

“다 큰 사내놈들 셋이서 여자애 하나를 돌보겠다고?”

할아버지는 불편한 심기를 감추지 않았다.

"하윤이는 저희에게 친동생이나 마찬가지입니다."

은휘였다.

"내가 허락할 수 없다면?"

하윤은 신휘가 어떤 말이라도 해주길 바랐다. 지금 그녀에게는 창휘와 은휘보다 신휘의 한마디가 더 간절했다. 얼마간의 정적이 이어지고, 마음 졸이던 하윤의 귓속을 신휘의 진중한 목소리가 가득 채웠다.

"허락해 주실 때까지 매일 올 겁니다. 하윤이 데려갈 때까지."

고작 중학교 3학년이었던 신휘의 그 말이 얼마나 믿음직스러웠는지, 하윤은 속으로 안도했다. 어차피 할아버지에게 그녀는 십 년 동안 인연을 끊고 살아온 딸이 낳은 아이일 뿐이었고, 딸과 인연을 끊게 한 결정적 존재였다. 하윤에 대한 애정 같은 건 애초에 없었다.

"데려가라."

할아버지의 허락이 떨어졌고, 그녀는 삼 형제를 따라 집으로 돌아올 수 있었다.

그렇게 그들은 가족이 되었다.

❦

경기도 일각의 한 추모 공원 주차장으로 들어선 블랙 SUV에서 블랙 슈트를 입은 남자 세 명과 블랙 원피스를 입은 여자 한 명이 내렸다. 창휘, 은휘, 신휘 삼 형제와 하윤이었다.

"무슨 사람이 이렇게 많아……."

하윤의 입에서 볼멘소리가 흘러나왔다. 일요일이라 추모 공원 곳곳은 방문객들로 북적이고 있었고, 누가 먼저랄 것도 없이 사람들의 시선이 네 사람에게로 향했다. 신휘의 존재만으로도 이목을 집중시키기 충분한 마당에, 우월한 외모와 범상치 않은 포스를 가진 비주얼 깡패들이 한꺼번에 모여 있으니 사람들이 시선을 떼지 못하는 건 지극히 당연한 일이었다. 하지만 삼 형제는 사람들의 시선이나 수군거림에 전혀 동요하지 않았다. 하도 겪으니 무뎌진 것도 있었지만, 일일이 남의 이목에 신경 쓰는 성격들도 아니었다.

'이 남자들의 강철 멘탈이란…….'

누가 형제 아니랄까 봐, 세 사람은 똑같이 시크한 표정으로 여유롭게 걸음을 옮길 뿐이었다. 물론 하윤의 보폭에 맞춰주는 것은 잊지 않았다.

"쓸데없이 잘생겨서들……. 여자들 눈총에 못 살겠다, 내가."

몇몇 여자들의 날카로운 시선을 의식한 하윤이 복화술을 하듯 입술만 달싹이며 구시렁거렸다. 세 사람과 함께 다니면 이게 문제였다. 주목을 받는다는 것, 그리고 시기와 질투의 눈총까지 함께 받는다는 것.

"왜 쓸데가 없어. 보기만 해도 흐뭇하지 않고?"

하윤은 능글맞게 대꾸하는 은휘를 가늘게 뜬 눈으로 흘겨보았다.

"잘생긴 건 삼 년 가고, 못생긴 건 평생 간다잖아. 기왕이면 잘생긴 게 낫지 않아?"

한마디 거드는 신휘의 말에 하윤의 콧등에 주름이 잡혔다.

"미안하다. 쓸데가 있을 만큼만 잘생겼어야 했는데."

믿었던 창휘마저 합세하자, 하윤은 자제력을 잃고 똥을 한 바가지 퍼먹은 얼굴이 되어버렸다.

'다 맞는 말인데 한 대 치고 싶어지는 이 기분은 뭘까…….'

급격한 피로감에 사로잡힌 하윤이 체념한 듯 손을 휘휘 내저었다.

"쓸데없이 잘생긴 분들 중에 얼굴 알려지신 분, 선글라스라도 좀 써주세요. 내 얼굴까지 닳아 없어지겠어요."

"잠깐 서봐."

신휘가 갑자기 하윤의 팔을 잡아 세웠다. 자연스럽게 네 사람은 다 같이 멈춰 섰다.

"난 이미 늦었으니까 차라리 네 얼굴을 가리자."

신휘는 제 슈트의 웰트 포켓에 꽂혀 있던 선글라스를 빼서 하윤의 얼굴에 씌워주었다. 그리고 흡족한 미소를 지으며 그녀의 볼을 톡톡 건드렸다.

"완벽해."

선글라스에 가려진 하윤의 눈동자가 좌우로 바삐 움직였다. 그리고 완벽하다는 신휘의 말에 다른 의미로 격하게 동의했다. 주변 사람들의 모든 시선이 완벽하게 자신에게로 향해 있었다. 그도 그럴 것이, 톱스타라는 수식어가 부족할 만큼 절대적 인기를 구가하고 있는 문신휘가 여자에게 다정하게 눈을 맞추며 본인의 선글라스를 직접 씌워주었으니 시선이 모이지 않는 게 더 이상할 정도였다.

'젠장…….'

이대로 더 있다가는 사람들의 시선에 타 죽거나, 뚫려 죽거나 둘 중 하나를 선택해야 할 판이었다. 하윤은 흘러내리는 선글라스를 밀어 올리며 경보하듯 앞으로 치고 나갔다.

"자! 빨리 들어가자!"


납골당 안치단 바로 앞에 하윤을 세우고, 그 뒤로 창휘, 은휘, 신휘가 어깨를 나란히 하고 섰다. 오는 내내 일부러 더 장난치고 밝은 척을 했지만, 막상 부모님 앞에 서니 그립고 애틋한 마음은 숨겨지지 않았다. 삼 형제는 비를 맞은 작은 새처럼, 동그랗고 작은 어깨를 말고 서 있는 하윤의 뒷모습을 먹먹한 눈으로 바라보았다.

"이제 인사하자."

창휘가 담담한 어조로 말문을 열었다.

"성하윤, 어른들 기다리신다."

은휘의 말에 이어, 신휘는 아무 말 없이 하윤의 정수리에 제 손을 올려놓았다. 하윤이 숙였던 고개를 들자 신휘도 손을 거둬들였다.

"큼……"

하윤은 새빨개진 눈으로 정면을 응시하며 목소리를 가다듬었다.

"아빠, 엄마. 아저씨, 아줌마…… 저희 왔어요."

하윤의 눈앞에 있는 유골함 두 개에는 각각 故 성진석, 故 지은영이라고 쓰여 있었다. 그리고 바로 옆 칸에는 故 문명호, 故 이정미라고 쓰여 있는 유골함이 나란히 놓여 있었다. 유골함 앞쪽으로는 각각 두 장의 똑같은 사진이 자리를 잡고 있었는데, 그중 한 장은 사고가 있기 전년의 여름, 계곡에 놀러 가서 찍은 단체 사진이었다. 여덟 명이 다 같이 찍은 건 이 사진이 유일했다. 양가 부모님과 지금보다 아주 앳되어 보이는 삼 형제, 양 갈래 머리를 한 어린 하윤이 활짝 웃고 있었다. 그리고 다른 한 장은 하윤의 고등학교 졸업식 사진이었다. 하윤은 꽃다발을 가슴에 안고서 삼 형제에게 둘러싸여 행복한 미소를 짓고 있었다.

"창휘 오빠는 맡는 소송마다 져 본 적이 없어요. 승소율 백 퍼센트! 완전 멋지죠? 음…… 은휘 오빠는 매일 술만 마시고 다녀서 별로 말할 게 없고, 신휘 오빠는 제대하고 바로 외국 나가서 영화 찍고 들어왔어요. 아무래도 대박이 날 것 같아요."

어느새 평정심을 되찾은 하윤이 조곤조곤 말을 이어 나갔다.

"이 주관적이고도 편파적인 멘트는 뭐지?"

은휘의 떨떠름한 말에 하윤의 어깨가 잠시 굳었다. 그러나 이내 은휘보다 훨씬 떨떠름한 어조로 말을 이었다.

"은휘 오빠는 매일 술만 마시는 게 맞고요. 뭐…… 돈은 좀 버나 봅디다."

"버나 봅디다?"

발끈하는 은휘에게 창휘가 나지막한 목소리로 경고했다.

"시끄러워."

은휘는 얌전히 입을 다물었다. 등 뒤가 조용해진 걸 확인한 하윤이 하던 말을 계속했다.

"저도 학교 잘 다니고 있어요. 저희 모두 잘 지내고 있으니까 아무 걱정 하지 마세요."

돌아가신 분들에게 잘 지내고 있다는 것을 보여주기라도 하려는 양, 하윤은 말을 마치고 해맑게 웃었다. 그리고 뒤로 돌아섰다. 대견하다는 듯 웃고 있는 삼 형제가 한눈에 들어왔다. 하윤은 그들의 미소에 더 큰 미소로 화답했다. 그렇게 네 사람은 그들만의 방식으로 서로의 슬픔을 공감하고 위로했다.

"가자."

창휘가 하윤의 어깨에 손을 올리며 입구를 향해 걸었다. 은휘와 신휘가 그 뒤를 따랐다.

"형, 우리 언제까지 이렇게 입고 와야 돼? 우리도 이제 좀 편하게 입고 다니자."

은휘가 슈트 재킷을 벗어 어깨에 걸치며 투덜거렸다.

"나한테 그러지 말고 하윤이를 설득해."

창휘가 뒤도 돌아보지 않고 심드렁하게 대꾸했다.

"성하윤, 굳이 블랙 슈트 쫙 빼입고 와야 하는 이유가 뭔데? 요새 누가 이러고 다니냐?"

은휘의 불만에 대꾸하는 대신, 하윤은 몇 걸음 앞으로 쪼르르 달려가서는 휙 뒤돌아섰다.

"거기, 스톱!"

삼 형제가 동시에 우뚝 멈춰 섰다. 하윤의 시선이 창휘를 시작으로 은휘를 거쳐, 신휘에게 다다랐다. 세 사람을 느긋하게 훑고 난 하윤의 얼굴에 만족스러운 미소가 피어올랐다.

"멋있잖아."

은휘가 황당하다는 듯 헛웃음을 터뜨렸다.

"엄숙, 경건 뭐 이런 거 아니고? 멋있잖아가 끝이야?"

"내가 눈요기 좀 하겠다는데 안 되냐?"

"난 우리가 네 눈요깃감이 되고 있었는지 미처 몰랐다."

"지금이라도 알았으니 됐잖아?"

은휘의 황당해하는 얼굴을 바라보며 하윤이 당당하게 대꾸했다.

"창휘 오빠야 맨날 입고, 신휘 오빠도 촬영 때문에 슈트 입는 일이 많지만, 오빠는 이런 날 아니면 딱히 입을 기회가 없잖아. 내가 기회 줄 때 잔말 말고 입어."

은휘가 헛웃음을 터뜨렸다.

"내가 삼십 평생 너처럼 뻔뻔한 녀석은 보다 보다 처음 본다."

하윤이 창휘에게 쪼르르 달려가 그의 팔에 매달리며 칭얼거렸다.

"오빠, 은휘 오빠가 자꾸 태클 걸어. 어떻게 좀 해줘."

창휘는 하윤의 머리를 다정하게 쓸어주고는 은휘를 향해 단호하게 잘라 말했다.

"하윤이가 하자는 대로 해."

"어……."

하윤은 고분고분해진 은휘를 향해 혀를 쏙 내밀고는 창휘의 팔짱을 끼고 걸음을 옮겼다.

은휘와 신휘 위에 창휘가, 창휘 위에 하윤이 있었다. 고로 먹이사슬의 최상층은 하윤이었다.

🦋

하윤과 은휘는 소파에 어깨를 나란히 하고 앉아 TV를 보는 중이었다.

"오, 간지 작살!"

아이돌 그룹이 출연한 예능 프로그램을 보면서 감탄사를 터뜨린 하윤은 은휘가 자신을 향해 고개를 돌리는 것을 느끼고 아차 싶었다. 한소리 들을 것을 직감한 그녀가 슬며시 말을 바꿨다.

"참으로 보기가 좋구나……."

하윤은 아무 일도 없었던 것처럼 손을 쓱 뻗어 은휘의 얼굴을 원래자리로 돌려놓았다. 그때 공동 현관문 초인종 소리가 들렸다.

"누구지?"

하윤이 자리에서 일어나려는 순간, 방에서 나온 신휘가 도어 모니터로 걸어가며 말했다.

"내가 열게. 성국이야."

문을 열어주고서 부엌으로 가려던 신휘를 하윤이 다급하게 불러 세웠다.

"오빠!"

"왜?"

"방송국 가서 쟤들 만나면, 사인 좀 받아주면 안 돼?"

"사인? 누구?"

하윤의 쭉 뻗은 손가락을 따라 시선을 옮긴 신휘는 샤방샤방한 꽃미소를 날리는 6인조 남자 아이돌 그룹을 보고 표정이 급격히 구겨졌다.

"나한테는 사인해 달라는 말 한 번도 한 적 없으면서, 지금 누구 사인을 받아다 달라고?"

생기 있게 반짝이는 하윤의 눈동자가 못마땅했던 신휘의 목소리가 불퉁해졌다.

"오빠는 아무 때나 받을 수 있는데, 뭐."

신휘는 그 아무 때나가 대체 언제냐고 물어보려다 데뷔 십 년 차 배우의 자존심으로 꾹 참았다. 대신 다른 쪽으로 불편한 심기를 표출했다.

"성하윤, 다리 오므리고 앉아 버릇하랬지?"

하윤과 은휘는 한쪽만 책상다리처럼 접어 올린 자세로 똑같이 앉아 있었다.

"갑자기 뭐래? 이게 편하단 말이야."

난데없는 지적을 받은 하윤이 콧등을 찡그리며 투덜거렸다.

"그래, 어떻게 앉든 편하면 되지. 넌 뭘……."

"형이 자꾸 그러고 앉아 있으니까 하윤이가 따라 하잖아."

하윤의 편을 들어주려던 은휘는 신휘가 끼어드는 바람에 말을 다 마칠 수 없었다. 은휘의 얼굴이 순식간에 낭패감으로 물들었다. 그가 하윤에게 가르친 거라곤 고작 술과 싸움의 기술, 성에 대한 지식뿐이었다. 그리고 쩍벌 자세 추가…….

은휘는 슬그머니 다리를 모으고 앉았다.

"네가 남자야? 왜 형이랑 똑같은 자세로 앉아 있는 건데?"

"남자는 그렇게 앉아도 되고, 여자는 안 된다는 법이 어디 있어?"

"그래, 정정한다. 남자만 그렇게 앉아도 된다는 거 아니야. 여자도 돼. 되는데…… 치마 입고 그 자세는 좀 아니지 싶다만?"

자리를 박차고 벌떡 일어난 하윤이 치마를 홀렁 들어 올리며 대들었다.

"안에 바지 있거든? 이거 쫄바지 일체형 치마거든?"

신휘는 예상치 못한 하윤의 돌발 행동에 움찔했지만 당황한 티를 내지 않으려고 일부러 더 큰소리쳤다.

"부끄러운 줄도 모르고 어디 치마를 까뒤집어! 그게 치마든 바지든 됐고……."

아래쪽에 향해 있던 그의 시선이 위쪽으로 옮겨감과 동시에 목소리
는 더 커졌다.

"어쭈? 내가 끈나시 입지 말랬지? 어디 손바닥만 한 걸 입고 나와서
팔다리를 허옇게 다 내놓고 있어. 성국이 올라오고 있다고. 얼른 방으
로 들어가!"

신휘는 입에 모터가 달린 듯 숨도 쉬지 않고 쏘아붙이더니, 결국 추
방으로 끝을 맺었다.

"아오, 군대 가서 잔소리만 배워왔나……."

비 맞은 중처럼 구시렁거리던 하윤은 신휘의 눈썹이 격하게 꿈틀거리
자 잽싸게 달려 제 방으로 사라졌다.

"저걸 그냥……."

그리고 몇 분 후, 초인종이 울렸다. 신휘가 현관문을 열어주자 매니저
성국이 집 안으로 들어섰다.

그는 키 190㎝에, 몸무게 100㎏이 넘는 거구였다. 게다가 짧은 스포
츠형 머리를 하고 있어서 겉모습에서 느껴지는 위압감이 상당했다.

"오빠, 안녕하셨어요."

방에서 걸어 나오며 해맑게 인사를 건네는 하윤에게 성국이 어리둥
절한 표정으로 물었다.

"하윤아, 무슨 일…… 있어……?"

계절상으로는 봄이었지만 조금만 움직여도 땀이 나는 초여름 날씨였
다. 그런데 하윤은 패딩과 군밤모자, 벙어리장갑으로 중무장한 모습이
었다.

"아니요."

하윤은 대답은 성국에게 하면서 고까운 눈으로 신휘를 노려보았다.

"반항도 참 너답게 한다."

헛웃음을 치는 신휘에게 하윤이 빈정거렸다.

"반항이라니, 오빠 말 잘 듣는 착한 동생한테 그 무슨 망언이세요."

"애쓴다, 애써."

하윤은 어이없다는 얼굴을 하고 있는 신휘를 본체만체하며, 턱을 빳빳하게 치켜들고서 고개를 휙 돌렸다. 그리고 현관 아래 우두커니 서 있는 성국의 팔을 잡아끌었다.

"왜 거기 서 계세요? 들어오세요."

어디 남자 팔을 덥석덥석……. 신휘의 미간이 확 구겨졌다.

성국은 사 개월 차에 접어든 신휘의 매니저였다. 신휘가 입대하기 전 함께했던 매니저는 승진을 하면서 현장을 뛰지 않게 되었고, 성국이 새로운 매니저로 투입되었다. 따라서 성국과 하윤은 몇 번 본 적도 없는 사이였다. 신휘는 평소에도 사람을 좋아하고, 낯가림이라곤 없는 하윤이 기특한 마음 반, 못마땅한 마음 반이었다. 하지만 오늘은 확실히 말할 수 있었다. 못마땅한 게 전부라고.

"식사하셨어요? 불짬뽕 시켜 먹을 건데 같이 드실래요?"

불짬뽕이라는 말에 신휘는 하윤의 반항이 아직 끝나지 않았음을 깨달았다.

"오늘 같은 날씨에, 그 복장으로, 불짬뽕까지 먹으면 너무 덥지 않을까?"

성국은 하윤에게 도대체 왜 그러고 있느냐고 단도직입적으로 묻고 싶었지만, 무슨 사정이 있을지도 모른다는 생각에 최대한 조심스럽게 돌려 물었다. 그는 사실 외모와 어울리지 않는, 섬세하고 여린 감성의 소유자였다.

"잘됐네요. 더워 뒈져 버리죠, 뭐!"

하윤은 애꿎은 패딩을 푸드덕거리며 새침하게 말했다. 무의미한 날갯짓을 물끄러미 바라보고 있던 신휘는 하윤이 제풀에 지쳐 움직임을 멈추고 나서야 입을 열었다.

"나한테는 왜 안 물어?"

하윤은 신휘의 말이 들리지 않는 척 딴청을 피우며 눈망울을 이리저리 굴렸다. 그 모습을 퉁하게 바라보고 있던 신휘가 갑자기 하윤의 모자에 붙은 귀를 불쑥 들어 올리더니 그녀의 귓가에 입술을 바짝 붙이고서 크게 소리쳤다.

"나한테는 왜 안 묻냐고!"

"악!"

갑작스러운 청각 공격에 하윤이 기겁하며 펄쩍 뛰었다. 신휘는 수선을 떠는 그녀를 아랑곳하지 않고 모자를 손바닥으로 푹 눌러 씌웠다.

"아, 쫌!"

신휘는 모자가 눈을 가려 버둥거리고 있는 하윤을 돌려세우며 성국을 힐끔 바라보았다.

"안 들어오고 뭐 해?"

그러고는 하윤의 목에 팔을 감고서 거실로 유유히 걸음을 옮겼다.

성국은 처음 본 신휘의 모습에 적잖이 놀랐다. 아무리 동생이라고는 해도, 신휘가 이렇게 여자에게 장난을 치고 스스럼없이 대하는 건 처음 보았기 때문이었다. 호감을 보이며 접근해 오는 여자 연예인들에게는 조금의 빈틈도 보이지 않기에 이런 모습은 상상도 하지 못했다. 정작 당사자들은 아무렇지도 않은데, 신휘의 입술이 하윤의 귀에 닿았던 순간을 떠올린 성국의 얼굴이 벌겋게 달아올랐다. 성국은 얼굴에 손부채질을 하며 신휘와 하윤의 뒤를 따랐다.

기어이 고집을 부린 하윤 덕분에 신휘와 성국은 땀을 뻘뻘 흘리며 불짬뽕을 한 그릇씩 해치우고 집을 나섰다. 성국이 지하 주차장으로 내려가는 엘리베이터 안에서 쭈뼛거리며 물었다.

"형, 하윤이는 남자친구 있대요?"

성국은 하윤을 처음 본 날부터 호감을 느끼고 있었다. 예쁘장한 외모 때문만은 아니었다. 외모도 외모였지만, 밝고 애교 많은 성격이 딱 제 이상형에 가까웠다.

"어, 있어."

망설임 없는 신휘의 대답에 잠시 부풀었던 성국의 기대는 산산조각이 나 버렸다.

"아……."

성국의 입에서 안타까운 탄식이 흘러나와 엘리베이터 안을 가득 채웠다. 신휘는 목구멍으로 치밀어 오르는 '나야'라는 뒷말을 애써 삼켜야만 했다. 굳이 숨겨야 할 이유는 없었지만, 사귀는 사이라는 말이 선뜻 나오지 않았다.

손정우와 사귀겠다는 하윤의 도발에 이것저것 생각하고 자시고 할 겨를도 없이 제안을 받아들인 것뿐이었다. 하겠다고 마음먹으면 기필코 하고야 마는 하윤의 성격을 잘 알고 있는 마당에, 그에게 다른 선택의 여지는 없었다. 하윤이 누군가와 사귄다는 건 생각만 해도 싫었다. 그래서 일단 하윤을 저지시킬 명분이 필요했던 것이다. 하지만 명목뿐이라한들 다른 놈에게 하윤의 남자친구라는 자리를 넘겨줄 생각은 없었다. 적어도 지금은. 뭐가 됐든 남자친구인 건 사실이니, 신휘는 하윤에게 흑심을 품은 눈앞의 적부터 싹을 잘라야겠다고 결심했다.

"내가 알기론 그 남자가 아주 대단하다던데?"

신휘가 슬쩍 흘린 말에, 성국은 대번에 걸려들었다.

"어떤 점이요?"

"모든 면이. 외모, 재력, 성격까지 전부 다."

신휘는 얼굴색 하나 달라지지 않고 천연덕스럽게 제 자랑을 늘어놓고 있었다.

"하기야, 하윤이 같은 여자를 남자들이 그냥 둘 리가 없지……."

당연하다는 듯 고개를 끄덕이면서 혼잣말을 하는 성국을 보며, 신휘도 혼잣말처럼 중얼거렸다.

"여자는 무슨, 애지……."

말이 무색하게 정작 신휘의 머릿속은 딴생각으로 가득 차 있었다.

그에게 하윤은 물가에 내놓은 어린아이나 마찬가지였다. 세상의 나쁜 것과 위험한 것으로부터 보호해야 할 존재였다. 그 마음은 여전히 변함이 없지만, 최근 들어 하윤에게서 여자의 모습이 언뜻언뜻 보일 때마다 당혹스러운 것도 사실이었다. 한 달에 한 번씩 면회를 올 때는 긴가민가하고 넘길 수 있을 정도였지만, 삼 개월 동안 떨어져 있다가 만나니 더 확실하게 실감이 났다. 외모가 아니라 분위기가 어딘지 모르게 이 년 전과는 달라져 있었다. 물론 천방지축인 성격이 어디 간 건 아니었지만…….

"형, 하윤이가 어딜 봐서 애예요? 완전 여자죠."

성국이 말도 안 된다는 듯 쐐기를 박자, 신휘는 속마음을 들키기라도 한 듯 뜨끔해서 입을 다물었다.

'여자…….'

신휘는 두서없이 떠오르는 생각들을 떨쳐 버리기 위해 머리를 세차게 흔들었다. 그런 신휘를 성국은 어리둥절한 얼굴로 바라볼 수밖에 없었다.

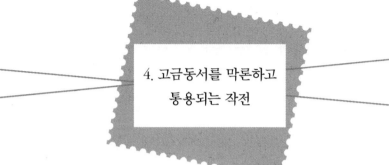

## 4. 고금동서를 막론하고 통용되는 작전

스케줄이 없는 날이라 잠시 회사에 들렀다가 곧장 집으로 돌아오던 신휘는 신호에 걸려 대기 중인 차 안에서 반가운 얼굴을 발견했다. 버스에서 내리고 있는 하윤이었다. 책을 들고 있는 걸 보니 학교에서 돌아오는 길인 것 같았다. 그런데 그 순간, 한 남자가 하윤에게 다가서는 모습이 눈에 들어왔다.

"뭐야, 저건."

인상을 확 찌푸린 신휘는 갓길에 차를 세웠다. 얼굴은 잘 보이지 않았지만 젊고 키가 큰 남자였다. 남자는 하윤에게 뭔가 열심히 이야기하고 있었고, 하윤은 말똥말똥한 눈으로 듣고만 있었다. 그때 신휘의 머릿속에 번뜩 두 글자가 떠올랐다.

"헌팅?"

무작정 차에서 내리려던 그는 가까스로 이성을 되찾았다. 사람들로 북적이는 버스 정류장에 맨얼굴로 나가서 하윤을 끌고 들어올 수는 없는 노릇이었다. 다급하게 차 안을 뒤졌지만 안타깝게도 얼굴을 가릴 만한 게 아무것도 없었다. 모자도, 마스크도, 심지어 선글라스조차도.

"이런……."

신휘는 하는 수 없이 하윤에게 전화를 걸었다. 하지만 그녀는 별다른 미동이 없었다. 가방에 넣어두고 모르고 있는 듯했기에 최후의 수단을 사용하는 수밖에 없었다. 그는 평소 운전할 때도 거의 손대본 적 없는 경적에 과감히 손을 올렸다.

빠앙!

요란한 경적 소리에 하윤을 비롯한 주변 사람들이 동시에 움찔했다.

"아, 깜짝이야!"

짜증스럽게 고개를 휙 돌린 하윤의 눈이 휘둥그레졌다. 새카맣고 매끈하게 잘 빠진 고급 세단 한 대가 위풍도 당당하게 갓길을 차지하고 서 있었다. 짙은 선팅으로 운전자는 보이지 않았지만, 하윤은 신휘의 차임을 한눈에 알아보았다. 그녀는 자신에게 말을 하고 있던 남자를 내팽개치고 차로 쪼르르 달려가, 냉큼 조수석에 올라탔다.

"오빠! 지금 들어오는 길이야? 어디 갔다 와?"

신나서 종알거리던 하윤은 그제야 신휘가 인상을 찌푸리고 있다는 사실을 알아차렸다. 걱정스러운 마음에 하윤의 표정이 어두워졌다.

"왜? 무슨 일 있었어?"

"뭐래? 번호 달래?"

하윤은 밑도 끝도 없이 묻는 신휘를 멀뚱한 얼굴로 바라보며 되물었다.

"……번호?"

"알려줬어?"

"아! 그게 아니……."

신휘가 무슨 오해를 하고 있는지 알아차리고서 해명을 하려던 하윤은 도중에 얼른 말을 삼켰다. 찰나의 순간, 좋은 생각이 떠올랐기 때문이었다. 의미심장한 미소를 지은 그녀가 입을 열었다.

"안 알려줬지. 근데 요새 번호 물어보는 사람이 그렇게 많네?"

신휘가 헌팅이라고 착각한 것은 사실 '도를 아십니까'였다. 길을 물어보기에 친절히 가르쳐 주었건만, 뜬금없이 인상이 좋다는 말로 본색을 드러내기 시작했다. 조상님께 제사를 지내야 한다는 말이 나온 순간, 경적 소리가 들려온 것이었다.

"누가 번호 물어본다고 넙죽 알려주고 그러지 않지?"

"그럼, 당연하지."

"아무한테나 번호 알려주지 마."

"알았어."

하윤은 신휘의 착각과 오해를 굳이 정정해 주지 않았다. 그녀의 얼굴에 야릇한 미소가 감돌고 있었다.


다음 날, 지혜를 만난 하윤은 어제 있었던 일을 신이 나서 떠들어댔다. 잠시 말을 끊고 맥주로 목을 축이는 하윤을 지혜가 미심쩍은 눈초리로 바라보며 물었다.

"그러니까 네 말은 신휘 오빠가 질투하는 것 같더란 말이지?"

하윤은 질투라고 확신했건만 지혜의 정색에 갑자기 자신감이 어디론가 증발해 버렸다.

"질투라고 딱 잘라 말하긴 그렇고, 질투일 수도 있을 법한…… 음, 그러니까…… 질투 비슷한 뭐랄까?"

하윤이 기어들어 가는 목소리로 얼버무렸다.

"우리 아빠도 누가 번호 물어보면 알려주지 말라고 하거든? 요즘같이 무서운 세상에 큰일 난다면서. 그럼 우리 아빠도 질투하는 거냐?"

지혜가 하는 말 대부분은 굉장히 듣기 싫지만, 상당히 그럴듯했다. 그래서 오늘도 하윤은 반발하지 못하고 구시렁거릴 뿐이었다.

"넌 어떻게 된 게 용기와 희망을 한 번도 안 주냐······."

"용기와 희망은 너 같은 것한테 주라고 있는 게 아니지. 지금도 무슨 짓을 할지 몰라 조마조마한데, 용기와 희망까지 갖추시게?"

지혜의 핀잔에 하윤이 입을 삐죽거리며 칭얼거렸다.

"나 유리 멘탈이란 말이야, 섬세하게 다뤄줘."

"그치, 유리 멘탈이지."

지혜가 순순히 고개를 끄덕이자, 하윤은 웬일로 자신의 편을 들어주나 싶어 어리둥절했다. 하지만 이어진 말에 곧바로 착각에서 벗어날 수 있었다.

"강화 유리."

그러면 그렇지. 지혜의 일관성 있는 성격을 다시 한 번 확인한 하윤은 맥주를 벌컥벌컥 들이켰다.

"최악의 상황에 대비하라고 단련시키는 나의 배려를 아직도 모르겠냐?"

하윤은 말끔하게 비운 맥주잔을 거칠게 내려놓으며 발끈했다.

"배려 같은 소리 하고 앉았네. 세상을 좀 밝게 볼 수 없냐? 이 빌어먹을 염세주의자야!"

"너처럼 대책 없는 낙천주의보다야 현실적인 게 낫지 않을까?"

한마디도 지지 않는 지혜를 노려보던 하윤이 갑자기 테이블 위에 올려놓은 두 주먹을 불끈 쥐었다.

"네가 뭐라고 하든지 난 내 계획을 시작하겠어."

지혜가 떨떠름하게 입을 열었다.

"네 인생에 또 하나의 굴욕으로 남는 게 아닐까 심히 걱정된다."

"시작도 하기 전에 재수 없는 소리 하지 말라고."

눈을 희번덕거리던 하윤이 이내 씩 웃으며 어깨를 으쓱 들어 올렸다.

"노느니 뭐해, 뭐라도 해보는 거지."

하윤은 지나치게 염세적인 지혜와는 정반대로, 지나치게 낙천적이었다.

"그냥 노는 걸 추천한다."

지혜가 단호하게 잘라 말했다.

"밑져야 본전인데, 뭐."

"밑지면 밑지는 거지, 본전은 무슨 본전?"

하윤은 사사건건 태클을 거는 지혜의 멱살을 잡고 흔드는 상상을 하며 모른 척 말을 돌렸다.

"이러고 있을 때가 아니지. 나의 파트너를 소환해야겠다."

가방을 뒤적이는 하윤을 의아한 눈으로 바라보며 지혜가 물었다.

"파트너?"

휴대폰을 꺼내 든 하윤의 눈이 평소보다 더욱 영롱하게 빛나고 있었다.

마지막 수업인 마케팅 개론이 끝나자, 재영은 백팩에 책을 집어넣고 의자에서 일어났다.

"어디 가는데 그렇게 급해?"

뒤통수 어디쯤에서 같은 과 동기인 태훈의 목소리가 들려왔다.

"집."

태훈의 용건을 짐작한 재영은 뒤도 돌아보지 않고 대답했다. 하지만 쉽게 포기할 태훈이 아니었다.

"야, 당구 한 게임 어떠냐?"

재영이 고개를 돌려 제 어깨에 팔을 걸친 채 능글맞게 웃는 태훈을 바라보았다. 작은 눈, 뭉툭한 코, 곳곳에 나 있는 여드름까지 분명 못생긴 얼굴이었다. 그런데 보면 볼수록 호감이 간다는 게 희한했다. 사실 정반대 성격인 데다가 여러 가지로 공통분모를 찾기 어려웠던 두 사람은 데면데면하게 인사나 하고 지내던 사이였다. 그러다가 3학년이 되어 조별 활동을 함께하면서 부쩍 친해지게 되었는데, 아직 군대를 다녀오지 않았다는 동지애가 크게 한몫한 것이었다.

"됐어."

태훈은 재영의 단호한 거절에도 불구하고 밀착 마크로 따라붙으며 치근거렸다.

"그러지 말고 딱 한……."

갑자기 태훈의 경박스러운 움직임이 멈췄다. 무슨 일인가 싶어 덩달아 걸음을 멈춘 재영은 태훈이 바지 주머니에서 휴대폰을 꺼내는 것을 말없이 바라보았다.

"어, 왜?"

태훈은 귀찮은 기색이 역력한 얼굴로 전화를 받는 와중에도 재영이 가버릴까 싶어 그의 팔을 움켜쥐고 놓지 않았다.

"안 돼. 나 당구장 갈 거야. 나중에 얘기해. 아이씨…… 어딘데? 어, 알았어."

시종일관 툭툭거리다가 전화를 끊은 태훈이 재영을 보며 겸연쩍게 웃었다.

"당구장 내일 가야겠다."

"나는 오늘도 갈 생각이 없었고, 내일은 수업 없는 날이라서 학교에 나올 일이 없거든?"

도리어 자신이 거절당한 듯한 상황이 되어버리자, 재영의 눈썹이 위아래로 꿈틀거렸다.

"미안하다. 내 친구 중에 성깔머리 더러운 계집애가 하나…… 아니 둘이 있는데, 그것들이 지금 좀 오라는데 어쩌냐. 지금 당장 안 오면 인연을 끊겠다고 난리 난리 생난리다."

집히는 바가 있던 재영의 얼굴색이 미묘하게 달라졌다.

"혹시 저번에 비 오던 날 마주친…… 그 친구들 말하는 거야?"

지난주에 태훈과 함께 학교를 나서면서 정문 근처에서 여자 두 명과 마주친 일이 있었다. 재영은 그날 이후로 좀처럼 머릿속을 떠나지 않고 있는 그녀에 대해 자연스럽게 물어볼 수 있는 기회임을 직감했다.

"비 오던 날? ……아! 맞아. 걔들."

근데 성깔머리 더러운 둘? 하나라면 몰라도 둘이라면 말이 되지 않았다. 갈색의 윤기 나는 긴 생머리, 작고 갸름한 얼굴, 오밀조밀한 이목구비. 태훈을 향해 해맑게 웃던 그녀는 성깔머리라는 단어조차 감히 불경스러워 갖다 댈 수 없을 만큼 사랑스러움을 온몸으로 발산하고 있었다.

"방금 전화 온 친구가 혹시, 빨간 우산 쓰고 있던…… 머리 긴…… 아니지?"

"빨간 우산? 그딴 건 기억도 안 나고, 방금 통화한 애가 긴 머리 맞아. 성하윤. 까만 단발이 허지혜. 근데 너 기억력 짱이다."

솔직히 다른 한 명은 어떻게 생겼는지, 머리가 길었는지 짧았는지조차 기억나지 않았다.

"되게 여성스럽던데……. 너한테 막 애교도 부리면서…….."

"아, 그거? 나한테 죄지은 게 있을 때라서 그런 거고. 이미 그 약발도 떨어졌다."

"죄지은 거?"

"우리 집에 모여서 술 마시다가 내가 뻗어버린 틈을 타서 대형 사고를 치고 갔거든."

당시를 회상하던 태훈은 무의식중에 주먹 쥔 손으로 반대쪽 손바닥을 거칠게 내려쳤다.

"사고?"

"와인의 이응 자도 모르는 것들이 손에 잡히는 거 아무거나 따서 둘이 다 퍼마셨다는 거 아니냐. 아빠가 제일 아끼는 와인이었는데. 그나마 은휘 형이…… 하윤이 오빠가 똑같은 와인 구해다 줘서 쌍욕만 먹고 끝 났지만, 나 아직도 아빠 집에 있으면 방구석에 셀프 감금돼 있다."

마음고생이 심했는지 태훈의 눈에 아련하게 습기가 차올랐다.

"엄청 친한 사이구나. 집에 가서 술까지 마실 정도면……."

"부대껴 온 세월이 있으니 뭐. 지금은 아니지만 같은 동네 살아서 식 구들끼리도 잘 알아. 아무튼, 성하윤이 생긴 거에 속으면 안 돼. 똘끼 충만에 깨방정 쩌는 아무도 못 말리는 애야. 중학교 때 별명이 아지였 어."

"아지? ……강아지?"

그러고 보니 강아지를 닮은 것 같기도 했다. 드디어 제 느낌과 일치하 는 무언가가 나올 거라는 기대감에 재영의 안색이 밝아졌다. 그러나 태 훈은 무슨 개소리를 하는 거냐는 표정으로 한마디를 툭 내뱉었다.

"망아지."

"……."

"미친 망아지."

강아지의 탈을 쓴 미친 망아지라……. 첫인상과 사뭇 다른 캐릭터이 긴 했지만, 들으면 들을수록 호기심이 일었다.

"중학교 1학년 때 같은 반 누가 개 막내 오빠 욕을 좀 했거든? 뭐 욕 이랄 것도 없었어. 기생오라비처럼 생겼다는 말 한마디 했기로서니, 대 뜸 하이킥에 로우킥에 니킥까지…… 대단했다. 발재간이 얼마나 현란한 지 죽을 뻔……."

무아지경에 빠져 묻지도 않은 말을 술술 풀어놓던 태훈이 급하게 뒷 말을 삼켰다.

"혹시…… 그 현란한 발 맛을 본 게…… 너냐?"

"……뭐, 그렇다고 할 수 있지."

당신의 여자가 되고 싶어요

태훈이 멋쩍게 시선을 피하며 얼버무렸다.

"큭……."

재영의 잇새로 웃음이 새어 나왔다. 그리고 평소의 그라면 결코 하지 않았을 말을 불쑥 던졌다.

"나도 같이 가."

"네가 왜?"

태훈이 의아한 듯 물었다.

"나 심심해. 네 친구들 소개 좀 시켜줘."

태훈은 도저히 거절할 수 없게 웃고 있는 재영을 보며 난감한 듯 머리를 긁적였다.

학교 앞 호프집의 문을 열고 들어간 태훈은 주위를 두리번거리다가, 어느 지점에서 고개의 움직임을 멈추고 한 테이블로 곧장 직진했다. 재영이 그 뒤를 따랐다. 두 사람의 인기척을 느낀 하윤이 고개를 돌리며 건성으로 물었다.

"왔냐?"

"숨넘어갈 듯이 오랄 때는 언제고 그 시큰둥한 표정은 뭐냐? 내가 당구를 포기하고 여기 와야 하는 이유가 뭔데?"

태훈이 못마땅하다는 얼굴로 투덜거리며 지혜의 옆자리에 앉았다. 그러고는 어찌할 바를 몰라 우두커니 서 있는 재영에게 하윤의 옆자리를 눈으로 가리켰다.

"뭐 해? 앉아."

그제야 재영의 존재를 알아차린 하윤과 지혜의 시선이 태훈을 떠나 재영에게로 옮겨갔다.

"누구……?"

재영은 태훈을 팔꿈치로 쿡쿡 찌르는 지혜를 바라보며 하윤의 옆자리에 앉았다.

"내 동기, 하재영."

그 말을 끝으로 태훈이 부연 설명을 할 기미를 보이지 않자, 지혜가 고개를 돌려 태훈을 빤히 바라보았다. 그 눈빛은 '네 친구를 여기까지 데려온 이유도 설명해야 하지 않겠니?'라고 말하고 있었다.

"같은 수업이었어. 당구장 가려던 길이었는데 못 가고, 겸사겸사 같이 왔지."

태훈은 자신의 계획을 방해했으니 미안해하기라도 하라는 듯 하윤을 매섭게 쏘아보았다. 그러나 태훈의 눈빛 공격 따위에 위축될 하윤이 아니었다. 그녀는 태훈의 시선을 깔끔하게 무시하고 재영에게 시선을 고정했다. 호기심 가득한 두 눈이 반짝반짝 빛나고 있었다. 하윤의 낭랑한 목소리가 그녀의 과도한 관심에 안절부절못하고 있던 재영의 귀를 파고들었다.

"잘생겼다, 너!"

재영은 당황스러웠다. 잘생겼다는 말을 이렇게 직설적으로 들어본 건 처음이었다. 그때, 거의 바닥을 드러내고 있는 3,000cc 맥주 피처가 그의 시야에 들어왔다.

'취했나······?'

재영의 생각을 간파한 태훈이 고개를 가로저었다.

"아니야. 안 취했어. 3천이면 입만 댔다고 볼 수 있지. 안 취해도 저런 말 대놓고 할 수 있는 애야."

하윤이 손가락 두 개와 어깨를 호기롭게 쫙 펴며 끼어들었다.

"우리 이거 두 개짼데?"

"아, 예······."

하윤의 쓸데없이 당당한 발언에 태훈이 시큰둥하게 대꾸했다.

"근데 반응들이 왜 이래? 잘생겼다고 칭찬한 건데?"

"성하윤아. 본 지 1분이나 될까 말까 한 사람을 뚫어지게 바라보면서 잘생겼다고 하면 당황스럽지 않겠냐?"

"아니. 나는 본 지 1초 만에 예쁘다고 해도 당황 안 할 자신 있어."

"너한테 1초 만에 예쁘다고 말해줄 사람 아무도 없으니까 그런 헛된 희망은 넣어두고."

내 저놈을! 하윤의 전투력이 급상승했다.

"이 누나가 널 요새 너무 풀어줬나 보구나. 정신 번쩍 들게 해줄까?"

"한판 붙어보자는 거지? 바라던 바다."

"오랜만에 사뿐히 밟아주지."

하윤의 입꼬리가 사악하게 말려 올라가자, 태훈이 지지 않고 손가락을 까딱거리며 깐족거렸다.

"드루와. 드루와."

두 사람의 유치찬란한 말싸움을 가만히 지켜보고 있던 지혜가 한숨을 내쉬며 입을 열었다.

"제발 뉴 페이스 있을 때만이라도 정상적인 모습을 좀 보여주면 안 되겠니? 내가 진짜 쪽팔려서 얼굴을 들고 다닐 수가 없다."

찔끔한 하윤과 태훈이 동시에 입을 다물자, 지혜가 말을 이었다.

"본의 아니게 저것들의 주접을 보여줘서 미안하다. 그리고 좀 당황스럽긴 하겠지만, 쟤한테 잘생겼다는 말 듣는 거 쉬운 거 아니야. 즐겨."

"……."

"쟤가 오빠가 셋인데 다들 비주얼 폭발이야. 맨날 그 얼굴만 보고 사니 대부분의 남자가 오징어 내지는 꼴뚜기 정도로 보이는 거지. 그런 쟤 입에서 잘생겼다는 말이 나올 정도면 너 잘생긴 거야."

난데없이 잘생김을 인정받은 재영은 난감하고 멋쩍을 뿐이었다. 하윤을 제대로 바라보지 못하고 있던 그가 슬쩍 고개를 돌렸다. 초롱초롱한 눈과 긴 머리를 대충 하나로 올려 묶고 있는 모습이 지난번에 보았던 여성스러운 모습과는 또 다른, 귀여운 매력이 있었다. 하윤은 재영과 눈이 마주치자 고른 치아를 드러내며 천진난만하게 웃었다. 순간, 재영의 심장이 제멋대로 뛰기 시작했다.

"근데 너희들 무슨 수업 같이 듣냐?"

지혜가 태훈과 재영을 번갈아 바라보며 화제를 돌렸다.

"마케팅 개론."

태훈의 대답에 지혜가 고개를 갸웃거렸다.

"그거 1학년 수업 아니냐?"

"입 아프게 뭘 물어. 재수강이지."

땅콩 껍데기를 벗기고 있던 하윤이 태훈을 대신해 답하고는, 뒤늦게 뭔가 깨달은 듯 재영에게로 고개를 돌렸다.

"뭐야. 그럼 너도 재수강이겠네? 변태훈과 동급이었단 말이야?"

"아······. 그게 사정이 좀 있어서 1학년 때 수업을 많이 빠졌어. 시험을 못 봐서가 아니라 순전히 출석 때문에······."

왜 변명을 해야 하는지는 알 수 없었지만, 재영은 얼떨결에 본능이 시키는 대로 태훈과 동급에서 벗어나기 위해 변명을 하고 있었다.

"너 1학년 때 동아리 선배한테 홀딱 빠져가지고 수업이고 나발이고 다 내팽개치고 다녔지? 우리 그때 친하지도 않았는데 소문이 파다해서 모르는 애들이 없었다."

그게 무슨 자랑이라고, 굳이 하지 않아도 될 말을 눈치 없게 떠들어 대고 있는 태훈이 못마땅했지만, 사실은 사실인지라 반박할 말이 없었다. 하지만 속이 타들어가는 것까지는 막을 도리가 없었던 재영은 제 옆에 놓인 맥주잔을 집어 들어 한입에 털어 넣었다.

"야! 그거 내 거······."

하윤의 다급한 외침은 그의 입속으로 사라져 버린 맥주와 함께 공허함만을 남기고 사라졌다.

"네 잔은 왼쪽에 있잖아."

"아. 미안……."

난감해하는 재영에게 하윤이 뭔가를 불쑥 내밀었다.

"손."

"……손?"

재영이 멀뚱한 표정만 짓고 있자, 하윤은 재영의 손바닥을 제 손으로 펴고서 그 위에 껍질을 깐 땅콩 두 알을 얌전히 올려놓았다. 그의 시선이 손바닥 위의 땅콩으로 향했다가, 하윤에게로 옮겨갔다.

"안주."

무심하게 말을 툭 내뱉은 하윤은 다시 땅콩 까기에 돌입했다. 삼 형제와 술을 마실 때 안주를 챙기는 건 전적으로 그녀의 몫이었다. 그나마 하윤이 챙기지 않으면 세 남자는 깡소주, 깡맥주, 깡와인으로 때우기 일쑤였다. 그래서 시작된 오징어 찢어주기, 땅콩 껍질 까주기, 과자 입에 넣어주기 등등의 습관이 어디를 가더라도 자연스럽게 튀어나왔다. 재영은 미처 보지 못했지만, 이미 태훈과 지혜 앞에도 껍질 벗긴 땅콩이 여러 개 자리를 잡고 있었다. 말간 얼굴과 꽃향기 같은 은은한 체취, 낭랑한 목소리. 하윤의 온몸에서 발산되고 있는 것들에 시각, 후각, 청각까지 온통 빼앗기고 있던 재영은 태훈과 지혜의 대화에 간신히 정신을 차릴 수 있었다.

"너는 1학년 때 뭘 했더라?"

"나야 술 마시고 당구……."

지혜의 질문에 위풍당당하게 대답하던 태훈이 아차 싶어 입을 다물었다.

"너도 차라리 연애 같은 걸 하란 말이다! 어디서 쓰잘데기 하나 없는 걸 해놓고 말이라고 씨불이고 있냐."

"쟤도 연애 아니야. 짝사랑이었어. 그치?"

재영은 남의 과거를 낱낱이 까발리고 있는 주제에 동조까지 구하는 몰염치한 태훈 때문에 피가 역류하는 기분을 맛보았다. 의외라는 듯 재영을 바라보던 지혜가 하윤을 턱 끝으로 가리켰다.

"짝사랑? 그럼 재랑 말이 좀 통하겠네."

하윤이 까고 있던 땅콩 한 알을 지혜에게 집어 던지며 발끈했다.

"야! 허지혜! 말은 똑바로 해야지. 난 짝사랑 아니거든?"

"지금 네가 하고 있는 게 짝사랑이 아니면 뭔데?"

"음, 짝사랑이라기보다는…… 아직 완벽함을 이루지는 못했으나 곧 이루고야 말……."

하윤은 적당한 말을 찾기 위해 고군분투했지만 역부족이었다.

"됐고. 구차한 거 너도 알지?"

"그래, 내가 봐도 좀 구차했다."

하윤이 머쓱하게 웃으며 자리에서 일어났다.

"나 화장실."

"같이 가. 난 화장이나 고치고 와야겠다."

지혜가 가방 안에서 파우치를 꺼내 들며 말했다.

"뜬금없이 화장을 왜 고쳐? 드디어 내가 남자로 보이기 시작한 거냐? 나한테 잘 보이려고?"

"이 미친놈이 뭐라는 거냐. 내가 찍은 알바 오빠 이제 곧 출근할 시간이거든?"

지혜는 파우치로 태훈의 머리를 후려치고는 하윤의 뒤를 따라 화장실로 향했다.

"성하윤은 발재간이 좋고, 허지혜는 손재간이 뛰어나지."

맞은 곳을 문지르며 무안한 듯 허허 웃는 태훈을 보던 재영의 입가에 미소가 걸렸다. 다정하고 따뜻한 말은 한마디도 오가지 않았지만, 서로가 서로를 얼마나 편하게 생각하는지 고스란히 전해졌기 때문이었다.

"셋이 같은 대학 오는 것도 쉬운 일이 아닐 텐데 우정이 대단들 하네. 그러니까 중학교, 고등학교, 대학교까지 같은 학교라는 거지?"

하윤, 지혜, 태훈은 중학교, 고등학교에 이어 대학교까지 같은 학교가 되었다. 하윤은 의상디자인학과, 지혜는 영문학과, 태훈은 경영학과였다. 비록 과는 제각각이었지만, 여전히 같은 과 못지않게 뭉쳐 다니곤 했다.

"우정이라는 오그라드는 말은 자제하도록 하자. 성적이 고만고만했던 걸로 결론 냈으면 싶다."

"제일 친한 친구가 하윤이랑 지혜야?"

"널리 알리고 싶지 않은 사실이긴 하지만…… 일단은……."

"난 특별히 여자친구가…… 아니, 여자사람친구가 없어서 그런가, 너희들 되게 신기해."

세 사람은 작은 꼬투리라도 보이면 득달같이 달려들어 물어뜯는 피라냐 떼 같았다. 그런데 그게 보기 싫지가 않았다.

"난 세상에서 뒤끝 있고 쪼잔한 인간이 제일 싫은데 그나마 이것들 유일한 장점이 뒤끝 없고 쿨한 거거든. 그래서 어쩌다 보니 이렇게 지내고 있다."

웬일로 태훈의 목소리가 사뭇 진지했다.

"근데 쿨한 게 아니라 생각이 없는 것 같기도 하고……."

말끝을 흐린 태훈이 갑자기 자리에서 일어났다.

"어디 가?"

"화장실."

"절친답게 화장실 가는 타이밍도 비슷하다?"

재영이 키득거리며 놀리자, 태훈이 난감한 듯 머리를 긁적였다.

"내 말이. 왜 하필이면 지금 가고 싶은 거냐……."

태훈이 화장실로 사라지고 혼자 남은 재영이 맥주를 더 주문하기 위해 차임벨을 누르려는 순간, 테이블 위에 놓여 있던 하윤의 휴대폰이 울리기 시작했다. 주변의 시선이 자신에게 꽂히자, 재영은 얼른 휴대폰을 뒤집어놓았다. 그러나 벨소리는 멈추지 않았다. 하윤의 휴대폰에는 그의 휴대폰과는 달리 뒤집으면 무음이 되는 기능이 없었던 것이다. 사람들의 표정이 점점 구겨지는 것을 본 재영이 얼떨결에 통화 버튼을 눌렀다.

'내가 이걸 왜 받았지?'

당황스러웠지만, 받은 이상 그냥 끊어버릴 수는 없는 노릇이었다. 재영은 일단 휴대폰을 귀에 가져다 댔다. 휴대폰을 타고 매력적인 중저음의 남자 목소리가 들려왔다.

[하윤아.]

신휘는 광고 촬영을 끝마치고 집으로 향하는 밴 안에서 하윤에게 전화를 걸었다. 신호음이 멈추고 통화가 연결되었지만, 평소와 달리 아무런 반응이 없었다. '오빠!' 하고 부르는 낭랑한 목소리가 들려오지 않아 잠시 당황한 신휘가 먼저 입을 열었다.

"하윤아."

아무 말이 없었다. 순간적으로 무슨 일이 생긴 건가 해서 가슴이 덜컥 내려앉았다.

"성하윤."

그제야 대답이 돌아왔다.

[저…….]

그런데 하윤의 목소리가 아니었다. 신휘는 가슴이 내려앉다 못해 등줄기로 식은땀이 흘러내렸다.

[하윤이가 잠시 자리를 비웠습니다.]

별일은 없는 것 같아 일단 안심했지만, 곧이어 짜증이 왈칵 솟구쳐

올랐다.

"실례지만 전화받으신 분은 누구십니까?"

신휘가 잔뜩 날이 선 목소리로 질문을 던진 순간이었다.

[오빠!]

하윤의 경쾌한 목소리가 귓속을 가득 채웠다.

"휴대폰을 왜 놓고 다녀? 어디 갔다 왔는데?"

신휘의 목소리는 반가운 속내와 달리 퉁명스럽기 그지없었다.

[화장실.]

"지금 어딘데?"

[학교 앞 호프집.]

"방금 전화받은 남자는 누구고?"

[친구.]

아무리 친구라고는 해도, 신휘는 하윤이 남자와 함께 술을 마시고 있다는 사실이 못마땅했다. 더구나 전화까지 대신 받아줄 정도면 얼마나 친한 사이인가 싶어 신경이 더 곤두섰다.

"언제 올 건데?"

[글쎄? 취하면?]

신휘는 하윤의 해맑은 대답에 어처구니가 없어 말문이 막혀 버렸다. 그는 평정심을 유지하려 애쓰며 최대한 침착하게 경고했다.

"취하기 전에 들어와. 10시까지 안 들어오면 데리러 간다."


누구냐는 신휘의 질문에 재영이 친구라고 대답하려는 찰나, 마침 화장실에서 돌아온 하윤이 휴대폰을 낚아채 갔다. 재영은 그녀가 전화를 끊을 때까지 초조하게 기다렸다가 말문을 열었다.

"마음대로 받아서 미안. 갑자기 벨소리가 울리는데 당황해서."

"괜찮아. 상관없어."

하윤은 대수롭지 않다는 듯, 맥주를 빼앗겼을 때보다 더 쿨하게 넘겨 버렸다. 재영은 발신자를 확인할 겨를도 없이 전화를 받았기에, 하윤이 오빠라고 부른 사람의 정체가 내심 궁금했다. 그때, 화장실에서 돌아와 마지막으로 자리를 채운 태훈이 갑자기 작은 눈을 치뜨며 주의를 환기 시켰다.

"아 참!"

제 딴에는 크게 뜬다고 떴겠지만, 안타깝게도 맞은편에 앉아 있던 재 영의 눈에만 찰나의 순간 포착된 움직임일 뿐이었다.

"나는 왜 부른 거냐?"

"아, 맞다. 내가 너 불렀지?"

"우리 또 쓸데없는 얘기만 했어."

세 사람은 자리에 앉은 지 한참 만에 드디어 본론을 기억해 냈다.

"특단의 조치를 취해야 할 것 같아."

하윤이 태훈을 심각한 표정으로 바라보며 말했다.

"특단의 조치? 앞뒤 잘라먹지 말고 알아듣게 얘기해."

"난 오빠가 제대만 하면 진도 팍팍 나가고, 핑크핑크 러브러브 뭐 이 럴 줄 알았거든? 근데 개뿔! 여자로 볼 생각을 안 해. 맨날 애 취급이 야."

하윤의 입에서 나온 '오빠'라는 존재가 방금 전 전화를 걸어온 사람 과 동일인이라는 사실은 굳이 묻지 않아도 알 수 있었다. 재영의 낯빛이 보일 듯 말 듯 어두워졌다.

"오빠 머릿속에 과연 나랑 사귄다는 인식이 있는 건지조차 의심스러 워."

시무룩한 얼굴로 구시렁대던 하윤이 갑자기 고개를 번쩍 치켜들며 외쳤다.

"변태훈아! 네가 내 인생에 드디어 도움 될 날이 왔다!"

"뭔 소리야?"

"네가 도와줘야 가능한 일이라고."

"싫어."

태훈은 뭔지 모를 불길한 기운을 감지하고 잘라 말했다. 그의 본능은 절대 하윤과 엮이지 말라고 경고하고 있었다.

"뭔지 들어보지도 않고 싫대냐, 매정한 놈."

하윤이 입을 삐죽거리거나 말거나 태훈은 개의치 않았다.

"안 들어봐도 돼. 싫어."

"소개팅 두 번."

태훈이 망설이는 기미를 보이자, 하윤은 더 큰 떡밥을 내놓았다.

"네가 지난번에 예쁘다고 했던 애 포함."

"콜!"

딜은 순조롭게 성사되었다.

"그래서 그 특단의 조치라는 게 뭔데?"

"고금동서를 막론하고 통용되는 작전이라고나 할까?"

"그러니까 그게 뭐냐고."

콜을 외치긴 했으나 태훈은 여전히 경계를 풀지 않고 있었다.

"질투심 유발 작전!"

멈칫한 태훈이 흔들리는 눈빛으로 조심스레 물었다.

"……그 작전에 내가 무슨 도움을 줄 수 있는데?"

"뭐긴 뭐야. 흐뭇한 분위기를 조성할 상대역이지."

하윤이 해맑게 웃으며 대답했다.

"……내, 내가?"

경악이라는 단어를 표정으로 나타낸다면 지금 태훈의 표정이리라.

"그럼 지혜랑 하리?"

하윤은 당연한 걸 뭘 묻고 있느냐는 듯 태훈을 가볍게 흘겼다.

"어. 얘랑 해."

제발 얘랑 해. 태훈이 절박한 표정으로 고개를 쉴 새 없이 끄덕였다.

"이거 안 놔?"

지혜가 제 팔을 붙들고 늘어지는 태훈의 손을 질색하며 떼어냈다.

"낸들 너랑 하고 싶겠냐? 주위에 남자가 없잖냐, 남자가."

하윤이 눈꼬리를 축 늘어뜨리며 동정심 유발 모드에 돌입했으나, 허구한 날 붙어 다니는 태훈에게 먹혀들 리가 없었다.

"너한테 지금까지 고백했던 놈들 하루에 한 놈씩만 씨도 한 달은 족히 쓰겠구만?"

결론은 명백했다.

"내가 만만한 거겠지."

"오! 옛날엔 눈치도 지지리 없더니 많이 늘었다, 너?"

잠시 칭찬인가 고민하던 태훈이 뒤늦게 눈을 부라리며 발끈했다.

"죽어볼 테냐?"

"아, 쫌 도와달라고!"

하윤이 엉덩이를 들썩이며 칭얼거렸다.

"싫어."

"소개팅시켜 준다니까? 두 번 다 완전 우리 과 에이스 해줄게. 그럼 됐지?"

"됐어. 싫어."

태훈의 결심은 확고했고, 대답은 단호했다.

"왜 싫은데?"

"……무서워. 나중에 쇼라는 거 걸리면 형한테 맞을 것 같아."

신휘뿐만 아니라 은휘, 창휘까지 삼 형제는 기본적으로 범접하기 어려운 포스가 있었다. 세 사람을 어려워하지 않는 사람은 하윤밖에 없었고, 세 사람이 무장 해제되는 것도 하윤이 유일했다. 수년을 봐오면서도 볼 때마다 위압감과 카리스마에 눌려 주눅이 드는 마당에, 대놓고 속이자는 일에 동참해 줄 생각은 추호도 없었다. 태훈은 소개팅 따위에 목숨을 걸 만큼 무모하지 않았다.

"아오. 저 새가슴……."

하윤은 한심하다는 눈초리로 태훈을 바라보며 혀를 끌끌 찼다.

"야, 변태. 좀 도와줘라. 쟤도 눈이 있는데 너한테까지 부탁할 정도면 얼마나 절박하면 저러겠냐?"

태훈이 지혜를 잡아먹을 듯 노려보았다.

"쟤도 눈이 있는데?"

"태훈아. 우리 오빠 하나도 안 무서워."

하윤이 나긋나긋한 어조로 설득에 나섰다.

'나한테는. 남들이 무서워하기는 하더라만, 그래도 때리지는 않을 거야. 물론 장담은 못 해……'

차마 입 밖으로 꺼내지 못한 뒷말은 마음속으로 완성했다.

"야. 내가 형을 하루 이틀 봤냐? 어디 다른 사람도 아니고 내 앞에서 약을 팔아."

태훈은 하윤의 천연덕스러운 연기와 뻔뻔스러운 거짓말에 기가 막힐 따름이었다. 그때, 세 사람의 대화를 조용히 듣고 있던 재영이 불쑥 끼어들었다.

"그거 내가 도와주면 어때?"

갑작스러운 그의 제안에 세 사람의 시선은 누가 먼저랄 것도 없이 재영에게로 집중되었다. 잘못 들은 것 같으니 다시 한 번 말해봐. 여섯 개의 눈동자가 똑같은 말을 하고 있었다.

"내가 도와줄게."

재영은 괜히 해보는 말이 아님을 어필하기 위해 조금 더 강한 어조로 말했다. 물론 진심으로 하윤의 연애사에 도움을 주고 싶어서 꺼낸 말은 아니었다. 자초지종을 듣자 하니 그 오빠라는 사람이 하윤에게 별 관심이 없는 상황인 것 같았다. 왜 여자로 안 보는 건지, 여자로 안 보면서 왜 사귀는 건지 잘 이해되지는 않았지만, 어찌 됐든 자신에게는 고마운 일이 아닐 수 없었다. 어떤 식으로든 지금은 하윤의 옆에 있을 구실이 필요했다. 그러다 보면 혹시 기회가 올지도 모르니까. 아니, 꼭 오기를 바랐다.

"너 지금…… 뭔지는 알고 도와준다는 거야?"

애가 뭘 잘못 알아들었나? 태훈도 질색하는 일에 오늘 처음 본 재영이 먼저 나서서 도와주겠다니, 하윤은 고마운 마음보다 의구심이 먼저 들었다.

"내가 이해한 게 맞다면, 너랑 사귄다는 오빠의 질투심을 자극해 보겠다는 거잖아."

"어! 그거야!"

하윤이 물개 박수로 격하게 호응했다.

"내가 도와주겠다고."

"진짜? 우리 오빠 좀 무서울 수도 있는데……."

"저거 봐라, 저거 봐! 하나도 안 무섭다고 뻥친 지 1분이나 지났냐?"

자신에게 한 말과는 정반대의 말을 스스럼없이 내뱉는 하윤을 어이없다는 듯 바라보며 태훈이 씩씩거렸다.

"닥쳐. 이 새가슴아."

하윤은 더 이상 비위를 맞춰줄 필요가 없어진 태훈의 말을 무심하게 일축했다.

"그래. 변태보다 훨 낫다. 솔직히 변태랑 네 사이를 오빠가 믿기나 하겠냐? 비주얼도 얘가 천 배쯤 낫네."

"천 배는 무슨. 저 대왕 꼴뚜기와 사람을 동일 선상에 놓고 비교하면 쓰나."

새가슴이든, 대왕 꼴뚜기든 상관없었다. 지혜와 하윤이 뭐라고 하든 말든 태훈은 생명의 위협에서 벗어났다는 생각에 모든 디스로부터 관대해져 있었다.

"너 혹시 교회 다녀?"

지혜가 불쑥 재영에게 물었다.

"교회?"

밑도 끝도 없이 훅 치고 들어오는 지혜의 질문에 재영이 멍하게 되물었다. 비슷해서 친해진 건지 아니면 친해져서 닮아가는 건지, 세 사람은 흐름과 전혀 관계없는 말로 상대방을 당황하게 하는 데에 탁월한 재주를 가지고 있었다.

"뭔가 교회 오빠 같은 이미지라서."

"오! 그러네, 진짜!"

하윤이 맑은 눈망울을 빛내며 맞장구를 쳤다.

지혜의 말대로 재영은 교회 오빠 같은 모범생 이미지였다. 호리호리한 몸에 큰 키, 하얗고 곱상한 얼굴과 눈썹을 살짝 덮는 댄디 커트가 단정하고 차분했다. 더불어 신중하고 진지한 말투가 신뢰감을 주는 스타일이었다.

"진짜 도와줄 거야?"

하윤이 확인차 다시 한 번 물었다.

"그렇다니까?"

"맨입으로?"

"응. 맨입으로."

돈이라도 달랠까 봐 걱정스러웠는지 조심스럽게 물어오는 하윤이 귀여워 재영의 눈가에 웃음이 맺혔다.

"너 입 무거워?"

그걸 본인에게 물어봤을 때, 내 입은 가볍다고 대답할 사람이 몇이나 될까? 재영은 웃음이 나오려 했지만, 내색하지 않으며 적당한 답을 내놓았다.

"아마도?"

재영은 스스로 생각하기에도 입이 가벼운 편은 아니었다.

"좋아! 아주 적임자야!"

신중한 검토 끝에 드디어 하윤의 승인이 떨어졌다. 도움을 주겠다고 나선 사람이 거절당할까 봐 조바심을 내는 상황이 아이러니하긴 했지만, 재영은 속으로 안도의 한숨을 내쉬었다.

"근데 질투심 유발이랑 입 무거운 거랑은 무슨 상관이 있는 건데?"

하윤이 제 질문에 시선을 피하며 딴청을 부리자, 재영은 태훈과 지혜에게 고개를 돌렸다.

"곧 알게 될 거야."

태훈도 애매한 대답만 내놓고는 입을 다물어 버렸다.

"주위에 기자나 뭐 그런 직업 가진 사람 없지?"

의미심장한 지혜의 말은 재영을 더 혼란스럽게 만들고 있었다.

재영은 지혜가 왜 기자라는 단어를 언급했는지 하윤의 집에 가보고 서야 알게 되었다. 정확한 내막까지 듣지는 못했지만, 하윤은 부모님이 돌아가시고 난 뒤 태어나면서부터 가족처럼 지내온 세 오빠와 함께 살고 있다고 했다. 그중 막내 오빠를 졸라 거의 반강제로 사귀는 중이라는 말도 덧붙였다. 그런데 그 막내 오빠라는 사람의 정체가 꿈에도 생각지 못한 사람이었다. 오빠들이 모두 범상치 않으리라는 건 세 사람의 대화로 짐작하고 있었지만, 그중 한 명이 문신휘일 줄이야.

'문신휘······.'

이름 석 자가 마치 하나의 고유명사처럼 되어버린 그가 잠이 덜 깨어 부스스한 얼굴로 눈앞에 서 있었다. 심지어 머리는 여기저기 눌리고 형클어진 상태였다. 그런데 그 모습이 추레하기는커녕 바로 화보 촬영을 해도 손색이 없을 정도였다.

'아우라가 느껴진다는 게 이런 거구나……'

날카로운 콧날과 날렵한 턱선으로 인해 전체적인 이미지는 차가워 보였지만, 서글서글하고 시원한 눈매가 따뜻하고 부드러운 느낌을 동시에 주고 있었다. 여러모로 상반된 매력이 공존하는 얼굴이었다. 재영이 홀린 듯 신휘를 바라보고 있는 사이, 뒤늦게 재영을 발견한 신휘의 표정이 딱딱하게 굳었다. 그제야 정신을 차린 재영은 자리를 털고 일어나 깍듯하게 허리를 숙였다.

"안녕하세요. 하재영이라고 합니다."

신휘는 그가 지난번 하윤의 전화를 대신 받은 놈이라는 사실을 대번에 알아차렸다. 얼핏 들었을 뿐인데도 목소리가 예의 바르고 단정하다고 생각했는데, 외모뿐만 아니라 행동도 목소리에서 느껴지던 이미지와 거의 흡사했다. 재영에게 가볍게 고개를 끄덕여 준 신휘가 하윤에게 물었다.

"어떻게 아는 친구? 같은 과?"

"아니, 재영이는 경영학과. 변태랑 같은 과."

하윤은 서 있을 때도 올려다봐야 하는 훤칠한 두 남자를 앉아서 쳐다보려니 목 디스크가 올 것 같아 비실비실 따라 일어났다.

"태훈이는 어디 있어? 지혜는?"

"걔들이야 학교에 있지. 오늘 둘 다 수업 꽉 찬 날이야."

태연한 하윤의 대답에 신휘는 저도 모르게 눈살을 찌푸렸다.

"근데 둘이 뭐 해?"

무뚝뚝한 질문과 함께 그의 날카로운 시선이 재영에게 향했다. 재영은 그 눈빛을 마주하고 순간적으로 움찔했다. 아무리 자신이 낯선 사람이라고는 해도 하윤을 바라볼 때와는 백팔십도 다른 눈빛이었다.

"나 이번에 패션 마케팅 수업 듣거든. 모르는 부분이 많아서 재영이한테 좀 배우려고. 경영학과라서 마케팅 관련 수업 여러 개 들었대."

하윤은 미리 준비해 둔 대답을 자연스럽게 꺼내놓았다. 그러나 마음속으로는 다른 말을 외치고 있었다. 오빠가 집에 있는 틈을 타서 질투심 유발 작전에 돌입한 거야!

"그래……?"

신휘는 왜 같은 경영학과인 태훈에게 배우지 않느냐고 물어보려다가 하윤에게 들었던 태훈의 성적이 떠올라 도로 삼켰다. 그러고는 다른 트집을 걸었다.

"공부는 도서관에서 하는 게 더 효율적인 거 아닌가?"

"오늘 우리 둘 다 마침 수업도 없고, 알고 보니까 재영이랑 집도 가깝더라고. 굳이 학교까지 갈 필요가 있나 싶어서 집으로 오라고 했지."

하윤의 대답에는 거침이 없었다.

"아, 그래……?"

내가 집에 없었으면 둘만 있었을 거 아냐? 자신이 집에 있었기 때문에 재영을 굳이 집으로 불렀다는 것을 알 리 없는 신휘는 입 밖으로 내보내 달라고 아우성치는 말들을 애써 밀어 넣어야만 했다.

'근데 뭐라고? 재영이?'

태훈을 변태, 변태훈, 이놈, 저놈 등으로 부르던 하윤이 재영이라고 다정하게 부르고 있다는 사실을 알아차린 신휘의 미간이 좁아졌다. 언제부터 알게 된 사이인지 모르겠지만, 전화를 대신 받아주고, 태훈과 지혜도 없이 단둘이 만나는 걸 보면 꽤나 친한 사이인 것 같았다. 가뜩이나 불편해진 심기가 더욱 불편해졌다.

"오빠, 거실에 있을 거야? 그럼 우린 내 방으로 들어가고."

신휘가 못 들을 말을 들었다는 듯 기겁하며 되물었다.

"방엘 왜 들어가?"

"오빠 불편할까 봐."

너희들이 단둘이 방에 있는 게 더 불편해. 아직 정체를 정확히 알 수 없는 놈과 하윤을 좁은 공간에 둘만 있게 놔둘 수는 없었다.

"나 컴퓨터 할 거야. 너희들이 거실에 있어."

신휘는 그나마 탁 트인 거실이 안전하다고 판단했다.

"컴퓨터? 뭐 하게?"

"……있어, 할 거."

일단 질러놓았지만, 딱히 할 건 없었다.

"태블릿 PC로 해."

신휘는 태블릿 PC로 하지 못하는 그 무언가를 찾기 위해 재빨리 머리를 굴렸다.

"나 게임할 거야, 게임."

집에 노트북과 태블릿 PC는 여러 대 있었지만, 데스크톱은 하윤의 방에 있는 것이 유일했다. 그 방을 차지할 핑계는 게임밖에 없었다. 눈 뜨자마자 게임이라니……. 얼떨결에 말을 꺼내놓고서 금세 후회했지만, 신휘는 어쩔 수 없이 하윤의 방으로 걸음을 옮겨야만 했다.

'하재영…….'

조금 전 하윤을 말없이 내려다보고 서 있던 재영의 모습이 뇌리를 가득 채웠다. 뭔지 모를 묘한 불안감이 스멀스멀 피어오르고 있었다.

잠에서 깨어 거실로 나간 신휘는 그 자리에 우뚝 멈춰 섰다. 하윤과 재영이 소파 아래에 나란히 등을 기대고 앉아 뭔가를 다정하게 이야기하고 있었다. 이틀 전과 똑같은 모습이었다. 그날의 기억이 깊게 남아 헛것이 보이는가 싶어 눈을 비벼보았지만, 짜증 나는 광경은 사라지지 않았다.

"일어났어?"

하윤의 또랑또랑한 목소리가, 지금 그가 보는 것이 실제 상황임을 명확하게 인지시켜 주었다.

"또…… 공부해?"

신휘가 떨떠름하게 물었다.

"시험 얼마 안 남아서 속성 과외 좀 받으려고."

"……열심히 하네."

표정은 썩어 있었지만, 신휘는 끝까지 쿨한 척을 포기하지 못했다. 신휘는 하윤이 고3일 때조차도 공부하라는 잔소리를 단 한 번도 해본 적이 없었다. 그런데 지금은 속에서 열불이 나다 못해, 한 줌의 재로 산화되는 중이었다. 대체 수업 시간에 뭘 했기에 시험공부를 혼자서 못 하고 누구 도움을 받아야 하는 거냐는 말이 입 밖으로 터져 나가기 일보 직전이었다.

"오빠, 몇 시에 나가?"

"오늘 스케줄 없어. 하루 종일 집에 있을 거야."

"잘됐네. 우리 김치볶음밥 먹을 건데 오빠도 먹을래?"

"그래. 나 우선 좀 씻고."

화장실로 향하는 척하며 제 방으로 들어간 신휘는 성국에게 전화를 걸었다.

"오늘 미팅 내일로 연기 좀 해라. 중요한 일이 생겨서 못 나가겠다."

지금 신휘에게 XY 염색체 보유자와 하윤을 단둘이 둘 수 없는 것만큼 중요한 일은 아무것도 없었다.


"오빠, 일어났어?"

"안녕하세요."

하윤과 재영이 방에서 나온 신휘를 보며 나란히 인사를 건넸다.

'이럴 수는 없어, 이럴 수는…….'

당신의 여자가 되고 싶어요

일주일 동안 벌써 세 번째였다. 눈만 뜨면, 주는 것 없이 미운 녀석이 하윤의 옆에 딱 달라붙어 있었다. 공부를 한다는데 대놓고 싫은 티를 낼 수도 없고, 미칠 노릇이었다. 외모도 준수하고, 예의도 바르고, 특별히 어울리지 말라고 할 명분이 없어서 더 짜증이 났다. 태훈과는 단둘이 무인도에서 석 달 열흘을 산다고 해도 걱정이 되지 않았지만, 하재영이라는 녀석은 하윤의 옆에 앉아 있는 것만으로도 거슬렸다. 두 사람은 마치 풋풋하고 싱그러운 캠퍼스 커플 같았다.

신휘는 하윤과 재영이 잘 어울린다는 생각을 애써 털어버리고 부엌으로 향했다. 그리고 2ℓ 생수병을 통째로 들고 벌컥벌컥 들이켰다.

재영은 지루하지 않게 가르치는 건 물론이거니와, 이해를 못 하고 여러 번 물어도 인내심을 가지고 하나하나 차분하게 설명해 주는 타입이었다. 그 덕분에 하윤은 공부하는 시늉만 내려고 했던 처음 계획과는 달리 어느새 진지하게 몰입하고 있었다.

"오빠, 아까부터 거기 앉아서 뭐 해?"

뒤통수에서 느껴지는 강렬한 시선과 음울한 기운을 감지한 하윤이 뒤를 돌아보며 물었다.

"생각."

신휘는 벌써 30분째 소파 위에 책상다리를 하고 올라앉아 소파 테이블 위에 책을 펴놓고서 공부를 하는 하윤과 재영을 뚫어지게 바라보는 중이었다.

"무슨 생각?"

"그런 게 있어."

네 버릇을 어떻게 고쳐야 할지에 대한 생각. 이따금씩 재영의 팔을 살짝살짝 건드리며 눈꼬리가 휘게 웃는 하윤의 모습을 보고 있자니 심사가 뒤틀렸다. 삼 형제들과 워낙 스스럼없이 스킨십을 하며 살다 보니

자연스럽게 몸에 배어 있는 행동들이었지만, 지금 신휘의 눈에는 하재
영이라는 녀석과 엮인 하윤의 모든 것이 죄다 거슬렸다.

"안 나가?"

"나가."

"3시에 나가야 한다며."

하윤의 눈이 벽시계로 향했다.

"지금 3시 반인데? 30분째 나간다고 말만 하고 왜 안 나가?"

하윤은 사실 신휘가 이제 좀 나가줬으면 싶었다. 오늘은 작전을 잠시
쉬고 공부에 집중하고 싶은 날이었다.

"……나갈 거야."

나도 나가고 싶다고. 나가야 한다고. 그런데 이대로는 나갈 수가 없다
고……. 신휘가 적당한 핑계를 찾으려 애쓰는 사이, 하윤이 그의 옆에
놓인 휴대폰을 가리켰다.

"아까부터 진동 울리는 것 같던데, 성국 오빠 전화 아냐?"

하윤의 말대로 성국의 전화가 맞았다. 조금 기다리라고 메시지를 보
내놓았는데 계속 전화를 해대는 걸 보면 어지간히 급한 모양이었다. 하
지만 신휘는 단호하게 고개를 저었다.

"아니야. 스팸이야."

하윤은 고개를 갸우뚱거리며 다시 책으로 고개를 돌렸다. 재영이 다
시 설명을 시작했다.

"여기서 SWOT 분석이라는 게, Strength(강점), Weakness(약점),
Opportunity(기회), Threat(위협)을 말하는 건데, 이 네 가지를 토대로
분석해서 마케팅 전략을 세우는 방법이야. 그러니까 우선……."

원어민이야, 뭐야? 고작 단어 네 개 읊었을 뿐인데 발음이 심상치가
않았다. 신휘는 하다 하다 재영의 원어민 뺨치는 발음조차 마음에 안
드는 상황에까지 이르러 있었다.

"외국에서 살다 왔어?"

신휘의 질문에 재영이 담담하게 대답했다.

"아버지 일 때문에 어렸을 때 영국에 몇 년 있었습니다."

하윤이 호기심 가득한 눈으로 재영에게 고개를 들이밀었다.

"진짜? 무슨 일 하시는데?"

"기자. 특파원으로 나가셨었어."

"우와! 나 기자가 꿈이었는데!"

신휘는 호들갑 떠는 하윤을 퉁하게 지켜보며 생각했다.

'네가 태어나서 지금까지 꿈이라고 말했던 수백 가지 직업 중 하나긴 했지. 마트 주인으로 갈아타면서 버려졌던가?'

신휘가 드디어 소파에서 몸을 일으켰다.

"가야겠다."

더는 지체할 시간이 없었다.

"응. 갔다 와."

"뭐 해? 안 일어나고?"

신휘의 건조한 목소리에 그를 말똥말똥한 눈으로 올려다보던 하윤이 움찔했다. 배웅을 하라는 건가 싶어 엉거주춤 자리에서 일어나려는 순간, 신휘가 퉁명스럽게 말했다.

"너 말고 너."

앞의 너는 하윤이었고, 뒤의 너는 재영이었다.

"나 지금 나갈 건데 더 있게? 그만 일어나지?"

둘이 뭘 하고 있을지 내내 신경 쓰고 있으니, 신경 쓰일 요인을 없애는 게 나을 것 같았다.

"아…… 네."

재영은 군소리 없이 자리에서 일어났다.

"엘리베이터 좀 잡고 있을래?"

"알겠습니다."

신휘에게 깍듯하게 대답을 한 재영은 하윤을 향해 부드러운 미소를 지어 보였다.

"갈게."

이렇게 대놓고 쫓아낼 줄은 몰랐기에 하윤은 당혹스러웠다.

"어, 어……. 전화할게."

재영이 현관 쪽으로 걸음을 옮기고, 현관문이 열렸다 닫히는 소리가 들리고서야 굳게 닫혀 있던 신휘의 입이 열렸다.

"오빠가 남자랑 집에 단둘이 있어도 된다고 했어?"

바지 주머니에 두 손을 찔러 넣고 삐딱하게 선 신휘는 목소리도 자세만큼이나 삐딱선을 타고 있었다.

"남자는 무슨. 친구잖아, 친구. 공부하는 건데 왜 그래."

"태훈이 친구지 네 친구는 아니잖아. 알게 된 지 얼마 되지도 않았다며?"

"이제 내 친구도 된 거지. 재영이 되게 착해, 오빠."

신휘가 혼잣말처럼 중얼거렸다.

"얼마나 봤다고 착하대."

이것은 남자로서의 질투인가. 오빠로서의 걱정인가……. 하윤은 독보적인 실행 능력을 갖추고 있는 반면, 해독 능력은 현저히 떨어지는 타입이었다. 하윤이 골똘히 생각에 빠져 있는 사이, 신휘가 신경질적으로 몸을 돌렸다.

"간다."

하고 싶은 말은 많았지만, 더 이상 무슨 말을 한다는 것 자체가 옹졸하고 치사해 보여 할 수가 없었다.

"오늘 늦어?"

하윤이 방실방실 웃으며 신휘의 팔을 살며시 잡았다.

"성하윤."

신휘가 미간을 찌푸리며 반대쪽 손으로 하윤의 손목을 움켜쥐었다.

"버릇 고쳐."

"……어?"

"아무나 스스럼없이 터치하는 거."

당황한 하윤이 잡힌 손을 슬그머니 빼려 하자, 하윤의 손목을 잡고 있던 신휘의 손에 힘이 들어갔다.

"나한테만 해."

"……."

"나한테만 하라고."

신휘는 멍하게 서 있는 하윤을 뒤로하고 거실을 빠져나갔다.

❥

지혜와 태훈, 재영은 학생회관 식당에 모여 앉아서 시험을 마치고 합류할 하윤을 기다리는 중이었다.

"시험 몇 개 남았어?"

지혜의 질문에 태훈의 인상이 구겨졌다.

"오늘 하나, 다음 주에 하나. 오늘 거는 완전 껌인데, 다음 주 재무관리가 나의 피를 말린다. 제길."

"피는 마르지만, 딱히 공부할 생각은 없잖아? 그럴 거면서 신경은 왜 쓰는 건지 이해할 수가 없다."

재영은 지혜와 태훈의 대화를 귀로 들으면서 눈으로는 식당 입구로 들어서는 사람들을 쉴 새 없이 좇고 있었다.

잠시 후 하윤이 식당 안으로 들어서자, 재영은 기다렸다는 듯 손을 흔들어 위치를 알렸다. 누군가와 통화를 하면서 걸어온 하윤은 비어 있는 태훈의 옆자리 의자를 빼서 앉았다.

"응, 마지막 시험이었어. 이제 방학인 거지. 오빠는 뭐 하고 있어? 운전? 오빠가? 나 지금 애들 만났어. 응, 운전 조심해."

하윤이 전화를 끊자, 지혜가 눈을 흘기며 쏘아붙였다.

"야, 그 홀가분하다는 표정 좀 치워줄래? 우린 아직 시험 다 안 끝났거든?"

그런 요구에 순순히 응해줄 하윤이 아니었다. 하윤은 오히려 입꼬리를 한껏 추어올리며 지혜의 약을 올렸다.

"넌 지금 시험이 다 끝나서 좋은 거냐, 아니면 시험을 잘 봐서 좋은 거냐?"

"끝난 것도 좋고, 잘 본 것도 좋고."

하윤의 자신만만한 표정을 보고 있던 재영의 얼굴에 미소가 떠올랐다.

"네 표정을 보아하니, 헛소리라고 생각하는 모양인데……."

태훈에게 정곡을 찔린 재영이 움찔했다.

"아쉽게도 헛소리가 아니다. 우리가 확인할 길 없다고 뻥치는 거 같지?"

재영은 무의식중에 고개를 끄덕이고 있는 자신을 발견할 수 있었다.

"쟤 과 톱이야. 장학금 받고 다녀."

반전이었다. 팔랑거리면서 놀러 다니는 걸 좋아할 것 같은 이미지였기 때문에 막연히 공부에 별 관심이 없을 거라고 생각했다. 몇 번 공부를 가르쳐 주면서도 솔직히 별 기대는 하지 않았다. 이해했느냐고 물으면 배시시 웃으면서 고개를 끄덕인 게 전부였으니 제대로 알아들었는지도 가늠할 수가 없었다. 재영이 놀랍다는 표정으로 바라보자, 하윤은 양손으로 브이 자를 만들어 보이며 활짝 웃었다.

"지금 보고 나온 시험이 패션 마케팅이었는데 네 덕분에 잘 본 것 같

아. 아주 빽빽하게 다 쓰고 나왔지롱."

"잘됐네."

재영의 얼굴에도 흐뭇한 미소가 번졌다.

"고맙다, 친구. 내가 조만간 한턱 쏘겠다."

"오! 어디서 쏠 건데?"

태훈이 눈을 번뜩이며 얼굴을 들이밀자, 하윤이 질색하며 그의 얼굴을 밀어버렸다.

"네가 왜 좋아하는데? 혹시라도 들러붙을 생각이라면 일찌감치 접어라. 택도 없다."

하윤과 태훈의 말다툼이 시작될 조짐을 보이자, 지혜가 얼른 화제를 돌렸다.

"나 내일 시험 끝나는데 오랜만에 클럽 한번 뜨자. 스트레스를 발산할 뭔가가 필요해."

"난 빼줘."

하윤이 관심 없다는 듯 시큰둥하게 대답하자, 재영이 물었다.

"클럽 안 좋아하나 봐?"

"응. 내가 보이는 이미지 그대로 정신 사나운 거 별로 안 좋아하는 편이라."

'하윤아, 보이는 이미지로 치자면 정신 사나운 거 참 많이 좋아할 것 같아.'

재영은 차마 대놓고 하지 못한 말을 마음속으로 고백했다. 그때, 태훈이 어처구니없다는 표정으로 끼어들었다.

"재영이가 네 과거 모른다고 그런 새빨간 거짓말을 하면 못쓰지."

"내가 모르는 과거가 뭔데?"

"쟤 1학년 때 별명이 홍대 홍길동녀였어."

남의 과거 까발리기 전문인 태훈이 얼른 나서서 신나게 입을 털기 시작했다.

"홍대 홍길동녀?"

미친 망아지에 이어 홍대 홍길동녀……. 별명들이 하나같이 평범한 게 없었다.

"홍대 클럽 여기저기 동에 번쩍, 서에 번쩍 나타났다가 홀연히 사라지곤 한다고 홍길동녀."

까고 또 까도 끊임없이 나오는 하윤의 색다른 모습에 재영은 신기함을 넘어 경이로움까지 느끼고 있었다. 대체 넌 정체가 뭐니?

"넌 무슨 백만 년 전 얘기를 하고 있냐. 과거는 묻어두라고 있는 법."

"과거는 가끔 꺼내보는 게 제맛."

하윤의 타박을 태훈이 지지 않고 받아쳤다.

"잘 추는 거야? 좋아하는 거야?"

두 사람의 대화에 재영이 은근슬쩍 끼어들었다.

"둘 다였지."

대답은 태훈의 입에서 나왔다.

"변태야. 네가 신난 건 알겠다만 그래도 말은 똑바로 하자. 그때 신휘 오빠 갑자기 군대 가고 허전한 마음을 달랠 길 없어서 춤으로 풀었던 거였지. 막 좋아해서 다닌 건 아니었잖아?"

잘한다, 허지혜! 지혜의 똑 부러진 반박을 응원하듯 하윤이 열심히 고개를 끄덕이며 동조했다.

"그럼 요새는 클럽 안 다녀?"

"가무는 끊었어. 요새는 음주만."

지혜의 핀잔으로 잠시 찌그러져 있던 태훈이 다시 제 차례가 왔다는 듯 나섰다.

"끊게 된 계기가 있었는데 그것도 참 대박이었지."

"계기? 뭔데?"

홍미진진한 이야기임을 감지한 재영이 태훈 쪽으로 상체를 기울이며 대답을 재촉했다.

"쟤가 한창 클럽 다닐 때 꽤 유명했거든? 술도 안 마시고, 남자들이랑 어울려 놀지도 않고 딱 춤만 추고 사라지니까 신비주의 이미지도 있었고. 어떤 연예 기획사 캐스팅 매니저가 자기네 회사 대표한테 직접 한 번 보시라고 클럽으로 데리고 왔는데……."

"왔는데?"

"공교롭게도 그 연예 기획사가 신휘 형 소속사였어. 그 대표라는 사람도 하윤이랑 잘 아는 사이였고. 서로 얼굴 보고 깜놀했다는 거 아니냐."

혼자 떠들려니 버거웠는지 태훈은 잠시 숨을 고르고 다시 말을 이었다.

"대표가 신휘 형 휴가 나왔을 때 쟤 가수 한번 시켜보자고 얘기를 꺼내면서 형이 알게 된 거지. 성하윤이 클럽에 다닌다는 걸. 진짜 건전하게 춤만 춘 건데도 형이 은근히…… 아니, 대놓고 보수적이라 이해를 못 하더라고. 그리고 그 이후로 홍길동녀를 본 사람은 아무도 없었다……. 뭐 이런 스토리?"

태훈의 말을 지혜가 넘겨받았다.

"쟤가 정신 사나운 거 안 좋아한다는 말, 믿기 힘들겠지만 사실이야. 클럽 다녔던 건 특수 케이스였지. 평소에는 클래식 같은 거 좋아하고, 옷 만드는 과라 그런가 바느질, 재봉질 뭐 이런 거 좋아해."

이걸 반전 매력이라고 해야 하나, 이중인격이라고 해야 하나……. 혼란스러운 감정이 얼굴에 고스란히 드러나 있는 재영을 보며 하윤이 위협적으로 눈을 부릅떴다.

"너 표정 너무 리얼하다?"

그때 태훈이 불쑥 끼어들어 하윤에게 물었다.

"너 요새는 뭐 듣냐? 한동안 재즈 열심히 듣더니."

"뉴에이지 피아노곡."

"그건 또 뭐냐……."

"어차피 들어도 모를 거 묻지를 마."

하윤과 태훈이 눈빛으로 싸움을 시작한 사이, 지혜가 입을 열었다.

"이 비유가 맞나 모르겠다만, 신사임당의 피가 흐르는 황진이랄까? 한마디로 종잡을 수 없는 애야. 뭐가 됐든 좋아하는 거랑 별개로 음주가무에 탁월한 재능이 있는 건 확실해."

"노래도 잘해?"

"그룹 노래, 혼자서 모든 파트를 다 불러. 그것도 춤까지 추면서. 폐활량이 무슨 돌고래 수준이라니까."

재영이 감탄 어린 눈으로 바라보자, 하윤은 수줍게 웃으며 테이블을 가볍게 탁탁 내리쳤다.

"자, 과거사는 이제 그만. 현실에 관심을 가져 주면 고맙겠어."

세 사람이 제 말에 귀를 기울이고 있다는 것을 확인한 하윤이 재영에게 물었다.

"네가 보기엔 어때? 오빠가 질투하는 걸로 보여?"

질투라고 말해줘. 하윤은 일말의 기대를 가지고서 재영의 입에서 나올 말을 기다렸다.

"글쎄……."

재영이 말끝을 늘이자, 하윤은 그럴 줄 알았다는 듯 땅이 꺼져라 한숨을 내쉬었다.

"너도 잘 모르겠지? 질투다 싶다가도 어떻게 보면 오빠로서 하는 걱정 같기도 하고……. 구별할 능력도 없는 주제에 괜히 시작했어."

눈치로 따지자면 신휘나 하윤이나 별반 다를 것도 없었다. 비루한 눈치의 소유자인 두 사람은 서로 삽질 중이었다. 그것도 꽤나 열심히.

'질투지.'

재영은 굳이 자신이 느낀 바를 하윤에게 곧이곧대로 말해주고 싶지 않았다. 신휘 본인도 아직 질투라고 자각하지 못하는 듯하지만, 그건 분명 질투였다.

"괜히 너만 귀찮게 했다. 내가 부르면 달려와 주느라 고생했어."

"고생은 무슨……."

재영은 담담하게 대답하면서도 하윤이 '이제 너의 할 일은 끝났어'라고 말하는 것 같아 왠지 모르게 섭섭한 마음이 들었다.

"플랜 A 폐기. 플랜 B 돌입."

하윤은 다시 의욕에 활활 불타오르고 있었다. 별로 궁금하지는 않지만 들어는 봐주겠다는 표정으로 지혜가 시큰둥하게 물었다.

"플랜 A는 질투심 유발 작전이었고, 플랜 B는 뭔데?"

"눈앞에서 알짱거리기!"

"뭐래. 누가 들으면 따로 사는 줄 알겠다."

"오빠 작품 한번 들어가면 얼굴 마주치기도 힘들다는 거 몰라서 하는 말이야? 옆에 딱 붙어서 나의 여성미를 어필해야겠어."

"너한테 그런 게 있기는 하고?"

하윤은 손을 냅다 뻗어 깐족거리는 태훈의 목울대를 가격했다.

"닥쳐."

태훈이 캑캑거리거나 말거나 세 사람 모두 눈도 깜박하지 않았다. 조용히 듣고만 있던 재영이 입을 열었다.

"어떻게 알짱거리게?"

"생각해 둔 방법이 있지……."

하윤의 얼굴에 의뭉스러운 미소가 쓱 걸린 순간, 테이블 위에 놓아 둔 휴대폰에서 진동이 울리기 시작했다. 발신자를 확인한 하윤이 고개를 갸우뚱거리며 전화를 받았다.

"응. 오빠."

[지금 어디야?]

"학교라니까?"

[그러니까 학교 어디냐고.]

"학생회관 식당. 왜?"

[알았어.]

신휘는 제 할 말만 하고 일방적으로 전화를 끊어버렸다.

"뭐지……?"

끊긴 휴대폰을 붙들고 중얼거리는 하윤을 보며 지혜가 물었다.

"신휘 오빠? 어디냐고 물어?"

"응."

"이런 경우, 나 지금 앞에 왔어. 얼른 나와. 뭐 이런 로맨틱한 이벤트
의 유추가 가능하다만?"

지혜의 말에 하윤이 비통한 얼굴로 고개를 가로저었다.

"내 입으로 이런 말 하기 서글프지만…… 오빠가 나한테 로맨틱한 이
벤트를 할 상황이면 내가 미쳤다고 플랜 A에 플랜 B까지 짜고 있겠
냐?"

"아 참! 그렇지!"

"너 뭔가 신나 보인다?"

지혜를 힘껏 째려봐 준 하윤은 세 사람에게 앞으로의 계획에 관해 설
명하기 시작했다. 그러나 다 듣고 나서도 누구 하나 이렇다 할 반응을
내놓지 않았다. 태훈은 관심 없다는 듯 귀를 파고 있었고, 재영은 무언
가 생각에 잠겨 있었고, 지혜는 하윤의 뒤편 식당 입구를 바라보고 있
었다. 시큰둥한 세 사람의 행태에 발끈한 하윤이 한마디 하려던 그때,
지혜의 입이 먼저 열렸다.

"하윤아."

"왜!"

하윤이 까칠하게 받아쳤다.

"내가 틀렸다."

지혜의 눈은 여전히 하윤의 어깨 너머를 향해 있었다.

"뜬금없이 뭐래."

"나오라고 안 하고 본인이 직접 들어오셨네."

"응?"

언제 발끈했냐는 듯 하윤이 눈을 동그랗게 뜨고 되물었다.

"뒤돌아봐."

"뒤?"

하윤은 의자 등받이를 짚고 허리를 틀었다. 그리고 경악했다. 티셔츠에 슬랙스, 운동화, 야구 모자, 마스크, 선글라스까지 온통 블랙으로 깔맞춤한 정체불명의 남자가 식당 안을 두리번거리고 있는 모습이 눈에 들어왔기 때문이었다. 다른 색상은 조금도 용납할 수 없다는 듯한 고집스러움이 느껴지는 패션이었다. 그나마 팔과 목이 드러나 있었기에 망정이지, 그조차 보이지 않았다면 숯덩이가 걸어 다닌다고 여겨질 정도였다. 원래 위치로 스르르 몸을 돌린 하윤이 지혜를 멍하게 바라보며 물었다.

"저거…… 신휘 오빠냐……?"

"나한테 왜 물어, 본인이 더 잘 알면서. 저 키, 저 몸매, 학교라고 대답했음에도 불구하고 정확한 위치까지 물은 전화 통화. 빼박 신휘 오빠지."

하윤은 마음을 굳게 먹고서 다시 몸을 틀었다. 저 시선 강탈 패션은 뭐야, 대체! 신휘는 독보적인 존재감으로 식당 안의 모든 시선을 사로잡고 있었다. 나름 들키지 않기 위해 위장을 한 듯했지만, 오히려 더 이목을 집중시키는 꼴이었다. 날 좀 봐주십사 하는 것과 별반 다를 것이 없었다. 다행이라고 해야 하는 건지, 얼굴은 완벽히 사수한 덕분에 누군지 알아볼 도리는 없어 보였다.

신휘는 도무지 이해가 되지 않았다. 왜 맨얼굴로 다닐 때보다 더 시선이 집중되는 건지 알 수가 없었다.

'이렇게나 완벽하게 은폐를 했는데 왜?'

인간 숯덩이는 너무나 완벽한 은폐가 역효과를 내고 있다는 걸 모르고 있었다. 그래도 사진을 찍거나 달려들지 않는다는 걸 위안으로 삼으며, 하윤의 위치를 파악하고 걸음을 옮겼다.

"오빠, 어쩐 일이세요?"

"형!"

"······."

"여긴 어떻게 왔어?"

네 사람은 각자 저만의 방식으로 그를 맞이했다. 신휘는 고개를 뒤로 한껏 젖히고서 자신을 올려다보는 하윤의 뺨을 자연스럽게 쓸었다. 그리고 하윤의 옆자리에 멀뚱히 앉아 있는 태훈을 툭툭 건드렸다.

"아!"

한 박자 늦게 알아들은 태훈이 잽싸게 옆자리로 옮기며 자리를 비워 주자, 신휘는 하윤의 옆자리에 앉았다.

"여긴 어떻게 온 거냐고"

"학생회관 식당이 어디냐고 물어봤더니 학생들이 친절하게 가르쳐 주던데?"

신휘는 하윤의 의자 등받이 위에 팔을 걸치며 대수롭지 않게 대꾸했다.

"그걸 묻는 게 아니잖아. 운전하고 어디 가고 있다던 게 여기였어?"

"내가 온 게 불만인 거야, 지금?"

저 녀석이랑 어디 놀러 가기라도 하려던 참이었나? 그래서 방해했다고 잔소리를 하는 건가? 좋아서 어쩔 줄 몰라 할 반응을 기대했건만 하윤이 잔소리를 해대자, 신휘의 말투가 퉁명스러워졌다.

"불만이라니, 그럴 리가! 놀라서 그러지."

당황한 나머지 저도 모르게 신휘를 다그치고 있었다는 것을 깨달은 하윤이 얼른 콧소리를 섞어 애교를 부렸다.

"스케줄 하나 취소됐어. 들어가는 길에 태워 가려고."

언제 잔소리를 했느냐는 듯 하윤의 눈이 기쁨으로 물들었다.

"진짜? 나 데려가려고 일부러 온 거야?"

"일부러 안 오면 내가 여길 올 일이 뭐가 있……."

그 순간, 한 여자의 목소리가 신휘의 말을 잘랐다.

"저…… 혹시…… 신휘 오빠?"

신휘를 비롯한 나머지 네 사람까지 얼음이 되었다. 어떻게 알았지? 모두의 머릿속에 동시에 든 생각이었다. 누가 봐도 부자연스러운 그들의 행동에 확신을 가진 여학생이 호들갑을 떨어댔다.

"어머, 어머! 진짜였어. 오빠! 저 팬이에요! 목소리가 딱 오빠더라고요. 어머, 나 어떡해!"

여학생의 하이톤 목소리에 주위에 앉아 있던 학생들의 시선이 하나 둘 모이기 시작했다.

'널 진정한 팬으로 인정한다. 근데 입 좀 다물어줄래?'

간간이 흘끔거리는 학생들 몇 명만 빼고 특이한 복장의 남자에 관한 관심이 간신히 식었는데, 신휘의 정체가 밝혀지면 아비규환이 될 것은 불 보듯 뻔했다. 하윤은 지금 이 사태를 어떻게 수습해야 하나 머리를 굴려보았지만 뾰족한 대책이 떠오르지 않았다.

'성국 오빠도 없는데 사고라도 나면 어떡하지?'

하윤이 점점 극단적인 결과를 떠올리며 공황 상태가 되어가고 있을 무렵, 신휘는 하윤에게 기울어 있던 몸을 반대쪽으로 쓱 움직이며 태훈의 어깨에 팔을 올렸다. 하윤이 부각되어 좋을 게 없다는 판단에서였다. 그리고 천천히 의자에서 몸을 일으켰다. 비자발적으로 어깨를 내준 태훈도 하는 수 없이 따라 일어날 수밖에 없었다. 마스크를 슬쩍 내린 신휘가 여학생에게 치명적인 미소를 날리며 속삭였다.

"고마워요. 근데 목소리 조금만……."

신휘의 달콤한 속삭임에 넋이 나간 여학생은 모터 달린 듯 고개를 위아래로 흔들며 제 손바닥으로 입을 막았다.

"나가자."

신휘는 태훈의 어깨에 팔을 두른 채로 식당 입구를 향해 걸음을 옮겼다. 하윤과 지혜, 재영도 빠른 걸음으로 그 뒤를 따랐다. 여학생이 정신을 차리고 뒤쫓아 올까 봐 잔뜩 긴장한 채로 차를 주차해 둔 곳까지 온 그들은 일제히 안도의 한숨을 내쉬었다.

"완전 쫄았네. 어떻게 목소리만 듣고 알아보지?"

태훈이 도통 이해할 수 없다는 표정으로 중얼거렸다.

"오빠 목소리가 좋은 건 둘째 치고, 귀에 확 들어오잖아."

자신이 하고 싶은 말을 지혜가 대신해 주자, 하윤은 흐뭇한 미소와 함께 고개를 끄덕였다. 울림이 풍부한 신휘의 중저음 목소리를 가만히 듣고 있자면, 뭔가 주섬주섬 꺼내어 다 내어주고 싶은 마음이 들었다. 돈은 여기요. 통장도 가지세요. 아쉬운 대로 이십이 년 묵은 돌 반지는 어떠신지. 받아주시겠다면 이 몸도……. 하윤은 야릇한 상상으로 발그레 달아오른 두 볼을 손바닥으로 감싸고 몸을 배배 꼬았다.

"너 뭐 하냐?"

떨떠름한 태훈의 목소리에 정신을 차린 그녀는 네 사람이 자신을 이상하게, 혹은 미친년 보듯 바라보고 있다는 것을 깨달았다.

"……아하하하!"

하윤은 어색한 웃음을 터뜨리며 자세를 바로 하려다가 그만 중심을 잃고 말았다. 그녀의 상체가 휘청하는 것을 본 재영이 놀라 얼른 팔을 뻗었다.

"조심……!"

그러나 신휘가 더 빨랐다. 신휘는 자연스럽게 하윤의 어깨를 끌어당겨 중심을 잡아주었다.

"이 덜렁아……."

재영은 들어 올리긴 했으나 아무것도 해보지 못한 팔을 민망하게 내려야만 했다.

"타."

신휘는 조수석 문을 열고 하윤을 밀어 넣듯 태우고서 고개를 돌려 세 사람을 바라보았다.

"너희들도 타. 데려다줄게."

"내일 제일 빡센 시험 있어요. 도서관 가서 공부 좀 하다 가려고요."

"저랑 재영이는 두 시간 후에 시험 보러 들어가야 돼요."

지혜와 태훈이 차례로 답했다.

"그럼 다음에 보자."

신휘가 운전석에 탔을 때 하윤은 안전띠를 매고 얌전히 기다리고 있었다.

"가장 먼저 방학한 기분이 어때?"

"완전 좋아."

하윤이 터덜터덜 걸음을 옮기는 세 사람을 창문을 통해 흘긋 바라보며 대답했다.

"당분간 신나게 놀겠네."

"아니, 해야 할 일이 있어."

시동을 걸고 핸들을 돌리던 신휘가 고개를 갸웃거렸다.

"할 일? 뭔데?"

"있어, 아주 중요한 일."

하윤은 속으로 플랜 B를 되새기며 씩 웃었다.


이튿날, 하윤은 플랜 B를 실행에 옮기기 위해 한울 엔터테인먼트를 찾았다. 기하학적이고 입체적으로 설계된 건물을 올려다보는 그녀의 입에서 감탄사가 터져 나왔다.

"캬! 멋지네!"

건물을 새로 지어 이전해 온 지 이 년여 만에 처음 와보는 것이었다. 이전엔 평범한 5층 건물 중 5층만 빌려 사용했는데, 지금은 3층짜리 새 건물 전체를 통째로 한울이 사용하고 있다고 했다.

1층 입구에 들어선 하윤은 어디로 가야 하나 좌우를 두리번거리다가, 데스크에 앉아 있던 여자와 눈이 마주쳤다. 여자는 자리에서 일어나 친절하지만, 형식적인 미소를 띠며 입을 열었다.

"어떻게 오셨습니까?"

"대표님 좀 뵈러 왔는데요."

"전해 들은 바가 없는데 약속은 하고 오셨나요?"

"아니요. 그냥 왔는데요."

뻔뻔스러울 만큼 당당한 말투에 여자의 눈가에 자잘한 경련이 일었다 사라졌다.

'요즘 애들은 왜 이렇게 용감한 거야.'

연예인이 되고 싶다고 다짜고짜 찾아오는 이들만 해도 일주일에 서넛은 족히 되었다.

배우가 되고 싶다거나 가수가 되고 싶다는 것도 아니고 연예인이 되고 싶단다. 서당 개 삼 년이면 풍월을 읊는다는데, 여자는 입사한 지 일 년 반밖에 되지 않았지만 척 보면 비주얼 면에서는 옥석을 가릴 정도의 깜냥은 갖추었다고 자부했다. 여자의 날카로운 시선이 하윤을 탐색하듯 훑었다. 우선 외모는 합격. 모난 구석 없이 동글동글한 강아지 상 얼굴이 호감이긴 했다. 하지만 예쁘다고 해서 다 연예인이 될 수 있는 건 아니었다.

"약속이 되어 있지 않으시면 곤란합니다."

차라리 카메라 테스트를 받고 싶다거나 오디션을 보게 해달라고 하는 건 귀엽기라도 하지, 다짜고짜 대표님을 뵙겠다니. 우리 대표님은 너 같은 애들 하나하나 상대해 줄 만큼 한가하지 않아. 정신 차리라고 말해주고 싶은 속내를 꾸역꾸역 밀어 넣고, 여자는 가식적인 미소를 띠며어서 돌아가라는 눈빛을 보냈다. 하지만 앞에 서 있는 용감한 연예인 지망생은 물러설 기미가 없어 보였다.

"자리에 안 계세요?"

슬슬 귀찮고 짜증이 나기 시작한 여자의 목소리가 급격히 퉁명스러워졌다. 얼굴에 가면처럼 장착되어 있던 미소도 사라졌다.

"계시긴 하지만……."

하윤은 헛걸음하지 않았다는 사실에 안도하며 씩 웃었다. 왜 전화를 하지 않고 무작정 찾아왔는지 후회가 되던 참이었다.

"그럼 말씀 좀 전해주세요. 제 이름은 성하……."

그 순간이었다.

"하윤아!"

여자와 하윤의 고개가 목소리가 들려온 쪽으로 동시에 꺾였다. 두 사람의 눈에 계단을 걸어 내려오고 있는 남자가 보였다. 작달막한 키에 통통한 몸매가 결코 서른다섯 살로 보이지 않는 그는, 바로 남수였다.

"남수 오빠!"

하윤이 반갑다는 듯 손을 붕붕 휘저으며 환하게 웃었다.

'남수 오빠……?'

여자는 자신에게는 여전히 어려운 존재인 대표님을 스스럼없이 남수 오빠라고 부르는 하윤을 의아한 눈으로 바라볼 수밖에 없었다.

대표실 문을 열고 들어온 신휘는 황당함을 감출 수 없었다. 하윤이
대표실 소파에 앉아 자신을 향해 손을 살랑살랑 흔들어대고 있었기 때
문이었다.

"오빠 왔어?"

"뭐야? 네가 왜 여기 있어?"

뜻밖의 장소에 떡하니 앉아 있는 것만으로도 모자라, 하윤은 더 황
당한 말을 꺼내놓았다.

"나 취직했어."

"뭘 해? 취직?"

"방학했잖아. 알바 구했다고."

"알바?"

돈이 필요한가? 신휘의 머릿속에 가장 먼저 떠오른 생각이었다.

"뭐 사고 싶은 거 있어? 용돈 더 줘?"

"아니. 사고 싶은 거 없고, 용돈도 필요 없어. 나 돈 많아."

하윤이 콧등을 찡그리며 대답했다. 세 오빠가 서로서로 찔러 주기 바
쁘니 돈은 떨어지려고 해도 떨어질 수가 없었다. 틈틈이 술이나 한 잔
씩 하고, 간간이 옷이나 한 벌씩 사는 것 빼고는 딱히 돈 쓸데도 없었
다.

"그럼?"

용돈이 아니라면 남은 건 하나. 하윤은 한동안 사회생활 운운하며
알바를 하고 싶다고 징징댄 적이 있었다. 그러나 삼 형제 중 어느 한 사
람도 하윤의 편이 되어주지 않았다. 사회생활은 닥쳐서 하면 되는 것일
뿐, 미리 하려고 애쓸 필요 없다는 게 삼 형제의 지론이었다. 젊어서 고
생은 사서도 한다지만, 굳이 고생을 사서까지 할 필요는 없다는 데 생

각을 같이하고 있었다.

"나도 이제 3학년인데, 실전 감각 좀 길러볼까 하고."

제 짐작이 맞다는 것을 확인한 신휘가 미간을 좁히며 물었다.

"그래서 그 알바라는 게 뭔데?"

두 사람의 대화를 듣고만 있던 남수가 불쑥 치고 들어왔다.

"하윤이 우리 회사에서 일하기로 했어."

"무슨 일?"

"스타일리스트."

신휘의 눈썹이 거칠게 꿈틀거리자, 남수가 다급하게 덧붙였다.

"하윤이가 감각도 있고, 눈썰미도 좋잖아."

그건 인정.

"아주 중요한 일이라는 게 이거였어?"

하윤이 태연하게 고개를 끄덕이자, 신휘가 못마땅하다는 듯 고개를 좌우로 까딱거렸다.

"그건 그렇다 치고, 누구 스타일리스트?"

"에단이 어떨까 싶은데. 어시 하나 그만둬서 마침 사람 필요하던 참이었거든."

신휘의 굳은 표정을 못 본 척하며 남수는 시선을 하윤에게 돌렸다.

"하윤아. 에단 알지?"

"요새 최고로 핫한 에단을 모르는 사람도 있어요? 얼굴 완전 훈훈하고 노래는 또 어쩜 그렇게 잘해."

"근데 그런 것보다도 애가 성실하고 착……."

신휘가 남수의 말을 막으며 끼어들었다.

"나한테 붙여."

"하윤이는 에단……."

조금 더 장난을 쳐 보려던 남수는 신휘의 표정이 험악해지자 얼른 말을 돌렸다.

"……말고 신휘 어시 하는 게 좋겠다."

"네, 대표님."

남수와 하윤은 슬며시 시선을 주고받으며 성공을 자축했다.


드디어 남수와 신휘에 이어 마지막 관문인 채희만이 남았다. 신휘와 동갑내기인 채희는 스무 살 때부터 팔 년을 함께해 온 그의 메인 스타일리스트였다.

"언니, 안녕하세요."

하윤은 바짝 군기가 든 자세로 고개를 숙였다. 붉은색 머리카락과 새빨간 입술, 진한 스모키 화장에서 풍겨 나오는 채희의 카리스마에 벌써 주눅이 들었다.

"알바를 하겠다고?"

이 계획의 가장 큰 복병은 자신을 고용해 주어야 할 남수도, 자신을 반대할 신휘도 아닌, 채희일 것이라는 생각이 틀리지 않았음을 확인시켜 주는 싸늘한 말투였다.

"요새는 알바에도 낙하산이 있네?"

채희가 어이없다는 듯 실소를 터뜨렸다.

"문신휘 스타일리스트면 아무리 어시고 알바라고 해도 다들 환장하고 달려드는 자리라는 건 알지?"

"열심히 하겠습니다."

그 말밖에는 다른 할 말이 없었다. 왜인지는 몰라도 이전부터 채희가 자신을 싫어한다는 사실은 하윤도 잘 알고 있었다. 공격적인 성격에 대놓고 언짢은 감정까지 드러내는 사람과 같이 다니기가 걱정스럽긴 했지만, 심각하게 생각하지 않기로 했다.

'설마 때리기야 하겠어?'

하윤은 과도한 낙천주의자였다.

신휘는 어제 일로 아직도 남수에게 꽁해 있는 상태였다. 철딱서니 없는 하윤이 알바를 시켜달라고 졸랐다 하더라도 잘 설득해서 단념하게 하지는 못할망정, 둘이 단합을 하다니. 생각만 해도 또 짜증이 울컥 치밀어 올랐다. 신휘의 기분을 아는지 모르는지, 남수는 새 작품에 대해 떠들어대느라 정신이 없었다.

"어제 명 감독님이 직접 연락하셨더라. 이번에 강 작가님이랑 들어가는 드라마, 너랑 같이하고 싶으시대. 검토해 보라고 시놉이랑 1, 2회 대본 보내셨어. 난 마음에 드는데 네 생각은 어떤지 한번 읽어봐. 네가 오케이 하면 우리 애들 둘 정도 임팩트 있는 역에 꽂을 수 있을 것 같은데, 누가 좋을지 모르겠네."

남수는 신휘가 하겠다고 하지도 않았는데 벌써 누구를 들이밀까 잔뜩 들떠 있었다.

"형, 다 좋은데 제발 연기 좀 되는 애들로 넣어. 대사를 치는 건지 옹알이를 하는 건지 모르는 애들 또 넣으면 나 진짜 화낸다? 그리고 웬만하면 작은 역할부터 하나하나 시켜. 그게 본인들한테도 좋아."

아무리 끼워 팔기가 관행처럼 되었다고 해도 신휘는 영 탐탁지 않았다. 각자의 영역이 있는 만큼 남수가 하는 일에 대놓고 반대하는 건 자제하고 있지만, 전혀 준비되지 않은 신인을 덥석 갖다 대지는 말아줬으면 했다. 운이 좋아 반짝 인기를 얻을 수는 있을지언정 기본기가 없으면 금세 밑천이 드러나기 마련이라는 것을 그는 누구보다 잘 알고 있다.

"밑바닥부터 밟아 올라간 거 너 하나면 충분해. 네 덕분에 쉽게 좀 가자. 다 그러는데 우리만 안 한다고 누가 알아주기나 하느냐고."

저 융통성 없는 놈. 남수는 속으로 구시렁대며 다른 말이 더 나오기 전에 얼른 화제를 돌렸다.

"그나저나 하윤이는 어떻게 볼 때마다 점점 더 예뻐지냐? 오랜만에 보고 깜짝 놀랐네. 물이 올랐더라, 물이 올랐어."

남수는 신휘가 어떤 표정을 짓고 있는 줄도 모르고, 하윤의 칭찬에 정신이 팔려 있었다.

"웬만한 연예인 뺨치는……."

"대표님."

착 가라앉은 신휘의 목소리에 남수는 순간적으로 멈칫했다.

"……어?"

신휘가 단둘이 있으면서 공적인 호칭으로 부른다는 건 심각한 이야기라는 신호였다. 남수는 긴장한 얼굴로 자세를 고쳐 앉았다.

"아무래도 예전보다 하윤이를 자주 보게 될 거 같아서 미리 말해두는 건데."

강조하듯, 신휘는 잠시 말을 끊었다가 이었다.

"쓸데없는 시도 하지 마."

"무슨 시도……?"

알아들어 놓고 모른 척하는 남수가 괘씸했지만, 신휘는 차분히 덧붙였다.

"연예계 발 들이게 할 생각 없어."

"……."

"내가 이 년 전에 똑똑히 말했을 텐데? 하윤이 가수 안 시킨다고. 하윤이가 하겠다고도 안 하겠지만, 한 번씩 오디션 보라고 찔러보는 것도 이제 그만해."

"그럼……."

남수의 입에서 무슨 말이 나올지 짐작한 신휘가 선수를 쳤다.

"배우도 안 시켜."

사실 남수가 뜬금없는 하윤의 부탁에 순순히 응해준 건 옆에 두고 보면서 기회를 노리려는 속내가 있었다. 신휘를 따라다니다 보면 연예계에 발을 들이고 싶은 마음이 생기지 않을까 싶어서였다. 아무리 신휘가 반대한다고 해도 본인이 하고 싶은 마음이 들면 어쩔 수 없을 거라는 꿍꿍이였다.

"절대 안 돼."

신휘가 다시 한 번 못을 박았다.

"너, 내 안목 몰라? 내가 괜히 이래?"

남수는 진심으로 안타까워했다. 하윤은 외모뿐만 아니라, 타고난 끼와 재능까지 어디 한 구석 버릴 데가 없었다. 가수가 됐든 배우가 됐든, 뭘 해도 두각을 나타낼 수 있다고 확신했다.

"알아."

"그러니까 알면서 왜 그렇게 안 된다고만 하느냐고."

"정글 같은 이 바닥에 들여놓고 싶지 않아."

"요즘 시대에 정글 아닌 데가 어디 있어? 다 피 튀기는 경쟁 속에 살아가는 거지."

남수는 연예계가 그 선두에 있다는 것을 가장 잘 알고 있으면서도 괜한 억지장을 놓고 있었다.

"하윤이는 되도록 예쁜 것만 보고, 좋은 것만 들으면서 살게 하고 싶어. 내가 그렇게 할 거야."

"하윤이가 하고 싶어 한다면? 그래도 말릴 거야?"

"어. 말릴 거야."

신휘는 숨을 크게 들이마셨다가 길게 내쉬고서 말을 이어 나갔다.

"내가 데뷔한 지 십 년째야. 하윤이 그동안 단 한 번도 이쪽에 관심 보인 적 없었어. 그러니까 시간 낭비하지 말고 딴 애 알아봐. 우리 하윤이 아니어도 하고 싶어 하는 애들 널렸잖아."

신휘가 이 정도로 단호하게 나올 때는 결코 마음을 돌리는 법이 없다는 것을 남수는 잘 알고 있었다.

"……알았다."

남수가 아쉬움이 가득한 얼굴로 고개를 끄덕이는 순간, 신휘의 바지 주머니에서 진동이 울리기 시작했다. 성국의 전화였다.

"은행 일 다 봤고? 급할 거 없으니까 천천히 와."

성국의 말을 듣고 있던 신휘의 안색이 미묘하게 달라졌다.

"어, 그래. 알았어."

신휘는 전화를 끊고 휴대폰으로 뭔가를 찾아 읽어 내려갔다.

"오호."

신휘의 나지막한 감탄사에 남수가 의아하다는 듯 눈을 크게 떴다.

"왜? 뭔데?"

"열애설 하나 터졌네?"

"누구?"

"나."

신휘는 눈을 끔뻑거리고 있는 남수에게 보고 있던 휴대폰을 내밀었다.

"방금 올라온 기사."

**「단독! 문신휘의 그녀는 정다은?」**

포털 사이트 메인에 걸린 헤드라인이었다. 기사는 가로수길의 한 레스토랑 앞에서 마주 보고 서 있는 두 사람의 사진까지 친절하게 싣고 있었다.

**「문신휘는 한 인터뷰에서 여섯 살 차이를 선호한다고 밝힌 바 있으**

며, 정다은의 나이를 염두에 두고 한 발언으로 보인다. 정다은의 소속사 관계자는 "두 사람은 오래전부터 오빠 동생 사이로 두터운 친분을 유지하고 있다."고 말했다.」

터무니없는 내용에, 신휘의 이마에 핏대가 불끈 솟아올랐다.

"정다은이 스물두 살이야?"

"몰랐어?"

"내가 걔 나이까지 왜 알고 있어야 하는데? 대충 이십대 초반인 것만 알고 있었지."

얼마 전 인터뷰에서 선호하는 나이 차에 관한 기습 질문을 받았고, 여섯 살 정도가 좋겠다는 대답을 한 적이 있었다. 그 질문을 받은 순간 반사적으로 하윤이 떠올라 한 말이었다. 그런데 알지도 못했던 정다은의 나이가 열애설에 아주 맛깔나는 양념이 되어주고 있었다.

"앞뒤 다 자르고 이 사진만 올렸다 이거지……."

신휘의 미간에 깊은 주름이 새겨졌다. 아는 형이 레스토랑을 오픈했다고 해서 축하해 주러 들렀다가 나오는 길이었다. 그때 마침 정다은과 레스토랑 앞에서 마주쳤고, 짧게 인사한 게 다였다. '두터운'이라는 수식어에는 동의할 수 없지만, 그녀와 친분이 있다는 것은 사실이었다.

고등학교 1학년 때 데뷔한 다은은 조연급으로 꾸준히 작품 활동을 해오다가 얼마 전 종영한 드라마를 통해 주목받기 시작했고, 요새 주가가 꽤 높은 편이었다. 신휘와는 예전에 드라마를 같이 찍은 인연이 있었다.

"이 관계자는 진짜 관계자 맞아? 아니라고 펄쩍 뛰어도 모자랄 판에 이 묘한 뉘앙스는 뭐지?"

"이참에 너랑 한번 엮어보고 싶었나 보지."

그와 엮이는 것만으로도 급이 올라갈 만큼, 신휘가 가지는 영향력은 상당했다. 그래서 남자건 여자건 그와의 작은 인연이라도 언급하며 친분 과시를 하는 경우가 종종 있었다.

"얼른 반박 기사 내야겠다. 일 하나 늘었네."

남수가 자리에서 영차, 하며 몸을 일으켰다.


하윤은 불꽃이 일렁이는 눈으로 모니터 화면을 노려보고 있었다. 이 분노는 지혜의 전화로 시작되었다.

[기사 봤어?]

"채희 언니가 최신 패션 트렌드 분석해 오라고 해서 그거 하느라 바빠 죽겠다. 왜? 흥미로운 기사 떴어?"

[난 흥미롭다만 넌 흥분할 기사.]

"뭔 소리야."

[따끈따끈한 네 남자의 열애설. 문신휘의 그녀······.]

전화를 끊은 하윤은 바로 포털 사이트에 접속했다.

"정다은? 여섯 살 차이? 왜? 오빠랑 친분 있는 스물두 살은 다 갖다 붙이지!"

하윤은 눈을 가늘게 뜨고 기사를 읽어 내리며 누구에게 하는지 알 수 없는 말을 구시렁댔다.

"좋아. 시작하자."

엄숙한 표정으로 키보드 위에 양손을 얹은 하윤은 정갈한 손놀림으로 관련 기사마다 댓글을 달기 시작했다.


―이 뜬금없는 조합은 뭐죠?

―케미는 찾아볼 수가 없네.

―나 문신휘 여친 누군지 아는데.

―정다은 예전 얼굴 보면 깜놀함. 쌍수해서 그 정도임.

작업을 끝낸 그녀는 휴대폰을 집어 들어 단체 채팅방에 글을 올렸다.
〈기사에 댓글 좀 달아. 술 쏜다.〉

🦋

와인 재고를 파악하고 있던 은휘에게 다가온 상미가 물었다.

"사장님, 삼 형제 중에 둘째라고 하셨죠?"

상미는 은휘가 운영하는 와인바에서 일하기 시작한 지 이 주째로 접어든 신입 직원이었다. 은휘가 고개를 끄덕이자, 그녀는 기다렸다는 듯 의기양양한 기세로 말을 쏟아내기 시작했다.

"사장님 불러달라는 여자 손님들 알아서 처리하라고 하셔서 요령껏 둘러대고 있는데 오늘은 동생까지 사칭하네요? 사장님 남자 형제만 있는 거 몰랐으면 진짜인 줄 알았을 거예요. 얼마나 순진무구한 눈으로 쳐다보는지 마음 약해질 뻔했다니까요."

칭찬을 갈구하는 듯한 눈빛을 발사하고 있는 상미에게 은휘가 무심하게 한마디 건넸다.

"잘했어."

옴마야! 잘했대! 나 칭찬받았어! 상미는 터져 나오려는 환호성을 잘 밀어 넣고 수줍게 웃었다. 여자들이 왜 이 남자에게 환장하는지 격하게 공감이 갔다. 얼굴 한 번 보겠다고 매일같이 눈도장 찍는 여자들이 한심하기는커녕 이해가 되고도 남았다. 그는 무심한 듯하면서 자상하고, 까칠한 듯하면서 친절했다.

"친동생이면 친동생이지, 친동생 같은 동생이라고 하는 거 있죠?"

그냥 돌아서기 아쉬운 마음에 보탠 상미의 말에 은휘가 멈칫했다.

"친동생 같은?"

"네. 그렇게 말하던데요?"

"지금 어디 있어?"

"네……?"

"방금 말한 친동생 같은 동생."

"1층에……."

왠지 모르게 초조해 보이는 그의 태도에 당황한 상미가 말끝을 흐렸다. 계단 쪽으로 몸을 틀던 은휘가 한마디 덧붙였다.

"동생 맞아."

"사장님 남동생밖에……."

"걔도 내 동생이야."

은휘는 곧장 1층으로 내려가 홀 안을 빠르게 훑었다. 카운터 근처 자리에 앉아 있는 하윤이 보였다. 하윤은 휴대폰을 귀에 대고 불만스럽게 입을 삐죽거리고 있다가, 은휘를 발견하고 울상을 지었다.

"왜 전화 안 받아. 오랜만에 왔다고 아는 얼굴이 하나도 없어."

은휘는 반사적으로 양손을 바지 주머니로 가져갔다. 아무것도 들어 있지 않았다. 어디에다 뒀더라……. 그는 손바닥을 활짝 펼쳐 보이는 걸로 휴대폰의 행방을 모르겠다는 대답을 대신했다.

"형! 저 왔어요!"

마침 문을 열고 들어오던 태훈이 은휘에게 반가운 얼굴로 손을 흔들었다.

"어? 너희들 여기서 만나기로 했어?"

"응, 곧 지혜랑 재영이도 올 거야. 내가 쏘기로 했어."

"진짜 네가 쏘는 거 맞아?"

은휘가 의심스럽다는 눈초리로 물었다.

"내가 쏘는 거 맞다니까?"

은휘의 얼굴에 그럴 리가 없다는 의아함이 드리워지자, 가슴을 쫙 펴고 당당하게 외치던 하윤이 냉큼 한마디 덧붙였다.

"계산은 오빠가 하겠지만."

"어떤 오빠? 쏘긴 네가 쏘고, 계산만 할 오빠가 설마 나는 아니지?"

"설마 아니에요. 그 오빠가 맞으세요."

하윤이 능글맞게 웃으며 손가락 끝으로 은휘의 배를 콕콕 찔렀다.

"아무튼, 저 빈대 근성은……."

"어차피 다 오빠 거면서 뭘 그래."

"나도 다 돈 주고 사오는 거거든?"

은휘가 하윤의 머리를 쥐어박는 시늉을 하며 말했다.

"일어나."

하윤이 눈을 동그랗게 뜨며 물었다.

"왜? 우리 가라고?"

"룸으로 들어가라고. 너희가 여기 있으면 내가 자꾸 홀에 나와야 하잖아. 난 신비주의라 얼굴 팔리면 안 돼."

하윤의 썩은 표정을 모른 척하며 몸을 돌린 은휘의 뒤를 하윤과 태훈이 졸래졸래 따랐다. 모던한 분위기의 홀을 지나 앤티크한 느낌의 룸으로 들어선 하윤은 쿠션이 푹신한 벨벳 의자에 털썩 주저앉으며 도도하게 턱을 치켜들었다.

"술은 아무거나 네 병! 안주는 찹스테이크."

"네 병은 뭔데?"

은휘는 손을 까딱거리면서 주문을 하는 하윤을 기가 막힌다는 표정으로 바라보았다.

"1인 1병으로 시작하는 거지. 지혜랑 재영이도 곧 올 거라니까? 그러니까 우선 네 병."

"소주 시키냐? 우리 가게 와인이 어디 소주 한 병 값이랑 맞먹는다고 생각하는 건 아니지?"

"제일 싼 거 줘, 우리 중에 와인 맛 아는 사람 아무도 없어. 취하기만 하면 돼."

들을수록 가관이었다.

"무식하면 용감하다고, 그러니까 뭣도 모르고 사고를 치고 다니지. 태훈이네 가서 친 사고 수습하느라 내가 얼마나 고생했는지 벌써 잊은 건 아니지?"

비싸기도 비쌌지만, 그보다도 구하기 힘든 와인이라 더 애를 먹었다. 결국 프랑스 현지 지인을 통해 같은 와인을 구한 다음, 한국으로 귀국하는 인편을 수소문해서 들여올 수밖에 없었다. 잊고 있던 사건을 떠올린 은휘의 눈에 은근한 노기가 서렸다.

"오빠, 한 번 용서해 준 일을 다시 들먹이는 건 매우 치졸한 행동이라고 했어."

하윤이 또랑또랑한 목소리로 은휘를 꾸짖었다.

"누가?"

"누가라고 물어보시는 분이요. 창휘 오빠한테 욕먹을 때 오빠가 했던 말 나 똑똑히 기억하거든?"

"콩만 한 게 콩닥콩닥 말대답은……."

은휘가 구시렁대며 밖으로 나가자, 태훈이 혀를 차며 입을 열었다.

"우울한 척을 하려거든 제대로 하던가. 그 와중에 찹스테이크는 먹고 싶냐?"

말없이 자리에서 일어난 하윤은 천천히 태훈에게 다가갔다. 그리고 온 힘을 실어 그의 등짝에 스매싱을 날렸다.

"크헉!"

태훈은 단말마의 비명과 함께 닿지도 않는 등 한가운데로 팔을 뻗으며 몸부림을 쳤다.

곧이어 지혜와 재영이 합류했다. 두 사람이 도착했을 때는 이미 은휘가 갖다 준 와인과 안주가 한 상이었다.

"신휘 오빠 스캔들 처음 아니잖아. 기자들이 여기저기 찍어다 붙이는 거 뭐 하루 이틀이냐? 근데 이번엔 다른 때랑 반응이 상당히 다르다?"

와인을 맥주처럼 벌컥벌컥 들이켜는 하윤을 보며 지혜가 고개를 갸웃거렸다. 하윤이 들고 있던 와인잔을 거칠게 내려놓으며 목소리를 높였다.

"나보다 먼저 오빠랑 입술 맞댄 년이라 짜증 나서 그런다, 왜!"

분노의 원인을 알게 된 지혜가 어처구니없다는 듯 되물었다.

"지금 드라마에서 뽀뽀한 거 가지고 이러는 거냐? 그렇게 치면 신휘 오빠랑 키스신 있었던 다른 여자들은?"

"키스신 있었던 여배우들하고 스캔들 났던 적 한 번도 없었을 뿐만 아니라, 여섯 살 차이 어쩌고 하니까 내 자리에 걔가 차고앉은 것 같단 말이야. 뭔가 밀린 기분?"

"얼굴로 밀린 건 아니고?"

태훈이 분위기 파악 못 하고 깐족거렸다.

"태훈아……."

평소라면 욕설이 날아올 타이밍이었다. 그런데 하윤이 은근한 목소리로 자신을 부르자, 태훈은 본능적으로 위험을 감지했다.

"왜, 왜……."

"우리 뽀뽀나 한번 할까?"

"뭐?"

평소 땅콩보다 작았던 태훈의 눈이 호두만큼 커졌다.

"이 나이 되도록 뽀뽀 한 번 못 해본 것들끼리 무경험자의 오명을 벗어보자고. 오빠는 연기였든 뭐였든 해봤는데 난 못 해봤다는 사실이 갑자기 미친 듯 억울해졌어."

"이게 돌았나!"

식겁한 태훈이 버럭 소리를 질렀다.

"입술 한번 비벼보자고 했기로서니 사내놈이 닳는 것도 아닌데 지랄은……."

태훈을 흘겨보며 하윤이 심드렁하게 대꾸했다.

"됐다, 야. 나도 그냥 해본 말이었거든? 내가 이대로 늙어 죽어도 너랑은 안 한다."

그때, 내내 없는 사람처럼 조용히 와인만 마시고 있던 재영이 말문을 열었다.

"나랑 해."

세 사람의 시선이 일제히 재영에게로 모여들었다. 싸한 정적이 실내를 가득 채웠다.

'누가 들어도 분명한 개드립을 이렇게 진지하게 받다니…….'

하윤은 자신과 재영의 개그 코드는 교집합이 전혀 없다는 것을 다시 한 번 확인하며, 안타깝다는 듯 고개를 절레절레 흔들었다.

"넌 농담도 참 진지하게 한다. 완전 핵노잼."

"농담 아닌데?"

순간적으로 말문이 막혀 버린 하윤 대신, 싸늘한 목소리가 끼어들었다.

"어이, 태훈이 친구. 너 나와."

# 5. 실체를 드러낸 감정들

"모셔다드릴게요."

성국은 개인 차로 움직이겠다는 신휘의 말을 못 들은 척하며, 굳이 회사 주차장까지 따라나섰다. 스캔들 때문에 온종일 언짢아 보이는 그가 신경 쓰였기 때문이었다.

"너도 들어가라."

신휘는 성국의 등을 툭 치고서 운전석에 올라 시동을 걸었다. 출발하려는 찰나, 그의 휴대폰이 울리기 시작했다. 액정에는 '둘째 형'이라는 글자가 떠 있었다.

"어, 형."

대부분의 형제가 특별한 용건이 아니고서야 통화를 할 일이 없듯이, 신휘와 은휘도 서로에게 전화하는 일은 극히 드물었다. 어차피 집에서 보는 얼굴, 굳이 통화까지 해야 할 이유가 없었기 때문이었다. 마지막으로 통화한 게 언제였는지 기억을 더듬고 있던 신휘의 귀에 은휘의 무뚝뚝한 목소리가 파고들었다.

[스캔들 뭐냐?]

"별거 아니야."

[하윤이한테는 별거인 것 같은데?]

"무슨 소리야?"

[가게에 와 있어.]

신휘는 그 길로 곧장 은휘의 와인바로 향했다. 그가 도착했을 때는 어이없는 대화가 진행 중이었다. 그는 태훈에게 천연덕스럽게 뽀뽀를 제안하는 하윤을 보며 웃음이 터질 뻔했다.

'아이고, 하윤아⋯⋯.'

하윤의 돌발 발언에 정신이 팔려 있느라 룸 안의 네 사람 중 누구도 신휘의 기척을 느끼지 못하고 있었다. 신휘는 문가에 몸을 기댄 채로 순간순간 달라지는, 하윤의 다양한 표정들을 눈에 담았다. 눈을 초롱초롱 빛내고, 파르르 떨며 분노하고, 매섭게 흘겨보는 모든 행동이 어느 하나 미워 보이는 게 없었다. 사랑스럽다는 말을 가장 잘 표현할 수 있는 사람이 하윤이 아닐까 하는 생각마저 들었다. 그러나 신휘의 얼굴에 번져 있던 미소는 재영으로 인해 흔적도 없이 사라졌다.

"나랑 해."

뭘 하자고? 처음부터 왠지 모르게 거슬리더니 이제는 격렬하게 거슬렸다. 신휘가 싸늘하게 말문을 열었다.

"어이, 태훈이 친구. 너 나와."

"오빠!"

생각지도 못했던 신휘의 등장에 하윤은 저도 모르게 테이블을 쾅 하고 내리쳤다. 반가워서가 아니었다. 조금 전 자신의 경망스럽기 이를 데 없는 발언들을 들었을까 봐 당황스러워서였다.

"어쩐 일이야?"

못 들으려야 못 들을 수 없을 만큼 쩌렁쩌렁한 목소리로 외쳤건만,

모두가 짜기라도 한 듯 입을 열지 않았다. 태훈과 지혜는 입을 열 때가 아니라는 것을 본능적으로 인지하고서 눈알만 요리조리 굴려대고 있었고, 신휘는 무표정한 얼굴로 재영을 빤히 보고 서 있었다. 재영이 의자에서 몸을 일으키자, 심상치 않은 분위기를 감지한 하윤이 따라서 벌떡 일어났다.

"재영이는 왜?"

그러나 신휘는 말없이 몸을 돌렸고, 재영이 그 뒤를 따랐다. 허겁지겁 룸 밖으로 쫓아 나간 하윤은 신휘의 팔을 잡아 세웠다.

"오빠, 왜 그래? 혹시 우리가 하던 얘기 듣고 이러는 거야? 그냥 장난이었어."

신휘는 바지 주머니에서 차 키를 꺼내어 하윤에게 내밀었다.

"차에 가 있어."

"오빠······."

"얼른."

신휘는 단호했고, 하윤은 더 말해봐야 소용없다는 것을 깨달았다. 하윤은 당황스러움과 미안함이 뒤섞인 복잡한 눈으로 재영을 잠시 바라보다가 차 키를 받아 들고 시무룩하게 몸을 돌려 사라졌다.

신휘는 복도를 지나 창고 옆으로 나 있는 계단까지 걸어갔다. 그리고 벽에 등을 기대며 어둠이 깔린 밖을 응시했다.

"······담배 끊은 거 처음으로 후회되네."

신휘는 재영에게로 시선을 돌렸다. 무슨 생각을 하는지 알 수 없는 얼굴로 조용히 서 있는 재영을 보면서 한 가지 사실을 확실히 알 수 있었다. 재영이 자신을 겁내지 않는다는 것. 하얗고 곱상하게 생겼지만, 꽤 강단이 있다는 것은 인정하지 않을 수 없었다.

"포지션 똑바로 잡아. 친구 하든지, 남자 하든지."

신휘가 서늘한 눈빛으로 재영을 응시했다.

"남자 해도 됩니까?"

신휘는 재영의 차분한 질문을 여유롭게 받아쳤다.

"되지."

예상치 못한 대답에 재영의 얼굴에 당혹감이 일렁인 순간, 신휘가 건조하게 덧붙였다.

"남자 하는 건 네 자유긴 한데, 아마 그렇게 되면 하윤이 다시는 못 볼 거야."

"……."

"내가 못 보게 할 거거든."

재영이 미간을 찌푸렸다. 당사자인 하윤의 의사는 안중에도 없느냐고 반박하고 싶었지만 할 수 없었다. 오만해 보이는 그 말이 괜히 해보는 말이 아님을 잘 알기 때문이었다.

"하윤이 여자로 보는 놈, 옆에 안 둬."

신휘의 경고는 담담했지만, 강하고 위협적이었다. 하지만 재영도 말 한마디 못 해보고 그냥 물러설 만큼 유약하지는 않았다.

"형이야말로 포지션 똑바로 잡으세요. 오빠 하든지, 남자 하든지."

재영의 도발에 신휘가 어이없다는 듯 실소를 흘렸다.

"하윤이랑 내 사이 모르지 않을 텐데?"

"잘 알고 있습니다. 사귄다고 말만 할 뿐, 오빠 동생 그 이상의 어떤 것도 없다는 거."

재영은 일부러 오빠 동생이라는 말을 강조했다. 그가 오빠 이외의 다른 감정을 깨닫지 못하길 바라는 마음에서였다.

"하윤이가 졸라서 사귀게 됐다는 것도 알고 있습니다. 하지만 하윤이를 여자로 보지도 않으시면서 이 이상한 관계를 지속하는 게 무슨 의미가 있을까요? 하윤이도 다른 사람 만날 수 있는 기회를 주세요."

하윤과 제 관계에 대해 모든 것을 다 안다는 듯 떠들고 있는 눈앞의 건방진 놈 때문에 화가 치밀어 올랐지만, 신휘는 동요하지 않은 척 이를 악물었다.

"아니, 하윤이는 다른 사람 못 만나. 그딴 기회 줄 생각 없으니까."

신휘는 재영의 말을 싸늘하게 일축했다.

"형, 나 가."

신휘가 계단을 올라오고 있던 은휘의 옆을 지나쳐 내려가며 말했다.

"오자마자 가는 거냐?"

그는 은휘의 말을 뒤로하고 밖으로 나가 주차장으로 향했다. 차 문을 열자, 조수석에 타고 있던 하윤이 운전석으로 몸을 들이밀며 다급하게 물었다.

"오빠! 재영이한테 뭐라 그랬어?"

신휘는 하윤의 걱정스러워하는 눈빛이 마음에 들지 않아 입을 꾹 다문 채 시동을 걸었다.

"내가 한 헛소리에 재영이가 맞장구쳐 준 거야."

재영의 대변인이라도 된 듯한 하윤의 모습에 더욱 울화가 치민 신휘는 핸들을 신경질적으로 돌리며 주차장을 빠져나갔다. 아무 말 없이 운전만 하고 있는 신휘를 힐끔거리던 하윤이 조심스럽게 입을 열었다.

"오빠가 지금 화내는 거……."

늘 거침없던 하윤이 머뭇거리며 말끝을 늘였다.

"혹시…… 질투야……?"

어차피 신휘가 무슨 생각을 하는지 제 눈치로 알아차릴 도리가 없음을 깨달은 하윤은 정공법을 택했다. 하지만 말을 꺼내놓고 곧바로 후회했다. 질투 아닌데? 질투 같은 소리 하고 있네. 내가 질투를 왜 해? 등의 무안한 대답이 돌아오면 어쩌나 걱정스러웠다. 하지만 그녀의 걱정과는 달리 신휘의 입에서는 어떤 말도 나오지 않았다. 무안한 대답을 들지 않은 건 다행이었지만 대신 하윤은 숨 막히는 뻘쭘함으로 질식하기 일보 직전이었다.

하윤이 창밖으로 고개를 슬쩍 돌리자, 신휘는 그제야 조수석을 돌아보았다.

'그래. 질투 맞는 것 같다……'

아파트 지하 주차장에 도착한 신휘는 엘리베이터 근처에 차를 세웠다.

"먼저 올라가. 난 좀 이따 올라갈게."

"왜?"

"혹시 기자 있을까 봐."

외부 차량의 진입을 철저하게 단속하는 고급 아파트라 큰 걱정을 하지는 않았지만, 그래도 오늘은 날이 날이니만큼 조심하는 게 낫겠다 싶어서였다.

"아, 오늘 스캔들 터졌지……."

하윤은 고개를 끄덕이며 차에서 내렸다. 엘리베이터를 타는 그녀의 모습을 차 안에서 확인한 신휘는 주차장을 한 바퀴 돌고 빈자리에 주차했다. 그리고 시트에 머리를 기대고 눈을 감았다. 실체를 고스란히 드러낸 감정들이 당혹스럽고 혼란스러웠다.

30여 분 후 신휘가 집에 들어섰을 때, 집 안은 조용했고 하윤의 모습도 보이지 않았다.

'자나……?'

제 방으로 들어가려던 신휘는 마음을 바꿔 맞은편 하윤의 방문을 조심스럽게 열었다. 불을 끄는 것을 잊었는지 환하게 불을 켠 채로 침대 위에 잠들어 있는 그녀의 모습이 보였다. 은휘로부터 와인을 꽤 마신 것 같다는 말을 전해 들었는데 뒤늦게 취기가 올라온 모양이었다. 하윤은 술을 많이 마셔도 겉으로는 티가 나지 않다가 순간에 뻗어버리는 스타일이었다.

신휘는 침대로 다가가 가장자리에 걸터앉았다. 그리고 쌕쌕거리며 자고 있는 하윤을 물끄러미 내려다보았다. 동그랗고 하얀 이마와 길고 빽빽한 속눈썹, 부드러운 콧날과 살짝 벌어진 촉촉한 입술…… 예뻤다. 그리고 이상하게 가슴이 뛰었다. 하윤이 잠결에 몸을 뒤척이자 머리카락이 얼굴로 흘러내렸다. 머리카락을 살며시 치워주던 신휘의 눈에, 하윤의 목에 걸린 목걸이가 들어왔다.

'스무 번째 생일 선물…….'

작은 다이아몬드가 박힌 심플한 목걸이는 신휘가 입대하던 날 책상 위에 올려두고 갔던 것이었다. 그리고 그날, 액자에서 해맑게 웃고 있던 하윤의 사진을 빼갔던 것도 기억이 났다. 화보 촬영에 데려갔다가 사진작가가 셔터에 저절로 손이 갔다며 찍어준 사진이었다. 매일 얼굴을 볼수 없으니 사진으로라도 보려고 가져갔던 것이었고, 실제로 가장 힘들었던 훈련소 생활을 하면서 종종 꺼내 보곤 했었다. 그 사진은 여전히 지갑 안쪽에 들어 있었다. 그는 지금까지 자연스럽게 했던 행동들이, 결코 오빠가 할 수 있는 행동들이 아니었다는 사실을 이제야 깨달았다.

'입대하면서 여동생 사진을 가지고 들어가서 보는 오빠가 과연 있기는 할까?'

진작 했어야 할 생각들이었다. 평소에는 아무 생각 없었던 것들이 한꺼번에 인식되자 머리에 과부하가 걸릴 지경이었다.

하윤은 집요하게 울리는 진동 소리에 무거운 눈꺼풀을 들어 올렸다. 발신자는 채희였다.

"네, 언니……."

[뭐 하느라 전화를 이렇게 안 받아!]

앙칼진 채희의 목소리에 게슴츠레 뜨고 있던 눈이 번쩍 뜨였다. 하윤은 벽걸이 시계로 다급하게 눈을 돌렸다. 아침 6시를 막 넘긴 시간이었다. 많은 사람들이 자고 있을 시간 아닐까요? 라고 대답하고 싶었지만, 채희의 성격을 감안해 꾹 참았다.

[오늘 촬영 있는 거 알지?]

"그럼요."

알다마다요. 설마 첫 출근도 까먹을 만큼 무개념으로 본 겁니까? 하윤의 콧잔등이 꿈틀거렸다.

[난 또 네가 아무 생각 없이 신휘 오는 시간에 같이 올까 봐 걱정돼서 전화했지.]

네, 제가 아무 생각이 없었군요……. 하윤은 차마 신휘와 함께 출근할 생각이었다는 말을 할 수가 없어 어색하게 웃으며 입에서 나오는 대로 지껄였다.

"아하하하…… 그, 그럴 리가요. 나갈 준비 다 했어요."

[그래? 그럼 30분 뒤에 회사에서 보자.]

그 말을 끝으로 전화가 끊겼다.

"이, 이게 아닌데……."

하윤은 망연자실한 표정으로 끊긴 휴대폰을 바라보았다. 30분이면 지금 당장 신발만 주워 신고 출발해야 간신히 맞출 수 있는 시간이었다. 함부로 입을 놀리면 안 된다는 사실을 다시 한 번 되새기며 자리에서 벌떡 일어난 하윤은 입고 있던 옷을 빛의 속도로 벗었다. 그리고 옷장을 열어 손에 잡히는 옷을 대충 꺼내 입고, 책상 서랍에서 물티슈를 꺼내 가방에 던져 넣었다. 전화를 끊고 방을 나서기까지 걸린 시간은 1분도 채 되지 않았다. 정신없는 와중에 챙긴 물티슈는 1층으로 내려가는 엘리베이터 안에서 눈곱과 티존의 개기름, 입 주위에 말라붙은 침을 닦는 데 요긴하게 사용했다.

밤새워 뒤척이다가 해가 뜨고 나서야 간신히 잠이 들었던 신휘가 눈을 뜬 건 오전 11시가 넘어서였다. 그는 지끈거리는 머리를 감싸 쥐고 침대에서 내려와 방을 나섰다. 그런데 집 안 공기가 썰렁했다. 거실, 부엌, 하윤의 방, 화장실까지 차례로 돌아보았지만 아무도 없었다.

"어디 간 거지?"

오늘은 광고 촬영이 있는 날이었고, 하윤이 알바 첫 출근을 하는 날이기도 했다. 성국이 12시에 데리러 오기로 했는데 하윤이 사라지고 없는 것이었다.

'질투냐고 물었을 때 대답하지 않아서 섭섭했나……?'

어제는 뒤죽박죽 얽혀 있는 감정들이 다 정리되지 않은 상태였기에 어떠한 말도 할 수 없었을 뿐이었다. 하윤이 상처받았을지도 모른다는 생각에 초조해진 신휘는 급히 방으로 들어가 휴대폰을 찾아 들었다. 그리고 단축 번호 1번을 눌렀다. 부모님이 살아 계셨을 당시에는 부모님이 1, 2번이었고, 형들이 3, 4번이었다. 그런데 언젠가부터 휴대폰을 바꾸고 새로 번호를 입력하게 되면 하윤을 1번으로 저장하기 시작했다. 지금까지 무의식중에 해왔던 모든 행동이 그에게 있어서 하윤은 1순위, 가장 특별한 사람이라는 사실을 고스란히 드러내 주고 있었다.

신호음이 지루하게 이어짐에 따라 신휘의 속은 점점 타들어갔다. 초조함이 극에 달할 무렵, 귓가를 간질이다시피 하는 하윤의 속삭임이 휴대폰을 타고 흘러나왔다.

[응, 오빠.]

"어디야? 목소리가 왜 그래?"

[나 회사.]

"회사?"

[출근했다고.]

나랑 같이 나가기 싫어서 먼저 출근한 건가? 신휘가 고민에 빠진 사이, 하윤이 더 작은 목소리로 덧붙였다. 집중해서 듣지 않으면 들리지 않을 정도였다.

[촬영하기 전에 의상 체크…… 네! 언니! 가요! 오빠, 나 바빠. 끊어.]

채희가 부르는지 하윤은 제 할 말만 하고 전화를 끊어버렸다. 의기소침해 있을까 봐 걱정했는데 그건 아닌 것 같아 다행이었다. 신휘는 동동거리며 뛰어다닐 하윤을 상상하며 피식, 웃음을 터뜨렸다.

"밝고 경쾌한 인물이니까 언컨스트럭티드 재킷으로 가볍고 편안해 보이는 이미지를 주는 건……."

"그래도 명색이 기업 대표 역할인데 클래식 슈트로 가는 게 낫지 않겠니?"

"비비드 블루를 메인으로, 화이트를 매치하거나 톤온톤으로……."

"신휘는 블랙이 제일 잘 어울리지."

그럼 대체 왜 물어본 거요! 난 깔 테니 넌 대답만 해라. 이거요, 뭐요! 물어보기에 대답한 것뿐인데 말하는 족족 까였다. 제대로 마침표를 찍고 끝마친 말이 없을 정도였다.

사실 오늘 있을 광고 촬영에서 입게 될 의상 두 벌은 이미 다 결정된 상태였기에 의상 체크는 딱히 할 것도 없었다. 대신 채희가 곧 있을 드라마의 티저 촬영 콘셉트에 대해 의견을 내보라기에 냈을 뿐이었다. 까이고, 또 까이고, 하윤의 동공이 흐릿하게 풀려갈 때쯤 채희가 자리를 털고 일어났다.

"밥 먹으러 가자."

"다녀오세요. 저는 속이 안 좋아서……."

어제 과음한 데다가 아침부터 채희에게 시달렸더니 정말 죽을 것 같았다. 채희가 다른 직원들과 나가고 난 뒤, 회사 옆 카페에서 아이스 아메리카노 한 잔을 사 들고 돌아온 하윤은 옥상 휴게실로 향했다. 아무도 없다는 걸 확인하고 나자 드디어 편하게 쉴 수 있을 거라는 기대감에 긴장이 스르르 풀렸다. 하윤은 눈에 보이는 의자에 대충 걸터앉아 테이크 아웃 컵의 뚜껑을 열고 커피를 벌컥벌컥 들이켰다.

"아…… 살 것 같다."

목을 타고 시원하게 내려가는 차가운 커피가 아침부터 꾹꾹 참아온 울분과 설움을 조금이나마 달래주었다. 얼음까지 아작아작 씹어 커피 한 잔을 순식간에 해치우고 나니, 오늘 아침 눈뜬 이래 처음으로 머리가 맑아지는 기분이었다.

이제 생각이라는 것을 좀 해볼까 하는 찰나, 전화가 걸려왔다. 어제 이후로 까맣게 잊고 있던 재영이었다. 전화를 받자마자, 하윤은 새빨간 거짓말을 늘어놓으며 선수를 쳤다.

"안 그래도 지금 막 전화하려던 참이었는데."

[아, 그랬어?]

"어제 오빠가 뭐라고 했지? 미안……."

[아니야. 너야말로 별말 들은 거 없어?]

"별말? 그런 거 없었는데?"

말은 없었고, 숨 막히는 정적은 있었어. 하윤은 어젯밤 차 안에서 느꼈던 뻘쭘함을 기억해 내고 저도 모르게 주먹을 불끈 쥐었다.

[하윤아, 오늘 좀 볼래? 할 말이 있는데.]

"할 말? 뭔데?"

[시간 돼?]

"오늘 2시부터 오빠 광고 촬영 있는데 그거 끝나면 괜찮아. 근데 확실히 몇 시에 끝날지는 모르는데……."

[괜찮아. 기다리고 있을 테니까 끝나고 연락해.]

"응. 이따 연락할게."

전화를 끊은 하윤의 고개가 갸우뚱 기울어졌다.

"할 말이 뭐지……?"


신휘는 회사에 거의 도착할 무렵, 하윤에게 전화를 걸었다.

"지금 어디야?"

[옥상.]

"옥상? 거기서 뭐 하는데?"

[꿀맛 같은 시간을 보내고 있어.]

신휘의 미간이 좁아졌다. 대체 누구와 꿀맛 같은 시간을 보내고 있다는 건지, 심기가 불편해졌다.

"누구랑?"

[혼자.]

"혼자?"

채희에게서 벗어나 달콤한 휴식을 취하고 있는 하윤의 기분을 그가 알 리 없었다.

잠시 뒤, 밴에서 내린 신휘는 성국을 떼어놓고 옥상으로 직행했다.

"오빠!"

옥상에 들어선 신휘를 발견한 하윤이 엄마를 만난 어린아이처럼 후다닥 달려가 그의 팔에 착 달라붙었다.

"오빠, 나 힘들어……."

신휘는 팔에 말캉하게 감겨오는 하윤의 감촉에 본능적으로 몸이 꼿꼿해졌다.

'나도 힘들다…….'

이십이 년을 부대끼고 뒹굴면서도 거리낌이 없었는데 새삼 야릇하고 묘한 느낌이 전신을 휘감았다. 하루아침에 하윤을 여자로 느끼고 반응하는 제 몸이 스스로도 신기하고 어이가 없었다.

"왜 그래?"

하윤이 경직된 신휘를 말간 얼굴로 올려다보며 물었다. 신휘가 대답하지 못하고 머뭇거리는 사이, 그녀는 신휘의 팔에 둘렀던 제 팔을 얼른 풀고서 혼잣말처럼 중얼거렸다.

"채희 언니 있었으면 혼날 뻔했다. 언니가 회사에서 오빠랑 친한 척하지 말라고 했는데……. 우씨! 친한 척이 아니라 진짜 친한 건데 어쩌라고!"

차분하게 시작했던 하윤의 말은 결국 분통을 터뜨리는 것으로 끝을 맺었다.

"괜찮아, 누구 눈치 볼 거 없어. 우린 우리 하던 대로 하면 돼."

신휘의 말에 기분이 좋아진 하윤은 헤벌쭉 웃으며 반걸음 뒤로 물러났다.

"아니야, 채희 언니 말이 맞지 뭐. 구설수에 오르내릴 만한 일은 안 하는 게 좋아. 오빠가 평범한 사람도 아니고 보는 눈이 몇인데."

신휘가 하윤의 손목을 잡고 도로 제 앞으로 끌어다 놓으며 물었다.

"집에서 몇 시에 나왔어?"

"6시 조금 넘어서 출발했나?"

"왜 이렇게 일찍 왔어? 나랑 같이 오지."

"그게 말이 된다고 생각해? 촬영 전에 준비해야 할 게 얼마나 많은데."

하윤은 자다가 채희에게 강제 소환당했다는 말은 쏙 빼고서 프로페셔널한 척을 시도했다. 하지만 이내 신휘의 허를 찌르는 말로 무산되고 말았다.

"머리 감을 시간도 없이 달려 나온 것 같은데?"

신휘는 하윤이 머리를 감지 않는 날에는 앞머리를 핀으로 꽂아 넘긴다는 것을 알고 있었다.

'오빠 나에 대해 너무 많은 것을 알고 있어.'

신휘에게 어설픈 연기가 통용될 리 없다는 사실을 다시 한 번 깨달은 하윤은 민망한 웃음을 흘리며 이실직고했다.

"맞아. 눈 뜨자마자 튀어나오느라 감기는커녕 빗지도 못했어."

하윤은 제 머리를 향해 다가오는 신휘의 손을 피해 상체를 뒤로 기울였다.

"만지지 마. 가뜩이나 떡 진 머리 더 건드리면 안 돼."

"머리 좀 못 감으면 어때서."

"어떻다니! 가뜩이나 남루한 행색에 쪽팔려 죽겠는데!"

신휘는 하윤의 말을 들은 체도 하지 않고, 그녀의 목을 팔로 감아 끌어당겼다. 가벼운 몸이 손쉽게 끌려와 그의 품에 폭 안겼다.

"괜찮아."

신휘가 턱으로 하윤의 머리를 장난스럽게 문질렀다.

"누구 맘대로 괜찮대! 아, 쫌!"

격렬한 저항 끝에 그의 품에서 간신히 빠져나온 하윤의 머리카락은 봉두난발이라는 말이 딱 어울릴 만한 모양새였다. 얼굴은 시뻘겋게 달아올라 있었다.

"아…… 망했어……."

하윤은 원래의 자리가 아닌 엉뚱한 곳에 가 있는 핀을 다시 제자리에 꽂으며 구시렁거렸다.

"예뻐, 예뻐."

빙그레 웃고 있는 신휘를 가자미눈으로 흘겨보던 하윤은 다시 옷매무새를 가다듬기 시작했다.

하윤은 장난으로 치부해 버렸지만, 신휘는 진심이었다. 톡 튀어나온 이마와 깨끗한 피부, 작은 얼굴에 들어차 있는 반듯한 이목구비까지 예쁘지 않은 구석이 없었다. 그의 눈에는 애정이 한가득 담겨 있었다.

"하윤아."

갑자기 진지해진 신휘의 목소리에 하윤이 시선을 들어 올렸다.

"응?"

"저녁때 얘기 좀 하자."

"무슨 얘기?"

눈을 크게 뜨고 있는 하윤을 바라보며 신휘가 엷게 웃었다.

"이따가."

오늘 왜 이렇게 할 얘기 있다는 사람이 많아? 하윤은 고개를 끄덕이다 말고 멈칫했다.

"아 참! 나 오늘 저녁때 약속 있다!"

재영아, 미안. 난 왜 너를 이렇게 빈번하게 잊는 걸까…….

"누구랑?"

재영이랑 만나기로 했다고 하면 분명 싫어하겠지?

"치, 친구……."

친구인 건 사실이니 거짓말을 한 건 아니라고 자신을 합리화하며, 하윤이 말끝을 흐렸다.

하윤은 신휘가 재영을 싫어한다는 사실을 어제부로 똑똑히 알게 되었다. 하지만 싫어한다는 것만 알게 됐을 뿐, 왜 싫어하는지는 짐작도 하지 못하고 있었다. 그리고 신휘가 하려는 말이 무엇인지는 더더욱 모르고 있었다.


주차장에 세워놓은 밴 앞을 서성이던 성국의 눈에 혼자 걸어 나오는 하윤이 보였다.

"왜 혼자 와?"

"오빠는 남수 오빠, 아니 대표님이 잠깐 할 얘기 있다고 해서 대표실 들어갔고요. 채희 언니는 같이 나오는 길에 갑자기 전화가 와서 받고 오신대요."

"그래? 먼저 타."

"오빠는 왜 안 타고 밖에 계세요?"

"난 형 오시면."

"그럼 저도 오빠 오면 탈래요."

두 사람은 나란히 서서, 눈은 신휘와 채희가 나올 건물 입구에 두고 입은 대화를 시작했다.

"촬영장 가보는 거 처음은 아니지?"

"몇 번 구경하러 간 적은 있었지만 일하러 가는 건 처음이에요."

신휘 옆에 '껌딱지'처럼 붙어 있겠다는 목적에서 시작한 일이라고는 해도, 어찌 됐든 태어나서 처음으로 돈벌이를 한다는 사실이 떨리고 설렜다. 긴장된 표정을 짓고 있던 하윤이 갑자기 눈을 크게 뜨며 성국을 올려다보았다.

"아 참! 여자 모델은 누구예요?"

오늘 스케줄은 화장품 광고 촬영이었다. 커플 촬영도 있다는 말까지만 들었을 뿐, 하윤은 아직 여자 모델이 누군지 모르고 있었다.

"정다은이라던데?"

아놔, 정다은! 커플 촬영이면 다정하고 또 다정하게 찍을 게 분명한데 그걸 코앞에서 지켜봐야 한다니! 이맛살을 잔뜩 찌푸리고 있던 하윤이 갑자기 고개를 갸웃거렸다.

"근데 오빠, 좀 이상하지 않아요?"

성국에게는 실시간으로 돌변하는 하윤의 얼굴이 더 이상했다. 하지만 곧이곧대로 말할 수는 없는 노릇이었다.

"……뭐가?"

"어제 터진 스캔들이요. 광고주 쪽에서 노이즈 마케팅으로 내보낸 거 같지 않아요?"

하윤은 질투의 화신에서 어느새 음모론자로 변신해 있었다.

"글쎄, 나는 잘⋯⋯."

어차피 그녀에게 성국의 의견은 중요하지 않았다.

"분명해. 바로 그거야."

중얼대고 있는 하윤을 흘끔거리느라 정신이 팔려 있던 성국의 귀로 신휘의 목소리가 들려왔다.

"여기서 뭐 해? 채희는?"

"전화받고 오신대요."

성국이 얼른 차 문을 열어주자, 신휘는 하윤을 먼저 태우고 뒤따라 탔다. 신휘가 자리에 앉기 무섭게 열린 문 사이로 채희의 얼굴이 불쑥 나타났다.

"하윤아, 내려."

하윤은 순간적으로 움찔했다.

"의상 반납 좀 하고 와야겠다."

"아, 네⋯⋯."

쫓겨나는 줄 알고 잔뜩 경직되어 있던 하윤이 가슴을 쓸어내렸다.

"오늘까지 꼭 반납해야 하는 건데 은지가 깜빡했대. 갖다 주고 촬영 장으로 바로 와."

"그걸 왜 하윤이 시켜."

신휘가 못마땅하다는 듯 미간을 좁혔다.

"그럼 내가 하리? 이런 거 하라고 어시 두는 거지, 모르는 사람처럼 새삼 왜 이래?"

"은지한테 시킨 거면 은지가⋯⋯."

"은지 오늘 쉬는 날이야."

채희가 신휘의 말허리를 끊어버렸다. 신휘가 반박하지 못하고 입을 다물자, 채희의 시선이 하윤에게로 향했다.

"뭐해? 안 내리고?"

채희의 재촉에 정신이 번쩍 든 하윤은 재빨리 일어나 밴에서 내렸다.

"어디로 가면 돼요?"

"압구정동. 시간 없으니까 우선 출발해. 위치는 문자로 찍을게."

채희는 커버에 싸인 슈트 두 벌을 하윤에게 넘겼다.

"택시 타. 영수증 꼭 받고."

오예! 택시! 당연히 버스나 지하철을 타라고 할 줄 알았는데, 택시를 타라니 이게 웬 횡재인가 싶었다.

"다녀오겠습니다."

생각보다 무게가 나가는 슈트를 팔에 야무지게 낀 하윤이 씩씩하게 몸을 돌리려는 순간, 갑자기 팔이 허전해졌다. 고개를 돌린 그녀는 제 팔에 있어야 할 것이 어느새 신휘의 손에 들려 있다는 것을 알게 되었다.

"내 차 타고 가."

신휘는 어리둥절한 표정을 짓고 있는 하윤을 뒤로하고 걸음을 옮겼다.

회사는 도로에서 두 블록 안쪽에 자리 잡고 있었고, 택시를 타려면 큰길까지 걸어 나가야만 했다. 낑낑거리며 걸어갈 하윤이 걱정되던 찰나, 신휘의 머릿속에 회사 주차장에 세워둔 세컨드 차가 떠올랐던 것이다. 집으로 가져갈 시간이 없어 차일피일 미뤄두었던 것이 새삼스레 다행이라는 생각이 들었다.

하윤은 어찌할 바를 몰라 잠시 우왕좌왕하다가, 채희에게 꾸벅 인사를 하고서 종종걸음으로 신휘의 뒤를 따랐다.

신휘는 하윤이 제 차를 타고 출발하는 것까지 보고 나서야 밴으로 돌아왔다. 세 사람도 그제야 촬영 현장으로 출발할 수 있었다.

"무슨 어시 주제에 억 소리 나는 외제 차를 끌고 가냐?"

채희의 목소리에는 짜증이 잔뜩 묻어 나오고 있었다.

"어시는 외제 차 끌고 가면 큰일 나냐? 별……."

신휘가 퉁명스럽게 대꾸했다.

"하윤이 운전은 좀 해? 그 차 어디 긁기라도 하면 수리비만 수백 아니야?"

"너도 참 오지랖 넓다. 네가 왜 내 차 수리비까지 걱정이야? 긁든 박든 하윤이가 알아서 하겠지."

신휘는 별생각 없이 한 말이었지만 채희의 얼굴은 민망함에 붉게 달아올랐다. 하지만 그는 채희의 얼굴이 붉어지든 파래지든 전혀 관심이 없었다. 대신 아무도 묻지 않았고, 아무도 궁금하지 않은 이야기를 시작했다.

"하윤이 운전 잘해. 만 열여덟 되자마자 면허 땄으니까 벌써 몇 년 차야……. 다 같이 어디 나가서 술 한잔하게 되면 대신 운전시키려고 부랴부랴 따게 한 건데, 언젠가부터는 하윤이가 더 많이 마셔."

채희가 팔 년 동안 알고 지낸 신휘는 과묵하지는 않았지만, 말이 많은 편도 아니었다. 필요한 말을 적당히 하는 정도였다. 그런데 묻지도 않은 말을 술술 꺼내놓고 있는 신휘를 보고 있노라니 적응이 되지 않았다.

"은휘 형이 어려서부터 하윤이 붙잡고 온갖 운동은 다 시켰지. 없던 운동신경도 생길 판에 원래부터 타고나기도 했고. 순발력이며 반사 신경, 공간지각 능력까지 웬만한 남자 저리 가라야."

신휘는 팔불출처럼 하윤의 자랑을 늘어놓다 말고, 갑자기 정색하며 채희를 바라보았다.

"황채희, 하윤이한테 좀 잘해줘. 땍땍거리지만 말고."

"네가 이러면 잘해주고 싶다가도 확 기분 잡치는 거 아니? 하윤이 관리는 전적으로 내 몫이야. 싫으면 그만두게 하든가.”

잘해주라는 말이 하윤에게 하등 도움이 안 된다는 것을 미처 몰랐던 신휘는 채희를 자극해서 좋을 게 없다는 것을 깨닫고서 조용히 입을 다물었다.

신휘는 자신을 쏘아보는 하윤의 눈빛을 이리저리 피해보려 노력하다가 이내 포기하고 설득하는 쪽으로 방향을 선회했다.

“내가 하고 싶어서 하는 게 아니잖아.”

“누가 뭐래?”

대기실 의자에 다리를 꼬고 앉아 있던 하윤이 뾰로통하게 대꾸했다.

“네 눈빛이 뭐래.”

신휘가 어이없다는 얼굴로 받아쳤다.

“아니야, 난 그렇게 속이 좁지 않아. 오빠가 다른 여자랑 내 눈앞에서 키스를 해도 일이니까 흔쾌히 받아들여 줄 수 있는 성숙하고 교양 있는 여자야.”

쿨녀 행세를 하려면 표정까지 어떻게 해야 함에도 불구하고, 하윤은 똥 씹은 표정으로 말만 번드르르하게 나불대고 있었다. ‘키스를 부르는 달콤한 입술’이라는 커플 촬영 콘셉트상, 신휘와 다은이 입술을 맞대야 한다는 사실을 알게 된 하윤은 차마 대놓고 짜증은 못 내고 티가 나게 이죽거리는 중이었다.

“이 바보야. 이게 어떻게 키스야, 뽀뽀지. 그냥 입술만 대는 거야.”

“키스나 뽀뽀나…….”

하윤의 볼멘소리에 신휘는 기가 막혔다.

“성하윤, 키스 몰라? 키스랑 뽀뽀는 하늘과 땅 차이지.”

“그래, 모른다! 해본 적이 있어야 알지! 나도 아무 남자나 붙잡고 확 뽀뽀해 버릴까 보다!”

당신의 여자가 되고 싶어요

발끈한 하윤이 목청을 높였다. 물론 말 같지 않은 투정이라는 건 알고 있었지만, 괜히 심술이 났다.

"그런 짓 하기만 해봐?"

신휘가 매서운 눈빛으로 경고했다.

'내가 미친년도 아니고, 설마 아무 남자나 붙잡고 뽀뽀할까⋯⋯.'

하지만 하윤의 입에서는 속마음과 다른 말이 튀어나왔다.

"오빠만 하니까 난 억울한데? 왜 나는 안 되는데?"

"공과 사는 엄연히 다르지. 내가 사적으로 누구랑 뽀뽀하는 거 아니잖아."

틀린 말이 하나도 없어 더는 우길 수가 없었다. 그래도 뭔가 마음이 풀리지 않았던 하윤은 혼잣말처럼 구시렁거렸다.

"이참에 나도 공적으로 뽀뽀할 수 있는 직업을⋯⋯."

그 순간, 벽에 등을 기대고 서 있던 신휘가 갑자기 하윤에게 성큼성큼 다가갔다. 그리고 앉아 있던 그녀의 머리를 두 손으로 잡고서 허리를 굽혔다.

쪽.

신휘의 입술이 경쾌한 소리를 내며 하윤의 이마에 닿았다 떨어졌다.

'뭐, 뭐지⋯⋯?'

순식간에 벌어진, 예기치 못한 상황에 하윤은 그대로 굳어버렸다.

어린 시절에는 어땠는지 몰라도 하윤이 기억하는 한 신휘는 자신에게 뽀뽀를 해준 적이 단 한 번도 없었다. 입술은 물론이거니와, 이마도 오늘이 처음이었다. 손을 잡거나 안는 건 자연스러웠지만, 그 이상의 스킨십은 없었던지라 하윤은 얼떨떨할 뿐이었다. 딥한 관계가 되어보자며 들이댈 때는 언제고, 그녀는 고작 이마 뽀뽀 하나로 정신이 혼미해져 버렸다.

신휘는 얼굴이 터질 듯 달아오른 하윤을 바라보며 비집고 나오는 웃음을 눌러 참았다.

'이 맹탕아, 이러면서 뭘 하자고……'

잠시 멍하게 있던 하윤은 애써 정신을 가다듬고 생각에 잠겼다.

'여기서 내가 당황한 티를 내면 앞으로의 계획에 차질을 빚겠지? 절대 놀란 티를 내면 안 돼. 침착하게, 태연하게.'

이미 얼굴에 고스란히 드러나 있다는 사실을 알지 못하고 쓸데없는 결심을 하는 그녀였다.

"날 무슨 초딩으로 아나? 이건 동네 꼬맹이들한테도 해줄 수 있는 거 아니야?"

신휘는 노련한 티를 내려고 애쓰는 하윤의 허세가 그저 귀여울 뿐이었다. 그래서 모른 척 맞장구를 쳐 주기로 했다.

"동네 꼬맹이들한테 해준 적 한 번도 없는데?"

씰룩거리는 입꼬리를 끌어 내리기 위해 입술을 꽉 깨문 하윤은 간신히 평정심을 되찾고서 다시 물었다.

"꼬맹이들 말고 다른 사람한테는?"

"당연히 없지, 촬영 말고는."

"그럼 내가 처음이야?"

하윤은 원하는 대답이 나올 때까지 집요하게 캐물었다. 물론 크게 관심이 있어서 묻는 건 아니라는 듯 간간이 도도한 표정을 지어주는 것도 잊지 않았다.

"어, 처음이야."

입을 열면 날아갈 것 같은 기분을 고스란히 들킬 것 같아 속입술을 지그시 깨물며 필사적으로 버티고 있는 하윤에게 신휘가 물었다.

"그래서 싫어?"

그럴 리가! 성은이 망극해! 장족의 발전에 어깨춤이라도 추고 싶었지만, 하윤은 짐짓 무심한 척 입을 열었다.

"뭐 꼭 그렇다는 건 아니고……."

그때, 대기실 문이 열리고 성국이 안으로 들어섰다.

"누나 택시 태워 드리고 왔어요."

그는 갑작스럽게 터진 의상 문제 때문에 회사로 돌아가게 된 채희를 배웅하고 돌아오는 길이었다.

"오다가 스태프랑 마주쳤는데, 감독님이 콘티 상의할 게 있다고 잠깐 나와보시래요."

성국이 바깥을 향해 손짓하자, 신휘는 문 쪽으로 걸음을 옮기며 하윤에게 말했다.

"감독님 좀 보고 올게. 넌 여기 있어."

신휘와 성국이 대기실을 나가고 혼자 남게 된 하윤은 제 이마를 두 손으로 어루만지며 격정적으로 몸부림쳤다.

"꺄오! 드디어 이마는 텄어!"

환희에 찬 하윤의 외침은 대기실 문밖까지 퍼져 나갔다. 성국이 멈칫하자, 신휘가 피식 웃음을 터뜨렸다.

"신경 쓸 거 없어. 원래 혼자 잘 떠들어."


하윤은 대기실 소파에 앉아 휴대폰을 건성건성 보고 있었다. 감독과 이야기를 하기 위해 나간 신휘와 성국이 돌아오지 않아 지루해질 무렵, 대기실 문이 열리고 신휘가 모습을 드러냈다.

"콘티 수정됐어."

거울 앞 의자에 앉는 그에게 하윤이 물었다.

"어떻게?"

"얼굴에 입술 도장 몇 개 찍어야 한대."

"누가? 정다은이?"

신휘는 제 말이 끝나기 무섭게 팅기듯 자리에서 일어나는 하윤의 모습을 거울을 통해 생생하게 목격했다.

"아니, 내 얼굴만 클로즈업 샷으로 갈 거라 찍는 건 정다은이 안 해도 돼."

그의 대답에 하윤의 표정과 목소리가 한풀 꺾였다.

"그럼 누가 하는데?"

신휘는 의자를 빙글 돌려 하윤을 마주 보며 말했다.

"너."

여기서 너라 함은…….

"나?"

하윤은 흰자위까지 남김없이 보여줄 기세로 눈을 부릅떴다.

"그럼 너 말고 누가 해? 여자 스태프 아무나 붙잡고 해달라고 할까?"

"아니!"

하윤이 사자후와 같은 외침을 벌컥 토해냈다.

"그러니까 네가 해야지."

"그, 그렇지……? 아무래도 내가 해야겠지?"

겉으로는 다소곳하고 조신하게 고개를 끄덕였지만, 하윤의 속내는 덩실덩실 춤이라도 출 기세였다.

'에헤야 디야! 계 탔구나! 감독님, 사랑해요!'

조금 전까지만 해도 꼭 필요하지도 않은 뽀뽀신을 넣었다고 감독에게 욕을 한 바가지 퍼붓던 하윤은 언제 그랬냐는 듯 돌변하여 사랑 고백을 하고 있었다.

"뭐 해?"

신휘의 목소리에 정신을 차린 하윤은 그의 시선이 제 손에 고정되어 있다는 걸 깨달았다. 저도 모르게 두 손을 곱게 포개어 기도하듯 가슴에 끌어안고 있었던 모양이었다.

"글쎄, 내가 뭘 했을까……?"

하윤은 슬그머니 손을 내리며 멋쩍게 웃었다. 신휘가 터져 나오려는 웃음을 참기 위해 입술을 깨물고 있다는 걸 눈치챈 하윤이 얼른 화제를 돌렸다.

"성국 오빠는 어디 가고 혼자 들어왔어?"

"스태프들 커피랑 간식 좀 사서 돌리라고 보냈어."

사실 그건 하윤과 오붓한 시간을 갖기 위한 핑계에 불과했다. 일단 하윤에게 제 진심을 고백한 후에 바로 성국에게 말할 참이었다. 신휘가 흐뭇한 생각에 빠져 있는 동안 하윤은 거울 앞에 놓인 메이크업 박스로 다가갔다.

"근데 뭘로 찍지?"

신휘는 그제야 손에 들고 있던 것에 생각이 미쳤다.

"자."

그가 하윤에게 건네준 건 버건디빛이 감도는, 강렬한 레드 색상의 립스틱이었다.

"이걸로 하래? 우와…… 나 이런 색 처음 발라봐."

탄성을 터뜨린 하윤은 거울 앞에 딱 붙어 서서 립스틱을 바르기 시작했다.

"립글로스나 틴트만 써봐서 립스틱은 좀 어색하네."

매끈하게 잘 발리지 않아서 덧칠을 하고 휴지로 닦아가며 한참을 꿍꿍거리던 하윤은 한참 만에 몸을 돌려 신휘를 바라보았다.

"어때, 오빠? 섹시해?"

제 모습이 자신도 어색했던 하윤이 과장된 목소리로 너스레를 떨었다.

"어……."

신휘의 입에서 정제되지 않은 본심이 불쑥 튀어나왔다.

하윤은 화장을 하는 일이 많지 않았다. 해도 자세히 봐야 알 수 있을 만큼 가볍게 하는 정도였다. 그런데 깨끗하고 맑은 얼굴이 입술 색 하나로 도발적이고 섹시한 느낌을 주다니 신기할 따름이었다.

'이, 이건 뭐지……?'

그냥 입에서 나오는 대로 떠들어본 것뿐인데, 기대하지도 않은 대답을 듣고 난 하윤은 도리어 어떻게 반응해야 할지 난감해졌다. 표정으로 미루어 짐작컨대, 먹고 떨어지라고 던져 준 립 서비스 같지도 않았고 반어법을 이용한 빈정거림 같지도 않았다. 잠시 고민하던 그녀는 능청스러운 표정으로 회심의 일격을 날렸다.

"난 섹시 말고 오빠의 색시가 되고 싶다."

신휘가 아무 말 없이 지그시 바라보기만 하자, 하윤은 뭔가 잘못되었다는 것을 깨달았다.

'그냥 평소처럼 한 번 웃고 넘어가 줘, 제발!'

하윤의 간절한 바람과는 달리 신휘의 표정은 더할 나위 없이 진중할 뿐이었다. 뭔가를 결심한 듯 진지한 표정으로 신휘가 입을 열려는 찰나, 정적을 가르며 대기실 문을 두드리는 소리가 들려왔다. 신휘와 하윤의 고개가 동시에 문으로 향한 순간, 문이 스르르 열리더니 굵은 펌을 한 단발머리에 하얗고 작은 얼굴이 인상적인 여자가 안으로 들어섰다.

"오빠!"

오늘 신휘의 촬영 상대인 다은이었다. 옴폭 들어간 보조개와 반달 모양 눈웃음이 한눈에 보아도 애교 넘치는 성격임을 보여주고 있었다.

"인사드리러 왔어요."

"어, 그래."

신휘가 가볍게 고개를 끄덕이자, 다은은 대기실을 한 바퀴 둘러보고서 물었다.

"채희 언니는 안 계시네요?"

워낙 신휘와 오랫동안 함께 일을 해왔기 때문에 같이 작업했던 배우

들은 대부분 채희를 알고 있었다.

"일 있어서 회사 들어갔어."

"아, 그렇구나……."

다은의 시선이 신휘의 옆에 서 있던 하윤에게로 향했다.

'처음 보는 얼굴인데 누구지?'

의문도 잠시, 다은은 하윤의 정체를 금세 파악했다.

"코디 언니."

'나를 부르고 있다는 건 알겠다만, 나는 대답하고 싶지가 않구나.'

다은이 자신을 하대하고 있다는 것이 눈빛과 말투에서 노골적으로 느껴져, 하윤은 시위하듯 입을 꼭 다물었다.

하윤이 말없이 빤히 보고만 있자, 다은의 표정이 순간적으로 굳었다. 그러나 이내 생글생글 웃으며 간드러진 목소리로 덧붙였다.

"코디 언니, 오빠랑 커피 한잔 하고 싶은데 좀 사다 줄래요?"

'쟤가 시키는 걸 해야 해 말아야 해?'

하윤은 커피 심부름이며 갖은 잡일이 제 소임임을 정확히 인지하고 있었다. 하지만 외부인의, 그것도 마음에 들지 않는 정다은의 심부름까지 해야 하는 건지는 쉽사리 판단이 서지 않았다. 하윤이 고민하는 사이, 신휘가 싸늘한 어조로 끼어들었다.

"난 생각 없어. 마시고 싶으면 가서 마셔."

지금 누구한테 뭘 시키는 거야? 하윤이 커피가 마시고 싶다고 하면 직접 달려 나가 사다 줘도 모자랄 판이었다. 그런데 다은이 얼토당토않게 하윤을 부려먹으려 드니, 신휘는 어이가 없고 불쾌했다.

"저는 그냥 오빠랑 얘기나 할까 하고……."

그가 이렇게까지 정색하는 모습을 처음 본 다은은 당혹스러움을 감출 수가 없었다. 그러나 신휘는 상처받은 티가 역력한 그녀를 개의치 않고서 까칠하게 쐐기를 박았다.

"우린 좀 바쁜데? 촬영 준비 안 해?"

나가라는 의미였다. 다은은 입술을 몇 번 달싹이다가 결국 아무 말도 하지 못하고 돌아섰다.

'잘 가, 정다은.'

하윤은 대기실을 나가는 다은의 뒷모습을 바라보며 히죽거렸다. 스캔들 기사를 접한 이후부터 쌓여온 체증이 한꺼번에 내려가는 기분이었다. 하윤이 흡족한 미소를 지으며 몸을 돌리려는 순간, 신휘가 그녀의 손목을 끌어당겨 제 앞에 세웠다.

"우리도 할 일 해야지."

"아, 맞다."

제 입술에 묻어 있는 립스틱을 신휘의 얼굴로 옮겨야 하는 역할을 까맣게 잊고 있던 하윤이 신휘의 얼굴을 물끄러미 바라보았다. 어느새 하윤은 사심 가득했던 음란마귀에서 벗어나, 어떤 구도로 찍어야 가장 예쁠까 진지한 고민에 빠져들어 있었다.

"어디 어디 찍으래?"

신휘는 하윤에게서 배어나는 향기에 취해 있다가 정신을 번쩍 차렸다.

"……어?"

머리도 못 감고 나왔다는 사람에게서 왜 이렇게 달콤하고 좋은 향이 나는 건지 모를 일이었다. 신휘는 얼른 숨을 고르고 입을 열었다.

"네 맘대로."

"그럼 우선 양 볼에 한 개씩 찍고……."

하윤이 허리를 숙이자, 신휘는 본능적으로 움찔했다.

"움직이지 마."

하윤은 신휘의 귀밑을 양손으로 덥석 감싸 잡은 다음, 그의 뺨에 망설임 없이 입술을 가져다 대었다. 신휘는 보들보들하고 따뜻한 입술의 감촉과 은은하게 풍기는 체취에 아찔함을 느끼고 눈을 감았다. 정작 사심은 그에게 가득했다.


  하윤과 성국은 세트장 한쪽에 나란히 서서 신휘의 촬영을 지켜보았다. 감독과 신휘가 모니터를 확인하며 뭔가를 의논하는 동안, 성국은 하윤에게 아까부터 물어보고 싶었던 질문을 슬쩍 던졌다.
  "남자친구가 일이 많이 바빠?"
  성국은 가방에서 휴대폰을 숫제 꺼내지도 않는 하윤이 신기했다.
  "네?"
  "서로 일하는 시간에는 방해 안 하기로 한 거야?"
  '대체 이 알아들을 수 없는 말은 무엇이더냐……'
  하윤의 표정에서 물음표를 읽은 성국이 해명하듯 얼른 말을 이었다.
  "아니, 네 또래는 시간만 나면 남자친구랑 전화에, 톡에 정신이 하나도 없던데 너는 전혀 안 하는 것 같아서."
  분위기를 보아하니 성국은 남자친구가 있다고만 알고 있을 뿐, 그게 누구인지는 모르는 듯했다.
  "아, 뭐…… 바쁘기도 하고, 이런저런 이유로……."
  '오빠, 어디야?'
  '네 눈앞.'
  '지금 뭐 해?'
  '너랑 같이 있어.'
  통화한다면 이런 말밖에 할 게 없을 것 같아요. 하윤은 두루뭉술하게 둘러대며 웃었다.
  "남자친구가 대단한 사람이라며?"
  '채희 언니군.'
  자신과 신휘의 관계를 아는 성국 주변의 사람은 당사자인 신휘와 채희뿐이었고, 하윤은 고민 없이 채희라고 단정 지었다. 본인이 본인을 대단한 사람이라고 말하지는 않았을 것이라는 상식에서 비롯된 것이었다. 물론 채희가 들었다면 억울해서 땅을 칠 일이었다.

촬영은 속전속결로 이루어졌다.

"컷! 오케이!"

신휘는 다은을 노련하게 리드하며 빠른 오케이 사인을 끌어냈다. 부드러우면서도 섹시한 이미지를 완벽하게 표현해 낸 그는 감탄과 더불어 진심 어린 박수갈채까지 받았다. 감독을 비롯한 스태프 모두가 더 찍어 봐야 그 이상 좋은 컷이 나오지 않으리라는 것을 인정하면서 촬영은 종료되었다. 다은이 지금까지 찍은 광고 중 가장 빠른 시간에 끝이 난 촬영이었다. 신휘는 영화나 드라마, 광고까지 모든 촬영에서 NG가 없기로 유명했고, 오늘 그 진가를 여실히 증명해 보였다.

'내가 이런 표정을 지었었나……?'

다은은 모니터링을 하고 어안이 벙벙해졌다. 본인만 잘하는 게 다가 아닌, 상대역이 있는 촬영에서 신휘는 상대방까지도 돋보이게 만들어주는 탁월한 재주가 있었다.

"역시 신휘 형……."

성국이 자랑스러운 기색이 역력한 표정으로 중얼거렸다.

하윤은 다은에게 질투를 느낄 겨를도 없었다. 멋지다는 말로는 다 담지 못할 만큼 자기 분야에서 완벽한 그의 곁에, 누구보다 가까이 있을 수 있다는 사실 하나만으로도 심장이 터질 것처럼 벅차올랐다.

"왜 그래?"

두 사람에게 성큼 다가온 신휘가 고개를 숙여 하윤과 시선을 맞췄다. 자신의 미묘한 표정 변화를 대번에 알아채고 걱정스러운 눈길로 바라봐 주는 신휘 때문에 하윤은 코끝이 시큰해졌다.

"무슨 일 있었어? 누가 뭐라고 했어?"

하윤은 울컥한 감정을 들킬까 봐 입을 열 수 없었다. 그러자 신휘의 눈이 성국에게로 향했다.

"아니에요, 형! 저 입도 뻥긋 안 했어요!"

졸지에 대역 죄인이 될 위기에 놓인 성국이 두 손을 다급하게 휘저으며 펄쩍 뛰었다. 촬영에 눈을 떼지 않고 있었던 성국은 사실 하윤이 어떤 표정을 짓고 있는지도 알지 못했다.

"나한테 뭐라고 할 사람이 어디 있어. 자, 얼른 가자."

하윤은 일부러 목소리를 높이며 신휘와 성국의 등을 양손으로 떠밀었다.

주차장으로 걸어 나가며 하윤이 의아한 표정으로 고개를 갸웃거렸다.

"아까 정다은이랑 입술 안 닿았는데 감독님이 오케이 하는 것 같던데? 내가 잘못 본 건가?"

"아니, 잘 본 거 맞아."

신휘가 태연하게 받아쳤다.

"콘티상에는……."

하윤의 의문은 성국으로 인해 해소되었다.

"아까 감독님이 콘티 상의하자고 부르셨을 때 형이 제안한 거야. 완전히 닿는 것보다 닿을 듯 말 듯 한 게 더 아슬아슬해 보이지 않겠느냐고."

"아……."

하윤의 입꼬리가 슬쩍 말려 올라가는 것을 본 신휘는 내심 흐뭇했다. 사실 그 제안을 한 건 전적으로 하윤 때문만은 아니었다. 신휘는 진심으로 더 낫다고 생각한 이미지를 제안했고, 받아들여졌을 뿐이었다. 그런데 하윤까지 만족하게 했으니 금상첨화가 따로 없었다.

밴 앞에 도착한 세 사람은 잠시 멈춰 섰다.

"오빠 차, 내가 타고 간다? 집에 갖다 놓으면 되는 거지?"

신휘를 향해 차 키를 흔드는 하윤에게 성국이 물었다.

"하윤아, 너는 같이 안 가?"

"전 여기서 퇴근이요. 아까 채희 언니한테 허락받았어요."

"아니, 회식 안 가느냐고."

신휘와 하윤의 눈이 동시에 커지며, 입에서는 같은 질문이 터져 나왔다.

"회식?"

"회식이요?"

"형, 제가 지난주부터 오늘 전체 회식이라고 여러 번 말씀드렸잖아요."

그러고 보니 들은 기억이 나는 것도 같아, 신휘는 성국의 볼멘소리를 못 들은 척 딴청을 피웠다. 성국의 시선이 하윤에게로 옮겨갔다.

"못 들었어? 나는 채희 누나가 얘기한 줄 알았지."

"네, 못 들었어요. 잊어버리셨나……?"

뭔가 찜찜한 기분이 들었지만, 어차피 회식이 있는 줄 알았어도 못 갔을 테니 깊게 생각하지 않기로 했다.

"지금이라도 알았으니까 하윤이 너도 가야지, 명색이 전체 회식인데."

"저는 선약이 있어서요."

그때, 신휘가 두 사람의 대화에 끼어들었다.

"오늘 늦어? 친구 누구 만난다고 했었지?"

"안 늦어. 일찍 들어갈 거야."

하윤은 뒤의 질문을 슬그머니 떼어먹고 모른 척했다. 물론 신휘는 알아차리지 못했다.

"그럼 할 얘기 있는데, 나도 집에 가서 너 기다려야겠……."

"형, 안 돼요!"

성국이 제 말을 끊고 나서자, 신휘가 미간을 찌푸렸다.

"안 되긴 뭐가 안 돼."

"형 참석 안 하시면 실망할 사람들이 얼마나 많은데요."

한울 엔터테인먼트의 상징이자 얼굴이나 다름없는 신휘는 직원들에게는 말할 것도 없거니와, 연예인의 연예인이라고 불릴 정도였다. 그의 얼굴을 한 번이라도 더 보려고 회식에 참석하는 이들이 태반인데, 신휘가 가지 않는다면 흥이 깨질 게 불 보듯 뻔했다.

"무슨 얘긴지 모르겠지만, 내일 하고, 회식 갔다 와."

하윤은 순수한 팬심에서 성국의 말을 십분 이해할 수 있었다. 그리고 내심 신휘가 하려는 이야기가 듣고 싶지 않았다. 그가 왠지 일을 그만두라고 할 것만 같은 불길한 예감이 들었기 때문이었다. 그래서 미룰 수 있을 만큼 미뤄볼 심산이었다. 하윤은 오늘도 헛다리 짚기 스킬을 선보이고 있었다.

"그래."

신휘가 하는 수 없다는 듯 고개를 끄덕였다.

"술은 너무 많이 마시지 말고. 나 간다. 성국 오빠, 가세요."

신휘의 입에서 무슨 말이 더 나올까 봐 두려웠던 하윤은 후다닥 차에 올라 주차장을 빠져나갔다.


하윤은 신휘의 차를 아파트 주차장에 주차해 두고, 걸어서 10여 분 거리인 재영과의 약속 장소로 향했다.

"오래 기다렸지? 미안."

재영의 맞은편 자리에 앉으며 하윤이 배시시 웃었다.

"오늘 첫날이라 피곤할 텐데 보자고 해서 나야말로 미안하다."

재영이 미안한 표정을 짓자, 하윤은 더 과장되게 어깨를 으쓱거렸다.

"피곤하긴. 내가 내세울 거라고는 체력밖에 없어."

시선을 돌리다가 반쯤 비워진 소주병과 서비스로 나온 과자만 덩그러니 놓여 있는 테이블을 발견한 하윤이 눈썹을 찡그렸다.

"이게 웬 궁상이냐, 안주도 안 시키고."

"난 안주 잘 안 먹어서. 네가 시키라고 기다렸어."

"좋아. 내 취향대로 시키라 이거지?"

하윤은 주위를 두리번거리다가 어딘가를 향해 손을 번쩍 치켜들었다.

"사장님, 여기 소주 한 병하고 해물떡볶이 주세요!"

직원이 먼저 소주잔과 포크를 가져다주자, 하윤은 잔을 앞으로 쭉 내밀었다. 재영은 순순히 잔을 채워주면서도 걱정스러운 표정을 짓고 있었다.

"어제 와인 꽤 많이 마셨잖아. 속 괜찮아?"

"어제는 어제고, 오늘은 오늘이지. 리셋 몰라, 리셋?"

하윤은 테이블 위에 얌전히 놓여 있는 재영의 잔에 제 잔을 짠 하고 부딪치고서 소주를 한입에 털어 넣었다.

"근데 술집으로 부른 사람이 할 말은 아닌 것 같다는 생각 안 드냐?"

"카페는 좀 그렇고…… 식당도 좀 그래서……."

"뭐가 좀 그런데?"

재영은 과자를 오물거리고 있는 하윤의 눈을 똑바로 응시하면서 대답했다.

"너한테 고백할 거거든."

"켁!"

하윤은 당황한 나머지 잘못 넘어간 과자 때문에 눈물을 찔끔거리며 콜록거렸다. 흰자위까지 새빨갛게 충혈되어 토끼 눈을 한 채로 그녀가 되물었다.

"뭘 한다고, 나한테? 고백?"

재영이 씁쓸하게 웃으며 고개를 끄덕이자, 어떻게 반응해야 할지 혼란스러워진 하윤은 한참을 머뭇거리다가 조심스럽게 말을 꺼냈다.

"고백이라는 게 좋아해야 하는 거잖아······?"

"그렇지."

"근데 네가 나한테 고백을 한다는 건 나를 좋아한다는 말이지?"

"그래, 맞아."

재영의 대답이 끝나기가 무섭게, 하윤은 가뜩이나 큰 눈을 더 크게 뜨며 외쳤다.

"왜?"

"······왜냐고?"

"음, 그러니까····· 우리는 안 지도 얼마 안 됐고····· 처음부터 내가 좋아하는 사람이 있다는 것도 말했고····· 태훈이가 그러던데····· 너는 청순가련한 스타일 좋아한다고······."

예상치 못한 재영의 고백에 당황한 하윤이 우물쭈물하며 말끝을 늘였다. 만약 상대가 태훈이라면 미친놈이라고 한바탕 욕을 퍼붓거나 뒤통수를 후려치면 끝날 일이지만, 아무리 같은 친구 사이라도 재영에게는 그럴 수가 없었다. 친구가 된 지 얼마 되지 않았다는 것도 큰 이유 중 하나였지만, 그것보다 더 결정적인 이유는, 재영은 뭔가 바르고 고지식하고, 막 대하기 어려운 면이 있다는 것이었다.

"내가 너 언제 처음 본 줄 알아?"

재영이 할 말을 궁리하느라 눈동자를 요리조리 굴리고 있는 하윤에게 물었다.

"학교 앞 호프집."

"그보다 전에, 태훈이랑 학교 정문 지나가다가 마주친 적이 있었어. 너랑 지혜랑 같이 있었고."

"음······."

하윤은 기억을 더듬다가 이내 머리를 긁적거리며 이실직고했다.

"기억이 안 난다."

"내가 진짜 존재감이 없나 보네."

"아니, 그런 게 아니고……."

"농담이야."

재영의 쓴웃음이 하윤의 마음을 무겁게 만들었다.

"난 널 처음 본 그날부터 마음이 갔어. 그러니까 우리가 안 지 얼마 안 된 건 중요치 않다고 생각해. 네가 좋아하는 사람이 있다는 거 알고서도 내 마음은 멈춰지지 않았고, 청순가련한 스타일 좋아한다는 건 태훈이 생각이긴 하지만 그것과 별개로 너도 충분히 청순가련해. 이것저것 다 떠나서 그냥 네가 좋아."

하윤이 한 말을 하나하나 남김없이 반박하고 있는 재영에게서는 평소의 순한 모습을 찾아볼 수 없었다. 그는 냉철하고 단호했으며 남자다웠다.

최대한 재영이 상처받지 않을 만한 멘트를 찾느라 고군분투했지만, 이내 자신에게는 돌려 말하는 재주가 없다는 것을 깨달은 하윤은 있는 그대로의 감정을 솔직하게 말하기로 마음먹었다.

"재영아."

평정심을 되찾은 하윤이 차분하게 말문을 열었다.

"원래 이런 상황에서 착하고 배려 넘치는 여자들은 이렇게 말할 거야. 좋아해 줘서 고맙지만, 마음을 받아줄 수 없어서 미안하다고."

"……."

"근데 난 별로 착하지도 않고, 배려가 넘치는 성격도 아니라서 지금 내 감정 있는 그대로 말할게."

하윤은 재영의 시선을 피하지 않고 똑바로 마주 보며 말을 이었다.

"사실 나 지금 엄청 부담스럽고 어색해서 죽을 것 같거든? 나 너한테

친구 이상의 감정 없어. 남자로 본 적 1초도 없었어. 그러니까 너도 나 여자로 보지 마."

한 치의 여지도 남기지 않는 완벽한 거절이었다. 그런데 재영은 부끄럽다거나 하윤이 원망스럽지 않았다. 가장 그녀다운 대답이 아니었을까 싶기도 했다. 하윤은 매사에 거침이 없고 과하게 솔직했지만, 희한하게도 상대방을 기분 나쁘게 만들지는 않았다.

"이렇게 긴장감 없는 고백은 처음이다."

하윤의 눈에 이채가 스치고 지나갔다.

"백 퍼센트 거절당할 거 알고 한 거라 긴장도 안 됐다고."

재영이 어깨를 으쓱거리며 피식 웃었다. 오늘이 아니면 영영 하지 못할 것 같아서 한 것일 뿐, 하윤이 받아들여 줄 거라는 기대는 사실 없었다. 재영은 어제 보인 신휘의 반응으로 자신이 질투심 유발 작전에 상당한 역할을 했으며, 제 도발이 그의 각성에 크게 기여했다는 것을 깨달았다. 그래서 그가 하윤에게 고백하기 전에 제 마음을 먼저 말하고 싶었던 게 다였다.

"내 마음 솔직하게 애기했고 차였으니 됐어. 이제 포기. 속이 다 시원하네."

홀가분해 보이는 재영의 표정을 흘끔거리던 하윤이 작게 한숨을 내쉬었다. 그런데 재영이 갑자기 진지한 표정으로 자세를 고쳐 앉았다.

"너한테 꼭 물어보고 싶은 말이 있었어. 그 말을 해버리면 내가 너 좋아하는 거 티 날까 봐 가만히 있었는데 이제 해도 되겠다."

"무슨 말?"

재영은 양팔을 테이블에 올리고 상체를 앞으로 숙였다. 하윤은 왠지 모를 긴장감에 저도 모르게 마른침을 꿀꺽 삼켰다.

"네가 신휘 형한테 갖는 감정이 사랑이야?"

재영의 입에서 생각지도 못한 말이 나오자, 하윤은 당황스러워 말문이 막혀 버렸다.

"사랑 맞아?"

재영이 다짐을 받듯 다시 물었다.

"······갑자기 그게 무슨 말이야?"

간신히 입술을 뗀 하윤이 미간을 찌푸리며 되물었다.

"네가 지금 하고 있는 게 사랑이 맞는지, 네 것이라고 생각했던 걸 다른 사람에게 뺏기고 싶지 않은 소유욕은 아닌지 잘 생각해 봐."

"그게 무슨······."

"혹시나, 태어나면서부터 네 옆에서 너만 바라봐 주던 사람이 다른 여자의 남자가 된다는 걸 받아들일 수 없어서는 아닐까 싶어서."

하윤의 속눈썹이 파르르 떨리는 게 보였지만 재영은 말을 멈추지 않았다.

"문신휘만을 향해 달려가는······ 눈가리개를 한 경주마 같아서, 네가."

하윤은 아무 말도 할 수가 없었다. 그녀에게 신휘는 가장 가까운 사람이자, 가장 의지할 수 있는 사람이었다. 그저 막연하게 좋을 뿐이었다. 그런데 그 감정이 사랑인지는 생각해 본 적이 없었다.

"시선을 가두지 마. 감정을 혼동하지 마. 그래도 사랑이 맞거든, 그때 달려."

재영의 목소리가 우두커니 앉아 있는 하윤의 귓가를 맴돌고 있었다.


'사랑?'

집에 돌아온 하윤은 텅 빈 거실에 홀로 앉아 그 두 글자만 끊임없이 되새겼다.

'사랑이 뭐지? 오빠에 대한 내 감정이 사랑이 맞는 걸까?'

아무리 고민을 해봐도 제자리에서만 맴돌 뿐 한 발자국도 앞으로 나

갈 수가 없었다. 좋아하느냐고 묻는다면 망설임 없이 그렇다고 대답할
수 있었다. 그러나 사랑하느냐고 묻는다면 자신 있게 그렇다고 대답할
수가 없었다. 사랑하지 않아서가 아니라, 사랑이 뭔지 알 수가 없어서였
다.

하윤의 고민이 깊어져 가고 있을 무렵, 창휘로부터 전화가 걸려왔다.

[하윤아, 오빠 오늘 못 들어가. 야근해야 할 것 같다.]

거실 벽시계를 올려다보니 10시가 조금 지난 시간이었다.

"또? 피곤해서 어떡해……."

[뭐 하루 이틀인가. 신휘는?]

"오늘 회사 전체 회식이야. 좀 늦을 것 같아."

[너는 왜 안 가고? 알바는 오지 말래?]

창휘의 목소리가 싸늘해지자, 당황한 하윤이 얼른 해명에 나섰다.

"그런 거 아니야. 난 선약이 있어서 못 갔어."

[회식은 되도록 참석하는 게 좋아. 다음엔 빠지지 마.]

"응, 그렇게."

[그럼 문단속 잘 하고 있어.]

은휘는 가게에 있을 시간이라, 신휘가 없다면 그녀 혼자 있어야 한다
는 걸 아는 창휘는 당부의 말을 남기고 전화를 끊었다.

하윤은 무릎을 세워서 얼굴을 묻고 다시 생각에 잠겼다. 한참을 미
동 없이 앉아 있다가 고개를 들었을 때, 시곗바늘은 12시 반을 가리키
고 있었다.

'언제 들어오려나…….'

물을 마시려고 부엌을 향해 터벅터벅 걸어가고 있던 하윤의 귀로 초
인종 소리가 들렸다. 지하 주차장과 연결된 공동 현관문에 방문객이 왔
음을 알리는 소리였다. 손님이 아니고서야 초인종을 누르는 일은 없었
고, 손님이 올 시간은 더욱 아니었던지라 하윤은 갸우뚱거리며 도어 모

니터 앞으로 다가갔다. 모니터에 비친 얼굴은 채희였다. 그 옆에 보일락
말락, 눈을 반쯤 감고 있는 신휘가 있었다.

"아주 진탕 드셨네."

하윤은 구시렁거리며 문을 열어주고 서둘러 엘리베이터로 나갔다. 그
리고 엘리베이터가 한 층 한 층 올라오고 있는 표시등을 뚫어지게 바라
보며 두 사람을 기다렸다. 엘리베이터가 21층에 멈춰 섰고, 열리는 문
사이로 채희의 어깨에 팔을 두른 채 휘청거리고 있는 신휘가 보였다.

"신휘야, 다 왔어. 좀 걸어봐."

하윤이 신휘를 부축하려고 다급하게 팔을 뻗자, 채희가 하윤의 팔을
슬쩍 밀쳤다.

"문이나 열어."

하윤은 하는 수 없이 채희를 앞질러 가서 현관문을 열었다.

"신발."

하윤이 얼른 쪼그려 앉아 신휘의 신발을 벗기자, 채희는 자주 드나든
사람답게 곧장 신휘의 방으로 향했다. 이번에도 하윤은 빠른 걸음으로
두 사람을 지나쳐 신휘의 방문을 열고, 침대로 걸어가 이불을 젖혔다.
침대 위에 신휘를 눕힌 채희가 그 옆에 엉덩이를 걸치고 앉아 앓는 소리
를 냈다.

"어휴, 힘들어 죽겠네."

신휘에게 다가가려던 하윤은 채희의 말에 걸음을 멈춰야만 했다.

"나 물 한 잔만."

"네……."

지금은 많이 순해졌지만, 채희는 고등학생 시절 꽤 악명 높은 일진이
었다. 어찌어찌 고등학교는 졸업했지만 대학을 갈 수 있는 성적은 아니
었고, 이렇다 할 특기도 없었다. 그런 그녀를 떠맡게 된 이가 사촌 오빠
인 남수였다. 할 줄 아는 거라고는 제 몸 꾸미기가 전부였던 채희는 신

휘의 코디네이터 일을 하게 되었다. 이 세 사람으로 시작된 한울 엔터테인먼트는 신휘가 배우로 자리를 잡게 되면서 몸집을 불려 나갔고, 이제 소속 연예인만 스무 명이 넘는 코스닥 상장 기업이 되었다. 제 몫을 곧잘 해낸 채희도 이제 업계에서 실력파로 인정받고 있었다.

그렇지만 표독스러운 눈매와 날카로운 말투, 일진이었던 과거까지, 열네 살이라는 어린 나이에 그녀를 처음 본 하윤은 지금까지 채희 앞에만 서면 기가 죽었다. 특별히 사람을 어려워하지 않는 하윤도 자신을 싫어하는 티를 여실히 드러내는 사람 앞에서 마냥 해맑을 수만은 없었기 때문이었다.

물을 가지고 신휘의 방으로 돌아온 하윤은 소스라치게 놀랐다. 신휘의 상체는 이미 맨살을 드러내고 있었고, 채희는 그의 바지 버클을 푸는 중이었다.

"언니!"

하윤의 다급한 외침에 채희가 눈살을 찌푸리며 고개를 돌렸다.

"왜?"

"지금 뭐 하시는 거예요?"

"눈 없니? 옷 벗기고 있잖아. 신휘 술 마시면 답답해하는 거 몰라?"

채희가 귀찮다는 듯 톡 쏘아붙였다.

'모를 리가. 내가 제일 잘 알지.'

신휘는 술을 많이 마시면 몸에서 열이 난다면서 속옷을 제외한 모든 옷을 다 벗고 잤다.

"그냥 두세요. 제가 할게요."

지금까지 한 번도 대드는 일이 없었던 하윤이 발끈하자, 채희의 눈빛이 흥미롭다는 듯 반짝였다. 여유로운 미소를 머금은 채희의 새빨간 입술이 천천히 열렸다.

"꼬맹아."

조롱 섞인 말투에 하윤의 안색이 달라졌다.

"신휘랑 같이 일한 지 자그마치 팔 년이야. 신휘 벗은 걸 내가 몇 번이나 봤을 거 같아?"

"일이었잖아요. 근데 지금은 아니니까요."

움츠러든 기색 없이 맞받아친 하윤이 당찬 어조로 덧붙였다.

"그리고 그렇게 부르지 마세요. 저 어린애 아니에요."

채희가 천천히 일어나 팔짱을 끼고 하윤을 빤히 바라보았다.

"너 어린애 맞아. 별생각도 없는 신휘한테 나 좀 봐달라고 찡찡대는 어린애."

하윤의 몸이, 입이, 생각이, 그대로 굳어버렸다.

"네가 아직 어려서 남자를 잘 모르나 본데, 남자는 자기가 좋아 죽는 여자한테는 어떻게든 달려들려고 환장해. 근데 내가 보기엔 너 혼자 들이대고 있는 거 같거든. 아니야?"

채희는 예전부터 신휘와 하윤의 관계를 알고 있었다. 신휘와 채희는 이십대의 대부분을 함께 보냈다고 해도 과언이 아닐 만큼 오래된 사이였으니 이상할 것도 없었다.

하윤의 손이 파르르 떨리기 시작했다. 쟁반에까지 그 떨림이 전해져, 컵 속의 물에 파동이 일었다. 그 모습을 태연하게 지켜보고 서 있던 채희가 피식 웃으며 컵을 집어 들었다. 그녀가 물 한 컵을 다 비우는 동안에도 하윤은 대꾸할 만한 어떤 말도 찾지 못했다.

"신휘가 너한테 아무리 껌뻑 죽어도 이런 식으로 사랑까지 구걸할 줄은 몰랐네. 너무 치사하고 비겁하다고 생각하지 않니?"

하윤이 들고 있는 쟁반 위에 빈 컵을 사뿐히 올린 채희는 멍하니 서 있는 하윤의 옆을 지나치며 나지막이 속삭였다.

"아무도 얘기해 주는 사람이 없는 것 같아서 내가 해주는 거야."

그녀는 위로하듯 하윤의 등을 가볍게 톡톡 두드리고서 방을 빠져나갔다.

'오늘 오빠가 하려던 얘기가 혹시…… 그만하자는 거였나……?'

재영의 말에 아직 아무런 답도 찾지 못했는데, 채희의 말이 보태지고 나니 하윤의 머릿속은 흙탕물을 휘저어놓은 것처럼 혼탁해졌다. 하윤은 한참을 그 자리에 멍하게 서 있었다.


〈오늘 나올 거 없어.〉

뜬눈으로 밤을 새운 하윤은 채희의 문자를 확인하고 침대에서 내려왔다. 방을 나와 욕실로 가려던 그녀는 발걸음을 돌려 신휘의 방문을 조심스레 열었다.

어둑한 방 안, 침대 위에 잠들어 있는 신휘의 모습이 보였다. 한 발을 들어 올렸지만, 문턱을 넘을 수가 없었다. 보이지 않는 벽이 가로막고 있는 기분이었다.

"하아……."

하윤은 도로 문을 닫고서, 한숨을 깊게 내쉬며 몸을 돌렸다. 그리고 잠시 후, 나갈 준비를 마치고서 조용히 집을 나섰다. 신휘의 얼굴을 마주할 자신이 없어 그가 일어나기 전에 도망치듯 나왔지만, 어디를 가야 할지, 누구를 만나야 할지 아무 생각도 나지 않았다. 그녀는 무작정 발길 가는 대로 걷기 시작했다.


"오셨어요?"

성국이 엘리베이터에서 내려 주차장으로 걸어오는 신휘에게 꾸벅 허리를 굽혀 인사했다. 성국은 밴의 문을 열어 신휘를 태우고는 재빨리 문을 닫고 운전석으로 향했다.

"형, 조금 이따 출발할게요. 채희 누나 편의점에 살 게 있다고 가셨어요."

시트에 몸을 기댄 신휘가 초췌한 얼굴로 말문을 열었다.

"성국아."

"네, 형."

"나 어제 집에 몇 시에 들어왔냐?"

"음…… 저도 어제 많이 취해서 기억이 잘…….."

성국이 턱을 긁적거리며 겸연쩍게 웃었다.

"그래, 너 어제 엄청 마시더라."

"형보다 제가 먼저 뻗은 것 같아요."

신휘가 룸미러를 통해 성국을 바라보았다. 성국의 얼굴은 잔뜩 부어 있었고, 푸석푸석해 보였다. 두 사람 모두 별반 다를 바 없이 숙취에 절어 있는 모습이었다.

"기억이 하나도 안 나는 걸 보면 내 발로 온 것 같지는 않은데…….."

"누가 모셔다드렸나 모르겠네…….."

두 남자가 열심히 기억을 더듬고 있을 때, 문이 벌컥 열리더니 채희가 모습을 드러냈다.

"살아 있네?"

성국은 채희가 자리에 앉는 것을 확인하고서 주차장을 빠져나갔다.

"아직은. 곧 죽을지도 몰라."

신휘가 과장되게 얼굴을 찡그렸다.

"그러게 게임도 더럽게 못하는 구멍 주제에 왜 게임하는 데 끼어, 끼길."

"애들 분위기 맞춰주려고 그랬지."

"그래, 넌 그렇다 치고. 성국이 넌 뭐냐? 신휘 복수해 준다고 나서더니 넌 얘보다 더 못하더라?"

채희의 핀잔에 주눅 든 성국은 상체를 핸들로 바짝 붙여 앉았고, 신휘는 슬쩍 말을 돌렸다.

"나 어제 집에 어떻게 왔는지 알아?"

"기억 안 나?"

"어, 전혀."

"하윤이가 아무 말 안 해?"

"하윤이? 일어나 보니까 벌써 나가고 없던데? 전화도 안 받고 말이야."

신휘는 투덜대느라, 채희의 안색이 미묘하게 달라졌다는 것을 전혀 알아채지 못하고 있었다.

"또 뭘 시켰는데 꼭두새벽부터 애를……."

"하윤이 오늘 쉬라고 했어."

하윤이 회사에 나간 줄로만 알고 있었던 신휘가 의아한 눈빛으로 채희를 바라보았다.

"쉬라고 했다고? 왜?"

"어제 첫날이었는데 너무 빡세게 돌린 것 같아서. 당연한 얘기지만 하윤이 없어도 우리 스케줄 무리 없잖아?"

채희가 천연덕스럽게 어깨를 으쓱거렸다.

"잘했네."

신휘는 웬일로 채희가 하윤을 챙겨줬나 잠시 의문스러웠지만, 하윤에게 잘된 일이라는 생각에 심각하게 생각하지 않았다.

"……그럼 어디 간 거지?"

신휘의 미간이 좁아지자, 채희가 모른 척 화제를 바꿨다.

"어제 너 내가 데려다줬어."

"아, 그랬어?"

신휘는 채희의 말을 토대로 머리를 쥐어짜 보았지만 아무 기억도 나지 않았다. 그래서 무의미한 뇌 운동을 이내 포기했다.

와인바 2층 사무실에 있던 은휘는 하윤의 전화를 받았다.

[오빠, 지금 어디야?]

"가게지."

[1층으로 좀 내려와 봐.]

빠른 걸음으로 2층 홀을 가로질러 계단을 내려간 은휘의 눈에 입구 근처에 서 있는 하윤이 들어왔다.

"너 요새 여기 출입이 잦다?"

"지금 바빠?"

하윤의 흐린 낯빛을 감지한 은휘가 되물었다.

"안 바쁘면?"

"상담 요청."

은휘는 심각한 이야기임을 직감했다. 무슨 일이냐고 물어보려는데, 하윤의 어깨 너머로 익숙한 얼굴이 눈에 들어왔다.

"여기 서서 뭐 해?"

도경이었다.

"웬일이냐? 술 좀 끊어보겠다고 당분간 안 올 거라더니?"

"하윤이가 불러서 온 건데?"

"하윤이가?"

은휘와 도경이 의아한 시선을 주고받았다. 그리고 두 사람의 시선은 동시에 하윤에게로 옮겨갔다.

"오빠랑 언니한테 물어보고 싶은 게 있어서."

세 사람은 룸으로 자리를 옮겼다. 은휘와 도경이 나란히 앉았고, 맞은편에 하윤이 앉았다. 하윤을 주의 깊게 살피는 은휘의 얼굴에는 근심이 가득했다.

하윤은 늘 밝고 유쾌했으며, 긍정적이었다. 어려서 큰 아픔을 겪었지만, 남들보다 더 씩씩하게 자라준 하윤이 은휘는 늘 고맙고 대견했다.

은휘뿐만 아니라 창휘와 신휘 모두 같은 마음이었다. 그런데 그런 하윤이 평소와 다른 모습을 보이고 있으니 초조하고 걱정스럽기가 이만저만이 아니었다. 착 가라앉은 표정과 목소리가 매우 낯설었다.

"무슨 일이야?"

은휘의 말에 잠시 망설이던 하윤이 입을 열었다.

"오빠, 사랑이 뭐야?"

예상치 못했던 질문에 은휘가 굳어 있는 사이, 하윤은 도경을 바라보며 같은 질문을 던졌다.

"언니, 사랑이 뭐야?"

당황한 도경이 은휘를 쿡쿡 찌르며 속삭였다.

"야, 하윤이 왜 이래?"

은휘는 도경에게 대답하는 대신 하윤에게 물었다.

"갑자기 그게 왜 궁금한데?"

"누가 그러더라고, 내가 신휘 오빠를 사랑하는 게 맞는지 잘 생각해보라고. 근데 사랑이 뭔지 알아야 맞는지 아닌지 알지……. 오빠랑 언니는 알 것 같아서, 사랑이 뭔지……."

장난으로 받아칠 상황이 아니라는 것을 인지한 은휘와 도경은 말없이 각자 생각에 잠겼다. 먼저 침묵을 깨고 나선 건 도경이었다.

"그 사람이랑 같이 있고 싶고, 못 보면 미칠 것 같고, 생각만 해도 가슴 절절한…… 뭐 그런 거 아니야?"

"너무 상투적이고 진부한 대답 같은데?"

은휘의 타박에 도경의 눈썹이 치켜 올라갔다.

"내가 요 며칠 금단현상으로 눈에 뵈는 게 없거든? 오늘 한판 붙자는 거지?"

평소 같았으면 금세 험한 소리가 오갔겠지만, 오늘은 그럴 수 없었다. 하윤이 침울한 목소리로 다음 질문을 했기 때문이었다.

"그럼 좋아하는 거랑 사랑은 뭐가 다른데?"

이번엔 은휘가 대답했다.

"좋아하는 건 그 사람의 멋지고 예쁜 모습만 보고 싶은 거. 사랑하는 건 그 사람의 약점이나 결점까지도 받아들이고 극복할 수 있는 거. 그리고 그 사람이 모든 걸 다 잃었을 때 망설임 없이 곁에 있어줄 수 있는 게 사랑 아닐까? 다른 사람은 모르겠지만 나한테 사랑은 그래."

도경이 공감한다는 듯 고개를 끄덕이자, 하윤이 재차 물었다.

"사랑이랑 소유하고 싶은 마음의 차이는 뭐라고 생각해?"

"사랑하는 사람에게는 뭘 줘도 아깝지 않지만, 소유하고 싶은 사람에게는 아무것도 주지 않아. 그냥 내가 가지고 싶은 거지. 내 거는 주기 싫고, 내 옆에 두고는 싶고."

진지한 얼굴로 대답을 마친 도경이 고개를 틀어 은휘를 흘겨보았다.

"문은휘, 이것도 상투적이고 진부하냐?"

"아까보다 훨씬 낫네."

은휘의 반응이 만족스러웠는지 도경의 입꼬리가 슬쩍 말려 올라갔다.

은휘는 하윤의 얼굴에 시선을 고정한 채로 잠시 기다렸다. 하윤에게 생각할 시간을 주기 위함이었다. 그가 다시 말을 이었다.

"도경이나 내가 한 말이 정답은 아니야. 네가 물어본 것들 모두 애초에 한마디로 정의할 수 있는 게 아니니까."

도경이 고개를 끄덕이는 걸로 은휘의 말에 동조하고 난 뒤, 하윤에게 되물었다.

"그래도 막연하게나마 본인은 알 거야. 말로 표현은 못할지언정 좋아하는 거랑 사랑하는 건 뭔가 다르니까. 신휘에 대한 네 감정이 뭔 거 같아? 사랑이야?"

하윤은 깊은 생각에 빠져들었다.

'오빠를 향한 내 감정은 뭘까? 매 순간 함께 있고 싶고, 못 보면 보고 싶어 미칠 것 같고, 생각만 해도 가슴이 벅차오르는 이 감정이 사랑일까?'

하윤에게 있어 신휘는 맹목적인 존재였다. 설령 그가 지금 가진 외모, 재력, 인기, 그 모든 것을 다 잃게 된다고 해도 상관없었다. 그가 문신휘인 이상 자신의 마음이 변치 않으리라는 사실은 고민해 볼 필요도 없을 만큼 확고한 신념과도 같은 것이었다.

신휘에게 주는 건 그 무엇도 아깝지 않았다. 달라는 건 다 줄 수 있었다. 달라고 하지 않은 것까지도 모두 주고 싶은 심정이었다. 다만 유일하게 한 가지 갖고 싶은 건 그의 마음, 그게 전부였다.

"사랑이야."

한참 만에 하윤의 입에서 나온 대답은 차분하지만, 확신에 차 있었다.

"근데……."

하윤은 말끝을 늘이며 머뭇거리다가 고개를 푹 떨어뜨리며 중얼거렸다.

"……나만 사랑이면 안 되는 거지? 사랑은 강요하면 안 되는 거…… 맞지?"

은휘와 도경은 안타까웠지만 더 이상 아무 말도 해줄 수가 없었다. 이제부터는 하윤이 스스로 깨닫고 답을 찾아야 할 문제였다. 두 사람은 그저 하윤을 애처로운 눈으로 바라볼 뿐이었다.


신휘는 몇 시간 전부터, 시간이 날 때마다 휴대폰을 부여잡고 어딘가로 전화를 걸어대고 있었다. 그는 통화 버튼을 누르고 휴대폰에 귀를 기울이고 있다가 신경질적으로 종료 버튼을 누르는 행동을 반복하는 중이었다.

"대체 뭐 하고 있는데 전화를 안 받아."

신휘가 걱정과 짜증이 뒤섞인 목소리로 구시렁거렸다. 들려오는 건 하윤의 또랑또랑한 목소리가 아니라 건조한 통화 연결음뿐이었다. 메시지를 남겨놓았지만 하윤은 확인조차 하지 않았고, 그의 답답함은 폭발 직전까지 차오른 상태였다.

처음에는 어제 술을 많이 마시고 들어가서 토라진 걸 거라고 대수롭지 않게 생각했다. 그러나 시간이 흐를수록 무슨 사고가 난 건 아닐까, 납치라도 된 건 아닐까, 상상이 극단으로 치닫고 있었다.

"누가 그렇게 전화를 안 받아요?"

성국이 신휘를 멀뚱히 바라보며 물었다.

"하윤이."

성국은 매사에 여유가 넘치는 신휘가 고작 하윤이 전화를 안 받는 것 정도로 안절부절못하고 있는 게 희한했다.

신휘의 모습을 말없이 지켜보고 있던 또 한 사람, 채희가 피식 웃음을 터뜨리며 혼잣말을 했다.

"내 말이 신경 쓰이긴 했나 보네."

잔뜩 예민해져 있던 신휘가 날카롭게 물었다.

"네가 하윤이한테 뭐라고 한 거야?"

채희는 신휘의 질문에 대답하는 대신, 성국을 향해 고개를 돌렸다.

"성국아, 좀 나가 있을래?"

"네, 누나."

성국이 긴장이 감도는 분위기를 감지하고 군소리 없이 대기실을 나갔다.

"하윤이한테 무슨 말을 한 거냐고."

신휘가 대답을 재촉했다.

"별 얘기 안 했어. 너는 가만히 있는데 하윤이 혼자 들이대고 있는 거 보기 딱해서, 충고 한마디 해줬을 뿐이야. 아무도 얘기를 안 해주니까 애가 모르잖아."

"충고? 네가 하윤이한테 충고를 왜 하는데?"

"그냥. 하윤이 꼴 보기 싫어서."

신휘의 짙은 갈색 눈동자에 냉기가 어리는 것을 보며, 채희가 밉살스럽게 비아냥거렸다.

"어머, 미안. 끔찍한 하윤이한테 꼴 보기 싫다고 해서."

신휘는 욱하고 치밀어 오르는 분노를 애써 참으며 최대한 차분하게 물었다.

"하윤이가 너한테 뭘 어쨌다고 꼴 보기가 싫은데?"

"내가 너 좋아했던 건 아니?"

난데없는 고백에 신휘의 눈이 당혹감으로 커졌다. 나를 좋아했다고? 채희는 그동안 단 한 번도 그런 내색을 한 적이 없었다. 오래 만난 남자는 없었지만 그래도 여럿 사귀었다는 걸 알고 있었기 때문에 전혀 생각해 본 적도 없던 일이었다. 그리고 지금 이 상황에서 왜 그 말을 꺼낸 건지도 이해가 되지 않았다.

"몰랐겠지. 내가 하고 싶은 말을 참고 그러는 성격이 아닌데 너한테는 좋아하는 티도 못 내겠더라. 조금이라도 여지가 있어야 티를 내지, 어차피 말 꺼내봐야 어색해질 거 뻔히 아니까. 다 지난 얘기니까 그런 표정 할 거 없어."

난감한 기색이 역력한 신휘의 표정에 채희가 눈썹을 찡그렸다.

"누구는 입도 뻥긋 못 하는데 하윤이는 하고 싶은 말 다 하는 게 그렇게 꼴 보기 싫을 수가 없더라고. 말 한마디 못 꺼내보고 접어야 했던 내 불쌍한 첫사랑에 대한 심심한 위로랄까? 그리고 하윤이가 뭘 잘 모르고 있는 것 같아서 진심으로 알려주고 싶었던 것도 있었고."

사실 그게 다는 아니었다. 자신은 주먹구구식으로 쌓아온 커리어를 하윤은 제대로 학위를 밟아가며 차곡차곡 쌓아간다는 것에도 채희는 열등감을 느끼고 있었다. 하지만 감각과 재능이 뛰어난 하윤이 아니꼽다는 말까지는 차마 할 수 없었다.

"뭐라고 했는지 정확히 다시 말해봐."

신휘의 목소리는 딱딱하게 굳어 있었다.

"별생각도 없는 너한테 사랑까지 구걸하지 말라고 했어."

채희는 태연하게 제가 했던 말을 다시 읊었다.

"구걸……?"

냉기가 뚝뚝 떨어지는 신휘의 눈빛과 목소리에 순간적으로 등줄기가 오싹해졌지만, 채희는 겁먹었다는 걸 들키지 않기 위해 더 앙칼지게 응수했다.

"왜? 내 말이 뭐 틀려? 내 의도는 불순했다고 쳐도, 틀린 말 한 건 없잖아? 너 하윤이 여자로 안 보는 거 맞잖아. 하윤이가 하도 징징거리니까 대충 박자나 맞춰주고 있는 거……."

"여자로 봐."

채희의 만면에 당황한 기색이 들어차자, 신휘가 다시 한 번 힘주어 말했다.

"이제 여자로 보인다고."

신휘는 숨을 고르고 말을 이었다.

"사 년 전에 하윤이가 사귀자고 한 제안을 받아들인 건 한 가지 이유였어. 내가 아니면 다른 남자와 사귀겠다는 협박 아닌 협박을 들으면서 가장 먼저 머릿속에 떠오른 게 뭐였는지 알아? 남녀가 사귀면서 하게 될 수많은 스킨십과 애정 행각들. 손을 잡고, 안고, 입술을 맞대고, 키스를 하고……. 생각만으로도 싫었어. 그 모든 행위를 하윤이가 누군가와 한다는 상상만으로도 불쾌해서 미칠 것 같았거든. 너는 이게 무슨 감정이라고 생각해? 단순히 오빠가 여동생에게 갖는 감정으로 보여?"

고해성사와도 같은 신휘의 고백을 채희는 멍하게 듣고 있을 수밖에 없었다.

"나도 얼마 전까지 내 감정이 뭔지 몰랐어. 근데 내 감정이 뭔지 확실히 모를 때도 막연히 하윤이는 내 거였어. 항상 내 눈앞에, 내 품 안에 있어야 할 존재. 이제야 알게 된 내가 어이없고 한심하지만, 내가 하윤이를 여자로 보든 동생으로 보든 우리 사이에 네가 끼어들 자격 같은 건 없어. 구걸이라는 말까지 함부로 입에 올릴 자격은 더더욱 없고. 참 주제넘다, 황채희."

채희는 부들부들 떨리는 주먹을 말아 쥐고, 애써 태연한 척 입을 열었다.

"그래? 네 마음이 그렇다니 더 할 말이 없네. 주제넘었던 것도 미안하다."

채희의 반응이 신휘에게는 뜻밖이었다. 그가 아는 채희는 이토록 순순히 제 잘못을 인정하는 성격이 아니었다.

"근데 너 혹시 각인 효과라고 아니?"

채희가 뜬금없는 질문을 던졌다. 분위기에 어울리지 않게 미소까지 띠고 있었다.

"각인 효과?"

"갓 태어난 새끼 오리들이 처음 본 대상을 어미라고 생각하는 걸 각인 효과라고 한대. 하윤이가 너한테 느끼는 감정, 각인 효과가 아니라고 확신할 수 있어? 착각하고 있는 걸 수도 있지 않을까?"

네 마음이 그렇게 확고하다면 하윤이 마음으로라도 불안해 봐, 문신휘. 웃고 있었지만, 채희의 눈에는 독기가 일렁이고 있었다.

"큭······."

신휘는 제 생각이 틀리지 않았음을 깨닫고 실소를 흘렸다. 채희가 원하는 바가 뭔지 짐작이 갔다. 하지만 그는 다른 사람의 말에 쉽게 흔들리고 동요하는 성격이 아니었다. 눈치가 없고 둔할지는 몰라도, 유약하고 줏대 없지는 않았다.

"하윤이 네가 생각하는 것만큼 어린애 아니야. 충분히 이성적으로 사고할 수 있는 성인이라고 믿어. 그리고 만약 하윤이의 감정이 그런 거라고 해도 상관없어. 내가 하윤이를 여자로 보게 된 이상, 하윤이가 나를 남자로 보지 않을 일은 없을 테니까. 내가 그렇게 안 놔둘 거거든."

받아칠 말을 찾을 수 없어 입술을 잘근잘근 물어뜯고 있는 채희의 귀로 신휘의 건조한 목소리가 파고들었다.

"그만 퇴근해라."

"아직 촬영……."

신휘는 더 들을 것도 없다는 듯 채희의 말을 막았다.

"너 없어도 괜찮으니까 퇴근하라고. 그리고 가는 길에 남수 형한테 전화하고."

채희가 어리둥절한 표정을 짓자, 신휘가 단호하게 잘라 말했다.

"전화해서 오늘부로 내 담당 그만두겠다고 말해. 이유는 네가 알아서 대고. 아니면 내가 형한테 직접 얘기할 테니까."

"문신휘!"

채희가 빽 소리를 질렀다.

"뭘 이렇게까지 하나 싶을 수도 있어. 그런데 어쩌겠냐, 하윤이를 건들면 참을 수가 없는데. 참아지지가 않는데."

신휘는 하윤을 여자로 보든 동생으로 보든 관계없이, 그녀를 상처 입히는 모든 것들에 대해 결코 자비를 베풀지 않았다.

"너 진짜……."

채희가 말을 잇지 못하며 온몸을 부들부들 떨었다. 하지만 신휘는 개의치 않고 오히려 웃는 낯으로 채희를 바라보았다.

"그동안 수고했다. 이제 얼굴 자주 못 보겠네."

채희는 의자 위에 올려두었던 가방을 낚아채듯 집어 들고서 대기실 문을 거칠게 열고 나갔다.

잠시 후 성국이 쭈뼛거리며 대기실 안으로 들어섰다.

"저기…… 형…… 누나 어디 가시는 거예요?"

성국은 어딜 가느냐고 묻는 제 말에 대꾸도 하지 않고 쌩하게 가버린 채희를 보고 큰일이 있었다고 짐작만 할 뿐이었다.

"퇴근."

"……"

"앞으로 채희 말고 다른 사람이 나올 거야."

"네? 왜요?"

"개인적인 사정."

언제 어디서나 통용되는 간편한 이유를 들어 성국의 질문을 막은 신휘는 소파에 기대어 눈을 감았다. 하윤에 대한 걱정과 채희에 대한 분노가 뒤섞여 머릿속이 엉망이었다. 생각할 시간이 필요했다.

그런데 그때, 테이블 위에 올려두었던 휴대폰이 울리기 시작했다. 하윤인가 싶어 얼른 휴대폰을 집어 든 신휘의 얼굴에 순간적으로 실망의 빛이 떠올랐다 사라졌다. 발신자는 은휘였다.

[지금 어디냐.]

"촬영장."

은휘의 목소리도, 신휘의 목소리도 잔뜩 가라앉아 있었다.

[언제 끝나는데?]

"왜?"

[하윤이 여기 있다.]

"후……"

신휘는 드디어 알게 된 하윤의 행방에 저도 모르게 안도의 한숨을 내쉬었다.

[시간 되면 좀 와라. 아니, 안 돼도 되게 해서 와.]

그제야 신휘는 은휘의 목소리에서 심상치 않은 기운을 감지했다.

"끝나는 대로 바로 갈게. 오래 안 걸려."

하윤은 술에 취해 흐리멍덩한 눈으로 테이블 너머의 은휘에게 삿대
질을 하며 물었다.

"오빠! 내가 그렇게 별로야?"

사실 물었다기보다는 호통을 친 쪽에 가까웠다.

"얼씨구?"

하윤의 술주정을 들어주고 있던 은휘의 입에서 헛웃음이 새어 나왔
다. 조금 전까지만 해도 울먹거리던 하윤이 갑자기 돌변하여 성질을 내
고 있으니, 다행이라고 해야 할지 어이없다고 해야 할지 종잡을 수가 없
었다.

"말을 해보라고! 내가 그렇게 별로냐고!"

하윤은 지금 좌절과 분노의 양극단을 오가는 중이었다.

"언니, 나 많이 별로야?"

어느새 시무룩해진 하윤이 도경에게 재차 물었다.

"별로라니? 우리 하윤이 완전 예쁘지."

도경은 너스레를 떨며 엄지손가락을 척 치켜들었다.

"근데 신휘 오빠는 왜 날 안 좋아하지?"

하윤은 테이블 위에 올려놓은 두 팔에 얼굴을 묻으며 들릴 듯 말 듯
중얼거렸다.

"안 좋아하긴 뭘 안 좋아해, 신휘가 널 얼마나 좋아하는데."

은휘의 말이 끝나기 무섭게 하윤이 고개를 번쩍 쳐들며 소리쳤다.

"그런 거 말고! 왜 날 여자로 안 보는 거냐고!"

하윤의 불같은 기세에 은휘와 도경이 동시에 움찔하며 상체를 뒤로

뺐다.

"내가 진짜 내 입으로 이런 말까지는 안 하려고 했는데…… 나 인기 많거든? 지나가다가 막 고백도 받고 그러거든? 근데 오빠는 왜 날 여자로 안 봐주는 거냐고……. 대체 왜…….."

하윤은 자랑과 한탄 사이를 오락가락하다가 테이블 위에 풀썩 엎드렸다. 작게 구시렁거리는가 싶더니 그 소리도 금세 사라져 버렸다.

"잠들었나 본데?"

하윤의 숨소리에 귀를 쫑긋 세우고 있던 도경이 나지막이 말했다.

"자게 두자."

상담에 이어 주정까지 풀코스로 경험한 두 사람은 잔뜩 지친 얼굴로, 앞에 놓인 와인을 동시에 입에 털어 넣었다.

"문신휘, 진짜 마음에 안 들어 죽겠네."

도경은 하윤이 깰까 봐 목소리를 최대한 낮춘 채로 툴툴거렸다.

두 사람을 줄곧 지켜봐 온 은휘는 신휘의 편도, 하윤의 편도 들 수가 없었다. 제삼자가 나설 문제가 아니기도 했고, 너무나 오랜 세월 동안 오빠와 동생으로 살아왔기 때문에 신휘가 제 감정을 자각하지 못하고 있을 뿐이라는 걸 잘 알고 있는 까닭이었다. 하윤을 보는 신휘의 눈은 언제부터라고 딱 꼬집어 말할 수 없을 만큼 오래전부터 동생을 보는 오빠의 눈이 아니었다. 그래서 신휘로부터 하윤과 사귀기로 한 속사정을 들었을 때도 내색하지 않고 알아서 하라고 내버려 두었던 것이었다.

'답답한 놈…….'

은휘는 묵묵히 지켜보기로 마음먹었으면서도 한 번씩 속이 터질 것 같았다. 특히 오늘은 더욱 그랬다. 딴생각에 빠져 있던 그는 도경의 까칠한 목소리에 정신을 차렸다.

"원칙주의자 문창휘, 자유주의자 문은휘, 반반 닮은 문신휘."

밑도 끝도 없는 평가에 당황한 은휘가 도경을 바라보았다.

"신휘 같은 놈이 제일 무서운 놈이야. 극단적인 성격들은 반대쪽이 허술하거든. 근데 골고루 하는 놈들은 이쪽저쪽 씨알도 안 먹혀요. 여지는 다 줘놓고 정작 받아주지는 않는 치사한 놈."

도경에게 신휘는 이제 '놈'일 뿐이었다.

"너야말로 왜 이렇게 극단적이냐? 신휘가 하윤이 강제로 붙들어두고 있는 거 아니잖아."

못마땅한 마음은 은휘도 도경 못지않았지만, 그래도 그는 핏줄이라고 신휘를 두둔하고 나섰다. 하지만 도경은 신휘를 옹호하는 말 따위 귓등으로도 듣지 않고 제 할 말에 충실했다.

"신휘 혹시 무성욕자냐?"

"무성욕자?"

뜨악한 표정으로 은휘가 되물었다.

"아니면 남자 좋아하나? 그래서 혹시 제 성향 감추려고 하윤이 방패로 쓰고 있는 거 아니야? 아무래도 사귀는 여자라고 하나 세워두면 이 말 저 말 안 나오고 좋잖아."

도경은 눈을 가늘게 뜨고 상상의 나래를 펼치고 있었다.

"차도경, 그만 가라. 너랑 너무 오래 같이 있었더니 정신이 피폐해지려고 한다."

"싫어. 나 신휘 오는 거 보고 갈 거야."

도경이 어림도 없다는 듯 콧방귀를 뀌며 고개를 휙 돌리는 순간, 문이 열리면서 신휘가 룸 안으로 들어섰다.

"드디어 오셨네."

도경이 빈정대거나 말거나, 신휘의 눈은 언제나 그랬듯 가장 먼저 하윤을 찾았다. 엎드려 자고 있는 하윤을 잠시 바라본 신휘는 그제야 두 사람에게로 눈을 돌렸다.

"와서 앉아."

은휘가 턱 끝으로 하윤의 옆자리를 가리켰다. 신휘가 자리에 앉자마자, 기다렸다는 듯 도경의 핀잔이 시작되었다.

"야, 문신휘. 이 나쁜 놈아. 너 왜 이렇게 하윤이 혼자 애타게 해? 차라리 나 너 여자로 안 보인다. 딴 남자 찾아봐라. 까놓고 말해. 이게 지금 뭐하는 짓이냐? 애 불쌍하게."

신휘는 하윤을 가만히 내려다보고 나서 입을 열었다.

"하윤이 나한테 여자야. 이제 하윤이가 딴 남자 찾아보겠다고 해도 안 돼."

쏘아줄 말을 준비하고 있던 도경의 입술이 소리 없이 몇 번 달싹이다 이내 닫혔다.

"지금까지는 내가 내 마음을 몰랐어. 그런데 이제 아니야."

신휘의 흔들림 없는 얼굴에 은휘와 도경은 어떤 말도 할 필요가 없다는 사실을 깨달았다.

신휘는 하윤을 가뿐하게 안아 들었다. 하윤은 어렸을 때부터 한번 잠들면 업어가도 모를 정도로 곯아떨어지곤 했는데, 오늘은 술까지 마신 상태라 일어날 기미도 보이지 않았다.

"따라와, 뒷문으로 나가게. 그리고 나갔다가는 내일 인터넷에 도배되겠다."

은휘가 앞장서고, 신휘가 그 뒤를 따랐다.

다행히 주차장에는 아무런 인적도 없었다. 은휘가 조수석 문을 열어주자 하윤을 조심스럽게 자리에 앉힌 신휘는 안전띠를 매주고 문을 닫았다.

"들어가라."

두 사람을 태운 차는 미끄러지듯 주차장을 빠져나갔다.

몸을 뒤척이다가 잠에서 깬 하윤은 몽롱한 정신을 부여잡기 위해 머리를 가로흔들었다. 흐릿한 시야가 또렷해질 때까지 눈꺼풀도 열심히 깜박거렸다.

"여긴 어디야……."

하윤은 혼잣말을 중얼거리며 주위를 둘러보다가, 자신을 빤히 보고 있는 신휘와 눈이 마주치고 소스라치게 놀랐다. 그제야 자신이 신휘의 차 안에 있다는 사실을 인지한 그녀는 그가 보고 있다는 사실도 잊은 채, 기억을 더듬기 시작했다.

아침에 집에서 나와 목적 없이, 정처 없이 걸었다. 걷다가 지치면 카페에 들어가서 쉬다가 다시 나와서 걷고, 아무 버스에나 올라타 맨 뒷자리에 앉아 종점까지 가기도 하며 시간을 보냈다. 그리고 마지막으로 찾아간 곳이 은휘의 와인바였다. 은휘와 도경에게 상담 요청을 하고 와인을 몇 잔 마신 것까지가 기억의 전부였다.

하윤이 신휘를 돌아보며 물었다.

"오빠가 나 데려왔어?"

고개를 끄덕인 그가 굳은 표정으로 말문을 열었다.

"하윤아, 어제 채희가……."

"오빠."

하윤은 어제 채희에게 들었던 말들을 그의 입으로 직접 듣고 싶지 않았다. 어차피 결과가 같다면 조금 덜 아프게 끝내고 싶었다.

'시작도 나 혼자 했으니, 끝도 나 혼자 하는 게 맞는 거겠지…….'

걱정스러운 얼굴을 하고 있는 신휘를 보며, 하윤은 지금까지 제 감정만 앞세워 그를 잡아두고 있었다는 사실에 죄책감이 밀려들었다.

'사랑을 구걸하지는 말자, 성하윤.'

제 마음을 더 확실히, 더 절절히 확인한 순간 그를 보내줘야 한다는 사실에 숨이 멎을 만큼 아팠다. 하지만 어린아이처럼 굴지 않기로 했다.

'나는 지금 내 사랑을 온 마음 다해 보여주는 거야. 오빠를 보내주는

게 내가 보여줄 수 있는 가장 큰 사랑이니까……'

하윤은 흔들리는 마음을 다잡고 숨을 골랐다. 그리고 하기 싫지만 해야만 하는 말을 억지로 입 밖에 꺼내놓았다.

"우리 헤어지자."

"뭘…… 하자고?"

신휘가 멍하니 되물었다. 귀로는 들었지만, 머리가 그 의미를 이해하지 못하고 있었다.

"헤어지자고."

잘하고 있어. 울컥 치밀어 오르는 것을 내리누르며 스스로를 격려한 하윤은 별거 아니라는 듯 말을 이었다.

"아, 헤어지자고 해서 못 알아듣는구나? 하기야 사귄다는 말 자체가 생소할 텐데 그럴 만도 하겠지."

신휘는 지금 하윤이 단순히 투정을 부리고 있는 것이 아니라는 걸 깨달았다. 늘 생기 있게 반짝이던 하윤의 눈이 혼돈과 번민으로 가득 차 있었다.

"이제 오빠를 놔주겠다는 말이야. 지금까지 오빠 감정은 생각지도 않고 내 멋대로 억지 부렸어. 사랑이라는 게 혼자 하는 게 아닌데 어린애처럼 징징거려서 미안……. 나한테 맞춰주느라…… 그동안…… 고생…… 흑…… 많았어. 크흑……."

차분하게 시작했지만 설움이 복받쳐 눈물이 터지고 말았다. 고개를 숙인 하윤의 허벅지로 눈물이 후드득 떨어져 내렸다.

"하윤아, 나는……."

그러나 신휘는 뒷말을 완성할 수 없었다. 하윤이 갑자기 차 문을 벌컥 열고 내려서 엘리베이터로 내달렸기 때문이었다.

뒤에서 신휘가 부르는 소리가 들렸지만, 하윤은 멈추지 않았다. 그의 얼굴을 더 보고 있다가는 억지를 부리게 될 것만 같아서였다. 사랑은 나 혼자 할 테니 그냥 옆에만 있어달라고 말하게 될까 봐 그 자리에 더 있을 수가 없었다. 그래서 도망쳤다.

하윤은 대기하고 있던 엘리베이터에 올라타 21층 버튼과 닫힘 버튼을 차례로 눌렀다. 그리고 멈추지 않는 눈물을 연신 손등으로 닦아내며 마음속으로 되뇌었다.

'잘했어, 잘한 거야……'

그 순간이었다. 반쯤 닫힌 엘리베이터 문 사이로 신휘가 날렵하게 몸을 들이밀었다.

"히끅!"

깜짝 놀란 그녀의 입에서 딸꾹질이 터져 나왔다. 신휘는 눈물범벅이 된 얼굴로 자신을 애처롭게 바라보고 있는 하윤에게 성큼 다가갔다.

"진짜 내가 너 때문에 미치겠다……"

하윤의 머리를 두 손으로 잡은 신휘는 제 눈을 똑바로 마주 보게 했다. 그리고 하윤의 뺨에 흐르고 있는 눈물을 손가락으로 부드럽게 닦아주며 말했다.

"넌 너무 빠르고, 난 너무 느리고……. 우리 속도 좀 맞추자, 하윤아."

"응?"

하윤이 그렁그렁한 눈을 크게 뜨며 물었다.

"이제 내가 할 테니까 넌 가만히 있어."

"……뭘?"

하윤은 신휘가 하는 말을 도통 알아들을 수가 없었다.

"뭐든지."

그 말의 의미를 미처 파악하기도 전에 신휘의 입술이 하윤의 입술에 포개어졌다.

놀란 하윤이 눈을 휘둥글리며 저도 모르게 입술을 벌린 순간, 말랑하고 부드러운 것이 밀고 들어왔다. 신휘의 두 손이 얼굴을 감싸 쥐고 있어서 고개를 돌릴 수도 없고, 입안을 점령당해 아무 말도 할 수 없던 하윤은 어찌할 바를 몰라 두 눈을 질끈 감았다. 움찔거리던 그녀가 얌전해지자, 신휘는 더 적극적이고 과감해지기 시작했다.

강하지만 부드러운, 거칠지만 섬세한 그의 움직임에 하윤은 정신이 혼미해지고 다리가 후들거려 금방이라도 쓰러질 것만 같았다. 뒤에서는 벽이, 앞에서는 신휘가 받쳐 주고 있는 덕분에 간신히 서 있을 수 있었다.

얼마나 시간이 흘렀을까.

"하윤아."

하윤은 자신을 부르는 달콤한 목소리에 눈을 번쩍 떴다. 애정이 가득한 그의 눈동자가 눈앞에 있었다.

"오빠……."

그녀의 얼굴에 발그스레한 홍조가 피어올랐다. 심장은 터질 듯 뛰고 있었다.

"나 너랑 안 헤어져. 아니, 못 헤어져. 이제 내가 너 못 놔. 혼자 할 수 없는 그거, 나랑 하자."

신휘가 잠시 쉬고 짧게 덧붙였다.

"사랑."

하윤은 대답 대신 그의 품에 와락 안겼다. 힘찬 돌진에 상체가 잠시 뒤로 휘청했지만, 신휘는 얼른 중심을 잡고 그녀를 힘껏 끌어안았다.

한참을 그의 품에 안겨 있던 하윤이 은근한 어조로 말문을 뗐다.

"오빠, 있잖아……."

신휘는 한쪽 손으로는 하윤의 등을, 다른 손으로는 하윤의 뒷머리를 쓰다듬고 있었다.

"궁금한 게 있어."

"뭔데?"

"키스가 이렇게 좋으면…… 다른 건 얼마나 더 좋다는 거야……?"

언제 어디서 치고 들어올지 모르는 하윤을 잠시 방심하고 있던 신휘는 뒷머리를 쓰다듬고 있던 손을 옮겨 그녀의 입을 가만히 틀어막았다.

"그만 내리자."

"으으응……. 조금만 더 있다가……."

"여기 이러고 있으면 안 될 것 같은데?"

지금 두 사람은 21층에 멈춰 선 엘리베이터 안에 있었다. 엘리베이터를 이용하는 사람이 드문 밤이라 아직까지 다른 층으로 불려 내려가지는 않았지만, 언제까지 안전할지는 장담할 수 없었다. 물론 21층에서 문이 열릴 가능성도 배제할 수 없었다. 그러나 하윤은 신휘의 허리를 바짝 끌어안은 채로 그의 가슴팍에 볼을 비벼대고, 주책바가지처럼 음흉한 미소를 흘리면서 슬슬 정신줄을 놓는 중이었다.

"딱 1분만 더 있다가 내리자."

평생에 단 한 번뿐인 첫 키스의 여운을 조금 더 느끼고 싶었다. 할 수만 있다면, 하윤은 지금의 감정을 온몸의 세포 하나하나에 새기고 싶은 심정이었다. 신휘가 무슨 걱정을 하는지 알지만, 그녀는 별로 개의치 않았다. 혹시 문이 열린다 하더라도 열리는 순간에 잽싸게 떨어지면 될 일이었다. 그 정도 순발력은 기본으로 갖추고 있었다.

"거울 한번 볼래?"

뜬금없이 거울은 왜 보래? 신휘의 말이 의아했지만, 하윤은 일단 고분고분하게 반대쪽으로 고개를 돌려 거울을 바라보았다.

'캬! 저 치명적인 남자는 누군고?'

보통 거울을 보면 제 얼굴부터 확인하는 게 일반적일 텐데도 불구하고 하윤의 눈은 신휘에게로 먼저 향했다. 하윤은 신휘를 뿌듯하게 바라보고 나서야 비로소 제 얼굴로 시선을 옮겼다.

'저 얼굴은 누구의 얼굴인고…….'

몽롱하게 풀린 눈, 안면 홍조처럼 시뻘겋게 달아오른 두 볼, 제멋대로 씰룩거리고 있는 입꼬리와 광대. 한눈에 보아도 흥분에 겨워 달뜬 얼굴이었다. 그러고 보니 엘리베이터 안의 공기도 왠지 끈적하고 후끈한 것 같았다. 하윤은 그동안 억눌러 왔던 자신의 욕망이 한꺼번에 발산되어 형태를 갖춘 건 아닐까 잠시 생각했다.

"내리는 게 좋겠지?"

신휘의 말에 정신을 차린 하윤은 연체동물처럼 흐느적거리고 있던 팔다리에 힘을 주고 그의 품에서 빠져나왔다. 그리고 신휘를 바라보며 곱게 눈을 흘겼다.

"너무하는 거 아니야?"

"……뭐가?"

실컷 히죽대더니 갑자기 돌변해서는 너무하단다. 신휘에게는 성하윤 전용 통역기가 절실했다.

"왜 오빠는 멀쩡해?"

신휘는 어처구니가 없어 말문이 막혀 버렸다. 그럼 앓아누우랴?

"나는, 아오……."

하윤은 말을 하다 말고 다시 한 번 거울로 제 모습을 확인하고서 민망하다는 듯 중얼거렸다.

"이 얼굴 어쩔 거야……."

그러다 다시 신휘를 바라보며 입을 삐죽거렸다.

"나는 반쯤 정신이 나갔다 들어온 얼굴인데 오빠는 왜 아무렇지도 않은 건데?"

"누가 그래, 멀쩡하다고?"

"……."

"하나도 안 멀쩡해."

신휘는 손을 뻗어 하윤의 작은 손을 잡아 제 심장에 가져다 대었다.

"느껴져?"

느껴졌다. 어느 정도 속도로 뛰는 게 정상인지는 몰라도, 신휘의 심장이 비정상적으로 빨리 뛰고 있다는 건 알 수 있었다.

신휘는 이번엔 하윤의 손을 끌어다 제 볼에 가져다 대었다.

"이건 어때?"

뜨거웠다. 신휘는 술을 마신 때를 제외하고는 평소 몸이 찬 편이었다. 지금 그에게는 술 냄새가 전혀 나지 않았다. 그렇다면 이 뜨거운 열기의 원인은…… 나야?

하윤의 눈이 영롱하게 반짝이기 시작했다. 나구나! 나였어!

"뭐든지 너 혼자 하고 있다고 생각하지 마. 네가 느끼는 거 나도 느껴. 네가 그렇다면 나도 그래."

"……내리자, 오빠."

하윤은 터질 것처럼 달아오른 얼굴로 열림 버튼을 향해 손을 뻗었다. 하지만 버튼을 누르지는 못했다. 신휘가 그녀의 손이 버튼에 닿기 직전 빠르게 낚아채서 그대로 잡아당겼기 때문이었다.

"어, 어!"

하윤의 몸이 휘청하며 신휘에게 끌려갔다.

"안…… 내려……?"

신휘의 얼굴이 천천히 다가오는 걸 보면서 그녀가 작게 물었다.

"어, 조금만 더 있다가."

신휘는 하윤이 무슨 말을 하기도 전에 제 입술을 하윤의 입술에 묻었다.

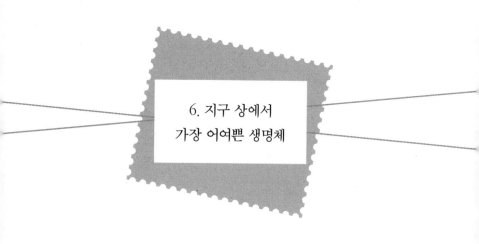

# 6. 지구 상에서
# 가장 어여쁜 생명체

하윤의 방에 들어가서 불을 켜고 옆으로 비켜선 신휘는 뒤따라 들어온 하윤의 뺨을 양손으로 감싸 쥐고 다정하게 눈을 맞춘 다음, 이마에 입을 맞췄다.

'조금만 더 내려가 봐. 이마 아래로 쭉 내려가다 보면 빨갛고 통통한 게 오빠를 기다리고 있어.'

차마 말로 할 수 없어 눈빛으로 신호를 보냈건만 그녀의 간절한 바람을 모르는 건지, 모르는 척하는 건지 신휘의 입술은 접촉 대신 개방을 했다.

"하윤아."

에라이! 그의 목소리가 이렇게 짜증스럽긴 처음이었다. 하윤의 얼굴에 대놓고 실망감이 깃들었다.

"너 입술 많이 부었어."

신휘가 허리를 굽힌 채 하윤의 입술을 빤히 들여다보았다. 아플까 싶어 차마 건드리지는 못하고, 그의 손가락은 연신 그녀의 입술 주위를 맴돌고 있었다.

"부었어?"

하윤은 어리둥절한 표정으로 제 입술을 무심하게 쓸었다.

"만지지 마."

본인은 아무렇지 않은데 오히려 신휘가 기겁하며 하윤의 손을 잡아떼어 냈다.

"괜찮아, 안 아파."

조금 얼얼하고 뜨거운 느낌은 들었지만 정말 아무렇지 않았다.

'석 달 열흘 더 문대도 괜찮은데……. 이십이 년 놀고먹어서 이제 열일할 수 있는데…….'

신휘는 씁쓸하게 입맛을 다시는 하윤의 머리를 부드럽게 쓰다듬으며 웃었다.

"잘 자."

'라면 먹고 갈래요?'라는 영화 대사가 순간적으로 떠오른 건 본능이었을까, 개드립 습관이었을까? 신휘는 진지하게 고민하는 그녀를 두고, 문을 닫고 나가 버렸다.

하윤은 다음에 기회가 된다면, 아니, 기필코 기회를 만들어서 '내 방에서 자고 갈래?' 내지는 '내 침대 둘이 자도 충분한데' 등을 시도해 보겠다고 결심하면서, 솜털처럼 가벼운 몸을 날려 침대에 드러누웠다. 물론 솜털 같다고 느낀 건 정신이었을 뿐, 육체의 무게는 침대를 격하게 출렁거리게 하고서 제자리로 돌아왔다.

"아, 살다 보니 이런 날도 오네요. 오호호홍홍홍……."

잔망스러운 몸부림과 웃음으로 환희를 표출하던 그녀는 돌연 모든 움직임을 멈추고 허리를 튕겨 일어나 앉았다.

'이 역사적인 순간의 감동을 나 혼자만 느낄 수는 없지.'

하윤은 휴대폰을 집어 들어 지혜에게 전화를 걸었다. 그러나 지혜는 음성 사서함으로 넘어갈 때까지 전화를 받지 않았다.

"네 이년! 나인 줄 알고 쌩까고 있는 거 다 안다, 어서 받아라!"

언제 어디서나 휴대폰을 끼고 사는 지혜가 전화가 온 것을 모를 리 없다는 걸 하윤은 누구보다 잘 알고 있었다. 그래서 포기하지 않고 다시 통화 버튼을 눌렀다. 드디어 웅얼거리는 지혜의 목소리가 휴대폰을 타고 흘러나왔다.

[왜…….]

"나다."

지혜는 대답이 없었다.

"여보세요?"

전화가 끊겼나 싶어서 귀에서 휴대폰을 떼고 액정을 바라보았다. 초가 올라가고 있었다. 좋아, 잠이 확 달아나게 해주지.

"허지, 허지, 허지혜얌."

하윤은 귀염 열매 백만 개쯤 처먹은 목소리로 깜찍 발랄하게 애교를 부렸다. 물론 지혜에겐 끔찍 발광으로 들렸다.

[죽고 싶냐? 혀 풀어라?]

살벌한 지혜의 말에 찔끔한 하윤이 고분고분 혀를 풀었다.

"잤냐?"

[어, 잤어. 완전 푹 자고 있었는데 어떤 개념 없는 인간 때문에 깼어.]

시계가 새벽 1시를 가리키고 있었지만, 하윤은 결코 지혜에게 미안하지 않았다. 술만 마시면 새벽에 전화질을 해대는 지혜의 주사로 하얗게 밤을 불태운 날이 어디 하루 이틀이었던가.

"너한테 급히 알려야 할 소식이 있다고."

[뭔데?]

"내가 오늘부로 오빠의 여자가 되었다는 역사적인 소식이라고나 할까?"

하윤은 보는 사람도 없는데 턱을 치켜들며 도도하게 웃었다.

[진짜?]

지혜의 목소리는 휴대폰을 뚫고 나올 듯했다. 시큰둥했던 태도는 온데간데없이 사라지고 없었다. 성량의 변화로 미루어 짐작컨대, 침대에서 벌떡 일어나 앉은 것 같았다.

"물론 진짜지."

베개를 가슴에 끌어안은 하윤이 히죽거리며 대답했다.

[드디어 자빠뜨린 거야?]

"아니…… 뭐…… 아직 그런 건 아닌데……."

지혜의 허를 찌르는 질문에, 하윤은 머뭇거리며 말꼬리를 늘였다.

[그런 게 아니면 뭔데? 오빠의 여자가 됐다며?]

"아니, 내 말은…… 오늘 키스를 했……."

[키스 한 번 했다고 오빠의 여자가 됐다는 거냐? 이 맹추야!]

혼신을 담은 지혜의 일갈에 하윤의 목소리는 더 작아졌다.

"이제 키스는 했으니까 곧 다른 것도……."

[다른 것도 하고 나면, 그때 오빠의 여자로 인정해 줄게.]

"그, 그래……."

지혜에게 인정받아 봐야 소용없음에도 불구하고, 하윤은 하루라도 빨리 다른 것을 하고 나서 인정받고 말겠다는 각오를 다졌다.

[근데 뜬금없이 키스는 어떻게 했대? 네가 덮쳤냐?]

"나 아니야! 오빠가 덮쳤어, 아주 터프하고 저돌적으로. 우힛!"

하윤은 지금 제 표정이 얼마나 백치미 폭발하는지 모르고 있었다.

[이제 제대로 뭔가 하긴 하는 거냐?]

"그렇지. 오빠가 나한테 사랑……."

하윤은 하던 말을 멈추고 엘리베이터에서 신휘가 했던 말을 되새겨 보았다.

"혼자 할 수 없는 그거, 나랑 하자. 사랑."

그때 지혜가 끊긴 뒷말을 대신 완성시켜 물었다.
[오빠가 사랑한대?]
"사랑한다고는 안 했고, 사랑하재."
[그건 뭔 소리냐?]
"사랑하자는 거랑 사랑한다는 말이랑 같은 거 아니냐?"
[음…… 같은 거 같긴 한데, 뭔가 2% 부족한 이 느낌은 뭐지?]
하윤은 잠시 고민하다가 이내 호방하게 넘겨 버렸다.
"됐고. 아무튼, 난 오늘 오빠와 격렬한 첫 키스를 나눴고 앞으로 진도를 쫙쫙 빼보겠다, 이 말씀."
[그래. 일단 축하하고, 너의 숙원이 꼭 성공하길 빈다.]
하윤은 지혜와 전화를 끊고도 한참을 정신 나간 여자처럼 낄낄거리다 잠이 들었다.


신휘는 밤새도록 하윤에 대해 끊임없이 생각하고 또 생각했다. 함께 지내온 지난 이십이 년을 차근차근 회상하며 막연했던 감정들을 하나하나 채워 나갔다.
오빠와 동생이었을 때도, 남자와 여자로 마주한 지금도 하윤을 향한 감정은 언제나 사랑이었음을 깨달았다. 어떤 여자도 눈에 들어온 적 없던 이유를 이제야 알 것 같기도 했다. 한 번도 다른 사람에게 준 적 없는 마음으로 하윤에게 갈 수 있어 다행이었고, 그렇게 자신에게 와준 하윤에게도 고마웠다. 그리고 너무 늦어서 미안했다.
깍지 낀 두 손으로 뒷머리를 받치고 누워 있던 신휘가 별안간 벌떡 일어나 앉았다.

'보고 싶다.'

고작 문 두 개를 사이에 두고 몇 시간 못 본 것뿐인데 하윤의 모습이 눈앞에 아른거렸다. 이역만리 떨어져 수년간 못 봤던 사람처럼 애틋한 얼굴로 방을 나선 그는 하윤의 방문을 조심스럽게 열고 들어갔다. 하윤은 침대 한쪽은 시원하게 비워두고서 가장자리에 아슬아슬하게 매달려 잠들어 있었다.

'나는 왜 이제야 널 알아봤을까…….'

침대 아래에 무릎을 꿇고 앉아 하윤을 물끄러미 내려다보던 신휘는 그녀의 뺨을 어루만지다가 저도 모르게 고개를 숙였다. 그의 입술이 하윤의 입술에 내려앉았다.

'음…… 이 느낌은 뭐지……? 꿈인가……?'

뭔가 따뜻하고 부드러운 감촉이 얼굴에서 느껴졌다. 제 뺨을 조심스럽게 어루만지던 큰 것이 사라지고, 곧이어 입술에 촉촉하고 말랑한 것이 닿았다. 그것의 정체를 알아차린 하윤의 눈이 번쩍 뜨였다. 신휘의 긴 속눈썹이 바로 눈앞에 있었고, 날카로운 그의 콧날이 제 코와 살짝 닿아 있었다. 하윤은 입술을 떼고 뒤로 물러나는 신휘를 보면서 수줍게 시선을 내리깔았다.

'벌써부터 이렇게 서두르면…… 감사합니다!'

하윤은 터져 나오려고 안간힘을 쓰는 웃음을 내리누르느라 이를 악물어야만 했다.

'안 돼, 들어가. 난 이제부터 오빠와 어울리는 우아함과 고상함을 갖출 예정이야.'

신휘가 몸을 일으켜 침대 가장자리로 올라앉았다.

"오빠……."

목소리는 청초한 소녀 같았으나, 하윤의 얼굴 근육들은 여기저기 씰룩대고 있었다.

"잘 잤어?"

신휘가 웃음을 참으며 물었다.

"그냥, 뭐……."

하윤이 침대에서 일어나 앉으며 다소곳하게 고개를 끄덕였다. 숙면을 취했다는 것까지 굳이 공유할 필요는 없잖아? 하윤은 밥을 조금만 먹고 잠도 조금만 자는, 뭔가 결핍된 여자가 청순하고 여성스럽다는 이상한 논리에 빠져 있었다.

하윤은 쓸데없는 상념에 빠져 허우적대느라 신휘가 모든 것을 이해한다는 표정으로 자신을 바라보고 있는 줄도 모르고 있었다.

'하윤아…… 네 입 주변의 하얀 흔적들은 모른 척해 줄게. 나는 네가 침 흘리고 자는 모습을 너무 오랫동안 봐와서 아무렇지도 않아…….'

갑자기 하윤의 눈이 튀어나올 듯 커졌다.

"오늘 스케줄 뭐 있어? 몇 시부터야? 성국 오빠 언제 도착한대?"

숨도 안 쉬고 질문을 퍼붓던 하윤의 고개가 전광석화의 속도로 벽시계를 향해 돌아갔다.

"9시? 벌써 9시야? 나 머리 감을 시간은 있는 거야? 나 오늘도 머리 못 감고 나가면 직장에 대한 최소한의 예의와 도리도 없는 철면피나 다름없어."

신휘는 호들갑스레 몸을 일으키려는 그녀의 어깨를 잡아 도로 앉혔다.

"오늘 스케줄 없어."

"없어?"

스케줄이 없다고? 그럼 오늘 하루 종일 오빠랑 집에서 러브 모드를 즐길 수 있는 거야? 앙큼한 상상에 빠져 있던 하윤은 이어진 신휘의 말에 현실로 돌아와야만 했다.

"이따 회사는 잠깐 나갔다 올 거야."

"회사는 왜?"

"남수 형한테 우리 얘기 하려고. 저녁때는 형들한테 얘기하자."

하윤은 이제 정말 실감이 나기 시작했다.

'내가 정말 오빠랑 뭔가를 시작하긴 했구나……'

신휘는 마른침을 꼴딱꼴딱 삼키면서 놀란 토끼 눈을 하고 있는 하윤을 품에 안았다.

"왜? 긴장돼?"

제 품에서 고개를 끄덕이는 그녀를 더 꽉 끌어안은 신휘가 다독이듯 가만가만 말했다.

"바보야, 긴장을 왜 해. 너는 그냥 내가 하자는 대로 따라오기만 하면 돼."

"응……."

"오빠만 믿어."

하윤은 그의 품에서 빠져나와 깊은 신뢰가 담긴 눈으로 신휘를 응시했다. 다른 어떤 말도 필요치 않았다. 자신이 한 말은 무슨 일이 있어도 지키는 그가 본인의 입으로 직접 믿으라고 했으니 그저 믿고 따라가면 되는 것이었다. 하윤에게 있어 신휘는 그런 존재였다.

"오빠, 나도 회사 따라가면 안 돼?"

"돼. 같이 가자."

신휘는 하윤의 제안을 흔쾌히 수락했다. 1분 1초도 떨어져 있고 싶지 않은 마음은 신휘도 마찬가지였다. 하윤이 선수를 치지 않았다면 그가 먼저 같이 가자고 말할 참이었다.


신휘는 나갈 준비를 마치고 거실로 나온 하윤을 넋을 놓고 바라보았다.

화이트 스키니진에 연노란색 니트를 받쳐 입은 그녀는 상큼하고 생기 발랄했다. 넓은 네크라인 덕분에 목 주위가 시원하게 드러나, 일자로 쭉 뻗은 쇄골이 도드라져 보였다. 귀엽고, 예쁘고, 사랑스러웠다. 그의 눈에 하윤은 지구 상에서 가장 어여쁜 생명체였다.

"준비 끝. 가자."

하윤의 목소리에 정신을 차린 신휘가 소파를 탁탁 내리쳤다.

"잠깐 이리 와서 앉아봐. 할 얘기 있어."

하윤이 다가와 앉자, 신휘는 그녀의 두 손목을 그러쥐었다.

"하윤아."

심각해 보이는 그의 표정에 하윤은 본능적으로 긴장했다. 신휘의 입에서 무슨 말이 나올까 마음을 졸이고 있는데, 그는 전혀 예상치 못한 말을 꺼냈다.

"알바하겠다고 한 이유가 뭐야? 정말 실전 감각 길러보겠다는 거 맞아?"

잠시 망설이던 하윤이 배시시 웃으며 고개를 모로 틀었다.

"아닌데?"

굳이 목적을 달성한 마당에 거짓말을 해야 할 이유가 없었다.

"그럼?"

"오빠 눈앞에서 알짱거리면서 내 존재를 어필하려던 거였는데?"

너무나 솔직한 대답에 신휘는 어이없는 마음 반, 귀여운 마음 반으로 실소를 흘렸다.

"그럼 제대로 어필했으니까 이제 그만해."

"왜?"

"신경 쓰여서."

"신경 쓰여? 내가? 어째서?"

하윤은 믿을 수 없다는 듯 눈을 바짝 치켜떴다.

"네가 다른 사람들한테 무시당하는 게 신경 쓰여."

신휘가 진지한 어조로 답했다.

"어디나 막내들이 받는 대우는 거기서 거기겠지만, 이쪽이 좀 심하지 않을까 싶다. 막내 코디는 그냥 짐꾼, 심부름꾼, 그게 다야. 정다은 봤잖아. 처음 봤는데도 자연스럽게 커피 심부름을 시킬 수 있는 존재, 난 네가 다른 사람들한테 그런 대접을 받는 게 싫어."

"오빠가 한 방 먹여줬잖아."

다은의 무안해하던 표정을 떠올린 하윤의 얼굴에 통쾌한 미소가 걸렸다.

"내가 없었으면?"

"오빠, 나 성하윤이야! 내가 어디 가서 무시당하고 그럴 사람이 아니라고."

하윤이 거들먹거리며 어깨를 으쓱거리자, 신휘가 수긍하듯 고개를 끄덕였다. 제 말이 먹혀들었음을 간파한 그녀는 그의 마음이 달라지기 전에 몰아붙여야 승산이 있다고 판단했다.

"이제 드라마 촬영 들어가면 얼굴 보기도 힘들 텐데, 오빠는 나 안 보고 싶겠어?"

신휘는 생각해 볼 필요도 없다는 듯 즉각 대답했다.

"당연히 보고 싶지."

"그럼 얘기 끝났네."

하윤은 혼자 결론을 내리고 신휘에게 덥석 안겼다. 뭔가 말려든 것 같은 기분에 일순간 당황했지만, 신휘는 이내 그녀의 뒷머리를 가볍게 쓸어주며 당부했다.

"그럼 누구한테도 기죽지 마. 항상 성하윤답게, 당당하게. 알지?"

하윤은 신휘의 품에 안긴 채로 장난스럽게 물었다.

"나 여기저기 막 들이박고 다녀도 돼?"

"돼. 뒤처리는 내가 할게. 하고 싶은 거 다 해."

"에헷!"

신휘의 진심 어린 대답에 하윤의 입에서 흐뭇한 웃음이 터져 나왔다.

그때, 하윤의 휴대폰이 울리기 시작했다. 발신자를 확인하고 인상을 찡그리는 하윤을 보면서 신휘가 고개를 갸웃거렸다.

"누군데?"

"안 받아도 되는 사람."

신휘가 하윤의 손에서 휴대폰을 낚아채듯 빼앗아 들었다. 발신자에는 '황아동'이라고 떠 있었다.

"황아동이 누구야?"

"몰라, 채희 언니한테 물어봐."

첫 출근 날인 그저께 아침, 하윤은 채희의 소개팅 제안을 딱 잘라 거절했다. 명목상이든 뭐든 신휘와 사귀는 사이라는 걸 뻔히 알면서 소개팅을 들이미는 채희가 못마땅했지만, 꾹 참고 넘겼다. 그렇게 끝났다고 생각했다. 그런데 어제저녁 은휘의 와인바로 향하는 버스 안에서 모르는 번호로 전화가 걸려왔다. 전화를 건 남자는 자신을 채희의 아는 동생이라고 소개하며, '채희 누나가 연락처를 주셨어요. 먼저 연락을 하면서 지내다가 만나는 게 좋을 것 같다고 하셔서……'라고 수줍게 말했다.

빌어먹을. 개인 정보 유출로 고소라도 하고 싶은 심정이었다.

"어디 가?"

하윤은 굳은 표정으로 자리에서 일어나는 신휘를 올려다보며 눈을 동그랗게 떴다.

"휴대폰 가지러. 채희한테 물어보라며?"

당황한 그녀는 정말로 채희에게 전화를 걸 기세인 그를 붙잡으며, 황아동의 정체를 다급하게 실토했다.

"채희 언니가 한번 만나보라는 사람."

"만나보라는 게 무슨 의미야?"

"뭐긴 뭐야, 소개팅이지."

신휘의 이마에 깊은 주름이 잡혔다.

"하겠다고 한 거야?"

"아니!"

하윤이 기겁하며 벌컥 소리쳤다.

"그럼 지금 이게 무슨 상황인데? 그 남자가 네 번호는 어떻게 알고?"

"난 소개팅 같은 거 할 생각이 없다고 분명하게 말했거든? 근데 개무시하고 내 번호를 넘겨 버린 그지 깽깽이 같은 상황인 거지."

하윤은 분노로 이글거리는 눈빛으로 이를 바득 갈았다.

"내 얘기는 했어?"

"오빠 얘기 뭐?"

"남자친구 있다는 얘기 했느냐고."

어제의 혼란스럽고 뒤죽박죽이었던 감정이 다시금 떠올라 하윤의 고개가 좌우로 힘없이 움직였다.

"아니⋯⋯."

"왜 안 했는데?"

"해도 되는 건가 싶어서⋯⋯."

헤어짐까지 생각했던 상황에서 남자친구가 있다는 말을 차마 입에 올릴 수가 없었다. 하윤은 표정이 좋지 않은 신휘의 눈치를 살피며 해명하듯 덧붙였다.

"그래도 연락하지 말라는 말은 했어. 안 먹힌 것 같기는 하지만⋯⋯."

그때 갑자기, 하윤의 휴대폰을 집어 든 신휘가 어딘가로 전화를 걸었다.

"채희 언니한테 거는 거야?"

그는 놀라서 묻는 하윤에게 답하는 대신 휴대폰에 대고 말했다.

"황아동 씨? 저는 성하윤 씨 남자친구 되는 사람입니다."

뜨헉!

하윤의 눈이 경악으로 물들었다.

"중간에 무슨 오해가 있었던 것 같습니다. 네, 그럼 다시 연락하는 일 없으실 거라고 믿고 이만 끊겠습니다."

전화를 끊은 신휘가 하윤을 똑바로 응시하며 말했다.

"잘 들어."

"……."

"이제 해도 되는 게 아니라, 꼭 해야 하는 거야. 알았어?"

당황스럽기도 했지만, 하윤은 신휘의 단호함이 내심 흐뭇했다.

"알았어……."

배시시 웃으며 고개를 끄덕이던 하윤이 뭔가를 떠올리며 조심스럽게 운을 뗐다.

"근데 오빠……."

"응?"

"방금 그 남자 이름 황아동 아닌데……."

"네가 그렇게 저장했잖아."

"황채희 아는 동생에서 황아동……."

하윤은 멈칫한 신휘를 보며 멋쩍게 말을 이었다.

"내 작명 센스가 좀 그렇지……?"

"……."

'황아동 씨?'라고 물었을 때, '누구요?'라고 되물었던 이유를 이제야 알게 된 신휘는 왠지 모를 민망함에 할 말을 잃었다. 그런데 갑작스레 그의 미간이 좁아졌다.

"그냥 차단해 버리지, 그 남자 번호는 왜 저장해 놨어?"

"차단까지는 좀 그렇잖아. 혹시 또 전화 오면 안 받으려고 저장해 놨던 거야."

하윤은 할 말 다 하는 듯 보여도 결정적으로 모질지 못했다. 그 사실을 잘 알기에, 신휘는 더 이상 뭐라고 할 수가 없었다.

화제를 돌릴 기회를 살피고 있던 하윤이 이때다 싶어 소파에서 벌떡 일어났다.

"이제 나가자."

신휘는 니트가 흘러내려 한쪽 어깨가 훤히 드러나 있는 줄도 모른 채 자신을 잡아끄는 하윤을 빤히 쳐다보며 일어섰다. 그러고는 하윤에게 팔을 두르는 척하며 니트를 슬며시 쓸어 올려 어깨를 덮었다.

"그래, 가자."

그의 얼굴에 마침내 만족스러운 미소가 번졌다. 내 여자의 속살은 소중하니까.

회사에 도착한 두 사람이 가장 먼저 만난 건 민아였다.

"하윤아!"

민아는 회사에서 채희와 동급 대우를 받는 스타일리스트로서, 몇 년 전 채희가 맹장 수술로 입원했을 때 일주일 동안 신휘와 같이 다닌 적이 있었다. 그때 하윤과 친해져서 지금도 연락을 하면서 지내는 사이였다.

"언니!"

하윤이 강아지가 어미를 본 듯 민아에게 쪼르르 달려갔다.

"알바 시작했다며?"

언제나 진한 화장에 화려한 옷차림을 하고 다니는 채희와 달리, 민아는 화장기 없는 얼굴에 수수한 차림새였다. 스물일곱 살밖에 되지 않았지만, 일찍 결혼한 덕분인지 또래보다 어른스럽고 푸근한 성격인 그녀는 하윤과 죽이 잘 맞았다.

"언니한테 할 말 진짜 많아요."

두 사람은 그동안 못 나눴던 이야기를 나누며 사라져 버렸다.

"아무튼, 저 넉살은……"

졸지에 홀로 남겨진 신휘가 볼멘소리를 중얼거리다가 갑자기 씩 웃었다.

"좋아. 민아, 너로 결정."

채희를 대신할 스타일리스트로 누가 좋을지 고민 중이었는데 하윤이 그 고민을 대번에 해결해 준 것이다. 민아가 지금 누구를 담당하고 있는지, 스케줄이 어떻게 되는지는 그의 관심 밖이었다. 회사 매출의 70% 이상을 책임지고 있는 신휘에게 그 정도는 지극히 당연한 권리라고도 할 수 있었다.

누구라도 상관없다. 하윤이가 좋아하고 편하게 지낼 수만 있다면 설사 거지발싸개를 입힌다고 해도 기꺼이 입어주리라.

신휘는 홀가분한 기분으로 대표실로 향했다.

"형, 나 만나는 사람 생겼어."

남수는 그의 느닷없는 폭탄 발언에도 놀라는 기색 없이 태연하게 되물었다.

"하윤이?"

오히려 놀란 건 신휘였다.

"어떻게 알았어? 왜 안 놀라는데?"

"안 놀라운데 놀라야 하는 거냐?"

"그러니까 왜 안 놀라느냐고."

신휘는 남수를 놀라게 할 목적으로 말을 꺼낸 사람처럼 남수의 반응에 집착하고 있었다.

"네가 딴 여자 만난다고 했으면 놀랐을 텐데 하윤이라서 안 놀랍다. 아, 좀 놀랍긴 하다. 너무 늦어서."

남수가 심드렁하게 받아쳤다.

"무슨 소리야? 얼마 전까지 난 정말 하윤이를 동생으로 봤다고……."

기세등등하게 시작한 신휘의 말은 기어들어 가는 목소리로 마무리되었다. 눈치가 젬병이라는 치부를 드러내는 주제에 굳이 당당할 것까지는 없다는 판단이 들어서였다.

"그건 하찮은 네 생각일 뿐이고. 너는 몰랐을지 몰라도 난 딱 알겠던데?"

신휘의 입이 완벽하게 다물어졌다.

"오빠는 동생 그런 눈으로 안 봐. 내 여자 누가 채갈까 봐 잔뜩 독 오른 수컷, 그게 너였어."

인정하지 않을 수 없었다. 하윤에게 접근하는 모든 남자에게 신경을 곤두세우고 있었다는 건 누가 말해주지 않아도 신휘 스스로 잘 알고 있는 사실이었다.

예쁜 얼굴과 쾌활한 성격으로 늘 인기가 많았던 하윤은 생일은 물론이거니와 화이트데이, 빼빼로데이 할 것 없이 무슨 날만 되면 선물을 한 아름씩 안고 들어왔다. 심지어 여자가 마음을 전하는 날로 보편화되어 버린 밸런타인데이에도 초콜릿을 잔뜩 받아오곤 했다. 그동안 고백도 꽤나 많이 받았다는 것 역시 알고 있었다. 그때마다 신휘는 하윤이 뭘 하겠다는 것도 아닌데 지레 나서서 학생의 본분은 공부라는 원론적인 핑계를 주입시키곤 했다. 당시에도 순수한 마음은 아니었다는 걸 이제야 깨닫게 되었다.

"아무튼, 축하한다."

기억을 더듬던 신휘는 남수의 목소리에 정신을 차렸다.

"방금 건 형이랑 오빠로서 한 말이고……."

신휘는 할 말이 남은 듯 말꼬리를 늘이는 남수를 의아한 표정으로 바라보았다. 남수의 말이 이어졌다.

"너무 티 내지 말고 자중해라."

"……"

"이건 소속사 대표로서 하는 말. 네가 누구 사귄다고 혹 떨어질 인기도 아니지만, 그래도 굳이 복잡한 일 만들 거 뭐 있냐. 하윤이는 학교도 다녀야 하는데."

"형이 무슨 말 하려는 건지 알아. 나도 그럴 생각이었어."

알려진다고 해도 크게 개의치는 않았지만 먼저 나서서 알릴 생각까지는 없었다. 하지만 하윤을 불안하게 만들고 싶지는 않았다. 그래서 신휘는 하윤이 자신을 숨겨진 존재라고 생각하지 않도록 주위 사람들에게는 다 알릴 작정이었다.

"그럼 다행이고. 근데 너 채희랑 싸웠냐?"

갑작스러운 남수의 말에 신휘의 미간이 좁아졌다.

"채희가 갑자기 너랑 일 안 하겠대."

남수의 기색을 보아하니 채희가 시시콜콜 떠든 것 같지는 않았기에 신휘도 자세한 언급은 하지 않기로 했다.

"나이가 몇인데 싸워, 싸우길."

"그럼 채희가 왜 그러는데?"

"그걸 내가 어떻게 알아."

신휘가 정색하자, 남수는 더 이상 물어볼 수가 없었다. 분명 둘 사이가 틀어진 건 확실한데, 채희는 고집스럽게 '그냥'이라는 말만 앵무새처럼 반복했고 신휘도 말할 생각이 없어 보였다. 성국도 무슨 일이 있었던 건지 알지 못한다고 하니 남수로서는 난감할 따름이었다.

"민아, 요새 누구 맡고 있지?"

남수는 신휘의 질문이 뜬금없다고 생각하면서도 반사적으로 대답했다.

"영우랑 소연이."

"민아 스케줄 정리 좀 해줘."

"왜?"

"채희 자리, 민아가 맡는 게 좋겠어."

'무슨 일이 있어도 단단히 있었군.'

가벼운 말다툼 수준이 아닌 건 분명해 보였다. 채희와 화해를 주선해야 하는지, 신휘가 원하는 대로 군말 없이 민아를 투입해야 하는지 남수의 고민이 깊어질 무렵이었다. 대표실 문이 열리더니 하윤이 안으로 들어섰다.

"일찍도 온다."

신휘의 말에 하윤이 입술을 삐죽거리며 투덜거렸다.

"나 떼어놓고 혼자 가버리고 말이야."

"뒤도 안 돌아보고 민아랑 가버린 사람이 누구지?"

저 녀석 앞에서 조금이라도 방심하다가는 뭐든지 뒤집어쓰기 딱 좋지. 신휘는 앞으로 정신을 더 바짝 차려야겠다고 다시 한 번 결심했다.

"난 오빠가 나 버리고 가버린 줄 알았지."

하윤이 멋쩍게 웃으며 신휘의 옆자리에 바짝 붙어 앉았다.

"오빠가 널 왜 버려."

신휘가 예뻐 죽겠다는 표정으로 하윤의 흘러내린 머리카락을 귀 뒤로 넘겨주었다.

두 사람의 애정 행각에 남수는 기가 막혔다.

"내가 이렇게 두 눈 시퍼렇게 뜨고 있는데 둘이 지금 뭐하는 짓이지?"

"어머, 오빠도 계셨네."

"……여기 대표실인데, 하윤아?"

신휘와 하윤은 남수의 말을 듣는 둥 마는 둥, 서로를 바라보며 눈을 맞추느라 여념이 없었다. 남수가 대놓고 헛기침을 큼큼, 하고 나서야 두 사람은 그에게로 시선을 돌렸다.

"혹시 너 지금까지 베드신 들어가는 작품은 보지도 않고 깐 거 하윤이 때문이냐?"

하윤이 커진 눈으로 신휘를 바라보았다.

"딱히 그런 건 아니고."

"아니긴, 표정 보니 맞는데. 하윤아. 네가 저놈 좀 설득해 주라."

설득? 베드신 찍으라고 내가 오빠를 설득하라고? 말 같지도 않은 소리!

"좋은 작품이면 찍어. 공과 사는 구분해야지."

그 말 같지도 않은 소리가 하윤의 입에서 흘러나왔다. 나 뭐래니…….

"베드신 안 들어가도 좋은 작품 널렸어."

남수 앞에서 쿨한 척하느라 마음에도 없는 소리를 내뱉고 후회하고 있던 하윤은 신휘의 말에 잔뜩 졸이고 있던 가슴을 쓸어내렸다.

"형, 우리 간다."

하윤은 기다렸다는 듯 냉큼 일어섰다. 남수와 더 같이 있다가는 다른 뭔가로 엮일 것 같았기 때문이었다.

"저희 갈게요."

대표실을 나와 걸으면서 연신 신휘를 곁눈질하던 하윤이 은근한 목소리로 물었다.

"남수 오빠 말대로 나 때문에 베드신 있는 영화 안 찍는 거야?"

그동안 신휘가 찍었던 수많은 영화와 드라마 중 정사 장면이 있던 작품은 하나도 없었다. 이제까지는 그것에 대해 큰 의미를 두지 않았었는데 남수의 말을 듣고 나니 새삼스레 궁금해졌다.

"너 때문이라고 생각한 적은 없었는데, 돌이켜 보니까 너 때문이었던 것 같다."

"그게 무슨 소리야?"

하윤이 말간 눈으로 신휘를 올려다보았다.

"네가 사 년 전에 사귀자고 말하면서 몸 함부로 굴리지 말라고 했잖아. 그 말이 아무래도 뼈에 새겨진 거 같은데?"

"아니, 내 말은 실제 상황에서……."

"그럼 실제 상황 아니니까 수위 좀 센 거 찍어도 돼? 격정 멜로 이런 거."

신휘의 눈가에 웃음이 매달려 있는 줄도 모르고 하윤은 혼자 심각해졌다. 아무리 연기일지라도, 그가 다른 여자와 비비적거리며 19금 상황을 연출한다는 상상만으로도 발화점에 다다를 것만 같았다. 아직 이것도, 그것도, 저것도, 아무것도 못 해보고 달랑 키스 한 번 해봤을 뿐인데, 아무리 하는 척만 한다고 해도 그 모든 것들을 다른 여자에게 양보할 생각은 추호도 없었다. 쿨한 척은 한 번이면 족했다.

"아니, 나랑 다 해보고 나서 찍어."

하윤은 어느 때보다도 힘주어 말했다.

찍지 마, 아니면 찍어, 둘 중 하나의 대답이 나올 줄 알았는데 역시 하윤은 기대를 저버리지 않았다.

'거기에 단서를 달다니……. 대단하다, 성하윤…….'

신휘와 하윤은 회사 1층의 필로티 주차장에 들어섰다.

"아 참! 채희 언니, 이제 오빠랑 일 안 한다는 게 무슨 말이야?"

신휘가 걸음을 멈추고 하윤을 돌아보았다.

"어떻게 알았어?"

"좀 전에 민아 언니한테 들었어. 진짜야?"

"어, 그렇게 하기로 했어."

"왜? 둘이 싸웠어?"

하윤은 좋기도 했지만, 한편으로는 걱정스럽기도 했다. 자신을 못 잡아먹어서 안달인 채희와 마주칠 일이 줄었다는 건 좋았지만, 팔 년을 함께 일해온 신휘와 채희가 갈라섰을 정도면 얼마나 심각한 일이 있었던 건가 싶어 신경이 쓰였다.

"성하윤."

신휘가 미간을 찌푸리며, 불안한 눈빛으로 자신을 바라보고 있는 하윤의 이마를 콩 하고 쥐어박았다.

"아얏!"

하윤이 억울하다는 표정으로 이마를 문지르며 대들었다.

"난 맞을 짓을 한 기억이 없는데?"

"있어."

있다고? 뭐지? 당당한 신휘의 말에 하윤은 눈망울을 바삐 굴리며 기억을 더듬었다. 딱히 이거다, 하고 떠오르는 게 없어 고민하고 있는데 신휘가 말을 이었다.

"너 나한테 채희 얘기 언제 하려고 아직도 안 하는 건데?"

하윤의 고개가 갸우뚱 기울었다.

"채희가 너한테 이상한 말 했다는 거 알아."

"아……."

이상한 말이라 함은 찡찡대는 어린애, 사랑까지 구걸할 줄은 몰랐네 등등의 깊은 빡침을 불러일으키는 그것? 채희의 망언들이 떠오르자, 하윤의 콧등에 주름이 잡혔다.

"적어도 나한테는, 그런 일이 있었으면 있었다고 얘기를 해야지. 내가 모르고 있었으면 너 평생 말 안 할 거였잖아."

하윤이 말을 하지 않았던 건 딱히 채희를 위해서도, 고자질에 취미가 없어서도 아니었다. 단지 지금까지 망각하고 있었을 뿐이었다. 하지만 제 무신경함을 곧이곧대로 인정할 생각은 없었다. 대신 이미지 쇄신의 기회로 삼기로 했다.

'지금이야말로 오빠에게 우아하고 고상한 이미지를 심어줄 수 있는

절호의 찬스!'

하윤은 기품 있는 미소를 장착하고 천천히 입을 열었다.

"어머, 오빠. 나 다른 사람 고자질하고 그런 여자 아니야."

"그게 왜 고자질이야. 나한테 네 얘기 하는 거지."

신휘는 하윤의 말에 숨은 의도를 간파하지 못하고 있었다.

"난 너랑 관련된 거 전부 알고 싶어. 알아야 해. 그러니까 앞으로 이런 일 생기면 나한테 바로 얘기하겠다고 약속해. 좋은 일도 나쁜 일도 전부 다 제일 먼저 얘기하기."

하윤은 다짐을 받는 신휘를 바라보며 눈이 안 보이게 배시시 웃었다. 그러고는 새끼손가락을 쫙 펴고 살랑살랑 흔들며 말했다.

"응, 오빠한테 다 얘기할게. 뭐든지."

"그래, 착하다."

신휘가 팔을 뻗어 하윤의 앞머리를 부드럽게 흩뜨렸다. 누가 앞머리를 건드리기만 해도 갈라진다, 떡이 진다 하면서 질색을 하는 하윤이지만, 그의 손길에는 얌전히 몸을 맡기고 있었다. 앞머리를 내준다는 건 모든 것을 내주는 것이나 다름없다고 주장하는 그녀가 유일하게 제 앞머리를 허락한 사람이 신휘였다.

"근데 누구한테 들었어, 채희 언니 얘기?"

"본인한테."

하윤은 다른 건 몰라도 채희의 솔직함은 인정해 줄 만하다고 생각했다. 그와 동시에 굳이 안 해도 될 말을 왜 본인 입으로 했을까 의아하기도 했다.

"그래서 나 때문에 채희 언니랑 싸운 거야?"

하윤의 말에 신휘가 못마땅하다는 듯 인상을 찌푸렸다.

"왜들 이렇게 싸웠느냐고 묻지?"

하윤은 '나 때문에'가 요지였는데, 신휘는 '싸운 거야?'에 초점을 맞추고 있었다.

"싸운 게 아니라 내가 그만두라고 한 거야. 너한테 말 함부로 한 사람 이랑 같이 일하고 싶지 않아서."

'대체 어디까지 더 반하게 할 참이야……?'

몽롱하고 야릇한 눈빛을 발사하던 하윤은 정신을 차리고 신휘의 손 을 잡아끌었다.

"빨리 가자, 오빠."

"갑자기 왜? 급해?"

하윤이 홍조 띤 얼굴로 고개를 끄덕였다.

'응, 오빠의 넓은 가슴팍에 안기고 싶어서 급해.'

"그러지 말고 갔다 와."

"……어딜?"

"화장실 가고 싶다는 거 아니야?"

말문이 막혀 입만 뻐끔거리고 있는 하윤에게 신휘는 친절한 설명까지 덧붙였다.

"여자는 참으면 방광염……."

하윤은 단전에서부터 끌어 올린 외침을 토해냈다.

"오빠!"

더 이상 말하지 마!

"화장실 아니야."

"아니야?"

"아니라고!"

노력한다 해도, 눈치는 단시간에 생기는 것이 아니었다. 비루한 눈치 의 소유자인 신휘 덕분에 하윤의 감동은 그렇게 방광염으로 막을 내렸 다.

샐쭉해진 하윤이 몸을 획 돌리는 순간, 주차장 안으로 하얀색 세단

한 대가 들어섰다. 누구의 차인지 한눈에 알아본 신휘의 표정이 순간적으로 굳었다. 하윤을 먼저 차에 태울까 잠시 고민하는 사이, 주차를 마친 차에서 채희가 내렸다.

"둘이 여기서 뭐 해?"

"출근하나 보네?"

신휘가 여유롭게 받아쳤다.

"누구 덕분에 갑자기 일이 없어져서 느긋하게 나왔지, 뭐."

뼈가 있는 말이었지만, 신휘는 미소만 지을 뿐 별다른 반응을 보이지 않았다.

"안녕하세요, 언니."

좋아. 자연스러웠어. 하윤은 적절한 타이밍에 잘 끼어든 자신을 스스로 칭찬했다.

"난 별로 안녕하지 못한데 넌 좋아 보인다?"

채희가 한껏 빈정거리는 말로 화답했다.

"네, 좋아요."

내가 오늘도 비 맞은 개처럼 떨 거라고 생각했다면 오산이라 이거야! 하윤은 보란 듯이 신휘의 팔짱을 끼며 도도한 미소를 지어 보였다.

신휘가 웃으며 하윤의 머리를 쓰다듬어 주자, 채희의 얼굴이 딱딱하게 굳었다. 처음 본 장면은 아니었다. 하지만 오늘은 여느 때와 분위기가 사뭇 달랐다. 채희는 하룻밤 사이에 두 사람 사이에 많은 것이 달라졌다는 것을 직감했다.

"결국은 성공했나 보네? 인간 승리다, 얘."

신휘가 하윤에게서 시선을 떼고 채희를 바라보았다. 눈빛은 이미 싸늘하게 가라앉아 있었다.

"마지막 경고다, 황채희. 한 번만 더 이런 식으로 행동하면 그냥 넘어가지 않을 거니까 명심해."

"그냥 안 넘어가면? 왜? 한 대 치기라도 하게?"

채희의 깔깔거리는 웃음소리가 주차장에 울려 퍼졌다.

"섭섭하네. 팔 년이나 알고 지냈는데 내가 여자나 때리는 쓰레기로 보여?"

"그럼 어쩌시게요?"

채희의 비웃음이 더 짙어졌다.

"네가 남든 내가 남든, 어떤 식으로든 결론을 내야겠지. 물론 누가 남게 될지는 네가 더 잘 알 테고."

기세등등하던 채희의 동공이 불안하게 흔들렸다. 그 말은 즉 다음번에는 회사를 그만둘 각오를 하고 떠들라는 것이었다. 아무리 자신과 사촌 간이라고 해도 남수가 신휘를 포기할 리 없을 테니 나가는 건 자신이 되리라는 것쯤은 채희도 알고 있었다. 그녀는 안하무인에 제멋대로이긴 해도 밥줄을 걸고 화풀이를 할 만큼 무모하지는 않았다.

"이제 마주칠 일이 많지는 않겠지만, 앞으로 우리 하윤이 대할 때 내 여자로 제대로 대우해 주길 바란다."

'문신휘 여자······.'

우두커니 서 있는 채희를 뒤로하고, 하윤을 돌려세운 신휘는 차로 걸음을 옮겼다. 조수석에 그녀를 태우고 차 앞으로 돌아 운전석 문을 여니, 하윤이 혼자서 키득거리고 있었다.

"괜찮아?"

크게 기분이 상하지는 않은 것 같아 다행이다 싶긴 했지만, 웃음이 나올 만한 상황이 아니었던지라 의아할 수밖에 없었다.

'너무 기가 차서 헛웃음이 나오는 건가······?'

신휘가 이 생각, 저 생각을 하며 대답을 기다리는 사이, 정작 하윤은 무아지경에 빠져 그가 무슨 말을 했는지조차 모르고 있었다.

'오예! 내 여자! 오빠 입으로 직접 인정받았어! 지금 당장 죽어도 여한

이 없…… 기는 개뿔, 오빠의 여자로 천년만년 살겠어!'

하윤이 삶에 대한 집착을 키워가고 있는 동안, 신휘는 근심을 키워가고 있었다. 평소에도 빈번하게 이상했지만, 오늘은 꽤 길게 정신줄을 놓고 있는 그녀가 걱정스러웠던 신휘는 정신을 차리게 할 요량으로 하윤의 어깨에 손을 올렸다.

"하윤아."

그제야 그의 존재를 깨달은 하윤이 화들짝 놀라며 엉덩이를 들썩였다.

"아, 깜짝이야!"

"괜찮아?"

"뭐가? 아…… 채희 언니? 안 괜찮을 게 뭐 있어. 노 프라블럼."

신휘는 손가락을 좌우로 까딱거리는 하윤의 볼을 가볍게 꼬집으며 웃었다. 하는 행동마다 어쩜 이렇게 호탕하고 긍정적인지, 기특하고 대견했다.

"바람이나 쐬고 들어갈까?"

신휘의 제안에 하윤이 또랑또랑한 목소리로 외쳤다.

"양평 가자!"

"양평? 양평 가보고 싶었어?"

"가보고 싶었다기보다는 꼭 가봐야 할 이유가 있어."

뭔가 꿍꿍이속이 있는 듯 하윤의 눈이 게슴츠레해졌다.

"이유?"

"우리 과에 홍영미라고 있는데, 걔가 어떤 모델하고 사귀거든?"

"모델? 이름이 뭔데?"

회사 주차장을 빠져나가며 신휘가 물었다.

"뭐라더라…… 박…… 뭐라고 했는데."

미간을 찌푸린 채로 기억을 더듬던 하윤은 이내 포기하고 고개를 살랑살랑 가로저었다.

"이름 들어도 몰라. 듣보잡이야."

신휘는 신호에 걸린 틈을 타서 하윤을 슬쩍 바라보았다.

"그 친구랑 안 친하구나?"

"응, 안 친해. 난 그렇게 꼴값 작렬에 잘난 척 쩌는 애들이랑 안 놀아. 남친이 모델이지, 자기가 모델인가? 근데 문제는 그 남친도 홍영미랑 쌍벽을 이루는 꼴값이라는 거지. 그 대단한 모델분께서 학교에 한 번 온 적이 있었는데, 우와…… 나는 그런 톱스타 생전 처음 봤네? 정작 톱스타는 내 옆에서 운전하고 있거든요?"

쌓인 게 많았던 하윤의 입에서 연신 불평의 말이 쏟아져 나왔다. 홍영미가 잘난 척을 할 때마다 내 남친은 문신휘라고 말하고 싶어 입이 근질거렸던 게 수십 번이었다. 게다가 하필이면 같은 조가 되어서 한 달 내내 남친 부심에 찌든 말을 들어야 했던 건 정말 피를 말리는 고문이었다.

"맞아. 성하윤 전용 운전기사."

신휘가 맞장구를 쳐주자, 하윤은 신이 나서 종알종알 이야기를 이어 나갔다.

"걔가 얼마 전에 남친하고 양평 두물머리 갔다 왔다고 자랑을 하는 거야. 출사를 나갔다나 뭐라나……. 출사가 취미라는 분께서 글쎄, 휴대폰으로 사진을 찍어오셨네? 아하하하하!"

갑작스러운 폭소에 당황한 신휘가 고개를 돌리자, 하윤은 언제 웃었나 싶게 말간 얼굴로 눈을 깜빡거렸다.

"내가 대놓고 이렇게 웃어줬어. 잘했지?"

"잘했네."

신휘는 핸들을 잡고 있던 오른팔을 뻗어 하윤의 머리를 쓸어내렸다.

"종강 파티 날, 보고 싶지도 않은 사진을 억지로 보게 됐는데 강을 바라보고 있는 남친 뒷모습이더라고. 설정 티 대박 나던데 '오빠 모르게 살짝' 뭐 이딴 코멘트 달아놓고 제 SNS에도 올렸더라. 근데 또 애들은 남친 기럭지가 환상이네, 역시 연예인은 뭐가 달라도 다르네, 어쩌고 하면서 치켜세워 주는 거야."

"너만 안 좋아하는 친구인가 보네?"

"아니야, 없을 때는 욕하면서 혹시 남친 친구들 소개받을 수 있을까 싶어서 그러는 거야. 뒤에서 욕을 하지 말든지, 아니면 앞에서 아부를 하지 말든지."

분개하는 하윤에게 신휘가 물었다.

"그 친구가 양평 갔다 온 거 부러워서 가자고 하는 거야?"

"아니, 양평 갔다 온 게 부러운 게 아니고 홍영미 기 좀 죽여놓을까 하고."

"어떻게?"

"같은 위치에서 오빠 뒷모습 찍은 다음에 내 SNS에 올릴까 생각 중이야. 오빠 뒤태가 천만 배 낫거든. 넌 듣보잡이랑 사귀냐? 난 문신휘랑 사귄다!"

하윤은 누구에게 하는지 알 수 없는 말을 우렁차게 허공에 내뱉었다.

"코멘트는 '내 남자 문신휘'로 할까 하는데 오빠 생각은 어때?"

하윤의 얼굴에는 능청스러운 미소가 떠올라 있었다.

"좋다. 강력 추천."

당황해하는 모습을 보려고 시도한 장난에 신휘가 너무 태연하게 동의하자, 하윤은 말문이 막혀 버렸다.

"뒷모습 말고 앞모습은 어때?"

하윤은 한술 더 떠 수위를 올리는 그를 보며 밉지 않게 눈을 흘겼다.

"일부러 그러는 거지? 오빠가 세게 나오면 내가 아무 말 못 할까 봐."

그녀의 말이 끝나기 무섭게 신휘가 갓길에 차를 세웠다. 그리고 안전띠를 풀고서 하윤을 향해 몸을 돌렸다.

"하윤아."

그의 얼굴에서 장난기는 조금도 찾아볼 수 없었다.

"내가 우리 사이 들킬까 봐 전전긍긍하는 걸로 보여?"

하윤이 무슨 대답을 하기도 전에 신휘의 말이 이어졌다.

"난 사실 기자 회견이라도 해서 우리 사이 공표하고 싶어. 인기 떨어
져도 상관없고, 광고 끊기거나 말거나 관심 없어. 근데 내가 그렇게 못
하는 건 주위에서 너무 많이 봐왔기 때문이야. 얼굴 알려진 사람과 만
나는 일반인이 얼마나 피곤한 생활을 해야 하는지."

하윤은 묵묵히 신휘의 말을 듣고만 있었다. 그의 진심이 무엇인지 알
기에 감히 끼어들 수가 없었다.

"여기 가도 알아보고 저기 가도 알아보고, 널 그런 삶으로 밀어 넣고
싶지 않아. 문신휘의 여자라는 꼬리표를 달게 하고 싶지도 않고. 우리
사이 언젠가 밝혀지겠지만, 그때까지만이라도 넌 그냥 성하윤으로 살았
으면 좋겠어."

여기 가도 알아보고 저기 가도 알아보고……. 하윤은 생각만 해도 불
편하고 등골이 오싹해졌다.

"마음 같아서는 정말 밝히고 싶다……."

어떤 놈도 네 옆에서 얼씬거리지 못하게. 신휘는 뒷말을 속으로 삼켰
다.

"아, 아니야. 지금 이대로가 딱 좋다. 완전 좋다."

하윤이 어색하게 웃으며 손사래를 쳤다.

"뒷모습이라도 꼭 올려. 코멘트는 내 남자."

이제는 하윤이 싫다고 해도 신휘가 용납하지 않을 태세였다. 정체는
못 밝힐지언정 하윤이 누군가를 만나고 있다는 사실만이라도 알리고 싶
었다.

'목소리만으로도 알아보는 마당에 과연 뒷모습은 안전할 것인가…….'

하윤이 심각하게 고민하는 동안, 신휘 역시 다른 생각에 골몰하고 있었다.

'그 모델보다 잘 나와야 하는데…….'

신휘는 고개의 각도, 손끝 처리까지 자연스러우면서도 멋진 최상의 포즈를 머릿속으로 구상하며 양평을 향해 차를 몰았다.

"……뭐야? 오늘 무슨 날이야?"

하윤이 양평 두물머리에 도착해서 처음 꺼낸 말이었다.

신휘도 예상치 못한 인파에 할 말을 잃었다. 평일 오후라 사람이 없을 줄 알았던 예상과는 달리 곳곳마다 사람들로 북적이고 있었다.

신휘와 하윤의, 진정한 연인으로서의 첫 데이트에 찬물을 퍼부은 인파의 정체는 드라마 촬영팀이었다. 그것도 이제 막 촬영 준비를 시작하려는 참이라 끝날 때까지 기다리는 것도 무의미해 보였다. 결국, 두 사람은 땅에 발을 디뎌보지도 못하는 처지로 전락해 버리고 말았다. 사진은 고사하고 차에서 내리자마자 모든 시선을 끌어모을 것이 분명했다. 자칫해서 차의 창문이라도 내린다면 기자 회견이라도 해야 할 판이었다.

"젠장, 왜 하필 오늘……."

하윤이 침통한 표정으로 중얼거렸다. 신휘는 유명인이라는 죄 아닌 죄로, 안절부절못하며 하윤의 눈치만 살피고 있었다. 그 순간, 하윤이 목소리 높여 외쳤다.

"시청률 폭망해라!"

신휘는 움찔했다. 제 작품이 아님에도 불구하고, '시청률 폭망'이라는 다섯 글자는 섬뜩하기 그지없는 말이었다.

"지금 촬영하는 부분만……."

홧김에 악담을 퍼붓고 금세 후회한 하윤이 슬그머니 뒷말을 덧붙였다. 그녀는 욱하는 것도 빨랐지만, 반성도 그 못지않게 빨랐다.

"큭……."

종잡을 수 없는 하윤의 감정 기복을 지켜보고 있던 신휘가 웃음을 터뜨렸다.

"오빠!"

하윤이 돌연 눈을 반짝이며 신휘를 돌아보았다.

"내가 포토그래퍼인 척하면 안 되려나? 우리도 촬영 온 것처럼."

출사가 취미라면서 휴대폰으로 사진을 찍어온 홍영미를 비웃던 하윤이 말도 안 되는 무리수를 던지자, 신휘는 기가 막혔다.

"포토그래퍼가 폰으로 사진 찍어? 그것도 다른 스태프 하나 없이 단둘이?"

말없이 눈망울만 요리조리 굴리던 하윤은 이내 뭔가를 결심한 듯 다부진 표정으로 말했다.

"오빠는 여기 와본 적 있지?"

"어, 촬영 때문에."

"오케이, 그럼 나 한 바퀴 돌고 올게. 그래도 처음 온 건데 양평의 공기라도 마시고 가야겠어. 유명한 배랑 큰 나무 있다던데 그거라도 보고."

하윤은 신휘가 말리고 자시고 할 새도 없이 차에서 내려, 제가 한 말을 충실히 이행하려는 듯 숨을 크게 들이마셨다.

"흐읍……."

그리고 씩씩하게 걸음을 옮겼다.

'안녕? 사백 년 되었다는 나무야. 너도 안녕? 네가 그 유명한 배로구나.'

느티나무와 황포돛배에 눈도장을 찍고서 금세 시들해진 그녀는 강가 근처를 한 바퀴 휘적대며 걷는 걸로 양평 나들이를 마무리 지었다.

'두물머리고 세물머리고 이게 무슨 청승이냐……. 내가 원한 건 이런 게 아니라고!'

도로 차로 돌아온 하윤은 '고 홈!'을 외쳤고, 서울로 돌아오는 차 안에서 우리나라 드라마와 영화의 제작 현실에 대해 진지한 비판을 늘어놓았다.

"이래서 우리나라 드라마나 영화가 더 발전을 못 하는 거야."

비판을 가장한 하윤의 불만은 집에 도착해서까지 이어졌다.

"우리나라에 예쁜 데가 얼마나 많은데, 맨날 똑같은 데서만 찍으니까 새로운 그림이 나오질 않는 거지."

드라마 촬영팀 때문에 망친 데이트의 한풀이를 거창하게 하며 거실 소파에 풀썩 주저앉은 하윤이 뒤따라서 걸어 들어오던 신휘에게 물었다.

"그나저나 창휘 오빠 오늘 일찍 들어오려나? 창휘 오빠 들어오는 시간엔 은휘 오빠 나가고 없을 텐데?"

"형들한테 얘기해 뒀어. 창휘 형은 일찍 들어온다고 했고, 은휘 형은 늦게 나가겠다고 했고. 자나?"

신휘는 고개를 갸웃거리며 은휘의 방으로 향했다. 문을 열어보니 방은 텅 비어 있었다.

"없어?"

"응, 어디 잠깐 나갔나 보지, 뭐."

신휘는 소파에 앉으며 하윤의 어깨에 팔을 둘러 제 쪽으로 끌어당겼다. 찹쌀떡처럼 말랑한 몸이 아무런 저항도 없이 끌려와 그의 몸에 착 달라붙었다. 하윤은 자연스럽게 신휘의 탄탄한 허리를 감싸 안으며, 강아지가 애교를 부리듯 그의 가슴에 얼굴을 비비적거렸다. 신휘가 하윤의 뺨을 부드럽게 어루만졌다. 그의 심장 언저리에 닿아 있던 하윤의 귀에 점점 빨라지는 그의 심장 소리가 들렸다.

'오빠의 심장 소리가 빨라진다는 건……'

곧이어 무슨 일이 벌어질지 예감한 하윤은 저도 모르게 군침을 꼴깍 삼켰다. 그녀의 예감은 적중했다.

신휘는 제 가슴에 기대어 있던 하윤의 머리를 떼어내어 눈을 맞췄다. 그의 깊은 눈동자에는 뜨거운 열기가 가득 들어차 있었다. 하윤이 스르르 눈을 감자, 신휘는 그녀의 입술을 조심스럽게 머금었다.

두 사람이 본격적으로 서로의 숨결을 공유하려는 순간, 난데없는 목소리가 끼어들었다.

"거기까지."

기겁하며 후다닥 떨어진 두 사람의 눈이 한곳으로 향했다.

"형!"

"오빠!"

은휘가 팔짱을 끼고 서서 신휘와 하윤을 떨떠름하게 보고 있었다.

"언제 왔어? 들어오는 소리 못 들었는데?"

신휘가 의아하다는 듯 묻자, 은휘가 미간을 찌푸렸다.

"들어온 게 아니고 안 나갔거든?"

"방에 없던데?"

"방에 없으면 집에 없는 거냐? 화장실에 있었거든?"

은밀한 시간을 방해받아 짜증이 난 하윤이 볼을 빵빵하게 부풀린 채 은휘에게 눈을 흘겼다.

"왜 집에 있으면서 없는 척해?"

"누가 없는 척을 해? 그럼 화장실에서 나 여기 있어요! 막 소리라도 지르리?"

"응, 다음에는 막 소리라도 질러."

"하!"

억지를 쓰고 있는 하윤이 기가 막혀 은휘가 헛바람을 들이켰다.

"어쭈? 성하윤, 눈 안 풀지?"

은휘는 눈꼬리가 찢어져라 자신을 째려보는 하윤의 시선에 강렬한 눈빛으로 맞서며 소파로 걸어가 앉았다.

"적반하장도 유분수지, 오빠 앞에서 키스하다 들켜놓고 부끄러운 기색 하나 없이. 너 너무 뻔뻔한 거 아니냐?"

"내가 뭘? 이건 지극히 자연스러운 인간의 본능……."

"요 입을 그냥!"

은휘는 얼굴색 하나 달라지지 않고 종알거리는 하윤의 입술을 손끝으로 찰싹찰싹 때렸다.

"아! 악!"

하윤이 은휘의 손을 피해 이리저리 몸을 뒤틀며 몸부림을 쳤다.

"우리 하윤이 때릴 데가 어디 있다고."

하윤의 등 뒤에 앉아 있던 신휘가 그녀를 뒤로 끌어당겨 감싸 안았다.

"이것들이 쌍으로! 때릴 데가 왜 없어. 요 입! 요 눈! 때릴 데 천지인데."

"악! 아프다고!"

"아, 형!"

은휘가 치고 빠지기를 반복하며 공격하자, 신휘와 하윤은 힌두교의 시바신처럼 팔 네 개를 격렬히 휘두르며 저항했다. 하지만 운동신경으로는 적수를 찾기 힘든 은휘에게 두 사람의 합동 방어는 무기력할 뿐이었다. 차마 하윤을 세게 때릴 수 없어 힘 조절을 하고 있던 은휘는 간간이 힘을 실어 신휘의 팔을 때리는 것도 잊지 않았다.

그렇게 한참을 뒤엉켜 있던 세 사람은 누가 먼저랄 것도 없이 소파에 축 늘어졌다.

"우린 대체 왜 쓸데없이 칼로리 소모를 한 걸까?"

하윤의 한탄에 신휘와 은휘도 침묵으로 동조했다. 고요를 깬 건 현

당신의 여자가 되고 싶어요

관 비밀번호를 누르는 소리였다. 문이 열렸다가 닫히는 소리가 이어지고 모습을 드러낸 창휘가 소파에 널브러져 있는 세 사람에게 물었다.

"뭐…… 했냐?"

"하긴 뭘 해. 오빠 기다렸지."

하윤이 아무 일도 없었다는 듯 방긋 웃으며 대표로 대답하자, 신휘와 은휘도 힘껏 고개를 끄덕였다. 창휘가 조금 전 공방을 알게 돼봐야 돌아오는 건 타박뿐이라는 것을 누구보다 잘 알고 있기 때문이었다.

셋 다 지쳐 보이는 건 기분 탓인가? 창휘는 의심스러운 눈초리로 세 사람을 번갈아 바라보았다.

하윤은 옷을 갈아입고서 도로 거실로 나온 창휘가 소파에 앉자마자 기다렸다는 듯 말문을 열었다.

"오빠들, 우리 정식으로 사귀기로 했어."

어떤 말로 시작하는 게 좋을까 하루 종일 고민했던 신휘의 수고를 한순간에 뼁 차버렸다는 걸 알 리 없는 하윤이 입가를 비집고 나오는 웃음을 참지 못하고 어깨를 들썩였다.

'내가 죽기 전에 하윤이보다 빨라질 수 있을까…….'

신휘는 진심으로 고민스러웠다. 하윤보다 빠르게 행동하기 위해서는 머릿속에 떠오른 순간 바로 입으로 내보내는 수밖에 없어 보였다.

신휘가 다른 생각에 빠져 있는 사이, 창휘의 입이 열렸다.

"그럼 지금까지는 정식이 아니고 뭐였는데?"

창휘는 하윤으로부터 성인이 되고 나면 신휘와 사귀기로 했다는 말을 들은 이후 두 사람이 모호한 관계를 지속하는 동안, 일절 간섭하지 않았다. 지금까지 한마디도 언급한 적이 없던 그가 처음으로 꺼낸 말이라 신휘와 하윤은 물론이거니와 은휘까지도 긴장할 수밖에 없었다.

창휘가 싸늘한 어조로 말을 이었다.

"장난이었어? 그동안은 언제든지 깰 수 있는 그런 사이였던 거냐고.

말해봐, 문신휘."

예상치 못한 반응에 당황한 하윤이 다급하게 끼어들었다.

"오빠, 그런 게 아니고……."

"성하윤, 넌 나서지 말고."

하윤은 자신에게만큼은 늘 너그럽던 창휘가 정색을 하자 찔끔해서 입을 다물었다.

"비록 명목상이긴 했어도 장난이라고 생각해 본 적 없었어. 언제든지 깰 수 있다고 가볍게 생각해 본 적도 없었고."

신휘는 창휘의 매서운 시선을 받아내며 차분하고 진지하게 대답했다.

"이제 남자, 여자로 제대로 만나볼게, 형."

무음인 거실 벽시계에서 초침 소리가 들리는 듯한 착각이 들 만큼, 숨 막히는 정적이 거실을 감쌌다. 누구 한 사람, 미동도 하지 않았다. 그렇게 몇 초가 더 흐르고, 마침내 창휘의 허락이 떨어졌다.

"실망시키지 마라."

신휘와 하윤의 얼굴빛이 환하게 밝아졌다. 그제야 은휘의 얼굴에도 흐뭇한 미소가 걸렸다.

🦋

신휘가 지하 주차장으로 내려오길 기다리며 밴 앞을 서성이던 성국은 그가 모습을 드러내자, 허리를 꾸벅 숙여 인사하고서 차 문을 열었다.

"매번 이렇게 안 나와 있어도 된다고 몇 번을 말해. 차에 있어, 차에. 내 손은 뒀다가 뭐하라고."

신휘는 성국을 향해 미간을 한 번 찌푸려 보이고는 차에 올랐다.

"으흐……."

성국이 순박한 미소를 지으며 문을 닫고 운전석으로 걸음을 옮겼다.

'이 형, 보면 볼수록 끌린다.'

그가 본 신휘는 앞과 뒤가 한결같은 사람이자, 외모보다 성품이 더 멋진 남자였다. 성국은 카메라 앞에서는 생글거리다가 뒤에서는 막무가내로 짜증을 표출하는 연예인들을 많이 봐왔기 때문에 신휘와 일하는 게 얼마나 행운인지 잘 알고 있었다.

"아, 형. 하윤이는요?"

그제야 신휘가 하윤과 함께 내려오지 않았다는 것을 깨달은 성국이 운전석에 앉으며 뒤를 돌아보았다.

"아까 먼저 나갔어. 민아랑 협찬사 들렀다가 숍으로 바로 오기로 했으니까 출발해."

"네, 출발하겠습니다."

성국은 안전띠를 매고 활기차게 핸들을 꺾었다. 지하 주차장을 막 벗어나 도로에 접어든 순간, 신휘가 느른한 목소리로 성국을 불렀다.

"성국아."

"네, 형."

"지난번에 물었었지? 하윤이 남자친구 있느냐고."

"네……."

일단 대답은 했지만, 뜬금없는 신휘의 말에 성국은 어리둥절했다.

"너도 아는 사람이야."

"제가 아는 사람요?"

성국은 깜짝 놀라 머리를 바삐 굴렸다. 내가 아는 사람…… 내가 아는 사람……. 하지만 누군지 전혀 감이 오지 않았다. 그는 섬세한 성격의 소유자이긴 했으나, 아쉽게도 눈치까지 섬세하지는 못했다. 신휘와 성국은 눈치가 백치라는 점에서 영혼의 동반자처럼 닮아 있었다.

좀처럼 성국의 입이 열리지 않자, 참지 못한 신휘가 제 입으로 하윤의 남자친구의 정체를 공개했다.

"나야."

신휘가 당시에 하지 못하고 삼켜야만 했던 말을 당당하게 입 밖으로 꺼내놓자, 성국이 믿을 수 없다는 듯 두 눈을 부릅떴다.

"형이 하윤이 남자친구라고요?"

"어, 나라고."

신휘가 여유로운 미소로 고개를 끄덕였다.

일순간, 차 안에 정적이 감돌았다.

"내가 알기론 그 남자가 아주 대단하다던데?"

"모든 면이. 외모, 재력, 성격까지 전부 다."

신휘가 본인의 입으로 했던 말이 성국의 뇌리에 생생하게 떠올랐다.

"형⋯⋯. 혹시 외모, 재력, 성격까지 대단한 남자가⋯⋯."

"나라니까?"

"아⋯⋯."

틀린 말은 아니었으나, 성국은 뭐라고 받아쳐야 좋을지 몰라 난감했다. 그러다 불현듯 등줄기가 꼿꼿해졌다.

'형도 알고 있었겠지? 내가 하윤이한테 관심 있었다는 거⋯⋯.'

하윤이 애교를 부릴 때마다 흐뭇하게 바라보았던 제 시선을 신휘도 알고 있었을 거라는 생각에 손바닥에 식은땀이 배어 나왔다. 성국은 모른 척 잡아떼고 있는 것보다 이실직고하는 편이 낫다고 생각했다. 그래서 곧장 실행에 옮겼다.

"죄송해요, 형!"

신휘는 난데없이 핸들에 머리를 박을 기세로 고개를 숙이는 성국을 보고 움찔했다.

"⋯⋯뭐, 뭐가?"

"형이랑 하윤이 사이를 모르고 제가……."

차마 제 입으로 하윤에게 호감을 가지고 있었다는 말을 하기가 곤란했던 성국이 말끝을 흐렸다.

"아, 난 또 뭐라고. 괜찮아. 하윤이 같은 여자를 보면서 관심이 안 생기는 게 더 이상한 거지. 내 눈에도 예뻐 죽겠는데 다른 사람 눈에는 오죽할까."

하윤을 두고 애라고 우기던 당사자가 갑작스럽게 돌변하여 말을 바꾸는, 기가 막힌 상황이었다. 그러나 성국은 신휘가 말을 바꿨다는 것에 신경 쓸 겨를이 없었다. 지금 중요한 건 그게 아니었다.

"형한테 하윤이 남자친구 있다는 말 들은 이후로 아주 조금 있었던 관심도 싹 버렸어요. 정말이에요."

"알아."

성국의 말이 거짓이 아님은 신휘도 알고 있었다. 하윤에게 흑심이 있는지 없는지는 눈치가 아닌 본능으로 알게 되는 것이었다.

"근데 형, 저는 형이랑 하윤이가 사귀는 사이인지 전혀 몰랐어요……."

"명목상으로는 이 년 좀 넘었는데, 실질적으로는 며칠 안 돼."

명목상은 뭐고, 실질적은 또 뭐란 말인가……. 성국은 더 혼란스러워졌다. 하지만 제 궁금증을 해소하려고 꼬치꼬치 캐묻는 건 실례인 것 같아 더는 묻지 않기로 했다.

"성국아."

"네, 형."

"우리 하윤이 잘 부탁한다."

성국은 이번에도 신휘의 말을 단번에 알아듣지 못했다.

"……뭘요?"

"우리 하윤이한테 눈독 들이는 놈들이 많아. 내가 하윤이 못 챙길 때 네가 나 대신 잘 지켜보고 있으라고. 아무도 접근 못 하게."

"네, 형……."

그때 마침 남수로부터 전화가 걸려왔다. 성국은 신휘가 통화를 하는 동안 가까스로 놀란 가슴을 진정시키고 복잡해진 머릿속을 정리할 수 있었다.

"형, 그 기사 보셨어요?"

좌회전 신호를 기다리며 성국이 화제를 돌렸다.

"무슨 기사?"

"그…… 있잖아요. 소설 원작인데 영화로 제작된다는……. 제목이 뭐였더라……."

"포이보스?"

"네, 그거요."

영어에 약한 성국은 영어 제목을 잘 외우지 못했다.

"그게 왜?"

"지금 네티즌들 사이에서 가상 캐스팅이 한창인데 남자주인공 역은 형이 압도적이에요. 대표님한테 들었는데 그 역 맡기만 하면 대박이라고, 난다 긴다 하는 배우들 소속사에서 제작사에 줄 대느라 난리래요."

"아, 그래?"

그런 역할에 자신이 압도적인 지지를 받고 있다는 말을 들으면 조금은 좋아할 법도 하건만 신휘는 너무나 무덤덤했다. 이미 그런 것에 일희일비할 시기는 지난 지 오래라 별다른 감흥도 없었다.

"형하고 어울릴 만한 여배우들 이름도 여럿 나오고 있는데, 우선 제일 많이 언급되는 사람이 혜민 누나더라고요. 여주인공이 완벽한 미인 캐릭터라 외모로는 혜민 누나가 제일 잘 어울릴 것 같긴 해요."

연기력은 차치하고, 이십대 여배우 중 외모와 인기로는 혜민이 단연 톱이었다.

"혜민이가 그렇게 예쁜가?"

신휘가 고개를 갸웃거리자, 성국은 당혹스러웠다.

'그렇게 예뻐요, 형……'

"내 눈엔 우리 하윤이가 더 예쁜데?"

성국은 말문이 막혀 버렸다. 물론 하윤이 예쁘게 생겼다는 것을 부정하는 것은 아니었지만, 그래도 온갖 치장을 하고 카메라 앞에 서는 연예인과 하윤을 비교하다니 당황스러울 수밖에 없었다.

"그럼 형은 연예인 중에 누가 제일 예쁘다고 생각하세요?"

"딱히 없는데?"

성국은 침착하게 말을 돌렸다.

"혜민 누나 다음으로는 김연수가……"

성국의 말이 다 끝나기도 전에 신휘가 딱 잘라 말했다.

"김연수는 너무 키가 커서 나랑은 케미가 별로 안 살지."

"그럼 형이랑 어울리는 키는 몇 정도……"

"한…… 167?"

신휘의 입가에 미소가 걸리는 것을 룸미러로 목격한 성국은 이번에야말로 단숨에 알아차렸다. 하윤이 키가 아마 그 정도였지…….

"그럼 최현아는 어떻게 생각하세요?"

"화장이 너무 진해서 부담스러워."

아니나 다를까, 신휘는 하윤의 맑고 깨끗한 얼굴을 떠올리고 있었다. 사랑에 빠진, 아니 사랑을 각성한 신휘에게는 무조건 '기승전하윤'이었다.

성국은 신휘의 매니저를 맡게 되고 하윤의 얼굴을 보기 전부터 '우리 하윤이가……', '우리 하윤이는……'으로 시작하는 말을 하루에도 몇 번씩 듣곤 했다. 그의 입에서 일과 관련된 사람을 제외하고 나오는 여자의 이름은 하윤이 유일했다. 당시엔 동생 사랑이 유별나다고 생각하고 넘겼는데 그게 아니었다는 것을 이제야 확실히 알게 되었다. 요새 가장

핫하다는 여배우 삼인방을 한 방에 보내놓고 혼자 피식거리고 있는 신휘를 보며 성국도 조용히 따라 웃었다.

민아와 하윤은 의상을 교체했으면 좋겠다는 연락을 받고 협찬사에 들렀다가 청담동으로 이동하는 중이었다.

"지금 가는 데가 회사랑 계약된 미용실이에요?"

택시 안에서 하윤이 물었다.

"어머, 하윤아. 미용실이라고 하면 안 돼. 원장님이 싫어해."

"그럼 뭐라고 해요?"

"토털 뷰티숍."

"아······."

하윤은 실수하지 않기 위해 얼른 '미용실'이라는 단어를 지우고 '토털 뷰티숍'을 머릿속에 새겨 넣었다.

잠시 뒤, 택시는 한울 엔터테인먼트 소속 연예인들의 헤어와 메이크업을 담당하고 있는 토털 뷰티숍인 '秀' 건물 앞에 멈춰 섰다.

"언니, 저거 '빼어날 수' 자죠?"

하윤은 아는 한자의 등장에 자신만만하게 간판을 손가락질했다.

"응, 맞아. 여기 원장님 이름 끝 자야. 친한 사람들은 수 쌤이라고 불러."

"오호, 수 쌤······."

뭔가 청순하고 우아한 느낌이 팍팍 드네. 하윤의 머릿속에 서정적인 느낌에 여성미 뚝뚝 떨어지는 미인의 모습이 저절로 그려졌다.

"아주 실력자셔. 손님으로 드나들던 애들 추천해서 데뷔시킨 것도 여러 번이고."

"오!"

하윤의 입에서 감탄사가 터져 나왔다.

"근데 너 긴장해야 할걸?"

"왜요?"

"원장님이 신휘 오빠를 얼마나 좋아하는지 오빠만 보면 눈에서 하트가 나와."

"여기도 있었군, 나의 라이벌……."

민아는 치명적 매력을 가진 남자와 사귀는 여자의 숙명에 대해 고뇌하고 있는 하윤을 보며 슬며시 미소 지었다.

민아의 뒤를 따라 숍으로 들어선 하윤의 눈이 휘둥그레졌다.

"우와……!"

지금까지 다녔던 동네 미용실과는 사뭇 다른 모습이었다. 한쪽 면을 가득 채운 거울과 그 앞으로 쭉 늘어서 있는 의자, 눈부시게 화려한 샹들리에까지 고급스러움이 물씬 풍기고 있었다.

민아는 입을 떡 벌리고 있는 하윤을 보며 2층으로 올라가는 계단을 가리켰다.

"오빠 2층에 있을 거야. 먼저 올라가 있어. 난 아는 언니 잠깐 보고 갈게."

"네."

민아가 다른 쪽으로 가고 난 뒤, 하윤은 계단을 올라 2층에 도착했다. 1층이 탁 트여 있다면 2층은 룸과 파티션이 혼재된 구조였다. 어디로 가야 하나 망설이고 있는데 등 뒤에서 인기척이 느껴졌다. 그리고 이어진 목소리에 하윤은 그 자리에 우뚝 멈춰 설 수밖에 없었다.

"베이비!"

얇고 교태 넘치는 어조였다. 그것도 남자의……. 뒤통수에 눈이 달리지는 않았지만, 베이비가 자신을 부르는 것임은 똑똑히 알 수 있었다.

'베, 베이비…….'

태어나서 직접적으로는 처음 들어본 말이었다. 애기애기한 호칭이 이토록 징글징글하게 들릴 줄이야. 팔뚝에 닭살이 한꺼번에 창궐하는 느낌이었다.

하윤은 천천히 뒤로 돌아섰다. 190㎝는 족히 넘어 보이는 키에 머리를 핑크색으로 염색한 남자가 웃으며 서 있었다. 솜사탕을 머리에 얹어 놓은 것 같다는 생각이 그녀의 뇌리를 잠시 스치고 지나갔다.

'오…… 메이크업도 했어. 대박……!'

눈을 깜박일 때마다 속 쌍꺼풀 안의 아이라인이 나타났다 사라지기를 반복하고 있었다. 비비크림을 바른 건지 피부 톤이 완벽하게 정돈되어 있긴 했으나, 목과 얼굴색이 다른 게 상당히 부담스러웠다. 신휘도 메이크업을 받는 게 일상이었지만 강렬한 콘셉트의 화보 촬영이나 패션쇼를 제외하고 아이라인까지 그리지는 않았다.

넋을 놓고 서 있던 하윤이 정신을 차리고 입을 열었다.

"혹시…… 절 부르신 건지……?"

하윤이 손가락을 뻗어 자신을 가리켰다.

"여기 베이비 말고 또 누가 있어."

선이 굵은 남자의 얼굴에서 나오는 교태 넘치는 목소리는 심지어 괴기스럽기까지 했다.

"왜 이렇게 늦게 왔어. 막 짜증 나려던 참이었는데 베이비가 귀여워서 봐준다."

듣자 하니, 기다리고 있던 사람과 자신을 착각한 모양이었다.

"아, 저기……."

사람을 잘못 보신 것 같다고 말하려는데 남자는 기회를 주지 않고 치고 들어왔다.

"베이비한테 어울리는 스타일 한 방에 떠올랐어. 두상이 너무너무 예쁘다. 반삭발에 도전! 어때?"

"……네?"

반삭발에 도전? 어떠냐고요? 미치셨어요? 목 끝까지 차오른 말을 밀어 넣고서 최대한 정제된 말을 찾고 있던 하윤의 등 뒤에서, 신휘의 목소리가 들려왔다.

"하윤아."

"오빠아아아!"

구세주를 만난 사람처럼 뒤돌아 신휘에게 달려간 하윤은 그의 곁에 바짝 붙어 섰다.

"왔어?"

신휘가 그녀의 앞머리를 가볍게 쓰다듬으며 미소 지었다.

'살려줘. 이 사람 이상해. 무서워.'

하윤은 그렁그렁한 눈으로 신휘를 올려다보며 제 절박한 심경을 표출했다. 신휘의 시선이 남자에게로 향했다.

"수 쌤아."

수 쌤? 누가? 이 핑크 머리가? 하윤은 자신이 상상했던 청순한 미인 대신, 화장한 소도둑놈 같은 남자의 정체가 수 쌤이라는 사실에 경악을 금치 못했다.

"우리 베이비 반삭 되기 전에 내가 네 머리 완삭 만들어준다."

"어머! 휘! 그게 무슨 끔찍한 소리야!"

휘…… 휘라니……. 하윤은 손발이 오그라들어서 웬만해서는 입이 떨어지지 않는다는 이름 끝 자만 부르기 스킬을 거침없이 구사하는 그가 더 끔찍했다.

"근데 뭐라고? 우리 베이비?"

수 쌤이 갑자기 눈썹을 치켜뜨며 물었다.

"어, 우리 베이비. 아니, 내 베이비."

신휘는 하윤의 머리에 제 볼을 비비며 씩 웃었다.

"아까 말한 휘 여자친구?"

신휘가 흐뭇하게 고개를 끄덕였다.

"민아 씨랑 같이 올 거라고 해서 휘 여자친구일 줄은 상상도 못 했네. 스타일 좀 잡아달라고 보낸다던 신인 가수인 줄 알았어. 아, 반삭 딱 어울릴 것 같은데……."

수 쌤은 미련을 버리지 못하고 하윤을 바라보며 입맛을 다셨다.

'저한테 왜 이러세요……'

하윤이 슬며시 뒷걸음질 치자, 신휘가 안심하라는 듯 어깨를 토닥여 주었다.

"김봉수. 네 헛소리 때문에 우리 하윤이 자꾸 놀라잖아."

김봉수? 하윤은 그제야 수 쌤이라는 호칭의 기원을 알게 되었다. 봉수와 수 쌤 사이의 극명한 괴리감에 대해 고민하고 있던 그녀는 봉수의 탄식에 정신이 번쩍 들었다.

"아, 아쉽다……. 나만의 휘가 이제 다른 여자의 휘가 됐다는 게."

신휘가 질색하며 몸을 떨었다.

"너만의 휘였던 적 한 번도 없었거든?"

"흥! 비싸게 굴기는."

봉수가 신휘를 흘겨보고 있는 사이, 민아가 계단을 올라오며 말했다.

"원장님, 예약 손님 오신 것 같은데요?"

"아, 그래? 땡큐, 민아 씨."

계단을 내려가려던 봉수가 걸음을 멈추고 하윤을 돌아보았다.

"아 참, 우리 휘 여자친구분 성함이 뭐랬더라?"

"성하윤입니다."

"맞다, 하윤 씨. 우리 자주 봐요. 딱 마음에 들었어. 안녕."

'전 마음의 준비가 필요할 것 같아요. 안녕……'

하윤은 봉수의 모습이 안 보일 때까지 기다렸다가 득달같이 물었다.

"여자가 되고 싶은 분이야? 아니면 남자를 좋아하는 분이야?"

신휘에게 한 질문에 민아가 대신 답했다.

"후자. 내가 말했잖아, 원장님이 오빠 엄청 좋아한다고."

남자까지 연적으로 삼아야 하는 내 팔자야……. 울상을 짓는 하윤을 보며 민아가 어깨를 들썩이며 키득거렸다. 하윤이 어리둥절한 얼굴로 고개를 갸우뚱거리자 신휘가 나섰다.

"민아가 장난치는 거야. 성격이랑 말투가 좀 여성스러울 뿐이지 둘 다 아니니까 오해하지 마."

여전히 의심을 거두지 못하고 있는 하윤에게 신휘가 확실한 증거를 내놓았다.

"봉수 곧 결혼해."

"결혼? 여자랑?"

"어, 여자랑."

역시 짚신도 짝이 있다는 말은 괜한 말이 아니었어.

"근데 오빠랑 친해?"

"친하지. 나 데뷔할 무렵에 봉수도 막내였거든. 같이 커왔다고나 할까? 가벼워 보이는데 의외로 진중해. 무슨 말을 해도 봉수 입에서 새어 나간 일도 없고."

"아……."

하윤은 지금까지 신휘에 대해 누구보다 많은 것을 알고 있다고 자부하고 있었다. 그러나 그가 누구와 친한지, 구체적으로 무슨 일을 하는지 정작 아는 게 별로 없었다는 사실을 요 며칠 실감하는 중이었다. 방학이 끝나고 제자리로 돌아가기 전에 그에 대한 모든 것을 마스터하고야 말겠다고 결심하는 하윤이었다.

## 7. 집착과 구속에 소질 있는 남자

　민아가 아파트 주차장에 세워놓은 밴 안에 앉아 신휘와 하윤이 내려오길 기다리고 있는 동안, 성국은 늘 하던 대로 밖에서 대기 중이었다. 최신 기사를 슬렁슬렁 검색하고 있던 민아의 귀에 차 문이 열리는 소리가 들렸다. 고개를 든 그녀의 눈에 하윤의 웃는 얼굴이 보였다.

　"언니, 굿모닝!"

　대답할 새도 없이 하윤이 시야에서 사라지고, 곧이어 신휘가 모습을 드러냈다.

　"안녕하세요, 오빠."

　"그래."

　신휘가 자리에 앉자마자 기다렸다는 듯 문이 닫혔다.

　"어? 하윤이는……."

　민아의 말이 다 끝나기도 전에 운전석과 조수석의 문이 거의 동시에 열렸다. 그리고 운전석에는 성국이, 조수석에는 하윤이 올라탔다. 데칼코마니를 연상시키는 행동이었다. 왜 거기 탔느냐고 물어보려는 민아에게 하윤이 뒤돌아 무언가를 내밀었다. 들고 탄 쇼핑백에서 꺼낸 두 개의 도시락 통 중 하나였다.

"언니, 이거 드세요."

"뭐야?"

"복숭아요."

뚜껑을 열자마자 복숭아의 달콤한 향이 민아의 콧속으로 훅 하고 밀려들었다.

"오빠 거는 여기!"

하윤은 룸미러로 민아를 곁눈질하고 있는 성국을 향해 낭랑하게 외쳤다.

"내 것도 있어?"

"그럼요. 오빠는 운전해야 하니까 제가 입에 넣어드릴게요. 엄청 달던데 맛 한번 보실래요?"

성국이 끼어들 틈도 주지 않고 혼자서 종알종알 떠들던 하윤이 갑자기 복숭아 한 조각을 집어 들더니 곧장 성국의 입을 향해 돌진했다.

"오빠, 아!"

"나……."

사양하기 위해 벌린 입술 사이로 복숭아가 밀려들어 오자, 성국의 눈이 둥그레졌다.

'왜 앞에 탔나 했더니…….'

뒷자리에서 두 사람의 모습을 지켜보고 있던 민아는 그제야 하윤이 조수석에 탄 이유를 알 수 있었다.

하윤은 당황한 기색이 역력한 성국에게 양손 손바닥을 펼쳐 보였다.

"저 나오기 직전에 손 닦았어요. 깨끗해요."

'그게 아니야, 하윤아…….'

엉뚱한 데다가 핀트를 맞추고 있는 하윤을 안타까운 눈빛으로 바라보고 있던 민아는 신휘에게로 슬그머니 눈을 돌렸다. 그는 예상대로 심기가 불편한 듯 뚱한 표정을 짓고 있었다.

혹자는 어장관리 내지는 여우 짓이라고 볼지 몰라도, 여우를 골라내는 데 탁월한 촉이 있다고 자부하는 민아가 보기에 하윤은 여우가 아니라 강아지였다. 사람 뒤를 졸졸 따라다니며 꼬리를 흔드는 해맑은 멍뭉이.

민아가 앞자리로 향해 있는 신휘의 주의를 분산시키기 위해 말을 돌렸다.

"오빠, 같이 먹어요."

"너 먹어."

앞자리를 빤히 보면서 민아의 권유에 성의 없이 답하던 신휘의 눈에 나중에 먹겠다며 도시락 통을 받아 드는 성국의 모습이 보였다.

'그래, 성국아. 형 화날 뻔했어.'

해맑은 멍뭉이는 본인으로 인해 묘한 정적이 흘렀다는 것도 모른 채 콧노래를 흥얼거리기 시작했다. 원래 우울, 심각과는 거리가 먼 성격이긴 했지만, 하윤은 오늘 유난히 밝았다. '나 기분 좋아요!'라고 얼굴에 쓰여 있었다.

"뭐 좋은 일 있어?"

성국의 질문에 대한 대답은 옆에 앉은 하윤이 아니라 뒷자리의 신휘에게서 나왔다.

"오늘 패션쇼 간다고 신났어."

"하윤이 패션쇼 성애자잖아."

맞장구치는 민아의 말이 끝나기 무섭게 하윤이 흥분한 목소리로 입을 열었다.

"저 심기호 선생님 팬이에요. 오빠가 선생님 무대에 설 때마다 관객으로 보러 가긴 했는데, 백스테이지는 한 번도 못 가봐서 지금 완전 떨려요."

신휘는 의상디자인을 전공하고 있는 하윤을 위해 패션쇼를 비롯한 전시회, 박람회 등의 티켓을 적극적으로 구해다 줄 뿐만 아니라, 관람 소감을 귀 기울여 들어주며 그녀의 기쁨과 행복에 공감해 주었다. 하윤 에게 있어서 그는 가장 가까운 응원자이자, 실질적인 후원자였다.

"형이 심 선생님 무대에 서는 거, 대표님은 탐탁지 않아 하시던데요? 잘나가는 디자이너들 다 놔두고 왜 굳이 요새 하락세 타고 있는 디자이 너 쇼에 서느냐고."

하윤이 못마땅하다는 듯 입술을 삐죽거렸다.

"사람이 어떻게 천년만년 상승세를 탄다고······. 올라갈 때도 있고 내 려갈 때도 있는 거지. 남수 오빠 이럴 때 보면 너무 매정해."

"사업가잖아, 사업가."

민아가 하윤의 볼멘소리에 호응해 주고서 신휘에게 고개를 돌렸다.

"근데 사실 저도 궁금하긴 했어요. 오빠는 왜 심 선생님 쇼만 서세 요?"

"내 패션쇼 첫 데뷔 무대가 선생님 쇼였어. 그때 나 까마득한 신인이 었는데, 그 이후로도 선생님께서 잊지 않고 쇼마다 불러주시더라고. 아 무것도 아닐 때 날 알아봐 준 사람에 대한 예의, 그 정도는 지키고 살 아야지."

하윤의 눈이 감탄과 존경으로 물들었다.

'소신 있는 남자는 언제나 옳다.'

민아와 성국의 눈빛도 하윤과 다르지 않았다.


기호는 패션쇼를 준비하느라 여념이 없는 스태프들 사이에 우두커니 서서 런웨이를 물끄러미 바라보았다. 쇼를 목전에 둔 흥분감도 있었지 만, 과연 언제까지 쇼를 할 수 있는 여력이 될까 하는 착잡한 마음도 동시에 들었다.

'오늘이 내 인생 마지막 쇼가 되는 건 아닐까?'

자신의 명성이 예전 같지 않다는 사실은 누구보다 기호 자신이 가장 잘 알고 있었다. 치고 올라오는 신인 디자이너들에게 밀려 뒷방 늙은이가 되어가고 있다는 사실에 순간순간 씁쓸해지곤 했다.

"선생님."

기호는 자신을 부르는, 듣기 좋은 중저음의 목소리에 상념에서 빠져나왔다. 고개를 돌린 그의 눈에 듣기 좋은 목소리에 이어, 보기 좋은 얼굴이 들어왔다.

"신휘 씨, 벌써 왔어?"

리허설이 시작하기까지는 아직 한참이나 남은 시간이었다.

"저 요새 한가한 거 아시잖아요."

신휘가 능청스럽게 웃자, 기호의 입술 사이로 픽 웃음이 터져 나왔다.

"한가하기는……."

신휘는 의상 피팅 때문에 여러 번 호출해도 늘 이렇게 웃었다. 아무리 스케줄이 많아도 자신이 부르면 이유를 불문하고 달려왔으며, 단 한 번도 바쁘다는 말을 해본 적이 없었다. 그는 아슬아슬하게 도착해서 무대만 딱 서고 가는 여느 톱스타들과 달랐다. 늘 충분한 시간 여유를 두고 도착해서 모든 준비를 완벽하게 하고 무대에 선 다음, 마지막까지 자리를 지키다가 돌아가곤 했다. 신휘는 언제나 프로다웠고, 언제나 믿음직스러웠다.

"이쪽으로 와."

기호가 몸을 돌려 백스테이지로 걸음을 옮겼다. 한쪽에 나란히 서 있던 성국과 민아, 하윤이 동시에 고개를 숙여 인사하고서, 신휘와 기호의 뒤에 따라붙었다.

앞장서서 걷던 기호가 멈춰 선 곳은 신휘를 위해 따로 마련한 대기실 앞이었다.

"들어가."

"또 이러신다. 그냥 다른 모델들하고 같이 있어도 된다고 말씀드렸잖아요. 저한테 무슨 냄새 나요, 선생님?"

"쓸데없는 소리 하지 말고 얼른 들어가."

기호는 제 몸에 코를 대고 킁킁거리며 장난을 치는 신휘의 등을 툭 내리치며 대기실로 밀어 넣었다.

신휘를 제외한 다른 모델들은 백스테이지에 간이 테이블과 의자를 만들어놓고 헤어와 메이크업을 진행 중이었다. 테이블 위에는 수십 가지의 메이크업 제품들이 어지럽게 널려 있었고, 의상이 빽빽하게 걸린 행거가 여기저기 자리를 잡고 있었다.

모델 수광은, 기호와 함께 백스테이지를 가로질러 지나가는 한 무리의 사람들을 보며 호들갑을 떨어댔다.

"오오! 신휘 형 오셨다! 메이크업 다 하면 인사 가야지."

'신휘 형 좋아하시네.'

수광과 나란히 앉아 있던 준모는 몇 번 본 적도 없으면서 친분을 자랑하는 듯한 뉘앙스를 풍기는 그가 내심 못마땅했다.

"너 이번에 신휘 형이랑 같은 드라마 들어간다며? 단역으로."

구태여 안 해도 될 말까지 덧붙이는 수광을 바라보는 준모의 표정이 사나워졌다. 찔끔한 수광이 테이블에 놓인 휴대폰을 가리키며 말을 돌렸다.

"너 전화 오는데?"

"알아."

준모가 신경질적으로 휴대폰을 뒤집었다. 그는 아까부터 지치지도 않고 울려대는 영미의 전화 때문에 짜증이 머리끝까지 치솟은 상태였다. 쇼를 앞두고는 연락을 자제하자고 분명히 말했는데도 도통 들어먹지를 않았다. 몇 시간이라도 연락이 안 되면 바람난 남편 취급하며 바가지를 긁어대니 피곤해 죽을 지경이었다. 적극적으로 들이대기에 몇 번 놀다 말 생각으로 시작한 건데 생각보다 빨리 끝내야 할 것 같았다.

"홍영미, 진상 작렬이네……."

똑똑.

대기실 문을 조심스럽게 두드리는 소리에 성국이 성큼성큼 걸어가 문을 열었다.

"저…… 선배님께 인사드리러 왔는데요……."

생각지도 못한 거구의 등장에 순간적으로 당황한 준모가 쭈뼛거리며 말끝을 늘였다.

"누구?"

성국은 등 뒤에서 신휘의 목소리가 들려오자 얼른 옆으로 비켜섰다.

"안녕하십니까, 선배님! 박준모라고 합니다. 잘 부탁드립니다."

준모는 허리를 깊게 숙이고, 군기가 바짝 든 기세로 미리 준비한 인사말을 우렁차게 쏟아냈다.

"나도 잘 부탁해요."

신휘는 오늘 쇼에 함께 서게 될 모델이라는 것을 알아보고서 담담하게 손을 내밀었다. 준모가 황송하다는 얼굴로 그의 손을 두 손으로 공손하게 잡았다 놓았다.

"말씀 편하게 하셔도 됩니다. 선배님께서 이번에 들어가시기로 한 드라마에 작은 역이기는 하지만 저도 출연하게 될 것 같습니다."

"아, 그래요? 어떤 역할?"

준모는 드라마와 관련된 이야기를 몇 마디 나누고 대기실을 나갔고,

곧이어 화장실에 갔던 하윤이 돌아왔다. 그녀는 신휘에게로 후다닥 달려가 둥그레진 눈으로 물었다.

"오빠, 방금 나간 사람 알아?"

"나도 오늘 처음 봐. 왜? 아는 사람이야?"

"내가 지난번에 말했던 그 모델이야."

고개를 갸웃거리는 신휘에게 하윤이 얼른 설명을 덧붙였다.

"우리 과 홍영미랑 사귄다는 듣보잡 모델."

"아! 그 톱스타?"

"뭐라는 거야……."

콧잔등을 찡그린 하윤이 정확한 수식어를 넣어 다시 한 번 강조했다.

"톱스타가 아니고, 톱스타인 척하는 듣보잡 모델."

'척' 자에는 혼을 실었다.

"근데 이름이 뭐래?"

하윤은 그날, 그의 이름을 끝까지 기억해 내지 못했다.

"박준모."

"아, 박준모! 내가 그랬잖아. 박 모 씨라고."

고작 성 한 글자 외운 주제에 어깨를 쫙 펴고 의기양양하게 웃던 그녀가 갑자기 의아하다는 표정을 지었다.

"오늘 쇼에 서나 보네? 여긴 왜 온 거야?"

"인사하러 왔대. 잘난 척 안 하던데? 겸손해."

"그럼 먼저 인사하러 와서 미치지 않고서야 잘난 척하겠어? 있는 겸손, 없는 겸손, 영혼까지 끌어모아 왔겠지."

신휘는 준모를 향한 하윤의 반응이 조금 과하다는 생각이 들었다.

"너 혹시 박준모랑 무슨 일 있었어?"

"아니, 일은 무슨……."

하윤은 잘난 척도 잘난 척이었지만, 기분 나쁠 만큼 흘끔대던 준모의 눈빛이 불쾌했다고 곧이곧대로 말하기가 뭐해서 대강 얼버무리고 말았다.

리허설이 끝나고 본 무대에 설 시간이 다가올수록 백스테이지의 열기는 점점 달아올랐다. 헤어와 메이크업 스태프들의 손길이 점점 바빠졌다.

신휘는 준비를 끝내고 대기실을 나가기 전, 하윤을 돌아보며 빙긋 웃었다.

"갔다 올게."

하윤은 긴장한 기색이라고는 찾아볼 수 없을 만큼 여유로운 표정을 짓고 있는 그를 넋을 잃고 바라보았다. 2대8 가르마를 타서 한 올의 흐트러짐도 없이 깔끔하게 빗어 넘긴 머리까지 어울리는 남자…… 강렬함을 표현하기 위해 그린 아이라인까지도 위화감 없이 소화해 내고 있었다. 봉수의 아이라인과는 사뭇 다른 느낌이었다. 하윤은 그가 봉수와 같은 핑크색 머리를 해도 어울릴 것 같다는 생각이 들었다.

'역시 패완얼. 패션의 완성은 얼굴이었어.'

봉수를 통해 궁극의 진리를 깨달은 하윤이 진지하게 고개를 끄덕였다.

오프닝과 피날레 무대를 맡은 신휘는 화려한 무대와 조명 아래, 압도적인 존재감으로 런웨이를 장악했다. 에지 있는 워킹과 무심한 듯 시크한 표정으로 모두의 시선을 사로잡았고, 쇼는 성공적으로 마무리되었다.

"모두 수고 많으셨습니다. 그럼 뒤풀이 장소에서 뵙도록 하겠습니다. 오늘 뒤풀이는 문 배우님께서 쏘기로 하셨습니다."

"우워어어!"

"휘익!"

스태프의 말이 끝나기 무섭게 우레와 같은 환호성과 박수, 휘파람 소리가 한꺼번에 터져 나왔다.

"오빠가 뒤풀이를 왜 쏴? 내 돈도 아닌데 아까워 죽겠네. 한우 고깃집 통째로 빌렸다며? 출연료보다 회식비가 더 나오겠네."

"그러니까요. 늘 사비 터신대요."

대기실로 걸어가면서 민아가 투덜대자, 성국이 맞장구를 쳤다.

민아와 성국은 신휘와 함께 일한 지 얼마 되지 않았기 때문에 이해가 안 될지 몰라도, 하윤은 신휘가 기부는 물론이거니와 스태프 챙기기에 돈을 아끼지 않는다는 것을 잘 알고 있었기 때문에 새삼스럽지도 않았다. 하윤은 말없이 두 사람의 뒤를 따르며 오늘 본 작품들을 머릿속으로 되새기고 있었다. 그런데 갑자기 어딘가에서 튀어나온 손이 그녀의 팔을 덥석 잡아챘다.

"으헉!"

민아와 성국은 왁자지껄한 백스테이지의 소음 때문에 하윤의 목소리를 듣지 못하고 그대로 사라져 버렸다. 고개를 휙 돌린 하윤은 제 팔을 잡고 있는 남자를 한눈에 알아보았다. 큰 키에 마른 몸, 각진 턱과 웃을 때마다 한쪽만 말려 올라가는 얇은 입술……. 박준모였다.

미간을 확 찌푸린 하윤이 잡혀 있던 팔을 빼냈다.

"나 알지?"

준모가 씩 웃으며 물었다.

"네…… 니요!"

내 입아, 너 지금 뭐라고 한 거니……? 하윤은 제 입에서 나온 대답이 스스로도 기가 찼지만, 일단 준모의 반응을 지켜보기로 했다. '네'가 '아'로 들렸을 수도 있지 않을까 하는 얼토당토않은 바람도 끝까지 포기하지 않았다.

"네니요는 뭐야?"

그는 역시 정상적인 청각을 가지고 있었다. 하윤은 바람은 바람으로 끝난다는 사실을 깨닫고 좌절했다.

"반은 알고, 반은 모른다는 건가?"

알긴 알지만, 안다고 말하기 싫은 거라고 해둡시다.

"나는 너 아는데?"

"저를요?"

하윤은 일부러 고개를 크게 갸웃거리며 전혀 모르겠다는 의미를 전달하기 위해 애썼다.

"영미 친구잖아, 너."

젠장, 정확히 알고 있군. 더는 빠져나갈 구멍이 없어 보였다.

"지난번에 영미 보러 학교 갔을 때 마주쳤는데 기억 안 나?"

예쁜 얼굴은 쉽게 잊히지 않는 법. 준모는 빙글빙글 웃으며 하윤을 빤히 바라보았다.

"근데 왜 자꾸 반말이세요?"

하윤이 톡 쏘아붙였다.

"나 스물다섯 살이고, 너 영미 친구니까 스물두 살이잖아. 내가 세 살이나 더 많은데 반말하면 안 돼?"

"네."

퉁명스러운 대답에도 불구하고, 준모는 당황한 기색도 없이 능글능글 웃으며 하윤에게 한 발 더 다가섰다.

"에이, 왜 그래. 오빠가 말 좀 놨다고 삐졌어?"

하윤은 그가 다가온 만큼 뒤로 물러서며 원래 거리를 유지했다. 계속 말을 섞느니 자리를 피하는 게 낫겠다는 생각에 걸음을 옮기려는 순간, 준모가 앞을 막아섰다.

"어디 가게? 오빠랑 잠깐 얘기 좀 해."

"바빠요."

"나도 바빠."

하윤은 준모의 황당한 대답에 일순간 할 말을 잃었다.

"아까 보니까 신휘 형 대기실에서 나오던데 신휘 형 밑에서 일하는 거야?"

"네."

하윤은 준모의 존재가 상당히 불편했다. 자꾸만 친한 척하는 것도 부담스러웠다.

"바쁘시다면서요?"

그녀는 다른 모델들이 분주히 움직이고 있는 쪽으로 슬쩍 고개를 돌리며 어서 꺼지라는 의미를 간접적으로 표현했다.

"바쁘긴 한데 너랑 얘기할 시간은 있어."

아, 벽 보고 얘기하는 기분이야…….

"전 시간이 없어서요."

준모는 자신을 지나쳐 가려고 하는 하윤의 팔을 다시 다급하게 붙잡았다.

"잠깐, 번호……."

그 순간이었다.

"하윤아!"

준모는 신휘의 대기실에서 보았던 거구의 등장에 본능적으로 입을 다물었다.

"여기서 뭐 해?"

하윤이 따라오지 않는다는 것을 뒤늦게 깨닫고 되돌아온 성국은 그녀의 팔을 잡고 있는 준모를 향해 험악하게 얼굴을 구겼다.

"들어가요."

하윤은 준모가 멈칫한 틈을 타 야멸치게 손을 뿌리치고 성국에게 다가갔다. 성국은 몸을 돌리면서 살벌한 눈으로 다시 한 번 준모를 보는

것을 잊지 않았다. 그는 하윤을 잘 부탁한다는 신휘의 부탁을 충실히
이행하는 중이었다.

'이름이 하윤이? 또 보자, 하윤아.'

준모는 하윤의 뒷모습을 바라보며 씩 웃었다.

외출복 차림으로 거실로 나온 하윤은 소파에 기대앉아서 대본을 읽
고 있던 신휘의 앞에 섰다.

"나 좀 나갔다 올게."

"어디?"

"보라가 생일 파티한다고 나오래. 원래는 일요일에 모이기로 했었는데
일 생겼다고 오늘 보자네?"

하윤과 보라는 같은 과 동기였고, 서로 속내를 털어놓을 만큼 가까운
사이였다.

"어디서 모이는데?"

"학교 앞, 우리 단골 술집."

신휘는 집에서 하윤과 함께 여유로운 저녁 시간을 보내려던 야무진
꿈이 물거품이 되어버려 실망스러웠지만, 내색하지 않고 소파에서 몸을
일으켰다.

"데려다줄게."

"지금 퇴근 시간이라 차 막혀. 지하철 타고 갈 거야."

"음……."

신휘는 그 자리에 못 박힌 듯 서서 하윤을 위아래로 훑어보았다. 그
러더니 못마땅한 얼굴로 퉁명스럽게 물었다.

"오늘 왜 이렇게 신경 썼어?"

그의 불만은 하윤이 평소보다 더 예쁘다는 데 있었다.

"내가? 별로 신경 쓴 거 없는데?"

하윤은 고개를 갸우뚱거리며 제 옷차림을 살폈다.

"화장도 했는데?"

신휘는 하윤이 화장을 하면 한 대로, 안 하면 안 한 대로 좋았다. 하지만 오늘은 화장을 했다는 사실이 썩 유쾌하지 않았다. 자신과 함께 다닐 때는 거의 민낯으로 다니면서, 새삼스럽게 화장을 하고 나간다니 왠지 홀대를 받는 기분이 들었기 때문이었다. 나 말고 잘 보여야 할 사람이 있는 거냐는 말이 입안을 맴돌았지만 스스로 생각해도 유치하다는 것을 알기에 차마 입 밖으로 꺼낼 수는 없었다. 신휘는 하윤 덕분에 질투라는 감정에 대해 새록새록 깨달아가는 중이었다.

"화장 안 했는데?"

하윤이 천연덕스럽게 시치미를 뚝 떼자, 신휘의 눈매가 가늘어졌다.

"정말 안 했다고?"

"……비비크림 살짝?"

"입술은?"

"……틴트 아주 살짝?"

"다 했네."

'살짝'이라는 애교 넘치는 단어까지 사용했건만 그의 결론은 칼 같았다.

"오빠! 비비크림이랑 틴트 정도는 화장이라고 안 해! 민낯이라고 용인해 주는 게 트렌드라고!"

억울한 마음에 하윤의 목소리가 높아졌다.

"누구 맘대로 화장이라고 안 해? 누가 용인해 준 트렌드야?"

'피부 톤과 입술 색 보정은 하고 싶지만, 화장했다고 말하고 싶지는 않은 나 같은 여자들?'

하윤은 속으로 구시렁대다가 다시 발끈하며 항변했다.

"오빠는 내가 후지게 하고 나가서 딴 애들한테 꼴렸으면 좋겠어?"

"네가 아무리 후지게 하고 다닌다 한들 꼴릴 수가 없을 텐데?"

'아, 아무리 생각해도 이건 아니야……'

하윤은 한 점의 부끄러움도 없어 보이는 그의 얼굴을 떨떠름하게 바라볼 수밖에 없었다.

말도 안 되는 트집을 잡는 신휘를 달래고 약속 장소에 도착한 하윤은 영미와 술집 입구에서 마주쳤다. 두 사람의 눈에서 불꽃이 튀었다.

"너도 왔네?"

영미의 표정은 '너는 왜 왔니?'라고 말하고 있었다.

"보라 생일인데 당연히 와야지."

하윤은 '내가 너보다 보라랑 훨씬 친하거든?'이라는 표정으로 받아치고서 술집 안으로 쏙 들어가 버렸다.

"안 올 줄 알았더니 뭐야……"

영미는 하윤이 요새 알바를 한다면서 모든 모임에 참석하지 않기에 당연히 오늘도 오지 않을 것이라고 생각했다. 그런데 오자마자 얼굴을 마주치고 나니 확 짜증이 치솟았다.

그녀에게 하윤은 그냥 싫은 존재였다. 반반한 얼굴도, 우수한 성적도, 사교적인 성격도 모든 게 다 싫었다. 입학했을 때부터 싫긴 했지만 최근 들어 더 싫어졌다. 남자친구인 준모 이야기를 할 때마다 다들 신기해하면서 눈을 반짝이는데, 하윤은 매번 듣는 둥 마는 둥 시큰둥하기 그지없었다. 그래서 영미는 확신했다. 하윤이 자신을 질투하는 거라고.

'그래, 네가 어디 가서 우리 오빠 같은 남자를 만나겠니.'

준모를 떠올린 영미의 얼굴에 흐뭇한 미소가 걸렸다. 그때, 그녀의 손에 들려 있던 휴대폰에서 진동이 울리기 시작했다. 발신자를 확인한 영미는 함박웃음을 지으며 전화를 받았다.

"응, 오빠."

"하윤아, 여기!"
술집 안으로 들어간 하윤은 제 이름이 들려온 방향으로 고개를 돌렸다. 동기들이 일제히 손을 흔들고 있는 모습이 보였다. 하윤도 가볍게 손을 흔들어 신호를 보내고 걸음을 옮겼다.
뭐 하고 지냈냐, 얼굴 보기 왜 이렇게 힘드냐 등등의 간단한 인사가 오고 간 다음, 하윤은 슬쩍 옆자리에 앉은 보라에게 몸을 기울이며 속삭였다.
"홍영미 오면 온다고 말이라도 좀 해주지."
"어떻게 알았어?"
"앞에서 만났어. 근데 얜 왜 안 들어와?"
하윤이 구시렁거리며 문 쪽을 바라보았다.
"내가 부른 거 아니야, 나도 좀 전에 알았어. 지수가 얘기했나 봐. 지수랑 영미랑 친하잖아."
보라도 영미를 좋아하지 않았고, 지수가 영미를 불렀다는 말에 어이없어 하던 참이었다.
"오늘도 아무 데나 끼어들어서 제 남친 얘기만 떠들어대면 나 갈 거야. 갑자기 사라져도 그런가 보다 해. 나중에 따로 보자."
보라와 은밀하게 속닥거리고 있던 하윤의 눈에 영미가 테이블로 걸어오는 모습이 들어왔다. 뭐가 그리 좋은지 얼굴에 웃음꽃이 만개해 있었다.

준모는 다음 주에 있을 패션쇼의 의상 피팅을 마치고 숍을 나오며 영미에게 전화를 걸었다.
[응, 오빠.]

준모가 눈썹을 찌푸렸다. 콧소리 가득한 영미의 목소리가 처음에는 애교로 들렸는데, 정이 떨어지고 나니 이제 가식으로 느껴졌다.

"오늘 좀 보자."

그는 오늘, 찰거머리 같은 영미를 떼어버릴 작정이었다.

[나 오늘은 좀 곤란한데?]

만나자고 안달복달할 때는 언제고, 만나주겠다는데 곤란하다고? 이 제 준모의 눈썹은 서로 맞붙기 일보 직전이었다.

[지금 학교 앞이야. 오늘 같은 과 친구 생일이거든.]

마음 같아서는 빨리 해치워 버리고 싶었지만, 선약이 있다는데 어쩔 도리가 없었던 준모가 체념하듯 말했다.

"알았어. 그럼 내일이나 모레 보자."

[넹, 오빠. 이따가 집에 가면서 전화할게용.]

준모는 영미의 애교에 질색하며 종료 버튼을 누르려다가 갑자기 멈칫 했다. 영미와 같은 과 친구라면 하윤에게도 친구일 테니, 잘하면 하윤 이 그 생일 파티에 올 수도 있겠다는 생각이 뇌리를 스치고 지나갔기 때문이었다. 다시 휴대폰을 들어 올린 그가 다급하게 외쳤다.

"영미야!"

[……응?]

휴대폰을 귀에서 뗐었는지 영미의 목소리가 작아졌다가 원래 크기로 돌아왔다.

"오늘 누구 생일이야?"

[음, 누구라고 말해도 잘 모를 텐데. 보라라고…….]

어떻게 설명해야 할지 몰라 머뭇거리던 영미의 목소리가 갑자기 커졌 다.

[아! 지난번에 오빠 학교 왔을 때 쟤는 도대체 탈색을 몇 번이나 한 거냐고 물었던, 금발로 염색했던 애 기억나?]

"그래, 기억나."

그 친구 옆에 서 있던 하윤이도. 준모의 얼굴에 묘한 미소가 떠올랐다.

[근데 그건 왜 물어?]

"아니 뭐 별건 아니고. 학교 근처라고?

준모가 슬며시 말을 돌렸다.

[응, 학교 앞 술집.]

"오빠가 지금 그쪽으로 갈게."

[여기 온다고?]

"지난번에 내가 애들한테 한턱 쏜다고 했었잖아. 마침 잘됐네. 오늘 그 약속 지키지 뭐."

왠지 모르게 하윤을 볼 수 있을 것만 같은 좋은 예감이 들었다. 설사 만나지 못한다 한들 풋풋한 대학생들과 하루 노는데 술값 몇 푼 내는 것 정도는 아깝지도 않았다. 영미와의 헤어짐도, 하루 이틀 미룬다고 큰 일 날 것도 없었다.

[진짜 올 거야?]

준모는 얼른 차에 타서 시동을 걸었다.

"그렇다니까. 거기가 정확히 어디라고?"


하윤은 어떤 주제로 이야기를 시작해도 결론은 준모 이야기로 끝을 맺는 영미에게 진심으로 감탄했다. 영미는 준모에게 들은 패션쇼 뒷이야기, 곧 들어갈 드라마 이야기, 연예인들의 사생활까지 무궁무진한 이야기보따리를 풀어놓고 있었다.

'이제 나는 그만 사라질 때가 된 것인가.'

다른 이들과 달리 하윤은 연예계 쪽 이야기가 궁금하지도, 신기하지도 않았다. 신휘를 통해 다양한 비화를 섭렵하기도 했고, 요새 현장을 따라다니며 직접 본 것도 있으니 그다지 새로울 것도 없어서였다. 좀이 쑤셔 엉덩이를 들썩이고 있던 하윤에게 지수가 관심을 보였다.

"하윤이 넌 남자친구랑 잘 지내? 몇 달 전에 제대했다며?"

친구들도 하윤이 사귀는 사람이 있다는 것은 알고 있었다. 보라만 유일하게 그 상대가 신휘라는 것을 알고 있는 상황이었다.

"그럼, 잘 지내지."

담담하게 대답하면서도, 하윤의 입가는 미세하게 씰룩거리고 있었다. 아, 자랑하고 싶다…… 소문내고 싶다…….

"남친은 무슨 일 해? 영미는 자기 얘기보다 남친 얘기를 더 많이 하는데 넌 남친 얘기를 통 안 하더라? 오늘은 네가 썰 좀 풀어봐."

보라를 제외한 일곱 명의 눈이 모조리 하윤에게 집중되었다. 지수뿐만 아니라 다들 하윤의 남자친구에 대해 궁금증을 가지고 있었다. 하윤은 입학한 이래로 한 번도 소개팅, 미팅, 과팅을 해본 적이 없었다. 헌팅도 칼같이 자르는 걸로 유명했다. 모든 '팅'을 금기시했기 때문에 우스갯소리로 '팅커벨'이나 '노팅헬'이라는 별명으로 불린 적도 있었다. 남자친구에 대해 작정하고 꼬치꼬치 캐물어도 그냥 웃고 말거나 어물쩍 넘어가곤 했기 때문에, 모두 하윤이 내세울 것 없는 사람을 만난다고 짐작만 할 뿐이었다.

"그냥 프리랜서야."

하윤은 오늘도 대충 얼버무릴 수밖에 없었다.

"어떤 일 하는 프리랜서야?"

지수는 집요했다.

'영화, 드라마, 광고까지 모든 매체를 섭렵한 남자, 네가 문느님이라고 찬양하는 문신휘!'

지수는 자신을 스스로 '문신휘빠'라고 지칭할 만큼 그의 열성팬이었다. 하윤은 확 터뜨려 버리고 싶은 마음을 꾹 눌러 참고 차분하게 대답했다.

"방송 쪽에서 일해."

"방송 쪽 일? 뭔데?"

하윤은 괜한 입방정을 떨었다는 생각에 후회가 밀려왔다.

"음, 그러니까 그게……."

뜸을 들이며 할 말을 모색하고 있던 그녀를 구해준 건 다름 아닌 영미였다.

"오빠 도착했어?"

영미가 큰 소리로 전화를 받으며 자신에게 향해 있던 이목을 끌어가주자, 하윤은 조용히 안도의 한숨을 내쉬었다.

"까만색 건물 1층에 타임이라는 간판 보여? 응, 거기로 들어와."

전화를 끊은 영미가 거만한 미소를 장착하고, 물음표를 담고 있는 모두의 시선에 답해주었다.

"우리 준모 오빠가 한턱 쏘러 오겠다고 해서 그러라고 했어."

남의 생일 파티에 예고도 없이 들이닥치는 개똥 매너 좀 보소? 지수와 하윤은 동시에 똥 씹은 표정이 되었다.

"괜찮지?"

영미가 파티의 주인공인 보라에게 눈웃음을 치며 물었다.

'다 와서 괜찮냐고 묻는데 그럼 꺼지라고 할까?'

속으로 투덜대던 보라는 금세 생각을 고쳐먹었다. 오늘 술값을 계산해야 하는 자신에게는 물주가 나타난 게 굳이 나쁠 것도 없다는 걸 깨달았기 때문이었다.

"그래, 뭐……."

하윤도 보라와 마찬가지로 준모의 등장이 내심 반가웠다. 자신이 화제의 중심에서 내쳐지고, 아니 이미 내쳐진 것 같았지만, 아무튼 준모에게 이목이 집중될 때 슬그머니 일어나면 될 일이었다. 그리고 님이 계시는 집으로 돌아가면 완벽한 해피엔딩! 오빠랑 영화나 한 편 봐야지. 가는 길에 태훈이한테 후끈한 영화 하나 추천해 달라고 해야겠다. 그러다 분위기 타면……. 하윤은 골뱅이무침에 나온 양파에 손도 대지 않은 자신을 칭찬하며 혼자서 히죽거리다가 누군가와 눈이 딱 마주쳤다.

준모였다. 그는 어리둥절한 표정으로 하윤을 바라보다가 이내 느끼한 윙크를 날렸다.

'악! 내 눈!'

황급히 시선을 피한 하윤은 언제 팔푼이처럼 웃었나 싶게 도도한 표정으로 턱을 치켜들었다.

예상대로 준모는 화제의 중심에 우뚝 섰고, 하윤의 별 볼 일 없을 것으로 예상되는 남자친구의 존재는 금세 잊혀졌다.

"영미랑은 어떻게 만나신 거예요?"

오늘 모든 질문은 자타 공인, 남의 연애에 관심이 많기로 유명한 지수의 입에서 시작되었다.

"겨울방학 때 영미 헬퍼 알바하면서 알게 됐어."

의상디자인학과 학생들은 방학이나 주말을 이용하여 패션쇼 백스테이지에서 모델들 의상이나 소품을 관리하고 챙겨주는 헬퍼 알바를 하곤 했다.

"근데 사귄 건 이제 한 달 좀 넘었어."

말을 하면서 그의 눈은 대각선 맞은편 자리에 앉아 있던 하윤에게로 향했다. 영미와는 언제 끝나도 크게 문제없는 사이라는 걸 은연중 흘린 것이었다. 하지만 하윤은 들은 건지 못 들은 건지 소주만 홀짝이고 있었다.

"누가 먼저 사귀자고 했어요?"

지수의 호기심 가득한 질문이 이어졌다.

"영미가 나한테 엄청 들이댔지. 난 이렇게 적극적인 스타일 처음 봤다니까? 그치, 영미야?"

"어, 어……."

영미의 얼굴이 순식간에 터질 듯 달아올랐다. 준모는 영미가 무안해하거나 말거나 뭐가 그리 좋은지 낄낄거리고 있었다.

'좋냐? 좋아?'

준모를 떨떠름하게 바라보며 의자에서 일어선 하윤은 어디 가느냐는 눈빛으로 올려다보는 보라에게 화장실 쪽을 눈짓으로 가리키며 자리를 벗어났다. 하지만 그녀가 향한 곳은 화장실이 아닌 밖이었다.

"오빠는 뭐 하고 있으려나……."

신휘에게 전화를 걸어보려던 하윤은 술집 문이 열리는 소리에 반사적으로 고개를 돌렸다. 준모가 보였다.

'아씨, 화장실로 갔어야 했어.'

그와 마주칠 수 없는 금남의 구역, 여자 화장실로 가지 않은 자신을 질책하고 있던 하윤에게 준모가 빙긋 웃으며 다가왔다.

"하윤아."

얻다 대고 친한 척이야. 하윤이 떨떠름하게 그를 바라보았다.

"성은 뭐야?"

"성이요."

"응, 성이 뭐냐고."

"성이 성이라고요."

말귀 더럽게 못 알아먹네.

"아, 성하윤! 이름도 얼굴만큼 예쁘네."

훗! 귀는 별론데 눈은 쓸 만한걸? 슬며시 웃고 있는 하윤에게, 준모가 넌지시 말을 건넸다.

"번호 좀 가르쳐 줄래?"

"제 번호는 왜요?"

"왜긴 왜야, 연락하면서 친하게 지내자는 거지."

아이고, 영미야. 네 남친 놈이 이러고 있다.

"아니요. 괜찮습니다."

아주 예의 바른 하윤의 대답은 준모를 아주 무안하게 만들었다. 그러나 그는 얼른 당황한 기색을 감추고 너스레를 떨었다.

"혹시 너 연예계 쪽에 관심 있어? 오빠가 다리 놔줄 수도 있는데."

준모의 본격적인 작업이 시작되었다. 연예인이 되고 싶다는 생각을 해본 적은 없을지라도, 예쁘다는 칭찬과 함께 자신이 그 정도 영향력이 있는 사람이라는 것을 어필하면 대부분의 여자는 넘어오기 마련이었다. 그가 마음먹고 작업을 시작해서 실패한 여자는 아직까지 한 명도 없었다.

"오빠가 아는 기획사도 많고, 소개해 줄 만한 관계자들도 많이 알아."

준모가 다시 한 번 강조했다.

'뭐래……'

하윤이 뚱한 표정으로 그를 빤히 바라보았다. 잘나가는 연예 기획사 대표가 몇 년째 공들이고 있는 사람인데, 내가? 데뷔하고 싶으면 댁보다 신휘 오빠한테 말하는 게 더 빠를 텐데? 본인 인지도도 '망'인 주제에 누구한테 다리를 놔준다는 건지, 한심하기 짝이 없었다. '너나 잘하세요'라고 말하고 싶어 입이 근질근질했지만, 꾹 참고서 간결하게 답했다.

"관심 없는데요?"

준모가 잘못 들었다는 듯 되물었다.

"관심 없다고?"

"네, 전혀요."

하윤은 아무래도 그가 말귀를 못 알아듣는 스타일인 것 같아 뒷말에 힘을 주었다.

'요거, 요거. 매력 있네?'

그녀가 철벽을 치면 칠수록 준모에게는 호감도가 상승했다. 하윤을 공략해 보고 싶은 투지가 불타올랐다.

'이런 당찬 스타일에는 정공법이 먹히지.'

그는 접근 방법을 바꿔보기로 했다.

"난 관심 있는데."

"……."

"너한테."

"하아……."

이마를 짚으며 대놓고 한숨을 내쉰 하윤이 단호한 어조로 말했다.

"남자친구 있는데요."

"나도 여자친구 있어."

본인이 여자친구가 있는 것도, 하윤이 남자친구가 있는 것도, 준모에게는 대수로운 일이 아니었다. 영미와 하윤이 동기라는 것도 전혀 개의치 않았다. 그는 친한 친구의 여자친구라도, 헤어지고 나면 FA 시장에 나왔다고 표현할 만큼 자칭 프리한 연애 방식을 지향하는 스타일이었다.

하윤은 어이가 없어 할 말을 잃었다.

'뭐 이런 미친놈이 다 있지?'

그는 뒷덜미를 잡게 하는 데 탁월한 대화 기술을 선보이고 있었다. 그리고 준모가 덧붙인 말은 화룡점정이었다.

"곧 헤어질 거긴 한데 아직은 있다고 해야겠지?"

"아, 예…… 그러시든지요."

더 이상 마주 보고 있는 것조차 짜증스러워진 하윤은 준모를 강하게 쏘아보고 나서 몸을 돌렸다.

신휘는 소파에 드러누워 거실을 쭉 둘러보았다. 오늘따라 집이 유난히 썰렁하고 커 보였다.

"집에 혼자 있어본 적이 언제였더라……."

기억을 더듬던 그의 귀에 휴대폰 벨소리가 들려왔다. 테이블 위에 놓아두었던 휴대폰을 집어 들어보니, 액정에 '지혜'라고 떠 있었다.

"지혜?"

지혜와 태훈의 번호는 하윤과 연락이 안 될 때를 대비한 비상 연락망으로 가지고 있었다. 하지만 특별히 따로 연락한 적은 없었기 때문에, 신휘에게는 지혜의 전화가 뜻밖일 수밖에 없었다.

통화 버튼을 누르자 지혜가 먼저 말문을 열었다.

[오빠, 저 지혜예요.]

"그래, 어쩐 일이야?"

[고급 정보가 있는데 저랑 거래 안 하실래요?]

지혜는 서론 따위 없이 단도직입적으로 본론을 꺼내놓았다.

"거래?"

[하윤이 얘긴데…….]

지혜가 슬쩍 흘린 말에, 신휘는 망설임 없이 협상을 시작했다.

"조건은?"

[에단 콘서트 VVIP 좌석.]

에단은 최근 폭발적 인기를 끌고 있는 솔로 가수였고, 관계자와 지인만 구할 수 있다는 VVIP 좌석 티켓이 그녀의 목적이었다.

"문제없어."

거래는 속전속결로 성립되었다.

"정보는?"

신휘는 지혜의 입에서 나올 고급 정보가 뭘까 상당히 궁금했다.

[하윤이 같은 과 동기 중에 남친이 모델인…….]

"알아, 박준모."

[아시는구나. 그럼 박준모가 하윤이한테 껄떡거리는 것도 아세요?]

"뭐라고?"

신휘가 자리를 박차고 일어나며 되물었다.

[방금 하윤이랑 통화했거든요? 근데 박준모가 하윤이한테 대놓고 관심 있다고 말했대요. 번호도 알려달래고, 연예계 관심 있으면 기획사 소개해 준다고도 하고, 암튼 적극적으로 개수작을 떨고 있는 것 같아요.]

신휘는 폭발 직전의 분노를 애써 진정시키고 건조한 목소리로 물었다.

"하윤이 학교 앞으로 간다는 말까지만 들었어. 지금 어디 있는지 좀 알아봐라."

[이미 파악해 뒀죠. 전화 끊고 문자로 주소 쏠게요.]

"그래."

[오빠, 우리 종종 상부상조해요.]

전화를 끊고서 곧바로 하윤의 현재 위치가 찍힌 문자가 도착했다.

방에 들어가 차 키를 가지고 나온 신휘는 슬리퍼에 발을 넣다 말고 멈칫했다. 그리고 제 옷차림을 내려다보았다. 하윤이 절대 집에서 입고 있던 옷차림 그대로 밖에 나가지 말라고 했던 말이 떠올랐기 때문이었다.

"음……."

티셔츠에 반바지, 그리고 슬리퍼. 백수 룩 3종 세트를 완벽히 갖추고 있었다. 신휘는 다시 방으로 되돌아가 옷을 갈아입고 나서야 집을 나설 수 있었다.


화장실에 들렀다 자리로 돌아온 하윤은 슬며시 탈출을 시도하다가 지수에게 들키고 말았다.

"너 도망가려고 그러지! 오랜만인데 좀 더 놀다 가."

지수는 아예 하윤의 팔짱을 끼고서 철벽 방어 모드에 돌입했다.

"2차 갈 때 쓱 빠져."

보라의 나직한 코치에 하윤은 고개를 끄덕였다.

잠시 뒤, 아무 일도 없었다는 듯 돌아온 준모가 비어 있던 하윤의 바로 맞은편 자리에 앉았다. 술자리 로테이션이야 비일비재한 일이었지만, 하필이면 그와 마주 보고 앉아 있어야 한다니 최악이었다.

"오빠, 이거 맛있다. 먹어봐."

영미는 눈웃음을 치고 그의 어깨에 기대가며 아양을 떨어댔다.

'정신 차려라, 홍영미. 네 남친 놈 너랑 곧 헤어지실 거란다.'

하윤은 아무것도 모르고 혼자 열렬히 들이대고 있는 영미에게 측은지심까지 느끼고 있었다.

술자리의 필수 코스인 게임의 시간이 끝나고, 준모의 잘난 척의 시간까지 지나갔는데도 마무리될 기미가 보이지 않았다.

'제발 2차 좀 가면 안 되겠니……?'

혹시 안주가 떨어지면 자리를 옮길까 싶어 안주도 열심히 집어 먹어보았지만, 하윤에게 돌아온 건 배고프냐는 말뿐이었다.

"아까 준모 오빠 오는 바람에 못 들었던 얘기, 이제 듣자."

지수가 분위기를 환기하자, 모두가 기억을 더듬으며 동시에 눈알을 굴렸다. 하윤도 그중 하나였다.

"하윤이 남친 얘기."

'빌어먹을, 나였어…….'

왠지 오늘은 얼렁뚱땅 넘어갈 수 없을 것만 같은 불길한 예감이 들었다.

"남친은 뭐 하는 사람이야?"

준모가 호기심 가득한 눈을 빛내며 끼어들었다.

"방송 쪽 프리랜서래요."

하윤 대신 지수가 나서서 대답했다.

"방송 쪽? 작가? PD?"

준모는 더욱 적극적인 관심을 보이며 하윤을 향해 상체를 기울였다.

"혹시 나 아나?"

하윤은 거만하게 말려 올라가는 그의 입꼬리를 끌어 내리고 싶은 걸 참기 위해 어금니를 꽉 깨물었다.

'알다마다.'

강남 한복판에 나가서 몇 시간을 돌아다녀도 아무도 못 알아볼 모델계의 햇병아리 따위가 이 정도로 꼴값을 떠는데, 신휘가 얼마나 겸손한 사람인지 그녀는 오늘 제대로 실감했다.

"프리랜서면 수입이 안정적이진 않겠네."

준모에 이어 영미가 걱정해 주는 척하며 밑상에 시동을 걸었다.

"안정적이진 않아도 벌 만큼은 벌어."

하윤이 가소롭다는 듯 피식 웃으며 받아쳤다. 이번에 찍은 광고가 몇 억짜리인지, 우리 오빠 기사 줄줄이 꿰고 있는 지수한테 좀 물어봐 줄래?

"아! 벌 만큼……."

영미가 알 만하다는 듯 조소를 머금었다. 그녀는 이미 하윤의 남자친구를 생활고에 허덕이는 반 백수쯤으로 확신하고 있었다.

'맘대로 생각해라. 그런들 어떠하고, 저런들 어떠하리.'

하윤의 표정이 한껏 시큰둥해졌다.

"신휘 형 코디 알바도 남친이 소개시켜 준 거야?"

'안 돼!'

준모의 기습 질문에 하윤은 질겁했다. 등줄기를 타고 식은땀이 흘러내렸다.

잠시 정적이 흐르고 영미가 믿을 수 없다는 표정으로 물었다.

"너…… 문신휘 코디 알바해?"

보라만 아는 이야기였으나, 친절한 준모 씨 덕분에 이제 모두가 알게 된 것이었다.

"진짜? 언제부터? 대박! 나 인사 좀 시켜줘!"

하윤은 지수에게 잡혀 미친 듯이 흔들리고 있는 팔도, 지수의 벼락같은 외침에 폭격당하고 있는 고막도 모두 제 것이 아닌 것만 같았다. 다른 동기들의 반응도 지수와 비슷했다. 웬일이냐, 장난 아니다, 부럽다 등의 폭발적 반응이 쏟아졌다.

"하아……."

하윤의 입에서 깊은 한숨이 흘러나왔다. 이래서 알리고 싶지 않았다고. 난 조용히 살고 싶다고. 그러나 그 바람은 헛된 것이었음을 이어진 영미의 말로 확실히 알게 되었다.

"저기…… 문신휘 아니야?"

영미의 시선은 하윤의 뒤편 문 쪽으로 향해 있었다.

'설마…….'

말도 안 된다고 부정하고 싶었으나 이미 주위의 웅성거림이 온몸으로 느껴졌다. 영미와 같은 곳을 바라보고 있는 준모의 표정이 놀라움에 젖어들고 있는 게 보였다. 하윤은 천천히 뒤를 돌아보았다. 어디 한 군데도 가리지 않고서 자체발광 얼굴을 고스란히 드러낸 신휘가 입구 근처에 서 있었다.

'헐…….'

그는 성큼성큼 걸어, 벌린 입을 다물지 못하고 있는 하윤의 눈앞에서 걸음을 멈췄다.

"하윤아."

하윤이 넋이 나간 얼굴로 신휘를 올려다보며 말문을 열었다.

"저, 저요……?"

하윤은 너무 당황한 나머지 현실 부정 단계에 접어든 상태였다.

피식 웃음을 터뜨린 신휘는 목이 돌아갔나 싶을 만큼 꺾여 있는 그녀의 머리를 제자리로 돌려주었다. 그리고 자신에게 향해 있는 시선에 하나하나 눈을 맞춰주며 테이블을 한 바퀴 훑었다.

"선배님!"

신휘와 시선이 마주치고서야 정신이 번쩍 든 준모가 의자에서 벌떡 일어났다. 그의 외침에, 하윤의 눈에 초점이 돌아왔다.

"준모 씨를 여기서 보네요?"

태연하게 말을 건넸지만, 신휘의 속마음은 활활 불타오르고 있었다. 네가 우리 하윤이한테 개수작을 떨었다 이거지?

"선배님께서 여긴 어쩐 일로……."

네놈이 내 여자한테 집적거리고 있다는 소식 듣고 왔지. 신휘는 준모의 조심스러운 질문을 자연스럽게 무시하고 주위를 둘러보며 말했다.

"좀 앉아도 될까요?"

신휘를 바라보느라 할 말을 잃고 있던 모두의 입이 동시에 트였다.

"그, 그럼요!"

"당연하죠!"

"여기 앉으세요!"

"야, 빨리 옆으로 좀 옮겨!"

모두가 한마음 한뜻으로 일사불란하게 하윤의 오른쪽 자리를 비우고 한 칸씩 옆으로 이동했다. 자리가 없으면 제 무릎이라도 내줄 기세들이었다.

신휘가 자리에 앉자, 뻘쭘하게 서 있던 준모도 슬쩍 따라 앉았다. 유난히 뜨거운 시선이 느껴지는 쪽으로 고개를 돌린 신휘는 이글이글 타오르는 눈빛을 보내고 있는 지수와 눈이 마주쳤다.

"오빠 팬이에요."

문느님을 영접한 그녀의 입에서 간결하지만, 진심이 가득 담긴 고백이 흘러나왔다.

"고마워요."

지수는 신휘와 일대일로 이야기해 볼 수 있는 일생일대의 기회를 놓칠 수 없다는 생각에 얼른 말을 이었다.

"저희 방금 오빠 얘기하던 중이었어요."

"내 얘기……?"

"하윤이 오빠랑 같이 일한다면서요?"

신휘의 시선이 하윤에게 향했다. 하윤의 절박한 표정을 보아하니 본인의 입으로 말한 것 같지는 않았다.

'박준모가 떠벌렸나 보네.'

신휘는 준모를 한 번 흘끔 보고서 다시 지수에게로 눈을 돌렸다.

"같이 일하는 것만 알고 있어요?"

"……네?"

지수를 비롯한 누구도 그의 질문을 이해하지 못했다. 다 같이 눈만 끔뻑거리고 있을 뿐이었다.

"하윤이가 우리 사이 얘기한 적 없나 보네."

느릿하게 움직이던 눈들이 '우리 사이'라는 네 글자에 함축된 의미를 파악하기 위해 바삐 돌아갔다. 그들이 '우리 사이'가 고용인과 피고용인 사이에서 보편적으로 쓰이는 단어가 아니라는 결론에 도달한 순간, 신휘가 하윤의 얼굴을 두 손으로 잡고 시선을 맞추며 물었다.

"하윤아, 오빠가 부끄러워?"

하윤의 눈이 경악으로 물들었다.

'왜, 왜 이래! 미쳤어?'

하윤은 신휘에게 잡혀 있는 양 볼의 근육을 꼼지락거려 보았지만, 그는 꿈쩍도 하지 않고 천연덕스럽게 웃기만 할 뿐이었다.

"방송 쪽 일 한다는 프리랜서 남친이 설마…… 신휘 오빠?"

지수가 얼떨떨한 표정으로 물었다.

"스, 스무 살 때부터 사귀었다는…… 군대 간 동안 기다렸다는 그 남친이…… 신휘 오빠라고?"

신휘는 하윤의 어깨를 감아 제 쪽으로 끌어당기는 걸로 대답을 대신했다.

'나도 이제 모르겠다……'

하윤도 이제 돌이키기엔 늦어버렸다는 것을 깨닫고 그의 손길에 순응했다.

"선배님, 그러니까 두 분이……."

준모는 여유롭게 웃고 있는 신휘와 멋쩍어 하는 하윤을 번갈아 바라보며 말끝을 흐렸다.

'아, 얼굴 뚫어지겠네……'

신휘에게 묻고 싶은 말은 많았지만, 과도한 시선 집중에 함부로 입을 뗄 수가 없었던 하윤은 다른 방법을 생각해 냈다.

"잠깐 화장실 좀……."

몸을 일으키며 신휘에게 따라오라고 눈짓을 했지만, 신휘는 천연덕스러운 미소를 지을 뿐이었다.

"갔다 와."

도로 앉기가 뻘쭘했던 하윤은 하는 수 없이 화장실로 걸음을 옮길 수밖에 없었다.

손이라도 씻고 갈 요량으로 세면대 앞에 서서 시선을 내렸다가 들어 올린 그녀는 일순간 멈칫했다. 거울을 통해 팔짱을 끼고 서 있는 영미가 보였기 때문이었다. 표정만으로도 시비를 걸기 위해 따라왔다는 것을 알 수 있었다.

"말해."

하윤이 까칠한 어조로 선수를 치며 손을 씻기 시작했다. 하윤의 단도직입적인 말에 일순간 당황했지만, 영미는 얼른 표정을 고치고 말문을 열었다.

"너 문신휘랑 사귀는 거 맞아?"

'어떻게 네가?'라고 영미의 얼굴에 쓰여 있었다.

"너 박준모랑 사귀는 거 맞아?"

손을 다 씻은 하윤이 손의 물기를 털며 되물었다. 영미 쪽으로 물방울도 슬쩍슬쩍 흩뿌려 주었다. 나름의 기선 제압이었다. 진의를 파악하지 못해 어리둥절하고 있는 영미에게 하윤이 쌀쌀맞게 쏘아붙였다.

"우리 오빠가 네 친구냐? 너도 박준모라고 하니까 기분 별로지? 최소한 '씨' 자는 붙여주는 게 예의라고 보는데?"

영미는 하윤이 톱스타와 사귄다는 사실 자체도 어이가 없었지만, 준모가 돋보여야 할 자리에 뜬금없이 나타난 신휘 덕분에 존재감 없이 찌그러져 있어야만 했던 게 분해서 미칠 것 같았다. 그래서 어떻게라도 화풀이를 하고 싶은 마음에 화장실까지 따라왔는데 하윤이 더 강하게 나오니 얼떨떨했다.

하윤은 입만 뻐끔거리고 있는 영미를 한심하다는 듯 바라보며 말을 이었다.

"나 신휘 오빠랑 사귀는 거 맞아. 그래서 뭐?"

평정심을 되찾은 영미가 영문을 모르겠다는 표정으로 물었다.

"너랑 왜?"

아오! 저게 진짜! 하윤은 속이 부글거렸지만 흥분하면 지는 거라는 생각에 동요하지 않은 척 억지로 미소를 머금었다.

"글쎄? 네가 오빠한테 좀 물어봐 줄래? 대체 왜 나를 그렇게 죽도록 따라다니는 건지."

눈 감아, 내 양심……. 하윤은 몸부림치는 양심을 잘 다독였다.

"몸으로 들이댔니?"

영미 자신도 치졸한 공격이라고는 생각했지만, 문신휘와 성하윤은 그런 말을 들을 만큼 급이 맞지 않는다는 사실을 자각시켜 주고 싶었다.

'어, 어떻게 알았지?'

하윤은 신휘에게 들이댔던 스무 살 생일이 떠올라 순간적으로 멈칫했다. 그러나 이내 속눈썹을 천천히 깜빡이며 감격스러운 표정을 지어 보였다.

"문신휘도 유혹할 수 있는 몸이라고 인정해 주는 거야? 고맙다. 웬일로 너한테 칭찬을 들었더니 날아갈 것 같네."

붕 날아서 네 싸다구를 왕복 10회 날려주고 싶다. 하윤은 속으로는 이를 바득바득 갈면서도 겉으로는 여유를 잃지 않았다. 예상치 못한 반응에 받아칠 말을 찾지 못하고 멀뚱히 서 있는 영미에게, 하윤이 슬쩍 다가서며 속삭였다.

"나도 궁금한 게 있는데……."

은밀한 이야기라는 듯, 하윤은 주위에 누가 없는지 슬쩍 눈으로 훑는 시늉까지 했다.

"네가 엄청 들이댔다고 박준모 씨가 한 말 말이야. 그거 설마 몸으로 들이댔다는 의미는 아니지?"

이번엔 영미가 움찔했다.

"……아, 아니거든?"

더듬는 말투와 불안한 시선 처리. 영미는 하윤에게 제 속을 빤히 드러내 보이고 있었다.

'맞군.'

지기 싫은 마음에 영미의 말을 따라 해본 하윤에게는 의외의 수확이었다. 오늘 두 사람은 같은 공격을 한 번씩 주고받았고, 둘 다 진심으로 뜨끔했다.

"아니면 말고. 근데 왜 말을 더듬고 그래, 진짜 같아 보이게."

코웃음을 날려주고 유유히 화장실을 빠져나온 하윤은 테이블로 걸어가며 분위기를 살폈다. 무슨 내용인지 들리지는 않았지만, 모두의 시선이 신휘에게 향해 있는 걸로 보아 그가 이야기를 주도하고 있는 듯했다. 신휘의 눈치를 살피고 있는 준모의 모습도 보였다.

하윤이 자리에 앉으면서 잠시 말이 끊긴 사이, 기회는 이때다 싶었던 준모가 재빨리 자리에서 일어났다.

"선배님, 전 이만 가보겠습니다."

"벌써 가게요?"

"네, 제가 내일 스케줄이……."

준모는 자신보다 훨씬 바쁠 게 분명한 신휘 앞에서 스케줄을 들먹인 게 왠지 모르게 민망해져서 말꼬리를 흐렸다.

"나도 내일 오전 스케줄 있는데 일어나야겠네. 같이 나가요."

신휘는 준모를 이대로 보내줄 생각이 없었다.

"그, 그러시죠……."

하윤에게 했던 제 행동들이 찜찜했던 준모는 얼른 자리를 벗어나고 싶었다. 오늘만 모면한다고 될 일은 아니었지만, 나중 일은 나중에 생각하기로 했다. 혹시 하윤이 신휘에게 오늘 일을 이야기하지 않을 수도 있지 않을까 하는 기대도 조금은 가지고 있었다. 그런데 지금 가장 피하고 싶은 대상이 같이 나가자고 하니 난감할 따름이었다.

"미안하지만 하윤이 데려갈게요. 다음에 또 봐요."

모두에게 양해를 구한 신휘는 하윤의 머리를 다정하게 쓰다듬으며 말했다.

"천천히 나와."

두 남자가 나가고, 남겨진 여자들은 신나게 조잘거리기 시작했다. 전부 신휘와 하윤에 관한 이야기뿐이었다.

"난 아직도 믿기지가 않는다, 너랑 신휘 오빠가 사귀는 사이라는 게."

"하하……."

지수의 말에 하윤이 어색하게 웃었다. 나도 가끔은 믿기지 않는데 넌 오죽하겠니.

"네가 하도 입을 다물고 있어서 엄청 찌질한 사람인가 했잖아. 진짜 대박 반전이다."

모두가 공감한다는 듯 웃었지만 유독 한 사람, 영미만은 웃지 못하고 있었다.

"자, 우리도 나가자. 2차 갈 사람은 2차 가고, 집에 갈 사람은 집에 가고."

보라의 제안에 다들 주섬주섬 가방과 휴대폰 등을 챙겨 자리에서 일어났다. 앞장서서 카운터로 걸어간 보라가 직원에게 말했다.

"계산이요."

"계산하셨는데요?"

그나마 준모가 제 체면을 세워주고 갔구나 싶어 영미가 반색하며 나섰다.

"아마 우리 오빠가 했을……."

"문신휘 씨가 하고 나가셨어요."

영미의 얼굴에는 민망함이, 하윤의 얼굴에는 보일 듯 말 듯 한 미소가 드리워졌다.


준모는 신휘가 술값을 계산하는 동안 먼저 밖으로 나가 다급하게 대리운전 기사를 불렀다. 홀짝홀짝 받아 마신 소주가 이제 와 후회스러웠다. 운전을 해야 한다며 술을 마시지 않은 신휘가 빨리 떠나주기만을 바라는 수밖에 없었다.

"안녕히 들어가십시오, 선배님."

뒤따라 나온 신휘에게 어서 가라는 바람을 가득 담아 인사를 건넨 준모는 미소 띤 얼굴로 한마디 덧붙였다.

"영미 입단속은 제가 잘 시키겠습니다. 걱정하지 않으셔도 됩니다."

그 말인즉, 본인과 영미를 통해서는 오늘 일이 새어 나갈 염려를 하지 않아도 된다는 의미였다. 아무래도 열애 기사가 터지면 기자에게 접근하기 쉬운 자신이 가장 먼저 의심받을 거라는 우려 때문에 포석을 깐 것이었다.

"뭐, 그건 알아서 하고."

신휘의 시큰둥한 반응에 머쓱해진 준모가 시선을 피하며 머리를 긁적였다.

"준모 씨."

"네, 선배님."

"내가 깜박 잊고 고맙다는 얘기를 안 했네요."

"네?"

신휘는 어안이 벙벙한 표정을 짓고 있는 준모를 보며 빙그레 미소를 지어 보였다.

"우리 하윤이한테 신경 써줘서 고마워요."

"……네?"

"기획사 소개해 주겠다고 했다면서요?"

준모의 눈동자가 불안하게 요동쳤다. 언제 말했지? 하지만 의아한 건 나중 문제고, 우선 발등에 떨어진 불부터 끄는 게 급선무였다.

"아, 선배님. 저는…… 단지 순수한 의도로……."

준모는 일단 뭔가 오해가 있는 것처럼 몰아가 보기로 했다. 기획사를 소개해 주겠다고 한 건 정말 도움을 주고 싶어서 한 행동이라고 설명하면 잘 넘어갈 수도 있을 것 같았다.

"아, 순수한 의도로 기획사 소개해 주겠다고 한 거고……."

고개를 세차게 끄덕이고 있는 준모를 똑바로 바라보며 신휘가 말을 이었다.

"순수한 의도로 연락하면서 지내자고 한 거지?"

준모의 움직임이 일순간 멎었다.

"물론 하윤이한테 갖고 있는 관심은 순수한 의도에서 비롯된 거고?"

신휘의 입가에 비릿한 미소가 걸렸다. 어느새 존대도 사라지고 없었다.

"어쩌지? 난 순수하지가 않아서 내 여자한테 다른 남자가 관심 두는 거 싫은데?"

"죄송합니다! 선배님 여자친구인 줄 알았다면 절대 안 그랬을 겁니다!"

"내 여자만 아니면 되나?"

시선을 바닥으로 떨어뜨리고 있던 준모가 슬며시 고개를 들어 올렸다.

"다른 여자한테는 그래도 되는 거냐고."

"아, 아닙니다. 죄송합니다."

싸늘한 신휘와 눈이 마주친 준모는 움찔하며 다시 시선을 아래로 내렸다.

"네 여자친구한테 죄송한 게 먼저인 것 같은데? 일면식 없는 여자도 아니고, 여친 친구한테 들이대는 건 무슨 경우지? 사람에 대한 도리나 예의, 뭐 그런 거 없어?"

"……."

"너처럼 이 여자 저 여자 껄떡거리고 다니는 발정 난 개 같은 놈들 때문에 다른 남자들까지 싸잡아 욕먹는 거야."

미동도 없이 듣고만 있던 준모가 갑자기 신경질적으로 땅에 발을 비비며 건조한 목소리로 응수했다.

"……말씀이 좀 지나치신 것 같은데요?"

만면에는 불쾌한 기색이 가득했다.

"왜? 겨우 관심 있다고 한 것밖에 없는데 발정 난 개라는 말까지 들으니까 억울해?"

신휘가 실소를 터뜨리며 되물었다.

"네. 그런 말을 들어야 할 만큼 잘못했다고 생각하지는 않습니다."

"나도 그렇게 생각해."

당황한 준모의 눈이 휘둥그레졌다.

"근데 네가 하윤이한테 한 행동만으로 내가 이러는 게 아니거든. 오는 길에 너에 대해 좀 알아봤어. 아주 더럽게 논다고 소문이 자자하던데?"

[박준모? 한마디로 여자에 환장한 쓰레기야. 특히 어린애들 좋아해. 미성년자도 안 가려. 소속된 에이전시 대표가 그 새끼 큰아버지라서 그나마 지금 모델이라고 뻐기고 다니는 거지, 아니었으면 예전에 매장됐을걸? 내막 아는 애들도 자기들한테 불이익 올까 봐 쉬쉬하는 분위기고. 그 새끼가 뭔 짓거리를 하고 다녔냐면……]

신휘는 술집으로 향하는 길에 친분이 있는 모델에게 전화를 걸어 준모에 관해 물었고, 그가 해준 말이었다.

준모의 입이 다시 닫혔다. 발끈했던 기세도 이미 사라지고 없었다.

"아직도 억울하면 내가 오늘 들은 네 난잡한 행동들, 다 읊어줄 용의도 있는데."

신휘는 시선을 회피하는 준모를 냉담한 눈빛으로 바라보다가 다시 입을 열었다.

"내가 네 부모나 선생도 아니고, 네가 지금까지 개같이 살았든 소같이 살았든 관심 없어. 근데 앞으로 어떻게 사는지는 관심이 좀 생겼어. 우리 하윤이한테 관심 가져줬으니 나도 그래야 공평할 것 같아서. 안 그래?"

그의 속내를 알 길 없는 준모는 속이 타들어갔다.

"앞으로 내 귀에 네가 쓰레기 같은 짓거리를 하고 다닌다는 말이 또다시 들려온다면, 런웨이 못 서게 해줄 생각이야."

신휘는 사색이 된 얼굴로 자신을 바라보는 준모를 향해 씩 웃어주었다.

"내가 다른 건 몰라도 너 모델 일 못 하게 할 수는 있을 것 같은데. 이 바닥에서 십 년쯤 구르면서 특별히 사고 안 치고 살면 인맥이 넓어져. 디자이너 선생님들 몇 분한테만 말해도 너 이 바닥 퇴출인 건 알지? 네가 모델계에서 대체 불가능한 위치에 있다면 모를까, 그렇지 않은 건 본인이 제일 잘 알 테고."

"서, 선배님……"

준모는 그제야 사태의 심각성을 깨달았다.

"모델 말고 연기하면 된다는 생각을 하고 있다면 그것도 접어. 나한테는 모델 일보다 연기 못 하게 하는 게 더 쉬울 것 같으니까."

"잘못했습니다, 선배님! 한 번만 용서해 주시면……"

다급한 준모의 말을 신휘가 단호하게 잘랐다.

"나한테 그런 말 할 거 없어. 네가 앞으로 똑바로 행동하면 지금 내가 했던 말들 다 쓸데없는 말이 될 테니까."

믿어도 되는 건가? 준모의 눈이 신휘의 눈치를 살피느라 바삐 움직였다.

"최소한의 도덕심은 갖고 살자, 준모야."

경고인지 설득인지 모를 신휘의 말이 끝나자마자, 하윤과 동기들이

왁자지껄 떠드는 소리와 함께 밖으로 나왔다. 신휘는 준모를 압박하던 카리스마를 어느새 지워 버리고서 하윤에게 다정하게 물었다.

"왜 다 같이 나와?"

"2차 간대."

하윤의 대답에 이어, 보라가 입을 열었다.

"오늘 잘 먹었습니다."

너도나도 잘 먹었다고 한마디씩 감사의 인사를 건넸다.

"갈까?"

신휘는 술집 앞에 주차되어 있던 세단의 조수석 문을 열어 하윤을 태우고 운전석으로 걸음을 옮겼다. 그리고 안절부절못하고 있는 준모를 감정 없는 눈으로 한 번 바라보고는 그대로 차에 올랐다.

"하……"

준모는 신휘의 차가 출발하고 나서야 참았던 숨을 길게 내쉬었다. 그의 안색이 좋지 않다는 것을 알아차린 영미가 걱정스러운 표정을 지었다.

"오빠, 왜 그래? 속 안 좋아?"

"아, 아니야. 내가 나중에 연락할게."

준모는 마침 도착한 대리운전 기사와 함께 도망치듯 자리를 벗어났다.


하윤의 노골적인 시선이 느껴졌지만, 신휘는 돌아보지 않고 운전만 했다. 결국, 참지 못한 하윤이 먼저 말문을 열었다.

"어떻게 된 거야?"

"뭐가?"

하윤은 모른 척 되묻는 그를 흘겨보며 다시 물었다.

"여긴 어떻게 알고 왔어?"

하윤은 묵비권을 행사하고 있는 신휘에게 가장 유력한 용의자를 들이밀었다.

"지혜지?"

"……."

하윤의 짐작은 그의 침묵으로 확신이 되었다.

"어쩐지 어디냐고 꼬치꼬치 캐묻더라. 내 이년을 그냥……."

준모를 피해서 자리로 돌아가는 길에 지혜로부터 걸려온 전화를 받은 하윤은 화장실로 방향을 틀어 그의 개수작을 낱낱이 일러바쳤다. 홧김에 한 그 투정이 이런 후폭풍을 몰고 올 거라고는 전혀 생각지도 못한 것이었다.

"어허! 지혜가 뭘 잘못했다고 욕이야?"

"이럴 때 욕 안 하면 언제 해? 이렇게 엄청난 일을 저질렀는데!"

하윤이 발끈하며 지혜의 편을 들고 있는 신휘를 노려보았다.

"엄청난 일이 뭔데?"

"오빠가 내 친구들 앞에 나타났잖아. 지금 오빠가 무슨 일을 벌인 건지 감이 안 와?"

"그게 뭐가 엄청난 일이라고."

하윤은 사태의 심각성을 파악하지 못하고 있는 그에게 소리쳤다.

"기사라도 뜨면 어떡해!"

"기사 뜰 거 무서웠으면 오지도 않았지, 인마."

신휘가 오른손을 뻗어 하윤의 머리를 장난스럽게 헝클어뜨렸다.

"어차피 한 번은 겪고 넘어가야 할 일이야. 네가 좀 불편해지겠지만 감수할 수 있지?"

조바심을 내는 하윤과 달리 신휘는 태연하기 이를 데 없었다.

"나는 괜찮은데 오빠가……."

"너만 괜찮으면 난 전혀 상관없어."

"그래도……."

하윤의 어두운 낯빛을 보다 못한 신휘가 달래기에 나섰다.

"너무 걱정하지 않아도 돼. 열애 기사 그렇게 쉽게 안 터져. 기자들도 제보가 있거나 소문이 돌아야 취재를 시작하지 않겠어? 근데 사람들이 굳이 자기 시간 들여가면서까지 제보하고 그런 거, 생각보다 잘 안 하거든."

팬들 사이에서는 공공연하게 떠돌던 열애설이 몇 개월, 혹은 그 이상 시간이 흐른 뒤 기사화되는 경우를 많이 보았던 하윤은 그의 말이 일리가 있다고 생각했다.

"네가 어딜 갔다가 유명한 연예인이 이성이랑 같이 있는 걸 봤어. 그럼 신나서 언론사에 제보할 거야?"

"아니."

"거봐. 그냥 어, 저 사람? 이러고 말지. 아니면 자기 친한 사람들한테나 오늘 누구 봤다, 뭐 이런 식으로 얘기하고 말거나, 좀 더 적극적이면 친목 카페나 SNS 같은 데 올릴 거고. 꼭 기사화되는 걸 보고야 말겠다는 열의가 있지 않은 이상은 제보 잘 안 해. 게다가 오늘 우리 테이블에 한 열 명쯤 있었나? 단둘이 있었던 것도 아니고 무더기로 있었으니 제보하기 망설여질 거야."

그에게 설득당한 하윤이 한층 밝아진 표정으로 고개를 끄덕이다가, 갑자기 다시 시무룩해져서 중얼거렸다.

"다른 사람들은 몰라도 박준모나 홍영미는 좀 불안한데……."

하윤은 괜히 영미를 도발했다고 내심 후회하는 중이었다.

"박준모가 자기 입으로 먼저 걱정하지 말라고 했어. 그러니까 그 둘도 불안해하지 마."

준모가 한 말을 완전히 믿는 건 아니었지만, 우선 하윤을 안심시키기 위해 한 말이었다.

"아, 둘이 그 얘기 하고 있었던 거야? 심각해 보여서 무슨 얘기 중인가 했네."

"어, 그 얘기 했어."

신휘는 준모와 나눈 그 밖의 이야기들은 하윤에게 알릴 생각이 없었다.

"그럼 일단 안심하고 있어도 되려나?"

굳어 있던 하윤의 표정이 풀어진 것과 반대로, 담담했던 신휘의 표정이 돌연 심각해졌다.

"그것보다 네가 알고 있어야 할 게 있어."

"뭔데?"

"이번에 들어가는 드라마에 박준모도 출연한대."

"진짜? 뭘로?"

"카페 알바. 대사도 거의 없는 작은 역할이고, 지금 대본 나온 것까지는 나랑 걸리는 신도 없긴 한데 혹시 몰라서. 촬영장에서 마주치게 돼도 절대 가까이 가지 말고, 나 촬영 중일 때는 성국이 옆에 꼭 붙어 있어."

"내가 무슨 어린애야?"

하윤이 분위기 파악 못 하고 까르르 웃었다. 내막을 알지 못하는 그녀에게는 그저 신휘의 과한 걱정으로밖에 보이지 않았다.

"그냥 네, 알겠습니다. 하면 안 돼?"

"네, 알겠습니다."

하윤은 장난스럽게 그의 말을 따라 하고서, 눈을 가늘게 뜬 채로 신휘를 바라보았다.

"근데 오빠…… 오빠 나한테 너무 집착하는 것 같은데?"

신휘는 뜨끔했다. 준모 이야기와 별개로 요즘 자신이 하윤에게 집착하고 있다는 것은 스스로가 가장 잘 알고 있는 사실이었다.

"오빠가 이렇게 구속하는 스타일인 줄 미처 몰랐어."

집착하고 구속하는 남자……. 신휘 자신이 생각해도 어처구니가 없었다.

'내가 어쩌다가……'

자아 성찰 중이던 그의 귀에 하윤의 키득거리는 소리가 들렸다.

"……왜 웃어?"

"좋아서."

"……뭐가?"

"오빠가 나한테 집착해 줘서. 구속받고 싶어서 죽는 줄 알았어."

"그, 그래?"

당황스럽긴 했지만 일단 하윤이 좋아하니 다행이다 싶었다.

'걱정하지 마. 나, 아무래도 집착과 구속에 소질 있는 것 같다.'

신휘의 얼굴에 미소가 번졌다.


하윤은 집에 돌아와 준모와 영미를 제외한 나머지 동기들에게 일일이 전화를 돌려 비밀 유지를 확답받았다. 혹시나 싶어 팬카페와 유명 커뮤니티 사이트 등을 돌며 동태를 살피다 보니, 목격담 하나가 눈에 띄었다.

"벌써 떴네."

술집에 있었던 손님 중 누군가가 올린 글인 듯했다. 다행히 사진은 없었다.


─나 오늘 술 마시러 갔다가 문신휘 봤음. 후덜덜한 비주얼이었음. 근데 여친 있는 듯? 여자 개평범해서 솔직히 실망.


"개평범한 얼굴로 실망을 안겨서 미안하구나."

하윤은 모니터 화면을 쏘아보며 구시렁거렸다. 그리고 물타기용 댓글 작업을 시작했다.

-인증 없음 뭐다?

하윤의 댓글을 기준으로 위로는 놀람, 탄식 등이 주를 이루었고, 아래로는 불신, 무시 등이 주를 이루며 분위기가 반전되었다.

☙

하윤은 아침부터 청소와 빨래 등의 밀린 집안일을 하느라 정신없이 움직였다. 하윤이 먼지를 닦으면 신휘가 청소기를 돌렸고, 하윤이 세탁기를 돌리면 신휘가 널었다. 두 사람은 환상의 호흡을 자랑하며 두 시간 만에 대청소를 마칠 수 있었다.

"나 좀 씻고 나올게."

하윤이 샤워를 마치고 거실로 나왔을 때, 신휘는 소파에 모로 누워 리모컨 버튼을 연신 눌러대고 있었다.

"볼만한 게 없어?"

하윤의 목소리에 신휘가 누운 채로 고개를 번쩍 치켜들었다.

'지금 막 생겼다, 볼만한 거.'

그의 눈이 기대감으로 반짝였다.

"이리 와봐."

"왜?"

"빨리."

하윤이 제 행동반경 안으로 들어오자, 신휘는 기다렸다는 듯 팔을 내뻗었다.

"꺅!"

그는 하윤의 손목을 낚아채 소파에 앉히고서 냉큼 허벅지를 베고 누웠다.

"뭐야……."

당황한 하윤이 본능적으로 일어나려고 꿈틀대자, 신휘는 제 팔로 그녀의 다리를 감아 움직이지 못하게 만들었다.

"쿠션이 너무 높아서 불편해."

급조한 티가 역력한 핑계에 하윤은 어이가 없었다.

"힘 좀 빼봐. 딱딱하잖아."

하윤은 제 허벅지를 문지르는 그의 부드러운 손길에 그대로 굳어버렸다. 힘을 빼고 싶은데, 긴장해서인지 오히려 힘이 더 들어갔다.

신휘는 똑바로 누운 채로 하윤을 올려다보다가, 팔을 들어 그녀의 뒷머리를 감싸 아래로 끌어 내렸다. 두 사람의 입술이 맞닿으며 깊고 감미로운 키스가 이어졌다. 신휘는 여자 보기를 돌같이 하던 사람이 맞는지 의심스러울 만큼, 하윤만 보면 정신을 못 차리고 있었다.

어느 순간, 신휘의 눈이 번쩍 뜨였다. 하윤이 바들바들 떨면서 낑낑대고 있다는 걸 알아차렸기 때문이었다.

"괜찮아?"

"으헝! 목 부러지는 줄 알았어."

튕기듯 일어나 앉은 신휘는 하윤을 제 어깨에 기대게 하고서 목덜미를 살살 주물러 주었다. 그에게 몸을 내맡기고 있던 하윤이 슬며시 고개를 들었다.

"오빠, 있잖아……. 나 궁금한 게 있는데……."

"뭔데?"

"나…… 사랑…… 해?"

뜬금없긴 했지만, 신휘는 당황하지 않고 하윤의 말간 얼굴을 똑바로 바라보며 물었다.

"네가 보기엔 어떤데?"

"나야 모르지. 오빠가 말해준 적이 없는데 내가 어떻게 알겠어?"

하윤이 과장된 동작으로 어깨를 으쓱거렸다.

"내가 말한 적 있었잖아."

"언제?"

"엘리베이터 안에서 내 마음 얘기했을 때."

신휘는 그날 제 입으로 한 말을 똑똑히 기억하고 있었다.

"사랑하자고 했지, 사랑한다고는 안 했잖아."

"그게 그 말이잖아."

"엄연히 다르지. 아 다르고 어 다르다는 말 몰라?"

신휘는 입술을 삐죽거리고 있는 하윤의 볼을 꼬집으며 픽 웃음을 터뜨렸다.

"그래서 지금 요지는 이거지? 나는 사랑한다는 말을 했다고 생각했는데, 넌 못 들었다?"

하윤이 초롱초롱한 눈망울로 고개를 끄덕거렸다.

"진작 말하지."

신휘가 하윤의 입술에 가볍게 입을 맞추며 속삭였다.

"사랑해……."

❀

카페에 들어서서 매장 안을 빠르게 훑은 하윤은 창가 쪽 자리에 앉아 있는 태훈을 발견하고 한달음에 달려갔다. 그리고 그의 앞자리에 사뿐히 걸터앉으며 예쁘게 웃었다.

"보고 싶었다, 태훈아."

태훈은 방학 때마다 부산 할아버지 댁에 내려가서 몇 주간 지내다 오곤 했다. 오늘 두 사람은 이 주 만에 보는 것이었다.

"싫어. 나 아무것도 안 들어줄 거야."

태훈이 정색하며 고개를 저었다.

"뭘 안 들어줘?"

하윤은 보고 싶었다는 말을 건넨 사람에게 다짜고짜 싫다고 대답하는 태훈이 어이가 없었다.

"너 나한테 뭐 부탁하려는 거잖아. 싫다고."

"너한테 부탁할 거 없거든?"

하윤이 매서운 눈으로 태훈을 흘겨보았다.

"이놈은 보고 싶었다고 해줘도……. 그럼 네 면상 안 봐서 살 만했다, 이럴까?"

"어, 차라리 그게 마음이 편하겠다."

하윤의 눈빛은 태훈을 태워 죽일 수도 있을 법한 열기를 뿜어내고 있었다. 다정한 말을 주고받기엔 너무 멀리 와버린 두 사람이었다.

"자, 빨리 말해봐. 별거 아니면 죽는다?"

태훈은 원래 다음 주에 올 계획이었으나, 깜짝 놀랄 일이 있다는 하윤의 전화에 서둘러 올라온 것이었다.

"내가 말이다……."

하윤이 본격적으로 이야기를 시작하려는 순간이었다.

"아이고, 덥다……."

지혜가 태훈의 옆자리에 털썩 주저앉으며 앓는 소리를 냈다.

"왔나?"

하윤의 형식적인 인사를 무시하고 태훈을 흘끔 돌아본 지혜가 심드렁하게 말문을 열었다.

"변태 너 안 봐서 살 것 같았는데 벌써 올라왔냐?"

"네 말이 내 말."

노여워하거나 발끈하는 기색 없이 두 사람은 자연스럽게 한마디씩 주고받았다. 그들에게는 가장 익숙하고도 자연스러운 안부 인사였다.

"계속해."

지혜의 등장으로 인해 끊겼던 말을 재촉하는 태훈에게 하윤이 거만한 표정으로 입을 열었다.

"나랑 오빠랑 드디어 진정한 연인이 됐다."

깜짝 놀란 태훈이 등받이에 기대고 있던 상체를 곧추세우며 소리쳤다.

"진짜냐?"

"이십이 년 동안 강제 순결을 지켜야만 했던 내 입술은 이제 순결을 잃었다. 흐윽!"

지혜가 입을 틀어막고 흐느끼는 연기를 하는 하윤을 보며 오만상을 찌푸렸다.

"미친년이 또 지랄을 시작했다."

머쓱해진 하윤이 황급히 태훈에게 시선을 옮겼다.

"아무튼, 난 키스 무경험자의 오명을 벗었으니까 너도 분발하라고."

"이렇게 또 하나가 지옥행을 택했군."

태훈이 심각한 표정으로 설레설레 고개를 내젓자, 하윤의 눈초리가 가늘어졌다.

"그건 또 무슨 개소리냐?"

"솔로천국 커플지옥, 몰라?"

"음, 역시 개소리가 맞았군."

하윤과 태훈이 으르렁거리며 눈빛을 주고받는 동안, 지혜의 시선은 카페 밖을 향해 있었다.

"하윤아, 너 재영이도 불렀냐?"

"재영이?"

다급하게 고개를 돌린 하윤은 카페로 걸어오고 있는 재영을 보고 화들짝 놀랐다.

"재영이가 여긴 왜……."

"심심하다고 해서 내가 오라고 했는데?"

태훈이 의기양양하게 답했다.

"넌 진짜…… 아오……."

하윤의 격한 반응에 당황한 태훈이 지혜에게 물었다.

"얘 왜 이래? 나 뭐 잘못했냐?"

지혜가 한심하다는 듯 고개를 가로저었다.

"넌 늘 잘못하지. 뭘 새삼 묻고 그래?"

"나만 모르는 뭔가가 있는 거 같은데?"

태훈은 어리둥절한 표정으로 지혜와 하윤을 번갈아 바라보았다.

하윤은 태훈에게 재영의 고백에 대해 말하지 않았다. 분위기 파악 따위에 전혀 관심이 없는 태훈의 성격으로 미루어볼 때, 촐싹거리며 재영을 놀릴 수도 있겠다 싶어서였다.

"나도 좀 알자. 대체 뭐냐?"

하윤은 신휘와의 관계를 자랑하기 위해 마련한 자리에 재영을 부른 태훈이 못마땅했다. 하지만 모르고 한 짓이라 대놓고 욕을 할 수도 없었다.

"넌 진짜 어디 한 구석 쓸데가 없다."

결국, 하윤은 대답을 보채는 태훈을 죽일 듯이 노려보며 구시렁거리는 걸로 만족해야만 했다.

어느새 다가온 재영이 하윤의 옆자리에 앉으며 물었다.

"누가 만든 분위기야? 뭔가 싸한데?"

지혜가 어깨를 으쓱하며 별것 아니라는 듯 대답했다.

"우리 분위기는 언제나 변태가 주도하지. 공식적인 분위기 메이커야."

재영도 이제 세 사람의 성향에 익숙해져서 못 알아듣는 말이 나와도 굳이 다시 묻지 않았다.

"잘 지냈어?"

재영이 하윤을 돌아보며 씩 웃었다.

"……응."

쭈뼛거리며 대답하는 하윤을 보며 태훈이 제 무릎을 탁 쳤다.

"너 재영이한테 뭐 죄지었지? 그래서 쫄아 있는 거지?"

내 이놈을! 하윤은 테이블 아래로 발을 뻗어, 호탕하게 웃고 있는 태훈의 정강이를 냅다 걷어찼다.

"큽!"

고개를 번쩍 치켜든 태훈은 하윤이 모든 얼굴 근육을 이용해서 닥치라는 경고를 보내고 있다는 것을 알아차렸다. 그것은 소리 없는 아우성과도 같았다.

재영은 시시각각으로 변하는 태훈의 표정과 옆에서 움찔거리는 하윤의 기척을 알아채고 말문을 뗐다.

"굳이 따지자면 죄는 내가 졌지."

멀뚱하게 바라보는 태훈에게 재영이 멋쩍게 웃어 보였다.

"하윤이한테 고백했다가 차였어. 그날 이후로 처음 본 거라 하윤이가 어색해서 그러는 거야."

"너 하윤이 좋아했냐?"

"어."

"왜?"

"둘이 혹시 나 모르게 뇌 공유해? 하윤이도 첫 질문이 '왜?'였는데."

태훈과 하윤은 끔찍한 말을 들었다는 듯, 동시에 질색하며 몸서리를 쳤다.

"하윤이가 왜 좋은지는 본인에게 말했으니까 너희까지 알 필요는 없고……. 아무튼 나는 고백했고, 거절당했어. 그게 다야."

재영의 담담한 말에 하윤은 그제야 조금 마음이 편해졌다.

"쟤 신휘 형이랑 잘됐단다. 우리 지금 그 얘기 하고 있었어."

태훈은 굳이 지금 하지 않아도 될 말을 불쑥 꺼내어 분위기를 더욱 어색하게 만들었다.

"아……."

재영의 입에서 단순한 추임새인지 탄식인지 모를 감탄사가 티져 나왔다. 그러나 그는 이내 밝게 웃으며 하윤을 바라보았다.

"잘됐다. 축하해."

"고마……."

"너 운이 트인 거야. 네가 성하윤을 아직 잘 몰라서 그렇지, 쟤 완전 별로야."

하윤의 말이 다 끝나기도 전에 불쑥 끼어든 태훈이 재영을 위로한답시고 망언을 쏟아냈다.

'네 의도는 알겠다만 그렇다고 날 완전 별로로 만들 것까지는 뭐니, 이 썩을 놈아!'

그러나 태훈은 하윤의 이글거리는 눈빛을 알아차리지 못하고 쉴 새 없이 입을 놀려대고 있었다.

"내가 소개팅시켜 줄까? 성질이 좀 더러운 게 흠이라면 흠인 애가 하나 있는데, 아쉬운 대로 한번 만나볼래?"

"……소개팅?"

"성하윤이랑 비슷한 스타일이야."

왠지 모를 불길한 예감에 사로잡힌 하윤이 슬그머니 끼어들어 태훈에게 물었다.

"왠지 네 입에서 내가 아는 이름이 나올 것만 같은 이 느낌은…… 내 착각이겠지?"

"네가 아는 이름 맞는데? 허지……."

빡!

크고 둔탁한 소리가 카페 안에 울려 퍼졌다.

"크헉!"

태훈은 '허지혜'라는 세 글자 중 마지막 한 글자를 완성하지 못하고 고개를 숙여야만 했다. 지혜의 손바닥이 그의 뒤통수를 후려갈겼기 때문이었다.

"뒤질라고."

결국, 태훈의 입방정은 지혜의 한 방에 진압되었다.


네 사람은, 정확히 말하면 재영을 제외한 세 사람은 한 시간 가까이 티격태격 다투기만 하다가 카페를 나섰다.

"난 강남역에서 약속 있는데 다들 어디로 가냐?"

지혜의 질문에 세 사람의 입에서 동시에 같은 말이 튀어나왔다.

"집."

"집."

"집."

"……뭐지, 이 애잔한 대답들은?"

"난 아닌데?"

하윤이 태훈과 재영을 피해 슬쩍 자리를 옮겨 서며 어깨를 으쓱거렸다. 같은 부류로 매도되지 않겠다는 의미였다.

"그래, 넌 빼고. 이 좋은 날 집구석에 기어들어 가서 뭐하게. 여자도 만나고, 연애도 좀 해라. 외모 낭비하지 말고."

지혜의 잔소리에 재영은 멋쩍게 시선을 피한 반면, 태훈은 거만하게 웃으며 콧구멍을 벌름거렸다.

"뭐, 뭐냐…… 변태 너 설마…… 너한테도 해당하는 말일 거라고 생각한 거냐, 지금?"

지혜가 믿을 수 없다는 듯 말을 더듬자, 하윤이 냉큼 끼어들어 한마디 보탰다.

"넌 외모 낭비가 아니라 외모 낭패."

"내가 오늘 저것들 죽이고 지옥 간다!"

재영은 제자리에서만 방방 뛰고 있는 태훈을 애잔하게 바라보다가, 지혜와 하윤에게 고개를 돌렸다. 그리고 처량한 얼굴로 말했다.

"나도 연애 좀 하고 싶은데 이상하게 내가 좋아하는 여자들은 날 안 좋아하네……."

안심하고 있던 하윤의 동공이 다시 불안하게 요동치기 시작했다.

'헐…… 뒤끝 있었어…….'

지혜는 재영이 웃음을 참고 있다는 것도 모른 채, 혼자서 안절부절못하는 하윤을 보며 작게 한숨을 내쉬었다.

"부디 앞으로는 좀 덜 맹추 같고 본인이 무슨 생각을 하는지 얼굴에 실시간으로 드러나지 않는, 똑 부러진 여자를 찾아보길 바란다."

지혜는 그 말을 끝으로 제 갈 길을 갔고, 곧이어 아무도 관심을 가져 주지 않아 혼자 날뛰다 지쳐 버린 태훈도 터덜터덜 걸음을 옮겼다. 둘만 남게 되자, 분위기는 급격히 어색해졌다.

"우리도 가자."

재영의 제안에 하윤이 고개를 끄덕였다.

"응……."

집으로 간다고 말해놓은 이상 다른 핑계를 댈 수도 없었기 때문이었다. 아무리 간사한 게 사람 마음이라지만, 신휘의 질투를 유발하기 위해 재영을 집으로 불러들일 때는 부르면 금방 와주니 마냥 좋기만 했는데 지금은 집이 가깝다는 게 불편하고 껄끄러울 뿐이었다.

두 사람은 버스 정류장을 향해 걷기 시작했다. 아무 말도 하지 않고 앞만 보고 걷던 하윤이 나직한 목소리로 입을 열었다.

"네 말이 맞아."

"……무슨 말?"

"나한테 오빠를 향해 달려가는 경주마 같다고 했던 말."

재영이 그 자리에 우뚝 멈춰 섰다. 말해놓고서도 내내 찜찜했던 말이었다. 늦었지만 지금이라도 사과를 해야겠다는 생각에 고개를 돌린 그의 눈에 해맑게 웃고 있는 하윤의 얼굴이 들어왔다.

"오빠에 대한 내 감정, 나에 대한 오빠의 감정, 확인했고 확신했어. 그럼 이제 머리 풀고 달려도 되는 거지?"

"……."

재영의 침묵에 민망해진 하윤이 목을 긁적거리며 너스레를 떨었다.

"나 좀 바보 같아? 태훈이 말대로 완전 별로야?"

"아니."

재영은 천천히 고개를 내저었다. 그리고 엄지손가락을 치켜들며 환하게 웃었다.

"멋지다."

"내가 좀 멋지지?"

하윤이 능청스럽게 받아치면서 눈을 찡긋거렸다.

"근데 아직도 풀 머리가 남아 있었어? 난 예전에 다 푼 줄 알았는데?"

키득거리며 하는 재영의 농담에 하윤이 깔깔거리며 웃었다. 두 사람은 첫 만남 이래, 가장 편안하고 격 없는 미소를 주고받았다.

🦋

거실 소파에 은휘와 나란히 앉아서 요리 프로그램을 시청하던 하윤이 셰프가 크림치즈파스타를 만드는 모습을 홀린 듯 바라보며 중얼거렸다.

"맛있겠다……."

"만들어 먹을까?"

은휘의 말에 고개를 냉큼 돌린 하윤은 기대감이 담뿍 담긴 눈망울로 그를 응시하며 되물었다.

"오빠가 할 거지?"

"아니, 네가 할 거야."

은휘의 표정은 비장했고, 목소리는 단호했다.

"정말 내가 한 게 먹고 싶어?"

은휘는 섣불리 대답할 수가 없었다.

손도 까딱하기 싫을 만큼 귀찮긴 해도, 하윤이 만든 것을 먹는 것도 썩 내키지는 않았다. 다방면에 재주가 많은 그녀에게 부족한 걸 뽑으라면 단연 요리 솜씨였다. 하윤은 이것저것 만들 줄 아는 요리는 많았다. 하지만 할 줄 아는 것과 잘하는 건 엄연히 다른 문제였다. 더군다나 한 번도 만들어보지 않은 요리를 맡긴다는 건 큰 모험이었다. 앞으로 크림치즈파스타를 보기도 싫어질 수 있겠다 싶었던 은휘가 단호하게 잘라 말했다.

"아니, 안 먹고 싶어."

"잘 생각했어."

그의 선택을 칭찬하듯 고개를 끄덕인 하윤은 품에 안고 있던 과자 봉지에서 과자 하나를 주섬주섬 꺼내 들었다.

"아."

하윤은 제 지시에 따라 반사적으로 벌어진 은휘의 입에 과자를 넣어주었다.

"이걸로 대리만족 하자."

"그러자. 이것도 치즈 맛이긴 하네……."

두 사람이 치즈 맛 과자에서 크림치즈파스타의 맛을 찾기 위해 애쓰고 있을 무렵, 신휘는 샤워를 마치고 욕실에서 나와 곧장 부엌으로 향했다. 하윤이 그를 바라보며 혼잣말처럼 중얼거렸다.

"오늘은 러시아야……?"

하윤의 시선을 따라가던 은휘가 그 말의 의미를 알아듣고 안타까운 신음을 토해냈다.

"아……."

두 사람은 빨간색 반바지에 파란색 티셔츠를 입고, 목에는 하얀색 수건을 걸치고 있는 신휘를 멍하니 바라보았다. 영락없이 러시아 국기를 그대로 옮겨놓은 조합이었다.

"빨간 바지에 파란 티가 웬 말……."

하윤은 믿을 수 없다는 듯 고개를 휘저었다.

"지난번에 입었던 붉은 악마 티에 빨간 바지보다는 나아 보이는데?"

"악! 기억나게 하지 마! 그때 썩어버린 눈이 아직 회복되지 않았단 말이야!"

기억을 떠올린 하윤이 진저리를 쳤다.

"네 눈만 썩었냐? 난 그날 이후로 빨간색은 쳐다도 안 본다."

은휘가 몸을 부르르 떨며 응수했다.

그때, 방에서 나오던 창휘가 신휘를 보고 인상을 찌푸리며 중얼거렸다.

"저건 또 뭐야……."

신휘가 '패션 고자'라는 사실은 가족과 측근만 아는 극비 중의 극비였다. 그의 실체를 모르는 이들은 그를 '패셔니스타'라고 불렀지만, 그것은 공적으로는 전담 스타일리스트가, 사적으로는 하윤의 노력으로 연명해 나가고 있는 수식어일 뿐이었다.

하윤은 자신이 챙겨주지 못할 때를 대비하여 신휘에게 가이드라인을 정해준 일이 있었다. 직접 옷을 골라야 할 때는 흰색, 회색, 검정색 등의 무채색만 입을 것.

그리고 며칠 뒤, 하윤은 눈보다 하얀 마 소재 바지에 흰색 티셔츠 차림으로 파파라치 컷에 찍힌 신휘를 보고 경악을 금치 못했다. 그날 이후 신휘가 선택할 수 있는 색상 중 흰색은 사라졌다.

하지만 곰곰이 생각해 보니 회색도 불안했다. 위아래 회색으로 맞춰 입고 스님 코스프레를 하게 될 가능성도 완전히 배제할 수는 없었다. 그래서 하윤은 안전하게 회색도 제외시키고, 무조건 검정색만 입고 나갈 것을 그에게 다짐받아 두었다. 신휘가 학교로 찾아왔을 때 온통 검정색으로 도배를 하고 온 이유가 여기에 있었다.

물을 마시고 부엌에서 나온 신휘는 세 사람의 떨떠름한 표정을 알아차리지 못하고 하윤의 옆에 털썩 기대어 앉았다.

"뭐 재미있는 거 해?"

"아니, 지난주에 오빠 인터뷰했다는 거 보려고 기다리고 있어. 그냥 틀어놓은 거야."

"별다른 얘기 한 거 없었을 텐데?"

"그래도 모니터링은 해야지."

벽에 기대어 신휘를 한심하게 바라보고 있던 창휘가 불쑥 끼어들었다.

"맥주 마실 사람?"

"나!"

"나도!"

"콜!"

오랜만에 완전체를 이룬 네 사람의 맥주 파티가 시작되었다. 창휘와 은휘는 소파에 반쯤 누운 채로, 신휘와 하윤은 소파 아래 등을 기대고 앉아 신휘의 인터뷰 장면을 시청했다. 각자의 손에는 캔 맥주가 들려 있었다. 광고 촬영 현장과 차기작에 관한 이야기가 이어지고, 마지막으로 리포터가 이상형에 대해 질문했다.

[명랑하고 당당한 여자를 좋아합니다.]

신휘의 대답에 하윤은 몸을 배배 꼬면서 실없이 피식거렸다.

"뭘 또 방송에서 대놓고……."

"뭐냐, 그 반응은?"

못 볼 걸 봤다는 듯 은휘의 입에서 헛웃음이 새어 나왔다.

"나 좋아한다잖아."

"나랑 같은 거 본 거 맞아? 난 그런 말 전혀 못 들었는데?"

"명랑하고 당당한 여자 좋아한다잖아. 딱 내 얘기 아니야?"

하윤이 도도하게 웃으며 턱을 치켜들었다.

"네 얘기 같지 않은데? 너는 명랑하고 당당한 게 아니잖아."

"……응?"

"맹랑하고 당돌한 거지."

은휘는 도끼눈을 뜨고 있는 하윤을 못 본 척, 심각한 표정으로 신휘에게 물었다.

"너 어디 숨겨둔 딴 여자 있지? 아무리 생각해도 하윤이 얘기가 아닌데?"

"나 딱 한 번만 오빠한테 시원하게 욕 좀 해도 돼?"

두 사람을 지켜보고 있던 창휘가 갑자기 은휘에게 발을 뻗었다.

"컥!"

하윤은 옆구리를 감싸 쥐는 은휘를 돌아보며 쌤통이라는 듯 키득거렸다. 그러나 이내 하윤의 입에서도 고통에 찬 비명이 터져 나왔다.

"악!"

창휘에게 제대로 꿀밤을 맞은 하윤은 머리를 감싸 쥐며 몸부림쳤다.

"너희 둘은 붙어 있기만 하면 시끄러워."

창휘의 정리로 거실은 평화를 되찾았다.

## 8. 눈에는 눈, 이에는 이,
## 미친년에는 미친년!

"언니, 저 왔어요."

하윤의 뒤를 따라 회의실로 들어서는 신휘를 발견한 민아의 눈이 동그래졌다.

"오빠는 웬일이세요?"

"하윤이 데려다주러 왔지."

신휘의 스케줄이 없는 날이라 콘셉트 회의를 할까 하고 하윤을 회사로 불렀더니, 덤으로 그가 따라온 셈이었다. 물어봐야 입 아프고, 들어봐야 귀 아픈 이야기를 꺼낸 것을 자책하고 있던 민아에게 신휘가 덧붙여 말했다.

"데리고 가기도 해야 하고."

민아는 신휘를 섭외하고 싶어 혈안이 돼 있는 관계자들에게 하윤을 소개해 주고 싶다는 생각을 했다. 요즘 그는 하윤의 매니저, 운전기사, 경호원까지 일인다역을 소화해 내고 있었다. 가끔은 대체 누가 누구를 따라다니는 건지 헷갈릴 정도였다. 하윤이 혹시라도 연예계 데뷔를 하게 된다면, 신휘 한 명만 있으면 아무도 필요 없을 듯했다.

'스타일리스트는 하윤이가 직접 하면 될 테니 무적의 자급자족 커플이 되겠군.'

딴생각에 빠져 있던 민아는 회의실 문이 닫히는 소리에 정신을 차렸다. 그런데 이상하게도, 그녀의 눈앞에 여전히 신휘가 있었다.

"여기 계시게요?"

신휘는 주는 대로 입는 걸로 회사 내에서 유명했다. 당연히 콘셉트 회의에 참석하는 일도 없었다.

"나 여기 있으면 안 돼?"

"안 될 거야 없지만⋯⋯."

"나 신경 쓰지 말고 할 거 해."

하윤이 민아의 맞은편 의자에 앉자, 신휘도 두 사람과 조금 떨어진 곳으로 걸어가 자리에 앉았다.

'무슨 준비를 얼마나 했는지 볼까?'

신휘는 의자 등받이에 여유롭게 몸을 기대고 하윤을 바라보았다.

그가 회의실까지 따라온 이유는 자신이 입어야 할 의상 때문이 아니었다. 요 며칠 시간이 날 때마다 콘셉트 회의 준비에 몰두하는 하윤을 보면서, 의상디자인학과인 그녀가 제 전공 분야에 대해 어떤 의견을 내놓을지 궁금해졌다. 그것이 지금 신휘가 평소와 다른 행동을 하고 있는 이유였다.

"오빠도 계시니 대략적인 의상 방향에 대해 말씀드리고 시작할게요."

"그래."

민아의 말에 신휘는 가볍게 고개를 끄덕였다. 굳이 알고 싶지는 않았지만, 알려주겠다는데 됐다고 할 수가 없어서 우선 들어보기로 했다.

"채희 언니는 직업에 초점을 맞춰서 클래식하고 베이직한 콘셉트를 잡으셨던 것 같아요. 하지만 저는 성격에 더 중점을 뒀어요. 기업 대표

역할이기는 하지만 밝고 자유분방한 캐릭터라서 클래식 슈트보다 캐주얼 슈트 중심으로 갈 예정이에요. 컬러도 무채색보다는 유채색을 많이 넣을 거고요."

사실 이번 드라마의 콘셉트는 채희가 다 잡아놓은 상태였다. 하지만 채희와 민아는 추구하는 스타일이 많이 달랐다. 민아는 중간에 투입된 것도 아니고 처음부터 끝까지 제가 이끌어가야 하는 드라마를 채희의 방식으로 시작하고 싶지 않았고, 모든 걸 과감하게 엎었다. 남수를 비롯한 임원들의 우려가 있긴 했지만, 그녀는 신휘의 전폭적인 지지로 제 의견을 밀고 나갈 수 있었다.

"오늘은 티저 촬영 때 입을 의상을 결정할 거예요."

민아의 말이 끝나자, 하윤이 기다렸다는 듯이 의견을 내놓았다.

"화이트 베이스에 로즈쿼츠 재킷으로 포인트를 주는 건 어떨까요?"

"팬톤이 올해의 색으로 찍어줬는데 언제 한번 입히긴 해야겠지? 남자가 소화해 내기 어려운 색이긴 한데, 오빠가 피부 톤이 하얀 편이라 어울릴 것 같긴 해. 티저 콘셉트가 화사하고 따뜻한 느낌이라 맞아떨어지기도 하고. 우선 생각 좀 해보자."

하윤은 민아가 적극적으로 호응해 주자 신이 났다. 채희에게는 무슨 말만 하면 면박을 당하기 일쑤였는데 민아는 정반대였다. 그녀는 하윤의 의견 따위 전혀 필요치 않음에도 불구하고 귀 기울여 들어주고 필요한 부분은 받아들여 주기도 했다.

"세레니티도 한 번 넣어요, 언니."

"오케이."

로즈쿼츠? 세레니티? '로즈쿼츠'는 직역해 보자면 장미 석영이라는 뜻이니, 장미와 관련된 색상으로 추정해 볼 수 있었다. 하지만 빨강, 노랑, 분홍 등의 다양한 색 중에 어떤 색의 장미를 말하는지 알 수 없었던 신휘는 결국 예측이 불가하다는 결론에 도달했다. 게다가 고요함과 평온

등의 의미를 가지는 '세레니티'는 더욱 오리무중이었다. 신휘는 난데없는 영어 해석에 이어, 의미 유추까지 시도해 보았지만 결국 답을 찾지 못했다. 그래서 그냥 단도직입적으로 물었다.

"로즈쿼츠는 뭐고, 세레니티는 또 뭐야? 팬톤은 사람 이름이야?"

하윤이 키득거리며 그의 첫 번째 질문에 답해주었다.

"로즈쿼츠는 파스텔 핑크, 세레니티는 파스텔 블루 정도로 생각하면 돼."

두 번째 질문의 답은 민아에게서 나왔다.

"팬톤은 사람 이름이 아니라 미국의 색채 전문 기업이에요. 매년 올해의 색을 발표하는데, 2016년 올해의 색으로 로즈쿼츠랑 세레니티를 선정했어요. 팬톤 연구원들이 전 세계를 돌아다니면서 색을 조사한다죠, 아마? 패션 동향은 물론이고 경제, 문화, 사회까지 선정에 영향을 미친대요."

신휘는 두 사람의 말을 공부하는 심정으로 집중해서 들었다. 요즘 들어서 언젠가 패션 디자이너가 될 하윤과 기본적인 대화는 통해야 한다는 생각이 부쩍 들기 시작했기 때문이었다. 도움이 될 만한 건 하나도 흘려들을 수 없었다.

"그럼 작년 색은 뭐였는데?"

그는 어느새 질문까지 하는 호기심 왕성한 학생이 되어 있었다.

"마르살라요."

'로즈쿼츠'와 '세레니티'는 그나마 직역이라도 가능했지만, '마르살라'는 처음 들어본 단어였다. 난관에 봉착한 신휘에게 민아가 친절하게 설명해 주었다.

"쉽게 말하면 와인색이에요. 오빠는 관심이 없어서 몰랐겠지만 옷, 립스틱, 헤어 컬러 할 것 없이 다방면으로 유행했어요."

"아……."

심오한 깨달음을 얻은 표정으로 고개를 끄덕인 신휘는 더 이상 나서지 않고 듣기만 했다.

민아와 하윤은 이런저런 아이템을 거론해 가며 대화를 이어 나갔고, 신휘가 집중력의 한계에 도달했을 무렵 민아가 중간 점검에 나섰다.

"잘 따라오고 계세요?"

"아니, 난 이미 틀렸어."

신휘는 해탈한 심경으로 고개를 저었다.

"오빠는 그냥 잘 입어주시기만 하면 돼요."

"그거야 내 전문이지."

신휘와 민아가 최고의 합의점에 도달한 순간, 회의실 문이 벌컥 열리더니 남수가 모습을 드러냈다.

"여기서 뭐 하냐?"

못마땅한 얼굴로 묻는 남수를 향해 신휘가 무심하게 대답했다.

"콘셉트 회의."

"언제부터 네가 회의에 참석했는데?"

신휘는 남수의 질문에 대답은 떼어먹고, 귀찮은 기색이 역력한 표정으로 말을 돌렸다.

"형, 안 바빠?"

남수는 빨리 나가라는 신휘의 압박에 섭섭한 표정으로 투덜거렸다.

"이제 회사에 와도 나 보러 오지도 않는다 이거지?"

"뭐 할 말 있어?"

"꼭 할 말이 있어야 보는 사이냐, 우리가?"

"어, 우리 그런 사이야."

말문이 막힌 남수가 입을 몇 번 뻐끔거리다가 제 앞의 의자를 빼고 앉았다.

"왜 앉아?"

"우리 할 말 있어야 보는 사이라며? 할 말이 있으니까 앉았지."

"뭔데? 해."

"서브 여주 정해졌다고 방금 연락받았다."

서브 여자주인공으로 결정되었던 배우가 갑작스러운 교통사고로 다리가 부러지는 바람에 불가피하게 하차하게 되었고, 대신할 배우가 아직 결정 나지 않은 상태였다.

"누가 됐어요?"

하윤이 불쑥 끼어들어 물었다. 신휘와 꽤 많이 엮이게 되는 역할이라, 누가 맡게 될지 매우 궁금하던 참이었다.

"정다은."

남수의 입에서 나온 이름 석 자에 하윤의 얼굴이 왈칵 구겨졌다.

'젠장, 또 너냐……?'

⚜

티저 촬영 당일, 대기실을 나온 하윤은 다은의 이름이 적혀 있는 대기실을 흘끔 보고서 화장실로 향했다. 화장실에 들어서니 누군가가 세면대에 서서 손을 씻고 있는 모습이 보였다. 고개를 숙이고 있었지만 다은이라는 것을 한눈에 알아본 하윤은 모른 척 칸으로 들어갔다.

잠시 후, 볼일을 마치고 나온 하윤의 눈에 여전히 그 자리에 서 있는 다은의 뒷모습이 들어왔다.

'쟤는 왜 안 가고 있어…….'

거울을 통해 시선이 마주쳤다. 하윤은 손을 씻지 말고 나가 버릴까 잠시 고민했지만, 다은에게 비위생적인 이미지를 심어주고 싶지 않아 세면대로 걸어갔다.

"신휘 오빠네 코디 언니 맞지?"

"응, 맞아."

하윤은 먼저 알은체를 해오는 다은을 보지도 않고 무심하게 대답하며 손을 씻었다.

당황한 나머지 일순간 할 말을 잃었던 다은은 이내 정신을 차리고 앙칼지게 쏘아붙였다.

"너 왜 반말이야?"

첫 만남이 그리 달갑지는 않았지만, 드라마가 끝날 때까지 계속 마주칠 사이에 데면데면히 지내면 불편할 것 같아서 그녀 딴에는 큰맘 먹고 말을 걸어본 것이었다. 그런데 난데없이 뒤통수를 맞은 기분이었다.

"뭐래…… 누가 먼저 했는데? 내가 몇 살인 줄 알고 반말이야, 반말이."

하윤은 혼잣말을 다 들리게 하는 데 꽤나 소질이 있었다.

다은은 이번에는 정말 시비를 걸려고 했던 것이 아니었다. 친하게 지내자고 애교를 부린 것뿐이었다. 자신의 애교에 지금까지 누구도 이렇게 대응한 사람은 없었다.

"나보다 나이 안 많아 보이는데 뭐!"

하윤은 다은이 성질을 내거나 말거나 개의치 않고 차분하게 받아쳤다.

"그거야 모르는 거지. 내가 선천적 동안인 삼십대인지, 신의 축복을 받은 사십대인지 네가 어떻게 알아?"

하윤의 말에 설득당한 다은은 또다시 말문이 막혀 버렸다. 그러다 갑자기 지난번 광고 촬영 현장에서 보았던 장면이 뇌리를 스치고 지나갔다.

"신휘 오빠가 이름 부르는 거 들었어! ……요."

다은은 얼른 '요' 자를 덧붙였다. 신휘보다는 어려도 자신보다는 나이가 많을지도 모른다는 데 생각이 미쳤기 때문이었다.

'오구오구, 들어쪄요?'

하윤이 자신을 귀엽다는 듯 바라보며 싱긋 웃자 당황한 다은이 말을
더듬었다.

"······며, 몇 살인데요? 민증 까요!"

"넌 몇 살인데? 까려면 너부터 까. 궁금한 사람이 먼저 까는 거지.
얘가 뭘 모르네?"

난 네가 몇 살인지 알아서 하나도 안 궁금하거든. 여유로운 하윤과는
달리 다은은 완전히 하윤의 페이스에 말려들었다.

"나 몇 살인지 몰라요?"

하윤은 그 말이 '내가 얼마나 유명한 사람인데 몇 살인지도 몰라?'라
는 의미임을 대번에 알아차렸지만, 말간 얼굴로 속눈썹을 천천히 깜박
이며 되물었다.

"너는 내 나이 알아?"

"······."

"너도 나 몇 살인지 모르잖아. 근데 내가 너 몇 살인지 어떻게 알겠
니."

하윤은 교묘하게 빈정거리며 다은의 약을 올렸다. 다은이 직구였다
면, 하윤은 변화구였다.

"난 스물두 살인데 그쪽은 몇 살이세요?"

다은이 정신을 가다듬고 또박또박 물었다.

"아, 스물두 살이었어? 그럼 동갑이네."

그제야 당했다는 걸 깨달은 다은이 입술을 파르르 떠는 사이, 하윤
은 유유히 화장실을 빠져나갔다.


메인 출연진들과 단체 촬영을 마친 신휘는 대기실로 바쁜 걸음을 옮
겼다. 문을 열고 안으로 들어서자, 이어폰을 귀에 꽂고 의자에 기대어

앉아 있던 하윤이 냉큼 일어나며 그를 반겼다.

"끝났어?"

"심심했지?"

"심심하긴. 나 혼자 잘 놀아."

화장실에서의 일을 전해 들은 민아가 웬만하면 다은과 부딪치지 않는 게 좋겠다고 해서 그녀 혼자 대기실에 남아 있었다. 하윤도 다은의 반말에 순간적으로 욱한 나머지 너무 과하게 빈정거렸다는 생각이 들던 터라 민아의 의견에 따르기로 했던 것이었다.

"근데 왜 오빠 혼자 와?"

하윤은 민아와 성국이 뒤따라 들어오지 않자, 고개를 갸웃거리며 문을 흘끔거렸다.

"한 시간 쉬고 개인 촬영 하기로 했어. 밥 먹고 오라고 보냈지."

"나는?"

하윤의 얼굴에는 '나는 밥 안 줘?'라고 쓰여 있었다.

"오는 길에 커피랑 샌드위치 사 오라고 했어."

"왜?"

"너랑 할 게 있어서."

"나랑? 둘이?"

신휘는 대답 없이 성큼 다가가, 하윤을 품 안에 끌어안고 크게 숨을 들이마셨다. 난데없는 포옹에 얼굴이 발그레하게 달아오른 것도 잠시, 하윤은 뭔가 이상한 기분이 들었다.

"……지, 지금 뭐 해?"

그는 하윤의 머리며 목덜미에 코를 묻고서 냄새를 맡고 있었다.

"후각 정화 중."

그의 따뜻한 콧바람이 지나가는 곳마다 간질간질 기분이 묘했다. 어쩔 줄 몰라 하며 연신 꼼지락대던 하윤이 수줍은 어조로 입을 열었다.

"……나랑 할 게 이거야?"

"어, 생사가 걸린 문제야."

"……응?"

"숨 참느라 뇌에 산소가 부족해졌어."

신휘는 하윤을 소파에 앉히고 그 옆에 따라 앉아, 조금 전 세트장에 있었던 일을 말해주었다. 첫사랑 역할인 다은의 손바닥에 아련하게 입을 맞추는 장면이 있었는데 손에서 담배 냄새가 나더란다.

"기호 식품을 뭐라고 할 마음은 없지만, 어떤 신이 있는지 알았으면 손은 씻고 와야 하는 거 아니야?"

"담배 피우면 손에서도 냄새나?"

몰랐던 사실에 하윤의 눈이 휘둥그레졌다.

"어, 나."

"나 오늘 알았어. 걔도 몰랐던 거 아니야?"

"피우는 사람은 알아."

"그럼 손 씻는 거 잊어버렸나 보네."

하윤은 굳이 다은의 편을 들어주고 싶지는 않았지만, 그녀가 알고도 일부러 그랬을 거라고 생각하지는 않았다.

"나 당황해서 NG 냈어."

신휘의 생생한 표정에 하윤이 웃음을 터뜨렸다.

"냄새 맡는 것도 이렇게 질색하는 사람이 예전에는 어떻게 피웠대?"

장난스럽게 묻는 하윤의 말에 신휘가 동의한다는 듯 고개를 끄덕였다.

"그러니까. 하도 오래전 일이라 내가 담배를 피웠다는 것도 가물가물하다."

"근데 오빠 담배 왜 끊었지?"

"기억 안 나?"

내가 뭘 기억해야 하는 거지? 기억을 더듬는 하윤의 동공이 좌우로 열심히 움직였다.

하윤이 기억해 낼 기미를 보이지 않자 신휘가 손가락 끝으로 그녀의 이마를 콕 찔렀다.

"너 때문에 끊은 거잖아, 인마."

"나 때문에?"

여전히 하윤의 기억은 순백이었다.

"네가 나한테 나는 담배 냄새 때문에 토할 것 같다고 옆에 오지도 말라며? 나 그 말에 충격받아서 그날 바로 끊었거든?"

'내 입은 내가 기억 못 하는 일을 참 많이도 했구나…….'

하윤의 기억에는 비록 남아 있지 않았지만, 은휘와 신휘 두 사람 다 같은 말을 들었다. 은휘는 들은 척도 하지 않고 지금까지 애연가의 길을 걷고 있었고, 신휘는 담배를 피우기 시작한 지 삼 개월 만에 칼같이 끊어버렸다. 창휘는 태어나서 한 번도 담배를 피워본 적이 없으니 해당 사항 없는 일이었다.

"그때 끊게 돼서 다행이야."

"왜?"

"담배 계속 피웠으면 이렇게 붙어 있지 못하게 했을 거 아냐."

신휘는 하윤을 바짝 끌어당겨 안고서 그녀의 체취를 들이마셨다.

"아, 좋다……."

"다른 건 안 좋고?"

하윤이 토라진 척 입술을 삐죽거렸다.

"왜 안 좋아. 다른 것도 다 좋지. 이마도 좋고……."

나직하게 속삭인 신휘가 가볍게 하윤의 이마에 입을 맞췄다.

"눈도 좋고……."

이번엔 눈.

"코도……."

이번엔 코.

"근데 지금은 여기가 제일 좋다."

신휘는 하윤의 매끈한 목덜미를 부드럽게 감싸고 입술을 향해 천천히 다가갔다.


한 시간 뒤, 다은과 마주칠 일 없는 신휘의 개인 촬영에는 하윤도 따라나섰다.

"하윤아, 이거 갖다 두고 선글라스 좀 가져와 볼래?"

민아가 촬영을 끝낸 재킷을 하윤에게 건네며 말했다.

"네, 언니."

세트장을 벗어나 대기실 복도로 들어선 하윤은 맞은편에서 혼자 걸어오고 있는 다은을 보고 콧등을 찡그렸다.

'쟤는 촬영 끝났는데 왜 안 가고 있어?'

하윤을 발견한 다은도 짜증스럽게 인상을 찌푸렸다. 화장실에서 하윤에게 놀아났다는 생각에 아직도 울분이 사그라지지 않았다. 그런데 그때, 복도에 두 사람밖에 없다는 것을 깨달은 다은의 얼굴에 의미심장한 미소가 떠올랐다.

'어머나? 좋은 생각이 떠올랐네?'

다은은 천천히 걸어가면서 들고 있던 테이크 아웃 컵의 뚜껑을 열었다. 컵 안에는 입도 대지 않은 커피가 가득 차 있었다. 하윤과의 거리가 좁혀질수록 그녀의 입가에 걸린 미소가 짙어졌다.

서로의 표정을 읽을 수 있을 만큼 가까워진 순간, 다은의 얼굴이 분노로 일그러졌다. 하윤이 자신을 무심한 눈으로 흘긋 보고서 관심 없다는 듯 시선을 돌려 버렸기 때문이었다.

'저게…….'

화가 머리끝까지 치밀어 올랐다. 제까짓 게 뭐라고 사람을 이렇게 무시하는 건지 고깝고, 심사가 뒤틀렸다. 다은은 하윤이 제 옆을 지나치는 순간을 기다렸다. 그리고 계획을 실행에 옮겼다.

"어머!"

일부러 비틀거리는 척하며 하윤의 어깨에 제 어깨를 부딪친 다은은 자연스럽게 하윤이 들고 있던 재킷에 커피를 쏟아부었다.

"꺅!"

하윤의 외마디 비명에 다은의 눈매가 활처럼 휘었다. 커피로 범벅이 되어 버린 분홍색 재킷이 어쩌나 보기 좋은지 비실비실 웃음이 새어 나왔다. 바닥에는 거의 흘리지 않고 재킷만 적신 제 조준 능력이 감탄스러울 정도였다.

다은이 원하는 최상의 시나리오는 비싼 옷을 제대로 간수하지 못한 하윤이 잘리는 것이었지만, 그게 아니더라도 된통 혼나기라도 하길 바랐다.

"어쩌지? 미안."

하윤은 가증스럽게 사과까지 하는 다은을 보면서 목덜미가 뻣뻣해졌다.

'저게 지금 뭐라고 씨불이는 거야? 미안?'

미친년은 제정신으로 상대해 주면 안 된다는 게 하윤의 평소 생각이었다.

'눈에는 눈, 이에는 이, 미친년에는 미친년!'

하윤은 이성의 끈을 스스로 끊어버리고 다은의 손에 들려 있던, 커피가 반쯤 남아 있는 컵을 빼앗아 들었다. 그러고는 허전해진 제 손을 내려다보고 있는 다은의 얼굴을 향해 남은 커피를 남김없이 끼얹어 버렸다.

"꺄아악!"

다은의 입에서 고막을 찢을 듯한 비명이 터져 나왔다. 커피와 얼음의 이중 공격에 다은은 차가움과 아픔을 동시에 느껴야만 했다. 그러나 그런 육체적인 고통은 굴욕에 비할 바가 아니었다.

"어쩌지? 미안해서?"

하윤은 코웃음을 치며 조금 전 다은이 했던 말을 따라 했다.

"너…… 너……."

다은은 너무 놀라서 말도 제대로 하지 못하고 숨을 가쁘게 몰아쉬었다. 태어나서 처음 경험해 본 사태에 정신이 혼미해지고, 아무 생각도 나지 않았다.

"네가 지금 나한테…… 감히……."

"감히 같은 소리 하고 있네. 네가 뭔데?"

"뭐, 뭐……?"

"네가 뭐라고 누구 앞에서 감히래. 너 어느 나라 공주냐? 여왕이야?"

찰싹!

입술을 파르르 떨고 있던 다은이 별안간 하윤의 뺨을 후려쳤다. 얼마나 온 힘을 다했는지 하윤의 몸이 휘청하며 고개가 옆으로 휙 돌아갔다.

"큭……."

하윤은 돌아간 고개를 천천히 제자리로 돌려놓으며 실소를 터뜨렸다. 찝찔한 피 맛이 느껴지는 걸 보니, 입안 어딘가가 터진 것 같았다.

"따귀를 맞는다는 게 이런 기분이구나. 아프기도 아픈데 기분 되게 더럽네."

얼얼한 뺨을 어루만지며 혼잣말처럼 구시렁거리던 그녀는 '아에이오우' 입 운동을 하고, 자신을 죽일 듯이 노려보고 있는 다은을 향해 씩 웃었다.

"너도 느껴볼래? 이 더러운 기분?"

하윤은 전광석화처럼 빠르게 다은의 따귀를 갈겼다.

처얼썩!

하윤의 뺨에서 난 것보다 더 묵직하고 차진 소리가 복도에 울려 퍼졌다.

"아오…… 끈적거려……."

하윤은 다은의 얼굴에서 묻어난 커피를 떨떠름하게 바라보며 구시렁거렸다.

"이……."

다은은 말을 잇지 못하고 경련이라도 일어난 듯 온몸을 떨어대고 있었다.

"내가 말이지. 뭔가를 받으면 받은 만큼은 꼭 돌려주라고 배웠거든?"

하윤에게 창휘는 받은 만큼 똑같이, 신휘는 받은 것의 두 배로, 은휘는 힘이 닿는 한 최대로 돌려주라고 가르쳤다. 따라서 삼 형제의 교집합은 '받은 만큼 돌려주기'였다.

"이야!"

순식간에 달려든 다은이 하윤의 머리채를 잡았다.

"악! 근데 이게!"

하윤은 두피가 뽑히는 고통에도 당황하지 않고 손을 뻗어 다은의 머리카락을 움켜쥐었다.

"끼약!"

다은은 고개가 꺾여 앞이 잘 보이지 않는데도, 정신 나간 사람처럼 한 손으로는 하윤의 머리채를 잡고 다른 한 손으로는 하윤의 얼굴과 목을 비롯해 손이 닿는 모든 곳을 할퀴어대며 발악했다.

그렇게 두 사람의 난투극이 절정을 향해 치닫고 있을 무렵, 한 남자가 전속력으로 달려오며 외쳤다.

"다은아!"

그녀의 매니저 명환이었다.

"뭐야? 왜들 이래?"

명환이 두 사람 사이를 파고들며 떼어놓으려 했지만, 다은은 하윤의 머리채를 휘감은 손을 고집스럽게 놓지 않았다. 다은이 놓지 않으니 하윤도 놓을 수 없어서 그대로 버텼다.

"야! 안 놔?"

명환이 다은의 머리카락을 잡고 있는 하윤의 손목을 강하게 잡아채며 소리를 질렀다.

"아!"

하윤의 입에서 고통에 찬 신음이 흘러나왔다. 그녀는 명환의 강한 힘 때문에 꽉 움켜쥐고 있었던 주먹을 펼 수밖에 없었다.

"흐윽……."

뒤따라 하윤의 머리카락을 놔준 다은이 눈물을 뚝뚝 흘리기 시작하자, 명환이 눈을 부라리며 하윤의 어깨를 움켜쥐었다.

"너 뭐야?"

"……."

"내 말 안 들려? 귀먹었어?"

하윤은 겁먹은 눈으로 명환을 올려다보았다. 손목과 어깨가 욱신거리는 걸 인식하지 못할 만큼, 험악한 표정으로 자신을 다그치고 있는 눈앞의 남자가 무서웠다. 울컥 서러움이 몰려와 눈물이 핑 돌았다.

그런데 그 순간, 어디선가 불쑥 나타난 손이 하윤의 어깨를 잡고 있던 명환의 손을 잡아떼어 강하게 밀어버렸다. 명환이 비틀거리며 뒷걸음질 쳤고, 그가 떨어져 나간 반동으로 하윤의 상체가 휘청했다. 그녀를 받쳐 든 건 신휘였다.

"괜찮아?"

하윤은 신휘의 얼굴을 확인하자마자 맥이 탁 풀리며 안도감에 온몸의 힘이 쭉 빠졌다.

"오빠……."

이어서 모습을 드러낸 성국이 명환의 앞을 가로막고 섰고, 민아는 하윤을 부축했다.

민아의 심부름으로 하윤이 대기실로 향한 사이, 조명에 문제가 생겼다는 보고를 받은 감독이 휴식을 제안했고, 다 같이 대기실로 돌아오던 길이었다.

"지금 이게 무슨……."

신휘는 말을 다 이을 수 없었다. 산발이 된 머리와 얼굴의 상처에 터진 입술까지, 하윤의 상태는 엉망이었다. 그의 손이 분노로 부들부들 떨려왔다.

"신휘 형."

신휘가 명환에게 고개를 돌렸다.

"쟤 형네 코디죠? 쟤가 우리 다은이를……."

"쟤?"

"그, 그러니까 저 아가씨가……."

신휘의 눈빛과 목소리에 어린 살기를 알아챈 명환이 식겁하며 말을 바꾸었다.

"아니, 저, 저분께서…… 다은이를 이 꼴로 만들어놨는데요……."

겁먹은 기색이 역력한 명환에게 힘을 실어주려는 듯, 다은은 서러운 눈물을 뚝뚝 흘려가며 동정심 유발 모드에 돌입했다.

"흑…… 나 내일 광고 촬영 있는데 어떡해……."

하지만 신휘의 눈에 다은이 불쌍해 보일 리가 없었다.

"눈 없어? 꼴은 이쪽이 더 엉망인 것 같은데?"

신휘의 말대로 하윤의 얼굴에는 손톱자국이며 할퀸 상처가 여러 개나 있었다. 머리는 둘 다 산발이었지만 다은의 얼굴은 하윤과 다르게 상처 하나 없이 깨끗했다.

"하윤아! 손목은 왜 이래?"

민아의 말에 신휘는 다급하게 하윤의 손을 들어 올렸다. 명환에게 잡혔던 손목에 시뻘건 손자국이 남아 있었다. 하윤의 시선이 명환에게로 향하자, 신휘가 오싹하리만치 차가운 눈빛으로 명환을 돌아보았다.

"저, 저는…… 그게……."

버벅거리던 명환이 자신의 행동에 정당성을 부여해 달라는 눈빛으로 다은에게 물었다.

"다은아, 어떻게 된 거야?"

작년 공중파 3사 연기대상 신인상을 휩쓴 다은의 명품 연기가 시작되었다.

"나도 뭐가 뭔지 잘…… 모르겠어……."

상처받은 눈망울, 처연한 표정, 파르르 떨리는 목소리까지 완벽했다. 동정심이 메말라 버린 사람이라도 마음을 움직일 수 있을 법한 연기였다.

'이런 걸 메소드 연기라고 하는 건가?'

하윤은 속으로 탄복을 금치 못했다.

"지난번 광고 촬영 때부터 자꾸만 야리더니……."

가녀린 캐릭터를 잡았으면 단어 선택 좀 잘하지, '야리더니'는 뭐니.

"큭!"

하윤이 참지 못하고 웃음을 터뜨리자, 당황한 다은이 얼른 말을 바꿨다.

"노려보더니…… 오늘은 내 얼굴에 커피를 뿌리잖아. 나 따귀도 맞았어…… 흑……."

'와우! 쟤 말만 들으면 나 제대로 미친년인데?'

당사자를 면전에 두고 뻔뻔스러운 거짓말을 하는 다은이 감탄스러울 정도였다.

"들으셨죠? 와! 진짜 듣는 내가 다 화가 나네!"

기세등등해진 명환이 헛웃음을 연발하며 하윤을 죽일 듯이 노려보았다. 무슨 생각을 하는지 알 수 없는 얼굴로 다은의 말을 가만히 듣고만 있던 신휘가 천천히 입을 열었다.

"성하윤."

하윤은 냉랭한 신휘의 부름에 움찔했다. 그가 간신히 화를 참고 있다는 게 목소리에서 고스란히 느껴졌다.

"방금 들은 얘기에 동의해?"

"아니."

하윤이 단호하게 고개를 가로젓자, 다은이 발끈하며 끼어들었다.

"아니긴 뭐가 아니야! 다 네가 한 짓 맞잖아!"

'저건 철면피의 후예인가?'

물론 노려보기도 했고 커피를 뿌리기도 했으며, 따귀를 때린 것도 맞았다. 그러나 하윤은 본인이 도발했다는 말은 쏙 빼고 피해자인 척하는 다은이 어이가 없었다. 황당한 표정으로 다은을 바라보고 있던 하윤이 냉랭하게 경고했다.

"자꾸 까불면 이번엔 제대로 맞는다? 얼굴 안 건드려 줬으면 고마운 줄 알아야지, 이게 어디서."

다은은 그제야 하윤이 맞받아 뺨따귀 한 대를 올려붙인 이후론 제 얼굴을 일부러 건드리지 않았다는 사실을 깨달았다. 다은과 하윤의 얼굴을 번갈아 바라본 명환의 얼굴에도 낭패감이 드리워졌다. 다은의 침묵과 돌아가는 정황상 어떻게 된 일인지 짐작할 수 있었기 때문이었다.

"끝까지 피해자 행세하고 싶으면 그렇게 해. CCTV 까면 되지, 뭐."

하윤의 시선이 향해 있는 제 어깨 너머를 돌아본 다은은 빨간 불이 들어와 있는 CCTV를 보고 눈앞이 아찔해졌다. 예상치 못한 전개였다. 사실 CCTV뿐만 아니라 처음부터 끝까지 예상대로 돌아간 부분은 한 구석도 없었다. 옷에 커피를 쏟으면 길길이 날뛸 거라고만 생각했을 뿐, 사태가 이 지경까지 올 거라고는 상상도 하지 못했던 것이다.

"기자들 불러서 같이 돌려보자고 할까?"

민아가 끼어들어 한마디 거들었다.

"아니요!"

다은의 다급한 외침에 하윤이 통 큰 제안을 던졌다.

"그럼 퉁치고 덮자."

다은은 얼른 고개를 끄덕이고, 명환의 팔을 잡아끌었다.

"오빠, 가자."

두 사람이 자리를 벗어나려는 순간, 침묵을 지키고 있던 신휘가 입을 열었다.

"기다려."

동시에 굳어버린 다은과 명환이 불안한 눈빛으로 신휘를 바라보았다. 신휘의 눈은 명환에게 향해 있었다.

"당사자들이 덮겠다는데 나설 생각 없어. 하지만 너는 아니지."

명환의 동공이 정신없이 요동쳤다.

"나도 정확한 내막까지는 모르겠지만, 일방적인 폭행은 아닌 걸로 보이는데, 어떻게 생각해?"

"제 생각도……."

명환은 신휘의 의중을 파악하려 애쓰며 고개를 주억거렸다.

"근데 뭐 해?"

신휘가 답답하다는 듯 미간을 찌푸렸다.

"……네?"

"사과 안 해?"

"사, 사과요?"

명환이 멍하게 되물었다.

"뭔가 오해가 있어서 벌어진 일이고, 그 오해가 풀렸다면 사과를 하고 가는 게 당연한 거 아닌가?"

"아……."

신휘는 하윤의 몸에 손자국을 낸 명환을 지금 당장 반쯤 죽여놓아도 시원치 않은 심정이었다. '참을 인' 자를 새기고 또 새기며 가까스로 참는 중이었다.

"죄송합니다. 정말 죄송합니다."

정신을 차린 명환이 이마가 땅에 닿도록 허리를 굽혔고, 신휘는 민망해진 하윤이 간절한 눈빛을 보내고서야 그들을 보내주었다.

"가봐."

대기실에 들어와 하윤을 소파에 앉힌 신휘가 자초지종을 물었다.

"대체 무슨 일이 있었던 거야?"

"그게……."

그는 이야기를 듣는 내내 아무 말이 없었다. 물론 미간을 좁히고, 눈썹을 꿈틀거리고, 이를 악무는 등 얼굴로 모든 감정을 표현했기 때문에 하윤은 그의 심리 상태를 고스란히 느낄 수 있었다.

"오빠, 화…… 났어……?"

"어, 화났어."

신휘는 인상을 찡그리며 하윤의 상처를 꼼꼼히 살폈다.

"정다은이 오빠 옷에다가 커피를 일부러 쏟아붓는데 참을 수가 있어야지. 다시는 사고 안 칠 테니까 한 번만 봐주세요."

하윤의 애교에도 불구하고 그의 굳은 표정은 풀리지 않았다. 느닷없이 봉변을 당한 것도 억울한데 신휘가 화를 내니, 하윤은 섭섭한 마음이 스멀스멀 피어오르기 시작했다.

"치······ 언제는 막 들이박고 다녀도 된다더니······."

"내가 지금 네가 사고 쳐서 화났다고 생각해?"

"그럼?"

'아니야?'라고 쓰여 있는 하윤의 얼굴을 보며 신휘가 못마땅하다는 듯 툭 내뱉었다.

"누구 맘대로 맞고 다니래?"

"······."

"뒤처리는 내가 다 한다고 했지? 근데 이게 뭐야? 왜 참고, 왜 봐 줘?"

그제야 신휘가 화를 낸 이유를 알게 된 하윤이 배시시 웃으며 턱을 긁적였다.

"아얏!"

저도 모르게 상처를 건드린 하윤이 호들갑을 떨어대자 신휘는 본인 이 아픈 것처럼 얼굴을 찡그렸다.

"여기 피 난다······. 우리 차에 구급상자 같은 거 없나?"

"구급상자는 무슨. 그냥 두면 알아서 나아."

신휘가 면도하다가 살짝 베기라도 하면 난리굿을 치는 하윤은, 정작 제 상처는 남의 일인 양 무심하기 짝이 없었다.

"성국아, 연고랑 밴드 좀 사 와. 흉 안 지게 하는 뭐 그런 걸로."

"네, 형."

"나도 같이 가."

안절부절못하고 서서 하윤의 얼굴만 바라보고 있던 성국과 민아가 빠른 걸음으로 대기실을 나갔다.

"괜찮다니까 그러네. 내가 얼굴로 돈 버는 직업도 아니고 뭘······."

하윤의 가벼운 말을 신휘가 무겁게 받아쳤다.

"내가 보잖아."

"……."

"네 얼굴, 너보다 내가 더 많이 본다고. 어렸을 때도 상처 하나 없던 얼굴이 다 커서 이게 뭔데?"

신휘는 안타깝고 속상해서 미칠 것만 같았다. 차라리 하윤이 일방적으로 맞은 거라면 더 낫겠다는 생각까지 들 정도였다. 그럼 다은에게 어떤 식으로든 응징을 해줄 수 있었을 텐데, 쌍방 폭행이니 그럴 수도 없었다.

"설마……."

하윤의 얼굴을 뚫어져라 보고 있던 신휘의 눈에 지금까지는 흥분해서 미처 보이지 않았던 것이 들어왔다.

"뺨 맞았어?"

하윤의 한쪽 뺨을 울긋불긋하게 물들이고 있는 빨간 자국의 정체를 이제야 알아차린 것이다.

"응."

하윤이 태연하게 고개를 끄덕이자, 신휘는 굳은 표정으로 자리에서 벌떡 일어났다.

"어디 가게?"

"정다은한테."

"오빠, 잠깐! 우리 한 대씩 주고받은 거야. 근데 내가 더 세게 돌려줬어."

하윤은 필사적으로 신휘의 팔에 매달려 그를 도로 자리에 앉혔다. 조금 누그러진 표정으로 하윤의 얼굴을 다시 살피던 신휘가 갑자기 의아하다는 듯 물었다.

"정다은 얼굴은 왜 안 건드렸는데?"

"성질 같아서는 아주 박박 긁어버려도 시원치 않았는데, 연예인인데 얼굴에 상처 나면 곤란하잖아? 걔야말로 얼굴로 돈 버는 직업인데……."

당장 촬영에 지장 있을 것 같아서 착한 내가 봐줬지."

신휘는 의기양양하게 웃고 있는 하윤을 기가 막힌다는 표정으로 바라보았다.

"그 상황에서 그런 생각이 나?"

"나더라? 대신 머리카락은 내가 더 많이 뽑았을걸? 웨이브 있는 머리라 손에 착 감기고 아주 좋더라고. 한 바퀴 돌려서 팍! 야무지게 당겨줬지. 아주 얼얼할 거다."

하윤은 손맛을 되새기듯 손가락으로 웨이브를 타며 낄낄거렸다. 그러다 돌연 웃음을 뚝 멈추고 눈을 부릅떴다.

"아, 맞다! 옷!"

커피 얼룩이 묻은 재킷은 테이블 위에 놓여 있었다. 바닥에 나뒹굴고 있던 것을 민아가 챙겨 들고 온 것이었다.

"민아 언니가 국내에 아직 출시 안 된 거라고 했는데⋯⋯. 깨끗이 입고 반납해야 한다고 했는데⋯⋯."

울먹이던 하윤이 갑자기 자리에서 튕기듯 몸을 일으켰다.

"정다은한테 변상하라고 해야겠어."

조금 전과 반대로 이번엔 신휘가 하윤의 팔을 끌어당겨 소파에 다시 앉게 했다.

"내가 알아서 처리할 테니까 걱정하지 마."

"오빠가 물어주려고 그러지?"

하윤이 정곡을 찔린 신휘에게 정색하며 말했다.

"싫어. 그러지 마. 오빠가 책임지면 내가 잘못한 게 되는 거잖아."

"그래. 잘못한 사람한테 책임지라고 하자."

신휘는 하윤의 헝클어진 머리를 부드럽게 쓸어내리며 고개를 끄덕였다.

촬영을 마치고 집에 돌아온 신휘와 하윤은 식탁에 마주 앉아 밥을 먹고 있는 창휘와 은휘를 보고 화들짝 놀랐다.

"오빠! 벌써 왔어?"

"형! 아직 안 나갔어?"

저녁 7시. 다른 날 같았으면 창휘는 돌아오지 않았을 시간이었고, 은휘는 가게에 나가고 없을 시간이었다.

"정시 퇴근했어."

"나가기 귀찮아서 오늘은 쉬려고."

오늘은 뭐 하나 그냥 넘어가는 일이 없네. 하윤의 얼굴에 낭패감이 스쳤다 사라졌다.

"그럼 밥 먹어. 난 좀 피곤해서 일찍 자야겠네."

"잠깐!"

황급히 뒤돌아선 하윤은 은휘의 목소리에 그 자리에 우뚝 멈춰 섰다. 의자를 미는 소리와 발소리가 연이어 들리고, 곧이어 은휘의 얼굴이 눈앞에 나타났다.

"너 얼굴이 왜 이래?"

심각한 표정으로 하윤의 턱을 잡고 이리저리 돌려가며 살피던 은휘가 서늘한 목소리로 물었다.

"어떤 놈이 이랬어?"

하윤은 눈을 말똥말똥 뜨고서 천연덕스럽게 받아넘겼다.

"놈이 아니라 년인데?"

그녀는 순간적으로 말문이 막힌 은휘를 보며 씩 웃었다.

"괜찮아. 아무것도 아니야."

은휘의 시선이 신휘에게로 향했다.

"무슨 일이야?"

신휘가 입을 열기도 전에 하윤이 다급하게 끼어들었다.

"어떤 미친년이랑 한판 붙은 거야. 아무것도 아니라니까?"

하지만 은휘는 하윤의 말을 들은 척도 하지 않고 신휘를 차갑게 바라보았다.

"얘 이렇게 될 동안 넌 뭐 했는데?"

평소 은휘의 모습은 전혀 찾아볼 수 없었다. 신휘는 그가 가족들에게는, 그중에서도 특별히 하윤에게는 넉살스럽게 굴지만, 냉정하기로 치면 창휘보다 더하면 더했지 덜하지 않다는 사실을 잘 알고 있었다.

은휘의 책망에도 신휘는 반박할 말이 없었다. 그도 하윤이 다친 건 모두 제 잘못이라고 자책하고 있기 때문이었다.

"신휘 오빠한테 뭐라고 하지 말라고!"

하윤이 버럭 소리를 질렀다.

"오빠 없는 데서 싸운 걸 왜 오빠한테 뭐라고 하는 건데? 그리고 나만 맞은 거 아니거든? 얼굴에 상처는 내가 더 많지만, 난 걔 얼굴에 커피도 시원하게 뿌려줬거든?"

은휘는 하윤의 당당한 기세에 그나마 안심했다. 하지만 하윤의 얼굴을 보니 다시 미간이 찌푸려졌다.

"어렸을 때도 안 하던 싸움질을 왜 다 커서 하고 다니는데?"

"왜긴 왜겠어. 어렸을 때 못 만났던 미친년을 다 커서 만났으니까 그렇지."

얼굴은 엉망인 반면, 하윤의 말발은 오늘도 최상의 컨디션을 유지하고 있었다.

"……커피를 뿌렸건 뭘 했건, 네 얼굴이 이 정도로 못 쓰게 됐다는 건 심각한 문제야. 내가 가르친 기술들은 뒀다 뭐했는데?"

못마땅해하는 은휘를 보며 하윤이 구시렁거렸다.

"그럼 머리끄덩이 잡고 허우적거리는 애한테 오빠가 알려준 태권도 후려치기나 검도 찌르기 기술 쓸까?"

여자들의 싸움에는 문외한인 은휘가 말문이 막혀 있는 사이, 한마디도 하지 않고 있던 창휘가 나섰다.

"이리 와서 앉아."

하윤은 주춤주춤 다가가 창휘의 맞은편 식탁 의자에 앉았다. 창휘는 하윤의 얼굴을 마주하고 잠시 눈살을 찌푸렸지만 흥분하지 않은 것처럼 보였다. 그는 늘 그랬듯 침착하고 담담했다.

"무슨 일이 있었는지 하나도 빼지 말고 처음부터 자세하게 말해봐."

하윤이 다은과 있었던 일을 낱낱이 털어놓는 동안 내내 침묵을 지키고 있던 창휘는, 하윤의 말이 끝나기 무섭게 의자를 빼고 일어났다. 그리고 굳게 다물고 있던 입을 열었다.

"병원 가자."

"……병원?"

하윤은 눈을 크게 뜨고 창휘를 올려다보았다.

"진단서 떼러 가자고."

"……."

"고소하자."

창휘는 하찮은 싸움에 고소를 들먹일 만큼 매우 흥분한 상태였다.

🦋

"아, 무슨 첫 촬영부터 지방이야. 그것도 1박 2일은 뭐고."

다은은 새벽같이 일어나 경주까지 내려온 것이 여간 못마땅한 게 아니었다. 운전은 명환이 했고, 가만히 앉아서 편하게 왔는데도 지방 촬영 자체가 마음에 들지 않았다.

"촬영 스케줄 나온 게 언젠데, 왜 새삼 불평이야?"

듣다 못한 명환의 입에서 불퉁한 소리가 새어 나왔다.

"짜증 나니까 그렇지……."

다은은 괜히 블라우스 끝단을 만지작거리며 투덜거렸다.

"너 지금 지방 촬영이라서 불만스러운 게 아니잖아."

"마, 맞는데……?"

"티저 촬영 날 이후로 신휘 형 처음 보는 거라 긴장해서 그러는 거잖아."

다은은 제 마음을 꿰뚫고 있는 명환의 말에 대꾸하지 못하고 시선을 피했다.

"그러게 후회할 짓을 왜 하냐? 어떻게 자기가 시비 걸어놓고, 눈도 깜박 않고 뒤집어씌울 수가 있지? 너 때문에 나까지 말려들어서……. 내가 그날 생각만 하면 진짜……."

말을 하면서 점차 감정이 격해진 명환이 인상을 구겼다.

"배상 문제는 어떻게 됐대?"

다은이 명환의 눈치를 보면서 슬그머니 물었다. 신휘의 소속사에서 다은의 소속사에 정식으로 배상 청구를 해왔으며, 국내에 출시되지 않은 의상이라 수습에 애를 먹고 있다는 말까지 전해 들은 상태였다.

"대표님이 직접 나서서 해결하셨대. 나한테 너 사고 치지 못하게 잘 감시하라고 하셨어."

"다행이네……."

"이따 하윤이 만나면 사과하는 게 어때? 난 했으니까 이제 너만 하면 되는데."

명환은 신휘에게 사과 요구를 받은 자리에서도 정중하게 사과를 했을 뿐만 아니라, 다은에게 어떻게 된 상황인지 정확히 듣고 나서 다시 한 번 신휘의 대기실을 찾아갔다. 거의 보라색에 가깝게 피멍이 들어 있는 하윤의 손목을 보니 그는 고개를 들기도 죄스러울 정도였다. 그런데 하윤은 원래 멍이 잘 드는 체질이라며 호탕하게 웃어주기까지 했다.

"사과는 무슨……. 언제 봤다고 하윤이래……."

"착하고 괜찮던데 왜 못 잡아먹어서 안달이야, 안달이."

"왜? 아주 그쪽에 취직하시지?"

다은은 명환이 하윤을 싸고돌자 울컥했다. 그녀는 자기 사람을 챙기던 신휘와 남의 사람을 칭찬하는 명환이 비교되어 서러울 정도였다.

"어디 가게?"

자리에서 일어나는 다은을 보며 명환이 물었다.

"화장실!"

빽 소리를 지르고서 밴에서 내려 화장실로 향한 다은은 칸에 들어가 변기 위에 쪼그린 자세로 올라앉았다. 주머니에서 담배를 꺼내어 입에 물었지만, 인기척이 느껴져 불을 붙이지 않고 물고만 있다가 도로 넣어 버렸다. 촬영 스태프들도 함께 사용하는 화장실이라는 게 떠올랐기 때문이었다.

'참자, 참아.'

문을 열고 나온 다은은 세면대에서 손을 씻고 있는 하윤을 발견하고 멈칫했다. 왜 자꾸 화장실에서 마주치는 걸까, 하는 생각과 함께 담배를 참길 잘했다는 생각이 동시에 들었다. 다은은 그냥 모른 척 나갈까 잠시 고민하다가 마음을 바꿔 하윤의 옆 세면대에 섰다. 하윤은 인기척을 못 느낀 사람처럼 태연하게 비누칠한 손을 꼼꼼히 헹구고 있었다. 다은은 거울을 보는 척하며 하윤의 얼굴을 슬쩍 바라보았다. 턱에는 밴드가 붙어 있었고, 그 밖에도 피가 맺혀 있는 자잘한 상처들이 여러 개 보였다. 제 말끔한 얼굴과는 상반된 모습에 일말의 양심이 꿈틀거렸다.

"야……."

다은이 조심스럽게 하윤을 불렀다. 그러나 하윤은 아무 소리도 못 들은 사람처럼 아무런 반응도 하지 않았다. 내 목소리가 너무 작았나? 다은의 입술이 다시 떨어지려는 순간, 하윤이 나직한 목소리로 선수를 쳤다.

"나 자극하지 마라."

다행히 지난번 난투극은 본 사람이 없어서 조용히 넘어갈 수 있었지만, 또다시 싸움이 난다면 소문이 나지 않을 거라고 장담할 수 없는 일이었다. 자신이 사고를 치면 신휘가 구설수에 오르내리게 될 것이 분명했기에, 하윤은 다은과 더는 엮이고 싶지 않았다.

"저기……."

"시비 걸지 말고 갈 길 가자. 나 아주 피곤하다."

다은과 싸운 지 며칠이 지났는데도 창휘는 하윤의 얼굴을 볼 때마다 고소를 적극적으로 주장했고, 하윤은 창휘를 설득하느라 진이 쏙 빠진 상태였다.

"다시 붙게 되면 타깃은 네 얼굴이다."

하윤의 경고에 움찔한 다은이 얌전히 입을 다물었다.


다은은 가시방석에 앉은 듯 죽을 맛이었다. 경주에서의 촬영은 신휘와 붙는 신이 거의 다였다. 신휘는 프로답게 아무렇지 않은 척 연기를 했지만, 카메라가 꺼짐과 동시에 눈빛이 싸늘하게 가라앉았다. 그녀는 대화는커녕 숨도 작게 쉬어야 할 판이었다.

빡빡한 일정으로, 촬영은 해가 질 때까지 계속되었다.

"저녁 식사하시고, 한 시간 후에 촬영 재개하겠습니다."

조연출의 외침에 여기저기서 앓는 소리가 흘러나왔다.

다은은 바삐 밴으로 돌아가 가방에서 파우치를 꺼내 들었다.

"오빠, 나 잠깐 화장실 갔다 올게."

"같이 가."

"됐어. 나 혼자 가도 돼."

다은은 화장실을 가는 척하다가 방향을 바꿔 조금 전에 봐두었던 건

물 뒤로 향했다. 오전에 하윤과 마주치기도 했고, 화장실은 담배를 피우기에 적합한 장소가 아니었다. 차라리 스태프들과 마주칠 우려가 없는 한적한 곳이 나을 것 같았다.

하루 종일 담배를 피우지 못했더니 아무것도 손에 잡히지 않고 조바심이 났다. 게다가 신휘와의 촬영이 주는 스트레스 때문에 담배가 더 간절했던 다은은 제 뒤에 검은 그림자가 따라붙었다는 사실도 모른 채, 으슥한 곳으로 발걸음도 가볍게 걸어 들어가고 있었다.


"으헥!"

다리에 붙어 제 피를 축내고 있던 모기를 손바닥으로 압사시킨 하윤이 정체불명의 비명을 터뜨렸다.

"이놈의 모기 쉐키, 배 터지게 드셨네……."

그녀의 손바닥에는 모기가 요단 강을 건너며 남기고 간 피가 묻어 있었다.

"저 손 좀 씻고 올게요."

하윤은 멀찌감치 서서 신휘의 촬영을 바라보고 있던 민아와 성국을 뒤로하며 종종걸음으로 화장실로 향했다.

하윤이 화장실에 가고 얼마 후, 신휘의 촬영이 끝났다.

"하윤이는?"

요새 신휘가 가장 많이 하는 말이었다. 그는 하윤이 눈앞에 없으면 불안했다. 원래 하윤에 관해서는 모든 게 걱정이었지만, 하윤과 다은이 몸싸움을 벌인 이후로 그 증상이 더 심해졌다.

"손 씻는다고 화장실 갔어요."

저렇게 좋을까? 민아는 신휘의 유별난 하윤 사랑이 마냥 신기했다.

"근데 누나, 하윤이 간 지 좀 됐죠? 왜 안 오지?"

신휘의 얼굴이 딱딱하게 굳었다.

"가봐야겠다."

"화장실이 외진 곳에 있는 것도 아니고, 뭐 별일 있겠어요?"

민아는 걱정이 지나치다는 의미를 담아 에둘러 말했다.

"하윤이는 별일이 없으면 만들어서라도 할 수 있어."

"아······."

민아가 간과하고 있었던 사실을 상기시켜 준 신휘는 화장실 방향으로 몸을 돌렸다.

"형, 같이 가요. 누나는 차에 가 계세요."

성국이 다급하게 그의 뒤를 따랐다.


하윤이 손바닥에 묻은 피를 뽀득뽀득 깨끗이 씻고 화장실에서 나온 순간이었다.

"끼아악!"

어디선가 들려온 비명에 하윤은 발걸음을 떼려다 말고 그대로 멈춰 섰다. 주변의 소리에 귀를 기울여 보았지만, 비명은 더 이상 들려오지 않았다.

"뭐지? 여자 목소리였는데?"

잘못 들었다고 치부해 버리기엔 하윤의 청력은 너무나 좋았다.

화장실 입구에서 왼쪽으로 가면 촬영 현장이었고 오른쪽으로 가면 인적이 없는 낡은 건물이 있었다. 촬영 현장 쪽은 조명 때문에 대낮처럼 환했지만, 반대쪽은 왼쪽과 대비되는 어둡고 스산한 느낌이었다. 희미하긴 했지만, 여자의 비명이 들려온 건 분명 오른쪽이었다.

'일단 가보자.'

하윤의 발은 이미 움직이고 있었다. 신휘의 평가는 정확했다. 하윤은 별일이 없으면 만들어서라도 할 수 있는 캐릭터였다.

한 걸음씩 전진할 때마다 심장이 쫄깃해졌지만, 하윤은 멈추지 않고 걸었다. 쓰레기 더미 옆을 지나다가 망가진 우산 하나를 발견한 그녀는 우산을 꽉 움켜쥐고 다시 걸음을 옮겼다. 그것도 무기랍시고 손에 드니, 왠지 모르게 호랑이 기운이 솟아나는 것 같았다.

건물 모퉁이를 조심조심 돌아선 순간, 벽에 등을 대고 덜덜 떨고 있는 여자가 눈에 들어왔다. 얼굴은 제대로 보이지 않았지만, 하윤은 그녀가 누군지 대번에 알아볼 수 있었다.

'정다은?'

다은의 앞에는 검은색 점퍼와 바지를 입은 남자가 서 있었다. 남자는 하윤의 기척을 느끼지 못하고 다은에게 다정하게 말을 건네고 있었다.

"다은아, 오빠가 보낸 선물 못 받았어? 거기 내 번호도 적어놨는데 연락이 없더라?"

"모, 몰라. 저리 가!"

다은은 들고 있던 불붙은 담배를 남자에게 집어 던졌다. 하지만 남자는 가볍게 피했다.

"담배 몸에 안 좋아, 다은아."

상황 파악을 끝낸 하윤이 속으로 혀를 찼다.

'알 만하다.'

담배를 피우기 위해 인적 없는 곳으로 들어온 다은이 스토커에게 잡힌 상황이 분명했다. 하윤은 다은에게 아직 분이 풀리지는 않았지만, 그냥 모른 척하고 갈 만큼 모질지는 못했다.

"저기요."

하윤의 낭랑한 목소리에 다은과 남자의 고개가 동시에 하윤에게로 향했다. 남자는 낯선 여자의 등장에 놀랐고, 다은은 구세주의 등장에 안도했다. 하지만 절박한 순간에도 다은의 태도는 한결같았다.

"야!"

다은의 패기 넘치는 호칭에 하윤은 어이가 없었다.

"야?"

제 입에서 튀어나온 말에 자신도 놀란 다은이 기어들어 가는 목소리로 어물거렸다.

"……도, 도와줘."

"꼴좋다."

하윤은 코웃음을 치면서도 한 걸음 앞으로 다가섰다. 그리고 남자를 향해 당차게 말했다.

"그냥 조용히 가시면 못 본 걸로 할게요."

남자가 묘한 눈빛으로 하윤을 응시했다. 웬 가냘픈 여자 하나가 혼자 나타나 봐준다는 식으로 허세를 떠니 이게 뭔가 싶었던 것이다. 기세가 너무나 위풍당당했기에 무술 유단자인가 잠시 고민했을 정도였다. 남자의 시선이 제 손으로 향하자, 하윤은 그제야 우산을 들고 있었다는 사실을 깨달았다. 그의 섬뜩한 눈빛에 살짝 겁이 나던 차에 우산의 존재가 꽤 든든하게 느껴졌다.

'드디어 은휘 오빠한테 배운 기술을 써먹을 때가 왔다!'

하윤의 긍정적인 성격이 쓸데없는 상황에서 발휘되고 있었다.

"가. 난 다은이한테 볼일이 있어."

남자의 목소리는 은근하면서도 위협적이었다.

"안 돼! 가지 마!"

다은이 필사적으로 외쳤다.

"볼일은 그쪽 혼자 있는 것 같은데요?"

"가라고!"

남자가 갑자기 버럭 소리를 지르며 팔을 휘둘렀다.

"꺄악!"

찢어질 듯한 비명이 허공을 갈랐다. 그러나 그것은 하윤이 아니라, 다은의 것이었다. 정작 하윤은 가만히 있는데, 다은이 혼비백산하며 비명을 지른 것이었다.

긴장을 늦추지 않고 있던 하윤은 가볍게 뒤로 피하며 우산으로 남자의 팔을 힘껏 내리쳤다.

"윽!"

남자의 입에서 흘러나온 신음에 하윤의 입가에 흡족한 미소가 드리워졌다.

'오호! 이거 먹히는데?'

하윤은 실전에서 처음 써먹어본 기술이 먹혔다는 사실에 자신감이 급상승했다. 하지만 그 자신감은 오래가지 못했다. 예상치 못한 공격에 당황한 남자가, 반쯤 돌리고 있던 몸을 아예 돌려 하윤을 보고 섰기 때문이었다.

희번덕거리는 남자의 눈을 마주 본 하윤은 움찔했다. 서늘한 기운이 등줄기를 타고 머리끝까지 치솟았다. 그제야 무모하게 덤벼들 일이 아니었다는 것을 깨달은 그녀는 어떻게 이 위기를 벗어나야 할 것인가를 고민하면서 뒤로 주춤주춤 물러섰다. 우선 남자를 설득해 보기로 했다.

"우리…… 말로 해요, 말로."

남자는 먼저 공격한 주제에 얼토당토않은 말을 내뱉는 하윤에게 한 발짝씩 다가갔다. 하윤은 뒤로 한 발짝씩 물러나며 다급하게 머리를 굴렸다.

'뒤돌아서 죽도록 뛰어? 한판 붙어봐?'

하윤이 무모하기 이를 데 없는 후자의 방법까지 염두에 두고서 딴생각에 빠져 있는 순간, 남자가 성난 맹수처럼 날쌔게 달려들었다.

"헉!"

하윤은 헛바람을 들이켜며 눈을 질끈 감았다. 그와 동시에, 그녀의 옆구리를 스치듯 뻗어 나온 긴 다리가 남자의 배를 사정없이 걷어찼다.

"크헉!"

남자는 외마디 비명만을 남기고 바닥에 나동그라졌다.

눈 깜짝할 사이에 끝나 버린 일련의 상황에 하윤은 숨 쉬는 것도 잊은 채 그대로 얼어붙었다. 하윤이 정신을 차린 건 제 등에 와 닿은 탄탄하고 넓은 가슴 덕분이었다. 남자를 걷어찬 긴 다리의 주인이 하윤을 뒤에서 끌어당겨 안았다.

"괜찮아?"

신휘의 걱정스러움이 짙게 배어 있는 목소리가 귓전을 파고들었다. 익숙한 우디 향이 코끝을 스쳤다. 얼굴을 보지 않아도, 목소리를 듣지 않아도 알 수 있는 그만의 향기였다. 방금 전 큰일을 겪을 뻔한 것도 잊은 채 하윤의 입가에 미소가 번졌다.

"하아……. 정말 한시도 눈을 뗄 수가 없다……."

신휘가 하윤의 어깨에 얼굴을 묻으며 중얼거렸다.

'아, 나 또 사고 쳤어…….'

그제야 현실로 돌아온 하윤은 할 말이 없어 눈망울만 또르르 굴렸다.

"다친 데는 없지?"

신휘는 하윤을 돌려세우고 다시 물었다.

"……응."

하윤이 고개를 숙이며 웅얼거렸다. 입이 열 개라도 할 말이 없었다.

"그럼 됐어."

하윤이 무사하다는 것을 확인한 신휘의 시선이 어딘가로 향했다. 하윤도 자연스럽게 같은 곳을 바라보았다. 거기엔 성국이 남자를 엎드려 놓고 등을 무릎으로 누른 채 제압하고 있었다. 남자가 꿈틀댈 때마다 그의 거구가 남자를 내리누르며 옴짝달싹 못 하게 만들었다.

"하윤아, 이 사람 뭐야?"

성국이 남자와 하윤을 번갈아 보며 물었다.

"스토커 같아요."

대답을 하고 나서야 다은이 생각난 하윤이 고개를 돌렸다. 철저하게 소외당하고 있던 다은은 벽에 붙어 선 채로 덜덜 떨고 있었다.

"괜찮냐?"

다은은 목소리가 나오지 않는지 입술만 뻥긋거렸다.

"괜찮냐고."

"……으, 응."

말을 더듬으며 고개를 끄덕이는 다은에게 신휘가 물었다.

"저 스토커한테 여기까지 끌려온 거야? 매니저는 어디 가고?"

그의 목소리에는 짜증이 잔뜩 묻어 나오고 있었다. 그도 그럴 것이, 불과 며칠 전 하윤의 얼굴에 생채기를 낸 데다가 이 상황의 원인인 듯한 다은이 신휘에게 곱게 보일 리가 없었다. 자신이 1초만 늦게 왔어도 어떻게 될지 모르는 일촉즉발의 상황이었다. 하윤에게 달려들던 남자의 모습이 떠오른 신휘는 또다시 모골이 송연해졌다.

담배 피울 곳을 물색하다가 여기까지 왔다는 말을 차마 할 수가 없었던 다은은 말없이 신휘의 시선을 피했다. 그러자 신휘의 시선이 하윤에게로 옮겨갔다.

"성하윤, 너는 왜 여기 있고?"

신휘가 낮게 가라앉은 목소리로 물었다. 다은은 끌려왔다고 치고, 하윤은 제 발로 걸어온 게 분명했다.

"불의를 보면 참지 말라고 배웠습니다만?"

천연덕스러운 하윤의 대답에 신휘의 얼굴이 찡그려졌다.

"누구한테?"

"은휘 오빠."

"참아. 제발 좀 참으라고."

신휘는 진심을 담아 사정하면서도, 하윤의 오지랖 폭발 천둥벌거숭이 기질이 하루아침에 고쳐질 거라고 생각하지는 않았다. 그는 기대를 버리고 앞으로 자신이 더 신경을 쓰는 게 그나마 현실적인 방안이라고 생각하며 다은을 돌아보았다.

"뭐 해? 매니저 안 부르고?"

"⋯⋯네? 아, 네⋯⋯."

멍하니 서 있던 다은은 조금 전에 놀라서 떨어뜨렸던 휴대폰을 얼른 집어 들었다.

"매니저 올 때까지 여기 좀 있어. 알아서 처리하라고 넘기고."

턱 끝으로 남자를 가리키며 성국에게 뒷마무리를 지시한 신휘는 하윤의 목에 헤드록 자세로 팔을 감았다.

"넌 이리 와."

"오빠, 이건 좀 놓고 가면 안 될까⋯⋯?"

하윤이 신휘에게 끌려가며 애절하게 물었다.

"어, 안 돼. 생각 같아서는 아예 내 팔에 묶어서 다니고 싶다."


성국은 다은의 전화를 받은 명환이 달려오고, 남자가 경찰에 인계될 때까지 자리를 떠나지 않았다. 명환이 다은을 부축해서 차로 걸어가는 동안 성국은 두어 걸음 떨어져 걸으며 뒤를 따랐다. 다은을 차에 태운 명환이 그를 향해 고개를 꾸벅 숙여 인사를 건넸다.

"감사합니다."

"아닙니다."

성국이 떠나고, 명환은 시트에 기대어 눈을 감고 있는 다은에게 쏘아붙였다.

"너 자꾸 일 저지르고 다닐래? 담배는 제발 집에 가서 피우라고!"

다은의 감긴 눈꺼풀이 파르르 떨렸다.

'지금 이 상황에서 그런 말이 하고 싶나?'

위급한 순간 수호천사처럼 나타났던 신휘와 성국을 떠올리니 하윤이 미치도록 부러웠다.

"신휘 형 매니저 없었으면 어쩔 뻔했냐?"

신휘와 하윤이 사라지고 난 뒤 도착한 명환은 자세한 정황을 알지 못하고 있었다.

"그 사람 아니야."

다은이 눈을 감은 채로 입만 열었다.

"뭐가 아니야?"

"나 구해준 거 그 매니저 아니라고."

신휘와 성국이 등장하지 않았다면 어떤 상황이 벌어졌을지 모르겠지만, 다은의 머릿속에 자신을 구해준 사람은 따로 있었다.

"그럼 누군데?"

명환이 눈을 끔벅거리며 물었다.

"······하윤이."

다은이 혼잣말하듯 중얼거렸다.


신휘는 하윤을 데리고 한적한 곳으로 향했다. 둘만 있을 곳을 찾다 보니 울창한 나무들로 뒤덮인 숲길까지 가게 되었다. 그는 걷는 내내 하윤의 귀에 딱지가 앉도록 으슥한 곳에 가지 말라고 잔소리를 퍼부어댔다. 신휘에게 손목을 잡힌 하윤은 그의 보폭에 맞추기 위해 쉴 새 없이 발을 놀리고 있었다.

"오빠, 천천히 좀 가."

하윤이 숨을 몰아쉬며 신휘의 팔을 잡아당겼다.

"난 오빠랑 다리 길이가 다르다고."

그제야 그녀가 제 속도에 맞추어 걷고 있었다는 것을 알게 된 신휘가 걸음을 멈추고 하윤을 내려다보았다. 하윤이 곱게 눈을 흘기며 숨을 골랐다.

"으슥한 데 가지 말라면서?"

"……."

"여기 되게 으슥한데?"

주위를 둘러보니 하윤의 말대로 으슥하다는 말이 딱 어울리는 곳이었다. 두 사람의 기척을 제외하면 풀벌레 소리와 나뭇잎이 바람에 흔들리는 소리밖에 없는 것 같았다.

"나랑 같이 있을 때는 으슥할수록 좋지."

신휘는 하윤의 등에 팔을 둘러 끌어안았다. 그리고 그녀의 머리에 입을 맞추며 속삭였다.

"오빠 좀 살려주라……."

놀람, 초조, 걱정, 애정에 이르기까지 온갖 감정이 다 함축된 말이었다.

하윤을 찾아 화장실 앞에 도착한 순간 들려온 다은의 비명에 전속력으로 뛰어간 신휘는 하윤을 향해 달려드는 남자의 모습을 보았다. 일순간 심장이 멎었다. 어떤 생각을 할 겨를도 없이 말보다 발이 먼저 나갔다. 하윤을 품에 안고 나서야 심장이 다시 뛰었다. 그리고 지금, 하윤의 심장 소리가 제 몸을 타고 전해지고 있었다.

"응? 하윤아."

하윤은 대답 대신 신휘의 가슴에 얼굴을 묻고서 그의 허리를 팔로 감았다. 신휘는 한참 동안 그녀를 꽉 껴안고 있다가 조심스럽게 품에서 떼어놓았다.

"저기 좀 앉자."

그는 평평한 바위 위를 손으로 대충 훑어 잔가지와 나뭇잎을 치우고 하윤을 그 위에 앉혔다. 제 옆에 따라 앉는 신휘에게 하윤이 물었다.

"근데 오빠, 거기는 어떻게 알고 온 거야?"

"정다은이 소리 지르는 거 듣고."

"결국 걔가 나도 부르고, 오빠도 부른 거네."

하윤이 킥킥거리며 웃자, 신휘의 눈이 커졌다.

"정다은이 불렀다고?"

"직접 부른 건 아니고, 화장실에서 나왔는데 여자 비명이 들리더라고. 무슨 일인가 싶어서 가봤는데, 정다은이 있는 거야. 한 줌도 안 되는 게 발발 떨고 있길래 불쌍해서 내가 나섰지."

위풍당당한 하윤의 말에 신휘는 어처구니가 없었다.

"너는 열 줌쯤 되고?"

하윤은 다은 못지않게, 아니 어쩌면 더 야리야리한 체구였다. 그런데 기세는 거의 특수 요원 수준이었다.

"난 그래도 은휘 오빠한테 호신술이며 이것저것 많이 배웠잖아. 지난번에 정다은이랑 싸울 때 은휘 오빠가 가르쳐 준 기술들 못 써먹어서되게 아쉬웠거든? 근데 오늘 그 스토커한테 써먹었는데 먹히더라고! 내가 우산으로 내려치니까 식겁하던데?"

하윤은 남자의 팔을 내려칠 때의 타격감을 되새기며 의기양양하게웃었다. 신휘가 도착하기 직전에 남자가 달려들던 긴급 상황은 이미 기억 속에서 사라지고 없었다.

"후우……."

신휘의 낯빛이 급격히 어두워졌다. 그는 은휘가 제 몸 하나쯤 지킬줄 알아야 한다며 몇 가지 가르친 기술을 과신하고 있는 하윤이 불안했다. 급소를 공격하고 도망가는 것 정도라면 모르겠지만, 하윤은 일대일대결까지 가능하다고 믿고 있는 듯하니 어디서부터 잘못됐다고 말해줘야 할지 막막했다.

"하윤아."

"응?"

"네가 배웠다는 이것저것 말이야. 웬만한 성인 남자한테는 안 통한다고 보면 돼."

신휘가 침착하게 그녀를 설득하기 시작했다.

"태훈이한테는 통했는데?"

하윤이 말간 눈동자로 그를 바라보았다. 중학교 1학년 때 태훈을 이겼던 경험 덕분에, 하윤에게는 남자가 그리 강한 존재로 인식되지 않고 있었다.

"그때 태훈이가 너보다 작았잖아. 마르기도 엄청 말랐었고. 그때의 태훈이를 기준으로 삼으면 안 된다고."

태훈이 이 자식은 왜 하윤이한테 처맞아서…… 신휘는 속으로 하윤의 가치관 형성에 악영향을 끼친 태훈에게 욕을 한 사발 퍼부었다.

"아, 그래? 그럼 은휘 오빠한테 성인 남자에게 통하는 기술을 가르쳐 달래야겠다."

하윤의 대답에 신휘는 피가 거꾸로 치솟는 기분을 느껴야만 했다.

"그게 아니지!"

인내심을 잃어버린 신휘가 버럭 소리치자, 하윤이 움찔했다.

"……아, 아니야?"

신휘는 평정심을 유지하기 위해 크게 심호흡을 하고서 다시 말문을 열었다.

"자, 우리 시뮬레이션을 해보자."

"……"

"혼자 있다. 여자의 비명이 들린다. 그럼 어떻게 대처하는 게 정상일까?"

"구해주러 달려간다."

하윤의 대답은 망설임이 없었다.

"땡!"

"악!"

신휘에게 꿀밤을 맞은 하윤이 울상을 지으며 머리를 감싸 쥐었다.

"다시."

하윤은 잠시 고민하다가 감을 잡았다는 표정으로 의기양양하게 대답했다.

"전화로 도움을 요청하고 달려간다."

"아니라고!"

신휘의 애절하기까지 한 목소리에 하윤이 목을 긁적거렸다.

"……그럼?"

"전화로 도움을 요청하고 도와줄 사람이 오면 같이 간다. 아니지, 너는 굳이 갈 필요 없겠다. 계속 그 자리에 머문다."

신휘는 하윤의 입에서 나오길 고대했던 대답을 제 입으로 또박또박 일러주었다.

"에이, 그래도 어떻게 그래. 도와줘야지."

"물에 빠진 사람 건지겠다고 수영 못 하는 사람이 들어가면 둘 다 죽는 거 몰라? 도와주는 것도 네가 능력이 돼야 도와주는 거지."

"그것도 그렇긴 하네."

하윤은 신휘의 말이 일리가 있다고 생각하며 고개를 끄덕였다.

"정다은한테는 미안한 말이지만 오늘만 해도 그래. 네가 거길 왜 가? 겁도 없이. 무슨 일이라도 나면 어쩌려고."

신휘는 하윤과 눈을 똑바로 맞추고 진심을 담아 부탁했다.

"용감하지 마, 제발."

"알았어. 이제 안 그럴게."

하윤이 굳은 결심을 했다는 듯 비장하게 고개를 끄덕였다.

"네가 그랬지? 네 몸은 내 몸이고, 내 몸은 네 몸이라고."

"내가? 언제?"

혼자만 기억하고 있었다는 사실이 왠지 모르게 억울했던 그의 목소리가 퉁명스러워졌다.

"스무 살 생일."

당시에는 하윤의 황당한 행동에 기가 막혔을 뿐이었는데도, 그날 그녀가 했던 말들은 여전히 기억에 선명하게 남아 있었다.

"아……."

기억났다. 육탄전에 실패했던 굴욕의 밤…….

"아무튼, 이제 네 몸은 내 거야. 그러니까 제발 조심 또 조심. 알았어?"

아주 잘 알았어. 진작 그렇게 얘기하지. 오빠 몸은 내 몸, 내 몸은 오빠 몸. 자웅동체…… 는 아니고, 아무튼 우린 이제 한 몸이라는 거지?

"으ㅎㅎㅎ……."

웃음소리가 음흉하다고 느껴지는 건 기분 탓인가? 신휘는 조심하라는 의미는 어디에 팔아먹고 다른 쪽에 포인트를 맞추고 있는 하윤을 아리송한 표정으로 바라보았다.


다은의 스토커 사건은 해프닝 정도로 조용히 넘어갔고, 다시 시작된 촬영은 밤 10시가 넘어서야 끝이 났다. 예약해 둔 모텔로 이동한 출연진과 스태프들은 좀비들처럼, 지친 몸을 이끌고 각자의 방으로 흩어졌다. 신휘와 성국은 701호를, 하윤과 민아는 601호를 배정받았다.

민아는 피곤하다는 말을 연발하며 씻고 바로 침대에 드러누웠지만, 하윤의 눈은 낮보다 더 또랑또랑 빛나고 있었다.

"언니, 저 편의점 갈 건데 뭐 필요한 거 없으세요?"

"뭐 사게?"

"과자요."

왠지 수학여행을 온 기분이었다. 딱히 과자가 먹고 싶다기보다는 이대로 그냥 자고 싶지가 않았다.

"난 됐어. 갔다 와."

하윤은 민아가 TV 리모컨을 집어 드는 걸 보며 방을 나왔다. 엘리베이터를 향해 몇 걸음 걸었을까, 603호에서 다은이 나오는 모습이 보였다. 하도 꽥꽥거려서 병원에 가봐야 하는 건 아닌가 싶기도 했는데, 촬영도 멀쩡하게 잘 마쳤고 안색도 나빠 보이지 않았다.

'내가 얘 걱정을 왜 하고 있는 거야, 지금……'

걸음을 재촉하는 하윤을 다은이 불러 세웠다.

"야……."

말은 '야'였지만, 느낌은 '저 좀 봐주세요'에 가까웠다.

"왜!"

하윤은 조금이라도 틈을 보이면 다은이 또 시비를 걸까 봐 기선 제압용 톤으로 선수를 쳤다. 하윤의 격앙된 반응에 찔끔한 다은이 볼멘소리를 중얼거렸다.

"내, 내가 뭐랬다고 신경질이야……."

얘 갑자기 왜 이래? 하윤은 평소와 사뭇 다른 다은의 태도가 의아했다. 말투도 조심스러웠고, 눈빛도 순하디순했다.

"뭔데?"

"……응?"

"네가 나 불렀잖아. 용건 말하라고."

하윤은 꿍꿍이가 있을 수도 있다는 생각에, 의심의 눈초리를 거두지 않았다. 다은이 머뭇거리며 입을 열었다.

"너…… 얼마 받냐?"

하윤은 경주의 한 모텔 6층 복도에서 다은이 자신의 임금을 물어보는 저의를 도통 이해할 수 없었다.

"뜬금없이 뭐래. 내가 얼마 받든 네가 무슨 상관인데?"

이제 하다 하다 내 쥐꼬리만 한 알바비로 무시할 생각인가? 하윤의 눈이 가늘어지자, 다은이 얼른 말을 이었다.

"나랑 같이 일하자."

"……뭐?"

"얼마 받는지 몰라도 내가 그것보다 많이 주라고 회사에 얘기할 테니까 나랑 일하자고."

이것은 스카우트 제의인가? 하윤이 멀뚱멀뚱 다은을 바라보았다. 요리 보고 조리 보아도 장난은 아닌 것 같았다. 하지만 장난이든 진심이든 하윤의 대답은 같았다.

"내가 미쳤냐? 너랑 일하게?"

"그렇게 고민도 안 해보고 대답하면 안 돼. 잘 생각해 봐. 너 돈 벌려고 알바하는 거잖아. 돈 더 준다는데 그게 최고 아니야?"

다은이 은근한 목소리로 하윤을 유혹했다.

"너한테 긁힌 상처, 아직 딱지도 안 떨어졌거든?"

하윤이 콧방귀를 뀌자, 다은의 어깨가 축 늘어졌다.

"퉁치고 덮자던 게 누군데……."

"공식적으로 덮자는 거지, 내 분노까지 덮은 건 줄 아냐?"

"지금이라도 사과하면 고려해 볼래?"

"우선 들어보고."

하윤이 강렬한 눈빛으로 바라보자, 주눅이 든 다은은 우물쭈물하며 들릴 듯 말 듯 입술을 달싹였다.

"미, 미안……."

하윤이 부동자세로 눈도 깜박하지 않자, 다은은 잠시 망설이다가 진지하게 다시 말했다.

"미안해. 사과할게. 그리고 아까도 고마웠어."

"좋아. 사과 받아준다."

밝아지는 다은의 얼굴을 보며 하윤이 덧붙였다.

"고려해 봤는데 아무래도 일은 같이 못 하겠다."

"넌 무슨 고려를 1초 만에 하냐?"

다은이 발끈해서 소리쳤다.

"1초 만에 하든 한 시간 만에 하든 네가 왜 난리야. 내 맘이지."

"사과 먹튀도 아니고……."

"먹튀 같은 소리 하고 있네. 이걸 확!"

하윤이 수도를 세워 때리려는 시늉을 하자, 깜짝 놀란 다은이 어깨를 움츠렸다.

"이제 용건 끝났지? 난 간다."

다은은 가려는 하윤의 팔을 덥석 붙잡았다.

"지금 어디 가?"

"편의점."

"뭐 사러?"

"과자 사러."

귀찮아하면서도 하윤은 다은의 질문에 꼬박꼬박 대답해 주고 있었다.

"같이 가. 나도 편의점 가려고 나온 거였어."

거짓말이었다. 사실 다은은 하윤의 방에 가려던 참이었다. 딱히 사과를 하려던 건 아니었지만, 그냥 무슨 말이라도 해야 할 것 같아서 나왔다가 공교롭게도 하윤과 마주친 것이었다.

'취했나? 아니면 미쳤나?'

하윤이 떨떠름한 표정을 짓거나 말거나, 다은은 개의치 않았다.

"가자, 하윤아."

흡사 연행하듯, 하윤의 팔짱을 꼭 끼고 편의점에 도착한 다은은 물 만난 고기가 팔딱거리듯 편의점 안을 발랄하게 휘젓고 다녔다.

"맥주 몇 개나 살까?"

"난 과자 사러 온 건데?"

"한 여섯 개 사면 되려나? 그래, 여섯 개면 되겠다. 그치?"

하윤은 들은 체도 하지 않을 거면서 다은이 왜 자신에게 동의를 구하는지 알 수가 없었다.

대화를 가장한 자문자답을 선보인 다은은 냉장고 문을 열었다. 그리고 언제 챙겼는지 알 수 없는 쇼핑 바구니에 맥주 여섯 캔을 차곡차곡 담았다.

"과자는 어떤 종류 좋아해? 쿠키? 비스킷? 난 생라면 부숴서 수프 뿌려 먹는 것도 좋아하는데."

다은은 이번에도 역시 질문만 던져 놓고 제 마음대로 몇 가지 과자를 바구니에 넣었다. 하윤은 입을 열어봐야 칼로리 소모만 하게 된다는 것을 깨닫고 조용히 다은을 지켜보기로 했다.

"소시지 살까? 삼각김밥도 맛있겠다."

다은은 팔랑거리고 날아가지는 않을까 싶을 만큼 상당히 들떠 있었다.

"너 편의점 처음 와보냐?"

"너랑 온 건 처음이잖아."

다은의 당당한 발언에 하윤은 할 말을 잃었다.

언제 다 먹을까 싶을 만큼 한 보따리를 쓸어 담고서 뿌듯한 표정으로 계산대 앞에 선 다은은 직원이 바코드를 찍으며 계산을 하는 사이 하윤을 향해 돌아섰다.

"내가 살게."

하윤이 시큰둥하게 받아쳤다.

"당연히 네가 사야지. 지금 네가 고른 것 중에 내 의견 들어간 거 하나도 없거든?"

다은은 하윤의 말을 듣는 둥 마는 둥, 안쓰럽다는 표정으로 딴소리를 했다.

"그래, 네가 벌어봐야 몇 푼이나 벌겠니……."

하윤은 반박할 의욕마저 잃어버렸다.

다은은 사람의 혼을 쏙 빼놓는 데 탁월한 재주가 있었다. 조상님 중에 말 못 하고 돌아가신 분이 계신 건지, 그녀는 지치지도 않고 종알거리며 하윤이 다른 생각을 할 틈을 주지 않았다. 하윤이 정신을 차렸을 때는 이미 다은의 방 침대 위에 올라앉아 있었다. 한 손에는 캔 맥주가, 다른 한 손에는 소시지가 들려 있었다.

'나는 누구인가. 여긴 또 어디인가…….'

무념무상에 빠져들던 하윤은 촉촉한 눈망울로 편의점에서 사온 주전부리들을 물끄러미 바라보고 있는 다은을 발견했다.

"뭘 봐? 안 먹어?"

"안 돼. 살쪄."

안 된다는 말이 무색하게 꼴깍, 침 넘어가는 소리가 하윤의 귀에까지 들렸다.

"한 보따리 사길래 완전 대식가인 줄 알았네."

"누군 물만 마셔도 찐다는데 난 공기만 흡입해도 찌는 것 같아. 사실 못 먹는 욕구를 사는 걸로 푸는 거야. 나 요리도 겁나 잘한다? 내가 못 먹으니까 만들어서 다른 사람 먹이는 걸로 위안 삼는 거지."

다은은 담담하게 말하고 있었지만, 하윤은 왠지 짠한 마음이 들었다. 머리카락을 뜯고 싸우면서 정이 들었는지, 마주 보고 있어도 불편하지 않은 게 신기하기도 했다.

"너는 다이어트 안 해?"

다은은 벌써 맥주 한 캔을 깨끗이 비우고 새 캔으로 손을 뻗는 하윤을 부러운 눈으로 바라보았다.

"어, 안 해. 먹어도 안 찌는 체질이야."

"……"

"욕하고 싶지?"

다은이 한껏 진지하게 고개를 끄덕였다.

"엄마 닮았나 봐. 엄마가 아무리 먹어도 살 안 찌는 체질이었어."

"이었어? 지금은 찌는 체질로 바뀌신 거야?"

"돌아가셨어."

"아……"

다은이 어찌할 바를 몰라 하며 안타까운 탄식을 내뱉자, 하윤이 질색하며 미간을 찌푸렸다.

"야, 됐어. 위로 멘트 궁리 중인 네 눈 되게 부담스럽거든?"

"잘됐다. 나 누구 위로해 본 적 없어서 잘 못해. 그냥 위로했다 치자."

픽 웃음을 터뜨린 다은이 캔 맥주를 따서 입으로 가져갔다.

"살찐다며?"

다은은 모든 것을 달관한 듯한 표정으로 맥주를 꿀꺽꿀꺽 원샷으로 해치웠다. 그리고 CF의 한 장면처럼 빈 캔을 내려놓으며 손등으로 입술을 훔쳤다.

"캬!"

따라 마시고 싶을 정도로 진정성 있는 감탄사였다.

"그렇게 맛있냐?"

"맛있지. 이 맛 아마 넌 평생 가도 모를 것이다."

"모르긴 뭘 몰라? 나도 너랑 같은 거 마시고 있거든?"

하윤이 어이없다는 듯 손에 들린 맥주 캔을 흔들어 보였다.

"마시고 싶을 때 쭉쭉 마시는 너랑, 미친 듯이 참았다가 찔끔 마시는 나랑 같냐?"

하윤의 말문을 막고 나서 흐뭇한 표정을 하고 있던 다은이 돌연 시무룩해졌다.

"내일은 종일 굶어야겠네……."

"굶긴 왜 굶어. 먹고 운동하면 되지."

다은의 입술 사이로 헛웃음이 터져 나왔다.

"어디서 전형적인 이론만 주워들어가지고. 네가 다이어트를 안 해봐서 뭘 모르나 본데, 운동만으로는 살 안 빠져. 식이가 받쳐 줘야 하는 거야. 먹을 거 다 먹고 운동하면 뭐 되는지 알아?"

"뭐가 되는데?"

"건강한 돼지."

"픕!"

웃으라고 한 말이 아닌데 하윤이 깔깔거리며 웃자, 다은은 왠지 모르게 뿌듯해졌다.

"내 말이 웃겨?"

"어, 너 의외로 웃기다."

"나 생각보다 괜찮지?"

하윤이 웃음을 뚝 멈추고 의아하다는 표정으로 되물었다.

"뭐가?"

"여러모로."

다은의 기대감 가득 품은 눈에 화답해 주고 싶었지만, 하윤은 빈말에 별로 소질이 없었다. 그래서 솔직하게 되물었다.

"어디가?"

일순간 움찔한 다은은 금세 평온을 되찾고 하윤에게 되물었다.

"난 너 괜찮은데 우리 친구 안 할래?"

하윤이 다은의 진지한 얼굴을 보며 콧등을 찡그렸다.

"너 친구 없지?"

"어떻게 알았어?"

"모르는 게 더 이상하거든? 초딩도 아니고 누가 '우리 친구 안 할래?'
이따위 오그라드는 말을 하냐?"

"너한테 처음 해본 말이란 말이야. 그건 내가 친구가 없는 이유가 될
수 없어. 다른 이유가 있겠지."

"설마 이유가 뭔지 모르는 건 아니지?"

"넌 알아?"

"알지. 처음 본 순간부터 알았어."

"뭔데?"

"너 좀 재수 없는 스타일이야."

단도직입적인 하윤의 돌직구에 순간 당황했지만, 다은은 이내 진지하
게 고개를 끄덕였다.

"내가 재수 없는 짓 할 때마다 말해줘. 반영할게."

"나 재수 없는 스타일 완전 싫어하는데……."

"하윤아!"

다은은 구시렁거리고 있는 하윤을 향해 환하게 웃으며 달려들었다.

"저리 안 가? 들러붙지 말라고!"

질색하는 하윤에게 과격한 애정 행각을 퍼붓던 다은이 갑자기 자세
를 고쳐 앉으며 눈을 빛냈다.

"너 신휘 오빠랑 사귀지?"

다은은 하윤이 멈칫하자 그럴 줄 알았다는 듯 씩 웃었다.

"역시 그랬군."

"어떻게 알았어?"

"아무리 신휘 오빠가 자기 식구 끔찍하게 챙기는 걸로 유명해도 너한
테 하는 거 보면 그게 다가 아닌 것 같더란 말이지. 우리 대기실에서 처
음 본 날부터 시작해서, 복도에서 싸웠던 날도 그렇고, 아까도. 신휘 오

빠 같은 남자는 어떤 여자를 만날까 궁금했는데 그게 바로 너라니……."

"바로 나라서 미안하다."

하윤이 한쪽 눈썹을 장난스럽게 찡긋거리며 쿨하게 받아넘겼다.

"그런 뜻으로 한 말 아닌데? 나한테 처음으로 친구 하고 싶다는 생각이 들게 한 사람, 네가 처음이야. 그런 걸 보면 뭔가 있어, 뭔가……."

다은은 눈을 가늘게 뜨고 '뭔가'를 찾기 위해 하윤을 이리저리 살피기 시작했다.

다음 날 아침, 초인종 소리에 잠이 깬 민아가 부스스한 얼굴로 601호 방문을 열었다. 문 앞에는 이른 아침인데도 붓기 하나 없이 말끔한 얼굴을 한 신휘가 서 있었다.

"하윤이는?"

신휘는 혹시 하윤의 모습이 보일까 싶어서 민아의 어깨 너머로 시선을 옮겼다.

"어제 안 들어왔어요."

"안 들어왔다고?"

신휘의 목소리가 커지자, 잠이 싹 달아난 민아가 급하게 덧붙였다.

"정다은 방에서 잤어요."

"하윤이가 거기서 왜?"

다른 사람도 아니고 정다은이라니?

"저도 자세한 건 잘 모르겠는데, 처음엔 좀 놀다 온다더니 다시 연락와서는 자고 오겠……."

"정다은 방이 몇 호지?"

"603……."

필요한 말까지만 듣고 곧장 몸을 돌려 603호로 걸어간 신휘는 망설임 없이 초인종을 눌렀다. 그러나 안에서는 아무 반응이 없었다. 다시

한 번 초인종을 누른 그는 조바심이 나서 문까지 두드렸다. 그제야 문이 열리고 다은이 퉁퉁 부은 얼굴을 빼꼼 내밀었다.

"하윤이 여기 있다며?"

"지금 자는데요……."

"잠깐 들어가도 될까?"

"들어오세요."

다은이 옆으로 비켜서자, 신휘는 방 안으로 성큼성큼 걸어 들어갔다.

하윤은 이불을 둘둘 말아 다리에 끼고 침대에 모로 누워 자고 있었다. 요란하게 울린 초인종 소리와 신휘가 두드린 문소리는 자신과 전혀 상관없는 일이라는 듯 숙면을 취하고 있었다. 신휘는 언제 어디서나 완벽한 적응력을 보이는 하윤을 어이없는 얼굴로 내려다보며, 다은에게 퉁명스럽게 물었다.

"하윤이가 왜 여기서 자고 있는데?"

신휘는 아직 다은에게 심기가 불편한 상태였다. 물론 앞으로도 계속 불편할 예정이었다.

"밤새 저랑 얘기하다가……."

"둘이 밤새 얘기를 나눌 사이는 아닌 걸로 아는데?"

"저희 친구 하기로 했어요, 오빠."

"친구?"

두 사람의 대화는 침대 위에서 들려온 소리 때문에 더 이어지지 못했다.

"으음……."

꿈틀거리며 눈꺼풀을 들어 올린 하윤은 눈앞에 있는 두 사람의 실루엣을 보면서 눈을 깜빡였다. 흐릿한 시야가 맑아지며 신휘의 흐뭇한 자태가 들어왔다.

"오빠, 굿모닝."

천연덕스럽게 아침 인사를 건넨 하윤이 시선을 옮겨 다은을 바라보았다.

"너는 왜 이렇게 퉁퉁 부었냐?"

눈을 뜨자마자 신휘에게 문을 열어주느라 미처 거울을 볼 새도 없었던 다은이 깜짝 놀라며 거울 앞으로 달려갔다.

"어머! 나 미쳤나 봐!"

다은은 잘 붓는 체질이라서 촬영 전날은 6시 이후로 물도 마시지 않았다. 그런 그녀가 정신줄을 놓은 결과가 얼굴에 고스란히 드러나 있다.

"아…… 촬영 어떡해……."

"오늘 폭풍 오열신이라며? 잘됐네. 울어서 부은 척해."

다은이 거울에서 시선을 떼고 하윤을 그렁그렁한 눈으로 바라보며 물었다.

"울기 전 신은 어쩌고?"

"음, 그건 네가 알아서 하고……."

하윤은 무책임한 말을 던져 놓고 다은의 시선을 외면했다.

"근데 넌 어쩜 하나도 안 부었냐? 나 어제 겨우 맥주 한 캔 마셨어. 넌 하나, 둘, 셋…… 다섯 캔이나 마셨는데, 어쩜 이래?"

다은이 빈 맥주 캔을 손가락으로 하나하나 세며 울상을 지었다.

"맥주 한 캔 같은 소리 하네. 과자 두 봉지는 왜 빼고 말하는데?"

"아……."

다은의 입에서 뒤늦게 탄식이 터져 나왔다.

'얘들 뭐지……?'

꾸어다 놓은 보릿자루 모드로 멀뚱히 서 있던 신휘는 두 여자 사이에 전혀 끼어들 틈이 없다는 것을 깨닫고 조용히 방을 나왔다. 하윤과 다은은 신휘가 나간 줄도 모르고 수다에 열을 올리고 있었다.

신휘는 모텔 주차장에 주차된 밴 앞에 서서 누군가를 기다리는 중이었다. 성국은 조금 떨어진 곳에서 스케줄과 관련된 통화를 하는 중이었고, 민아는 밴에 타고 있었으니 그가 기다리는 건 아직 내려오지 않은 하윤이었다.

바닥을 발끝으로 툭툭 차고 있던 신휘는 다급한 발소리를 듣고 고개를 들었다. 하윤이 젖은 머리를 휘날리며 전속력으로 달려오고 있었다. 신휘가 가속도를 이기지 못한 하윤을 제 품에 안듯이 받쳐 주며 멈춰 세웠다.

"허억…… 헥……."

"그러게 왜 뛰어와. 숨 쉬어, 숨."

신휘가 따라 하라는 듯 숨을 크게 몰아쉬자, 하윤은 천천히 숨을 들이마셨다 내쉬며 숨을 골랐다.

"머리도 못 말리고 나왔어?"

하윤의 젖은 머리에서 평소보다 강한 샴푸 향이 풍겨 나오고 있었다. 신휘는 저도 모르게 그 향기를 폐부 깊숙이 들이마셨다.

"괜찮아, 알아서 말라. 다은이랑 노닥거리느라고 시간이 이렇게 된 줄도 몰랐어."

하윤이 제 머리카락을 무심하게 툭툭 털며 대답했다.

"정다은이랑 친해진 거야?"

"응. 얘기 좀 해보니까 나쁜 애는 아니더라고."

"둘이 몸싸움 벌인 거 그새 잊었어? 안 껄끄러워?"

신휘는 상당히 껄끄러웠다.

"정식으로 사과받았어. 그럼 됐지, 뭐."

"난 살다 살다 너처럼 뒤끝 없는 사람은 처음 본다."

"데헷!"

하윤이 아양을 떨며 웃자, 못마땅한 기색이 역력했던 그의 표정도 조금 누그러졌다.

촬영은 오전 내내 쉴 틈 없이 이어졌다.

"컷! 오케이!"

감독의 사인이 떨어지자, 조연출이 확성기를 집어 들었다.

"빠듯한 스케줄에 모두 수고 많으셨습니다. 경주 촬영은 이것으로 종료되었습니다. 조심해서 올라가시고 서울에서 뵙겠습니다."

신휘는 감독과 함께 마지막 신 모니터링을 끝내고 밴으로 향했다.

"피곤하시죠? 어제도 대본 보느라 늦게까지 안 주무시던데, 올라가는 동안 좀 주무세요."

"나도 어제 밤새 다은이랑 떠들었더니 피곤……."

성국의 말에 넙죽 끼어들어 나불거리던 하윤이 말끝을 흐리며 입을 다물었다. 대본 암기와 수다는 동급이 되려야 될 수가 없는 것임을 뒤늦게 깨달았기 때문이었다.

"성국아, 운전 살살 해라. 우리 하윤이 피곤하단다."

신휘의 농담에 하윤이 겸연쩍은 얼굴로 딴청을 피우고 있는데 누군가 밴의 창문을 두드렸다. 돌아보니, 다은이었다. 가장 가까이 앉아 있던 신휘가 창문을 열어주자, 다은이 밴 안으로 고개를 쑥 들이밀었다.

"하윤아."

"왜?"

"곧장 서울로 가는 거지?"

"응."

"그럼 우리 차로 같이 안 올라갈래?"

하윤이 입을 떼기도 전에 신휘가 다은의 이마를 손가락으로 밀며 대신 대답했다.

"안 돼."

매정하게 창문을 닫아버린 신휘는 망연자실한 얼굴로 서 있는 다은
을 못 본 척하며 성국에게 다급하게 말했다.

"빨리 출발해."

그 뒤로 신휘는 자꾸만 하윤에게 마수를 뻗치는 다은 때문에 심기가
불편했다. 다은은 만나기만 하면 하윤을 데려가기 위해 각종 유혹의 수
단을 동원했다. 고민이 있다며 불러내거나, 몸이 안 좋다는 꾀병을 비롯
해 먹을 것으로 꾀어내기까지 서슴지 않았다.

오늘도 어김없이 다은의 대기실 침공이 이어졌다.

"하윤아, 떡볶이 먹으러 와."

"우리 지금 도시락 먹을 건데?"

"떡튀순으로 사오라고 했어."

다은은 어느새 하윤의 음식 취향까지 줄줄이 꿰고 있었다.

"오빠, 나……."

"갔다 와."

하윤은 신휘의 허락이 떨어지자마자 벌떡 일어나 대기실을 나가 버렸
다.

관대한 척 보내줄 때는 언제고, 애꿎은 밥을 푹푹 찔러가며 화풀이
를 하고 있는 신휘를 보며 민아가 웃음을 터뜨렸다.

"오빠는 뭘 다은이한테 질투를 하고 그러세요."

"질투는 무슨……."

신휘가 혼잣말처럼 구시렁거렸다.

"지켜보니까 하윤이 말대로 나쁜 애는 아닌 것 같아요. 정에 굶주려
있는 것 같기도 하고. 남자도 아닌데 좀 봐주세요."

남자건 여자건, 신휘에게는 하윤과 말을 섞는 모두가 견제 대상이었

다. 남녀노소를 불문하고 하윤에게 관심을 보이는 모든 생명체에게 질투가 끓어올랐다. 하지만 차마 그렇다고 말을 할 수는 없었다. 자신에게도 사회적 체면이라는 게 있었으므로.

"성국아."

"네, 형."

"내일부터 우리 메뉴는 떡볶이다."

"……떡볶이요?"

"아니다. 떡튀순이다."

"……"

"아니지, 차별화가 필요해. 김밥도 추가. 하윤이 김밥도 좋아해."

어느새 사회적 체면 따위 잊어버린 신휘는 다은에게 하윤을 뺏기지 않겠다는 열의로 불타오르고 있었다.


"형, 저희는 밥 먹고 올게요."

신휘의 지시대로 떡볶이를 사다 놓은 성국은 슬금슬금 그의 눈치를 보면서 민아와 함께 대기실을 나갔다. 두 사람이 나간 직후, 대기실 문이 벌컥 열리며 다은이 모습을 드러냈다.

"오빠 진짜 이러시기예요?"

다은은 거울 앞 의자에 앉아 있던 신휘 앞으로 성큼성큼 걸어가, 허리에 양손을 얹고 눈을 흘겼다.

"손."

신휘의 말에 찔끔한 다은이 얌전히 손을 내렸다.

"눈."

다은은 투덜거리면서도 치켜뜨고 있던 시선을 고분고분 내리깔았다. 하지만 입술만큼은 격렬하게 삐죽거리고 있었다.

"정말 치사한 거 아시죠?"

"치사하긴 뭐가 치사해. 내 거, 내 옆에 두겠다는데."

"어차피 하루 종일 붙어 있으면서 저한테 잠깐 양보 좀 하면 안 되는 거예요?"

그녀가 한달음에 신휘의 대기실로 쳐들어온 이유는 '우리 점심 메뉴도 떡볶이'라는 하윤의 문자를 받았기 때문이었다. 요 며칠간 두 사람은 하윤을 사이에 두고 거의 연적 수준으로 서로를 견제하고 있었다.

"어, 안 돼. 왜 하윤이가 내 대기실이 아니라 네 대기실에 더 오래 있는 건데? 하윤이 좋아하는 떡볶이, 내가 배 터지게 사줄 테니까 걱정 말고 가라."

신휘와 다은의 유치한 대화를 어이없는 표정으로 지켜보고 있던 하윤이 하는 수 없이 중재에 나섰다.

"정다은, 너 빨리 네 대기실로 가."

"힝……."

다은이 불쌍한 얼굴로 눈꼬리를 축 늘어뜨렸다.

"대신, 네 말대로 주말에 너희 집 놀러 갈게."

"정말?"

뜻하지 않은 수확에 신이 난 다은이 대기실을 나가자, 신휘가 기다렸다는 듯 하윤을 향해 손짓했다.

"이리 와봐."

"왜?"

"빨리."

신휘는 제 곁으로 다가와 선 하윤의 허리를 와락 끌어안았다.

"머리 망가져."

하윤은 세팅을 끝내놓은 그의 머리가 헝클어질까 봐 뒤로 물러나려 했지만, 신휘는 그녀를 놓아주지 않았다.

"너만 가만히 있으면 안 망가져."

바르작거리던 하윤이 움직임을 뚝 멈췄다.

"요새 통 집에 들어갈 시간이 없어서 안아보지도 못했네."

마음 같아서는 성국과 민아 없이 하윤과 둘만 다니고 싶을 정도였다.

"요새 많이 피곤하지?"

"어, 피곤해. 자꾸만 숨도 차고……."

"숨이 차?"

깜짝 놀란 하윤이 상체를 뒤로 빼자, 신휘는 그녀의 허리를 감고 있던 팔을 슬며시 풀면서 의미심장하게 웃었다.

"그래서 말인데……."

신휘는 의자에서 일어나, 자신을 말똥말똥한 눈으로 바라보는 하윤의 양 뺨을 감싸 쥐고 천천히 고개를 숙였다. 그리고 입술이 닿기 직전 달콤하게 속삭였다.

"인공호흡이 필요해."

❦

"알바 역 아직도 안 왔어? 어디래? 5분 안에 안 오면 빼고 딴 사람 넣어!"

하윤은 성질을 버럭버럭 내고 있는 조연출을 지켜보며 속으로 감탄했다.

'캬! 첫 촬영부터 지각하는 패기 좀 보소!'

지금 하윤이 서 있는 곳은, 분당의 한 카페 앞이었다. 오늘은 카페 알바 역할인 준모의 첫 촬영 날임과 동시에 신휘와 같은 신에서 만나는 날이기도 했다. 그런데 준모는 아직 코빼기도 비치지 않고 있었다.

하윤은 신휘가 카페 안에서 대기하고 있는 동안 밖에서 어슬렁거리는 중이었다. 카페 내부가 넓지 않았기에 중간중간 헤어와 메이크업을 수정해 주어야 하는 민아만 남겨두고 밖에 나와 있던 것이다.

하윤의 시선이 조연출의 일그러진 얼굴에서, 통유리를 통해 비치는 카페 내부로 향했다.

'캬! 은혜롭다, 은혜로워!'

신휘의 조각 같은 옆선을 바라보며 황홀경을 헤매고 있던 그녀는 날선 조연출의 목소리에 번뜩 정신이 들었다.

"지금 장난해요?"

"죄송합니다. 차가 막혀서⋯⋯."

고개를 돌린 하윤은 연신 허리를 숙이며 몸 둘 바를 몰라 하고 있는 준모와 눈이 딱 마주쳤다.

"차가 막혀서? 여기 있는 사람 중에 차 안 타고 걸어온 사람 있어요?"

움찔한 준모는 얼른 하윤에게서 시선을 떼고, 윽박지르는 조연출을 향해 다시 공손하게 허리를 굽혔다.

"정말 죄송합니다. 다시는 이런 일 없도록 하겠습니다."

"나중에 얘기하고 우선 들어가요."

조연출과 준모가 나란히 카페 안으로 사라지는 모습을 지켜보고 있던 하윤이 한심하다는 얼굴로 고개를 가로저었다.

"쯧쯧⋯⋯."


준모는 촬영 내내 감독 이하 스태프들에게 들었던 말을 곱씹으며 신경질적으로 머리를 흩뜨렸다.


"수전증 있어요?"

"아니, 모델이라면서 카메라 앞에서 왜 이렇게 긴장해요?"

"주문하신 음료 나왔습니다. 겨우 열한 글자가 안 돼? 대사 빼고 가."

"누가 섭외한 거야, 대체!"

"빌어먹을……."

촬영 시작 전부터 욕을 먹는 바람에 주눅이 들기도 했고, 신휘가 지척에서 지켜보고 있어서 더 긴장할 수밖에 없었다. 이유가 뭐였든, 스스로 생각해도 어이없는 실수를 연발한 것이 수치스러웠다.

카페 건너편의 화단에 걸터앉아 고개를 떨구고 있던 그가 시선을 들었을 때, 마침 익숙한 얼굴이 눈앞을 지나가고 있었다.

"어? 하윤아!"

준모는 반가운 사람을 만난 것처럼 벌떡 일어나 하윤에게 다가갔다.

"잘 지냈어?"

"네, 뭐……."

물론 하윤은 그의 친한 척이 부담스럽기만 할 뿐 전혀 반갑지 않았다. 고개를 숙이고 있던 사람이 준모인 줄 알았더라면 당연히 이쪽으로 지나가지 않았을 거였다.

"원래 선배님이랑 붙는 신이 없었는데 대본이 바뀌는 바람에 이렇게 또 보게 됐네?"

준모는 계속해서 마주칠지도 모를 신휘에게 대놓고 알랑거릴 용기는 아직 없었다. 그래서 우선 하윤에게 잘 보이기로 결심한 것이었다.

하윤의 무반응에 무안해진 준모가 다시 입을 열려는 순간, 다른 목소리가 끼어들었다.

"성하윤 어린이."

동시에 고개를 돌린 하윤과 준모의 시야에 성국과 민아를 대동하고 나타난 신휘가 들어왔다.

'……어린이?'

졸지에 '어린이'가 되어버린 하윤은 금세 그 말의 유래를 깨달았다.

"촬영장에서 마주치게 돼도 절대 가까이 가지 말고, 나 촬영 중일 때는 성국이 옆에 꼭 붙어 있어."

"내가 무슨 어린애야?"

하윤이 기억을 더듬느라 멀뚱히 서 있는 사이, 신휘의 등장에 깜짝 놀란 준모가 꾸벅 허리를 굽혀 인사했다.

"선배님, 안녕……."

"컴 온."

신휘는 그의 인사를 받기는커녕, 눈도 마주치지 않았다. 하윤을 향해 손가락을 까딱거리고는 그대로 스쳐 지나갔을 뿐이었다.

"예, 예. 성하윤 어린이 갑니다요."

하윤이 작게 구시렁거리며 종종걸음으로 신휘의 뒤를 따랐다.

졸지에 투명인간 취급을 당한 준모의 눈가에 파르르 경련이 일고 있었다.

촬영이 끝난 출연자들과 스태프들은 회식 장소로 이동했다. 드라마가 시작된 이후, 처음 하는 단체 회식이었다. 술과 고기에 굶주려 있던 스태프들을 필두로 광란의 회식이 시작되었다. 소주병은 따기가 무섭게 바닥을 드러냈고, 고기는 익을 새도 없이 사라졌다.

하윤은 출연자들과 따로 떨어진 곳에서 스태프들과 함께 앉아 있었다.

"우와…… 뭔가 한이 서린 것 같아요."

"다들 며칠째 밤샘하느라 제대로 밥 먹은 적이 없잖아."

성국의 말에 하윤이 고개를 끄덕거렸다. 원톱 주연으로서 어마어마한 분량을 소화해 내고 있는 신휘도 하루에 한두 시간 쪽잠을 자면서 버티고 있는 형편이었지만, 스태프들에 비하면 양반이었다.

"오빠도 많이 드세요."

하윤은 집게와 가위를 야무지게 양손에 쥐고 고기를 굽기 시작했다.

시간이 흐를수록 술과 고기가 사라지는 속도는 더뎌졌고, 고기 굽는 일에 열중하고 있던 하윤은 슬슬 지루해지기 시작했다. 맞은편의 성국은 스토커 사건 이후 친해진 다은의 매니저 명환과 이런저런 대화를 나누느라 바빴고, 신휘는 멀리 떨어진 자리에서 감독과 이야기를 나누고 있었다.

'바람이라도 쐬고 들어와야겠다.'

생각을 마친 하윤이 자리에서 일어나려는 순간, 비어 있던 옆자리에 누군가 털썩 주저앉았다.

"지루하지?"

다은이었다.

"어, 지루해."

"그래서 내가 놀아주러 왔어. 나 완전 의리 있지?"

"그게 다야? 진정?"

턱을 치켜들고 유세를 떨던 다은이 손으로 입을 가리고 작게 속삭였다.

"사실 꼰대들 설교 듣기 싫어서 도망 왔어."

이번엔 하윤이 목소리를 낮추며 다은에게로 상체를 기울였다.

"네가 말한 꼰대에 우리 오빠도 들어 있는 건 아니지?"

"왜 아니야. 신휘 오빠 꼰대 기질 다분……."

하윤의 매서운 눈빛에 다은이 얼른 뒷말을 삼키며 화제를 돌렸다.

"민아 언니는?"

"감기 기운 있어서 먼저 집에 가셨어."

그때, 화장실을 다녀오던 선배 연기자가 다은을 불렀다.

"다은아, 여기서 뭐 해? 나랑 술 한잔해야지."

"네! 가요, 선배님."

다은은 하윤에게 눈짓을 하고 부리나케 자리를 떠났다. 하윤은 성국에게 잠깐 나갔다 오겠다고 말하려다가 명환과의 대화를 방해하는 것 같아 관두고 조용히 몸을 일으켰다.

밖으로 나간 그녀의 눈에 가장 먼저 들어온 건, 식당 입구 근처를 서성이며 담배를 피우고 있던 준모였다.

'뭔가 마가 낀 거야⋯⋯.'

화장실에만 가면 다은을 만나고, 밖에만 나오면 준모와 마주치는 걸 대체 뭘로 설명할 수 있단 말인가. 하윤이 속으로 구시렁거리고 있는데, 준모가 인기척을 느끼고 고개를 돌렸다.

"어? 하윤이다? 이름 예쁜 하윤이⋯⋯ 성도 예쁜 성하윤이⋯⋯."

그의 얼굴은 어두워서 잘 보이지 않았지만, 목소리에서 취기가 느껴졌다.

"왜 나왔어? 오빠 보러?"

손가락을 튕겨 담뱃불을 끈 준모는 꽁초를 바닥에 휙 던져 버리고 실실 웃으며 하윤에게 다가왔다.

'미친. 취하려면 곱게 취할 것이지.'

술에 취한 그와 말을 섞을 생각이 눈곱만큼도 없었던 하윤은 다시 식당 안으로 들어가기 위해 몸을 돌렸다. 순간, 준모가 그녀의 팔을 강하게 낚아채 돌려세웠다.

"어디 가?"

"놔요!"

하윤이 준모를 매섭게 쏘아보며 소리쳤다.

"나랑 얘기 좀 하면 어디 병 걸리냐? 어?"

목소리가 험악해짐과 동시에 그의 손아귀에 힘이 들어갔다. 하윤은 그를 흥분시켜서 좋을 것이 없다는 판단에 애써 차분한 어조로 말했다.

"놓고 얘기해요."

"오빠가 오늘 왕창 깨지고 좀 심란하다. 너까지 그러지 마라."

준모가 시무룩한 얼굴로 팔을 놔주었다.

"할 얘기 있으면 하세요."

"나 영미랑 헤어졌어."

보라에게 전해 들어서 알고 있는 사실이었다. 그리고 곧 그렇게 될 것이라고 그가 이미 예고했으니 놀라울 것도 없었다.

"그래서요?"

"그냥 그렇다고."

'어쩌라고……'

속마음을 대변하듯 하윤의 양미간에 주름이 잡혔다.

"하윤아, 내가 말이다. 널 참 좋게 봤었거든? 근데 사실 좀 실망스럽다. 너랑 나랑 둘이 있었던 얘기를 굳이 선배님한테 일러바칠 건 뭐냐? 너 생각보다 입 가볍더라?"

사실 준모는 대놓고 욕을 하고 싶은 심정이었다. 하지만 후환이 두려워 최대한 순화시켜서 말한 것이었다.

'이 개소리는 진심인가, 주정인가?'

하윤은 자신을 질책하는 듯한 그의 언행에 황당함을 감출 수 없었다. 그런데 그가 갑자기 나긋나긋한 미소를 지으며 말을 이었다.

"선배님한테 말 좀 잘해줘. 나 그렇게 나쁜 놈 아니야. 내가 진짜 나쁜 놈이었으면 선배님이랑 네 사이 알았을 때 바로 기자들한테 제보했을걸?"

준모의 협박인지 공치사인지 모를 말을 하윤이 짜증스럽게 받아쳤다.

"제보하세요. 오빠가 그런 거 겁냈으면 그 자리에 왔겠어요?"

눈에는 눈, 이에는 이, 미친년에는 미친년!　　371

"진짜 해? 나 진짜 한다?"

이기죽거리는 준모에게 쏘아붙일 말을 고심 중이던 하윤의 등 뒤편에서 앙칼진 목소리가 튀어나왔다.

"한국말 못 알아들어요?"

하윤이 뒤를 돌아본 것과 동시에, 준모가 어리둥절한 얼굴로 시선을 돌렸다. 두 사람의 눈이 향한 곳에는 눈꼬리를 추어올린 다은이 준모를 야무지게 쏘아보며 서 있었다.

"하윤이가 하라잖아요, 하세요."

다은은 다시 한 번 쐐기를 박고서 하윤의 팔에 팔짱을 꼈다.

"왜 여기 있어? 들어가자."

하윤은 얼결에 다은에게 이끌려 걸음을 옮겼다.

"저 인간하고 왜 같이 있어? 상종하지 마."

"너 저 사람 알아? 오늘 처음 본 거 아니고?"

"명환 오빠한테 들었어. 여자 엄청 밝히는 개잡놈이라고 옆에 가지도 말라던데?"

"명환 오빠가 저 사람에 대해서 어떻게 알지?"

"성국 오빠한테 들었다던데?"

하윤은 어떤 루트를 통해 전달된 내용인지 대번에 이해했다.

실내로 들어온 두 사람은 비어 있던 테이블에 자리를 잡고 앉았다. 이미 태반이 만취 상태라 네 자리, 내 자리가 따로 없었다.

"근데 너 너무 단호하게 말한 거 아니냐?"

하윤의 말을 이해하지 못한 다은이 고개를 갸웃거리며 되물었다.

"뭐가?"

"네가 너무 강하게 제보하라고 해서 할 생각 없던 사람도 꼭 해야 할 것 같던데?"

다은이 억울하다는 듯 구시렁거렸다.

"네가 당당하게 제보하라고 했잖아……."

"그럼 거기서 제발 하지 마세요, 이럴까?"

"……어쩌지? 나 너무 세게 나간 거야?"

어쩔 줄 몰라 하며 울상을 짓는 다은을 보며 하윤이 픽 웃음을 터뜨렸다.

"농담이야. 하든가, 말든가. 조용히 살고 싶지만 기사 떠도 할 수 없는 거고."


"후우……."

담배를 깊게 빨아들였다가 내뱉는 준모의 얼굴이 분노로 일그러졌다. 낮에 신휘에게 무시당한 것도 모자라, 하윤과 다은에게까지 멸시를 당하고 나니 더는 참을 수가 없었다.

"진짜 하라 이거지……?"

담배를 바닥에 던지고 신발로 밟아 뭉갠 그는 휴대폰 주소록을 뒤적였다.

"빌어먹을. 윤 기자 번호를 저장 안 해놨나 보네……."

한참을 뒤적였지만 끝내 번호를 찾지 못한 준모는 집에 가서 명함을 찾아보기로 마음먹고, 다른 번호로 전화를 걸었다.

"나다. 뭐 하고 있냐? 이 형님이 오늘 기분이 아주 뭐 같은데 자리 좀 만들어봐라. 내숭 떠는 것들 말고 잘 노는 애들로. 안 된다고? 바쁜 척하기는. 알았으니까 끊어."

준모가 씩씩거리며 전화를 끊었다.

"되는 일이 없네."

휴대폰을 바지 주머니에 쑤셔 넣으며 중얼거리던 그의 얼굴이 갑자기 밝아졌다. 식당 안에서 나오는 수아를 발견했기 때문이었다.

"수아야."

수아는 준모와 같은 카페 알바 역할을 맡은 열여덟 살 여학생이었다.

"오빠!"

"왜 나왔어?"

"재미없어서요. 괜히 따라왔나 봐요. 저도 술 잘 마시는데 미성년자라고 술도 안 주시고……."

수아의 볼멘소리에 준모의 얼굴에 야릇한 미소가 떠올랐다.

"그럼 오빠랑 놀자. 나도 재미없어서 나왔어."


"꽤 친하게 지내던 모델 친구가 있었는데, 그 친구랑 친구 여친이랑 셋이서 술을 마셨대. 근데 친구랑 친구 여친이 취해서 먼저 뻗어버린 거지. 친구 먼저 집에 보내고 정신 못 차리는 그 여자 데리고 모텔 갔단다. 내가 진짜 그 얘기 듣고 얼마나 소름이 끼치던지."

다은은 준모에 관한 만행을 이야기하며 호들갑스럽게 제 양팔을 쓸어내렸다.

"그 정도면 단순히 여자에 환장한 게 아니라 범죄 아니야?"

하윤이 미간을 잔뜩 찌푸렸다.

"당한 여자가 나서지 않는데 뭘 어쩌겠어? 그 밖에도 여자 관련해서 잡음이 끊이질 않는다더라고. 아무리 큰아버지가 소속사 대표라도 막아 주는 데는 한계가 있을 텐데 언제까지 그러고 살 건지……."

고개를 절레절레 젓던 다은이 돌연 눈을 동그랗게 뜨며 하윤을 바라보았다.

"근데 전혀 몰랐어? 박준모의 실체에 대해서?"

"오빠가 정색하면서 가까이 가지 말라길래 뭔가 상종 못 할 인간이구나 정도로만 생각했지. 정확한 내막은 너한테 지금 처음 들은 거야."

"왜 말을 안 해줬지? 네가 알아야 더 조심할 거 아냐."

"어렸을 때부터 그랬어. 나쁜 거나 안 좋은 거, 보여주고 들려주고 하는 거 질색했거든. 박준모도 그런 거겠지."

"조심은 시키되 네 눈과 귀는 더럽히지 않겠다, 뭐 그런 건가?"

"아마도?"

다은이 눈을 돌려 흐트러짐 없는 얼굴로 감독과 대작 중인 신휘를 바라보았다. 원래도 멋지다고 생각했지만, 하윤의 말을 듣고 나니 그가 새삼 더 멋져 보였다.

"신휘 오빠 같은 남자는 대체 어디 가야 만날 수 있는 거냐?"

"이번 생은 포기해. 이미 틀렸어."

하윤이 진지하게 고개를 가로저었다.

"그래, 다음 생을 기약해야겠다……."

시무룩하게 대꾸하던 다은이 갑자기 고개를 번쩍 쳐들었다.

"아! 내가 말했나? 박준모, 미성년자들한테도 집적거린다고? 어릴수록 좋아한대."

"아주 판타스틱한 양아치구나. 그나마 여기는 미성년자 없……."

그때 두 사람이 앉아 있는 테이블 옆을 지나치던 스태프들이 있었다. 그들의 대화를 들은 하윤과 다은이 동시에 굳었다.

"방금 나간 여자애, 고딩이라고?"

"고2래. 자기도 술 마실 수 있다고 한마디 했다가 카메라 감독님한테 혼나고 잔뜩 풀 죽어 있더라."

스태프들이 멀어지고 나자, 도중에 말을 멈춘 하윤을 대신해 다은이 말을 이었다.

"있었네……."

잠시 침묵이 흐르고, 하윤이 슬쩍 운을 뗐다.

"……나가볼까?"

다은이 비장하게 고개를 끄덕였다. 두 사람은 그것이 신호라도 된 것처럼 누가 먼저랄 것도 없이 의자를 뒤로 밀며 일어났다.

부리나케 밖으로 나간 두 사람은 방금 전까지 있었던 준모도, 방금 전 나갔다던 수아도 발견할 수 없었다.

"찾아보는 게 맞겠지?"

"물론이지."

오지랖이 발동된 두 사람은 결연한 시선을 주고받은 다음 다급하게 발걸음을 뗐다. 그런데 하윤이 갑자기 그 자리에 우뚝 멈춰 서며 중얼거렸다.

"혼날 것 같은데……."

며칠 전에도 신휘를 걱정시켰던 전과가 있었기에, 또다시 단독 행동을 했다가는 정말 크게 혼이 날 것 같았다.

"혼나? 누구한테?"

다은이 묻는 말에 대답하지 않고 생각에 잠겨 있던 하윤이 결심한 듯 입을 열었다.

"가자."


회식 장소인 서울 외곽의 고깃집은 건물과 건물 사이의 간격이 넓었다. 그리고 건물 옆에 널찍한 주차장이 따로 떨어져 있는 구조였다. 드문드문 가로등이 켜져 있었지만, 10시가 넘은 시간이라 짙은 어둠이 가로등 불빛을 잠식하고 있었다.

주차장 안으로 한 쌍의 남녀가 들어섰다. 준모와 수아였다.

"아, 할머니가 입원하시는 바람에 촬영장에 혼자 온 거였어?"

"네. 아빠는 회사 가야 하고, 엄마는 병원에 가 있느라 같이 와줄 사람이 없어서요."

"그랬구나."

"많이 긴장했는데 그래도 오빠가 있어서 다행이에요."

수아는 오늘 처음 보았는데도 이것저것 챙겨주며 살갑게 대해주는 그가 고마웠다.

"오빠가 새 차 뽑고 옆자리에 아직 아무도 안 태웠어. 우리 수아는 좋겠네? 이런 기회 아무한테나 가는 게 아닌데."

수아는 수줍게 웃으며 준모가 문을 열어준 조수석에 올라탔다.

두 사람은 음악을 틀어놓고 이런저런 이야기를 나누기 시작했다. 잔잔한 음악, 따뜻한 공기, 다정한 준모까지……. 분위기는 처음보다 훨씬 더 편안해졌고, 수아는 그에게 완전히 경계심을 풀어버렸다.

"요즘 애들은 교복만 벗으면 학생인지 성인인지 구분이 안 가. 너만 해도 이렇게 사복 입고 있으면 누가 학생인 줄 알겠어?"

"졸업하려면 이 년도 안 남았는데요, 뭐. 다 컸죠."

어른인 척하고 싶은 마음에 도도하게 다리를 꼬고 앉은 수아는 치마가 말려 올라간 줄도 모르고 있었다. 준모는 그녀의 다리를 흘깃 보고서 상체를 조수석 쪽으로 천천히 기울였다. 그리고 손을 뻗어 수아의 얼굴을 쓸어내렸다. 갑작스러운 그의 행동에 덜컥 겁을 먹은 수아가 주춤주춤 뒤로 물러났다.

"오, 오빠……."

하지만 좁은 차 안은 물러날 수 있는 여유 공간이 거의 없었다. 그녀의 등이 이내 조수석 문에 닿았다.

"지, 지금 뭐 하시…… 꺄!"

수아는 제 허벅지에 닿은 준모의 손길에 경악했다. 그녀의 날카로운 비명이 차 안을 가득 채웠다.

"에이, 왜 그래. 여기까지 따라와 놓고."

준모가 음흉한 미소를 흘리며 수아에게 더 가까이 다가갔다.

그 순간, 운전석과 조수석의 문이 동시에 벌컥 열렸다. 깜짝 놀라 고개를 쳐든 준모는 신휘의 서늘한 눈빛을 마주하고 그대로 얼어버렸다. 수아의 몸에 닿아 있는 제 손을 거둬들여야 한다는 사실도 잊고 있었다. 문이 갑자기 열려 뒤로 넘어갈 뻔한 수아의 등을 지지하고 있던 신휘가 눈살을 찌푸리며 메마른 어조로 말했다.

"안 떨어져?"

준모는 그제야 정신을 차리고서 조수석 쪽으로 기울어져 있던 상체를 황급히 뒤로 뺐다.

"끌어내."

찰나의 순간, 누구에게 하는 말인지 몰라 의아해하던 준모는 조수석과 운전석의 문이 동시에 열렸다는 사실을 뒤늦게 기억해 냈다. 그러나 제 뒤에 누가 서 있는지 돌아볼 시간은 없었다. 누군가가 뒷덜미를 우악스럽게 움켜쥐었기 때문이었다.

"컥!"

뒤로 당겨진 티셔츠가 목을 조르는 바람에 준모의 입에서 마른기침이 터져 나왔다. 성국이 준모를 차 밖으로 끄집어내어 차가운 바닥에 내동댕이치는 것을 보고 있던 신휘가 와들와들 떨고 있는 수아를 향해 한마디 툭 내뱉었다.

"넌 내리고."

옆으로 한 발 비켜선 신휘의 뒤에서 나타난 하윤과 다은이 재빠르게 수아를 부축했다.

"어떻게 된 거야?"

신휘가 휘청거리며 차에서 내린 수아에게 물었다.

"오, 오빠가 차 구경시켜 주겠다고……."

"자기 차는 바퀴 하나로 굴러간대? 차 구경은 무슨. 다음부터는 이런 뻔한 작업에 낚이지 말고 조심해."

"네……."

"경찰에 신고할래?"

수아가 간절한 눈빛으로 고개를 저었다.

"……안 할래요."

"그래, 그럼."

강요할 문제가 아니었기에 수아의 결정을 존중하기로 한 신휘는 하윤에게 시선을 돌렸다.

"매니저한테 데려다줘."

"저 매니저 없는데요……."

쭈뼛거리는 수아에게 다은이 물었다.

"그럼 엄마나 아빠랑 같이 다녀?"

"원래 엄마랑 다녔는데 오늘은 일이 있으셔서 저 혼자……."

"가자. 내가 집까지 바래다줄게."

눈치 빠른 다은이 수아와 하윤을 데리고 사라지자, 신휘는 그제야 운전석 쪽으로 걸음을 옮겼다.

자신에게서 눈을 떼지 않고 있는 성국의 눈치를 슬금슬금 살피면서 몸을 일으키려던 준모는 신휘를 보고 움찔했다. 한참을 무슨 생각을 하는지 알 수 없는 얼굴로 그를 내려다보고 서 있던 신휘가 천천히 무릎을 굽혀 앉았다. 그리고 준모의 눈을 똑바로 응시하며 입을 열었다.

"준모야."

신휘의 달래는 듯한 말투에 준모는 찰나의 순간 안도했다.

"우리 미성년자는 좀 지켜주자."

"저, 선배님 그런 게 아니고……."

어떻게든 둘러대 보려던 준모의 시도는 이어진 신휘의 말로 무참히 깨지고 말았다.

"아니지. 모든 여자를 지켜주자, 이 개자식아."

어떤 변명도 통할 리 없다는 사실을 깨달은 준모는 가만히 입을 다물었다. 하지만 머릿속에서는 신휘가 대체 어떻게 알고 온 건지, 왜 사사건건 제 일에 끼어드는 건지 여러 생각이 교차했다.

그가 딴생각을 하고 있다는 것을 알아차린 신휘가 얼굴을 가까이 대고 읊조리듯 말했다.

"내가 말했잖아. 앞으로 너한테 관심 가져주겠다고."

"……."

"최소한의 도덕심은 갖고 살자는 내 말이 우스웠어? 그래서 회식 중에 이딴 짓거리를 벌일 생각까지 한 거야?"

"그게 아니라……."

"입 다물어."

준모의 입은 다시 얌전히 닫혔다. 참견하지 말라고 화를 낼까, 잘못했다고 싹싹 빌어볼까, 아무리 머리를 굴려봐도 뾰족한 수가 떠오르지 않았다.

"널 어떻게 해줄까? 내가 어떻게 해줬으면 좋겠는지 말해."

신휘의 질문에 대한 준모의 대답은 그냥 가게 해달라는 것, 한 가지뿐이었다. 차마 입 밖으로 꺼내지 못하고 입만 뻥긋거리고 있는데 그가 바라는 대답이 신휘의 입을 통해 흘러나왔다.

"가봐."

준모는 잘못 들었나 싶었다. 방금 전까지의 기세만 보면 절대 신휘의 입에서 나올 말이 아니었다.

"……네?"

"가보라고."

"……가, 감사합니다, 선배님. 감사합니다."

진심을 담아 감사의 인사를 한 준모는 꽁지 빠진 새처럼 뒤도 돌아보지 않고 줄행랑을 쳤다. 그의 뒷모습을 바라보고 있던 신휘가 픽 웃으며 낮게 중얼거렸다.

"감사는 무슨. 그 말 곧 후회하게 될 텐데……."

신휘가 식당으로 돌아갔을 때, 회식은 이미 파장 분위기였다. 그는 자연스러운 타이밍에 다은과 수아를 먼저 보낸 뒤 뒤이어 출발했다. 성국은 신휘와 하윤을 아파트에 안전하게 내려주고 돌아갔다.

"수아, 많이 놀란 것 같던데."

엘리베이터를 기다리면서 한 하윤의 걱정스러운 말에 신휘가 못마땅하다는 듯 대꾸했다.

"대체 거길 왜 따라가? 차 구경? 차가 다 거기서 거기지. 열여덟이면 그 정도는 분별할 수 있는 나이 아니야?"

신휘는 겁먹은 수아에게 차마 대놓고 하지 못한 말을 뒤늦게 쏟아냈다.

"사람이 실수할 수도 있는 거지."

"넌 그 나이에 안 그랬잖아?"

"그, 그럼……. 난 안 그랬지……."

하윤의 얼굴에 어색한 미소가 걸렸다.

'분별 있는 사고로 오빠에게 사귀자고 들이댄 거랑 정조를 지키라고 한 것밖에는 없었지, 암…….'

하윤이 무슨 생각을 하고 있는지 알 리 없는 신휘가 칭찬하듯 그녀의 뺨을 손가락으로 튕겼다.

"오늘 잘했어."

"뭐가?"

"무작정 안 달려가고 나 부르러 온 거."

하윤은 곧장 준모를 찾으러 가지 않고 신휘를 불러냈다. 그러고 나서 신휘와 성국을 대동하고 준모와 수아를 찾아 나섰던 것이었다. 준모를 찾는 건 어렵지 않았다. 아예 다른 곳으로 가버린 게 아닌 이상 가장 유력한 곳은 주차장이었고, 예상은 적중했다. 주차장에 들어선 순간 들려온 수아의 비명이 네 사람을 준모의 차로 안내해 주었다.

"앞으로도 이렇게 하는 거야, 알았지?"

"응."

고개를 끄덕이며 도착한 엘리베이터에 올라탄 하윤이 돌연 인상을 찌푸렸다.

"근데 박준모 응징할 방법 없나? 그런 놈이 아무 거리낌 없이 활개 치고 다니는 거 진짜 싫다."

"내가 다 알아서 할 테니까 넌 신경 쓰지 않아도 돼."

짜증 나고 답답한 마음에 해본 소리를 신휘가 진지하게 받자, 하윤의 눈이 둥그레졌다.

"어떻게 알아서 할 건데?"

"그런 놈이 활개 치고 다니는 거 보기 싫다며? 안 보이게 해줄게."

의미심장한 신휘의 말에 하윤은 저도 모르게 마른침을 꿀꺽 삼켰다.

'어쩌려는 거지……?'

신휘의 눈빛이 매섭게 빛나고 있었다.


이튿날, 준모는 다음 주에 있을 '김영옥 패션쇼' 의상 피팅을 위해 숍을 찾았다. 문을 열고 들어간 그의 눈에 영옥과 기호가 나란히 내실에서 걸어 나오고 있는 모습이 보였다.

"선생님, 안녕하세요."

"여긴 웬일이에요?"

늘 상냥하던 영옥이 정색하자 당황한 준모가 쭈뼛거리며 말을 이었다.

"저는 피팅……."

영옥은 그의 말을 다 듣지도 않고, 뒤따라 나오던 젊은 여자를 보며 눈썹을 찡그렸다.

"김 실장, 에이전시에 연락 안 했어?"

"했는데요. 전달이 안 됐나……?"

준모는 피팅을 하러 온 자신이 왜 이런 대접을 받아야 하는지 어리둥절할 뿐이었다.

"가세요."

영옥이 준모를 향해 딱 잘라 말했다.

"……네?"

가라고? 이게 무슨 말이지? 준모는 눈을 끔벅거리며 어떻게 돌아가는 상황인지 파악하기 위해 머리를 굴렸다.

"내 쇼에 안 세울 거니까 돌아가라고요."

"무슨 말씀이신지……."

"난 내 옷을 얼마나 잘 소화해 낼 수 있는지만 보고 쇼에 세우지 않아요. 내 옷을 쓰레기 싸는 용도로 쓰고 싶지는 않으니까."

준모는 그제야 기호가 왜 여기에 있는지를 깨달았다. 신휘와 기호가 각별한 사이라는 것은 패션업계에 모르는 사람이 없을 정도였다. 어젯밤에 그냥 보내줄 때부터 이런 일을 예상했어야 했는데, 순진하게도 그냥 넘어갈 거라고 생각했던 자신이 한심했다.

그때, 한마디도 하지 않고 조용히 서 있던 기호가 말문을 열었다.

"박준모 씨, 잡혀 있던 다른 스케줄도 다시 한 번 확인해 봐요."

그 길로 회사로 달려간 준모는 노크할 여유도 없이 대표실 문을 열어젖혔다.

"큰아버지!"

JJ 모델스의 대표가 그를 힐끔 쳐다보고서 책상 위에 놓인 갑 티슈를 냅다 집어 던졌다.

"넌 대체 뭔 짓을 하고 돌아다니는 거냐?"

날아오는 갑 티슈를 슬쩍 피한 준모는 한달음에 책상 앞으로 달려갔다.

"설마 잡혀 있던 쇼들 다 취소된 건 아니죠?"

"뭐? 아니죠?"

대표는 준모의 말을 따라 하며 헛웃음을 쳤다.

"디자이너들이 단체로 너 보이콧했어. 절대 자기 쇼에 안 세운대."

"하아……."

준모가 땅이 꺼져라 한숨을 내쉬며 이마를 짚었다.

"지금 네가 벌이고 다녔던 과거 일들까지 일파만파 퍼지고 있다는 건 알고 있냐?"

"……어떻게 좀 해주세요."

"어떻게 좀 해달라고? 나야말로 어떻게 좀 해주라. 너 때문에 우리 회사 이미지까지 똥통에 처박힌 건 어쩔 건데? 어?"

간절한 얼굴로 애원하던 준모가 면목 없다는 듯 고개를 푹 떨어뜨렸다.

"누구한테 찍힌 거야? 심기호가 나섰던데, 심기호한테 밉보인 거야?"

준모는 아무 말도 하지 못했다. 신휘의 이름을 언급하게 되면 당연히 자신이 벌인 짓까지 털어놓아야 하는데, 차마 입이 떨어지지 않았기 때문이었다. 하지만 주눅 들어 있는 듯한 겉모습과 달리 그의 속은 폭발 직전이었다.

'문신휘, 이렇게 나왔다 이거지? 그럼 나도 내가 할 수 있는 걸 해주지…….'

말아 쥔 준모의 주먹이 부들부들 떨리고 있었다.


야외 촬영이 진행될 장소에 일찌감치 도착한 신휘는 준비를 마치고 밴 안에서 대본을 보고 있었다. 운전석에 앉아 있다가 휴대폰 진동을 느낀 성국이 신휘를 방해하지 않기 위해 차에서 내려 전화를 받았다. 잠시 후 다시 차에 오른 그가 뒤를 돌아보며 조심스럽게 말했다.

"형, 회사에서 전화가 왔는데…… 기사가 떴대요……."

신휘와 눈이 마주친 성국은 마치 제 잘못인 것처럼 쭈뼛거리며 덧붙였다.

"형이랑 하윤이 열애 기사……."

"어머! 진짜?"

신휘의 옆자리에 앉아 있던 민아가 깜짝 놀라 등받이에 기대고 있던 상체를 곧추세웠다.

"그래?"

신휘는 놀란 기색 하나 없이 태연한 얼굴로 휴대폰을 꺼내어 기사를 찾아 읽었다. 그러고는 곧바로 어딘가로 전화를 걸었다.

"최 기자님."

[기사 봤어. 열애야, 열애설이야?]

최 기자가 장난스럽게 물었다. 신휘는 인연을 쉽게 만들지는 않았지만 한 번 인연을 맺으면 오래가는 스타일이었다. 최 기자도 그런 인연 중 하나였다.

"열애요."

[오, 축하해! 나랑 단독 인터뷰하자.]

"하게 된다면 최 기자님이랑 할게요."

[안 한다는 말이지?]

"네."

눈치 빠른 최 기자의 반응에 신휘가 피식 웃으며 대답했다.

[용건이 뭐야? 열애 기사 터지자마자 전화한 걸 보면 그냥 한 건 아닐 거 같은데?]

"부탁드릴 게 있어요."

[부탁?]

"오늘 기사, 제보한 사람이 누군지 좀 알아봐 주세요."

[정보원 비익권 몰라? 그쪽에서 알려주겠어?]

"그래서 최 기자님께 부탁하는 거잖아요. 제보자가 박준모라는 모델인지만 확인해 주시면 돼요. 그 정도는 전화 몇 번 돌리면 알아볼 수 있으시면서."

신휘의 말대로 기자들 사이에서 평판도 좋고, 인맥도 넓은 최 기자에게 그 정도 확인은 그리 어려운 일이 아니었다.

[술 사.]

그렇게 전화를 끊고 10여 분 후, 신휘는 최 기자로부터 한 통의 문자를 받았다.

〈맞음.〉

명쾌한 두 글자를 바라보는 그의 입가에 냉소가 피어올랐다. 그 모습을 보고 있던 민아가 입을 열었다.

"박준모 맞대요?"

"어, 맞대."

"그놈일 거 뻔한데, 뭘 확인까지 하세요."

"만에 하나라는 것도 있으니까, 확인은 해봐야 할 것 같아서."

"마지막 발악은 하고 싶었나 보네요, 비열한 놈."

"할 게 그것밖에 없다는데 그렇게라도 화풀이하라고 하지 뭐."

신휘는 대수롭지 않다는 듯 여유롭게 웃었다.

"혹시 오늘 하윤이 일부러 안 데리고 나오신 거예요?"

"어, 바로 터질 줄 알았으니까."

하윤을 노출시키지 않기 위한 그의 계획은 성공을 거두었다.

"한 번씩 주고받았으니 이제 다시 내 차롄가?"

신휘가 갑자기 자리를 털고 일어나자, 운전석에 뒤돌아 앉아 있던 성국이 물었다.

"어디 가시게요?"

"오늘 작가님 촬영장 오신댔는데 감독님한테 언제 오시는지 물어보려고."

신휘는 의아한 얼굴을 하고 있는 성국과 민아를 뒤로하고 밴에서 내리며 덧붙였다.

"작가님과 감독님께 드릴 말씀이 생겼거든."


운전 중 큰아버지의 전화를 받은 준모는 갓길에 차를 세웠다.

[너 드라마 분량도 없어졌어. 아예 네 역할 자체를 빼버렸더라.]

"그럴 리가요. 분명 제 역할 늘려주신다고 작가님이……."

[그 작가님께서 네 역할 없앴다고.]

"……."

[너 대체 누구를 건드린 거냐?]

망연자실한 얼굴로 전화를 끊은 준모는 핸들을 힘껏 내려치며 소리를 질렀다.

"으아!"

하지만 그렇게 해서 풀릴 분이 아니었다.

"내가 이대로 당하고만 있을 줄 알아? 두고 봐, 후회하게 해줄 테니까."

그의 두 눈이 악의로 번들거리고 있었다.


하윤은 침대에 누워서 뒹굴거리고 있다가 지혜의 전화를 받았다.

"오냐."

[반응 보아하니 아직 못 봤나 보네.]

"뭘?"

[신휘 오빠 열애설 터졌어.]

"뭐?"

하윤이 휴대폰을 뚫고 들어갈 듯 소리를 벌컥 내지르며 일어나 앉았다.

"열애설? 누구랑? 이번엔 또 누군데?"

[너.]

"……나?"

[그래, 너. 성하윤.]

지혜는 멍하게 되묻는 하윤의 이름을 힘주어 발음했다.

[정확히 말하면 성 모 양이라고 떴더라.]

"……이따 전화할게. 일단 끊어봐."

전화를 끊은 하윤은 무엇부터 해야 할지 생각하며 침착하게 정신을 가다듬었다.

기사 확인!

포털 사이트에 접속하자마자 신휘의 이름이 눈에 들어왔다. 역시 메인에 떡하니 걸려 있었다.


「배우 문신휘가 사랑에 빠졌다. 상대는 서울 모 대학 의상디자인학과 3학년에 재학 중인 성 모 양. 성 모 양은 전공을 살려 방학 동안 그의 스타일리스트로 일하고 있으며…….」


하윤은 재빠르게 기사를 훑고서 신휘에게 전화를 걸었다. 통화가 연결되자 하윤이 무슨 말을 하기도 전에 신휘가 선수를 쳤다.

[괜찮아.]

"……응?"

[기사 뜬 거 보고 전화한 거잖아.]

"……응."

[예상했던 일이야. 걱정할 거 없어. 내가 다 알아서 할 테니까 오랜만

에 집에서 푹 쉬면서 맛있는 거 먹고 있어, 알았지?]

"……응."

고작 '응'이라는 대답만 세 번 하고 전화를 끊은 하윤은 우선 복잡한 머릿속을 정리해 보기로 했다.

오늘 아침, 여느 때와 다름없이 촬영장에 따라나서려는 자신을 말리던 신휘의 모습이 떠올랐다. 그가 출근을 말린 명목은 감기 기운이 있으니 집에서 쉬라는 것이었다. 신휘의 완강한 저지에 하는 수 없이 집에 남았는데, 못 나가게 한 이유가 따로 있었다는 걸 이제야 알 것 같았다.

촬영장은 열애설의 진위를 파악하기 위해 모여든 기자와 리포터 등으로 어수선함 그 자체였다. 하지만 신휘는 동요하지 않았다. 정작 동요하고 있는 건 다음 신을 위해 그의 메이크업을 수정해 주고 있는 민아였다. 촬영이 끝나면 인터뷰가 가능할까 싶어 한쪽에 죽치고 대기 중인 기자들의 대화가 그 원인이었다.

"설마 저 스타일리스트가 성 모 양은 아니지?"

"웬만한 연예인 뺨치게 예쁘다잖아. 딱 봐도 아닌데?"

"우린 대학교 3학년이라는 말에도 주목할 필요가 있죠."

본인들은 안 들릴 것이라는 착각에 빠져 떠들어대고 있었지만, 민아에게는 아주 또렷하게 들리고 있었다. 그들이 한 마디씩 보탤수록 그녀의 표정은 점점 더 어두워졌다.

물론 기자들의 말에 반박할 수 있는 부분은 없었다. 민아는 아무리 관대한 시선으로 본다고 해도 스물두 살로는 전혀 볼 수 없는 스물일곱 살의, 아주 평범한 얼굴과 조금은 통통한 몸매의 소유자였으니 말이다.

하루 종일 신휘를 목이 빠지게 기다린 하윤은 그가 집에 들어서자마자 바짝 따라붙으며 참았던 말을 꺼냈다.

"오빠, 자세한 얘기 좀 해봐."

"무슨 얘기?"

무슨 말인지 뻔히 알면서 모른 척하는 신휘에게 입을 삐죽거린 하윤이 또박또박 끊어 말했다.

"박. 준. 모."

"아, 그거? 별거 아니야."

하윤은 제 머리를 한 번 쓸어주고는 방으로 향하는 신휘의 뒤를 졸졸 따라가며 칭얼거렸다.

"빨리 얘기 좀 해줘. 다은이한테 대충 들었지만, 더 구체적으로 알고 싶단 말이야."

다은으로부터 열애 기사의 제보자가 준모라는 사실과 신휘가 그를 어떻게 처리했는지까지 전해 들었지만, 하윤은 이 흥미로운 이야기를 당사자의 입으로 아주 자세하게 듣고 싶었다.

"들었으면 됐지, 뭐가 더 궁금해. 네가 들은 거, 그게 다야."

"내가 무슨 얘기를 어떻게 들은 줄 알고?"

뒤돌아선 신휘가 하윤의 이마를 아프지 않게 콩 때리며 웃었다.

"안 보이게 해주겠다고 약속했고, 그 약속 지킨 게 다라고."

어떤 약속이든 제 입으로 한 말은 꼭 지키는 그에게 새삼스레 또 감동한 하윤이 배시시 웃었다.

"그나저나 정다은이 어떻게 벌써 알았지?"

신휘는 아직 성국, 명환, 다은으로 이어지는 연결 관계를 모르고 있었다.

"……다, 다은이가 여기저기에서 소식 잘 물어와."

하윤은 소문의 근원지인 성국을 보호해 주기 위해 대충 얼버무리고서 다른 쪽으로 말을 돌렸다.

"아 참, 오빠! 회사 입장 표명 봤어?"

하윤이 무슨 말을 하려는지 짐작한 신휘가 셔츠 단추를 풀며 픽 웃었다.

"그럼, 봤지."

"그 기사 보면서 어찌나 낯 뜨겁던지……. 배우 사생활이라서 정확히 알지 못한다는 건 그러려니 해. 남수 오빠랑 오빠 사이 아는 사람은 개뿔 안 믿겠지만. 근데 뭐? 촬영으로 바빠서 연락이 힘들어? 오빠 어디 오지에서 촬영해? 전화 한 통이면 확인할 수 있는 걸 말도 안 되는 이유를 갖다 붙이고 있어. 이건 네티즌을 농락하는 거라고."

하윤은 네티즌의 한 사람으로서 분개하고 있었다.

"아마추어처럼 왜 이래? 소속사 단골 멘트잖아."

드라마 방영 중에 배우의 개인적 연애사가 공개되면 몰입을 크게 해친다는 것을 누구보다 잘 알고 있는 신휘는 열애 사실을 적극적으로 인정할 수 없었다. 하지만 인정할 수는 없어도, 부정하고 싶지는 않았다. 그래서 긍정도 부정도 하지 않는 모호한 입장을 취하기로 남수와 합의한 것이었다.

"이제 알바는 그만둬야 하는 거 알지?"

"알지. 당분간 기자들, 오빠 완전 주시할 텐데."

"개강이 언제라고?"

"다다음주."

"얼마 안 남았네."

"응. 옷 갈아입고 나와."

용건을 마친 하윤이 방을 나가려다 말고 신휘에게 물었다.

"오빠, 밥 먹었어?"

"아니."

"밥부터 먹고 씻을래?"

"아니."

"그래, 그럼 씻고 먹어."

하윤이 돌아서려는 순간, 신휘가 그녀를 끌어당겨 품에 안았다.

"우선 이거부터."

엉겁결에 그의 탄탄한 가슴에 얼굴을 묻게 된 하윤의 귀에 신휘의 달콤한 목소리가 감겨들었다.

"사랑해."

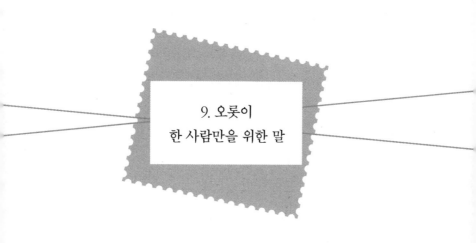

## 9. 오롯이
## 한 사람만을 위한 말

신휘는 저녁을 먹자마자 방에 들어와 대본을 외우기 시작했다. 한참을 대본에 집중하던 그가 딴생각에 빠져들기 시작한 건 사랑 고백을 받는 신에서였다.

'내 착각인가? 그럴 리가 없는데?'

문제는, 그럴 리가 없는데 그렇다는 데 있었다. 모든 기억력을 총동원하여 샅샅이 되짚어보아도 원하는 결과는 나오지 않았다. 그는 이제 인정하지 않을 수 없었다. 지금까지 하윤의 입에서 사랑한다는 말이 나온 적이 한 번도 없었음을. 하지만 신휘는 인간의 기억력을 맹신하지 않았다. 혹시 자신이 흘려들었을 가능성도 배제할 수 없으니, 확인부터 해보기로 했다.

하윤의 방으로 성큼성큼 걸어가 방문을 벌컥 열어젖힌 신휘는 침대 헤드보드에 기대어 앉아 드로잉북에 스케치를 하고 있던 하윤에게 다짜고짜 외쳤다.

"사랑해!"

하윤은 난데없는 신휘의 사랑 고백에 당황한 것도 잠시, 멀뚱한 얼굴로 대답했다.

"응, 나도."

목소리는 심지어 무심하기까지 했다.

신휘는 아무 말 없이 그대로 문을 닫고 나왔다. 착각이 아니었다.

다음 날, 그는 다시 한 번 확인에 나섰다. 뭐든지 단 한 번으로 판단해서는 안 되는 법이니까.

신휘는 현관까지 배웅 나온 하윤의 앞머리를 흐트러뜨리며 치명적인 미소를 밑밥으로 깔았다.

'그래, 어제는 너무 뜬금없이 들이댔어.'

어제의 패인을 거울삼아 부드러운 목소리로 시동을 걸었다.

"하윤아."

"응?"

"사랑한다."

완벽했다. 적어도 신휘는 그런 줄 알았다.

"나도, 오빠."

하윤의 무미건조한 대답에 신휘는 떨떠름한 표정으로 집을 나가야만 했다.

신휘는 이제 오기가 생겼다. 누가 이기나 해보자는 호승지심까지 생겨났다. 그는 식탁에 턱을 괴고 앉아서, 설거지를 하고 있는 하윤의 뒷모습을 물끄러미 바라보며 말했다.

"사랑해."

"응, 나도."

삼세번, 완패였다. 요즘 그에게 가장 듣기 싫은 말이 무엇이냐고 묻는다면 단연코 '나도'를 꼽을 지경이었다.

"성하윤."

"응?"

퉁명스러운 신휘의 목소리에서 이상 기운을 감지한 하윤이 뒤를 흘끔 돌아보았다.

"왜 사랑한다고 안 해?"

그는 결국 답답함을 참지 못하고 직접적으로 물었다. 더 많이 사랑하는 사람이 약자일 수밖에 없다는 걸 알기에, 신휘는 이미 하윤과의 사이에서 자신이 약자임을 스스로 인정하고 있었다. 그래서 자존심 같은 건 아무래도 상관없었다. 하지만 대체 왜 그녀가 사랑한다는 말을 하지 않는 건지는 꼭 알고 싶었다.

"했잖아."

하윤이 대수롭지 않다는 듯 고개를 제자리로 돌리고서 다시 그릇을 헹구기 시작했다.

"설마 '나도'를 했다고 말하는 건 아니지?"

"맞는데?"

"……맞다고?"

하윤이 신휘를 나무라듯 차분한 어조로 되물었다.

"그걸 꼭 말로 해야 알아?"

이 무슨 궤변이란 말인가! 신휘는 머리카락이 쭈뼛 설 만큼 기가 막혔다. 덩달아 그의 목소리가 높아졌다.

"나한테는 내 입으로 직접 듣고 싶다더니?"

잡은 고기에 밥 안 주는 건가? 그는 스스로를 잡은 고기에 비유할 만큼 절박한 심정이었다. 얌전히 어망에 들어앉아 기다리고 있는데 눈길 한 번 못 받는 신세가 된 것만 같았다.

어느새 설거지를 끝마친 하윤이 고무장갑을 벗어 가지런히 놓고 뒤로 돌아섰다.

"에이, 애처럼 왜 이래. 그 말이 꼭 듣고 싶어?"

아무리 남자로서의 자존심을 내려놓았다고는 해도, 차마 어른으로서의 자존심까지 버릴 수는 없었던 신휘는 목 끝에 걸려 있는 말을 필사적으로 막아야만 했다. 하지만 하윤의 입으로 사랑한다는 말을 듣고 싶은 마음은 변함이 없었다. 어른과 아이의 경계에 선 그가 힘겨운 선택에 골몰하고 있을 때, 신휘에게 다가간 하윤이 그의 어깨를 지그시 누르며 귀에 대고 속삭였다.

"오빠, 잘 자."

신휘가 끈적한 목소리와 뜨거운 입김에 움찔하는 사이, 하윤은 야릇한 미소만을 남기고 부엌을 나가 버렸다.

모델 워킹을 방불케 하는 도도한 걸음걸이로 제 방에 들어온 하윤은 방문을 닫자마자 돌변했다. 그녀는 비집고 나오려는 웃음소리를 막기 위해 손바닥으로 입을 틀어막고 어깨를 신명 나게 들썩거리다가, 캥거루처럼 폴짝폴짝 뛰어서 침대에 몸을 던졌다. 그러고는 베개에 얼굴을 묻고 오두방정을 떨어댔다. 하윤은 그렇게 실성 퍼포먼스를 완벽하게 클리어하고 난 다음 태훈에게 전화를 걸었다.

"태훈아!"

[싫어.]

하윤이 제 이름을 반갑게 부를 때 나오는 태훈의 자동 반응이었다.

"네놈은 왜 내가 무슨 말만 하면 싫다는 건데? 너한테 부탁할 거 없다고! 진짜 없다고!"

[그럼 왜 친한 척이야?]

"간만에 칭찬 좀 해줄까 했더니……."

[난 칭찬받을 일을 한 적이 없다만?]

"아니 다행이다. 근데 어쨌든 네 덕분에 일이 순조롭게 풀리고 있으니 오늘만 칭찬해 준다."

[뭔데? 빨리 말해봐.]

하윤은 혹시 말소리가 밖으로 새어 나갈까 싶어 목소리를 낮추며 말했다.

"오늘 드디어 오빠가 왜 사랑한다고 안 하느냐고 묻더라."

[그래서? 했어?]

"안 했지. 네가 하지 말라며."

사실 신휘를 향한 하윤답지 않은 행동은 태훈의 조언에서 비롯된 것이었다.

[잘했어. 여자는 좀 튕겨야 제맛이지. 넌 튕기기는커녕 들러붙어서 떨어지질 않으니 금방 싫증 날 타입······.]

"변태, 닥치고 자라."

태훈의 말을 싹둑 잘라 버리고 있는 힘껏 종료 버튼을 누른 하윤은 휴대폰이 그의 얼굴이라도 되는 양 한참을 노려보고 있다가 이번엔 지혜에게 전화를 걸었다. 그리고 조금 전 상황을 낱낱이 보고했다.

[신휘 오빠를 향한 네 인생 최초의 밀당 아니냐?]

물론 밀당을 위한 노림수는 아니었다. 어쩌다 보니 사랑한다는 말을 한 적이 없다는 걸 뒤늦게 깨달았을 뿐이었다. 하윤은 늘 너무 당겨서 문제였지, 밀어본 역사가 없었다.

"음······ 아마도?"

[연애 한 번 해본 적 없는 변태의 코치가 먹힌 게 신기하다.]

"나도 설마 했는데 먹히더라고."

신휘의 애절한 표정을 떠올린 하윤의 얼굴에 흐뭇한 미소가 떠올랐다.

[내 기준엔 고작 이게 무슨 밀당인가 싶긴 하다만, 할 말 안 할 말 다한 네가 그나마 안 한 게 그거밖에 없으니 뭐······.]

"고작이라니, 나는 아주 심장이 쫄깃쫄깃하다."

[그래서 언제 하려고? 대책 없이 너무 밀다가 아예 튕겨 나가는 수도

있다?]

"아껴뒀다가 의미 있게 빵 터뜨려야지. 최후의 보루인 사랑한다는 말까지 가치 없게 남발할 수는 없어."

[의미 있게 어떻게?]

"이제부터 너랑 고민해 볼까 하고."

[……나랑?]

"응, 너……."

뚝.

전화가 매정하게 끊겼다. 지혜는 속마음을 칼같이 표현하는 타입이었다.


민아는 대기실 거울을 통해 마주치는 신휘의 눈빛이 신경 쓰였다. 그는 아까부터 눈이 마주치면 시선을 돌리고, 뭔가 말하려고 입을 열다가 도로 닫기를 수차례 거듭하고 있었다.

"답답해 죽겠네. 그냥 속 시원하게 하세요. 뭔데요?"

참다못한 민아가 대놓고 물었다. 뭔가 할 말이 있는 건 분명한데 왜 망설이는 건지 도통 알 수가 없었다. 신휘의 머리를 만져 주던 그녀는 아예 손을 떼고 한 걸음 떨어져 섰다.

"저한테 하실 말씀 있잖아요. 하시라고요."

민아의 단도직입적인 태도에 당황한 신휘가 잠시 머뭇거리다가 말문을 열었다.

"내 친구 얘긴데……."

본인 얘기군. 씨알도 안 먹히는 전제였지만 민아는 내색하지 않았다.

"친구 얘기 뭔데요?"

"친구한테 여자친구가 있어. 아주 예쁜……."

그래요, 하윤이 예쁜 거 알아요. 신휘는 민아의 표정이 떨떠름해진 줄도 모르고 말을 이어 나갔다.

"근데 여자친구가 사랑한다는 말을 안 한대."

친구 이야기라고 운을 뗀 것이 무색하게 그는 온몸으로 시무룩함을 표현하고 있었다.

"한 번도요?"

"한 번도."

민아가 고개를 갸우뚱 기울이며 재차 물었다.

"하윤이가 한 번도 사랑한다는 말을 안 했어요?"

"어, 안······."

신휘는 반사적으로 대답을 하다가 멈칫하며 그대로 굳었다. 친구 이야기라고 우겨볼까 일순간 고민했지만, 어차피 민아에게 통할 것 같지 않아 신속하게 때려치웠다.

"안 해."

끝맺지 못한 말을 완성시킨 신휘가 민아를 간절한 눈빛으로 바라보았다. 기왕 들켰으니 하윤의 이해할 수 없는 행동에 대해 무슨 말이라도 들어야겠다는 절박함이 밀려들었던 것이다.

"물어보셨어요? 나 사랑하느냐고?"

"대놓고 그렇게 물어본 적은 없지만, 내가 '사랑해'라고 하면 당연히 '나도 사랑해'라고 대답해야 정상 아니야? 근데 하윤이는 '응'이나 '나도'가 다야. 내가 하도 답답해서 왜 사랑한다는 말을 안 하는지 물었더니 애처럼 왜 이러느냐고······."

한이 맺힌 듯 그동안 쌓였던 울분을 쏟아내는 신휘를 보며 민아는 속으로 하윤의 말에 동조했다.

'오빠, 애처럼 왜 이러세요······.'

그런데 하윤의 행동도 이해가 가지 않기는 마찬가지였다.

"이상하다. 하윤이가 왜 그러지?"

"그러니까 그걸 네가 나한테 알려줘야지."

신휘는 민아가 명쾌한 대답을 해주길 고대하고 있었다.

"음……."

민아는 쉽게 결론이 나지 않는지 연신 고개를 갸웃거리다가 한참 만에 입을 열었다.

"오빠한테 질렸나?"

신휘가 흠칫 몸을 떨었다.

"아니야, 질리다니 그럴 리……."

"이십이 년이나 보고 살았는데 아직 안 질린 게 이상한 거 아니에요? 전 남편하고 일 년쯤 사니까 질리던데요?"

민아는 청천벽력 같은 말을 태연하게 내뱉은 것으로도 모자라, 제 주장의 개연성을 높이기 위해 경험까지 덧붙였다.

"우리는 그런 사이가 아니……."

"저랑 남편도 열렬히 사랑해서 결혼했거든요?"

민아는 오늘 아침 남편과 대판 싸우고 나왔고, 그런 그녀의 입에서 좋은 소리가 나가지 않는 건 당연한 일이었다. 하지만 신휘는 다분히 감정적인 민아의 말을 걸러 들을 능력이 없었다. 대신 결코 있을 수 없는 일이라고 생각했던 일이 결코 불가능한 일만은 아니라는 결론에 도달했다.

"어머? 전화 오네?"

민아는 본의 아니게 그의 가슴에 커다란 상처를 내고 거기에 소금까지 야무지게 뿌려준 다음, 걸려온 전화를 받으며 대기실을 나가 버렸다.

"질렸나…… 질렸나……."

혼자 남겨진 신휘는 의기소침한 얼굴로 민아의 말을 곱씹었다. 언제나 자신감 넘치던 그의 얼굴이 처량해 보이는, 드문 광경이었다.

하윤은 요 며칠 신휘를 볼 때마다 터져 나오려는 웃음을 참느라 힘들었다. 카리스마와 시크함의 대명사인 그가 사랑한다는 말 한 번 들어보겠다고 전전긍긍하고 있다니, 보고도 믿지 못할 일이었다. 애절한 그의 눈망울을 보면서 순간순간 마음이 약해지기도 했지만, 그때마다 그녀는 신휘가 제 마음을 몰라주던 지난날을 떠올리며 마음을 다잡았다. 처음이자 마지막이 될지도 모를 이번 기회를 그냥 흘려보낼 수는 없었다. 조금 더 애를 태우고 난 뒤에 그가 원하는 말을 해줄 작정이었다.

"난 할 일이 있어서 이만."

은휘와 거실에서 노닥거리고 있던 하윤은 신휘가 방에서 나오자 잽싸게 제 방으로 들어가 버렸다. 물론 할 일 같은 건 없었다. 단지 그를 안달하게 만들기 위한 작전의 일환일 뿐이었다.

신휘는 하윤의 작전에 무난하게 걸려들었다. 그녀의 동선을 눈으로 좇던 그는 방문이 닫히는 소리에 작게 한숨을 내쉬면서 은휘의 옆으로 다가가 앉았다.

"너 요새 무슨 일 있냐?"

웬만해서는 걱정거리가 있어도 속으로 삭이는 신휘가 수심이 가득한 얼굴을 하고 있으니, 은휘는 걱정이 되지 않을 수 없었다. 하지만 신휘는 대답 대신 반문했다.

"형, 요즘 하윤이가 나 대하는 게 예전 같지 않지?"

난데없는 그의 질문에 은휘의 눈매가 가늘어졌다.

"어떤 면에서?"

"몰라. 딱 꼬집어 말할 수는 없는데 뭔가…… 시큰둥하고, 성의 없고, 그래 보이지 않아?"

의아해하는 은휘를 바라보며 신휘가 조심스레 덧붙였다.

"나에 대한 애정이 식었다거나……."

은휘는 그제야 어떻게 돌아가는 상황인지 짐작할 수 있었다. 하윤에게 굳이 물어보지 않아도 신휘가 헛다리를 짚고 있다는 건 너무나 명백했다. 조금 전만 해도 신휘가 나오는 광고를 보면서 헤벌쭉 웃던 하윤이 그에게 애정이 식었을 리가 없지 않은가.

하지만 은휘는 신휘에게 그 사실을 순순히 알려줄 생각이 없었다. 신휘의 형이 아닌 하윤의 오빠로서, 여동생을 힘들게 했던 나쁜 놈에게 아주 사소한 복수를 할 절호의 기회였으니 말이다.

"어, 그래 보여."

아니라는 대답을 기다리던 신휘의 눈빛에 당혹감이 일렁였다.

"완전 짜게 식은 것 같은데?"

쐐기를 박는 은휘의 말에 신휘의 얼굴이 좌절감으로 뒤덮였다.

'이 둔한 놈아, 너도 마음고생 좀 해봐라.'

은휘는 보일 듯 말 듯 한 미소를 지으며 자리에서 일어났다.

❦

태훈에게 현관문을 열어준 건 하윤이 아니라 지혜였다.

"집주인은 어디 가고 네가 문을 여냐?"

"집주인은 지금 매우 바쁘시다."

지혜가 무심하게 대꾸하고 발을 돌렸다. 그녀의 뒤를 따라 거실로 향한 태훈은 쿠션을 끌어안고 앉아서 신휘가 출연하는 드라마를 보고 있는 하윤을 발견했다.

"하윤아, 이 오빠가 뭐 하나 물어왔다."

태훈이 어깨에 잔뜩 힘을 주고 거만한 미소를 날렸다.

"왔냐?"

하윤은 태훈을 힐끗 쳐다보며 무심하게 대꾸하고는 이내 고개를 돌려 버렸다. 지혜도 문을 열어준 것으로 제 할 일을 마쳤다는 듯 태훈을 본체만체하며 하윤의 옆에 앉았다.

듣고 싶어 안달하면 좀 버티다가 알려주리라는 큰 포부를 가지고 온 태훈은 심드렁한 두 사람의 태도에 도리어 말하고 싶어 조바심이 났다.

"내가 진짜 대박 정보 물어왔다니까? 안 궁금해?"

"어."

"어."

하윤과 지혜가 동시에 대답했다. 물론 두 사람의 시선은 TV에 고정되어 있었다.

"이것들은 이럴 때만 통하지……."

태훈은 거만했던 표정을 싹 거두고 겸손해진 얼굴로 소파 한 귀퉁이에 엉덩이를 들이밀고 앉았다.

"이거 다 보고 들어줄 테니까 조용히 기다려."

하윤이 점잖게 태훈을 타일렀다.

결국, 그는 아무리 시간이 남아돌아도 보지 않던 드라마를 30분이나 강제로 시청해야만 했다. 드라마가 끝나자 그제야 하윤의 시선이 태훈에게로 향했다.

"대박 정보가 뭔데?"

드디어 말을 할 수 있게 된 태훈이 한껏 신이 난 얼굴로 자세를 고쳐 앉았다.

"우리 사촌 형 방송국 PD인 거 알지?"

"예능 프로 PD 한다는?"

"어, 어제 이모부 환갑 갔다가 형을 만났는데 이번에 파일럿 프로그램으로 뭐 하나 한다고 하네?"

"근데?"

하윤의 떨떠름한 표정에서 '그게 어째서 대박 정보냐?'라는 뜻을 읽은 태훈은 얼른 본론으로 넘어갔다.

"너 거기 출연하라고."

하윤과 지혜는 짜기라도 한 듯 무표정으로 태훈을 빤히 바라보았다. 숨 막히는 정적이 거실을 가득 채우자, 태훈의 눈동자가 불안하게 흔들렸다. 그때 하윤의 입이 열리며 속사포 공격이 시작되었다.

"드디어 미친 거냐? 아니면 돌아버린 건가? 그것도 아니면 정신이 나가셨어요?"

그 말을 천천히 곱씹던 태훈의 얼굴이 왈칵 일그러졌다.

"뭐야! 다 같은 말이잖아!"

"어라? 아직 완전히 맛이 가지는 않았네?"

빈정거리는 하윤에게 태훈이 벌컥 성질을 냈다.

"왜! 대박 정보 맞잖아!"

"대체 어디가 대박이고, 뭐가 정보냐?"

발끈하는 하윤을 뒤로 밀어낸 지혜가 두 사람의 중간에 자리를 꿰차고 앉으며 태훈에게 말했다.

"잘라먹은 앞뒤 사정 다 붙여서 얘기해 보자. 우선 그 프로가 어떤 프론데?"

"아!"

태훈은 그제야 가장 중요한, 프로그램 성격을 말하지 않았다는 것을 깨닫고 무릎을 탁 쳤다.

"예전에 그 왜…… 캠퍼스 찾아다니면서 그 학교 학생 중에 끼 많은 애들 뽑아서 장기 보여주던 프로 있었잖아. 그거랑 비슷한 거래. 한때 그 프로 완전 대박이었던 거 기억나지? 거기 나왔다가 데뷔해서 지금까지도 활동하는 사람들 좀 있을걸?"

"오케이. 그럼 다음. 하윤이한테 그 프로에 출연하라는 이유가 뭔데?"

"거기 나가서 신휘 형한테 고백하라고."

관심 없다는 듯 소파에 비스듬히 기대앉아 있던 하윤이 상체를 벌떡 일으켜 세우며 외쳤다.

"고백?"

"너 요새 신휘 형한테 사랑한다는 말 어떻게 할까 머리 굴리고 있잖아. 절대 잊을 수 없게 극적으로 하고 싶다며? 이것만큼 극적인 게 또 있겠냐? 절대 잊을 수 없을 것이다."

"오호! 나쁘지 않은데?"

지혜가 양 손바닥을 마주치며 호응했다. 하윤도 어느새 지혜의 등 뒤에 바싹 붙어 앉아 태훈을 초롱초롱한 눈으로 바라보고 있었다.

"근데 그 촬영을 우리 학교에서 한대?"

"그러니까 출연하라는 거잖냐. 캬! 타이밍 죽이지? 그 말 듣자마자 난 운명의 데스티니라고 생각했다."

태훈의 감탄에 지혜가 박자를 맞춰주었다.

"성하윤, 꼭 출연해서 우리 학교 전설의 레전드로 우뚝 서라."

하윤이 질 수 없다는 듯 한마디 거들었다.

"기적의 미라클을 보여주지."

세 사람은 쌓아온 세월만큼 합을 맞추는 데 일가견이 있었다. 그게 비록 '병맛' 같은 말장난일지라도.

"근데 출연하면 뭘 해야 하는 거야? 내 목적만 달성하고 내려올 수는 없을 거 같은데?"

하윤의 질문에 태훈이 대수롭지 않다는 듯 대답했다.

"별거 없어. 그냥 매력 발산이나 좀 하면 된대."

"매력 발산?"

하윤이 난감하다는 듯 콧등을 찡그리며 되물었다.

"물론 네가 눈을 씻고 찾아봐야 코딱지만큼 찾을 수 있을 정도의 매력이긴 하지만……."

하윤의 표정이 험악해지자, 태훈은 찔끔하여 얼른 말을 돌렸다.

"네 안에 억눌려 있는 홍길동녀의 본능을 꺼내봐."

"나 억눌려 있는 거 없는데?"

"대충 춤이나 추고 내려오라고."

심드렁하게 받아친 태훈에게 지혜가 물었다.

"촬영이 언제래?"

"다음 주 금요일."

"방학인데 누가 참가나 할까? 학교 안 나가면 이런 거 하는지도 모르겠다."

"형 말로는 학교 게시판에 공지 붙이고, 학교 홈피에도 올린대. 근데 어차피 엑기스들은 추천으로 채우나 보더라고. 연극영화과나 무용과, 뭐 이런 예체능 쪽 과 사무실에 연락하면 알아서 끼 있는 애들이나 방송에 관심 있는 애들 추천해 준대. 개인적으로 신청하는 애들 중에서도 괜찮은 애들 있으면 뽑아서 그중에 추린다고 하던데?"

하윤이 풀 죽은 얼굴로 지혜의 어깨에 턱을 올리며 중얼거렸다.

"그런 애들하고 내가 경쟁이 되겠냐? 무대에 올라가 보지도 못하겠다."

"겸손이냐, 지랄이냐?"

지혜가 어깨를 튕겨 하윤의 턱을 쳐 내며 쏘아붙였다.

"네가 그딴 말 하면 뭐, 웬만한 쩌리들은 다 돼지라고?"

태훈까지 지혜의 말에 맞장구치며 눈을 부라리자, 하윤이 울상을 지었다.

"나 춤 안 춘 지 이 년도 넘었는데?"

"자전거 몇 년 안 타도 발 몇 번 구르면 다 타게 돼 있어. 별걱정을 다 하네."

"남의 일이라고 엄청 쉽게 말한다?"

지혜와 하윤이 아옹다옹하는 것을 보고 있던 태훈이 나서서 상황을 정리했다.

"넌 프리 패스야."

"프리 패스?"

하윤이 눈을 동그랗게 뜨고 되물었다.

"형이 넌 무조건 올려준다고 약속했어."

태훈이 자랑스럽게 가슴을 내밀며 씩 웃었다. 그러나 그와 대조적으로 하윤의 얼굴은 잔뜩 구겨졌다.

"나한테 말도 안 하고 네 맘대로?"

"그럼 안 나갈 거야? 이런 기회 흔치 않다."

"음…… 신중하게 고민을 좀 해봐야겠어."

눈을 가늘게 뜨고 한참을 끙끙대던 하윤이 고개를 절레절레 저으며 입을 열었다.

"아무래도 안 되겠다. 공중파 방송에 얼굴이 팔린다는 게 어떤 의미인지 잠시 망각하고 있었어. 오빠도 싫어할 게 뻔하고…… 안 해. 안 할래."

태훈의 얼굴에 난데없이 의미심장한 미소가 걸렸다.

"이 오빠가 그 정도도 생각 안 했겠냐? 이렇게 나올 줄 알고 형하고 얘기 끝냈다."

"무슨 얘기?"

"원한다면 얼굴 가려도 된단다."

"얼굴을 가려도 된다고? 어떻게?"

"어떻게는 뭘 어떻게야. 가면 같은 거 쓰면 되지."

하윤과 지혜가 동시에 외쳤다.

"가면?"

"가면?"

두 여자의 고성에 움찔한 태훈이 눈썹을 찡그리며 말을 이었다.

"널 아는 사람은 얼굴을 가려도 알아보겠지만, 불특정 다수만 모르면 되는 거 아냐? 어차피 아는 사람은 네가 어떤 짓을 해도 별로 놀라워하지도 않을 테니 상관도 없고. 안 그러냐?"

"음……."

뭔가 논리적인데? 하윤은 고민하는 시늉을 하고 있을 뿐 이미 반쯤 넘어가 있었다. 그때, 태훈이 나머지 반까지 완벽히 넘어갈 말로 쐐기를 박았다.

"우리 집에 진짜 예쁜 가면 있어. 내가 그거 빌려줄게."

"언제 어디로 가면 된다고?"

하윤이 큰 눈을 깜빡거리며 해맑게 웃었다.

🦋

녹화 당일 아침, 세상모르고 잠들어 있던 하윤을 깨운 건 휴대폰을 교체하라는 스팸 문자였다.

"우씨……."

구시렁거리며 이불 속으로 파고들던 그녀의 움직임이 갑자기 멎었다. 대신 정지되어 있던 머리가 급하게 가동을 시작했다. 전신을 휘감는 싸한 기분에 살며시 실눈을 뜨고 시계를 바라본 하윤이 기겁하며 벌떡 일어나 앉았다.

"미쳤어, 미쳤어! 네가 사람이니?"

오늘같이 중요한 날 늦잠을 자버린 하윤은 스팸 문자에 처음으로 감사하며 허겁지겁 방을 나섰다.

"오빠, 잘 잤어?"

거실 소파에 앉아 대본을 들여다보고 있던 신휘에게 상투적인 아침 인사를 던진 그녀는 후다닥 욕실로 사라졌다.

"뭐가 저렇게 급해……?"

신휘는 고개를 갸웃거리며 다시 대본으로 눈을 돌렸다.

잠시 후, 머리에 수건을 감고 욕실에서 나온 하윤은 전속력으로 방으로 내달렸다. 의아함을 느낀 신휘가 자리에서 몸을 일으켜 방으로 따라 들어갔다.

"어디 가?"

"응, 나 오늘 약속 있어."

건성으로 대답하며 시계를 흘끔 쳐다본 하윤은 과감히 머리 말리기를 포기하고 집어 들었던 드라이기를 내려놓았다. 남은 시간은 10분 남짓. 머리는 알아서 마를 테니 우선 얼굴에 뭐라도 찍어 바르는 게 더 시급했다.

"약속? 누구랑?"

하윤은 선크림을 얼굴에 치덕치덕 바르면서 대답했다.

"지혜랑 태훈이."

"애들은 내일 만나고……."

"안 돼. 못 미루는 일이야."

오후 스케줄까지 단 몇 시간 만이라도 함께 있자고 말하려던 신휘는 하윤이 끼어드는 바람에 말을 다 마치지 못했다.

"무슨 일로 만나는 건데? 왜 못 미뤄?"

하윤은 불가피한 경우를 제외하고는 언제나 불규칙한 그의 패턴에 맞추는 걸 당연시해 왔다. 그렇기에 신휘는 하윤이 다른 일도 아닌 매일 붙어 다니는 지혜와 태훈과의 약속에 이토록 단호하게 나오는 게 당혹스러울 수밖에 없었다.

"음…… 암튼 안 돼."

사실대로 녹화를 하러 간다고 말할 수도 없고, 그렇다고 녹화를 미룰 수는 더더욱 없으니 하윤은 딱히 둘러댈 말이 없었다. 머리는 할 말을 궁리하고 입은 신휘와 대화를 하면서도 손가락을 쉴 새 없이 움직인 결과, 어느새 그녀의 얼굴에는 비비크림이 곱게 발려 있었다. 어차피 가면을 쓸 테니 다른 화장은 필요치 않았다.

하윤은 화장대 앞에서 벌떡 일어나 드레스 룸으로 달렸다. 또다시 그 뒤를 따른 신휘는 그녀의 혼잣말을 듣고 멈칫했다.

"뭐 입지? 예쁘게 보여야 하는데……."

만나기로 했다는 지혜와 태훈 중, 예쁘게 보여야 할 사람이 지혜는 아닐 터였다. 그렇다면 남는 건 태훈뿐…….

'설마 태훈이를……?'

최근 하윤의 무심한 태도로 촉발된 신휘의 불안감은 하윤과 단둘이 석 달 열흘을 무인도에서 지내도 안심할 수 있었던 태훈을 질투하는 지경까지 이르고 있었다. 하윤이 옷걸이에서 빼 드는 옷을 본 신휘가 퉁명스럽게 물었다.

"그거 입고 나가게?"

소매 없는 원피스일 뿐이었다. 하지만 질투에 눈이 먼 그에게는 팔뚝과 다리를 내놓는 것만으로도 심각한 노출이나 다름없었다.

사실 신휘가 못마땅한 건 옷이 아니라 하윤이 자신을 내팽개치고 나간다는 데 있었다. 다른 사람도 아닌 지혜와 태훈을 만나러 간다는데 못 나가게 할 수도 없고, 그렇다고 흔쾌히 나가라고 하고 싶지도 않아 괜한 트집을 잡고 있는 것이었다.

"어때? 예쁘지?"

신휘의 속도 모르고, 하윤은 해맑게 원피스를 치켜들고 살랑살랑 흔들어 보였다. 소위 '답정녀'처럼 예쁘다는 말을 기대하고 물었지만, 신휘는 어림도 없다는 듯 고개를 가로저었다.

"아니, 하나도 안 예뻐. 딴 거 입어."

"그, 그래……?"

하윤은 패션에 관한 한 신휘에게 그 어떤 조언도 들을 필요가 없다는 것을 잘 알고 있었다. 하지만 예쁘지 않다는 말을 대놓고 들은 옷을 입기엔 뭔가 찜찜했다. 그래서 얼른 다른 옷을 골라 들었다.

"그럼 이건?"

"더 별로야. 딴 거 입어."

시스루 블라우스가 그의 눈에 탐탁할 리가 없었다. 신휘는 떨떠름한 표정의 하윤을 못 본 척, 행거 앞으로 걸어갔다.

"이거 예쁘네, 이거."

그의 손가락이 가리킨 건 블랙 스키니진이었다.

"오빠, 오늘 덥대. 긴 바지가 웬 말이야."

신휘는 못 들은 척, 다음 타깃으로 손가락을 옮겼다.

"위에는 이거."

반팔 티셔츠였다.

"이렇게 입고 가."

하윤은 이게 지금 뭔가 하는 얼굴로 신휘를 빤히 바라보았다. 그가 노출이 있는 옷을 싫어한다는 건 알지만 이렇게 직접 골라주기까지 한 적은 처음이었다. 이십이 년을 보아온 결과, 하윤은 그의 고집을 꺾기 힘든 상황임을 직감했다. 가끔 한 번씩 막무가내로 고집을 부리면 그 누구도 말리지 못했는데 아무래도 오늘이 그날인 듯했다. 더군다나 하윤에게는 신휘와 실랑이를 벌일 시간이 없었다. 그나마 무난한 옷을 골라준 것을 위안 삼기로 했다. 긴팔 상의가 아닌 것만으로도 고마울 지경이었다.

"옷 갈아입게 나가."

하윤은 퉁퉁거리며 신휘를 밖으로 밀어낸 다음, 다리에 척척 감겨드는 바지를 억지로 꿰어 입었다. 상의도 마저 갈아입고 드레스 룸의 문을 열자, 신휘가 팔짱을 끼고서 맞은편 벽에 삐딱하게 기대서 있었다.

"됐어? 이제 만족해?"

하윤이 눈을 흘기거나 말거나, 입이 댓 발 나와 있거나 말거나, 목적을 달성한 신휘의 입가에는 그제야 만족스러운 미소가 걸렸다.

"보기 좋네. 아주 예뻐."

"예쁘긴 개뿔……."

하윤은 난생처음으로 방송에 출연하는 날, 난생처음으로 신휘가 골라준 옷을 입어야만 했다.

다행히 늦지 않게 학교에 도착한 하윤은 한숨 돌리고 천천히 걷기 시작했다. 방학이라 한산해야 할 교내가 평소와 다르게 북적거리고 있었다.

"오늘 촬영 때문인가?"

정문을 지나 녹화가 진행될 문과대학 건물에 도착해 보니, 건물 앞은 무대 설치가 한창이었다. 방송국 마크를 단 차들과 각종 방송 장비들, 스태프들로 정신이 없는 곳을 지나쳐 임시 대기실로 지정된 101호 강의실로 들어간 하윤은 순간 멈칫했다.

얼핏 보아도 열 명은 훌쩍 넘어 보이는 참가자들이 사방에 흩어진 채 장기 자랑 연습에 여념이 없었다. 남의 이목 따위 개의치 않고 과하게 목청을 가다듬고 있는 이부터, 부채춤을 출 요량인지 거센 바람을 일으키고 있는 이까지 각양각색이었다. 하지만 한 가지 공통점은 다들 뭔가 열정적으로 연습을 하고 있다는 것이었다.

"와우……."

감탄사를 터뜨리며 주위를 한번 쓱 훑어본 하윤은 빈 의자로 걸어가 털썩 주저앉았다. 그리고 흥미롭다는 얼굴로 다른 참가자들을 구경하기 시작했다.

얼마 지나지 않아 도착한 지혜가 못마땅한 기색이 역력한 얼굴로 하윤에게 물었다.

"안 덥냐?"

하윤은 지혜의 시선을 피하며 어물거렸다.

"……저, 전혀?"

거짓말이었다. 사실은 무척 더웠다. 팔월 중순을 넘어서며 더위가 한 풀 꺾이긴 했지만, 아직 한낮의 찌는 더위는 여전했고, 하윤만 덥지 않을 리가 없었다.

하지만 진정한 패셔니스타는 한겨울에 미니스커트를 입고도 안 추운 척해야 하고, 한여름에 털옷을 입고도 안 더운 척해야 했다. 고로, 더위도 덥다고 할 수 없었다.

"보는 내가 다 덥다. 바지에 땀 안 찼냐?"

보는 네가 더우면 나는 오죽하겠냐? 닥쳐라, 좀!

……이라고 말하고 싶은 욕구를 애써 눌러 참은 하윤이 억지 미소를 지으며 태연한 척 받아쳤다.

"난 안 더운데? 가는 데마다 에어컨 빵빵 틀어줘서 추워."

어색한 연기를 하고 있는 하윤을 내리훑은 지혜가 버럭 성질을 냈다.

"수녀냐? 성녀야?"

"아, 왜! 내 옷이 너한테 뭘 어쨌다고!"

"딴 애들 옷을 보고도 왜라는 말이 나오냐? 왜 하필이면 다른 날도 아니고 오늘 같은 날 꽁꽁 싸매고 나온 거냐고!"

하윤이 고개를 돌려 다른 참가자들을 바라보았다. 다들 여름이라는 계절의 특성을 십분 활용한 옷차림이었다. 아찔한 가슴골이 보이는 민소매, 삼부도 아닌 이부쯤 되어 보이는 핫팬츠, 셀룰라이트까지 적나라하게 드러나는 레깅스……. 그에 비하면 하윤의 옷차림은 지혜의 말대로 거의 수녀복 수준이나 다름없었다.

"원래 입으려던 원피스가 있었는데, 오빠가 안 예쁘다고 태클 걸면서 이거 입고 나가라잖아. 반항할 시간도 없고 해서 그냥 입고 나왔어."

하윤은 끝까지 제 의지라고 우겨보려던 계획을 접고 이실직고했다.

"어쩐지……. 그럼 나한테 다른 옷이라도 가져오라고 할 것이지."

다시 보니 하의는 그런대로 나쁘지 않아 보였다. 몸에 밀착된 스키니 진이 하윤의 쭉 뻗은 각선미를 돋보이게 해주고 있었다. 문제는 너무나 단정한 상의였다.

"할 수 없다. 아쉬운 대로 들추기라도 하자."

하윤의 눈이 휘둥그레졌다.

"들춰? 뭘 들춰?"

지혜는 대답 대신 하윤이 입고 있던 티셔츠를 배꼽 위로 휙 끌어 올렸다.

"꺅!"

"시끄러워."

하윤이 기겁하며 몸부림을 쳤지만, 지혜는 개의치 않고 티셔츠를 한쪽으로 잡아당겨 묶었다.

"아, 좀 낫다."

반팔 티셔츠를 크롭탑으로 변신시킨 지혜가 그제야 만족스러운 표정으로 손을 탁탁 털었다.

"낫긴 개뿔. 너무 야하잖아. 오빠가 분명 뭐라고 할 텐데……."

하윤이 구시렁거리며 제 배를 내려다보는 사이, 태훈이 어슬렁거리며 나타났다.

"너 마침 잘 왔다. 네가 보기엔 지금 애 옷이 야하냐?"

지혜의 질문을 받은 태훈이 하윤을 쓱 훑어보고 지혜에게 시선을 옮겼다. 지혜는 손바닥만 한 미니스커트에 양쪽 어깨를 과감히 드러낸 오프숄더 티셔츠를 입고 있었다.

"아니, 네 옷이 더 야해."

여간해서는 당황하는 일 없는 지혜의 말문이 일순간 막혔다. 그러나 그녀는 얼른 정신을 추스르고 입을 열었다.

"거, 거봐……. 변태도 안 야하다잖아. 그나마 얼굴이 좀 봐줄 만한데 얼굴을 가릴 거니까 다른 매력 포인트라도 까야지."

지혜의 말에 설득당한 하윤의 표정이 슬그머니 풀어졌다. 그리고 걱정이 사라진 자리에 나르시시즘이 들어앉았다.

"그렇지, 내가 허리에서 골반까지 떨어지는 라인이 죽이……."

태훈과 지혜가 말허리를 자르고 동시에 끼어들었다.

"넌 배꼽이 제일 예뻐."

"네 몸뚱이 중에 배꼽이 제일 섹시하다."

하윤의 자화자찬 시도는 오늘도 실패했다. 하윤이 도끼병, 공주병에 빠지는 걸 우려한 두 사람의 우정이 빛나는 순간이었다.

"대체 섹시한 배꼽은 어떻게 생긴 거냐……."

하윤이 크게 숨을 내쉬자, 지혜가 그녀의 꿀렁거리는 배를 찰싹 때렸다.

"복식호흡 하지 말고 코로 살짝만 쉬어."

"숨도 마음대로 쉬지 말라고?"

"매력 발산을 위해 그깟 숨 하나 못 참냐, 너는?"

"그깟 숨 참다가 뒈져 버리라는 거냐, 지금?"

발끈하면서도 하윤은 어느새 숨을 잘게 끊어 쉬고 있었다.

"어라? 너 로퍼 신고 왔냐?"

"신발은 왜 또!"

하윤이 기겁하거나 말거나 지혜의 눈초리가 가늘어졌다. 그 순간, 두 사람을 물끄러미 바라보고 있던 태훈이 끼어들어 지혜를 타박했다.

"의상디자인 전공은 하윤인데 네가 왜 더 난리야. 짚신을 신든 고무신을 신든 좀 내버려 둬라."

"변태야, 그건 아니지. 어엿한 내 신발을 왜 짚신이며 고무신에 비유하는 건데?"

못마땅하다는 듯 툴툴거리는 하윤을 향해 태훈이 눈을 부라렸다.

"저건 편을 들어줘도……."

갑자기 하윤과 태훈의 대결 구도가 되어버리자, 지혜가 나서서 화제를 바꿨다.

"그거 벗고 이거 신어."

지혜는 신고 있던 스틸레토 힐을 하윤의 앞으로 한 짝씩 획획 벗어 던졌다.

"힐을 신어줘야 라인이 살지. 그냥 등신을 8등신으로 만들어줄 기적의 아이템이시다."

'그냥 등신'은 흘려듣고 '8등신'에 꽂힌 하윤은 제 로퍼를 벗고 지혜가 벗어준 구두에 발을 꿰어 넣었다. 지혜의 힐은 신었다기보다 올라갔다는 표현이 어울릴 수준이었다. 167cm인 하윤은 높은 굽을 선호하지 않았기 때문에 평소 운동화나 단화 위주로 신었지만, 160cm가 될까 말까 한 지혜는 작은 키 콤플렉스를 킬 힐로 충족했다.

"좀 끼는데?"

꽉 조이는 착화감에 하윤의 인상이 찌푸려졌다. 지혜와 발 사이즈가 같긴 했지만, 하윤은 큰 235mm였고, 지혜는 작은 235mm였다.

"그거 좀 작게 나왔어. 들어갔으면 됐잖아, 참아."

"……응."

그렇지. 안 들어간 것도 아닌데 참아야지. 지혜의 말에는 묘한 설득력이 있었다.

"근데 이거 몇 센티짜리야? 너무 높은데……. 걷다가 자빠지면 어쩌지?"

하윤이 제 발을 내려다보며 걱정스러운 표정을 짓자, 지혜가 무심하게 대꾸했다.

"어쩌긴 뭘 어째, 발딱 일어나면 되지."

"아……."

지혜는 모든 걱정과 의문을 명쾌하게 결론 내려주는 데 탁월한 재능이 있었다.

"가면 가져왔어?"

지혜가 태훈에게 고개를 돌리며 물었다. 제 관심사와 동떨어진 두 여자의 대화에 지루해진 태훈은 어느새 다른 참가자들을 힐끔거리고 있었다.

"당연하지."

태훈이 우쭐거리며 가방을 열어 시커먼 뭔가를 꺼내 들었다.

"짜잔!"

하윤과 지혜가 동시에 흠칫 몸을 떨었다. 태훈의 손에 들려 있는 건 90년대를 풍미했던 쾌걸 조로 가면이었다.

"진짜 예쁘다고 호언장담했던 가면이…… 설마 이거였냐……?"

지혜의 시선이 가면에서 떨어질 줄을 몰랐다. 얼굴에는 믿을 수 없다는 기색이 역력했다.

"최고 아니냐? 쾌걸 조로! 내가 집에 있는 DVD 우연히 보고 완전 빽가서 힘들게 구했던……."

"닥쳐!"

하윤이 벌컥 사자후를 토해냈다.

"……왜? 마, 마음에 안 들어?"

두 사람의 반응에 당황한 태훈이 기어들어 가는 목소리로 웅얼거렸다.

"내가 예상했던 가면은 중세 무도회장에서 볼 법한, 공주님 같고 백작 딸 같은 그런 거였단 말이다, 이 자식아!"

부들부들 떨며 일갈한 하윤이 태훈의 목을 두 손으로 강하게 움켜쥐었다.

"네놈의 목을 조르면 이 똥 같은 기분이 나아질까?"

"크헉! 켁! 사, 살려줘!"

"살려달라고? 이딴 걸 가져와 놓고 살려달라고?"

"누굴 탓하겠냐. 저놈 성향을 간과한 우리 잘못이지."

지혜가 하윤의 어깨를 토닥거리며 위로했다. 닭 모가지 비틀듯 태훈의 목을 사정없이 쥐고 흔들던 하윤은 체념한 듯 어깨를 축 늘어뜨렸다.

"그래도 조로라니……. 쾌걸 조로라니……."

하윤이 직면한 현실을 쉽사리 받아들이지 못하고 넋을 놓고 있는 사이, 지혜는 태훈의 손에 들려 있던 가면을 빼앗아 들었다.

"어쩔래? 얼굴 까고 올라갈래? 이거라도 쓸래?"

일생일대의 선택의 기로에 선 사람처럼 고민에 잠겨 있던 하윤이 자포자기의 심정으로 입을 열었다.

"휴…… 별수 있냐. 써야지."

가면을 쓴 하윤은 참가자 중 단연 눈에 띄었다. 작은 가면 하나가 가져온 폭발적 존재감은 경이로울 지경이었다.

'칼 하나 쥐여주면 완벽할 텐데…….'

지혜가 상상의 나래를 펼치는 사이, 하윤은 태훈을 향해 나지막이 경고를 날리고 있었다.

"네놈은 이따가 죽여 버리고 말겠어."

태훈은 하윤의 두 눈동자에서 일렁이는 불꽃을 생생하게 목격했다.


여섯 번째인 하윤의 차례를 기다리며 대기실에서 시간을 보내고 있던 세 사람에게 FD가 다가왔다.

"다음 순서니까 밖으로 나와서 스탠바이 하세요."

"네."

하윤이 영차 하며 의자에서 몸을 일으켰다. 그녀의 뒤를 따라 걸음을 옮기던 태훈이 슬쩍 물었다.

"안 떨리냐?"

"별로?"

"근데 왜 내가 떨리지?"

"떨지 마, 쫄지 마. 나 성하윤이야."

하윤은 안절부절못하고 있는 태훈의 어깨에 팔을 걸치며 자신만만하게 웃었다. 낙천주의자답게, 어느새 그에 대한 분노는 사라지고 없었다.

밖으로 나간 세 사람의 시야에 무대 위에서 춤을 추고 있는 참가자의 모습이 들어왔다.

"어? 나 쟤 알아. 무용과. 장기 자랑 너랑 겹친다."

"쟤만 겹치겠냐? 수두룩하게 겹칠걸? 춤, 노래 빼고 딱히 보여줄 게 없잖아. 예상했어."

걱정스러워하는 지혜와 달리, 하윤의 대답은 시큰둥하기만 했다.

"학교에서 난다 긴다 하는 애들 거의 다 참가하는 거 같던데, 이러다 너 완전 묻히는 거 아닌지 모르겠다."

"차라리 잘됐지, 뭐. 난 튀지 않고 적당히, 내가 할 것만 하고 끝났으면 좋겠다."

긴장과 걱정은 태훈과 지혜가 하고, 도리어 하윤이 두 사람을 안심시키고 있는 형국이었다.

대기 장소로 걸어가면서 주변을 휘둘러보던 태훈이 갑자기 어깨를 움츠리며 입술을 달싹였다.

"나 이제 하나도 안 떨린다."

태훈의 말을 지혜가 받았다.

"근데 이제 쪽팔리지?"

"어, 쪽팔려서 떨리는지도 모르겠다."

태훈과 지혜는 말로 하지 않아도 서로 공감대를 형성하고 있었다. 주변 사람들의 눈이 온통 세 사람에게 쏠려 있었기 때문이었다. 사람들의 시선은 처음에는 하윤에게 향했다가 이내 두 사람에게로 옮겨왔고, 얼굴을 가리고 있는 하윤보다 그 옆에서 얼굴을 드러내고 있는 두 사람이 더 부끄러운 상황이었다.

"네가 가져온 이 가면 때문이라는 생각은 안 드세요?"

"들어. 그래서 이제 닥치고 있으려고."

하윤의 빈정거림에 곧바로 수긍한 태훈은 그 말을 끝으로 입을 닫았다.

그들이 무대 근처에 마련된 천막에 도착하자마자 바로 앞 참가자가 사회자의 호명에 의해 무대로 올라갔다. 하윤은 바지 뒷주머니에 넣어 두었던 휴대폰을 꺼내어 지혜에게 내밀었다.

"갖고 있어. 혹시 오빠 전화 오면 받아서 대충 둘러대."

"그냥 꺼버려."

"안 돼. 오빠 폰 꺼놓는 거 진짜 싫어한단 말이야. 얘가 어디서 쓰러졌나, 납치된 건 아닌가 별의별 생각이 다 든대. 물론 켜져 있으면서 안 받는 것도 마찬가지로 싫어하지만."

"그냥 너랑 연결 안 되면 다 싫어하는 거잖아."

지혜가 퉁명스럽게 받아쳤다.

"맞아. 그러니까 너라도 받으라고."

지혜가 더 이상의 군말 없이 휴대폰을 받아 들었다.

"그럼 몸 좀 풀어볼까나?"

허잇, 허잇.

하윤의 요란한 스트레칭이 시작되었다. 앞뒤로 목을 굽혔다가 펴고, 등 뒤로 깍지 낀 팔을 들어 올리고, 골반을 휘휘 돌리더니, 완벽한 일자 다리 찢기로 피날레를 장식했다.

부끄러움에 한 걸음 뒤로 물러나 있던 지혜와 태훈도 마지막에는 박수까지 치며 감탄했다.

"너 다리 찢는 거 오랜만에 본다."

"아직도 되네?"

"아직도 되네라니. 나 발레 학원 선생님한테 재능 있다고 극찬받은 여자야."

하윤이 예체능에 능한 건 타고난 것도 있지만, 어떤 분야에 소질이 있는지 찾아야 한다면서 발레, 피아노, 바이올린, 미술, 수영까지 온갖 예체능을 다 배우게 한 삼 형제의 덕이 컸다.

"역시 어려서 배운 게 오래가는 것 같다."

"이래서 조기교육이 필요한 건가?"

다리 찢기에서 시작된 대화는 발레를 거쳐 조기교육의 득실까지 이어 졌다. 엉뚱한 곳에서 가열한 토론이 벌어지고 있을 무렵, FD가 하윤을 향해 무대로 올라가라는 손짓을 했다.

"갔다 오마."

하윤은 여유로운 미소를 보이고 걸음을 옮겼다. 지혜와 태훈도 얼른 무대가 잘 보이는 쪽으로 이동했다. 심상치 않은 하윤의 등장에 좌중들은 술렁였다. 간간이 키득거리는 웃음소리도 들려왔지만, 하윤은 얼굴을 가린 덕분에 전혀 부끄럽지 않았다. 원래 뻔뻔한 성격인 데다가 가면까지 쓰고 있는 지금, 그녀는 천하무적이었다.

"과, 학년, 이름, 심지어 얼굴까지 그야말로 완벽히 숨기고 참가하셨는데요. 이 학교 학생은 확실하십니까?"

사회자의 농담 섞인 질문에 하윤이 빙긋 웃으며 대답했다.

"PD님께 학생증으로 인증했습니다. 물론 그때 얼굴도 보셨고요."

"그래도 시청자 여러분께서 궁금해하실 테니 먼저 질문 한 가지 드리겠습니다. 가면은 왜 쓰고 나오셨나요?"

하윤의 입에서 망설임 없는 대답이 튀어나왔다.

"내성적인 성격입니다."

파격적인 가면과 전혀 어울리지 않는 대답에 잠시 당황했지만, 사회자는 이내 노련하게 호응해 주었다.

"아! 수줍음이 많으시군요."

"네……."

얌전한 하윤의 대답에 지혜와 태훈의 얼굴이 동시에 일그러졌다.

"쟤가 언제부터 내성적이었냐?"

"아무래도 진심 같지?"

사회자의 질문이 이어지자, 두 사람은 다시 무대에 집중했다.

"오늘 출연을 결심하신 이유가 있다고 들었는데요?"

"사랑하는 사람에게 아직 사랑한다는 말을 못 했어요. 그래서 오늘 이 자리에서 고백하고 싶습니다."

"혹시 어떤 분이신지 여쭤봐도 되겠습니까?"

사전에 합의되지 않은 즉석 질문이었기에 잠시 멈칫했지만, 하윤은 이내 신휘를 생각하며 천천히 입을 열었다.

"제 인생입니다."

"인생이라……. 어떤 의미일까요?"

"제가 지금까지 살아온 이십이 년 인생을 저보다 더 많이 기억해 주는 사람이에요."

하윤의 입가에 따뜻한 미소가 걸렸다.

"오랜 세월 알고 지내신 분인가 보네요. 그럼 먼저 그분께 고백할 수 있는 시간을 드리도록 하겠습니다."

덩달아 흐뭇하게 미소 짓던 사회자가 한 발 옆으로 비켜서자, 지미집이 쑥 다가왔다. 하윤은 소리 나지 않게 목소리를 가다듬은 다음, 카메라를 똑바로 응시했다.

"MSW, 보고 있나?"

씩씩하게 신휘의 머리글자를 외치고 잠시 숨을 고른 하윤이 수줍게 고백했다.

"사랑해."

오롯이 한 사람만을 위한 말.

"사랑해요……."

평생토록 한 사람에게만 하게 될 말.

"사랑합니다……."

신휘가 그토록 듣고 싶어 하던 말이 세상 밖으로 나온 순간이었다.

긴 촬영 끝에 간신히 여유 시간을 갖게 된 신휘는 곧장 하윤에게 전화를 걸었다.

"지혜랑 태훈이 만났어?"

그의 목소리는 집에서와 다르게 상당히 조심스러웠다. 질투에 눈이 멀어 괜한 트집을 잡았다는 걸 깨닫고 나니 뒤늦게 하윤에게 미안해졌기 때문이었다.

[만났어요.]

휴대전화 너머의 목소리는 하윤이 아니었다.

[저 지혜예요, 오빠.]

순간적으로 좁아졌던 그의 미간이 도로 펴졌다.

"아, 지혜구나. 하윤이는?"

[화장실 갔어요.]

신휘는 왜 화장실에 가면서 휴대폰을 지혜에게 맡겨놨는지 의아했지만, 그건 하윤에게 직접 물어보기로 했다.

"나오면 나한테 전화하라고 해."

[전할게요. 근데 좀 오래 걸릴 것 같아요.]

"오래 걸린다고? 화장실에 뭐하러 갔는데?"

[오빠도 참, 화장실을 뭐하러 가겠어요. 똥 싸러 갔죠.]

"⋯⋯."

[암튼 오래 걸릴 예정이니까 그렇게 알고 계세요.]

노골적인 지혜의 대답에 당황한 것도 잠시, 신휘는 하윤이 혹시 제 전화를 피하는 건 아닌가 하는 걱정이 들었다.

"정말 화장실 간 거 맞아? 혹시⋯⋯."

[맞다니까요?]

지혜가 끼어들어 신휘의 말을 잘랐다.

[똥 좀 오래 쌀 수도 있죠. 뭘 의심하고 그러세요.]

별걸 다 신경 쓴다는 듯, 지혜가 은근히 나무라는 어조로 쏘아붙였다.

"그런 게 아니라⋯⋯ 하윤이 변비 없는 걸로 알고 있⋯⋯."

[생겼나 보죠.]

지혜의 말은 그 어느 때보다 단호했다.

[나오면 전화하라고 할게요.]

"그, 그래⋯⋯."

신휘는 전화를 끊고 민아를 돌아보았다.

"민아야, 변비에 뭐가 좋지?"

태훈은 신휘와의 전화 통화를 끝낸 지혜를 꺼림칙한 표정으로 노려보았다.

"대체 똥 얘기를 몇 번을 하냐, 너는?"

"뭔가 의심하는 것 같았단 말이야."

"똥 싸러 갔다고 둘러대면서 그렇게까지 당당할 건 또 뭐고……."

"세게 나가야 다른 생각을 못 하는 법이라고. 이 정도 말했는데 또 전화하지는 않겠지?"

지혜는 뭐가 문제냐는 듯, 태연한 얼굴로 무대 위를 향해 시선을 돌렸다. 하윤은 자신이 태어나서 처음으로 사랑한다는 말을 하던 그 시각, 지혜가 제 이미지에 제대로 똥칠을 했다는 사실은 꿈에도 모르고 있었다.

'하윤아, 지못미…….'

태훈이 마음속으로나마 심심한 위로를 보내고 있을 때, 사회자가 호들갑스러운 어조로 진행을 이어 나갔다.

"와우! 왜 제 가슴이 뛰는 겁니까?"

'오빠 가슴이 뛰어야 하는데…….'

하윤은 이미 다 저질러 놓고 뒤늦게 신휘의 반응을 걱정하고 있었다. 그러나 사회자는 그녀에게 딴생각을 허용하지 않았다.

"자, 그럼 사랑 고백의 여운이 식기 전에 화끈한 무대 한번 보고 가시죠."

사회자가 잰걸음으로 무대에서 사라지자, 비욘세의 'Naughty Girl'이 흘러나왔다. 하윤은 여유롭게 뒤로 돌아서서 자세를 잡았다. 독보적인 존재감으로 시선을 잡아끌던 가면이 눈앞에서 사라진 뒤에야 좌중은 그녀의 늘씬한 몸매를 알아볼 수 있었다.

하윤은 어깨와 골반을 가볍게 흔들며 리듬을 타기 시작했다. 목을 뒤로 젖혀 살짝 털어준 것만으로도 풍성한 긴 머리카락이 바람에 흩날리며 관능미를 더했다. 그녀의 부드럽고 나른한 유혹의 몸짓은 관중들로 하여금 시선을 떼지 못하게 만들었다.

"성하윤, 물건은 물건이다……."

입을 헤벌리고 있던 태훈이 혼잣말하듯 중얼거리자, 지혜가 고개를 끄덕이며 동조했다.

"저딴 가면을 쓰고도 섹시할 수 있다니 대단하다."

매일같이 아웅다웅하는 두 사람조차 넋을 놓게 할 만큼, 하윤의 무대 장악력은 단연코 최고였다. 우스꽝스럽다고 여겨졌던 가면조차 카리스마 넘쳐 보였다. 큰 움직임 없이 가슴과 골반을 한 번씩 튕겨주면서 포인트를 잡는 것뿐인데도, 잘록한 허리선을 타고 흘러내리는 웨이브는 아찔하면서도 도발적이었다. 하윤은 자칫 천박하게 보일 수도 있는 섹시 댄스를 도도하고 고급스럽게 소화해 내고 있었다.

노래가 절정으로 치달을수록 분위기는 후끈 달아올랐고, 마지막으로 한 바퀴 유연한 턴을 선보인 하윤에게 박수와 환호 갈채가 쏟아졌다.

"우워어어어!"

"세상에! 완전히 딴사람인 줄 알았습니다! 오늘 눈이 호강했네요."

다시 무대 중앙으로 나온 사회자가 넉살을 떨어대자, 갑자기 수줍어진 하윤은 혀를 쏙 내밀며 배시시 웃었다. 좌중을 사로잡은 마성의 춤사위를 보여준 당사자가 맞는지 의심스러울 정도로, 천진난만하기 이를 데 없는 모습이었다.

"왜 자꾸 기대치를 올려놓고 그러십니까? 또 어떤 모습을 보여주실지 막 설레잖아요."

'무슨 말이지? 나 할 거 다 했는데?'

하윤은 사회자가 무슨 말을 하는 건지 알아듣지 못하고 고개를 갸웃거렸다.

"이 열기, 이 기세를 몰아 노래 듣겠습니다."

무대를 비워주기 위해 몸을 돌리려는 사회자에게 하윤이 다급하게 물었다.

"노, 노래요?"

"그분께 바치는 세레나데요."

"세레나데요? 제가요?"

태연한 그의 대답에 하윤은 경악을 금치 못했다. 세레나데라니⋯⋯. 금시초문이었다. 사랑 고백에 섹시 댄스까지 할 만큼 다 했건만 뜬금없이 노래는 뭐지? 게다가 세레나데라는 오글거리는 이름까지 달고 있으니 환장할 노릇이었다. 하윤은 뭔가 착오가 있는 것 같다고 말하려다가 멈칫했다. 짐작 가는 바가 있어 무대 아래로 시선을 돌린 그녀의 눈에 지혜와 태훈이 나란히 서서 오른손을 똑같이 흔들고 있는 모습이 들어왔다. '그래, 맞아. 우리야'라는 표정과 함께⋯⋯.

'내 이것들을!'

하윤은 목 끝까지 차오른 욕을 애써 밀어 넣고 사회자를 돌아보며 어색하게 웃었다.

"하하하! 그렇죠. 제가 세레나데를 부르기로 했죠."

갑자기 웃음을 뚝 멈춘 하윤이 말똥말똥한 얼굴로 물었다.

"근데 제가 부르기로 한 노래가 뭐예요?"

유체이탈 화법을 구사하고 있는 듯한 그녀를 멀뚱히 바라보던 사회자가 뜨뜻미지근하게 대답했다.

"⋯⋯당돌한 여자요."

'염병⋯⋯.'

하윤은 입 밖으로 터져 나갈 뻔한 욕을 간신히 참았다.

'대체 어떤 여자가 세레나데로 당돌한 여자를 부르냐, 이 망할 것들아! 이렇게 뒤통수를 칠 거면 하다못해 발라드라도 좀 주던가!'

노래방에 가면 지혜와 태훈 둘 중 한 사람은 꼭 '당돌한 여자'를 선곡했다. 하윤에게 가장 잘 어울리는 곡이라며 억지로 마이크를 쥐여주기 시작하더니, 언젠가부터 강제 18번이 되어버리고 말았다.

물러설 곳이 없다고 판단한 하윤은 사회자를 바라보며 절도 있게 고개를 끄덕였다.

"가죠."

핸드 마이크를 고쳐 잡은 그녀의 얼굴에서 당혹감 같은 건 찾아볼 수도 없었다. 하윤은 수년간 불러온 노래답게 간드러진 비음을 섞어가며 흥겹고 신나게 장내 분위기를 휘어잡기 시작했다. 살랑살랑 애교 넘치는 고갯짓에 여유 있는 손짓까지 더해 좌중을 쥐락펴락했다. 춤과는 사뭇 다른 분위기임에도 불구하고 이질감은 전혀 느껴지지 않았다.

모두의 뇌리에 강렬한 반전 매력을 심어준 하윤은 끝까지 여유를 잃지 않고 무대를 마쳤다. 사람들은 다음 참가자의 무대가 시작되고도 한참 동안을 그녀가 남기고 간 여운에서 쉽게 벗어나지 못했다.

태훈은 무대에서 내려온 하윤의 썩은 표정을 무시하며 흐뭇하게 웃었다.

"역시 우리의 선곡은 탁월했어."

"발라드 같은 거 불렀으면 분위기가 이만큼 살지도 않았지."

태훈의 자화자찬에 지혜가 고개를 끄덕이며 맞장구를 쳤다.

"허!"

하윤의 잇새로 헛바람이 새어 나왔다. 어처구니가 없다 못해 욕할 의욕까지 상실해 버린 하윤이 허탈한 목소리로 물었다.

"노래도 불러야 한다는 말은 왜 안 했는데? 지난번에 PD님 뵀을 때도 그런 말씀 없으셨잖아."

"이것저것 해야 할 거 많아지면 너 출연 안 한다고 할 거 같아서, 형한테도 말하지 말라고 얘기해 놨지."

태훈이 천연덕스럽게 대꾸했다.

"내가 출연하면 너한테 뭐 떨어지는 거 있냐?"

하윤은 말만 그렇게 했을 뿐 그런 게 있을 리가 없다고 생각했다. 겁

증되지도 않은 일반인의 방송 출연으로 태훈이 얻을 수 있는 건 그녀의 상식으로는 없었다.

"있어."

그런데 있단다. 의미심장한 태훈의 말에 하윤의 눈매가 가늘어졌다.

"……있다고?"

"형이 시청률 잘 나오고 이슈화되면 용돈 두둑이 준다고 했거든. 물론 네가 거기에 일조한다는 전제하에."

하윤은 드디어 밝혀진 태훈의 시커먼 속내에 할 말을 잃었다.

"난 이런 결과를 예상했다. 네가 무대에 올라가면 뭔가 보여줄 거라는 거. 웁콰하하!"

"웃어? 지금 웃었냐?"

하윤의 살벌한 눈초리에 태훈이 찔끔해서 말을 더듬었다.

"노, 노래 얘기 안 한 건…… 자, 잘못했다……."

"안 할 말이 따로 있지, 그걸 말 안 하면 어쩌자는 건데? 내가 갑자기 멘붕 와서 망치고 내려왔으면?"

"난 네가 절대 망치지 않으리라는 걸 알고 있었다. 넌 실전에 강한 인간이니까."

태훈이 칭찬하듯 하윤의 어깨를 툭툭 내리쳤다.

"뭐, 그렇긴 하지만……."

하윤이 조금 누그러진 찰나, 태훈은 하지 않아도 될 말을 굳이 꺼내어 산통을 깼다.

"혹시 망쳤어도 그거 나름의 빅 재미가 있……."

"빅 재미고 나발이고 닥쳐라, 변태훈."

살기가 충만한 하윤의 경고에 태훈은 입을 앙다물었다.

이어진 다른 참가자들의 녹화까지 모두 끝나고, 세 사람은 태훈의 사촌 형이자 메인 PD인 진철을 찾아갔다.

"오늘 고생 많았어."

진철이 하윤을 향해 푸근한 미소를 지어 보였다.

"고생은요. 재밌었어요."

태훈은 인사를 마친 하윤과 지혜를 먼저 내보내고 혼자 남았다.

"형, 하윤이 편집하면 안 돼. 알았지?"

팔랑귀인 하윤을 살살 꼬드겨 방송에 출연시키고, 차라리 걸그룹 댄스를 추겠다는 것을 어르고 달래서 섹시 댄스까지 추게 한 데다가, 다 짜고짜 트로트까지 부르게 한 마당에 편집까지 된다면 스스로 관을 짜서 들어가 누워도 모자랄 판이었다.

"미쳤냐, 편집하게? 오늘 딴 것 중에 제일 낫다."

진철이 들어 올린 엄지손가락에 태훈의 얼굴이 확 피었다.

"그치? 내 말이 맞지? 하윤이가 다른 애들 다 씹어먹을 거라고 내가 말했잖아!"

태훈은 언제 걱정을 했나 싶게 기세등등해졌다.

"연예인 지망생은 아니라고 했지?"

"응, 아니야."

"재능도 있고, 끼도 있고, 심지어 배포도 있던데? 하면 잘하겠더라."

"본인도 전혀 관심 없고, 결사반대하는 사람도 딱 버티고 있어서 전혀 가능성 없어."

태훈이 고개를 절레절레 흔들었다.

"부모님이 반대하셔?"

"아니, MSW. 사랑 고백 당사자."

"뭐 하는 사람인데?"

안 그래도 'MSW'라는 남자의 정체가 궁금했던 진철이 눈을 빛내며 물었다. 고작 스물두 살 먹은 대학생의 연애 상대가 궁금할 하등의 이유가 없음에도 불구하고 궁금했다. 다른 참가자들은 어떤 장기를 보여줄지 미리 검증을 하고 무대에 올렸지만, 하윤은 얼굴만 한 번 본 게 다였다. 태훈이 호언장담을 하기에 속는 셈 친 것도 있었고, 별로면 편집해 버릴 생각을 하고 있었는데 하윤의 무대를 보고 나니 고백의 상대방이 어떤 사람일까 하는 호기심이 일었던 것이다.

"뭔가 해."

"뭔가야 하겠지. 그러니까 그 뭔가가 뭐냐고."

"노코멘트."

태훈은 처음부터 진철에게 하윤과 신휘의 관계를 일절 언급하지 않았고, 앞으로도 할 생각이 없었다. 팔랑귀인 하윤과 쌍벽을 이루는 팔랑입인 그가 유일하게 지키고 있는 것이었다.

이말 저말 떠들기 좋아하는 태훈이 입을 다물고 있으니 진철의 궁금증은 더 커졌다.

"나한테만 살짝 말해봐. 뭐 하는 사람이야?"

진철의 회유에도 태훈은 넘어가지 않았다.

"나 갈게, 형. 시청률 잘 나오면 용돈 주는 거 잊으면 안 돼."

태훈은 제 할 말만 하고 냉큼 자리를 벗어났다.


녹화 후 일주일하고도 하루가 더 지나, 드디어 방송 당일이 되었다. 감동의 극대화를 위해 신휘에게 무심한 척 연기를 하느라 애를 먹었던 하윤에게는 너무나 더딘 시간이었다.

하윤은 이전 프로그램이 끝나고 광고가 나가는 동안 민아에게 전화를 걸었다. 어젯밤 이미 한차례 통화를 하면서 자초지종을 설명하고, 신휘에게 방송을 보여주라고 부탁을 해놓은 상태였다.

"언니, 안 잊어버리셨죠?"

어제야 비로소 하윤이 신휘에게 왜 사랑한다는 말을 하지 않는지를 알게 된 민아는 하윤의 계획에 적극 동참해 주기로 약속했다.

[잊을 게 따로 있지.]

민아의 목소리는 평소보다 한 톤 높아진 상태였다.

"조금 있으면 시작할 것 같아요. 저 다섯 번째로 나올 거예요."

여섯 번째로 녹화를 마쳤지만, 앞 순서 누군가가 통편집되었다고 태훈에게 전해 들었다. 태훈은 누가 시키지도 않았는데 진철에게 수시로 전화를 걸어 편집은 잘 되어가느냐고 오지랖을 떨어댔다. 오죽 귀찮게 굴었으면, 처음 한두 번은 이것저것 설명해 주던 진철도 나중에는 전화를 받지 않는 지경에까지 이르렀을 정도였다.

[다섯 번째면 시간 좀 있네. 이 신까지 찍고 쉴 것도 같은데.]

"정 안 되면 다시보기로 보여주면 되니까 신경 쓰지 마세요."

[왜 내가 더 떨리지? 오빠가 꼭 본방송으로 볼 수 있었으면 좋겠다.]

민아와 전화를 끊고, 하윤은 좌로 한 번, 우로 한 번 고개를 돌렸다. 왼쪽에는 지혜가, 오른쪽에는 태훈이 자리를 잡고 앉아 있었다. TV로 향해 있는 두 사람의 얼굴이 사뭇 진지해 보였다.

"뭐냐, 너희들? 설마 지금 긴장, 뭐 그런 거 하고 있는 건 아니지?"

장난기 다분한 하윤의 말에도 두 사람은 입을 열지 않았다. 지혜와 태훈은 '설마 지금 긴장' 하고 있었다.


"컷! 오케이!"

감독의 사인이 떨어지자, 조연출이 큰 소리로 외쳤다.

"바로 45신 가겠습니다."

45신에 등장하지 않는 신휘는 잠깐 휴식을 취할 요량으로 대기실로 향했다.

"무슨 일 있어?"

신휘가 제 옆에서 나란히 걷고 있는 민아를 돌아보며 물었다.

"네?"

화들짝 놀란 민아가 눈을 크게 뜨며 되물었다.

"아까부터 뭔가 이상한데?"

조금 전까지는 뭔가에 쫓기듯 연신 시간을 보며 초조해하던 그녀가 지금은 왠지 모르게 즐거워 보였다.

"아무것도 아니에요. 얼른 가요."

민아는 애써 무덤덤한 표정을 지으며 걸음을 재촉했다. 아무것도 모르고 있는 신휘를 보고 있자니 자꾸만 웃음이 나왔다. 그가 TV에 나오는 하윤을 보고 어떤 반응을 보일까 궁금하기도 하고 설레기도 했다.

조용히 두 사람의 뒤를 따르던 성국은 대기실이 가까워져 오자 신휘와 민아의 앞을 치고 나가 대기실 문을 열었다. 민아로부터 하윤의 이야기를 전해 들은 성국도 혹시나 하윤의 순서가 지나갔을까 봐 속으로 조바심을 내고 있었다.

성국은 대기실에 들어서자마자 리모컨을 집어 들어 TV를 켰고, 민아는 신휘의 팔을 잡고 TV가 잘 보이는 곳에 끌어다 앉혔다. 신휘는 두 사람의 환상의 콤비 플레이가 그저 어리둥절할 뿐이었다.

"보셔야 할 게 있어요."

민아가 신휘의 옆자리에 따라 앉으며 말했다.

"봐야 할 거?"

쉬러 온 사람에게 다짜고짜 봐야 할 게 있다니, 신휘는 지금 이게 무슨 상황인지 도통 알 수가 없었다.

"지금 몇 번째지? 설마 끝난 건가……."

혼잣말을 중얼거리던 민아의 표정이 확 밝아졌다.

"오, 웬일이야! 딱 맞췄어!"

신휘는 호들갑을 떠는 민아를 의아하게 바라보다가 TV로 시선을 옮겼다. 이상한 가면을 뒤집어쓴 여자가 무대로 걸어 나오고 있는 모습이 보였다.

"내가 봐야 할 게 이거야? 무슨 프로……."

말을 하던 신휘는 벌린 입을 다물 생각도 하지 못하고 그대로 얼어붙었다. 무언가에 홀린 사람처럼 눈도 깜박이지 못했다. 얼굴 전체를 다 가린다 해도 몰라보려야 몰라볼 수 없는 사람이 브라운관 안에 있었다.

"하윤이가 왜 저기……."

서서히 정신이 돌아온 신휘는 일단 방송을 지켜보기로 했다.

[내성적인 성격입니다.]

내성적이라는 단어 다시 배워야겠는데? 그는 어느새 놀랍고 당황스러운 감정을 잊고서 하윤의 말 한마디, 동작 하나에 온 신경을 쏟고 있었다.

[사랑하는 사람에게 아직 사랑한다는 말을 못 했어요. 그래서 오늘 이 자리에서 고백하고 싶습니다.]

그렇게 사람 애를 태우더니……. 신휘의 입가에 걸린 눈부신 미소는 그의 현재 심경을 고스란히 대변해 주고 있었다.

[제가 지금까지 살아온 이십이 년 인생을 저보다 더 많이 기억해 주는 사람이에요.]

앞으로 그보다 몇 배는 더 많은 날을 기억할게. 신휘는 지금까지 그래왔던 것처럼 다가올 하윤의 모든 시간을 함께하고 싶었다.

[MSW, 보고 있나?]

보고 있어. 너만 보여. 신휘는 가면이 가리지 못한 영롱한 하윤의 두 눈을 응시했다. 실제로 눈을 맞추고 있는 기분이 들었다.

[사랑해.]

사랑해.

[사랑해요…….]

사랑한다.

[사랑합니다…….]

너만을 사랑할게, 영원히.


사랑 고백이 끝나고 이어진 섹시 댄스를 홀린 듯 바라보던 신휘의 표정이 놀람에서 감탄으로, 감탄에서 불만으로 바뀌어갔다. 하윤이 춤추는 모습을 제대로 본 건 이번이 처음이었다. 한때 클럽을 주름잡았다는 것도 말로만 들었을 뿐 실제로 본 적은 없었다. 신휘는 왜 남수가 하윤을 데뷔시키지 못해 안달했는지 이제야 알 것 같았다. 하지만 잘하고 못하고를 떠나 못마땅했다. 옷도, 춤도 마음에 드는 구석이 하나도 없었다.

'둘이 있을 때나 보여줄 것이지.'

속으로 불만을 토로하던 신휘는 노래가 시작되자 언제 그랬냐는 듯 허밍으로 따라 하며 손끝으로 박자를 맞추기까지 했다. 그는 제 매력을, 아니 마력을 아낌없이 보여주고 무대에서 내려가는 하윤을 보면서 저도 모르게 웃음을 터뜨렸다.

"큭……."

하윤은 정말 예측을 불허했다. 사랑한다는 말을 하지 않아 불안하게 만들 때는 언제고, 이렇게 정신이 번쩍 들 만큼 파격적인 고백을 할 줄 누가 알았겠는가.

짝짝짝짝!

혼자만의 생각에 빠져 있던 신휘는 성국의 박수 소리에 현실로 빠져나왔다.

"우와, 우와……."

감탄사만 연발하고 있는 성국 대신 민아가 나섰다.

"대체 하윤이는 못하는 게 뭐예요?"

"그런 게 있을 리가."

신휘가 의기양양하게 대답했다.

"오빠는 좋겠어요."

"뭐가?"

"같은 여자가 봐도 저렇게 매력적인 여자 드물어요. 매력만 있어도 감지덕지인데 일편단심이기까지 하잖아요. 사랑 고백 한번 특별하게 해보겠다고 애쓰는 것도 귀엽고요."

신휘는 자부심 가득한 얼굴로 힘주어 말했다.

"저 매력적인 여자가 내 여자야."


하윤은 휴대폰을 두 손으로 꼭 움켜쥐고 전화가 오기만을 기다렸다.

"본 건가? 못 본 건가?"

방송을 봤다면 신휘가, 못 봤다면 민아가 전화를 걸어오리라 짐작하고 있는데 갑자기 액정에 불이 번쩍 켜졌다.

"왔다!"

발신자는 신휘였다.

정작 촬영할 때도 안 떨리던 가슴이 이제야 콩닥콩닥 뛰기 시작했다. 그가 어떤 반응을 보일지 기대도 되었지만, 한편으로는 걱정스럽기도 했다. 하윤은 떨리는 손가락으로 통화 버튼을 꾹 누르고 조심스럽게 전화를 받았다.

"오…… 빠……?"

[지금 어디야?]

"지, 집……."

본 거야, 못 본 거야? 신휘의 목소리는 평소와 다를 바 없이 담담했다.

[지혜랑 태훈이 옆에 있지?]

"어? 어떻게 알았어?"

하윤은 그가 왜 난데없이 두 사람 이름을 들먹이는지 의아했다. 그러나 의문은 이내 해소되었다.

[모여 있을 줄 알았지. 너 혼자 벌였다고 하기엔 스케일이 너무 컸어.]

'봤군.'

하윤의 미간이 급격히 좁아졌다. 그의 반응을 보아하니 아무래도 격한 감동을 느끼지는 못한 것 같았다. 아무래도 이번 작전 역시 실패한 듯한 불길한 예감이 휘몰아쳤다.

[나 집에 갈 때까지 둘 다 꼼짝 말고 기다리라고 해.]

"왜?"

[몰라서 물어?]

'아니, 알 것 같아……'

비록 뜻하는 바를 이루지는 못했지만, 하윤은 동지가 둘이나 있어 외롭지 않았다. 하지만 그 동지들의 얄팍한 의리를 알기에 그의 전언은 혼자만 알고 있기로 했다.

'우린 이미 한배를 탔어.'

지혜와 태훈은 신휘가 무슨 말을 하는지 궁금해서 눈을 반짝거리고 있었다. 두 사람을 바라보는 하윤의 얼굴에 엷은 미소가 떠올랐다 사라졌다.

하윤이 전화를 끊자, 태훈이 득달같이 물었다.

"형이 뭐래?"

"자세한 얘기는 집에 와서 하재."

너희들도 함께 들어야 할 것 같아. 하윤은 속으로 뒷말을 완성하고 그대로 소파에 벌렁 드러누웠다.

"너 실시간 검색어에 떴다."

휴대폰을 들여다보며 중얼거리는 지혜의 말에 하윤은 눕자마자 다시 벌떡 일어나 앉았다.

"벌써? 내 신상 털린 거야?"

가면을 쓰고 무대에 오른 건 공개적으로 정체를 드러내지 않겠다는 의미였을 뿐, 아무도 모를 거라는 기대를 한 건 아니었다. 지혜와 태훈이 내내 곁에 있었으니, 세 사람의 친분을 아는 사람이라면 충분히 하윤의 정체를 알고도 남았다. 하지만 방송이 끝난 지 몇 분이나 되었다고 실시간 검색어에까지 오르다니……. 이건 그야말로 '놀랄 노' 자였다. 공중파의 위력을 실감하면서 실시간 검색어 순위를 확인하던 하윤의 입이 떡 벌어졌다. 말을 잇지 못하는 하윤 대신 태훈이 나서서 신나게 입을 놀려댔다.

"대박! 쾌걸 조로, 조로, 조로 여신, 조로 요정…… 난리 났네, 난리 났어. 열 개 중의 네 개가 넌데?"

'여신'에 '요정'까지 나왔건만 하윤의 표정은 떫기만 했다.

"조로 여신……. 빨리 늙어버린 여신처럼 들리는 건 내 느낌일 뿐인 거지……?"

그렇다고 말해줘, 제발……. 애절한 눈빛을 보내는 하윤에게 지혜가 안타깝다는 눈빛으로 화답했다.

"네가 원하는 대답을 해주고 싶다만 어쩌냐…… 내 느낌도 그렇다."

시무룩하게 다시 휴대폰으로 눈을 돌린 하윤은 실시간 검색어에 새로 등장한 단어를 보고 흠칫하며 몸을 떨었다.

"조, 조루 여신……."

지혜와 태훈은 망연자실한 얼굴을 하고 있는 하윤을 보며 터져 나오는 웃음을 참기 위해 이를 악물었다. 하지만 역부족이었다.

"풉!"

"큽!"

입을 손바닥으로 틀어막고 어깨를 들썩이고 있는 두 사람을 바라본 하윤이 휴대폰을 소파에 내팽개치며 울부짖었다.

"으헝!"

하윤의 인생에 '흑역사' 하나를 추가한 날이었다.

하윤이 우울하다는 핑계로 지혜와 태훈의 발을 묶어놓은 동안, 신휘가 촬영을 마치고 돌아왔다. 그의 굳게 닫힌 입술과 찌푸린 미간에서 두 사람은 뭔가 잘못되었다는 것을 깨달았다.

"누구 아이디어야?"

분명 하윤이 먼저 계획한 일은 아닐 터였다. 신휘가 아는 그녀는 어디로 튈지 모르는 스타일이긴 했지만, 사람들 앞에 나서는 걸 좋아하지는 않았다.

"이실직고해라."

인간 비글 셋이 서로 눈치만 보고 있자, 신휘가 낮게 깔린 목소리로 입을 열었다.

"하나……."

그의 목소리가 더 낮아지자, 지혜와 태훈은 움찔했다.

"둘……."

신휘의 입에서 마지막 숫자가 나오려는 순간, 지혜가 토하듯 외쳤다.

"태훈이요!"

신휘가 태훈에게로 천천히 시선을 옮겼다.

"변태훈, 네가 하윤이 방송 출연하라고 꼬드겼단 말이지?"

"전 임팩트 있는 고백을 하라고 아이디어를 준……."

"네가 원했던 혜민이 사진하고 사인, 없었던 일로."

신휘는 태훈의 변명을 다 들어보지도 않고 가차 없이 말을 잘랐다.

"형! 잘못했어요!"

태훈이 절규하듯 외쳤다.

"이미 늦었어."

"가면 제안한 거 저였어요! 얼굴은 안 깠으니까 정상 참작을⋯⋯."

신휘의 잡아먹을 듯한 눈빛에 태훈은 나머지 말을 삼켜야만 했다.

"정상 참작? 조로, 조루, 난리가 났던데? 정상 참작을 하면 넌 한 대 맞고 시작해야 한다는 생각은 안 들고?"

두 대 맞아도 할 말이 없다는 생각에 태훈이 슬그머니 눈을 내리깔자, 신휘는 타깃을 지혜로 바꿨다.

"허지혜."

"⋯⋯네?"

태훈만 내어놓으면 끝날 줄 알았던 지혜의 눈에 당황한 빛이 서렸다.

"하윤이 배, 훤하게 세상 구경시켜 준 건 너겠고?"

신휘는 하윤의 의지가 아니었음을 확신하고 있었다.

"겨우 배 정도로 뭘 그러세요. 그러게 누가 그런 옷 입혀 내보내⋯⋯."

"지난번에 약속한 에단 콘서트 VVIP 티켓에 에단이랑 같이 사진도 찍게 해주려고 부탁해 놨는데 너도 없던 일로."

뒤늦게 사태를 파악한 지혜의 눈이 튀어나올 듯 커졌다.

"오빠! 한 번만 봐주시면 안 돼요?"

"어, 안 돼."

두 사람을 처리한 신휘는 마지막으로 하윤을 바라보았다.

"지난주에 학교 간다고 했던 날 녹화한 거지?"

하윤이 쭈뼛거리며 고개를 끄덕였다.

"네 전화 지혜가 대신 받은 시간에 넌 녹화 중이었고?"

하윤의 고개가 다시 한 번 위아래로 움직이자, 신휘가 인상을 찌푸리며 지혜에게 눈을 돌렸다.

"뭐? 똥 싸러 가? 변비가 생겨?"

하윤이 두 눈을 부릅뜨며 자리에서 튕기듯 일어났다.

"나 똥 싸러 갔다고 둘러댔냐?"

지혜가 멋쩍게 하윤의 시선을 회피했다.

"아오! 저걸 그냥!"

신휘는 지혜를 향해 쿠션을 집어 던지려는 하윤을 만류하며 지혜와 태훈에게 말했다.

"너희들은 이제 가봐."

두 사람이 기다렸다는 듯 벌떡 몸을 일으키자, 하윤이 다급하게 물었다.

"오빠, 왜 나한테는 아무 말도 안 해?"

"애들 가고 나면 할 거야."

"그, 그냥 지금 하면 안 돼……?"

하윤이 그렁그렁한 눈으로 애원했다.

"따로 얘기하자고."

다 같이 있어야 그나마 덜 혼날 것 같아 꺼낸 하윤의 제안을 대번에 묵살한 신휘가 지혜와 태훈을 향해 물었다.

"안 갈 거야?"

정말 가도 되는 건지 망설이고 있던 두 사람은 신휘의 말이 끝나자마자 부리나케 내뺐다.

"오빠, 나 잠깐 화장실 좀……."

하윤은 화장실에 가는 척하며 얼른 제 방으로 도망쳤다. 소나기는 피하는 게 상책이니, 일단 방문을 잠그고 시간을 벌어볼 참이었다. 그의 못마땅함이 조금이라도 수그러든 후에 애교를 떨어보든 어쩌든 하는 게 나을 것 같아서였다.

"……어?"

방문을 닫으려던 그녀는 반대쪽에서 가해오는 무게감에 주춤 뒤로 밀렸다. 문을 밀고 들어온 건 신휘였다.

"여기서 얘기하자는 거지?"

문을 닫고 침대로 걸어가 앉은 신휘가 손바닥으로 매트리스를 팡팡 내려쳤다. 와서 앉으라는 의미였다. 하윤은 밀폐된 방보다 개방된 거실이 나을 뻔했다고 생각하며 최대한 느릿느릿 걸음을 옮겼다. 마주 보고 앉자마자 신휘가 심각한 표정으로 말문을 열었다.

　"아무리 얼굴 가렸어도 네 신상, 인터넷에 퍼지는 거 시간문제야. 각오하고 시작한 거야?"

　"댓글에 '나 걔 아는데', '우리 학교 의상디자인학과' 이런 건 몇 개 있었지만, 아직 내 이름까지 나온 긴 없었어. 그래봐야 몇 시간 반짝하고 마는 거지 뭐. 내가 뭐라고 궁금해하겠어. 이 정도는 괜찮아."

　신휘의 걱정스러운 질문에 차분히 답한 하윤이 갑자기 입술을 삐죽거리며 구시렁거렸다.

　"치…… 방송 어땠는지는 한마디도 안 해주고……."

　하윤은 잘 봤다는 감상평 하나 없이 잔소리부터 시작하는 그가 내심 섭섭했다.

　"짜증 나."

　그의 단호한 대답에 하윤의 눈꼬리와 어깨가 동시에 축 처졌다.

　'다 자기 생각해서 한 건데, 짜증 날 건 또 뭐야?'

　섭섭했던 마음이 분노로 돌변한 그녀가 눈을 치켜뜨며 목소리를 높였다.

　"그래도 사람 성의를 생각해서 칭찬 한마디 해줄 수도 있잖아! 뭐가 그렇게 짜증 났는데?"

　"딴 놈들이랑 네 모습 공유한 거 열 받고 짜증 난다고."

　생각지도 못한 그의 말에 하윤의 눈이 동그랗게 커졌다.

　"나만 보기도 아까워 죽겠는데 왜 딴 놈들 가슴 뛰게 하고, 눈 호강 시켜 주는 건데? 사회자 놈, 진심으로 좋아하던데?"

　사회자가 했던 말을 다시 떠올린 신휘의 표정이 왈칵 구겨졌다. 하윤의 춤을 보고 설렜을 불특정 다수를 지목해 낼 수 없으니, 그는 사회자를 분노의 대상으로 삼을 수밖에 없었다.

"널 보고 딴 놈들이 침 흘리는 게 싫어."

이 남자의 질투는 언제나 옳다. 하윤의 광대가 기분 좋게 들썩였다.

"어디 가서 또 하기만 해봐?"

"하긴 어딜 가서 해. 다시는 안 해."

"딴 데 가서 하는 건 안 되지만, 내 앞에서는 해도 돼."

"……."

"아니, 꼭 해."

명령인지 사정인지 모를 말을 듣고 있던 하윤의 머릿속에 좋은 생각이 스치고 지나갔다.

'좋아. 원한다면 아주 끈적하게 수위를 높여주지. 전체 관람가에서 19금으로…….'

하윤은 딴생각에 빠져 있다가 신휘의 말에 정신을 차렸다.

"다시 한 번 말해봐."

"뭘?"

"방송에서 나한테 했던 말."

막상 그가 눈앞에 있으니 왠지 모르게 어색하고 민망해서 말이 잘 나오지 않았다. 머뭇거리는 하윤에게 신휘가 재촉했다.

"빨리."

"……사랑해."

하윤이 시선을 내리깔고 웅얼거리듯 말했다.

"내 눈 보고 똑바로."

신휘는 하윤의 얼굴을 양손으로 감싸고서 제 눈을 보게 했다.

"사랑……."

말이 다 끝나기도 전에 신휘의 입술이 하윤의 입술에 포개어졌다. 그리고 숨 쉴 틈도 주지 않고 격정적으로 밀어붙였다. 하윤은 평소보다 거친 그의 행동에 일순간 놀랐지만 길게 생각할 겨를이 없었다. 밀려드는 뜨거운 호흡과 그의 온몸에서 뿜어져 나오는 열기에 아무 생각도 할 수가 없었다. 그저 신휘의 어깨에 매달려 그를 받아들이는 것만으로도 정신이 아득해졌다.

하윤의 목덜미와 어깨를 쓰다듬던 그의 손이 아래로 내려갔다. 잠시 허리를 부드럽게 쓰다듬다가 이내 미끄러지듯 옷 속으로 들어갔다.

눈을 번쩍 뜬 하윤은 제 손 이외에 다른 사람의 손이 닿아본 적 없던 곳에서 느껴지는 낯선 감각에 어찌할 바를 모르고 눈망울만 또르르 굴렸다. 드디어 오늘인가? 묘한 긴장감으로 온몸의 솜털이 곤두서는 기분이었다.

무아경에 취해 있던 신휘는 순간적으로 정신이 들었다. 감고 있던 눈을 떠보니 하윤의 겁먹은 눈동자가 보였다.

"미안······."

어찌할 바를 몰라 하며 신휘가 얼굴에 마른세수를 했다.

"아니, 나는 그냥 좀 놀라서······."

"놀라게 해서 미안."

"나 이제 괜찮······."

옹알이하듯 수줍게 꺼낸 하윤의 말은 신휘가 벌떡 일어나는 바람에 허무하게 묻혀 버렸다.

"잘 자."

신휘는 하윤의 볼을 다정하게 쓰다듬어 주고서 황급히 방을 나갔다. 방에 홀로 남겨진 하윤이 닫힌 방문을 멍하니 바라보며 중얼거렸다.

"돌아와······."

그녀의 한 맺힌 탄식이 방 안을 가득 채웠다.

하윤의 방을 나와 곧장 욕실로 향한 신휘는 냉수를 틀었다. 샤워기에서 차가운 물이 폭포수처럼 쏟아져 내렸다.

'한심하다, 문신휘……'

욕정에 사로잡혔던 자신이 짐승처럼 느껴졌다. 하윤이 말로는 요부처럼 굴지만, 아무것도 모르는 숙맥이라는 사실을 알면서도, 배려는커녕 본능에 눈이 멀었던 스스로가 한심스러웠다.

'다시는 이런 일 없을 거야.'

신휘는 굳이 하윤이 바라지도 않는 결심을 마음 깊이 새기고 있었다.

"하아……."

그의 자책이 담긴 한숨이 욕실 안을 가득 채웠다.

※

하윤은 땅이 꺼져라 한숨을 내쉬었다.

"후우……. 이 빌어먹을 몸뚱이는 왜 그 순간에 긴장을 하고 난리냐고……."

긴급 상황이라는 하윤의 전화를 받고 집으로 불려온 지혜가 자초지종을 다 듣고 난 뒤, 나지막이 말했다.

"이 순결한 음란마귀 같은 년아."

양립될 수 없는 두 단어에 잠시 고민에 빠졌던 하윤이 고개를 갸웃거리며 물었다.

"욕이냐, 칭찬이냐?"

"당연히 욕이지. 그걸 꼭 물어봐야 아냐?"

"음, 역시 욕이었군……."

하윤은 진지하게 고개를 끄덕였고, 지혜는 심각하게 고개를 가로저었다.

"넌 왜 이렇게 극단적이냐? 한쪽만 하면 안 될까?"

"우리 엄마 아빠한테 물려받은 게 이 모양인 걸 어쩌라고."

"엄마는 완전 동적인 성격이었고 아빠는 정반대였다며? 그럼 그 유전자가 잘 섞여서 평균적인 성격이 나올 법도 한데 넌 어쩜 이러냐?"

"내 말이."

지혜가 남의 말을 하듯 맞장구를 치는 하윤을 어이없다는 듯 바라보며 물었다.

"지금 이게 고민할 문제야?"

"그럼 아니야? 나 진짜 심각하거든?"

하윤이 시무룩하게 고개를 푹 숙였다.

"오빠한테 솔직히 얘기해. 어제는 내가 너무 긴장해서 그랬다. 오늘은 자신 있다."

"오늘이라고 자신이 있는 건 아닌데……."

말끝을 흐리는 하윤에게 지혜가 빈정거렸다.

"웬 약한 모습? 오빠한테 막무가내로 들이대던 그 똘끼는 다 어디다 팔아먹었냐?"

"그때는 내가 어려서 과하게 의욕이 넘칠 때였고. 이제 나이를 먹을 만큼 먹었잖니?"

지혜의 얼굴이 땡감을 씹은 듯 떨떠름해졌다.

"누가 들으면 수십 년 된 줄 알겠네. 고작 이 년 지났거든?"

"내가 그런 짓거리를 했었다니 손발이 오그라든다. 요즘도 가끔 그날 생각하면서 이불킥 한다고."

"내가 보기엔 너 그때나 지금이나 별반 다르지도 않다만?"

반박할 말을 찾아보았지만 찾을 수 없었던 하윤은 조용히 입을 다물었다. 지혜는 하윤을 한심하게 바라보고 있다가 말을 이었다.

"오빠가 참는 것 같았다며?"

"응."

"그럼 방법은 간단하네."

"그 간단한 방법이 뭔데?"

"못 참게 만들어."

지혜를 향한 하윤의 눈빛에는 존경이 담겨 있었다.

"처, 천잰데?"

지혜의 얼굴에 의기양양한 미소가 떠올랐다.

"너 한창 수영 배울 때 입었던 그 해녀복 같은 수영복밖에 없지?"

하윤은 지혜에게 검정 고무신과 같은 공장에서 만든 거냐고 비웃음을 샀던 제 민무늬 수영복을 떠올렸다.

"응, 수영복 입을 일이 있어야 새로 사든가 하지."

자리에서 벌떡 몸을 일으킨 지혜가 하윤을 내려다보며 말했다.

"일어나. 수영복 사러 가자."

"여름 다 지나서 수영복을 왜 사? 설마 오빠랑 수영장 가서 야시시한 수영복으로 유혹하라는 말 할 건 아니지?"

하윤은 만약 그렇다면 지혜의 고루함을 한껏 욕해주리라 벼르며 눈을 가느다랗게 뜨고 지혜를 올려다보았다.

"진부하기는. 수영복을 꼭 수영장에서만 입으라는 법 있냐?"

지혜는 퉁명스럽게 받아치고서 몸을 돌려 현관으로 걸음을 옮겼다. 대꾸할 말을 찾지 못한 하윤은 입도 뻥긋하지 못한 채 얌전히 지혜의 뒤를 따랐다.

두 사람은 그 길로 곧장 백화점으로 향했다. 지혜는 수영복 매장을 이 잡듯이 뒤진 끝에 하윤의 취향 따위는 개나 줘버리고, 오로지 본인의 취향만을 저격한 수영복을 골라 들었다.

"입어볼래?"

지치고 지루한 얼굴로 매장 안의 의자에 앉아 있던 하윤은 눈앞에서 흔들리는 수영복을 바라보며 지혜에게 되물었다.

"입어보고 마음에 안 들면 다른 거 고를 수 있어?"

"없어. 계산하자."

지혜가 당당하게 손을 내밀자, 하윤은 '삥 뜯기는 고삐리'가 된 심정으로 그녀의 손바닥 위에 신용카드를 올려놓았다.


집에 돌아온 하윤은 지혜의 성화에 못 이겨 수영복으로 갈아입고 거울 앞에 섰다. 그녀는 거울에 비친 제 모습을 물끄러미 바라보다가 지혜를 돌아보며 자신 없는 어조로 물었다.

"이게 과연 효과가 있을까……?"

"있다니까 그러네. 남자는 시각적인 것에 약한 법이야."

지혜가 확신에 찬 얼굴로 대답했다.

하윤이 입은 블랙 '모노키니'는 양 옆구리 쪽은 시원하게 뻥 뚫려 있고, 가슴골 깊게 파인 브이 라인은 아찔할 정도로 탁 트여 있는 스타일이었다. 혹시 뒤태는 조금 얌전하려나 생각한다면 큰 오산. 등 쪽은 어깨뼈 아래 위태롭게 달려 있는 얇은 끈 하나를 제외하고는 텅 비어 있었다. 뻥 뚫리고, 탁 트이고, 텅 비고……. 눈을 어디에다 둬야 할지 모를 수영복이었다. 정확히 말하면 수영복의 탈을 쓴 천 쪼가리나 다름없었다.

"근데 이 년 전엔 왜 망했지?"

하윤은 가지가지 한다는 굴욕을 맛보았던 그날의 기억을 떠올리며 콧등을 찡그렸다.

"그땐 네 몸이 완성이 덜 됐었잖아."

지혜는 말도 안 되는 말을 제멋대로 갖다 붙였고, 하윤은 그 말을 철석같이 믿었다.

"지금은 완성이야?"

하윤이 반색하며 묻자, 지혜가 진지하게 고개를 끄덕였다.

"완성이야 됐지, 퀄리티에 연연하지 않는다면."

지혜의 자비 없는 대답에 하윤은 입술을 몇 번 삐죽거리다가 다시 거울로 고개를 돌렸다.

"가뜩이나 짧은 치마 입는 것도 싫어하는데, 이렇게 훌떡 벗고 있다가 한 대 맞는 건 아닐까?"

"짧은 치마 입고 밖에 나가면 다른 사람들도 같이 보지만 이번엔 오빠 혼자 볼 거잖아."

하윤을 진부하다고 타박했던 지혜의 계획은 '수영장'이 아닌 '집'에서 신휘를 유혹하라는 것이었다. 대체 뭐가 다른 거냐고 따지는 하윤에게 지혜는 흥분이 가라앉을 시간을 주지 않는 게 관건이라고 쏘아붙였고, 하윤은 '역시 연애를 좀 해본 넌 다르다!'며 감탄했다.

"그치? 많이 혼나진 않겠지?"

하윤은 또다시 지혜의 말에 설득당했다.

"뭐라고 하면 내 손에 장을 지진다."

지혜는 단언하며 하윤을 내리훑었다. 블랙 수영복에 대비되어 하윤의 우윳빛 살결이 더 도드라져 보였고, 적당히 봉긋한 가슴과 잘록한 허리, 쭉 뻗은 매끈한 다리까지 흠잡을 데가 없었다. 글래머라고 할 수는 없어도 원래부터 늘씬하게 잘 빠진 몸매였는데 지금은 이 년 전보다 더 성숙해지고 물이 올랐다는 느낌이었다.

"나 이거 입고 내년 여름에 해수욕장 갈 예정인데 어때? 이러면서 오빠한테 슬쩍 흘리는 순간, 원샷 투킬의 효과를 장담한다. 유혹과 질투의 컬래버레이션."

하지만 하윤은 지혜의 말을 듣는 둥 마는 둥 하며 수영복을 이리저리 살피는 데 여념이 없었다.

"근데 이건 아무리 봐도 좀 과한 거 같은데……."

"과하긴 뭐가 과해. 비키니도 아니고 원피스 수영복인데."

하윤이 떨떠름한 얼굴로 되물었다.

"……이거 원피스 수영복 맞아?"

"모노키니도 원피스 수영복의 일종이야. 위하고 아래하고 어쨌든 붙어 있잖아."

"그래, 어쨌든 붙어 있기야 하지. 아주 아슬아슬하게."

"그래서 어쩔 건데? 안 입을 거야?"

"생각 좀 더 해보고. 슬립 입고 끼인 날도 민망했는데, 이렇게까지 입고 끼이면 나 이번엔 정말 부끄러워서 돌아버릴지도 몰라."

노려보는 지혜의 시선을 회피하며 침대 가장자리에 걸터앉은 하윤은 프레임에 발을 올리고 허벅지에 팔꿈치를 댄 자세로 턱을 괴었다. 그런데 그 순간이었다. 갑자기 문이 열리더니 창휘가 방 안으로 얼굴을 쑥 들이밀었다.

"하윤아, 오빠……."

연차를 내고 집에서 쉬고 있던 그의 존재를 까맣게 잊고 있던 하윤은 그대로 굳어버렸다. 예상치 못한 광경을 접한 창휘는 하려던 말을 멈추고 황당하다는 얼굴로 하윤에게 물었다.

"왜 그러고 있어?"

하윤은 미동 없이 잽싸게 머리만 굴렸다. 가장 노출이 적은 쪽이 어디지? 앞? 뒤? 옆? 그나마 측면이 낫겠다는 판단이 선 그녀는 일어서지도 못하고 고개만 옆으로 돌린 채로 입만 열었다.

"그러니까 이게……."

"무슨 고민 있어?"

"……응?"

하윤은 수영복을 입고 있는 것과 고민이 있는 것이 무슨 관계가 있는 걸까 또 머리를 굴려야만 했다.

"생각할 게 많은 것 같아서. 오빠 잠깐 나갔다 온다."

창휘는 알아들을 수 없는 말을 남기고서 문을 닫았다.

"생각?"

그제야 움직임의 자유를 얻은 하윤이 자리에서 일어나며 고개를 갸웃거렸다. 하윤의 의문을 해소해 준 건 지혜였다.

"로댕의 생각하는 사람."

하윤은 머릿속으로 '로댕의 생각하는 사람'의 모습을 그려보았다. 그리고 창휘가 방문을 열었을 때 제가 취하고 있었던 자세를 기억해 냈다. 완벽하게 일치한다는 결론이 도출되었다.

"젠장……."

하윤의 얼굴이 볼썽사납게 구겨졌다.

자정이 넘은 시각, 집 안은 바늘 떨어지는 소리도 들릴 만큼 고요했다. 하윤은 스케줄을 마치고 돌아온 신휘가 방으로 들어간 지 한 시간쯤 되어서야 거사를 위해 움직이기 시작했다. 수영복 차림으로 살금살금 방에서 나온 그녀는 주위를 한번 둘러보고 맞은편 신휘의 방문 앞에 섰다. 그런데 손잡이를 잡으려는 순간, 현관에서 비밀번호 누르는 소리가 들렸다. 화들짝 놀란 하윤이 신휘의 방으로 들어가야 할지 제 방으로 돌아가야 할지 몰라 우왕좌왕하는 사이, 이번엔 문이 열리는 소리가 들려왔다. 기겁하며 제 방으로 들어간 하윤은 문에 귀를 대고 바깥의 동태를 살폈다.

'은휘 오빠가?'

지금 집에 없는 사람은 은휘뿐이었으니 사실 고민할 필요도 없는 문제였다.

'방에 들어갔나?'

귀를 기울여 봐도 아무 소리도 들리지 않았다. 다시 작전을 재개하기 위해 조심스럽게 문을 연 하윤이 움찔 몸을 떨었다.

"헉!"

어둠 속에 은휘가 저승사자처럼 우두커니 서 있었다.

"뭐 하냐?"

"쉿!"

기겁하며 손가락 하나를 세워 입에다 댄 하윤은 은휘를 방으로 끌고 들어와 문을 닫았다. 그러고는 잽싸게 그의 등 뒤에 몸을 숨기고서 툴 툴거렸다.

"왜 벌써 들어왔어!"

"진상 손님 하나 처리하고 짜증 나서 일찍 들어왔어. 근데 왜 헐벗고 다니는데?"

"헐벗은 걸로만 보여?"

믿을 수 없다는 하윤의 목소리에 은휘의 미간이 잔뜩 찌푸려졌다. 얼핏 본 것만으로도 괴상하고 망측하기 이를 데 없는 수영복에 자신이 미처 알아차리지 못한 숨겨진 의미가 있는 것인가 진지하게 고민해 보았지만, 자력으로는 답을 찾지 못했다.

"……뭘로 보여야 하는데?"

"섹시하다거나, 뇌쇄적이라거나."

"후우……."

은휘는 천장을 바라보며 깊은 한숨을 내쉬었다. 역시 다른 의미 따위 있을 리가 없었다.

"너 설마 그 꼬락서니로 신휘 방에 쳐들어가려던 건 아니지?"

하윤은 못 들을 말을 들었다는 듯 새침하게 쏘아붙였다.

"꼬락서니라니. 나의 신성한 계획에 그런 싼 티 나는 말을 갖다 붙이지 말아줘."

"신성한 계획인지 실성한 계획인지 모르겠다만 알아서 해라, 널 누가 말리겠냐."

은휘는 체념한 듯 고개를 절레절레 저으며 방을 나갔다.

"우씨……."

하윤은 창휘의 '로댕'에 이어 은휘의 '실성'까지 듣고 나니 이 계획을 이대로 밀어붙여야 할 것인가에 대해 회의가 들기 시작했다.

'여기서 접어? 아니지, 신휘 오빠는 좋아할 수도 있잖아?'

그녀는 칼을 빼 들었으면 뭐라도 썰어야 직성이 풀리는 성격이었다. 모두의 반응이 신통치 않아도 신휘 한 사람만 넘어와 준다면 그걸로 게임 끝이라고 생각하니 다시 용기가 불끈 솟아올랐다.

방문을 빼꼼 열고 인기척을 확인한 하윤은 제 방에서 나와 신휘의 방문을 조심스레 열었다. 문틈 사이로 침대 헤드보드에 기댄 채 물을 마시고 있는 그의 모습이 보였다. 한 손에는 대본이 들려 있는 걸 보니 대본 연습 중인 모양이었다.

문이 열리는 소리에 시선을 들어 올린 신휘는 하윤의 충격적인 모습을 목도하고 기겁했다.

"컥…… 큽……."

사레가 들린 신휘가 연신 기침을 해대자, 하윤이 부리나케 그에게로 달려갔다.

"오빠!"

하윤이 상체를 숙이자 가뜩이나 휑한 가슴 부분이 더 적나라하게 눈앞에 펼쳐졌다. 신휘는 도를 닦는 심정으로 시선을 내리깔았다.

'하윤아, 오빠 좀 살려주라…….'

"괜찮아?"

하윤은 그의 얼굴이 벌게진 게 사레들린 것 말고 다른 이유가 있다는 걸 알지 못했다. 그래서 걱정 가득한 표정으로 신휘의 등을 쓸어내리며, 본의 아니게 그를 자극하고 있었다.

"괘, 괜찮아……."

신휘는 더 이상 참지 못하고 하윤의 손목을 끌어다가 제 앞에 앉혔다. 그리고 얼굴에 시선을 고정했다. 그는 지금 어제의 결심을 지키기 위해 모든 이성을 끌어모으는 중이었다.

"수영복은 입고 뭐 해?"

"세일이라 샀는데 예쁜지 어떤지 오빠한테 물어보려고."

"……예, 예뻐."

더듬거리는 목소리, 달아오른 얼굴. 시선을 아래로 내리지도 못하는 그의 모습에 하윤은 속으로 쾌재를 불렀다. 조금 더 과감하게 유혹해 보기로 했다.

"보지도 않고?"

싱긋 웃으며 도발하는 하윤을 바라보며 움찔한 신휘는 얼른 시선을 피했다. 그러나 그녀의 몸도, 얼굴도, 아무 데도, 눈을 둘 곳이 없었다.

"아까 봤어. 예뻐. 나 대본 봐야 하니까 이제 가서 자."

신휘가 부산스럽게 대본을 집어 들고 자리를 고쳐 앉았다.

"내가 대사 맞춰줄게."

하윤이 나가기는커녕 오히려 가까이 다가오자, 신휘는 하는 수 없이 침대에서 내려와 멀뚱히 올려다보고 있는 그녀의 양 팔뚝을 잡아 일으켜 세웠다. 그 와중에도 손바닥에서 느껴지는 하윤의 보들보들한 살결에 피가 뜨거워졌다. 이대로 침대에 눕혀 버리고 싶다는 본능을 가까스로 참아낸 그는 하윤을 돌려세워 문으로 데려가며 애원했다.

"자라, 하윤아……. 제발 좀 자라……."

얼떨결에 밖으로 밀려난 하윤의 등 뒤로 문이 야속하게 닫혔다.

딸각.

문이 잠기는 소리가 이어졌다.

"아놔……."

그렇게 쫓겨나기까지 한 하윤은 삼 형제 모두에게 트리플 굴욕을 맛보아야만 했다.

하윤을 억지로 내보내고 문까지 걸어 잠근 신휘는 침대로 걸어가 풀썩 엎드렸다. 대본이고 뭐고 힘이 쭉 빠져 아무것도 하고 싶지가 않았다.
"하윤아……"
시험에 들게 하지 마라, 미치겠다, 살려주라, 모든 것이 함축된 말이었다. 신휘는 빙글 돌아 천장을 바라보고 누웠다. 불현듯 이 년 전 기억이 떠올랐다. '딥'한 관계 설정이 필요하다며 칭얼대던 하윤이 떠올라 피식 웃음이 터져 나왔다. 아직도 그날의 하윤의 모습이 생생하게 그려졌다.
어둠과 대비되는 뽀얀 목선 아래로 동그스름한 어깨와 도드라진 쇄골이 눈길을 사로잡았고, 잘록한 허리와 군살 없이 쭉 뻗은 다리가 달빛 아래 빛나고 있었다. 여자라기엔 소녀 같았고, 소녀라기엔 여자 같았다. 온몸에 묘한 전율이 일었다.
당시엔 놀람과 당황 등의 감정이라고 치부해 버리고 말았지만, 그때도 인식하지 못하고 있었을 뿐 하윤을 여자로 보고 있었다는 것을 인정하지 않을 수 없었다.

"오빠 눈에나 애지, 나 다 컸거든?"

당돌하게 받아치던 하윤의 목소리가 귓가에 생생하게 들려오는 듯했다.
옛 기억에 심취해 있던 신휘는 틱, 하는 소리를 듣고 정신을 차렸다. 그의 눈이 문으로 향한 것과 동시에 문이 벌컥 열렸다.

터벅터벅 걸어 제 방으로 돌아온 하윤은 수영복을 벗고 티셔츠와 반바지로 갈아입었다.

"참았다 이거지?"

침대 위에 널브러져 있던 수영복을 바닥으로 휙 던져 버리고 베개에 얼굴을 묻었다.

"뭘 자꾸 자래……."

이런 굴욕을 당하고 잠이 올 리가 없었다. 이리 뒹굴, 저리 뒹굴 구르며 구시렁대던 하윤은 뭔가를 결심한 듯 벌떡 일어나 방을 나갔다. 부엌으로 향한 그녀는 수저통에서 젓가락 하나를 집어 손에 쥐고, 성큼성큼 신휘의 방으로 걸어가 잠금장치 구멍에 찔러 넣었다. 틱, 하는 소리와 함께 문이 열렸다. 하윤은 거침없이 문을 열어젖히고 방으로 들어갔다.

"오빠!"

침대에 누워 있던 신휘가 깜짝 놀라며 일어나 앉았다.

"내가 이 정도 눈치를 줬으면 못 이기는 척 넘어와도 되잖아? 어제 내가 긴장하는 바람에 오빠가 이러는 거 알아. 근데 어제도 말했다시피 놀라서 그런 거라고, 놀라서. 그럼 처음인데 안 놀라? 나도 잘 안 만지는 데를 다른 사람이 만지는데 놀라지, 안 놀라겠느냐고!"

하윤은 단도직입적으로 속내를 털어놓았다. 막상 말을 꺼내고 나니 부끄러운 것도 뭣도 없었다. 작정하고 세운 계획이 두 번이나 실패하고 나니 제 여성성에 문제가 있는 게 아닌가 싶기도 하고, 신휘에게 진정한 여자로 인정받지 못한 기분이 들었다. 그가 참고 있다는 것을 모르는 건 아니지만, 제 유혹이 참을 정도는 된다는 사실에 자존심이 상했다.

"이리 와서 앉아봐."

신휘의 손짓에 하윤이 뭉그적뭉그적 침대로 걸어갔다. 침대 옆에 새

초롬하게 선 그녀를 신휘가 잡아당겨 앉혔다.

"어제는 너 때문에 멈춘 게 맞아. 근데 널 지켜줄 수 있어서 다행이었다고 생각해."

하윤은 말없이 촉촉한 눈망울로 신휘를 응시했다. 내가 괜찮다는데 왜 지켜주려는 건데…… . 제발 지켜주지 말라고…… . 막 다뤄달라고…… .

"오빠도 힘들어. 힘들지만, 너를 아끼고 소중히 여겨서 참는 거야."

남자와 여자보다 가족으로 살아온 세월이 훨씬 길었기에 신휘는 더 조심스러울 수밖에 없었다.

"……."

자신을 아끼고 소중히 여긴다는 사람 앞에서 차마 아끼지 말고 소중히 여기지 말라는 말을 할 수는 없어, 하윤은 목 끝까지 차오른 말을 삼켜야만 했다. '아끼다 똥 된다'라는 말이 튀어 나갈 뻔했지만 스스로 똥이 될 수는 없기에 그 말도 꾹 참았다.

하윤이 속으로 무슨 생각을 하고 있는지도 모르고, 신휘는 진지하게 제 마음을 고백하고 있었다.

"그래야 내가 나 자신에게도, 너에게도, 형들에게도 당당할 수 있을 것 같다."

'오! 저 굳건한 절개와 대쪽 같은 성품!'

타락시키고 싶다…… . 부러뜨리고 싶다…… . 신휘는 입 밖으로 꺼낼 수 없는 희망 사항을 속으로 되뇌고 있는 하윤의 뺨을 쓰다듬으며 미소 지었다.

"오빠 마음 이해하지?"

"그, 그럼…… ."

하윤은 하고 싶은 말을 다 참고, 하는 수 없이 성에 차지 않는 말을 꺼냈다.

"그래도 우리 둘 다 성인이고…… 사랑하고…… 진도를 나가긴 나갈 거잖아, 그치?"

"그렇지."

신휘가 고개를 끄덕이자, 이때다 싶어 하윤이 득달같이 되물었다.

"그래서 언제라고?"

그의 입에서 단호한 대답이 흘러나왔다.

"결혼하면."

"결혼……?"

하윤의 두 눈이 휘둥그레졌다.

"아!"

뒤늦게 감탄사가 터져 나왔다.

'그거구나, 결혼! 내가 왜 그 생각을 못 했지?'

하윤의 입가에 음흉한 미소가 드리워지더니, 앙증맞은 입술이 열렸다.©

"그럼 결혼하자, 롸잇 나우!"

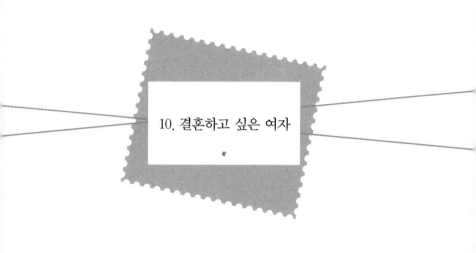

## 10. 결혼하고 싶은 여자

하윤은 지혜를 기다리며 학생회관 근처 벤치에 앉아 따사로운 햇볕을 즐기고 있었다. 눈을 감고 콧노래를 흥얼거리고 있는데 갑자기 눈앞에 어두운 기운이 드리워졌다. 비타민 D의 합성을 방해한 존재를 확인하기 위해 눈을 뜨니, 두꺼운 전공 서적을 가슴에 안고 서 있는 지혜가 보였다.

"축하해."

다짜고짜 축하한다는 말을 건네는 지혜를 멀뚱히 올려다보며 하윤이 되물었다.

"뭘?"

"수영복 작전 성공한 거. 거봐, 내 말을 들으면 자다가……."

"실패했는데?"

지혜는 멋쩍은 표정으로 조용히 입을 다물고 하윤의 안색을 살폈다. 실패했다는 사람의 얼굴치고는 너무나 평온해 보였다. 자세히 보니 반만 뜬 눈과 넓어진 콧구멍, 솟아 있는 광대까지……. 들떠 있는 기색이 역력했다.

"실패했다면서 왜 기분이 좋아 보이냐?"

"실패는 했지만 새로운 돌파구를 찾았다고나 할까?"

"새로운 돌파구? 그게 뭔데?"

"결혼."

태연한 하윤의 대답에 지혜의 눈이 경악으로 물들었다.

"……겨, 결혼?"

정신을 가다듬고 옆에 앉은 지혜는 엉뚱한 생각을 하고 있는 하윤을 말려야 한다는 일념으로 설득을 시작했다.

"너 이제 스물둘이야."

"그래, 결혼할 수 있는 나이지."

하윤은 현실을 직시하라는 의미로 한 지혜의 말을 본인이 편한 대로 해석하며 고개를 끄덕거렸다.

"진심이야? 진짜 결혼하게?"

"내가 언제 빈말하는 거 봤어?"

"어, 많이 봤어."

반박할 말을 찾지 못한 하윤이 다급하게 화제를 돌렸다.

"자! 이제 플랜 C를 시작해 볼까?"

하윤의 '문신휘의 여자 되기 프로젝트'는 질투심 유발 작전인 플랜 A에 이어 눈앞에서 알짱거리기 작전인 플랜 B를 거쳐, 어느새 플랜 C까지 도달해 있었다.

"플랜 C 같은 소리 하고 앉았네. 이러다 올해 안에 플랜 Z까지 가겠다?"

"야! 재수 없는 소리 하지 마!"

버럭 성질을 낸 하윤이 언제 그랬냐는 듯 씩 웃으며 입꼬리를 말아 올렸다.

"내 인생에 더 이상의 플랜은 없어. 이번이 마지막이야."

의욕에 불타올라 있는 하윤을 바라보며 한숨짓던 지혜가 체념한 듯 물었다.

"플랜 C의 구체적인 실행 방안은 뭔데?"

"몰라, 아직 이름하고 최종 목표밖에 없어. 어떻게 하면 가장 빠른 시일 내에 오빠랑 결혼할 수 있는지 이제부터 고민해 봐야지."

하윤은 시작은 창대하고, 끝은 미약한 계획에 또다시 시동을 걸고 있었다.

"고민할 게 뭐 있어? 방법은 두 가지밖에 없는 거 아니야?"

"두 가지?"

똑똑한 것! 난 아직 한 가지도 생각하지 못했는데 넌 벌써 두 가지를 생각해 냈구나! 하윤은 기대감 충만한 눈빛으로 지혜를 응시했다.

"하나는 오빠가 너한테 결혼하자고 하는 거, 다른 하나는 네가 오빠한테 결혼하자고 하는 거."

"에라이……."

지혜가 뜬구름 잡는 이야기를 꺼내놓자, 하윤이 신경질적으로 눈썹을 꿈틀거렸다.

"뭔가 쓸 만한 대답이 나오려나 했더니……. 일 등 하려면 어떻게 해야 하나요? 공부 열심히 하세요. 이거랑 뭐가 다르냐? 그리고 두 번째는 내가 벌써 했거든?"

"결혼하자고 했다고? 벌써?"

"당연하지."

하윤은 의기양양하게 어깨를 추어올렸다.

"오빠는 뭐래?"

"그냥 웃던데?"

"까였구나."

"……까였다기보다는 보류쯤으로 해두자."

지혜의 냉철한 결론에 뻘쭘해진 하윤이 머쓱히 웃었다.

"그럼 방법은 하나뿐이네. 오빠 입에서 결혼하자는 말이 나오게 하는 거."

"아무래도 그렇겠지? 어떻게 하면 나랑 결혼하고 싶어 안달하게 할 수 있을까?"

하윤은 눈동자를 요리조리 굴리며 고심하다가 지혜에게 동의를 구하 듯 물었다.

"오빠한테 나랑 결혼했을 때 누릴 수 있는 이점에 대해서 하나하나 열거해 줄까?"

"어떤 이점이 있는지 나한테 먼저 열거해 줘봐."

머뭇거리며 지혜의 눈치를 살피던 하윤이 기어들어 가는 목소리로 입 술을 달싹였다.

"시, 심리적 안정……?"

"심리적 안정은커녕 심장병 걸릴 가능성이 더 클걸? 그래도 오빠는 너한테 단련됐으니 다행이긴 하다만, 결혼한다고 심리적 안정을 얻을 수 있을 것 같지는 않다. 또?"

지혜에게 자비란 없었다.

"……내, 조?"

하윤의 목소리는 작아지다 못해 옹알이 수준으로 전락해 버렸다.

"자꾸 헛소리하면 뒈지게 맞는 수가 있다? 내조는 무슨! 솔직히 집에 서 네가 집안일 제일 안 하잖아. 오빠가 널 내조해야 할 거 같은데?"

시무룩하게 고개를 숙인 하윤에게 지혜의 야멸찬 말이 이어졌다.

"또?"

또 뭐가 있을 리가 없었다. 하윤은 멋쩍게 웃는 걸로 대답을 대신했 다.

깊은 잠에 빠져 있던 은휘는 침대가 출렁하는 느낌에 잠에서 깼다. 그리고 제 팔을 잡고 흔드는 손길과 칭얼거리는 목소리에 눈을 떴다.

"오빠, 언제까지 잘 거야. 그만 일어나, 응? 얼른."

그는 침대 위에 올라앉아 자신을 내려다보고 있는 하윤을 외면하며 돌아누웠다.

"아, 왜……. 나 더 자야 돼……."

지난밤 술을 많이 마시고 들어온 탓에 지금 일어나는 것은 절대 무리였다.

"이따 다시 자면 되잖아."

하윤은 끈덕지게 그의 팔을 붙잡고 늘어졌다.

"울렁거리니까 흔들지 말아봐. 토할 거 같다고."

하지만 그런 말은 굶주린 짐승에게 먹잇감을 던져 주는 것이나 진배없었다. 하윤은 그를 일어나게 할 수 있는 가장 효율적인 방법을 깨달았다는 듯 더욱 격렬하게 그를 흔들었다.

"아오…… 이 웬수……."

은휘는 결국 하윤의 공격을 버티지 못하고 일어나 앉았다.

"대체 왜 잠도 못 자게 하는 건데?"

"오빠가 해줘야 할 게 있어."

그는 하윤의 의미심장한 미소를 놓치지 않았다. 하윤이 이렇게 웃을 때는 필시 뭔가 꿍꿍이가 있다는 의미였다.

"보아하니 이상한 거군."

"이상한 거 아니거든?"

은휘는 그 말이 더 의심스러웠지만, 일단 들어보고 결정하기로 했다.

"내가 뭘 해야 하는데?"

"내가 하는 말에 무조건 호응해 주면 돼. 무조건이야. 알았지?"

'무조건'이라는 말을 강조하는 걸 보니 '이상한 것'이 틀림없다는 확신이 들었지만 싫다고 한들 하윤이 포기하고 나가줄 것 같지도 않아, 은휘는 빨리 해치워 버리기로 마음먹었다.

"자, 호응해 줄 테니까 말해."

"여기서 말고. 거실에서."

"거실?"

하윤은 어리둥절한 얼굴을 하는 은휘를 끌고 나가 거실 소파에 앉혔다. 켜져 있는 TV를 보며 그가 습관적으로 야구 채널로 돌리려는 순간, 하윤이 잽싸게 리모컨을 빼앗아 가버렸다.

"안 돼. 내가 일부러 틀어놓은 거란 말이야."

"우리 결혼했습니다……?"

TV에는 연예인들이 출연하여 알콩달콩한 가상의 결혼 생활을 보여주는 예능 프로그램이 방송되고 있었다.

"이걸 왜 틀어놨는데?"

은휘는 무조건적인 호응과 이 프로그램 간에 어떤 상관관계가 있는지 도통 감을 잡을 수가 없었다.

"결혼이 얼마나 좋은 건지에 대해 알려주려고."

"누구한테?"

"저기 저 답답한 남자한테."

은휘의 시선이 하윤의 턱 끝을 따라 어딘가로 향했다. 그곳엔 거실을 지나쳐 부엌으로 들어가고 있는 신휘가 있었다.

"이번엔 또 무슨 수작인데?"

수영복을 입고 설치던 하윤의 모습을 떠올린 은휘는 이건 또 뭔가 싶었다.

하윤은 대답 없이 은휘를 곁눈질로 흘겨보았다. 백지장도 맞들면 낫다고 혼자 말하는 것보다 누구라도 한마디 보태준다면 좀 더 수월하지 않을까 하는 생각에 그를 불러낸 것이었다. 말 잘 듣는 도우미가 아니라 좀 불안하긴 했지만 다른 대안이 없었다. 신휘가 언제 또 집에 있을지 알 수가 없었을 뿐만 아니라, 창휘가 이런 일에 동참해 줄 리가 없었으니 남은 건 은휘뿐이었다. 하윤은 일단 은휘의 협조를 믿어보기로 하고 신휘를 큰 소리로 불렀다.

"오빠! TV에서 지금 재밌는 거 한다. 잠깐 쉬었다 해."

드라마 촬영이 중반부를 넘어서면서 대본이 나오는 속도가 현저히 더뎌졌고, 촬영 전날 혹은 당일에 나오기도 하는 쪽대본 때문에 신휘는 촬영을 마치고 집에 와서도 대본 분석을 하느라 바빴다.

"어, 잠깐."

잠시 뒤, 커피를 내려서 거실로 나온 신휘가 하윤의 옆자리에 앉으며 TV 화면을 바라보았다.

"재밌는 게 이거야? 너 이거 취향에 안 맞는다고 안 보는 거잖아."

"이제 맞아."

현재 내 관심사에 완벽히 부합하거든. 하윤은 야릇한 미소를 흘리며 플랜 C에 시동을 걸었다.

그 순간, 운 좋게도 가상의 연예인 부부가 서로를 '여보'라는 호칭으로 부르는 장면이 나오고 있었다.

"어머! 여보래, 여보! 난 결혼한 사람들끼리 여보라고 부르는 거 너무 좋더라."

"그래? 난 별로던데."

호들갑을 떠는 하윤과 반대로 신휘의 표정은 무심하기 그지없었다.

"……벼, 별로구나?"

예상치 못한 그의 반응에 당황한 하윤은 다른 말을 찾기 위해 머리를 굴려야만 했다. 남녀가 결혼을 하고 싶어 하는 이유 중 하나로 헤어짐이 아쉬워 같이 살고 싶기 때문이라는 말을 하고는 하는데, 두 사람은 이미 한집에 살고 있으니 그 핑계를 댈 수도 없었다. 게다가 가장 무난한 심리적 안정과 내조라는 이유도 이미 지혜에게 타박을 받은 상태라 자신 있게 말할 수 없는 처지였다. 아무리 머리를 쥐어짜 내도 지금 당장 결혼해야만 하는 마땅한 이유가 없었다. 그런데 다시 한 번 좋은 기회가 찾아왔다.

"어머! 쟤 꿈이 어쩜 나랑 똑같네. 나도 현모양처가 꿈이었잖아. 내가 은근히 살림에 소질이 있고……."

"소질?"

조용히 돌아가는 상황을 주시하고 있던 은휘가 드디어 하윤의 꿍꿍이를 완벽히 파악하고 끼어들었다.

"우리, 말은 똑바로 하자. 네가 살림에 소질이 있는 거면 세상 여자 중에 살림에 소질 없는 여자 없을 거 같다만?"

하윤은 맞장구를 쳐 달라고 불러낸 은휘가 도리어 쓸데없는 지적을 하자 짜증이 솟구쳤다. 하지만 신휘가 옆에 있어서 내색하지 못하고 억지로 미소를 지으며 반박에 나섰다.

"아하하! 그렇지 않아. 결혼하면 잘할 수 있……."

은휘가 다시 하윤의 말허리를 자르고 끼어들었다.

"지금 없는 소질이 결혼한다고 갑자기 생길 것 같지 않은데?"

정작 신휘는 가만히 있는데 눈치 없이 나서서 입바른 소리를 하는 은휘에게 하윤이 눈을 부라렸다.

'조용히 하라고, 좀!'

그때 신휘의 방에서 휴대폰 벨소리가 들려왔다.

"전화 오네."

하윤은 신휘가 눈에 안 보일 때까지 참을성을 가지고 기다리다가 은휘를 향해 천천히 고개를 돌렸다. 그리고 어금니를 꽉 깨물고 입술을 달싹였다.

"오빠, 이건 약속이 틀리잖아. 내가 하는 말에 무조건 호응해 달라고 했지, 언제 사사건건 태클 걸라고 했어?"

"호응해 줄 만해야 호응을 해주지. 어쩜 매번 이렇게 참신한 뻘짓을 할 수가 있지?"

은휘가 혀를 차며 고개를 가로저었다.

"내, 내가 뭐!"

겉으로는 버럭 내지르긴 했지만, 하윤도 내심 동의하고 있었기에, 목소리에는 전혀 자신감이 실려 있지 않았다.

'누군 이러고 싶어서 이러나? 딱히 할 게 없으니까 뭐라도 해보는 거지.'

속으로 구시렁거리고 있는 하윤을 은휘가 한심하다는 표정으로 바라보며 말했다.

"네가 이런다고 신휘가 아, 결혼은 참 좋은 거구나. 빨리 결혼해야지. 뭐 이럴까 봐?"

"그러라고 자극을 주는 거지, 자극을."

"이건 입만 살아가지고."

그의 손이 제 입을 향해 돌진해 오자, 하윤은 본능적으로 입을 손으로 막았다. 은휘는 그럴 줄 알았다는 듯 여유롭게 방향을 틀어 그녀의 이마에 꿀밤을 먹였다.

"악!"

"이건 잠 깨운 벌. 나 다시 잘 거니까 또 이런 말 같지도 않은 걸로 깨우면 죽는다? 앞으로도 이런 쓸데없는 짓을 하려거든 제발 나 끌어들이지 말고 혼자 해라, 혼자."

은휘는 이마를 부여잡고 있는 하윤을 뒤로하고 매정하게 몸을 돌려

제 방으로 사라졌다.

"우씨……."

하윤은 휑한 거실에 혼자 앉아 한참을 구시렁거리다가 몸을 일으켰다. 쓸쓸히 방으로 향한 그녀는 좌절을 잠으로 달래보고자 침대로 터벅 터벅 걸어가 앉았다. 그 순간, 방문을 두드리는 소리가 들렸다.

"왜!"

당연히 은휘라고 생각하고 빽 소리를 질렀건만 문을 열고 들어온 건 신휘였다.

"갑자기 왜 골이 나셨을까?"

"골 안 났어."

머리끝까지 치솟았던 반항심이 단숨에 발끝까지 내려앉은 하윤은 침대로 다가오는 신휘를 보며 배시시 웃었다.

"깜빡하고 말 안 한 게 있어서."

"뭐?"

"내일 오후에 별일 없지?"

하윤은 신휘가 별일 없느냐고 물어볼 때는 십중팔구 어디를 같이 가자는 것임을 잘 알고 있었다. 혹시 데이트를 하자는 건가 싶어 그녀의 눈동자가 초롱초롱 반짝이기 시작했다.

"내일? 왜? 어디 가게?"

"예식장."

"예식장?"

하윤이 눈을 부릅뜨고 되물었다. 잠깐, 이게 지금 무슨 상황이지? 예식장을 가자고? 예식장은 결혼하러 가는 거잖아. 결혼하자는 거야? 그것도 내일 당장? 실패한 줄 알았던 작업이 실은 성공이었다는 사실이 믿을 수가 없었다. 그러나 무한히 확장되던 그녀의 망상은 이어진 신휘의 말로 한 방에 박살 났다.

"봉수 결혼식이잖아."

"아……."

하윤의 입에서 짙은 탄식이 새어 나왔다. 아무리 요즘 최대의 관심사가 결혼이었다고는 해도 내일 예식장에 가자는 걸 결혼하자는 말로 받아들이다니 스스로 생각해도 기가 막혀 할 말이 없었다.

신휘는 허망한 표정을 짓고 있는 하윤을 보며 미간을 찌푸렸다.

"왜? 봉수 결혼이 그렇게 섭섭해?"

미친 친화력을 자랑하는 하윤은 봉수와 어느새 십년지기 친구처럼 친해졌다. 숍에만 갔다 하면 무슨 할 얘기가 그리도 많은지, 수다를 떠는 데 여념이 없었다. 두 사람 사이에서 간혹 소외감까지도 느꼈던 신휘는 하윤의 묘한 반응에 또다시 질투가 끓어올랐다. 태훈에 이어 봉수까지, 그의 질투는 대상을 가리지 않았다.

"섭섭한 게 아니라 깜박 잊고 있었던 거라서 그래."

하윤은 정말 봉수의 결혼 날짜를 잊고 있었다. 지금 내 코가 석 자, 아니 내 결혼이 구만리인데 남의 결혼식 날짜 따위가 대수란 말인가! 그런데 갑자기 시도해 봄 직한 아이디어가 그녀의 뇌리를 스치고 지나갔다.

"수 쌤 신부가 몇 살이라더라……."

하윤은 이미 봉수의 신붓감에 대해 빠삭하게 알고 있었지만, 일부러 기억을 더듬는 척 말끝을 늘였다.

"너보다 한 살인가 두 살 많다고 들은 것 같은데."

"맞다, 스물세 살이랬지!"

과장된 목소리로 냉큼 말을 받은 하윤에게 신휘가 반갑지 않은 말을 덧붙였다.

"신부가 너무 어리지?"

"어리긴 뭐가 어려!"

본능적으로 터져 나간 제 고함에 신휘가 움찔하자, 하윤은 얼른 목소리를 낮추고 은근한 목소리로 말을 이었다.

"결혼하는 데 나이가 무슨 상관이야. 어차피 할 거면 빨리 하는 것도 괜찮지. 그래야 삶이 안정되고, 또⋯⋯."

"하윤아."

할 말을 쥐어짜고 있는 하윤을 물끄러미 내려다보고 서 있던 신휘가 그녀의 말을 잘랐다.

"응?"

신휘는 뭔가를 기대하는 눈빛을 하고 있는 하윤의 머리를 부드럽게 흩뜨리며 웃었다.

"오빠가 좀 바쁘다. 얼른 자."

"⋯⋯응."

재차 좌절을 맛본 하윤은 그가 방을 나가자마자 침대에 풀썩 드러누웠다.

"대답할 가치도 없다 이거야, 뭐야⋯⋯."

하윤은 신휘가 무슨 생각을 하고 있는지 도통 알 수가 없었다. 눈치를 챘을 법도 한데, 아무런 반응도 보이지 않고 있으니 속이 터져 죽을 지경이었다.

'내가 사랑한다는 말을 하지 않고 뜸 들일 때 오빠도 이런 기분이었나?'

그에게 미안한 마음이 들기도 했지만 그건 아주 찰나였을 뿐, 제 뜻대로 움직여 주지 않는 신휘에게 야속한 마음이 훨씬 컸다. 이 정도로 판을 깔았는데도 꿈쩍도 하지 않는 걸 보면 완벽한 실패로 보아도 무리는 없어 보였다. 이제 뭘 더 할 것도 없었다.

"쳇! 내가 치사해서 관둔다, 관둬!"

천장을 바라보며 생각에 잠겨 있던 하윤은 벌컥 소리를 내지르며 휙 엎드려 누웠다.

❦

신휘는 걸어가는 게 더 빠를 법한 꽉 막힌 강남대로 한복판의 차 안에 있으면서도 조금도 짜증스럽지가 않았다. 지금 10분째 100m도 나아가지 못했다는 것도, 봉수의 결혼식 사회를 맡았다는 것도 전혀 인식하지 못할 만큼 딴생각에 푹 빠져 있었기 때문이었다.

"그럼 결혼하자, 롸잇 나우!"

하윤의 입에서 그 말이 나온 이후로 그의 머릿속은 '결혼'이라는 두 글자로 가득 차 있었다. 촬영을 할 때도, 심지어 잠을 잘 때도 뇌리에서 떠나지 않았다.

최근 하윤이 보이는 이상행동이 무엇을 의미하는지는 신휘도 잘 알고 있었다. 시도 때도 없이, 주제와 상관없이 불쑥불쑥 들이미는 결혼 관련 이야기에 모른 척해야만 했던 건 아직 마음의 결정을 내리지 못해서였다. 하윤은 이 생각, 저 생각 하지 않고 무턱대고 들이밀고 있었지만, 신휘는 그 장단에 전적으로 맞춰줄 수가 없었다. 자신만큼은 감정에 휘둘리지 않고 이성적으로 판단을 해야만 했다.

신휘가 결혼을 망설이는 이유는 오로지 하나, 하윤 때문이었다. 어차피 그에게 결혼은 그녀를 여자로 보기 시작한 순간부터 당연한 것이었다. 하지만 하윤이 아직 결혼하기에는 이른 나이일 뿐만 아니라, 학업도 다 마치지 않은 상태였기 때문에 막연하게 몇 년 후라고만 생각하고 있었다. 그런데 그 생각이 자꾸만 흔들렸다.

'안 될 건 뭐야?'

어차피 할 거라면 빨리 하는 것도 나쁘지 않겠다는 쪽으로 마음이 기울기 시작했다. 하윤을 공식적으로 유부녀로 만들어놓으면 들이대는 놈들에 대한 걱정도 덜 수 있을 것 같았다.

생각하면 할수록 결혼에 대한 생각은 커져 갔고, 확신은 더해갔다. 이런저런 이유를 모두 차치하고, 하윤을 눈앞에 두고 보고만 있기가 괴로웠다. 지켜주겠다고 했지만, 언제까지 참을 수 있을지 사실 자신이 없었다.

장고 끝에 마음의 결정을 내린 신휘는 블루투스 이어폰을 꽂고 남수에게 전화를 걸었다.

"형, 언제 와?"

남수는 제주도 본가에 휴가차 내려가 있는 상태였다.

"무슨 대표가 일도 안 하고 이렇게 오래 놀아. 상의할 거 있어. 안 돼, 전화로 할 얘기 아니야. 아주 중요한 일이야. 알았어. 내일 회사에서 봐."

전화를 끊은 신휘의 만면 가득 기쁨의 미소가 피어올랐다. 그러나 그 미소는 눈앞의 정체 상황과 현재 시각을 확인하고 말끔하게 사라져 버렸다.

"왜 이렇게 막혀……."

신휘는 결혼식에 사회자가 늦으면 어떻게 되는지에 대한 새로운 고민을 시작해야만 했다.


다행히 늦지 않게 예식장에 도착한 신휘는 예식이 진행될 2층으로 올라갔다. 연예계 마당발인 봉수의 결혼식답게 배우, 가수, 모델까지 다방면의 인물들이 포진해 있었다. 그러나 슈트 피트의 정석을 보여주듯 슬림하게 떨어지는 블랙 슈트를 갖춰 입은 신휘는 그들 중 단연 돋보였다.

먼저 신휘를 발견한 봉수가 반갑게 손을 흔들며 그를 불렀다.

"휘!"

신휘의 등장에 복도가 술렁였다. 주위의 시선을 한 몸에 받으며 봉수에게 다가간 신휘는 그의 부모님과 인사를 나누고, 봉수와 함께 옆으로 슬쩍 비켜섰다.

"왜 이렇게 늦게 와. 내가 일찍 오랬지?"

봉수가 삐친 티를 내며 툴툴거리자 신휘는 어이가 없었다.

"이것보다 어떻게 더 일찍 와. 일찍 와서 할 게 있는 것도 아니고."

"할 게 왜 없어? 휘가 일찍 와서 딱 자리를 잡고 있어야 분위기가 살지."

"왜 네 결혼식에 내가 분위기를 살려야 하는데? 결혼 선물로 냉장고 사줬고 사회 봐주면 됐지, 분위기까지 내 몫이야?"

"내가 아는 사람 중에 휘가 제일 유명하고 멋지잖아."

제일 유명하고 멋지다는 말에 차마 발끈할 수가 없었던 신휘는 하려던 말을 목구멍 안으로 밀어 넣었다.

"그나저나 왜 혼자 왔어? 베이비는 어쩌고?"

"하윤이는 시간 맞춰서 성국이랑 민아 따라올 거야. 내가 데리고 올까 했는데 둘이 오면 사람들이 하윤이한테 관심 가질 것 같기도 하고, 일찍 와서 예식 시작할 때까지 지루하게 기다리게 하는 것도 싫어서 나 먼저 왔어."

말을 마친 신휘가 봉수를 위아래로 훑었다.

"취향 참 한결같다."

상하의 모두 화이트로 통일한 턱시도에 핑크색 보타이는 봉수의 핑크색 헤어와 사뭇 잘 어울렸다. 신휘가 새색시처럼 곱게 눈을 흘기는 그의 팔을 툭 치며 웃었다.

"결혼 축하한다. 잘 살아라."

"부럽지?"

거들먹거리는 봉수에게 질 수 없다는 듯 신휘가 의기양양하게 턱을 치켜들며 받아쳤다.

"별로."

"안 부러워? 왜?"

"나도 할 거니까."

"뭘?"

"결혼."

신휘의 천연덕스러운 대답에 봉수의 눈이 두 배는 커졌다.

"언제?"

"곧."

"뭐? 곧?"

"그래. 나도 곧 결혼할 거라고."

농담이 아님을 깨달은 봉수가 미간을 찡그리며 물었다.

"나 결혼한다는 말에 휘가 뭐라고 했었는지 설마 잊은 건 아니겠지?"

"잊었어."

신휘의 단호한 대답에 봉수는 어림도 없다는 듯 입꼬리를 비틀어 올렸다.

"잊었다면 내가 상기시켜 줄게."

"괜찮……."

봉수는 신휘의 사양을 받아들여 주지 않았다.

"이 도덕심 결핍된 도둑놈아! ……라고 했지."

"내, 내가 그랬다고?"

물론 생생하게 기억이 났지만, 신휘는 일단 모른 척해 보기로 했다. 그 말을 할 당시에는 하윤과 이런 사이가 될 줄은 꿈에도 몰랐고, 더군다나 이렇게 빨리 결혼을 결심하게 될 줄은 상상도 하지 못했다. 한 치

앞을 내다보지 못했기에 할 수 있었던 말이었다

"우리 자기보다 하윤 씨가 한 살 어리지, 아마?"

"아 참! 아직 신부한테 인사도 안 했네."

신휘는 게슴츠레 실눈을 뜨고 있는 봉수의 시선을 피하며 황급히 몸을 돌렸다.


봉수의 결혼식은 순조롭게 잘 마무리되었다. 결혼식을 마치고 신휘와 함께 집으로 가는 차 안에서, 하윤은 어제의 결심이 무색하게 다시 한 번 운을 띄웠다.

"결혼식 보니까 어때?"

직접 결혼식을 봤으니 혹시라도 신휘의 생각이 달라지지는 않았을까 하는 마음에 꺼낸 말이었다. 하지만 그는 별다른 감흥이 없다는 듯 무심하게 대꾸했다.

"어떻긴 뭐가 어때. 결혼식 처음 보나, 뭐."

여전히 시큰둥한 그의 반응에 욱하고 분노가 치밀어 올랐지만, 기왕 시작한 것을 고작 한마디 하고 끝내기가 아쉬웠던 하윤은 분노를 잘 눌러 참고 다시 입을 열었다.

"신부 너무 예쁘더라. 하객들이 그러던데? 나이가 어려서 더 예쁜 거라고."

제 의견이 아니라는 듯 에둘러 말했으나 신휘는 운전에 몰두하고 있을 뿐, 아무런 반응도 보이지 않았다. 하윤은 조금 더 노골적으로 말해 보기로 했다.

"나도 웨딩드레스 입으면 예쁘겠지?"

"당연한 걸 뭘 물어. 네가 훨씬 더 예쁘지."

원하는 대답과 그나마 근접한 대답이 나오자 하윤의 표정이 금세 환해졌다.

"그치? 한 살이라도 어릴 때 입으면 더 예쁘겠지?"

"넌 마흔에 입어도 예쁠걸?"

'마흔 같은 소리 하고 있네.'

칭찬은 칭찬인데 지금 그녀에게는 전혀 기분 좋은 말이 아니었다. 그가 요지부동이라는 것을 다시 한 번 깨달은 하윤은 창문에 머리를 박고 눈을 감았다.

"도착하면 깨워줘."

신휘는 눈을 감고서도 입술을 삐죽거리는 그녀를 바라보며 의미심장하게 씩 웃었다.

'조금만 기다려. 나도 다 계획이 있단 말이지.'


다음 날 저녁, 남수가 대표실에 도착했을 때 신휘는 이미 대표실을 점거하고 있었다.

"대체 무슨 일인데 그래?"

남수는 소파에 앉으며 신휘의 안색부터 살폈다. 어제 전화 통화할 때의 목소리도 그렇고, 지금 표정도 썩 나빠 보이지는 않았다.

"나 결혼하려고."

"결혼?"

신휘와 하윤이 연인이 되었다는 말을 들었을 때도 눈 하나 깜박하지 않았던 남수였다. 그러나 신휘의 입에서 나온 결혼이라는 말에는 혼비백산하여 벌컥 소리를 내질렀다.

"하윤이랑?"

남수의 어처구니없는 질문에 신휘가 못마땅하다는 듯 인상을 찌푸렸다.

"그럼 하윤이랑 하지, 딴 여자랑 하겠어?"

"그, 그거야 그렇지……."

바보 같은 질문을 했다는 사실을 깨닫고 머쓱하게 웃던 남수가 갑자기 정색하며 물었다.

"하윤이 나이가 몇인데, 너무 빠른 거 아니냐?"

남수는 신휘가 결혼을 생각하지 않고 하윤과 연애를 시작했을 리가 없다는 사실을 잘 알고 있었다. 하지만 이렇게 빨리 결혼을 하겠다고 나설 줄은 미처 예상하지 못했다.

"미성년자 아니잖아."

신휘는 하윤과의 결혼을 입에 올릴 때마다 그녀의 나이 얘기를 들어야 할 거라고 생각하니 벌써부터 피곤해졌다.

"미성년자는 아니어도 빠르긴 빠른 나이지. 요새는 여자들도 서른 넘어 하는 경우가 얼마나 많은데. 더군다나 하윤이, 아직 졸업도 안 했잖아."

물론 남수의 반응이 지극히 당연한 것임을 신휘도 모르지 않았다. 스물세 살과 결혼하겠다는 봉수에게 그가 했던 말을 떠올리면 입이 열 개라도 할 말이 없었다. 하지만 남의 일은 남의 일, 내 일은 내 일. 신휘는 견고한 이중 잣대를 세웠다.

"뭐가 문젠데? 결혼하면 내가 집에서 안 내보내? 학교 못 가게 가둬 둘까 봐? 바로 아이만 안 가지면 지금이랑 달라질 거 하나도 없어."

"바로 안 가진다는 건 확실해?"

"뭐, 일단 당분간은……."

신휘는 '당분간'이라는 지극히 주관적이고도 모호한 말로 얼버무렸다. 앉으면 눕고 싶고, 누우면 자고 싶다고 했던가? 희한하게도 결혼 결심을 하고 난 이후부터 지금까지 한 번도 생각해 본 적 없던, 아이에 대한 욕심이 생겨나기 시작했다. 하윤이와 나를 닮은 아이……. 신휘는 생각만 해도 피식피식 웃음이 새어 나왔다. 하지만 지금 당장은 무리임을 알기에 하윤과 천천히 의논하고 결정할 생각이었다.

"중요한 상의가 이거였어?"

신휘의 말을 뚱하게 듣고 있던 남수가 불쑥 물었다.

"이것보다 중요한 게 어디 있어?"

신휘가 이해할 수 없다는 듯 되물었다.

"중요한 건 맞는데 상의는 아니지 않냐?"

"……."

"이게 무슨 상의냐고, 통보지. 내가 안 된다고 하면 안 할 거야?"

신휘의 시선이 남수의 어깨 너머 어디쯤으로 향했다.

"이거 봐라, 이거 봐."

혀를 끌끌 차는 남수에게 신휘가 능청스럽게 웃으며 재촉했다.

"빨리 축하해 줘, 형."

"그래. 축하한다, 축하해. 그래서 뭐 어떻게 할까? 내일이라도 기자 회견 잡아?"

갑작스럽고 당황스러웠지만, 남수는 축하하는 것 외에는 달리 할 게 없었다. 신휘의 마음을 돌리는 것보다 자신이 체념하는 게 더 빠르다는 것을 잘 아는 남수였다.

"아니, 발표는 드라마 끝나면 하려고. 드라마에 민폐 끼치고 싶지 않아. 내 개인적인 사생활로 시청자들 몰입 방해하면 안 되지."

남수의 표정이 급격히 밝아졌다.

"네가 그래도 아직 이성은 남아 있구나."

"우선 형은 알고 있어야 할 것 같아서 미리 말해두는 거야. 나름 허락 받는 거라고, 형한테."

'허락'이라는 단어를 유독 강조하는 신휘를 보며 남수가 코웃음을 쳤다.

"허락 좋아하시네. 이건 허락은커녕, 상의도 아니고 통보지."

"허락이든 상의든 통보든, 나 하윤이랑 사귀기로 했을 때도 그렇고 결혼 얘기도 다 형한테 제일 먼저 하는 거거든? 우리 형들도 아직 몰라. 아! 이건 하윤이도 모른다."

신휘가 대놓고 생색을 내자, 남수의 얼굴이 험상궂게 일그러졌다.

"그래서 뭐? 고마워하기라도 하라는 거냐?"

"고마워해 주면 내가 더 고맙고."

"그래, 무지 고맙다!"

엎드려 절을 받고도 마냥 기쁜 듯, 신휘의 얼굴에는 웃음이 떠나지 않았다.


용건을 마치고 대표실에서 나온 신휘는 가벼운 발걸음으로 주차장으로 향했다. 혼자 잠시 들를 데가 있어서 성국은 아까 먼저 들여보냈기에, 그가 직접 운전대를 잡았다. 차를 몰아 도착한 곳은 하윤의 스무 살 생일 선물인 목걸이를 샀던 청담동의 쥬얼리 숍이었다.

'여길 또 오네……'

그때는 감히 상상도 하지 못했다. 여동생이 아닌, 여자가 된 하윤의 선물을 사기 위해 또 이곳을 찾게 될 거라고는. 당시에는 아무것도 걸려 있지 않은 하윤의 목이 허전해 보여 목걸이를 산 것뿐이었지만, 지금은 전혀 다른 의미로 왔다는 사실에 감회가 새로웠다.

"어서 오십시오."

단아한 인상의 직원이 매장 안으로 들어선 신휘를 웃으며 맞았다. 신휘는 연예인들이 많이 오는 곳이라 그런지 자신을 보고도 크게 놀라지 않는 직원의 태도가 마음에 들었다. 그것이 굳이 기억을 더듬어 이곳을 다시 찾은 이유였다.

"목걸이 하나 사고 싶은데요."

"어떤 스타일을 찾으십니까?"

"예쁜 거요."

당당한 그의 대답에 직원의 얼굴에 순간적으로 난감한 기색이 스치고 지나갔지만, 그녀는 이내 빙긋 웃으며 말했다.

"선물 받으시는 분의 스타일이 어떤지 말씀을 해주시면 추천해 드리기가 한결 수월할 텐데요."

"사랑스러워요."

신휘가 하윤을 생각할 때 가장 먼저 떠올리는 이미지였다.

"지난번에 사 가신 그 목걸이 주인과 같은 분이신가 봐요?"

직원이 진열대 안에서 목걸이 하나를 꺼내 들며 지나가는 말처럼 물었다. 직원의 손을 따라 시선을 옮기던 신휘가 눈을 들어 그녀를 바라보았다. 그러고 보니 낯이 익은 것 같기도 했다.

"지난번에 오셨을 때도 제가 추천해 드렸어요."

"벌써 이 년도 넘었는데 절 기억하세요?"

"그럼요."

그는 그때나 지금이나 잊으려야 잊기 힘든 유명인이었다. 빙그레 웃는 직원을 향해 신휘가 의아한 얼굴로 물었다.

"근데 어떻게 아셨어요?"

"뭘요?"

"같은 사람에게 줄 거라는 거."

"그때도 그렇게 말씀하셨거든요. 사랑스럽다고."

사랑스럽다는 말을 하면서 지어 보인, 신휘의 애정 어린 미소를 그녀는 아직도 생생하게 기억하고 있었다.

"아…… 제가 그랬나요?"

신휘가 머쓱하게 웃으며 진열대로 시선을 돌렸다.

"정말 사랑스러우신 분인가 봐요. 한결같이 그렇게 말씀하실 정도면."

신휘는 아무 대답도 하지 않았지만, 그의 입가에 드리워진 미소만으로도 대답은 충분했다.

카운터에 서 있던 은휘는 문이 열리는 소리에 입구로 고개를 돌렸다.

"형, 하윤이는?"

신휘는 들어오자마자 대뜸 하윤부터 찾았다.

"룸에."

고개를 끄덕이고서 계단으로 향하던 신휘가 갑자기 걸음을 멈추고 은휘를 돌아보며 물었다.

"내가 말한 거 준비해 뒀어?"

몇 시간 전, 은휘는 신휘로부터 하윤이 태어난 해의 빈티지 와인을 준비해 달라는 전화를 받은 상태였다.

"어."

"뭐에 쓸 건지 안 물어?"

"프러포즈할 거 아니야?"

은휘가 표정 하나 바꾸지 않고 태연하게 되묻자, 신휘는 내심 당황했다.

"······어떻게 알았어?"

"느낌이."

할 말이 끝났다는 듯 고개를 돌려 버린 은휘에게 신휘가 다시 물었다.

"다른 할 말은 없어?"

"없는데?"

잠시 말없이 서 있다가 몸을 돌린 신휘의 등 뒤로 은휘의 나직한 목소리가 전해졌다.

"하윤이 좋아하겠네."

신휘는 소리 없이 씩 웃으며 계단을 올라갔다. 2층 룸의 문을 열고 안으로 들어서니, 테이블에 턱을 괴고 앉아 휴대폰을 들여다보고 있는 하윤의 모습이 보였다.

그의 인기척을 느낀 하윤이 고개를 돌렸다.

"왔어?"

하윤은 어제까지만 해도 제 마음을 몰라주는 신휘가 섭섭했지만, 이제 현실을 받아들이고 깔끔하게 포기하기로 결심했다. 할 만한 건 다 시도해 본 끝에 실패했으니 아쉬울 것도 없었다. 결혼을 하지 않겠다는 것도 아니고, '결혼하면'이라는 전제 조건을 단 것도 그였으니 진득하게 기다려 보기로 했다.

"오래 기다렸어?"

하윤의 맞은편 자리에 앉으며 신휘가 미안한 표정을 지어 보였다.

"아니, 한 20분? 근데 왜 여기서 보자고 했어?"

"할 말이 있어서."

"집에서 못 하는 말이야?"

"할 수는 있는데, 이왕이면 좀 특별한 곳에서 하고 싶은 말이야."

분위기 있는 카페나 레스토랑에 데려가고 싶었지만, 열애 기사가 보도된 지 얼마 되지 않은 시점이라 단둘이 움직이기가 껄끄러웠다. 아직은 하윤을 세상에 공개하고 싶지 않았기에 가장 안전하다고 판단한 곳으로 온 것이었다.

"무슨 말인데?"

신휘는 하윤의 초롱초롱한 눈망울을 바라보며 천천히 입을 열었다.

"오빠한테 시집와."

생각지도 못한 프러포즈에 놀란 하윤이 눈만 크게 뜨고 있을 뿐 아무 말도 하지 못하자, 신휘가 말을 이었다.

"'올래?'가 아니고 '와'야. 너한테 선택권은 없어. 결혼하자는 말까지 뺏길 줄은 미처 몰랐지만, 지금 이게 정식이니까 프러포즈는 내가 먼저 한 거야."

"그, 그건 그냥 해본 말이었어. 일종의 언어유희랄까?"

하윤은 경망스러웠던 제 입방정을 떠올리고 다급하게 손사래를 쳤다.

"알았으니까 오빠랑 결혼하자."

신휘의 아찔한 눈웃음에 숨이 멎을 뻔한 그녀는 간신히 호흡을 가다듬었다. 어리벙벙한 정신도 다잡고 나니, 그의 입에서 나온 '결혼'이라는 두 글자가 새삼 비현실적으로 느껴졌다. 갖은 노력을 다 기울이며 아등바등할 때는 이루어지지 않던 것이 마음을 비우고 나니 현실이 된 셈이었다.

'결혼······.'

신휘는 초점 없는 눈으로 멀뚱히 앉아 있는 하윤을 보며 눈썹을 찡그렸다.

"대답 안 할 거야?"

"······응?"

"대답."

그의 재촉에 그제야 정신이 돌아온 하윤이 피를 토하듯 대답했다.

"해! 가!"

'결혼해'와 '시집가'에서 앞의 두 글자가 탈락한 말이었다. 하윤의 대답에 만족스러운 미소를 짓고 있던 신휘가 별안간 눈을 크게 떴다.

"아 참!"

그는 옆자리에 놓아두었던 쇼핑백에서 목걸이 케이스를 꺼내어 하윤의 앞으로 쓱 밀었다. 원래 목걸이를 주면서 결혼하자는 말을 할 계획이었는데, 어쩌다 보니 순서가 뒤바뀌어 버린 것이었다.

하윤의 눈이 한눈에 보아도 고급스러움이 물씬 묻어나는 가죽 케이스에 고정되었다. 구경하라는 의미가 아님을 알면서도, 어쩐지 선뜻 손을 내밀 수가 없었던 하윤은 허락을 구하는 눈빛으로 그를 바라보았다.

신휘가 싱긋 웃으며 케이스를 앞으로 더 밀었다.

"네 거 맞아. 열어봐도 돼."

두근두근 떨리는 마음으로 케이스를 열어본 하윤의 입에서 탄성이 터져 나왔다.

"우와……!"

메인 다이아몬드 주변을 작은 다이아몬드들이 촘촘히 감싸, 흡사 꽃 같은 형상을 한 목걸이였다. 이번 것은 스무 살 때 생일 선물로 받은 목걸이보다 여성스럽고 화려한 스타일이었다.

넋을 잃고 목걸이를 바라보느라 신휘가 어느새 뒤에 와 있는 줄도 몰랐던 하윤은 목 언저리에서 느껴지는 따뜻한 손길에 비로소 그의 존재를 알아차렸다.

"가만히 있어봐."

신휘는 고개를 돌리려는 하윤을 달래듯 가로막고, 그녀의 매끄럽고 풍성한 머리카락을 한쪽 어깨로 넘겨주었다. 그러고는 하윤의 목에 걸려 있던 목걸이를 풀고 새 목걸이를 걸어주었다. 마지막으로 목덜미에 부드럽게 입 맞추며 속삭였다.

"예쁘다."

하윤은 맨살에 닿은 입술의 감촉에 움찔 떨었다. 그러나 그 와중에도 그의 진의에 대해 궁리하는 것은 잊지 않았다.

'내가 예쁘다는 거야, 목걸이가 예쁘다는 거야……?'

머리를 원래대로 정리해 준 신휘가 제자리로 돌아가 앉으며 물었다.

"마음에 들어?"

"응! 너무너무 마음에 들어!"

목걸이를 감상하느라 바빴던 하윤은 그에게 얼굴 대신 정수리만을 내보인 채로 대답했다. 목덜미에 경련이 일 때까지 턱을 당겨 목걸이를 다시 한 번 살펴본 그녀는 테이블 위에 놓여 있는 예전 목걸이를 집어

들었다. 새 목걸이가 주는 감동이야 두말할 필요도 없었지만, 스무 살 생일 선물로 받은 목걸이도 하윤에게는 남다른 의미였고 더없이 소중했다. 예전 목걸이를 케이스에 끼워 넣던 하윤이 갑자기 시선을 들어 올리며 신휘에게 물었다.

"이거 다이아야? 큐빅 아니고?"

하윤의 손은 제 목에 걸린 목걸이를 만지작거리고 있었다.

"설마 내가 프러포즈 목걸이로 큐빅을 샀을까. 그거 둘 다 다이아거든?"

"요새 큐빅도 엄청 잘 나온다고 하길⋯⋯."

하윤은 생각 없이 나불대다가 신휘의 험악해지는 표정을 보고 슬그머니 말을 넘겼다.

"우리 진짜 결혼하는 거야?"

"그래, 진짜 하는 거야."

뛸 듯이 기뻐해도 모자랄 상황에서 갑자기 하윤의 미간이 좁아졌다.

"오빠. 요새 내가 결혼하자고 찔러보는 거 알았어, 몰랐어?"

"알았어."

신휘는 그렇게 노골적으로 티를 내는데 어떻게 모를 수가 있느냐는 뒷말이 튀어 나갈 뻔했지만, 가까스로 자제하고, 진중하게 말을 이었다.

"그동안 모른 척해서 미안하다. 이것저것 생각할 게 많아서 쉽게 대답할 수가 없었어."

신휘가 제 행동을 모른 척한 건 괘씸하지만 그의 마음을 이해할 수 있었기에, 하윤은 곱게 눈을 흘기는 걸로 섭섭한 마음을 털어버렸다. 그런데 불현듯, 그가 제 강요에 못 이겨 체념하듯 결혼하자는 건 아닌가 하는 생각이 들었다.

"혹시⋯⋯ 내가 졸라서 하는 수 없이 결혼하자는 건 아니지⋯⋯?"

어제까지만 해도 강요든 협박이든, 결혼을 할 수만 있다면 그걸로 족하다고 생각했던 그녀지만 막상 결혼하자는 말을 듣고 나니 뭔가 찜찜했다.

"하기 싫은 결혼을 상대방이 조른다고 하는 사람이 어디 있어."

신휘는 안심한 듯 표정이 밝아진 하윤에게 단호하게 덧붙여 말했다.

"내가 너무 하고 싶어서 그래."

"……정말?"

"솔직히 말하면 순전히 내 욕심 차리자고 결혼하자는 거야. 너만 생각한다면 결혼은 아직 이르다고 생각해. 아직 어리고, 해보지 못한 게 많은 널 결혼으로 묶어두면 안 되는 건데……."

"오빠랑 결혼해서 할 수 없는 건 결혼하기 전에도 할 수 없는 거 아니야?"

하윤은 심각한 표정으로 말끝을 흐리는 그의 말을 어느 때보다도 야무지게 받아쳤다.

"딴 남자 만나봐도 돼?"

"말 같지도 않은 소리."

신휘의 반듯했던 이마에 주름이 잡혔다.

"그거 빼고 내가 하지 못할 게 뭐가 있는데?"

"……."

"없지?"

"없네."

신휘는 강조하듯 다시 묻는 하윤에게 미소 띤 얼굴로 고개를 끄덕였다. 결혼을 하게 되면 여자는 많은 것을 잃게 된다는 말을 귀가 따갑도록 들어왔던 그는 프러포즈를 계획하면서도 마음 한구석이 무거웠다. 정말 이래도 되는 거냐고 자신에게 수없이 물었다. 그런데 왜 쓸데없는 고민을 했나 싶을 정도로 하윤의 답은 명쾌했다.

"결혼한다고 해서 내가 뭔가를 잃는다고 생각하지 마. 나 뭐든지 하고 싶은 거 할 거고, 오빠가 얼마나 전폭적으로 지원할지도 잘 알아."

"너 뒷바라지하려고 열심히 돈 버는 거야. 앞으로는 더 분발할게."

"잘 생겨, 돈 잘 벌어, 성격 좋아. 오빠는 대체 빠지는 게 뭐야?"

하윤이 손가락을 하나하나 접어가며 까르르 웃었다.

"난 늘 너한테 빠지지."

'역시 신은 공평했어. 유머 감각은 주지 않으셨군.'

차마 호응까지 해줄 수는 없었던 하윤은 어정쩡한 미소를 지어 보이는 걸로 최소한의 도리를 다했다.

그때, 문이 열리는 기척과 함께 은휘가 들어섰다. 하윤은 직접 와인과 음식을 들고 들어와 눈치 없이 한 자리 차지하고 앉는 그에게 노골적으로 툭툭거렸다.

"왜 앉아? 안 바빠?"

"아예 대놓고 꺼지라고 하지?"

하윤의 눈이 반짝 빛남과 동시에 입술이 열렸다.

"꺼……."

은휘는 그녀의 열린 입술 사이로 방울토마토를 밀어 넣었다. 그리고 방울토마토를 우걱우걱 씹어 먹는 모습조차 귀엽다는 듯 하윤을 흐뭇하게 바라보고 있던 신휘를 향해 물었다.

"너희들 결혼 소식, 형은 아직 모르지?"

"오는 길에 전화해서 얘기했어."

"형은 뭐래?"

"그래라. 딱 한마디 하던데?"

은휘는 창휘도 자신과 같은 생각을 하고 있을 거라고 짐작하며 고개를 끄덕였다. 하윤은 말할 것도 없고, 신휘조차도 그의 눈에는 어리기만 한 동생이었다. 서로의 마음을 확인한 지 얼마 되지도 않은 이 시점에서 결혼을 결정한 것이 걱정되지 않을 리가 없었다. 하지만 그 선택에 대해 아무 말도 하지 않는 건 두 사람이 함께해 온 시간과 쌓아온 애정이 얼마나 큰지 알기 때문이었다. 가장 가까이에서 지켜보았기에 가질 수 있는 신뢰였다.

은휘는 두 사람을 번갈아 바라보고서 자리에서 몸을 일으켰다.

"난 이만 꺼져 줄 테니 얘기들 해라."

은휘가 룸을 나가자 신휘가 끊겼던 이야기를 다시 시작했다.

"드라마 끝나면 바로 결혼 발표하자."

"근데 오빠……."

하윤은 너무나 기쁘고 행복한 와중에도 한 가지 마음에 걸리는 것이 있었다.

"결혼하면 오빠 일에 타격이……."

"몰라? 나 문신휘야."

신휘는 평소 하윤의 말투를 따라 하며 장난스럽게 받아쳤다.

"알지만 그래도 걱정이 되니까……."

"인기 좀 떨어지면 어때? 나 이 일 평생 할 건데, 그럼 인기 떨어질까 봐 평생 결혼도 못 하겠네?"

"그건 안 되지!"

하윤이 눈을 부릅뜨고 고개를 가로저었다.

"남수 형한테 우리 사이 말한 날, 형이 그러더라. 내가 누구 사귄다고 훅 떨어질 인기냐고. 남수 형도 믿어주는데 정작 네가 날 안 믿어주니까 슬픈데? 아, 헛살았다……."

신휘가 상처받은 눈으로 허공을 바라보자, 당황한 하윤이 안절부절 못하며 두 손을 격렬하게 흔들었다.

"안 믿다니! 우리 문 배우님을 어떻게 감히 안 믿겠어! 믿어요, 믿어!"

제 농담에 기겁하는 하윤을 보며 장난기 가득한 미소를 짓고 있던 신휘가 차분하게 입을 열었다.

"언젠가 한 번은 겪고 넘어가야 할 일이야. 그러니까 그런 걱정 하지 마."

"응, 걱정 안 할게."

하윤은 그제야 홀가분하게 웃을 수 있었다.


그동안 신휘의 바쁜 스케줄 때문에 같이 있을 시간이 별로 없었던 두 사람은 이런저런 이야기에 시간 가는 줄 몰랐다.

"다은이가 오빠 도촬해서 나한테 사진 보내주는 거 알아?"

"나 초상권 있는데?"

신휘가 과장되게 인상을 찌푸리자, 하윤이 애교스럽게 눈웃음을 쳤다.

"나한테만 보내주는 거니까 좀 봐주라."

그때 테이블 위에 놓아두었던 하윤의 휴대폰 액정에 불이 들어왔다.

"보라네? 오빠, 나 전화 좀 받을게."

신휘가 받으라는 의미로 눈짓을 하자, 하윤은 냉큼 통화 버튼을 눌렀다.

"응, 보라야. 밖이긴 한데 괜찮아. 응? 네쥬 패션쇼?"

턱을 괴고 하윤의 종알거리는 입술을 응시하고 있던 신휘의 귀에 익숙한 이름이 감겨들었다.

'네쥬'는 전 세계적으로 유명한 프랑스 명품 브랜드로, 얼마 전 한국에서 처음으로 패션쇼를 개최하겠다고 발표한 이후 연일 핫이슈를 몰고 다니고 있었다.

"지금 옆에 있어. 물어볼게."

보라와 몇 마디 주고받던 하윤이 갑자기 시선을 들어 신휘를 바라보았다.

"오빠, 혹시 네쥬 패션쇼 초대받았어?"

신휘는 가볍게 고개를 끄덕이는 걸로 대답을 대신했다.

"와우! 우리 오빠가 잘나가긴 잘나가는구나."

하윤의 눈에 감탄의 빛이 어리는가 싶더니, 곧이어 꼿꼿하게 치켜든 엄지손가락을 앞으로 쓱 내밀었다.

"멋진데?"

신휘는 캐스팅 1순위라는 말을 질리게 들어도, 광고 한 편으로 몇 억씩 받아도 평정심을 잃은 적이 없었다. 그런데 고작 하윤의 칭찬 한마디에 어깨에 힘이 들어갔다.

'배우 하기 참 잘했다.'

그가 데뷔한 지 십 년 만에 처음 한 생각이었다.

"오빠 초대받았대."

신휘가 뿌듯해하고 있는 동안, 하윤은 다시 보라와 통화를 이어 나가며 이런저런 수다를 떨었다.

"나중에 다시 얘기하자."

전화를 끊으며 하윤이 한 말이었다. 여태 한 말은 뭐고, 뭘 다시 얘기하자는 건지 신휘의 상식으로는 결코 이해할 수 없었다.

"나 초대받았는지는 왜 물었대?"

"열 명 중에 오빠도 있는지 궁금했대."

"열 명?"

무슨 말이냐는 듯 눈을 크게 뜨는 신휘에게 하윤이 도리어 눈을 더 크게 뜨며 되물었다.

"몰랐어?"

"뭐가?"

"초대장 천 장 중의 팔백 장은 할리우드 톱스타와 전 세계 셀럽들, VIP들에게 돌아갔고 한국에 배정된 건 단 이백 장! 그중 연예인은 배우, 가수, 모델 등을 통틀어 딱 열 명, 나머지는 VVIP 고객이랑 패션지 편집장, 유명 스타일리스트 등이라고 기사 떴잖아."

"아, 그래?"

신휘는 보고 읽듯이 기사를 줄줄이 읊어대는 하윤을 신기하게 바라보며 어깨를 으쓱했다. 사실 그 정도까지인 줄은 몰랐다. 명품 브랜드들의 러브콜이 워낙 일상이 된 그로서는 초대장을 받는 게 새삼스러운 일이 아니었기 때문이었다.

"연예인 열 명 초대됐다는 얘기만 돌고, 명단 발표가 안 돼서 다들 궁금해하고 있나 봐. 벌써 팬덤들이 나서서 자기 오빠는 초대받았을 거라고 서로 난리 났던데? 열 명이면…… 아니지, 오빠 빼면 아홉 명 남는 건데 여럿, 얼굴 붉히는 거지."

"아홉 명 아니야, 열 명."

하윤의 말을 신휘가 재깍 정정했다.

"응? 왜 열 명이야?"

"난 못 간다고 거절했거든."

"아, 왜!"

안타까운 마음에 하윤이 벌컥 고함을 쳤다.

"독립 영화제 참석 때문에."

"아……."

먼저 잡힌 스케줄을 취소할 수도 없는 노릇이니 아쉬워해 봐야 소용없는 일이었다.

"지난달에 우연히 위원장님을 만났는데 그때 꼭 참석해 달라고 신신당부하셨거든. 그래서 날짜 빼놨는데 아직 연락이 없네. 내가 먼저 연락드려야……."

어쩔 수 없다는 듯 고개를 주억거리던 하윤이 눈을 부릅뜨며 끼어들었다.

"정식으로 잡힌 스케줄도 아니고 우연히 만나서 한 얘기 때문에 네쥬 패션쇼를 거절한 거라고?"

"그것도 엄연한 약속이잖아."

"그, 그거야 그렇지만…… 근데 남수 오빠 성질 내지 않았어?"

"어떻게 알았어?"

신휘가 깜짝 놀랐다는 듯 되물었다.

'모두가 알아. 오빠만 몰라. 내가 이렇게 속이 터지는데 남수 오빠는 오죽할까……'

하윤은 입술을 쭉 내미는 걸로 불만을 표시했다.

"뭐? 뽀뽀해 달라고?"

신휘가 능청스럽게 씩 웃으며 뽀뽀하는 시늉을 해 보였다.

"먼저 한 약속 지키는 게 맞잖아. 나 잘했지?"

"……맞아, 잘했어."

그래야 문신휘지. 하윤은 아쉽기도 했지만, 소신 있는 그가 자랑스러웠다. 그렇지만 한 가지는 도저히 포기할 수가 없었다.

"그래도 초대받았다는 사실은 그냥 묻히면 안 되는데……. 초대는 받았지만, 독립 영화제 참석 때문에 거절한 거라고 내가 인터넷에 슬쩍 흘려볼까?"

"남수 형이랑 똑같은 소리 한다."

키득거리는 신휘를 보며 멋쩍게 따라 웃던 하윤이 갑자기 목소리를 높였다.

"오빠! 초대장, 회사로 온 거야?"

"어, 남수 형이 전화로 말해줬어."

"남수 오빠한테 초대장 받아서 나 갖다 줘."

"뭐하게?"

"초대장이라도 어떻게 생겼나 보고 싶어서. 못 먹는 감 쳐다보기라도 하게."

가고 싶지만 갈 수 없기에 초대장이라도 꼭 손에 넣고 싶었다.

"그래, 갖다 줄게."

못 먹긴 왜 못 먹어. 오빠가 먹여줄게. 신휘의 얼굴에 보일 듯 말 듯한 미소가 걸렸다.


"오빠, 집에 안 가?"

문자로 자신을 부른 하윤이 눈웃음을 살살 치며 알랑거리자, 은휘는 꿍꿍이가 있음을 확신했다.

"지금 1시 좀 넘었거든? 나 3시 마감인 거 뻔히 알면서 묻는 저의가 뭔데?"

하윤은 그의 의심스러운 눈초리에도 아랑곳하지 않고 생글거리며 말했다.

"손님 없으면 집에 가자고."

"손님 많아."

"그래? 그럼 손님 많아도 그냥 가자."

논리라고는 찾아볼 수 없는 하윤의 말에 은휘는 말문이 막혀 버렸다. 집에 가려거든 둘이 갈 것이지 왜 이러는지 알 수가 없었다.

"너희들끼리 들어가. 왜 날 끌어들여?"

"신휘 오빠 술 마셨어."

은휘는 설마 하는 마음으로 물었다.

"……근데?"

"오빠는 안 마셨잖아."

그는 혹시나 제 짐작이 틀릴 수도 있겠지 싶어 다시 물었다.

"……그래서?"

"운전해 주세요."

배시시 웃고 있는 하윤을 향해 은휘가 벌컥 소리를 질렀다.

"죽을래? 내가 대리냐?"

"그럼 진짜 대리 불러? 우리 둘이 같은 차 타고, 같은 데서 내리면 이상하잖아. 소문나면 어떡해."

"그래서 나보고 신휘 차를 운전해서 모셔다 달라?"

은휘가 말을 하면서 맞은편에 앉아 있는 신휘에게로 시선을 옮겼다. 신휘는 하윤을 말리지 못해 미안하다는 표정을 짓고 있었다. 은휘의 눈이 다시 하윤에게 향했다.

"그럼 내 차는?"

"오빠는 내일 하루만 택시 타고 나오면 되잖아."

하윤이 몸을 배배 꼬며 앙탈을 부렸다.

"이거 영업 방해야."

"오빠 없어도 장사 잘 되잖아."

한마디도 지지 않는 하윤에게 두 손 두 발 다 든 은휘가 할 수 있는 건 구시렁거리는 것밖에 없었다.

"아오…… 이 진상……."

🦋

신휘가 하윤에게 프러포즈를 한 날로부터 이틀이 지났다. 스케줄을 마치고 집에 돌아온 신휘에게 알은체만 잠깐 하고 제 방으로 쏙 들어가 버린 하윤은 한 시간째 방에 틀어박혀 나오지 않았다.

"뭘 이렇게 하루 종일 만들어……."

재봉틀 소리가 멈추기만을 하염없이 기다리던 신휘는 더 이상 참지 못하고 하윤의 방으로 향했다. 뭔가를 만들기 시작하면 몇 시간이고 꼼짝도 하지 않는 하윤의 습성을 잘 알기에, 작업이 끝나길 기다리느니 방해를 하기로 한 것이었다.

"뭐 만들어?"

신휘의 목소리에 하윤이 고개를 돌렸다.

"그냥 편하게 입을 티셔츠랑 반바지. 오늘 동대문 가서 천 사왔거든."

사 입어, 그냥! ……이라고 말하고 싶은 날이었다. 하지만 신휘는 격려를 받고 무럭무럭 자라야 할 디자이너 꿈나무에게 할 말이 아니라는 생각에, 하고 싶은 말을 참고 다른 의견을 제시했다.

"길게 만들어, 길게."

"그냥 긴바지를 만들라고 하지, 왜?"

하윤이 밉지 않게 눈을 흘기자, 신휘는 화제 전환을 위해 손에 들고 있던 것을 얼른 내밀었다.

"자."

하윤이 얼떨결에 받아 든 그것은 손을 대면 황금빛 가루가 묻어 나올 것만 같은 고급스러운 봉투였다. 봉투를 뒤집어 보고서야 그것의 정체를 알아본 하윤의 눈망울이 기쁨으로 물들었다.

"에헷! 네쥬 초대장이네?"

초대장을 갖다 달라는 제 부탁을 잊지 않은 그의 성의가 고마웠다.

"엄청 신경 써서 만든 것 같……."

봉투를 열고 초대장을 꺼내 든 하윤이 갑자기 멈칫했다. 그러고는 어느 한 곳을 손가락으로 짚으며 신휘를 올려다보았다.

"오빠…… 여기 오빠 이름이 아니라 내 이름이 있는데……?"

"네 거니까 네 이름이 있지."

"아……."

태연한 그의 대답에 하윤은 고개를 끄덕이며 다시 초대장으로 눈을 돌렸다.

"내 거니까 내 이름이……."

혼자서 중얼거리던 그녀가 움찔하며 그대로 굳었다. 믿을 수 없는 상

황에 잠시 삐끗했던 뇌가 정상 가동을 시작했다. 정확한 상황 판단이
가능해지자마자 하윤의 눈과 입이 동시에 커졌다.

"이게 내 거라고?"

"거기 성하윤이라는 글씨 안 보여?"

"보여!"

어떻게 안 보일 수 있겠는가! 초대장에는 '문신휘'가 아니라 '성하윤'이
라고 정확하게 쓰여 있었다. 분명 그의 앞으로 온 초대장을 가져다 달라
고 한 것뿐인데 이게 무슨 상황인지 하윤은 얼떨떨하기만 했다.

"이게 뭐야?"

"오다 주웠어."

신휘가 장난기 가득한 얼굴로 어깨를 으쓱하자, 그제야 실감이 난 하
윤이 픽 웃음을 터뜨리며 받아쳤다.

"오다 주운 건데 신기하게 내 이름이 박혀 있네?"

"신기하지?"

"어디서 주운 건지 좀 알려주라. 이거 주울 수만 있다면 거기가 어디
라도 석 달 열흘 노숙할 준비가 되어 있는 우리 동기들 수두룩한데."

신휘는 믿어지지 않는 듯 초대장을 뚫어지게 바라보고 있는 하윤의
뒷머리를 쓰다듬으며 말했다.

"초대장 하나 보내달라고 부탁했어."

"누가 들으면 흔해 빠진 영화나 콘서트 티켓인 줄 알겠네. 누구한테
부탁하면 나 같은 일반인한테 초대장을 보내줘?"

"가장 쉽게 구해줄 수 있는 사람."

이런 대단한 쇼에도 암표상이나 브로커가 있나? 하윤이 의아한 표정
으로 재차 물었다.

"그게 누군데?"

"네쥬 한국 지사장."

"아······."

가장 쉽게 초대장을 구해줄 수 있는 사람임이 틀림없는 인물이었다. 그의 넓은 인맥에 흐뭇해하고 있는 하윤에게 신휘가 청천벽력과도 같은 말을 덧붙였다.

"그거 공짜 아니야."

"돈 줬어? 얼마 달래? 그렇게까지 가고 싶었던 건 아니었다고!"

하윤은 어마어마한 돈이 오고 갔나 싶어 울상을 지으며 동동거렸다.

"돈으로 값어치를 따질 수 없는 걸 대가로 지불했지."

하윤의 낯빛이 더 어두워졌다.

"그게 뭔데?"

"밥 사래서 밥 샀어."

"······밥?"

대체 얼마짜리 밥을 먹었길래? 백만 원? 이백만 원? 수백만 원짜리 식사가 있다는 말을 들어본 적은 없었지만, 자신이 아는 게 전부는 아닐 테니 있을 수도 있다는 것까지 부정하지는 않았다. 하지만 그렇다 해도 그게 돈으로 값어치를 따질 수 없는 건 아니었다. 골똘히 생각에 잠겨 있던 하윤이 다시 물었다.

"얼마짜리 밥을 먹었는데?"

"일 인당 십일만 원."

위풍당당한 그의 대답에 하윤은 순간적으로 할 말을 잃었다. 밥 한 끼 값으로는 비싼 금액이긴 했지만, 언제부터 십일만 원이 돈으로 값어치를 따질 수 없을 정도였는지 당황스러웠다. 그 정도라면 그녀의 상식으로도 수용 가능한 범위였다. 아니, 십일만 원에 네쥬 패션쇼 초대장을 얻었으니 남아도 많이 남는 장사였다.

"오빠, 혹시 누구 보증 서 줬어?"

"아니."

"아니면 요새 광고가 잘 안 들어와?"

"설마."

"그럼 노후 대비를 위해서 벌써 허리띠 졸라매기로 결심한 거야?"

"뭐래."

하윤의 질문이 이어질 때마다 신휘의 미간은 점점 더 좁아졌다. 결국, 모든 경우의 수를 다 나열하고도 답을 찾지 못한 그녀가 어이없다는 듯 쏘아붙였다.

"그럼 뭐야? 오빠가 언제부터 십일만 원을 값어치를 따질 수 없다고 생각했는데?"

신휘는 뾰로통한 얼굴로 눈을 흘기는 하윤을 못마땅하게 바라보며 투덜거렸다.

"밥값이 문제가 아니지. 나랑 같이 밥 먹는 걸 돈으로 환산할 수 있어?"

이건 뭔가요……. 그제야 그의 진의를 파악한 하윤의 얼굴이 급격히 뚱해지자, 신휘가 다급하게 말을 이었다.

"네가 매일 내 얼굴 보고 살아서 감이 안 오나 본데, 나랑 밥 먹는 게 그렇게 쉬운 일이 아니야."

신휘의 말은 누구도 부정할 수 없는 사실이었다. 하지만 형들은 물론이거니와 하윤까지 제 사회적 지위를 제대로 인정해 주지 않으니 신휘는 종종 오늘처럼 구차해질 수밖에 없었다. 집에서 그는 톱스타 대접은커녕 서열 4위, 갑을병정 중 정, 가장 힘없는 존재나 다름없었다.

이럴 때만 냉철한 하윤은 호응을 기대하는 신휘를 모른 척하며 단호하게 말을 돌렸다.

"지사장이랑 아는 사이야?"

오늘도 역시 본전도 못 찾은 신휘는 한숨을 푹 내쉬며 답했다.

"어, 원래부터 친분이 있었어."

"뭐라고 얘기하고 초대장 부탁했어?"

"사실대로 얘기했지."

"……설마 여자친구가 가고 싶어 한다고 말한 건 아니지?"

그는 짐짓 꾸짖듯 하윤의 좁아진 미간을 손가락으로 톡톡 건드렸다.

"나 그렇게까지 팔불출 같은 짓은 안 해."

확신에 찬 그의 대답을 들었음에도, 하윤은 왠지 모를 싸한 기분이 사그라지지 않았다.

"……그럼 뭐라고 했는데?"

"장차 패션계에 파란을 일으킬 디자이너가 있다고 했지."

신휘의 진심 어린 표정에 하윤의 얼굴은 화끈 달아올랐다.

'부끄러움은 나의 몫인가……?'

하윤은 초대장과 동시에 부끄러움까지 얻었다.

🦋

네쥬 한국 지사 본부장실에 들어선 비서가 책상 앞에 정자세로 서서 지시받은 사항에 대해 보고했다.

"문신휘 씨는 다른 스케줄 때문에 참석하지 못한다고 연락이 왔답니다."

"다른 스케줄이라는 게 뭔지 확인하셨습니까?"

그녀는 미리 알아보길 잘했다고 생각하며 막힘없이 대답했다.

"독립 영화제 참석이라고 알고 있습니다."

"수고했어요. 나가보세요."

"네, 본부장님."

비서가 나가고 혼자 남게 된, 본부장이라고 불린 남자가 의자를 뱅그르르 돌리며 중얼거렸다.

"문신휘, 고작 독립 영화제 때문에 우리 초대를 거절해?"

책상 앞 명패에는 '기획본부장 손정우'라는 글자가 가지런히 새겨져 있었다.

네쥬 패션쇼가 열리는 날, 신이 나서 방방 뛰어도 모자랄 하윤의 얼굴에 수심이 가득했다. 그녀가 안절부절못하며 방 안을 빙빙 돌고 있는 이유는 신휘 때문이었다. 내로라하는 유명 인사들이 대거 참석하는 자리라 다른 날보다 옷차림에 공을 들였다. 그러나 나갈 준비를 다 마치고 보니 아무리 봐도 그가 탐탁지 않게 여길 것이라는 느낌이 강하게 밀려왔다.

"음……."

하윤은 거울 앞에 서서 제 모습을 찬찬히 살펴보았다. 화이트 롱 셔츠에 블랙 반바지……. 무난하기 그지없는 옷이었다. 그 반바지가 매우 짧다는 사실만 제외한다면.

"에이, 이 정도야 뭐……."

자기 합리화를 시도해 본들 딱히 달라질 건 없었다.

"할 수 없지."

하윤은 신휘에게 들키지 않고 나가는 것이 최선이라는 결론에 도달했다. 더 이상 지체할 시간이 없는 데다가 그가 언제 나갈지 알 수 없으니 방법은 한 가지뿐이었다.

"뛰자."

결심을 굳힌 하윤은 문에 귀를 바짝 가져다 댔다. 아무 소리도 들리지 않았다. 문을 빼꼼 열고, 그의 방문이 닫혀 있음을 확인한 그녀는 빙그레 웃으며 발꿈치를 들고 조심조심 현관으로 걸어갔다. 이제 신발만 신고 현관을 나가면 끝…… 이라고 생각한 건 하윤의 오산이었다.

"성하윤."

등 뒤에서 들려온 목소리가 오늘따라 유난히 퉁명스럽다고 느껴진 건 착각이었을까? 슬며시 고개를 돌린 하윤은 제멋대로 구겨진 그의 표정에서 제 느낌이 착각이 아니었다는 걸 알 수 있었다.

"갔다 올게. 오빠도 잘 다녀와."

하윤은 최대한 침착하게 방긋 웃으며 몸을 돌렸다. 꼭 집어 옷을 지적받은 것도 아니고, 고작 이름 석 자 불린 것뿐이었다. 그녀는 자신이 원인이 아닐지도 모르는 상황에서 섣불리 당황한 내색을 할 만큼 어리석지 않았다.

"거기 딱 서."

신휘의 단호한 음성이 그녀의 뒤통수에 명중했다.

'역시 내가 아닐 가능성 따위 없던 거였어······.'

잠시 허황된 생각을 했다는 것을 자각한 하윤은 쓱 돌아섰다.

"오빠, 나 지금 시간 없는데······."

하윤은 일단 버틸 만큼 버텨보리라 마음먹고, 속눈썹을 인형처럼 깜빡이며 순진무구한 표정을 지어 보였다.

"그럼 안 가면 되겠네."

신휘의 태연한 대답에 하윤의 눈이 휘둥그레졌다.

"오빠가 가라고 표 구해줘 놓고 무슨 소리야!"

"내가 구해줬으니까 내가 뺏어도 할 말 없지?"

"줬다 뺏는 게 어딨어!"

신휘의 못마땅한 시선이 하윤을 천천히 내리훑었다.

"안 뺏기고 싶으면 얼른 들어가서 옷 갈아입고 나오면 되겠네."

"옷을 왜 갈아입으래? 뭐가 어떻다고?"

뻔히 그가 싫어할 줄 알았으면서도, 하윤은 일단 모른 척 뻗댔다.

"하의가 실종됐는데?"

"아니야, 있어. 요기."

퉁명스러운 신휘의 말에 하윤이 배시시 웃으며 셔츠 끝자락을 들어 올렸다.

"이건 있다고 할 수 없어. 없는 거야."

신휘가 단호하게 고개를 가로저었다. 흰 셔츠에 하의 실종, 남자들의 로망이었으며 그에게도 예외는 아니었다. 오늘 하윤은 유난히 예뻤지만, 신휘는 그녀가 제 눈에만 예뻐 보일 리가 없다는 것을 알기에 불만스러웠다. 그는 제 여자가 다른 남자의 로망을 충족시켜 주는 것을 용인할 만큼 관대하지 않았다.

"이게 윗도리가 길어서 그렇지, 바지 자체가 짧은 게 아니라니까?"

하윤은 씨알도 먹히지 않는 말이라는 걸 알면서도 필사적인 설득에 나섰다. 오늘을 위해 산 옷을 이대로 포기할 수는 없었다.

"아니, 짧아. 누가 봐도 짧아."

그냥 이대로 문을 열고 도망칠까 궁리하고 있던 그녀는 신휘의 방에서 들리는 휴대폰 벨소리에 반색했다.

"어! 오빠 전화 온다!"

"딱 기다리고 있어."

딱 기다리란다고 딱 기다리면 성하윤이 아니었다. 그녀는 신휘가 방에 들어갈 때까지 얌전히 현관 앞에 서 있다가 그의 모습이 시야에서 사라지자마자 부리나케 도망쳤다. 오늘의 패션을 완성해 줄 아이템인 롱부츠는 신을 시간이 없어서 그냥 집어 들고 나와 엘리베이터에서 엉거주춤한 자세로 신었다. 언제나 그렇듯 하윤의 추접스러운 행동은 CCTV만이 알고 있는 비밀이었다.


패션쇼 현장에 도착한 하윤은 초대장을 당당하게 내밀고 안으로 들어섰다.

'이야! 저게 누구야?'

패션쇼 맨 앞 라인인 프런트 로우에는 할리우드 스타들과 이름만 대면 알 만한 유명 셀럽들이 자리하고 있었다. 개중에는 얼굴을 모르는 사람들도 있었지만 하나같이 포스가 남달랐다. '칠뜨기처럼 입 벌리고 유명인들을 구경하지 말 것'과 '촌년처럼 여기저기 두리번거리지 말 것'을 다짐하고 온 하윤은 이미 두 가지 모두를 완벽하게 구사하고 있었다.

'남는 건 사진밖에 없어!'

하윤은 도촬과 셀카를 슬쩍슬쩍 넘나들다가, 한쪽 구석에 서서 자신을 바라보고 있던 한 남자와 눈이 마주쳤다.

'뭘 봐, 땡땡이!'

남자의 물방울무늬 슈트에서 비롯된 호칭이었다. 먼저 눈을 돌리면 지는 거라는, 쓸데없는 승부 근성이 발동된 하윤은 눈에 힘을 팍 주고 남자를 빤히 쳐다보았다. 그런데 보면 볼수록 낯이 익었다. 어디서 본 사람인가 기억을 더듬던 하윤이 갑자기 집게손가락을 번쩍 치켜들었다.

"어?"

가늘게 뜨고 있던 그녀의 눈은 이미 한껏 커져 있었다.

"정우 오빠?"

그는 하윤이 신휘에게 사귀자는 폭탄 발언을 하면서 미끼로 썼던 손정우였다.


쇼장 내부를 유유자적하게 거닐고 있던 정우는 제 앞을 스쳐 지나가는 여자를 보고 그 자리에 멈춰 섰다.

'하윤이?'

몇 년 만에 보는 것임에도 불구하고 한눈에 알아볼 수 있었다. 키도 더 큰 것 같고 이제 제법 아가씨 티가 나고 있었지만, 존재 자체만으로도 밝고 기분 좋은 느낌이 드는 그녀 특유의 분위기만큼은 전혀 변함이 없었다.

그는 저도 모르게 하윤의 뒤를 따라 걷기 시작했다. 유명 할리우드 스타를 배경으로 삼아 셀카를 찍는 그녀를 멀찌감치 서서 지켜보던 정우는 하윤과 눈이 마주쳤다.

'날 알아볼까?'

기대 반, 걱정 반으로 그녀를 바라보고 있던 정우의 귀로 반가운 외침이 들려왔다.

"정우 오빠?"

삿대질과 다름없는 하윤의 집게손가락도 그에게는 반갑기만 했다.

'알아봤다.'

정우가 환하게 웃으며 하윤에게 다가갔다.

"고마워."

"네?"

다짜고짜 고맙다니……. 하윤은 당황하지 않을 수 없었다.

"알아봐 줘서."

"아하하! 고마울 것까지야……. 제가 원래 기억력이 좀 남달라요."

그녀의 깨알 같은 자기 자랑에 정우가 진지한 얼굴로 고개를 절레절레 흔들었다.

"아니지. 내가 먼저 알아봤으니까 내 기억력이 더 남다르다고 해야지."

'뭐, 뭐지? 싸우자는 건가……?'

하윤의 눈썹이 꿈틀거리자, 정우가 씩 웃으며 말을 돌렸다.

"우리 얼마 만에 보는 거지? 사 년? 아닌가, 오 년 만인가?"

"음, 고1 때 이사 가고 처음 보는 거니까…… 열일곱, 열여덟…… 햇수로 육 년쯤 됐나 봐요."

"벌써 그렇게 됐구나. 세월 빠르다……."

손정우라는 존재를 까맣게 잊고 살았던 하윤은 그와의 조우가 마냥 신기했다. 그녀가 수년 동안 옆집에 살았던 정우를 곧바로 알아보지 못했던 건, 뿔테 안경을 쓰고 다니던 그가 안경을 벗은 걸 처음 보았기 때문이었다. 원래 잘생긴 얼굴이기는 했지만, 안경을 벗으니 인물이 확 살았다. 훤칠한 키와 반듯한 인상이 어우러져 훈남이라고 불러도 손색이 없을 정도였다.

"근데 왜 갑자기 존대야? 너 나한테 존댓말 안 했어. 예전처럼 편하게 해."

정우의 말대로 두 사람은 신휘가 못마땅해할 만큼 스스럼없이 지내던 사이였다. 하윤은 굳이 사양할 필요성을 느끼지 못하고 그의 권유를 곧장 실행에 옮겼다.

"오빠, 쇼 구경 온 거야?"

"구경은 아니고……."

"본부장님."

한 남자의 등장으로 정우의 말이 끊겼다.

"잠깐 와보셔야겠는데요."

본부장님? 하윤의 시선이 남자에게서 정우에게로 옮겨갔다.

"무슨 일입니까?"

"저, 그게 문제가 좀……."

남자가 말끝을 늘이자, 내내 웃고 있던 정우의 얼굴이 굳었다.

"하윤아, 여기서 좀 기다려 줄래? 금방 올게."

정우는 하윤의 대답을 기다릴 새도 없이 남자와 함께 몸을 돌려 사라졌다. 하윤은 그를 기다려야 하는지에 대해 몇 초쯤 고민하다가 이내 다른 쪽으로 걸음을 옮겼다.

"오빠, 미안. 난 시간이 없어."

별천지에 오면 별구경을 해야 하는 법이었다. 지금 이 순간, 하윤에게는 정우를 기다릴 여유 같은 건 존재하지 않았다. 그녀는 오늘 두 남자에게서 기다리라는 말을 들었고, 두 번 다 쿨하게 무시했다.

네쥬 패션쇼의 애프터 파티까지 완벽하게 즐긴 하윤은 12시가 다 되어서야 집에 도착했다. 홀짝홀짝 마신 샴페인이 가뜩이나 붕 떠 있는 기분을 더욱 황홀하게 만들어주고 있었다. 콧노래를 흥얼거리며 부츠 한쪽을 벗고 고개를 든 하윤이 움찔 어깨를 떨었다.

"오, 오빠……."

그녀의 눈앞에 냉기를 풀풀 흩날리며 버티고 서 있는 건, 신휘였다.

"일찍 왔네……?"

집에 거의 다 와서야 기다리고 있으라는 그의 말을 듣지 않고 뛴 게 신경이 쓰이기 시작했지만, 하윤은 나름대로 믿는 구석이 있었다. 설마 자는 사람을 깨워서 잔소리를 하지는 않겠거니 생각했던 것이다. 그런데 그가 이렇게 빨리 돌아와 있을 줄이야…….

"그렇게 내빼놓고 전화 한 통을 안 해?"

신휘는 두고 보자는 심정으로 기다렸다. 하지만 하윤에게서는 전화는커녕 어떤 연락도 오지 않았고, 그는 지금 심기가 매우 언짢은 상태였다.

"배터리가 나갔지 뭐야!"

하윤은 아무 말이나 둘러대고 신휘의 눈치를 살폈다. 물론 그는 전혀 믿지 않았다. 더 이상 둘러댈 말도 없고, 둘러대 봐야 소용없다는 것을 깨달은 그녀는 최후의 수단인 애교로 이 사태를 모면해 보기로 했다.

"아잉……."

눈을 찡긋거리며 어깨를 흔들어대는 하윤을 보고도 그의 불퉁한 표정은 풀리지 않았다. 뻘쭘해진 하윤은 무의미한 몸부림을 멈췄다.

"우선 이것 좀 벗고……."

나머지 한쪽 부츠를 주섬주섬 벗으며 어떻게 해야 삐친 신휘를 달랠 수 있을까 고민하던 그녀의 머릿속에 문득 한 가지 방법이 떠올랐다. 확신이 들지는 않았지만 그것 말고는 딱히 할 것도 없어서 일단 시도해 보기로 했다. 부츠를 벗고 신휘의 앞에 바짝 다가선 하윤은 의아한 표정으로 자신을 내려다보고 있는 그를 향해 빙긋 웃고는 뒤꿈치를 치켜들었다.

쪽!

하윤의 입술이 그의 입술에 가볍게 닿았다가 떨어졌다. 슬며시 시선을 들어 올린 하윤은 그의 표정이 오히려 더 굳은 것처럼 보여 당황했다.

'젠장, 역시 이런 상황에서 통할 리가 없었어.'

신휘가 미간을 찌푸리며 입을 열었다.

"어디서 얼렁뚱땅 넘어가려고."

그냥 잔소리 좀 듣고 말 것을 괜히 시간 낭비를 했다는 생각에 억울해하고 있던 하윤은 제 손목을 끌어당기는 손길에 깜짝 놀라 정신을 차렸다.

"넌 혼 좀 나야 돼. 따라와."

얼떨결에 그의 방으로 끌려 들어간 그녀는 한참 동안 입술이 퉁퉁 붓도록 혼이 나야만 했다.

☙

정우는 사무실로 들어서며 비서에게 지시했다.

"초대 명단 중에 성하윤이라는 이름 찾아서 연락처 좀 알려줘요."

잠시 후 본부장실에 들어온 비서가 그의 책상에 메모를 올려놓으며 말했다.

"말씀하신 분의 휴대폰 번호입니다."

"어떤 경로로 초대됐는지 아십니까?"

하윤이 일 년에 억대 구매가 필요한 VVIP 고객일 리도 없고, 연예인도 아니었으며, 겨우 스물두 살에 패션지 편집장이나 유명 스타일리스트가 되었을 가능성도 희박했으니 결론은 신휘뿐이었다. 신휘가 나섰음은 정우도 쉽게 짐작할 수 있었다. 그가 궁금한 건 어느 라인을 탔는지였다.

"지사장님께서 명단에 올리라고 하신 분입니다."

가장 윗선을 공략했군.

"지사장님과 문신휘 씨가 친분이 있나요?"

"삼 년 전, 문신휘 씨가 네쥬 사진전에서 유일한 아시아 모델로 뽑힌 이후부터 돈독한 관계를 유지하고 계신 걸로 알고 있습니다."

"알았어요. 고마워요."

비서가 나가고, 메모지를 손가락 사이에 끼우고 잠시 고민하던 정우는 휴대폰을 집어 들었다. 몇 번의 신호가 간 뒤 전화가 연결되었다.

[네.]

중저음의 남자 목소리가 흘러나왔다. 정우는 신휘라는 것을 대번에 알아차렸지만, 짐짓 모른 척하며 물었다.

"성하윤 씨 휴대폰 아닙니까?"

일순간 침묵이 흘렀다. 정우가 전화가 끊겼는지 고개를 갸웃거릴 때가 돼서야 신휘가 서늘한 정적을 가르고 대답했다.

[성하윤 씨 휴대폰은 아니지만, 성하윤 씨에게 할 말이 있으시면 저한테 하시면 됩니다.]

예의 바르지만 냉랭함이 물씬 느껴지는 어조였다.

"아닙니다. 직접 하겠습니다. 실례가 많았습니다."

정우는 신휘의 대답을 듣지도 않고 전화를 끊어버렸다.

"하윤이 일에 발끈하는 건 여전하네……."

그의 얼굴에는 장난기 가득한 미소가 번져 있었다.


침대 옆에 선 채로 전화가 끊긴 휴대폰을 노려보고 있는 신휘의 눈매가 날카로웠다.

"밥 먹으러 나오라니까 뭐 해?"

고개를 돌려보니, 하윤이 문가에 서 있었다.

"나가려던 참이었어. 근데 하윤아."

"응?"

"네 번호 대신 내 번호 알려준 적 있어?"

"누구한테?"

"누구한테든. 네 번호 알려주기 싫은 사람이라거나."

"아니, 없는데? 설마 내 번호 알려주기 싫다고 오빠 번호 뿌리고 다니겠어? 꼭 필요한 상황이면 은휘 오빠 번호를 노출했겠지."

은휘를 언급하는 하윤의 얼굴에 능글맞은 미소가 걸렸다.

"그럼 누구지……?"

신휘는 네쥬 초대 명단의 성하윤이라는 이름 옆에 제 번호가 입력되어 있는 줄은 짐작도 하지 못하고 있었다. 물론 전화를 걸어온 남자가 정우라는 걸 알 방법은 더더욱 없었다.

"얼른 나와."

혼잣말하는 그를 이상하게 보고 있던 하윤이 발걸음을 돌려 부엌으로 향했다. 신휘는 걸려온 번호로 전화를 걸어볼까 잠시 고민하다가 관두고 방을 나섰다.

뒤따라 나온 신휘가 식탁에 앉자, 하윤은 그의 앞에 뜨거운 김이 올라오는 국그릇을 놓아주고 맞은편에 앉았다.

"너는 안 먹어? 왜 나만 줘?"

하윤의 앞에는 밥그릇만 덩그러니 놓여 있었다.

"어제 누구 때문에 혹사당한 입술이 쓰라려서 뜨거운 거 자제 중이야."

"그러게 누가 혼날 짓을 하래……."

신휘가 작게 구시렁거렸다.

"설마 입술로 혼내실 줄은 몰랐죠."

신휘는 간밤의 격렬한 키스로 부어 있는 하윤의 입술을 흘끔 보고서 얼른 시선을 내리깔았다. 따가운 시선을 모른 척하며 밥 한 그릇과 국 한 대접을 뚝딱 비운 그가 수저를 내려놓자, 하윤이 기다렸다는 듯 자리에서 일어났다.

"들어가서 쉬어."

"놔둬. 설거지는 내가 할게."

"내가 할 거야."

"나 이렇게 길들이면 나중에 후회할 텐데?"

"지금까지 해왔던 것처럼 앞으로도 모든 집안일은 덜 귀찮은 사람이 하자. 나 오늘은 하나도 안 귀찮아."

하윤은 그릇을 차곡차곡 포개어 개수대로 가져가며 씩 웃었다.

"그래, 앞으로도……."

신휘는 나직하게 혼잣말을 하며 하윤의 뒷모습을 물끄러미 바라보았다. 요즘 그는 그녀와 나누는 모든 대화를 곱씹는 버릇이 생겼다. 전혀 새삼스러울 것이 없는데도 불구하고 모든 것이 새삼스럽게 느껴졌다. 신휘의 마음속에는 '앞으로도'라는 말이 단순한 미래가 아니라 '우리가 함께 살아갈 모든 날'로 새겨졌다. 그가 딴생각 중인 줄도 모르고 하윤이 설거지를 하며 말문을 열었다.

"아 참, 오빠. 나 어제 패션쇼장에서 깜짝 놀랄 만한 사람 만났다?"

"어제 초대된 사람들 대다수가 깜짝 놀랄 만한 사람 아니야?"

"그런 유명인 말고."

"누군데?"

신휘가 깍지 낀 두 손 위에 턱을 올리고 호기심 어린 시선으로 물었다.

"정우 오빠!"

낭랑한 목소리로 대답한 하윤이 고개만 돌려 신휘와 눈을 맞췄다.

"신기하지? 깜짝 놀랐지?"

"……정우 오빠?"

너무 오랜만에 듣는 이름이라 생각할 시간이 필요했다. 그리고 생각이 끝났을 때, 신휘의 이마에는 굵은 주름이 잡혀 있었다.

"손정우?"

못마땅한 눈빛, 주름진 미간, 퉁명스러운 목소리까지……. 감정을 표현할 수 있는 그의 모든 신체 부위에서 반갑지 않은 기색이 뿜어져 나왔다. 하지만 하윤은 뒤로 돌아서 있기도 했고, 정우와의 우연한 만남을 신기해하느라 신휘의 반응을 알아차리지 못했다.

"대박이지? 어떻게 거기서 우연히 딱 마주치냐. 세상 좁다는 말, 어제 실감했어."

"손정우가 거긴 왜 왔는데?"

"글쎄? 인사 몇 마디 한 것밖에 없어서 나도 잘 몰라."

하윤의 대답에 신휘의 미간 주름이 조금 펴졌다.

"어떤 사람이 정우 오빠한테 본부장님이라고 부르던데 어디 본부장인지는 모르겠어. 갑자기 일 생겼다고 가버렸거든."

"본부장?"

"마지막으로 연락 주고받았을 때 유학 간다고 했었는데 돌아와서 어디 취직했나 봐."

"유학? 유학 간다는 놈이 너한테 사귀자고 했단 말이야?"

하윤은 뜨악했다. 그제야 뇌리에서 희미해져 가고 있던 사 년 전의
기억이 봇물 터지듯 밀려들었다.

"정우 오빠가 사귀재. 오빠한테 까이면 정우 오빠나 만나보려고."

뻔뻔스럽게 나불댔던 그날의 거짓부렁을 까맣게 잊고 있었던 것이다.
"뭐, 뭘 그런 걸 기억하고 그래. 다 지난 얘긴데……."
"굳이 기억하고 싶어서 하는 거 아니야. 그냥 저절로 기억이 나는 거
지."
제발 잊어주면 안 될까……? 하윤은 간절히 소망했다. 하지만 이내
걱정할 필요가 없다는 사실을 깨달았다.
'둘이 만나지만 않으면 걸릴 일 없잖아?'
하윤은 두 사람이 만날 일은 결코 없을 거라고 확신했다. 어제와 같
은 우연이 그리 자주 벌어질 리가 없었다. 그녀는 아직 세상사 확신은
금물이라는 사실을 모르고 있었다.

〈2권에 계속〉

당신의 여자가 되고 싶어요